Kathleen Winsor

Ambre - 2

Traduit de l'anglais
par Édith Vincent

Éditions J'ai lu

Au lieutenant Robert John Herwig, U.S.M.C.R.

Mais, grand Dieu ! quelle époque
et quel monde. Un homme n'y peut
vivre sans jouer le fourbe et l'hypocrite.

Samuel PEPYS

Titre original :

FOREVER AMBER

QUATRIÈME PARTIE

XXXII

Une véritable activité de fourmilière régnait sur les quais. Un grand nombre de vaisseaux à la coque dorée, leurs gros mâts dépouillés, étaient à l'ancre. Certains d'entre eux, des navires de guerre, revenaient d'avoir combattu les Hollandais et demandaient à être nettoyés et radoubés. On colmatait les brèches avec de la poix bouillante et réparait les cordages à l'aide de toile goudronnée. Matelots et porteurs se multipliaient, déchargeant le butin récemment conquis. Mais il y avait également un grand nombre de blessés et d'infirmes, assis ou couchés, qui tendaient des mains implorantes. Personne n'y prêtait garde. La flotte n'avait pas encore été payée, et nombre de matelots mouraient littéralement de faim.

Ambre sortit de voiture et prit le quai, entourée de Jeremy et de Tempête, abritant d'une main ses yeux contre le soleil brûlant. Les mendiants cherchaient à la toucher au passage, quelques marins sifflotèrent et firent des commentaires intelligibles. Mais elle était trop absorbée par sa recherche pour rien entendre.

— Le voilà !

Elle courut et le bruit de ses talons hauts le fit se retourner :

— Bruce !

Elle vint à lui, souriante, essoufflée, quêtant un baiser. Il la regarda durement. Il lui parut fatigué, le front couvert de sueur.

— Que diable faites-vous ici ?

Il lança un regard féroce sur les hommes qui la considéraient avec de grands yeux, car le manteau entrouvert laissait apparaître une élégante toilette de satin noir, et des émeraudes scintillaient à ses oreilles et à ses doigts. Déçue et offensée par ce ton brusque, elle eut un instant d'irritation. Mais il avait vraiment l'air à bout et elle le considéra avec une tendresse maternelle, anxieuse. Elle ne l'avait jamais vu fatigué et mourait d'envie de le prendre dans ses bras, afin d'effacer sous des baisers le pli de ce front et la lassitude empreinte sur ce visage. Son amour pour lui la submergeait, ainsi qu'un flot palpitant et douloureux.

— Eh bien ! je suis venue vous voir, amour ! dit-elle doucement. N'êtes-vous pas content ?

Il eut un faible sourire, comme honteux de son emportement, s'essuya le front du revers de la main :

— Bien sûr, que je le suis !

Son regard l'enveloppait toute.

— Le bébé est né ?

— Oui, une petite fille. Je l'ai nommée Suzanne... Oh ! fit-elle avec un soudain remords... Samuel est mort.

— Je sais. On me l'a dit ce matin. Pourquoi êtes-vous encore en ville ?

— Je vous attendais.

— Vous n'auriez pas dû. Londres n'est pas sain. Où est la petite ?

— Je l'ai envoyée à la campagne avec Nan et Curry. Nous n'avons qu'à partir les rejoindre...

Elle l'interrogea du regard, craignant qu'il n'eût d'autres projets.

Bruce saisit son bras et ils reprirent la direction de la voiture. Tout en marchant, il lui parla à voix basse :

— Il vous faut partir d'ici, Ambre. Vous n'auriez pas dû venir au port. Les navires transportent la peste, vous le savez !

— Oh ! cela ne m'inquiète pas. J'ai une corne de licorne !

Il rit, mais sans gaieté.

— Une corne de licorne, Seigneur ! Une corne de cornard ferait exactement le même effet !

Arrivés auprès de la voiture, il la fit monter. Puis, un pied sur le marchepied, il posa le bras sur ses genoux et, quand il se pencha pour lui parler, sa voix n'était plus qu'un murmure :

— Sauvez-vous d'ici le plus vite possible. J'ai des hommes malades.

Ambre poussa un cri d'horreur, aussi secoua-t-il négativement la tête.

— Mais Bruce, chuchota-t-elle, vous pourriez l'attraper !

— Je n'ai eu que trois cas. La peste régnait sur un navire hollandais ; quand nous nous en sommes aperçus, nous l'avons coulé avec tout l'équipage... mais trois de mes hommes sont tombés malades depuis. Ils ont quitté le bateau la nuit dernière, et aujourd'hui je n'ai pas enregistré de nouveaux cas.

— Oh ! Bruce ! Vous ne pouvez pas rester ici ! Il vous faut partir. Oh ! amour, j'ai peur ! Avez-vous au moins une amulette, ou quoi que ce soit pour vous protéger ?

Il lui lança un regard exaspéré et ignora la dernière question :

— Je ne peux pas m'en aller maintenant, pas

avant que tout ait été déchargé et emmagasiné. Mais vous, partez! Je vous en prie, Ambre, écoutez-moi. J'ai entendu dire qu'ils allaient fermer les grilles et défendre à quiconque de sortir. Partez, pendant qu'il en est encore temps.

Obstinée, elle répondit :

— Je ne partirai pas sans vous.

— Sainte Vierge! Ambre, ne faites pas la sotte! Je vous retrouverai un peu plus tard.

— Je n'ai pas peur de la maladie, je n'attrape jamais rien. Quand aurez-vous fini de décharger?

— Pas avant la nuit.

— Eh bien! je reviendrai vous prendre au coucher du soleil. Nan et le bébé sont à Dunstable, nous pouvons aller les rejoindre. Je n'habite plus Dangerfield House, j'ai pris un appartement dans l'allée Saint-Martin.

— Rentrez-y alors, et attendez. Ne sortez pas dans la rue et ne parlez à personne.

Il se détourna et, comme elle l'observait avec anxiété, l'air aussi attentif qu'un enfant, il lui sourit et fit un léger signe de la main. Puis il disparut.

Mais Ambre ne resta pas à la maison, comme il le lui avait recommandé. Elle savait que nombre de croyances le laissaient sceptique. Le pouvoir d'une corne de licorne, entre autres! Avec cet objet cousu dans sa chemise, elle se sentait en parfaite sécurité. Aussi sortit-elle afin de s'occuper de leur dîner, car elle ne songeait pas à partir avant le lendemain matin. Elle commanda le repas aux *Cloches Bleues*, une excellente taverne française, et rentra mettre le couvert elle-même. Toute son argenterie était confiée à Shadrac Newbold, mais il restait assez d'étains à la cuisine pour faire une jolie table, et elle s'amusa pendant plus d'une heure à plier les serviettes en forme d'oiseaux fantastiques. Elle descendit dans la cour cueillir une brassée des petites roses jaunes qui poussaient le long des murs et des balcons, et les disposa sur la table dans une grande cruche d'étain. Elle prit plaisir à soigner les moindres détails, dans l'espoir de lui être agréable et de le faire sourire. L'épidémie commençait à lui paraître une véritable bénédiction, car, grâce à elle, ils allaient être réunis pendant des semaines, des mois peut-être. Jamais elle n'avait été aussi heureuse, se disait-elle, ou n'avait eu autant de raisons de l'être. Elle passa la dernière heure à brosser et coiffer ses cheveux, à polir ses ongles et à se maquiller — oh! très légèrement, car elle ne désirait pas qu'il la regardât avec ce sourire particulier qui lui faisait sentir à la fois ses erreurs et sa puérilité. Debout devant sa fenêtre, elle accrochait un bracelet quand elle vit un cortège funèbre tourner le coin. Elle se détourna vivement, irritée de cette intrusion de la mort dans son bonheur, prit son manteau et descendit.

Le quai était presque désert et les roues de son équipage résonnaient à grand bruit. Bruce s'entretenait avec deux hommes et, bien qu'il lui adressât un signe amical, il ne lui sourit pas et elle vit qu'il paraissait plus fatigué encore. Puis tous trois remontèrent sur l'un des bateaux et disparurent. Un quart d'heure passa. Ambre s'impatientait. Que pouvait-il bien faire? « Il ne m'a pas vue depuis dix mois et que fait-il?... Remonté boire sur son maudit bateau, probablement! » Elle frappait nerveusement le sol du pied et maniait son éventail. De temps en temps elle poussait un soupir, faisait une moue, puis se calmait. Le soleil s'était couché, pourpre au-dessus de la mer, une brise légère se levait, qui paraissait rafraîchissante après la chaleur du jour.

Il se passa une bonne demi-heure avant qu'il

revînt, et durant ce temps, l'attente joyeuse d'Ambre avait fait place à la colère. Il monta et s'assit lourdement. Lui lançant un regard oblique, elle dit aigrement :

— Eh bien! Lord Carlton! Vous voici enfin! Je vous en prie, ne vous dérangez pas pour moi!

La voiture s'ébranla :

— Je suis désolé, Ambre, j'ai eu tant à faire. Je...

Instantanément calmée, honteuse de sa mesquinerie car elle voyait ses yeux injectés de sang et les gouttes de sueur qui perlaient à son front en dépit de la fraîcheur, elle répondit :

— C'est moi qui suis désolée, mon cœur. Je sais bien que vous ne m'avez pas fait attendre pour le plaisir. Mais qu'aviez-vous donc de si pressé à terminer? Ces hommes ne sont certainement pas assez sots pour ne pas pouvoir décharger un bateau seuls!

Elle ne l'avait jamais vu si las, et posa tendrement sa main sur la sienne. Il sourit et, caressant ses doigts :

— Ils auraient très bien pu le décharger seuls, et n'auraient certes pas demandé mieux. Mais ce butin appartient au roi, et Dieu sait qu'il en a besoin! Les matelots n'ont pas été payés, les hommes refusent de travailler pour des bons qui ne sont pas honorés, les fournisseurs ne veulent pas vous livrer des marchandises qui ne seront pas réglées, ils le savent. Et, autant vous le dire tout de suite, les trois hommes qui étaient malades hier sont morts, et quatre autres sont atteints.

Elle eut un regard horrifié :

— Et qu'en avez-vous fait?

— Envoyés dans un hôpital de pesteux. On m'a dit que les portes étaient gardées, à présent, et que personne ne pouvait quitter la ville sans un certificat de bonne santé. Est-ce vrai?

— Oui. Mais ne vous en inquiétez
un pour vous ; je l'ai fait prendre en mêm
que le mien, celui de Nan et tous les a
Suzanne, elle-même, avait besoin d'un. Quelle h
toire ! Les rues étaient bloquées à un demi-mille autour de la mairie. Je crois que toute la ville est partie.

— Si on les donne ainsi sans voir les gens, cela n'a point de valeur.

Ambre fit un geste suggestif :

— Pour de l'argent, ils donneraient un certificat de vie à un mort. Je leur ai offert cinquante livres pour le tout et ils n'ont posé aucune question.

Elle eut un temps d'arrêt, puis :

— Je suis très riche, maintenant, vous savez.

Il s'était affaissé sur lui-même, comme si tous les muscles de son corps étaient las, mais il esquissa un sourire :

— Vraiment ! Est-ce aussi agréable que vous l'imaginiez ?

— Oh ! bien plus encore ! Seigneur ! mais tout le monde désire m'épouser maintenant ! Buckhurst et Talbot, et je ne sais combien d'autres. Quelle joie de leur rire au nez !

Ses yeux brillèrent de malice :

— C'est fort agréable d'être riche !

— Oui ! admit-il. C'est possible !

Tous deux gardèrent un silence que Bruce finit par rompre :

— Je me demande combien de temps durera cette épidémie !

— Pourquoi ?

— Eh bien ! je voudrais reprendre la mer d'ici un mois, mais les hommes ne voudront pas signer d'engagement. D'ailleurs, c'est de la folie ; on a trouvé des bateaux hollandais dont tout l'équipage était mort.

Ambre ne répondit pas, mais songea que, si épidémie il devait y avoir, celle-ci ne pouvaient tomber à un meilleur moment pour elle.

Quand ils arrivèrent à l'appartement, elle monta l'escalier la première, courant, tremblant d'excitation. De tels moments la payaient de longs jours de solitude. Un tel bonheur était presque une souffrance, une joie qui vous torturait, vous épuisait, une de ces sensations qui ne pouvaient être habituelles, si profond que fût l'amour. C'était le prix de la solitude, de l'abandon, le fruit d'interminables mois de séparation.

Elle ouvrit toute grande sa porte et se retourna vivement pour le voir. Mais il n'était qu'à mi-chemin de l'escalier, le gravissant d'un pas lourd et lent qui lui était étrangement inhabituel. En arrivant sur le palier, il s'arrêta un instant, étendit la main, comme pour la toucher, mais se reprit et entra au salon. Ambre, désappointée, sentit un frisson lui parcourir le corps. Puis elle se tourna lentement et le vit qui se laissait lourdement tomber dans un fauteuil. Sur-le-champ, son dépit égoïste fit place à un sentiment d'horreur.

Il était malade!

Mais instantanément, avec une crainte superstitieuse, elle repoussa cette pensée, furieuse de lui avoir seulement permis de traverser son esprit. « Non! se dit-elle sauvagement, il n'est pas malade! Il est simplement fatigué et affamé. Quand il se sera reposé et qu'il aura mangé, il sera de nouveau lui-même. »

Bien décidée à ne pas lui laisser soupçonner cette crainte traîtresse, elle s'approcha avec un joyeux sourire, se débarrassa de son manteau, qu'elle jeta sur un fauteuil. Il leva les yeux, répondant à son sourire, mais poussa un bref soupir involontaire.

— Eh bien ! dit-elle, vous ne me dites même
si vous aimez mon appartement ? Tout est à la dernière mode et rien n'est anglais !

Elle faisait une drôle de petite grimace, mais tout en parlant le surveillait anxieusement du regard.

— Il est charmant, Ambre. Excusez-moi d'être aussi mal élevé. Pour dire la vérité, je suis éreinté, j'ai passé la nuit debout.

Ambre parut soulagée. Debout toute la nuit ! Allons ! qui n'en serait pas fatigué ? Il n'était pas malade. Dieu merci, oh ! Dieu merci !

— J'ai tout ce qu'il faut pour vous remonter. Venez, amour, donnez-moi votre manteau et votre épée, vous serez plus à l'aise.

Elle se pencha pour l'aider à déboucler son ceinturon, mais il la prévint et le lui tendit. Posant le tout sur une chaise voisine, elle alla chercher un plateau chargé de deux carafes, l'une de brandy, l'autre d'eau. Avec un sourire reconnaissant, il se servit tandis qu'elle portait leurs affaires dans la chambre à coucher.

— Je reviens à la minute. Et nous pourrons nous mettre à table sans attendre. Tout est prêt.

Elle courut dans sa chambre et, tout en changeant de robe et en défaisant ses cheveux, elle bavardait avec lui, espérant toujours qu'il était moins fatigué qu'il n'en avait l'air et qu'il allait se lever et venir à elle. Mais il ne bougea pas, buvant son brandy et parlant fort peu.

— J'ai choisi tout ce que vous aimez pour le dîner : du jambon de Westphalie, du canard rôti, un pudding aux amandes et du champagne. Il devient très difficile d'obtenir des vins français, depuis la guerre. Seigneur, comment ferons-nous, si jamais nous sommes en guerre avec la France ?

Est-ce possible, croyez-vous ? Buckhurst, Sedley et les autres disent que c'est certain...

Elle parlait avec volubilité, pour éviter de penser. Disparaissant un instant, elle réapparut vêtue d'une robe d'intérieur de soie blanche, ses petits pieds dans des mules d'argent. Elle se dirigea lentement vers lui, et les yeux verts de Bruce s'assombrirent, comme une eau profonde. Avalant le reste du carafon, il se leva et, bien qu'ils fussent face à face, ne fit pas un geste pour la toucher. Ambre attendait, la respiration courte, mais comme il se détournait, elle dit doucement :

— Je vais chercher les plats.

Elle se rendit à la cuisine où le garçon avait déposé le dîner ; la soupe bouillait doucement sur les cendres du foyer. Après qu'elle l'eut servie, ils s'assirent et, bien que tous deux fissent de louables efforts pour soutenir la conversation, celle-ci se traînait. Bruce déclara que le dîner était exquis, mais il mangeait lentement et n'avait visiblement aucun appétit. Finalement il posa sa fourchette :

— Je suis navré, Ambre, mais je ne peux pas manger. Je n'ai pas faim !

Elle se leva, s'approcha de lui, car ses craintes grandissaient. Non, il n'avait pas l'air fatigué, il avait l'air réellement malade :

— Si vous alliez dormir, mon cœur. Après être resté debout toute la nuit, vous...

— Oh ! Ambre, inutile de se leurrer. J'ai la peste. Au début, j'ai cru que c'était tout simplement le manque de sommeil. Mais j'ai trop de symptômes pareils à ceux des autres : pas d'appétit, mal à la tête, vertiges, transpiration, et je commence à avoir des nausées.

Il jeta sa serviette, repoussa son fauteuil et se mit péniblement sur ses pieds :

— Je crains que vous ne soyez obligée de par…
seule, Ambre.

Elle le regarda fermement :

— Je ne partirai pas sans vous, Bruce, vous le savez bien. Mais je suis sûre que ce n'est pas la peste. Ce n'est pas possible. Vous êtes fort et bien portant. Après une bonne nuit de sommeil, je sais que vous irez mieux !

Il sourit faiblement, mais secoua la tête.

— Non, je crains que vous ne vous trompiez. Je prie Dieu, simplement, de ne pas vous avoir contaminée. C'est pour cela que je ne vous ai pas embrassée. J'avais peur...

Il jeta un regard autour de lui.

— Où sont mon manteau et mon chapeau ?

— Vous n'allez pas sortir d'ici. Vous resterez avec moi. Seigneur ! Combien de fois me suis-je sentie aussi incommodée que vous en ce moment ! Et le lendemain j'étais debout. Avoir mal à la tête ne signifie pas avoir la peste ! Si vous vous sentez mieux, nous partirons demain matin, et si vous êtes malade, eh bien ! je vous soignerai.

— Oh ! Ambre, mon cœur... Vous ne pensez pas que je le permettrais ! Je peux être mort dans...

— Bruce ! Voulez-vous vous taire ! Si c'est réellement la peste, je vous soignerai, et je vous guérirai. Ma tante Sarah m'a appris comment l'on soigne les malades.

— Mais c'est une maladie infectieuse, vous risquez de l'attraper. Et elle est généralement fatale. Non, ma bien chérie, je m'en vais. Donnez-moi mon chapeau et mon manteau... voulez-vous ?

Il se détourna et l'expression de colère inquiète qu'il avait vainement cherché à dissimuler apparut clairement. Son visage était baigné de sueur, les gouttes roulaient le long de ses joues, il marchait comme un homme ivre. Ses muscles ne lui obéissaient plus ; un lancinant mal de tête l'obligeait à fermer les yeux et il ressentait une douleur sourde dans le dos, les reins et les jambes. Un frisson le saisit, les nausées le reprirent.

Ambre le saisit par le bras, bien décidée à le garder chez elle, dût-elle l'étourdir d'un coup de poing. Car, s'il sortait, elle savait très bien qu'il serait arrêté par le guet pour ivresse — la méprise était fréquente — ou, sinon, dirigé sur un hôpital de pesteux. Si vraiment il était malade — et elle finissait par le croire —, elle entendait le soigner.

— Étendez-vous un instant sur le canapé auprès du feu et reposez-vous pendant que je fais une tisane. Vous ne pouvez faire un pas dans cet état. Vous vous sentirez mieux après, je vous assure, et ce sera prêt en un instant.

Elle prit son bras et, soutenu par elle, il traversa la pièce, jusqu'au coin du feu. Visiblement il répugnait à rester, mais devenait de moins en moins capable de prendre une décision ; de minute en minute il se sentait plus vague, plus faible. Avec un profond soupir, il se laissa tomber sur le siège capitonné, les yeux clos. Il frissonnait, cependant que sa veste était trempée de sueur. Ambre le laissa et courut dans sa chambre, d'où elle revint avec un édredon de satin qu'elle jeta sur lui.

Certaine alors qu'il ne pouvait plus s'en aller et s'endormirait probablement, elle se précipita à la cuisine et entreprit de fouiller dans la provision d'herbes amassée par Nan. Elle mit une pincée de chaque dans une bouilloire : barbe de capucin, chiendent et oseille contre les nausées ; souci et pourpier contre la fièvre ; ellébore, belladone, nard indien contre les maux de tête — chacune cueillie suivant les lois de l'astrologie, sous l'influence planétaire qui convenait. Elle avait grande confiance en leur efficacité. Elle versa de l'eau chaude dans la bouilloire et la pendit à la crémaillère, mais le feu était pour ainsi dire éteint. Elle prit quelques morceaux de bois, du charbon dans le seau et s'agenouilla pour faire marcher le soufflet. Après maints efforts, la flamme s'éleva, haute et brillante; elle courut aussitôt dans le salon, afin de s'assurer qu'il était bien, car elle n'avait entendu aucun bruit.

Il était étendu de tout son long, mais l'édredon était tombé. Les yeux clos, le visage contracté, il s'agitait sans cesse. Comme elle se penchait au-dessus de lui pour le recouvrir, il la regarda et soudain la saisit violemment par le poignet :

— Que faites-vous ?

Sa voix était pâteuse et enrouée, les mots se bousculaient. L'iris gris-vert de ses yeux luisait, mais le globe en était injecté de sang.

— Je vous ai dit de vous en aller. Allons, filez !

Il cria presque les derniers mots et lui secoua le bras avec fureur. Ambre était très effrayée, car elle craignait qu'il n'ait perdu l'esprit, mais elle se força à répondre d'une voix calme et posée :

— Je vous ai fait de la tisane, Bruce; elle sera prête dans un instant. Vous pourrez vous en aller ensuite. Mais, pour le moment, restez tranquille et reposez-vous.

Il parut revenir à la pleine raison :

— Ambre, je vous en prie ! Je vous en prie, allez-vous-en et laissez-moi seul ! Je serai probablement mort demain, et vous tomberez malade à votre tour, si vous restez.

Il fit mine de se lever, mais elle le repoussa et il s'affaissa, presque inconscient. « En tout cas, se dit-elle, je suis plus forte que lui. Il ne s'en ira pas. » Elle l'observa avec anxiété, mais il était parfaitement tranquille. Rapidement, et sur la pointe des pieds, elle sortit de la pièce. Elle était si ébranlée que ses mains et ses genoux tremblaient. Elle laissa choir un pot d'étain et le bruit la terrifia. Mais, comme elle se baissait pour le ramasser, elle entendit du bruit dans la chambre.

Rassemblant ses jupes, elle y courut et trouva Bruce au milieu de la pièce, jetant partout des regards vagues et furieux. Elle se précipita vers lui :

— Bruce, que faites-vous ?

Il lui lança un regard méfiant, leva le bras pour la repousser et marmonna un juron. Elle se cramponna à lui, mais il lui donna un coup qui faillit lui faire perdre l'équilibre. Tout en reculant, elle s'accrocha à lui et le tira vers elle. Il trébucha, tenta de se maintenir, puis tous deux roulèrent sur le plancher, Ambre à demi étourdie à ses côtés. Il resta ainsi étendu, sans un mouvement, la bouche et les yeux ouverts, totalement inconscient.

Ambre, un instant abasourdie, s'écarta doucement, puis se releva. Penchée sur lui, elle l'attrapa sous les aisselles et tenta de le tirer vers la chambre à coucher ; mais il mesurait un pied de plus et pesait quatre-vingts livres de plus qu'elle ; jamais elle ne parviendrait à le mouvoir. Elle tirait et poussait avec l'énergie du désespoir, et les larmes lui venaient aux yeux quand elle se souvint que Tempête et Jeremy devaient probablement être là-haut, au cinquième.

Tournoyant sur elle-même, elle se précipita par l'escalier de service et fit irruption dans leur chambre, sans même prendre la peine de frapper. Les deux hommes étaient accoudés à la fenêtre, fumant leur pipe. Ils la regardèrent avec stupeur.

— Tempête, Jeremy ! s'écria-t-elle. Venez avec moi !

Et elle repartit aussi vite qu'elle était venue. Les deux serviteurs posèrent leurs pipes et la suivirent jusqu'au salon où ils trouvèrent Bruce une fois de plus debout, les jambes écartées pour conserver son équilibre, et les épaules chancelantes. Ambre courut se placer devant lui, suivie des deux hommes qui, toutefois, restèrent à certaine distance, l'observant d'un air hésitant. Bruce fit un pas en avant, l'air menaçant, comme pour se frayer un passage. Il avait l'air d'un homme ivre au point d'en rouler par terre.

Ambre le regardait, comme hypnotisée et, quand il passa près d'elle, involontairement elle s'écarta pour lui faire place, tout en étendant les mains dans un geste irréfléchi, car il paraissait devoir tomber d'un instant à l'autre. Mais elle ne le toucha pas. Franchissant la porte, il traversa l'antichambre, atteignit le palier et s'arrêta un instant devant l'escalier, comme un colosse qui contemple le vide. Il descendit une marche, une autre, mais soudain poussa un grognement et vacilla, cherchant à se raccrocher à la rampe. Ambre se mit à crier et les deux hommes se précipitèrent juste à temps pour retenir Bruce et l'empêcher de rouler en bas la tête la première. Soutenu par eux, il se laissa ramener dans l'appartement, la tête penchée sur la poitrine, dans un état de semi-inconscience.

Ambre les dirigea vers la chambre, découvrit le lit et leur fit signe de l'étendre sur les draps de soie blanche. Immédiatement elle se mit en devoir de lui retirer ses souliers et ses chaussettes qui étaient, remarqua-t-elle, d'une singulière teinte jaunâtre, due à la sueur, et dégageaient une forte odeur, très désagréable, qui ne lui appartenait pas d'habitude. Elle avait commencé de dénouer son écharpe et s'attaquait à son habit quand elle se souvint de Tempête et de Jeremy. Ils la regardaient, blêmes, les yeux agrandis par l'horreur. Ils venaient tout juste de comprendre qu'ils avaient touché et transporté non un homme ivre, mais un pesteux.

— Sortez d'ici, murmura-t-elle, furieuse de voir la terreur peinte sur leurs visages.

La bouche ouverte, sans mot dire, ils se précipitèrent au-dehors, claquant violemment la porte derrière eux.

La chemise de Bruce était trempée au point de coller à sa peau. Ambre ramassa la sienne, qui traînait par terre, pour le frotter et le sécher. Quand elle l'eut déshabillé, elle le recouvrit et ôta l'oreiller de dessous sa tête, car elle savait qu'il n'en usait jamais. Il était calme à présent, marmonnant seulement de temps à autre quelques paroles inintelligibles. Elle courut à la cuisine. L'eau de la tisane n'avait pas encore assez bouilli et, tout en attendant, elle inspecta le buffet afin de savoir sur quelles provisions elle pouvait compter. Comme elle faisait toujours venir ses repas du dehors, elle ne trouva que quelques gâteaux à l'orange, un bol de cerises, deux ou trois bouteilles de vin et une d'eau-de-vie. Tandis qu'elle faisait mentalement la liste de ce qui lui manquait tout en surveillant la tisane, elle prêtait l'oreille au moindre bruit. Finalement elle saisit la bouilloire et en versa le contenu dans le broc d'étain. La décoction dégageait une odeur nauséabonde, mais, enveloppant la poignée d'une serviette, elle regagna la chambre.

Bruce était toujours au lit. Appuyé sur un coude, il la vit entrer. Il venait de vomir sur le plancher. Il avait l'expression humble et contrite d'un enfant qui aurait fait une sottise. La maladie l'humiliait. Il parut vouloir dire quelque chose, sans y parvenir, et retomba épuisé dans le lit. Ambre avait entendu parler d'hommes en parfaite santé le matin et qui étaient morts de la peste durant la nuit, mais, jusqu'à présent, elle n'avait pas cru possible qu'une maladie pût faire des progrès aussi rapides.

Le sentiment de sa propre impuissance la submergea soudain. Sarah lui avait bien appris comment soigner un accès de fièvre ou la petite vérole, que faire pour une brûlure ou une indigestion, mais la peste était un mal mystérieux, étrange et maléfique. D'aucuns prétendaient que cela sortait du sol, comme une émanation empoisonnée pénétrant par tous les pores de la peau, et se transmettait, par conséquent, par contact direct. Mais personne ne connaissait ni ne prétendait en connaître l'origine réelle, pourquoi cela dégénérait parfois en grande épidémie, ni comment guérir ce mal. Néanmoins, Ambre sentait qu'il lui fallait une aide quelconque, des conseils.

A genoux, elle entreprit de nettoyer le plancher avec la chemise de Bruce. « Je vais envoyer Jeremy chercher un docteur, se dit-elle. Il en saura toujours plus que moi ! »

Quand elle essaya de faire boire un peu de tisane à Bruce, il la repoussa, murmurant d'une voix pâteuse :

— De l'eau... Soif ! Tellement soif !

Il passait sa langue sur ses lèvres comme pour les humecter. Ambre vit que cette langue était rouge et enflée. Elle apporta un broc d'eau fraîche de la cuisine, et il but avidement trois verres pleins. Puis, avec un profond soupir, il se laissa retomber sur le lit et demeura calme. Voyant cela, Ambre grimpa une fois de plus sous les combles et frappa à la porte de ses domestiques. Elle attendit impatiemment quelques secondes et, ne recevant pas de réponse, entra.

Il n'y avait personne. Quelques vêtements souillés gisaient à terre, mais la vieille armoire aux battants ouverts était vide, ainsi que les tiroirs de la commode. Ils étaient partis! « Les misérables! murmura Ambre. Maudits soient ces ingrats fripons! » Mais elle ne s'arrêta pas davantage et redescendit en courant, car elle redoutait de laisser Bruce seul, ne fût-ce qu'une minute.

Il était couché dans la même position, s'agitant sans trêve, marmonnant des paroles sans suite. Mais il était impossible de le comprendre, et il paraissait avoir le délire. Elle appliqua une compresse froide sur son front, lissa les draps, borda les couvertures et épongea la sueur qui baignait toujours son visage. Puis elle nettoya la pièce, rangea ses affaires, étendit le linge de Bruce sur des chaises pour qu'il séchât, apporta une cuvette pour le cas où il aurait de nouvelles nausées, ainsi qu'un urinoir d'argent. Elle s'occupait pour ne pas avoir à réfléchir. Il était près de dix heures, les rues étaient tranquilles; seuls perçaient le roulement d'une voiture ou le chant d'un gamin porteur de torches. Elle entendit le crieur qui agitait sa cloche :

— Dix heures passées, en une belle nuit d'été, tout va bien!

Deux ou trois fois Bruce fut pris de nausées et elle lui tint la cuvette et l'aida à s'asseoir, recouvrant sa poitrine d'un linge blanc. Finalement il eut encore un gros vomissement. Puis il voulut se lever, mais elle l'obligea à rester et alla chercher l'urinoir. Elle vit alors une légère grosseur rouge poindre à l'aine droite : le commencement d'un bubon. Tout espoir s'évanouit en elle.

XXXIII

La nuit s'écoula avec une lenteur incroyable.

Après avoir mis la chambre en ordre et apporté de l'eau fraîche du grand broc qui se trouvait à la cuisine, elle se lava la figure, se brossa les dents et se peigna soigneusement. Finalement elle tira le petit lit de camp et s'y allongea. Mais elle restait en éveil et chaque fois qu'elle glissait dans le sommeil elle sursautait, avec l'affreuse sensation qu'il était arrivé quelque chose à Bruce. Cependant, quand elle se levait pour le voir, il était toujours dans la même position, agité, prononçant des paroles incohérentes, le visage contracté par une expression d'irritation anxieuse. Était-il conscient, elle n'en savait rien, car, bien que ses yeux fussent entrouverts, il ne paraissait ni la voir, ni l'entendre, ni même se rendre compte de sa présence. Vers le milieu de la nuit, la transpiration s'arrêta, sa peau devint sèche et brûlante et son visage très rouge. Le pouls était rapide, la respiration haletante, et de temps en temps il toussait.

Vers quatre heures, le jour commença de poindre et Ambre décida de se lever, bien que ses yeux lui fissent mal et qu'elle se sentît tout étourdie de fatigue. Elle enfila sa chemise, un jupon par-dessus, passa la robe qu'elle portait la veille, mais sans pouvoir la lacer entièrement, n'ayant pas mis de corset, et chaussa, sans bas, une paire de souliers à hauts talons. Puis elle se donna un rapide coup de peigne et se débarbouilla. Mais elle ne mit ni poudre ni mouches. Pour une fois, son apparence ne la préoccupait pas.

La chambre empestait, car toutes les fenêtres étaient closes. Ambre ne redoutait pas l'air pour elle-même, mais elle partageait la croyance vulgaire qu'aérer la chambre d'un malade lui était fatal. Et elle ajoutait foi, superstitieusement, au dicton campagnard qui déclarait, en cas de maladie sérieuse, que la mort ne pouvait pénétrer dans une maison aux portes et fenêtres verrouillées. L'air épais et lourd avait une odeur dont Ambre ne perçut la force qu'après avoir ouvert la porte donnant dans le salon et respiré une bouffée d'air frais. Puis elle alluma le feu dans la chambre à coucher, et y jeta une poignée d'herbes sèches. Elle plia le lit de camp, puis, voyant que Bruce paraissait plus tranquille, descendit vider et rincer les seaux d'eaux sales dans la petite cour particulière. Elle fit deux voyages supplémentaires pour remonter de l'eau fraîche. Depuis le temps, elle avait oublié combien pénibles et ennuyeuses sont les tâches domestiques.

Bruce avait toujours une soif intense, mais, bien qu'elle lui donnât verre d'eau sur verre d'eau, rien ne l'apaisait, et bientôt il les rejeta. Il vomit plusieurs fois coup sur coup, avec violence. Il en sortait baigné de sueur, épuisé, inconscient. Ambre, qui lui tendait le seau et le soutenait, en était malade d'horreur et de pitié. Une rage folle grandissait en elle : « Il va mourir ! se disait-elle, tenant la cuvette sous son menton, et l'aidant à se relever. Il va mourir, je le sais ! Oh ! cette sale maladie ! Pourquoi est-elle venue ? Pourquoi l'a-t-il attrapée, lui ? Pourquoi doit-il être un de ceux-là, lui, et pas d'autres ? »

Une fois de plus, il se laissa retomber sur ses oreillers et, soudain, elle se cramponna à lui, les doigts crispés sur ses bras aux muscles inutiles, mais encore durs sous la peau brune. Elle se mit à pleurer, le tenant serré contre elle comme pour le défendre contre la mort. Elle murmurait son nom, entrecoupé d'imprécations et de paroles tendres.

Ses sanglots convulsifs devinrent de plus en plus violents, jusqu'à ce qu'elle perdît à peu près le contrôle d'elle-même.

Elle fut tirée de cet abîme de désespoir égoïste par Bruce, dont les doigts, agrippant ses cheveux, la forcèrent à relever la tête. Elle le regarda, le visage noyé de larmes, les yeux curieusement allongés par la traction exercée sur sa chevelure. Malade de honte et de remords, elle le fixait, se demandant avec désespoir ce qu'elle avait bien pu dire, et s'il l'avait entendue.

— Ambre...

Sa langue était enflée au point de remplir presque entièrement sa bouche, et elle était enduite d'une humeur blanchâtre, tandis que le bout restait rouge et luisant. Son regard était éteint, mais pour la première fois depuis de longues heures il la reconnaissait ; il semblait faire un effort désespéré pour rassembler ses pensées et les exprimer.

— Ambre... pourquoi... pourquoi... n'êtes-vous... pas... partie ?

Elle eut un regard pitoyable, comme un animal pris au piège :

— Je pars, Bruce, je pars. Dans un instant.

Elle fit un mouvement pour se retirer, mais ne parvint pas à se dégager.

Finalement, il lâcha ses cheveux, poussa un profond soupir, et fit rouler sa tête de côté :

— Dieu... vous garde... Partez... pendant...

La phrase s'acheva en une sorte de bouillie, et il resta relativement tranquille, tout en marmonnant des paroles incompréhensibles. Lentement, avec précaution, elle s'écarta, sincèrement épouvantée, car elle avait entendu d'abominables histoires sur des malades de la peste devenus fous. Elle en avait la sueur au front quand enfin elle put se relever et se mettre hors de portée. Mais elle ne pleurait plus et se rendait compte que, pour lui être d'une utilité quelconque, il fallait avant tout qu'elle conservât son calme. Ainsi elle pourrait faire l'impossible pour alléger ses souffrances et prier Dieu qu'il ne mourût pas.

Résolument elle se remit au travail. Elle lui lava le visage et les mains, le peigna — il n'avait pas de perruque —, arrangea le lit et lui posa une compresse fraîche sur le front. Il avait les lèvres sèches et gercées par la fièvre ; elle les enduisit de pommade. Puis elle apporta des serviettes propres, rassembla tout le linge sale dans un grand sac, en dépit du fait qu'évidemment, aucune blanchisseuse ne consentirait à s'en charger, si jamais on apprenait que la peste régnait dans l'appartement.

Vers six heures, la rue s'anima. En face, un apprenti ôta les volets d'une petite mercerie, une voiture passa et Ambre entendit le cri familier :

— C'est la laitière qui passe !

Elle ouvrit promptement la fenêtre :

— Attendez ! J'en voudrais !

Jetant un coup d'œil sur Bruce, elle prit un peu de monnaie sur la coiffeuse, courut à la cuisine décrocher un pot et descendit rapidement :

— Un gallon, s'il vous plaît !

La jeune fille, rose et resplendissante de santé, était une de ces paysannes qui viennent tous les jours de Finsbury ou de Clerkenwell. Elle sourit à Ambre, tout en versant le lait :

— Il va encore faire chaud, aujourd'hui, dit-elle pour causer.

Ambre, qui tendait l'oreille pour écouter ce que faisait Bruce — elle avait laissé la fenêtre légèrement entrouverte —, répondit par un signe de tête distrait. A ce moment, un roulement sonore emplit l'air. C'était le glas, qui sonna trois fois. Quelque part, dans la paroisse, un homme mourait et ceux qui entendaient le glas devaient prier pour le repos de son âme. Ambre et la laitière échangèrent un regard effrayé et, fermant les yeux, murmurèrent une prière.

— C'est trois pence, Madame, dit la jeune fille et Ambre vit le regard de méfiance qu'elle portait sur sa robe noire.

Elle paya, prit le broc, très lourd, et se dirigea vers la maison. Sur le pas de la porte, elle se retourna :

— Viendrez-vous demain ?

La jeune fille avait repris son joug et s'était déjà éloignée :

— Non, Madame, pas demain. Je ne reviendrai pas en ville d'ici quelque temps. Sait-on qui restera bien portant ?

Et, de nouveau, elle enveloppa Ambre du regard.

Ambre trouva Bruce comme elle l'avait laissé, mais à peine était-elle là qu'il se remit à vomir et tenta de s'asseoir. Elle courut à lui. Il n'avait plus les yeux injectés de sang ; en revanche, le blanc était devenu jaunâtre, et ils étaient profondément enfoncés dans leurs orbites. Il avait visiblement perdu toute notion de l'extérieur, ne voyait ni n'entendait plus. Il ne bougeait et n'agissait que par instinct.

Plus tard, elle fit d'autres achats. Du fromage, du beurre, des œufs, un chou, des oignons, des navets, une laitue, un pain de sucre, une livre de lard et quelques fruits. Elle but du lait et acheva en partie le canard froid de la veille, mais, quand elle proposa de la nourriture à Bruce, il ne répondit pas. Elle essaya de porter un verre de lait à ses lèvres, mais il le repoussa. Elle ne savait que faire et décida qu'il valait mieux prendre conseil d'un docteur. Elle espérait en voir passer un devant la maison, car ils portaient en général des cannes à pommeau d'or afin qu'on les distinguât. Avec tant de gens qui les appelaient partout, elle ne pouvait manquer d'en apercevoir un. Car elle redoutait de laisser Bruce seul un certain temps.

Mais quand, finalement, elle s'aperçut que ses déjections devenaient sanguinolentes, elle prit peur et décida de ne plus attendre davantage. Prenant ses clefs, elle quitta la maison et courut là où elle se souvenait avoir vu une plaque de docteur. Elle y parvint tout essoufflée, et donna un impatient coup de marteau à la porte. Comme personne ne venait, elle frappa plusieurs coups répétés, attendit encore un instant, et se disposait à s'en aller quand une femme ouvrit. Elle tenait un tampon de pommade sur son nez et considéra Ambre d'un air soupçonneux.

— Où est le docteur? Je veux le voir tout de suite.

La femme répondit froidement d'un air irrité :

— Le docteur Barton fait ses visites.

— Sitôt qu'il arrivera, demandez-lui de passer dans la maison à l'enseigne de la Plume, allée Saint-Martin, au coin...

Elle indiqua l'immeuble du doigt et s'enfuit. A son immense soulagement, Bruce — qui avait encore une fois vomi du sang — n'avait pas bougé.

Elle attendit nerveusement l'homme de l'art. Plus de cent fois elle se pencha à la fenêtre, maudissant son retard. L'après-midi était déjà fort avancée quand il apparut et elle courut l'accueillir au bas de l'escalier.

— Dieu merci! vous voilà! Vite!

C'était un vieil homme fatigué qui fumait une pipe; il la regarda avec lassitude :

— Rien ne sert de se presser, Madame.

Elle se retourna et le regarda avec colère, irritée de voir qu'il ne considérait pas ce malade comme étant tout particulièrement intéressant. Néanmoins, elle était soulagée qu'il fût là. Il allait pouvoir lui dire comment était Bruce et ce qu'il fallait faire. D'ordinaire, elle partageait le scepticisme populaire envers les docteurs; mais en ce moment, elle eût accepté comme parole d'évangile les prescriptions les plus oiseuses du dernier des charlatans.

Elle le précéda auprès du lit et le regarda entrer lentement, le surveillant de ses grands yeux inquiets. Bruce était dans une sorte de coma, bien qu'il s'agitât toujours et murmurât sans cesse. Le docteur Barton s'arrêta à quelques pas du lit et porta son mouchoir à son nez. Pendant un instant, il contempla le malade sans rien dire.

— Eh bien, demanda Ambre, comment est-il?

Le docteur haussa légèrement les épaules :

— Madame, vous me posez une question à laquelle je ne peux répondre. Je n'en sais rien. Y a-t-il un bubon?

— Oui, depuis la nuit dernière.

Elle rejeta les couvertures, de manière qu'il pût apercevoir la grosseur à l'aine qui atteignait la taille d'une balle de paume à demi submergée. La peau était rouge, tendue et luisante.

— Avez-vous l'impression qu'il en souffre beaucoup?

— Je l'ai touché une fois, incidemment, et il a poussé un cri terrible.

— La formation du bubon constitue la phase la plus douloureuse de la maladie. Peu y parviennent d'ailleurs.

— Alors, il vivra, docteur? Il va aller mieux?

Ses yeux brillaient.

— Madame, je ne peux rien vous promettre. Je l'ignore ! Nul ne le sait. Il nous faut simplement admettre que nous n'y comprenons rien, que nous sommes impuissants. Parfois on meurt en une heure, parfois cela dure des jours. La mort est quelquefois très douce, sans une convulsion, d'autres fois, c'est une agonie affreuse. Les forts et les bien portants sont aussi vulnérables que les faibles et les malades. Que lui avez-vous donné à manger ?

— Rien ! Il refuse tout ce que je lui offre. Et il vomit si souvent que cela ne servirait à rien.

— N'empêche, il faut qu'il se nourrisse. Forcez-le et faites-lui prendre souvent quelque chose, toutes les trois ou quatre heures. Donnez-lui des œufs, du bouillon, du vin chaud. Et tenez-le aussi au chaud que possible. Enveloppez-le de toutes les couvertures que vous avez et ne le laissez pas se découvrir. Faites chauffer des briques pour ses pieds et, si vous avez des cruchons de grès, utilisez-les. Et faites un sinapisme pour le bubon : des figues, du vinaigre et du miel, si vous en avez, avec de la mie de pain et beaucoup de moutarde. S'il veut l'arracher, bandez-le. Tant que l'abcès ne sera pas ouvert et ne coulera pas, ses chances de guérison sont faibles. Donnez-lui un violent émétique, du tartrate d'antimoine dans du vin blanc, par exemple, et un lavement. C'est tout ce que je peux vous dire. Et vous-même, Madame ? Comment vous sentez-vous ?

— Très bien, si ce n'est la fatigue. J'ai été debout une grande partie de la nuit.

— Je vais le signaler à la paroisse, et l'on vous enverra une aide. A titre préventif, je vous recommande d'infuser des baies de genièvre dans du vinaigre et d'en faire des fumigations plusieurs fois par jour.

Il se dirigea vers la porte et Ambre, sans quitter Bruce des yeux, le suivit.

— A propos, Madame, vous feriez mieux de cacher tous les objets de valeur que vous avez chez vous, avant l'arrivée de la nurse.

— Grand Dieu ! quel genre de femme va-t-on m'envoyer ?

— La paroisse est bien obligée d'accepter les volontaires — nous en comptons trop peu — et, bien que certaines d'entre elles soient suffisamment honnêtes, la vérité oblige à dire que la plupart ne le sont pas.

Il avait atteint l'antichambre. Avant de descendre, il dit encore :

— Si les taches caractéristiques de la maladie apparaissent, vous ferez bien d'envoyer prévenir le sacristain de sonner le glas. Personne ne peut plus rien dans ce cas !

Comme il parlait, ils entendirent le son de la cloche ; deux coups, pour une femme :

— La vengeance de Dieu est sur nous, en punition de nos péchés. Allons, adieu Madame !

Ambre rentra et se mit immédiatement au travail, car, si fatiguée fût-elle, mieux valait s'occuper, et tout ce qu'elle faisait pour lui l'emplissait de joie et lui donnait le sentiment du devoir accompli.

Elle remplit plusieurs boules d'eau chaude, rapporta une demi-douzaine de couvertures de la nursery ; Bruce protesta en les repoussant mais, patiemment, chaque fois, elle le recouvrait à tel point que la sueur coulait le long de ses joues et que ses draps étaient trempés. Le feu pétillait et elle l'activa, faisant régner une telle chaleur dans la pièce que, tout en ayant enlevé son jupon, retroussé ses manches et défait sa robe, la soie lui collait au corps.

Elle lui fit avaler l'émétique et, sans en attendre l'effet, administra le lavement. Ce fut une tâche pénible et difficile, mais Ambre était au-delà de tout dégoût; elle faisait ce qui était nécessaire, le mieux qu'elle pouvait, sans épiloguer. Après quoi elle nettoya la pièce, se lava les mains et se rendit à la cuisine préparer le sinapisme et fabriquer une boisson à base de lait chaud, de sucre, d'épices et de vin blanc. Il se laissa appliquer le cataplasme sans protestation, ne paraissant s'apercevoir de rien. Soulagée, car elle avait craint de lui faire mal, elle retourna finir son lait caillé. Elle goûta la mixture et y ajouta encore un peu de cannelle. Vraiment, c'était bon! Elle versa le tout dans le grand pot à tisane et s'apprêtait à le porter dans la chambre quand elle entendit un cri qui lui glaça le sang. Puis un coup violent et un craquement sinistre.

Posant vivement son broc sur le buffet, elle se précipita. Bruce était à moitié tombé par terre. Près de se lever, il avait été, apparemment, pris de faiblesse et avait renversé sa table de chevet.

— Bruce! cria-t-elle.

Mais il n'avait conscience ni d'elle, ni de ce qu'il faisait. Lentement, il se redressa, essayant d'atteindre la petite fenêtre, qu'elle avait oublié de fermer. Elle s'élança, saisissant un chandelier qui se trouvait sur la commode et, au moment où il mettait le pied sur le rebord, le retenant par le bras, elle lui assena un bon coup sur la nuque. Elle devina que des gens dans la rue observaient la scène et elle entendit une femme hurler.

Il chancela sous le coup, reculant lentement, et elle l'entoura de ses bras, cherchant désespérément à le faire tomber sur le lit. Mais il était trop lourd et, en dépit de ses efforts, glissa lentement vers le sol. Sachant qu'elle serait alors incapable de le soulever pour le recoucher, elle le poussa violemment et il s'affaissa en travers du lit, l'entraînant dans sa chute. Rapidement elle se releva, jeta une couverture sur lui, car il était nu et en sueur. Poussant, tirant, sacrant de peur et de colère, elle parvint à le remettre au lit, et se laissa tomber sur une chaise, exténuée, tremblant de la tête aux pieds.

Elle vit alors une traînée de sang qui coulait le long de sa nuque et elle se leva péniblement. Elle épongea la blessure avec du coton et de l'eau fraîche et, déchirant une serviette, banda la plaie. « Au diable cette nurse ! songea-t-elle, furieuse. Pourquoi n'arrive-t-elle pas ? » Elle remit le cataplasme en place, renouvela l'eau chaude des bouillottes.

De retour à la cuisine, elle absorba une grande tasse de son lait caillé. C'était, disait-on, une boisson réconfortante et, de fait, elle se sentit mieux. « Si seulement cette maudite femme voulait bien arriver, se dit-elle, je pourrais peut-être dormir. Sans sommeil, je mourrai. » Elle se sentait totalement épuisée, et pendant quelques minutes fut réellement incapable de faire un mouvement ou de penser à quoi que ce soit. Puis sa lassitude s'atténua et elle se trouva de nouveau en état d'agir.

Bruce fut un temps avant de reprendre conscience ; puis il devint plus agité et plus violent. Il s'agitait, rejetant ses couvertures, jurant d'une voix irritée. A peine eut-elle réussi à lui faire prendre un peu de lait caillé que, du revers de la main, il envoya le pot rouler sur le plancher.

Quand enfin il parut se calmer, elle prit une plume et du papier et s'installa tout auprès du lit pour écrire à Nan. C'était difficile, car elle voulait lui dire la vérité sans toutefois l'effrayer par trop ;

elle y travailla une bonne demi-heure. Puis elle sécha l'encre et scella le billet avec un gros cachet de cire dorée. Prenant alors un shilling, elle alla vers la fenêtre et l'ouvrit, se disant qu'elle trouverait bien un gamin dans la rue qui se chargerait de porter son message à la poste pour ce pourboire. Nan payerait le prix de l'affranchissement au reçu de la lettre.

Le ciel pâlissait et une étoile ou deux commençaient d'apparaître. Il n'y avait plus beaucoup de gens dehors, mais Ambre vit un jeune homme qui se bouchait le nez en passant devant la maison. En bas, un garde était posté contre le mur, sa hallebarde sur l'épaule. Cela signifiait que la croix rouge avait été peinte sur sa porte et qu'ils étaient tous deux enfermés chez eux pour quarante jours et quarante nuits, à moins qu'ils ne mourussent. Quelques jours auparavant, elle eût été terrifiée, maintenant elle acceptait le fait avec indifférence.

— Garde !

Elle parlait doucement et il leva la tête :

— Voulez-vous donner cette lettre à quelqu'un, afin qu'elle soit mise à la poste ? Je vous donnerai un shilling pour la peine.

Il fit oui de la tête ; elle lui jeta le tout et ferma la fenêtre. Mais elle resta un instant debout, contemplant les arbres et le ciel comme une prisonnière. Puis elle se retourna et, une fois de plus, recouvrit Bruce.

Il était près de neuf heures quand la nurse arriva. Ambre entendit quelqu'un en bas qui parlait au garde, puis on frappa à la porte. Elle prit un chandelier et se hâta de l'introduire.

— Pourquoi venez-vous si tard ? Le docteur m'avait dit qu'il vous enverrait dans le milieu de la journée.

— Je viens de quitter mon dernier malade, Madame, et il n'était pas pressé de mourir.

Ambre gravit précipitamment l'escalier devant elle, tenant la bougie haut pour l'éclairer, mais la vieille femme montait lentement, soufflant fort. Sur le palier, Ambre se retourna et l'examina. Ce qu'elle vit n'était guère rassurant : une femme d'environ soixante ans, énorme, au visage rond et flasque, au nez pointu et à la bouche sans lèvres. Elle portait une espèce de perruque jaune, hirsute, de travers, et une robe de velours rouge foncé, sale, usée, qui découvrait ses épaules malpropres et comprimait une grosse poitrine molle. De plus, elle sentait le rance et l'urine.

— Comment vous appelez-vous ? lui demanda Ambre, quand elle parvint au sommet, essoufflée.

— Spong, Madame ; Mrs. Spong.

— Je suis Mrs. Dangerfield. Le malade est ici.

Elle entra dans la chambre et Mrs. Spong la suivit en se dandinant, ses yeux bleus stupides ne perdant pas un détail du magnifique ameublement. Elle n'accorda même pas un regard à Bruce, jusqu'à ce que, exaspérée, Ambre lui dise :

— Eh bien ?

Elle sursauta et eut un vague sourire idiot, découvrant quelques chicots :

— Oh ! c'est le malade !

Elle le considéra un instant.

— Il n'a pas l'air bien, n'est-ce pas ?

— Non ! coupa Ambre, furieuse et déçue d'être embarrassée de cette imbécile. Êtes-vous une nurse, oui ou non ? Dites-moi ce qu'il faut faire ! Comment puis-je le soulager ? J'ai suivi toutes les prescriptions du docteur.

— Alors, Madame, si vous avez fait tout ce que le docteur vous a dit, je n'en sais pas plus.

— Mais comment le trouvez-vous ? Vous qui

avez vu d'autres malades. Comment vous paraît-il, comparé à eux ?

Spong l'examina un instant, suçant sa langue.

— Pour ça, Madame, dit-elle enfin, il y en a qui étaient pires. D'autres mieux. Mais, à parler franc, il n'a pas l'air bien. Et maintenant, Madame, n'avez-vous pas un peu de nourriture pour une pauvre femme affamée ? Dans ma dernière place, il n'y avait rien à manger. Je vous jure que...

Ambre lui lança un regard de dégoût, mais, comme Bruce recommençait à vomir, elle se précipita pour lui tenir la cuvette, indiquant la cuisine de l'autre main.

Elle se sentait plus lasse que jamais et complètement découragée. Cette vieille dégoûtante ne lui serait d'aucun secours. Jamais elle ne lui permettrait de toucher Bruce et, d'ailleurs, elle ne paraissait pas disposée à vouloir l'approcher. Tout ce qu'Ambre espérait, c'était obtenir qu'elle veillât Bruce cette nuit, afin de pouvoir dormir un peu. Le lendemain, elle la renverrait et chercherait à se procurer quelqu'un de mieux.

Une demi-heure passa sans qu'elle revît Spong. Finalement, exaspérée, elle partit à sa recherche et trouva sa jolie cuisine transformée en un cloaque. Le garde-manger était grand ouvert, un œuf cassé gisait par terre. Le jambon avait été sérieusement entamé et il manquait le quart de la roue de fromage. Spong se retourna et la regarda, étonnée. Elle tenait une tranche de jambon d'une main et, de l'autre, la bouteille de champagne ouverte la nuit dernière.

— Eh bien ! fit Ambre ironiquement. J'espère que vous ne mourrez pas de faim ici !

— Non, Madame, convint Spong. J'aime toujours mieux soigner les gens de qualité. Il y a plus à manger chez eux, voyez-vous !

— Allez dans la chambre et surveillez Sa Grâce. Je vais lui préparer quelque chose à prendre. Appelez-moi s'il se découvre ou cherche à vomir... mais ne le touchez pas...

— C'est Sa Grâce? Et vous, vous êtes Votre Grâce aussi, sans doute?

— Occupez-vous de vos affaires et faites ce que je vous dis. Allez!

Spong haussa les épaules et obéit. Ambre, préoccupée, prépara immédiatement un plateau. Quelques heures plus tôt elle avait réussi à lui faire avaler un bol de la soupe de la veille; mais il l'avait rendue au bout d'un quart d'heure. En lui tenant la cuvette pendant qu'il rejetait la soupe, elle avait été si découragée qu'elle en avait pleuré. Spong prenait la chose avec beaucoup plus de philosophie. Étalée dans un fauteuil, à cinq ou six pieds du lit, elle sirotait son vin et mâchonnait le reste du canard froid, jetant les os par la fenêtre et échangeant des plaisanteries obscènes avec le garde. Ambre s'en aperçut quand elle revint de la cuisine :

— Je vous conseille de ne plus rouvrir cette fenêtre! cria-t-elle en la refermant violemment. Que faites-vous?

Spong sursauta.

— Seigneur, Madame, je ne faisais pas de mal à Monsieur.

— Faites ce que je dis, et n'ouvrez plus la fenêtre, ou vous vous en repentirez. Sale vieille idiote! dit-elle entre ses dents.

Puis elle s'en alla laver la vaisselle et remettre la cuisine en ordre. Ambre avait été à bonne école auprès de Sarah Goodegroome, maîtresse de maison méticuleuse; on l'avait dressée à se charger de tout afin que la maison fût impeccable, dût-elle y travailler dix-huit heures par jour.

Bruce était de plus en plus agité et violent, ce qui, d'après Spong, était dû à la douleur du bubon. Deux de ses malades, dit-elle placidement, n'avaient pu le supporter : ils étaient devenus fous et s'étaient tués.

C'était affreux de le voir ainsi souffrir sans pouvoir le soulager. Ambre ne le quittait pas, cherchant à deviner ses moindres désirs. Elle remettait les couvertures en place chaque fois qu'il les rejetait, changeait le sinapisme. Une fois, alors qu'elle était penchée sur lui, il lui allongea un si violent coup de poing que, si elle ne s'était pas rapidement reculée, elle en eût roulé sur le plancher. L'abcès avait grossi : il avait à présent la taille d'une balle entière et la peau qui le recouvrait était dense et noire.

Spong restait assise, chantonnant, se frappant doucement la cuisse avec sa bouteille vide. Ambre était si occupée et si inquiète qu'elle en oubliait sa présence. Cependant, vers onze heures du soir, quand elle eut tout mis en ordre pour la nuit, et se fut elle-même déshabillée et lavée, elle se tourna vers la vieille femme.

— Je n'ai pas même dormi trois heures la nuit dernière et je suis à bout. Voulez-vous surveiller Sa Grâce pendant trois ou quatre heures ; vous me réveillerez ensuite et je vous remplacerai. Il nous faut nous relayer, car on ne peut le laisser seul. Vous le recouvrirez bien, s'il rejette les couvertures ?

— Oui, Madame, approuva Mrs. Spong d'un geste énergique qui fit glisser sa perruque et découvrit de rares cheveux gris. Vous pouvez compter sur moi. Parole !

Ambre monta le lit de camp de l'autre côté du lit, s'étendit en conservant sa robe de chambre, mais sans couverture, car il faisait très chaud. Elle redoutait de s'endormir — car elle n'aimait pas le laisser — mais elle sentait qu'il le fallait. Quelques secondes plus tard, elle avait perdu conscience.

Elle fut réveillée par un coup violent en pleine figure, et le poids d'un corps lourd qui tombait sur elle. Involontairement, elle poussa un cri, puis, comprenant ce qui s'était passé, lutta pour se dégager. Bruce, dans son agitation, était tombé du lit et avait roulé sur elle. Il gisait là, maintenant, inerte.

Elle appela Spong, mais ne recueillit aucune réponse. Comme elle se relevait, elle aperçut la vieille femme qui ouvrait tout juste un œil. Rapidement elle fit le tour du lit, administra un soufflet retentissant sur la face molle et, s'emparant d'un bras flasque, le secoua vivement.

— Debout! hurla-t-elle. Debout! misérable vieille souillon! Venez m'aider!

Réveillée en sursaut, Spong s'extirpa de son fauteuil avec plus de célérité que de coutume. Au bout de quelques minutes, elles parvinrent à remettre Bruce dans son lit. Il était inerte. Ambre se pencha anxieusement, cherchant à sentir les battements de son cœur, lui prenant le poignet : le pouls battait encore faiblement.

Tout à coup, elle entendit un gémissement. C'était Spong qui se lamentait :

— Ô Seigneur! qu'ai-je fait! Je l'ai touché et maintenant je vais attraper la...

Ambre se retourna, furieuse :

— Ce que vous avez fait! cria-t-elle. Vieille horreur! Vous vous êtes endormie et vous l'avez laissé tomber du lit. Vous auriez pu le tuer. Mais, par Jésus! s'il meurt, eh bien, vous finirez par souhaiter d'avoir la peste! Parce que je vous étranglerai, Dieu m'en est témoin. Je vous étranglerai de mes propres mains.

Spong recula, tremblante.

— Ô mon Dieu, Madame! Je n'ai fait que m'assoupir une minute, je vous le jure! Au nom du Ciel! Madame, ne me faites pas de mal!

Ambre laissa retomber ses poings serrés et se détourna avec dégoût :

— Vous n'êtes bonne à rien. Je prendrai une autre nurse demain.

— Vous ne pouvez pas, Madame. Vous ne pouvez pas renvoyer une nurse. Je suis dépêchée par la paroisse et je dois rester jusqu'à ce que vous soyez tous morts.

Ambre poussa un soupir d'épuisement et, les cheveux lui tombant sur le visage :

— Très bien. Allez dormir. Je le veillerai. Il y a un lit là-bas.

Et elle indiqua une chambre.

Durant le reste de cette longue nuit, elle ne quitta pas son chevet. Il était plus calme et elle ne voulait pas le troubler en le forçant à manger, mais elle se fit du café noir pour rester éveillée, et prit de temps en temps une gorgée de cherry-brandy. Mais elle était si fatiguée que cela lui donnait le vertige. Dans la pièce voisine, Spong ronflait. De temps en temps un roulement de voiture emplissait la rue, et le garde de nuit arpentait lentement le haut du pavé. Un chat miaulait ses amours dans le lointain. Le glas sonna trois fois et le veilleur de nuit lança son appel musical : « Prenez soin de vos montres, veillez à vos serrures. Surveillez votre feu et votre lumière. Que Dieu vous accorde une bonne nuit. »

Une heure du matin!

XXXIV

Le matin parut enfin, avec un soleil brillant et chaud dans un ciel sans nuages. Ambre, regardant au-dehors, souhaita désespérément un peu de brouillard. Cette joyeuse lumière était une cruelle raillerie envers les malades et les morts qui gisaient par milliers dans la ville.

Vers le petit jour, le visage de Bruce perdit l'expression de douleur inquiète qui ne l'avait pas quitté depuis le matin où elle l'avait retrouvé, et devint apathique et morne. Il avait perdu toute conscience. Quand Ambre approchait un verre d'eau de ses lèvres, il avalait involontairement, mais ses yeux restaient sans expression. Néanmoins ce calme la réconforta et elle se dit qu'il allait peut-être mieux. Elle s'habilla, répara le désordre de la nuit. Ses mouvements étaient lents, car elle se sentait les membres lourds et douloureux, le bord des paupières cuisant.

A six heures, elle alla réveiller Spong, la secouant rudement. La vieille femme pinça les lèvres, ouvrit un œil :

— Alors quoi, Madame ? Qu'est-ce qui se passe ?

— Levez-vous, c'est l'heure ! Ou bien vous m'aiderez, ou j'enfermerai les provisions et vous pourrez jeûner.

Spong la regarda avec reproche, blessée dans sa dignité :

— Seigneur ! Madame. Je ne pouvais pas deviner que c'était le matin !

Rejetant la couverture, elle sortit du lit, tout habillée, sauf les souliers, tirant et rajustant sa robe, relevant approximativement sa perruque. Elle s'étira, bâilla bruyamment, massa son gros ventre et enfonça un doigt dans sa bouche pour en sortir quelques filaments de viande qu'elle essuya sur le devant de sa robe maculée. Comme elle traversait la chambre à coucher pour se rendre à la cuisine, Ambre l'appela :

— Venez ici ! Qu'en pensez-vous ? Il est plus calme... le trouvez-vous mieux ?

Spong revint sur ses pas et considéra le malade en hochant la tête :

— Il a l'air mal, Madame, très mal ! J'en ai vu comme ça qui sont morts une demi-heure après.

— Oh ! le diable vous emporte ! Vous faites mourir tout le monde. Ce n'est pas vrai, vous m'entendez ? Allez, sortez d'ici !

Spong obéit :

— Bon Dieu ! Madame. Vous me le demandez, je vous le dis !

Une heure après, quand elle eut achevé de nettoyer la chambre et qu'elle eut fait ingurgiter à Bruce le restant de la soupe, Ambre dit à Spong qu'elle allait acheter un morceau de bœuf chez le boucher et resterait une vingtaine de minutes absente.

— Le garde ne vous permettra pas de sortir, Madame, prédit Spong.

— Je pense que si. Je m'en charge. Écoutez seulement ce que je vous dis : faites attention à Sa Grâce. Surveillez-le de près ; car, si en rentrant je trouve que vous l'avez laissé se faire du mal, de n'importe quelle façon, même en se découvrant, croyez-moi, je vous en ferai repentir !

Ses yeux bruns luisaient dangereusement, la pupille singulièrement dilatée, et elle parlait les dents serrées. Spong poussa un petit cri, effarée comme un lapin :

— Seigneur ! Madame, vous pouvez avoir confiance ! Je ne le lâcherai pas d'une semelle !

Ambre prit l'escalier de service et sortit dans la petite ruelle de derrière. Mais elle n'avait pas fait vingt mètres qu'elle entendit crier et se retourna ; le garde courait après elle.

— Vous vous sauvez, hein ?

Il paraissait enchanté.

— Ou peut-être ignorez-vous que la maison est bouclée ?

— Je le sais, et je ne me sauve pas. Il faut que j'aille acheter à manger. Voilà un shilling, puis-je passer ?

— Un shilling ? Je ne suis pas à vendre !

Il baissa la voix :

— Trois feront l'affaire.

Ambre sortit les pièces de son sac et les lui lança, car il n'osait pas s'approcher et fumait une grosse pipe, à titre préventif. Elle traversa rapidement la ruelle et s'engagea dans la grand-rue. Il y avait moins de monde dehors que la veille, et ceux qui marchaient ne flânaient pas et ne s'arrêtaient pas pour causer. Au contraire, ils se dépêchaient, un tampon sous le nez. Une berline, suivie de tout un train de charrettes bondées, passa et bien des têtes se retournèrent. Seuls les riches pouvaient ainsi se permettre de fuir ; les autres étaient obligés de rester et de courir leur chance, mettant tout leur espoir dans des amulettes et des herbes. Et il y avait bien des maisons closes, le long du chemin.

Chez le boucher, Ambre acheta un beau morceau de bœuf, que l'étalier lui tendit au bout de son pic, tandis qu'elle déposait l'argent dans une ancienne jarre à vinaigre. Elle mit dans son panier la viande enveloppée d'une serviette et, sur le chemin du retour, s'arrêta encore pour acheter deux paquets de bougies, trois bouteilles de brandy et un peu de café. Le café était une denrée chère qui ne se vendait pas dans les rues et, comme

Ambre n'en buvait pas souvent, elle espérait que cela la soutiendrait.

Elle retrouva Bruce tel qu'elle l'avait laissé et, bien que Spong affirmât ne pas l'avoir quitté, Ambre la soupçonna fortement d'avoir fouillé partout — dans la chambre à coucher, en tout cas — avec l'espoir de trouver de l'argent et des bijoux. Mais tout était sous clef dans une cachette que ni Spong ni personne ne découvrirait aisément. Spong eût bien aimé la suivre à la cuisine, afin de voir ce qu'elle avait rapporté, mais Ambre la renvoya auprès du malade. Elle enferma le brandy, non sans en avoir auparavant avalé une bonne gorgée. Puis, attachant ses cheveux et retroussant ses manches, elle se mit à l'ouvrage. Elle coupa la viande en morceaux, qu'elle mit dans une marmite d'eau bouillante avec une partie du lard acheté la veille. Puis elle trancha les os à grands coups de hachoir et les ajouta au reste, avec leur moelle. Vinrent ensuite un chou coupé en quatre, des poireaux, des carottes, des pois et une poignée d'herbes sèches.

Ce bouillon devait cuire plusieurs heures avant d'être bien réduit et passé. En attendant, elle prépara un breuvage au vin sec mêlé d'épices, de sucre et de jaunes d'œufs. Elle prit soin de bien écraser les coquilles, se souvenant de la croyance campagnarde suivant laquelle une sorcière risquerait sans cela d'y écrire votre nom ! Elle avait assez d'ennuis comme cela sans en chercher d'autres.

En faisant boire Bruce, elle vit que l'humeur blanchâtre sur la langue faisait place à des plaques rouges et irritées. Son pouls s'était accéléré, sa respiration était plus rapide et, par moment, il toussotait légèrement. Il était dans le coma ; pas endormi, mais totalement inconscient. Il ne réagissait même plus quand on touchait le bubon, devenu une grosse masse empâtée. Il ne paraissait pas possible qu'un être aussi malade pût résister longtemps.

Mais Ambre ne voulait pas y penser. Elle était d'ailleurs trop lasse. A la cuisine, elle acheva de tout mettre en ordre. Puis elle balaya les autres pièces, épousseta les meubles, mit le linge à tremper dans de l'eau savonneuse, alla chercher de l'eau et finalement — quand elle se sentit totalement à bout — retourna dans la chambre préparer le lit de camp.

Il était à peu près midi quand elle s'étendit et, bien que les rideaux fussent tirés, la chaleur du soleil pénétrait. Elle s'éveilla au bout de quelques heures, moite, la tête douloureuse, ayant l'impression que la maison entière vacillait. C'était Spong qui la secouait par l'épaule.

— Réveillez-vous, Madame, le docteur est en bas, qui frappe !

— Pour l'amour du Ciel ! murmura Ambre, ne pouvez-vous rien faire sans qu'on vous le dise ? Faites-le monter.

Spong prit un air offensé.

— Vous m'avez dit de ne quitter Sa Grâce sous aucun prétexte.

Ambre se leva péniblement. Il lui semblait avoir été droguée ; elle avait un mauvais goût dans la bouche, et un temps infini lui paraissait s'être écoulé depuis qu'elle s'était couchée. Cependant il n'était que cinq heures. Tirant les rideaux, elle se pencha sur Bruce mais il n'avait pas changé, ni en mieux ni en pis.

Le docteur Barton entra, l'air fatigué et malade lui-même. Comme la première fois, il s'arrêta à une certaine distance de Bruce. Ambre comprit avec désespoir qu'il avait vu tant de gens morts ou mourants qu'il ne les distinguait plus les uns des autres.

— Comment le trouvez-vous ? Vivra-t-il ?

Mais elle parlait sans espoir.

— C'est possible ; cependant, à parler franc, j'en doute. Le bubon a-t-il crevé ?

— Non ! il est plus mou à la surface, mais on le sent dur à l'intérieur. Il ne paraît plus s'en apercevoir quand je le touche. Y a-t-il quelque chose à faire ? Voyons, il y a bien un moyen de le sauver ?

— Ayez confiance en Dieu, Madame. Nous ne pouvons rien de plus. Si le bubon perce, soignez-le, mais faites bien attention de ne pas vous mettre de sang ou de pus sur les mains. Je reviendrai demain, et s'il n'a pas éclaté, nous l'inciserons. C'est tout ce que je peux vous dire. Au revoir, Madame.

Il s'inclina et sortit. Ambre l'accompagna.

— Ne pourrais-je pas avoir une autre nurse ? fit-elle d'une voix basse et pressante. Cette vieille femme ne sert à rien. Elle ne fait que manger et boire mes provisions. Je m'en tirerais mieux seule.

— Je regrette, Madame, mais on ne peut examiner les cas individuellement. Toutes les nurses sont incompétentes, et généralement vieilles ; si elles trouvaient un autre moyen de gagner leur vie, elles ne feraient pas ce métier. La paroisse les envoie chez les gens pour ne pas avoir à les entretenir. Et songez, Madame, que vous pouvez tomber malade à votre tour : il vaut mieux ne pas être seule.

Il partit, et Ambre décida que, puisqu'elle ne pouvait se débarrasser de Spong, elle l'utiliserait d'une manière ou d'une autre. Elle revint à la cuisine. La soupe était prête, un bon potage nourrissant, bien gras, dont elle avala un bol. Cela lui fit du bien. Son mal de tête disparut et l'optimisme lui revint. Elle se sentit sûre de le conserver en vie par la seule force de sa volonté.

« Je l'aime trop, se dit-elle. Il ne peut pas mourir. Dieu ne le permettra pas. »

Quand elle fut prête à se mettre au lit, elle tenta de séduire Spong :

— Si vous restez éveillée jusqu'à trois heures, et si vous m'appelez ensuite, je vous donnerai une bouteille de brandy.

Si la vieille femme consentait à veiller de manière qu'elle pût dormir, Ambre acceptait volontiers de la voir ivre tout le long du jour. Spong parut satisfaite de l'arrangement et jura qu'elle ne fermerait pas la moitié d'un œil. Ambre, s'éveillant subitement au milieu de la nuit, se dressa et lui lança un coup d'œil accusateur ; il faisait clair dans la pièce, car le feu brûlait toute la nuit. Mais la nurse était assise, bien droite, à côté du malade, les bras croisés sur son ventre, et eut un large sourire :

— Dupée ! eh ! M'dame...

Ambre se laissa retomber et se rendormit instantanément. Elle fut éveillée par un cri rauque qui la fit bondir, le cœur battant. Bruce, à genoux au bout du lit, avait saisi Spong à la gorge et elle se débattait, aussi impuissante qu'un carrelet hors de l'eau. La face grimaçante, les dents à découvert, les épaules ramassées, il concentrait toute sa force dans ses doigts et menaçait d'étrangler la vieille femme. Se jetant en travers du lit, par-derrière, Ambre le saisit par le bras et chercha à le tirer en arrière. Poussant un juron, il lâcha la nurse et se retourna sur Ambre, la prenant à la gorge et serrant avec une telle force que le sang lui monta à la tête, que ses tempes se mirent à battre et qu'elle vit trouble. Ses oreilles commencèrent à bourdonner. Avec l'énergie du désespoir, elle étendit les mains et, rencontrant ses yeux, y enfonça les pouces. Son étreinte se relâcha lentement et soudain, perdant conscience, il s'affaissa sur le lit.

Ambre glissa doucement à terre, complètement étourdie. Il lui fallut quelques secondes pour comprendre ce que lui disait Spong.

— C'est percé, Madame. C'est percé, voilà ce qui l'a rendu fou !

Elle se releva péniblement et vit que la grosse masse du bubon avait éclaté, creusant une sorte de cratère de la grosseur du doigt d'où s'échappait un ruisseau de sang noir et épais qui tachait les draps. Il s'y mêlait un liquide glandulaire et bientôt du pus jaune commença de sourdre. Ambre envoya Spong à la cuisine chercher de l'eau chaude et se mit à éponger le sang au fur et à mesure qu'il coulait. Les linges sanglants s'accumulèrent bientôt et la nurse eut à faire à déchirer des chemises en guise de bandages. Mais fixer un pansement eût été inutile ; en moins d'une minute il eût été transpercé. Jamais Ambre n'avait vu un homme saigner autant et cela l'épouvantait :

— Il va perdre tout son sang ! dit-elle avec désespoir, tout en jetant un autre chiffon dans le seau.

Le visage de Bruce était devenu d'une pâleur livide sous la barbe non rasée, et il était froid et moite au toucher.

— C'est un homme solide, Madame, il peut en perdre. Remerciez Dieu que l'abcès ait crevé. Il a des chances maintenant de s'en tirer.

Le sang ne jaillissait plus, mais suintait doucement. Ambre pansa la plaie et alla se laver les mains. Spong s'approcha d'elle avec un sourire engageant :

— Il est trois heures et demie, Madame. Puis-je aller dormir ?

— Oui, allez. Et merci.

— C'est presque le jour, Madame. Est-ce que je peux avoir le brandy tout de suite, dites ?

Ambre alla à la cuisine et le lui donna. Elle l'entendit encore chantonner un bon moment derrière la porte close, puis le silence se fit, rompu seulement de temps à autre par un ronflement sonore. Ambre avait assez à faire à changer le bandage et à remplir les bouillottes d'eau chaude. Vers le matin, à son immense soulagement, un peu de couleur revint aux joues de Bruce, sa respiration se fit plus régulière et sa peau plus sèche.

Vers le huitième jour, elle comprit qu'il vivrait et Mrs. Spong fut de son avis, tout en reconnaissant franchement qu'elle avait toujours cru le contraire. Généralement ils mouraient plus vite. Ceux qui passaient le troisième jour pouvaient raisonnablement espérer s'en tirer, et celui qui vivait une semaine était presque certain de guérir. Mais la période de convalescence était longue et pénible, caractérisée par une profonde dépression physique et mentale, une prostration complète durant laquelle la moindre fatigue ou la plus petite secousse pouvait avoir des conséquences funestes.

Depuis la nuit où le bubon avait percé, Bruce somnolait, sans jamais faire un mouvement volontaire. L'agitation, le délire, la violence avaient disparu, et il restait épuisé au point de ne pouvoir bouger. Il avalait docilement tout ce qu'on lui mettait dans la bouche, mais ce seul effort paraissait l'exténuer. Il dormait la plupart du temps, avait les yeux toujours clos — aussi était-il impossible de savoir s'il était éveillé ou conscient de l'être.

Ambre travaillait sans cesse, mais parvenait

maintenant à dormir son content. Elle accomplissait sa tâche avec enthousiasme, et même avec plaisir. Tout ce que Sarah lui avait enseigné concernant la cuisine, les soins aux malades, la tenue de la maison lui revenait en mémoire et elle s'enorgueillissait de mieux faire son ouvrage que ses servantes ne l'accomplissaient.

Elle n'osait pas donner un bain à Bruce, mais le tenait aussi propre que possible et, avec l'aide de Spong, changeait les draps. Le reste de l'appartement était aussi immaculé que si elle eût attendu la visite d'une vieille tante. Elle lavait le carrelage de la cuisine, blanchissait les serviettes, les chemises et les torchons, sans oublier son propre linge, et repassait le tout. Chaque jour, elle frottait les plats d'étain avec du son et du savon, et les mettait à sécher devant le feu, ainsi que le lui avait appris Sarah, pour les conserver toujours brillants et sans taches. Ses mains devenaient rugueuses, et elle avait même de petites ampoules, mais elle ne s'en préoccupait pas plus que de savoir si ses cheveux étaient gras. Elle n'avait pas mis un brin de poudre depuis dix jours. « Quand il commencera de me reconnaître, se disait-elle, je penserai de nouveau à tout cela. » Pour l'instant, son seul auditoire se bornait à Spong et aux marchands chez qui elle s'approvisionnait.

Elle ne savait rien de Nan et, bien qu'elle s'inquiétât du bébé, elle cherchait à se persuader que tout allait bien. Pour autant qu'elle le sût, il n'y avait pas d'épidémie à la campagne. Il était évidemment plus que probable que sa lettre n'était pas encore arrivée. Elle connaissait Nan, et savait qu'elle pouvait se fier à son dévouement et à son esprit d'initiative. Aussi se forçait-elle à penser que tout allait bien et qu'ils étaient tous en sécurité.

Quant à elle, sa santé se maintenait aussi bonne que toujours, fait qu'elle attribuait à la corne de licorne et à la pièce d'or qu'elle conservait dans la bouche, sans parler de l'habitude journalière d'avaler un verre d'eau dans lequel, coupés très menu, elle avait jeté une mèche de ses cheveux, ceci d'après les conseils de Spong qui était ainsi sortie saine et sauve de huit maisons de pesteux. A l'occasion elle disait une prière, pour ne rien négliger. Le docteur Barton n'était plus revenu, et Spong et Ambre en conclurent qu'il était mort ou parti à la campagne. A mesure que l'épidémie s'accroissait, nombre de médecins prenaient la fuite. Mais, comme Bruce continuait d'aller mieux, elle ne se préoccupa pas d'en trouver un autre.

Chaque matin, après avoir fait avaler son déjeuner à Bruce — une soupe, d'ordinaire —, elle changeait son pansement, lui lavait la figure et les mains, lui brossait les dents du mieux qu'elle pouvait, puis s'asseyait pour lui peigner les cheveux. C'était le meilleur moment de la journée, car sinon elle avait tant à faire qu'elle ne restait guère auprès de lui. Parfois il la regardait, mais d'un œil morne, sans expression; elle ne savait pas s'il reconnaissait la personne auprès de lui. Mais chaque fois qu'il la regardait, elle souriait, espérant une réponse.

Un jour, enfin, elle fut récompensée.

Il était malade depuis dix jours. Assise sur le lit, bien en face de lui, elle peignait avec soin ses cheveux, qui étaient aussi brillants et ondulés que par le passé. Elle en caressait doucement les ondes en souriant, réellement et profondément heureuse. Et soudain, elle sentit qu'il l'observait, la voyait, savait qui elle était et ce qu'elle faisait. Un frémissement de joie la parcourut et, comme il esquissait un faible sourire, elle lui toucha doucement la joue du bout des doigts :

— Dieu vous bénisse, mon cœur!

Il parla d'une voix très basse et enrouée, presque un murmure, et il tourna la tête pour lui baiser les doigts :

— Oh! Bruce!

Ce fut tout ce qu'elle parvint à dire, tant sa gorge était serrée, et une larme roula sur sa joue. Elle eut juste le temps d'essuyer la suivante avant qu'elle ne tombe. Bruce ferma les yeux, détourna péniblement la tête et poussa un léger soupir.

A partir de cet instant, elle sut toujours quand il était conscient; peu à peu, il commença à lui parler, mais, pendant plusieurs jours, fut à peine capable de dire quelques mots à la suite. Elle ne le poussait d'ailleurs pas à causer, sachant combien cela le fatiguait. Bien souvent, quand elle était dans la chambre, les yeux de Bruce la suivaient avec une expression de reconnaissance qui la bouleversait. Elle eût aimé lui dire que ce qu'elle avait fait n'était rien, qu'elle l'aimait tout simplement et n'avait jamais été plus heureuse que durant ces journées où toute son énergie, toutes ses forces et toutes ses pensées lui avaient été consacrées. Quel que fût le passé entre eux, et quel que dût être l'avenir qui les attendait, elle avait eu ces quelques semaines, au cours desquelles il lui avait appartenu totalement.

Jour après jour, Londres se transformait.

Graduellement les vendeurs disparaissaient des rues, et avec eux les anciens cris qui résonnaient depuis des siècles dans la ville. Un grand nombre d'échoppes étaient fermées et il n'y avait plus personne devant les étals pour offrir bruyamment la marchandise aux passants; les marchands avaient peur des clients, les clients redoutaient les marchands. Des amis détournaient la tête, ou traversaient la rue quand ils se rencontraient, afin de ne pas se parler. Bien des gens craignaient d'acheter de la nourriture, la suspectant d'être contaminée, et préféraient mourir de faim.

Les théâtres avaient fermé leurs portes en mai, et bien des tavernes, des auberges et des restaurants avaient suivi leur exemple. Ceux qui étaient restés ouverts avaient ordre de fermer leurs portes à neuf heures et de renvoyer les flâneurs. Il n'était plus question de combats de coqs, de jongleurs ou de théâtre de marionnettes : les exécutions mêmes étaient remises, car elles rassemblaient toujours de grandes foules. Les enterrements étaient interdits; néanmoins, de longs cortèges funèbres sillonnaient les rues à toutes les heures du jour et de la nuit.

En dépit de la crainte de la contagion, les églises étaient pleines. Beaucoup de ministres orthodoxes avaient fui, mais les non-conformistes demeuraient et haranguaient la multitude éperdue, lui reprochant ses péchés. Jamais les filles soumises n'avaient eu tant à faire. Le bruit courait que le meilleur remède contre la peste était une bonne maladie vénérienne, et les maisons de passe de Vinegar Yard, Saffron Hill et Nightingale Lane étaient ouvertes vingt-quatre heures sur vingt-quatre. Filles et clients mouraient souvent ensemble et leurs corps étaient transportés au-dehors par une petite porte, afin de ne pas effrayer ceux qui attendaient dans l'entrée. Une sorte de fatalisme faisait dire à beaucoup qu'ils entendaient jouir de la vie avant que leur tour vînt. D'autres couraient chez les astrologues et les diseurs de bonne aventure. Quiconque s'installait comme devin était sûr de faire de bonnes affaires.

Des « chercheurs de morts » sillonnaient les rues. Leur tâche consistait à examiner les morts et à rendre compte à la mairie de la cause du décès. C'étaient de vieilles femmes illettrées et aussi malhonnêtes que les nurses, qui, en ce temps d'épidémie, vivaient en marge de la société et tenaient toujours une canne blanche à la main, de manière que chacun pût les reconnaître et se taire quand elles passaient.

La ville devenait de plus en plus silencieuse. Le trafic s'était arrêté sur la Tamise — aucun bateau ne pouvait entrer ou sortir —, et tout son peuple de mariniers bruyants et insolents avait disparu. Quarante mille chiens et deux cent mille chats furent abattus parce qu'on les disait porteurs de germes. Du cœur même de la Cité, on pouvait entendre le grondement de l'eau contre les piles du Pont de Londres, bruit qui, généralement, passait inaperçu. Seules les cloches continuaient de retentir, sonnant, sonnant, sonnant pour les morts.

Il devint bientôt impossible d'enterrer les gens en tombes séparées, et de grandes fosses — de quarante pieds de long sur vingt de profondeur — furent creusées à l'une des extrémités de la ville. Toutes les nuits les corps y étaient apportés, les uns décemment dans leur cercueil, d'autres, de plus en plus nombreux, simplement enveloppés dans un drap, ou tout nus, comme ils étaient morts. Dans la tombe ils étaient confondus en un même anonymat. Tout le long du jour des corneilles et des corbeaux montaient la garde, mais s'envolaient à l'approche d'un homme, traçant de larges cercles au-dessus de lui et guettant son départ pour s'abattre à nouveau sur la terre remuée. Peu à peu une odeur infecte envahit la ville, que nul vent ne parvenait à dissiper.

Jamais l'été n'avait été plus chaud. Le ciel brillait comme du cuivre, d'un bleu sans nuages, et chacun aspirait au bienfaisant brouillard, frais et apaisant. De grands oiseaux volaient lourdement, les girouettes des clochers étaient immobiles. Dans les prairies aux alentours de Londres, l'herbe était calcinée, la terre dure comme de la pierre et les fleurs desséchées.

Ambre continuait de se protéger de la maladie en refusant d'y penser. C'était d'ailleurs la seule ressource de ceux qui n'avaient pu quitter la ville.

Souvent, quand elle faisait ses achats — car il lui fallait tout acheter elle-même maintenant que les marchands ambulants avaient disparu —, elle entendait d'affreux hurlements et des cris de douleur sortant des maisons barricadées. Des visages pitoyables apparaissaient aux fenêtres et des mains se tendaient, suppliantes :

— Priez pour nous !

Il devint de plus en plus fréquent de voir des morts et des mourants dans la rue, car la maladie s'abattait comme la foudre. Une fois, un homme en sang se frappait la tête contre les murs dans son délire. Ambre s'arrêta, frappée d'horreur, puis s'enfuit en courant et en se bouchant le nez. Une autre fois, elle aperçut un cadavre de femme, dans l'entrée d'une maison, qu'un bébé tétait encore.

Un jour qu'elle était occupée dans la chambre à coucher, elle entendit au-dehors une grosse voix d'homme qui criait des paroles qu'elle ne comprit pas tout d'abord. Mais il se rapprochait, montant visiblement l'allée Saint-Martin, et sa voix devint plus distincte :

— Réveillez-vous, hurlait-il. Pécheurs, réveillez-vous ! La peste est à vos portes. Votre tombe est béante ! Réveillez-vous et repentez-vous.

Elle jeta un coup d'œil au-dehors. L'homme, à demi nu, une longue barbe noire et la tête hirsute, passait juste sous ses fenêtres, brandissant le poing.

— Que le diable l'emporte ! murmura Ambre, effrayée. Satané vieux fou ! Comme s'il n'y avait pas déjà assez d'ennuis sans ces vociférations !

Puis, une nuit, vers la fin de juillet, elle entendit un autre cri, infiniment plus terrible. Il était précédé du roulement d'une carriole sur les pavés et du son d'une clochette. D'une voix de stentor, un homme criait :

— Sortez vos morts ! Sortez vos morts !

Elle lança un coup d'œil sur Spong, car Bruce était endormi, et se précipita à la fenêtre. Une charrette avançait au pas, un homme sur le siège et l'autre marchant à côté, agitant la sonnette. A la lueur d'une torche portée par un troisième, on pouvait apercevoir une masse de cadavres empilés, jetés au hasard. Des bras et des jambes pointaient, une tête pendait, ses longs cheveux balayant presque le sol.

— Sainte Vierge Marie ! bégaya Ambre en se reculant avec un frisson.

Elle se sentait froide et moite, le cœur soulevé. Spong claquait des dents.

— Ô Jésus ! Être chargé comme ça, pêle-mêle avec n'importe quels fripons ! Ô mon Dieu ! c'est plus qu'on n'en peut supporter !

— Taisez-vous ! fit Ambre impatientée. Cela ne vous regarde pas !

— Oh ! Madame, répliqua sombrement Spong. Cela ne nous regarde pas aujourd'hui. Mais qui sait où nous serons demain.

— Assez ! cria Ambre, et, comme la vieille

femme sursautait, elle ajouta avec humeur, un peu honteuse de s'être ainsi emportée : Vous êtes plus triste qu'un saule pleureur. Pourquoi ne pas aller boire un coup à la cuisine ?

Spong s'en alla, pénétrée de reconnaissance, mais Ambre ne parvint pas à chasser de son esprit l'image de la charrette des morts. Les malades qu'elle avait vus, les morts qui gisaient dans les rues, le perpétuel son du glas, le silence anormal de la ville, l'odeur de cadavre, la nouvelle donnée par le garde que deux mille personnes étaient mortes de la peste la semaine dernière, tout cela commençait à frapper son imagination. Elle avait vaincu la peur et le désespoir tant que Bruce avait été en danger, car elle n'avait alors pas le temps de penser. Mais maintenant, une sorte de crainte superstitieuse envahissait peu à peu son esprit. « Pourquoi resterais-je bien portante et vivante quand tous les autres meurent ? Qu'ai-je fait pour mériter de vivre, alors qu'ils meurent tous ? » Et elle savait fort bien qu'elle ne méritait pas l'existence plus que les autres.

La peur était aussi contagieuse que la peste et se répandait comme elle ; les bien portants s'attendaient à tomber malades. Les chances de guérison étaient minimes. La mort rôdait partout. Vous pouviez l'absorber en une seule respiration, la prendre avec votre nourriture, passer dans la rue et la rapporter chez vous. La mort était démocratique. Elle ne faisait nulle différence entre le riche et le pauvre, la belle et la laide, les jeunes et les vieux.

Vers la mi-août, un matin, Bruce lui déclara qu'il pensait être capable de quitter Londres d'ici une quinzaine. Elle était en train de lui refaire son lit et lui répondit aussi calmement que si rien ne la tracassait.

— Personne ne peut quitter la ville, avec ou sans certificat de bonne santé !

— Cela ne fait rien. J'y ai pensé et je crois que je sais comment nous pourrons sortir d'ici.

— Rien ne pourrait me rendre plus heureuse. Cette ville, ô Dieu ! quel cauchemar !...

Elle changea aussitôt de sujet et, lui souriant :

— Aimeriez-vous à être rasé ? Je suis un excellent barbier...

Bruce tâta sa barbe, vieille de cinq semaines.

— J'en serais ravi ! Je dois ressembler à un poissonnier !

Elle alla à la cuisine chercher une cuvette d'eau chaude et trouva Spong mélancoliquement assise, une assiette de soupe à demi pleine sur ses genoux.

— Eh bien ! lui dit gaiement Ambre, ne me dites pas que vous êtes enfin rassasiée !

Prenant la bouilloire, elle versa l'eau dans la cuvette d'étain et y plongea le doigt pour en tâter la température. Spong poussa un gros soupir découragé :

— Seigneur, Madame. Je suis toute détraquée aujourd'hui. Je ne me sens pas bien !

Ambre se redressa et la considéra attentivement. « Si cette vieille horreur tombe malade, songea-t-elle, je la mettrai dehors en moins de rien, la mairie dira ce qu'elle voudra. »

Mais elle était pressée de retourner auprès de Bruce et revint dans la chambre. Elle posa ses ustensiles sur une table, noua une serviette blanche autour du cou de Bruce et s'assit à ses côtés. Tous deux étaient enchantés et s'amusaient beaucoup. Ambre se sentait envahie d'une joie profonde et, à un moment où elle se tenait tout contre lui, elle vit ses yeux qui se posaient sur sa poitrine. Son cœur battit et un flot de chaleur monta en elle.

— Vous devez vous sentir mieux, dit-elle doucement.

— Assez bien, fit-il, pour désirer être mieux !

Quand son visage fut enfin net, à l'exception de la moustache qu'il portait toujours et qu'elle avait laissée, il fut aisé de voir à quel point il avait été et était encore malade. Son teint, habituellement si brun, était d'une pâleur de cire, ses joues étaient creuses et tirées, de petites rides inconnues marquaient les coins de la bouche et des yeux. Il avait beaucoup maigri. Mais, pour Ambre, il était toujours aussi beau.

Il s'endormit, car il était encore si faible que le plus léger exercice l'épuisait. Ambre prit son capuchon et ferma la porte à clef, de manière que Spong ne pût pas y pénétrer en son absence, et passa par la cuisine. La vieille femme allait et venait, sans but, d'un air absolument hébété. Ambre songea à ces rats au museau allongé qui sortent parfois de leur trou et s'enfuient en courant quand on les poursuit d'un balai.

— Vous sentez-vous plus mal ? fit Ambre, mettant son capuchon et surveillant la nurse dans la glace.

Spong poussa un gémissement.

— Pas vraiment, Madame. Mais il fait froid ici, n'est-ce pas ?

— Non, pas du tout. Il fait très chaud. Mais allez vous asseoir auprès du feu !

Ambre était très ennuyée : si Spong tombait malade, il lui faudrait jeter toutes les provisions du garde-manger et désinfecter les pièces. Et — ce qui ne lui était pas arrivé pour Bruce — elle craignait la contagion pour elle-même. « Si je la trouve plus mal en rentrant, se dit-elle, je lui dirai de s'en aller. »

Spong vint l'attendre à la porte quand elle remonta. Elle tripotait sa robe, avec une expression d'inquiétude et de compassion personnelle presque comique.

— Seigneur ! Madame, pleurnicha-t-elle, je ne me sens pas bien du tout.

Ambre l'observa et ses yeux se rétrécirent. Spong était très rouge, les yeux injectés de sang, et pendant qu'elle parlait on pouvait voir que sa langue était enduite d'une humeur blanchâtre et que la pointe en était rouge vif. « C'est la peste, évidemment ! » se dit Ambre en se détournant pour éviter de recevoir l'haleine de la vieille femme en pleine figure.

Posant son panier sur la table, elle rangea immédiatement ses provisions afin d'éviter que Spong ne les touchât.

— Si vous avez envie de vous en aller, dit Ambre aussi naturellement que possible, je vous donnerai cinq livres !

— M'en aller, Madame ? Mais où irais-je ? Je n'ai pas d'autre place, Madame. Et pourquoi m'en aller, je suis la nurse !

Elle s'appuya contre le mur.

— Ô mon Dieu ! jamais je ne me suis sentie comme ça !

Ambre se retourna vivement :

— Évidemment. Et vous savez très bien pourquoi : vous avez la peste ! Oh ! inutile de prétendre que ce n'est pas vrai, c'est ainsi. Ce n'est pas cela qui vous guérira. Écoutez, madame Spong, si vous voulez vous en aller et entrer à l'hôpital, je vous donnerai dix livres. Vous serez bien soignée. Mais, je vous préviens, si vous restez ici, je ne lèverai pas le petit doigt pour vous aider. Je vais chercher l'argent. Attendez-moi là.

Elle fit mine de sortir, mais Spong l'arrêta :

— C'est inutile, Madame. Je ne veux pas aller à l'hôpital des pesteux. Je n'ai pas l'intention de mourir si je peux faire autrement. Il vaut mieux aller tout de suite au cimetière qu'à l'hôpital. Vous êtes une femme sans cœur de vouloir ainsi jeter à la rue une pauvre vieille qui vous a aidée à sauver Sa Grâce. Vous n'êtes pas chrétienne, Madame...

Elle hocha péniblement la tête. Ambre lui lança un regard empreint de haine et de dégoût. Mais elle décida, en son for intérieur, qu'à la nuit elle mettrait cette femme dehors, fût-ce à la pointe du couteau. Pour le moment, il n'était que deux heures et il fallait préparer une légère collation pour Bruce. Spong retourna au salon, se désintéressant pour une fois de la cuisine, et Ambre prépara un plateau.

Comme elle l'apportait dans la chambre, elle passa devant Spong étendue sur une chaise longue devant la fenêtre, marmonnant entre ses dents et frissonnante. Elle étendit la main vers Ambre :

— Madame, s'il vous plaît. Je suis malade...

Ambre passa sans un regard et tira de sa poche la clef de la chambre. La vieille femme, terrifiée, se leva pour la suivre. Ambre ouvrit en hâte, se précipita à l'intérieur et claqua violemment la porte, la verrouillant aussitôt. Elle entendit Spong qui s'affaissait sur la chaise longue en gémissant.

Ambre poussa un soupir de soulagement, car elle avait eu très peur, ayant entendu parler de certains malades qui se jetaient sur les passants pour les embrasser. Elle se retourna pour voir Bruce, soulevé sur son coude, qui l'observait d'un air inquiet et surpris.

— Qu'y a-t-il ?

— Oh ! ce n'est rien !

Elle sourit et s'avança rapidement avec le plateau. Il était inutile de lui parler de la maladie de Spong, cela ne ferait que l'inquiéter et il n'était pas assez fort pour supporter la moindre émotion :

— Spong est encore ivre, et j'ai cru qu'elle voulait entrer et vous déranger.

Tout en parlant, elle disposait les assiettes et ajouta avec un petit rire nerveux :

— Écoutez-la ! Elle est complètement noire !

Il ne répondit pas et Ambre eut le sentiment qu'il avait deviné que c'était la peste et non l'ivresse. Elle partagea son repas, mais ni l'un ni l'autre ne parla beaucoup ou gaiement, et Ambre fut soulagée quand il se rendormit. Mais elle n'osa pas sortir et resta auprès de lui, s'occupant à changer son pansement, à ranger la pièce, l'oreille toujours tendue vers le moindre bruit venant du salon. De temps en temps, sur la pointe des pieds, elle allait écouter à la porte.

Elle pouvait l'entendre, s'agitant sans cesse, gémissant, l'appelant, et finalement, vers la fin de l'après-midi, elle perçut un bruit sourd et comprit que Spong avait roulé sur le plancher. A en croire ses jurons, elle cherchait évidemment à se relever, mais sans y parvenir. Ambre se sentait découragée, effrayée, et ne quittait pas Bruce des yeux ; mais il dormait profondément.

« Que faire ? Comment s'en débarrasser ? songeait-elle. Oh ! que le diable emporte cette vieille pourriture ! »

Elle était debout devant la fenêtre, admirant un beau soleil couchant qui éclairait de taches rouges et orange la cime des arbres et se reflétait dans une vitre, quand soudain elle prit conscience d'un nouveau bruit, singulier. Pendant un instant elle écouta curieusement, se demandant ce que cela pouvait bien être et d'où cela provenait. Puis elle comprit que cela venait de la pièce voisine : une sorte de gargouillement qui s'arrêta au moment où elle prêtait l'oreille, puis recommença au moment où elle croyait avoir été dupe de son imagination. Elle en fut remplie de terreur, car c'était un son sinistre, mais, comme poussée par une volonté plus forte que la sienne, elle traversa la pièce et — tout doucement — tourna la clef et entrouvrit la porte.

Mrs. Spong était étendue sur le plancher, bras et jambes écartés. Elle avait la bouche ouverte et il s'en échappait une sorte de liquide épais, sanguinolent, qui sortait aussi de son nez à chaque respiration. Ambre regardait, muette d'horreur, sans faire un mouvement. Puis elle referma la porte, un peu trop brusquement, et s'adossa contre elle, tremblante. Le bruit avait évidemment attiré l'attention de Spong, car Ambre perçut un gargouillement plus fort, comme si la vieille femme cherchait à l'appeler, et, avec un gémissement de terreur, les mains sur ses oreilles, elle s'enfuit.

Il lui fallut quelques minutes pour se remettre et prendre sur elle de rentrer dans la chambre à coucher. Elle trouva Bruce éveillé :

— Je me demandais où vous étiez. Où donc est Spong ? Est-elle plus mal ?

L'obscurité avait gagné la pièce et elle n'avait pas encore allumé les bougies, si bien qu'il ne pouvait voir son visage. Elle attendit un moment puis, n'entendant plus rien, elle décida que la nurse devait être morte :

— Spong est partie ! dit-elle d'un ton qu'elle essayait de rendre indifférent. Je l'ai renvoyée, elle est allée dans un hôpital de pesteux.

Prenant un chandelier :

— Je vais l'allumer au feu de la cuisine.

Dans la demi-obscurité du salon, elle put apercevoir la masse inerte de Spong, mais elle passa sans s'arrêter, alluma la bougie et revint. Spong était morte.

Ambre releva ses jupes d'un geste automatique de dégoût et rentra dans la chambre. Elle était très pâle, avec une violente envie de vomir, mais s'acquitta de ses tâches habituelles, bien décidée à ne rien laisser deviner à Bruce. Elle sentait qu'il l'observait et n'osait pas rencontrer son regard, car, s'il parlait, elle savait qu'elle ne pourrait se contenir. Elle se trouvait au bord de la crise de nerfs, mais voulait conserver son sang-froid, car, au moment où passerait la charrette des morts, il fallait qu'elle descendît le corps de la vieille femme.

De pâles raies duveteuses, d'un bleu passé, striaient encore le ciel quand elle entendit au loin le premier appel : « Sortez vos morts ! » Ambre se raidit, comme un animal aux aguets, et saisit un chandelier.

— Je vais aller préparer le dîner, dit-elle.

Et avant qu'il n'ait eu le temps de parler, elle sortit. Sans regarder Spong, elle posa son chandelier sur la table et ouvrit les portes qui donnaient dans l'antichambre. L'appel se rapprochait. Ambre resta un instant immobile puis, avec une brusque résolution, elle releva ses jupes et défit son jupon. L'enroulant autour de ses mains, elle saisit Spong par ses grosses chevilles enflées et, lentement, se mit à la tirer vers la porte. La vieille femme perdit sa perruque et son crâne balaya le plancher.

Rien que d'être parvenue aux escaliers, Ambre se sentait déjà malade, trempée de sueur, avec des bourdonnements d'oreilles. A reculons, elle posa le pied sur la première marche, la trouva, en descendit une autre. Il faisait entièrement sombre dans l'escalier, mais elle entendait le cadavre qui heurtait chaque marche recouverte d'un tapis. Enfin, elle arriva en bas et frappa à la porte. Le garde ouvrit.

— La nurse est morte, dit-elle faiblement.

Son visage était blême et le jupon de toile glissait de l'une de ses mains.

Le roulement de la carriole se rapprochait, précédé du cri inattendu :

— Fagots, fagots, six pence l'un !

Il lui parut étrange que l'on vendît ainsi des fagots à cette heure et en cette saison. A ce moment la charrette des morts passa devant la maison. Tout d'abord venait un homme, porteur d'une torche fumeuse ; il était suivi par la carriole à côté de laquelle marchait un autre homme agitant sa sonnette et psalmodiant :

— Sortez vos morts !

Sur le siège se tenait un troisième employé et Ambre vit qu'il tenait le corps nu d'un tout petit garçon. C'était lui qui criait :

— Fagots, des fagots pour six pence !

Tandis qu'Ambre le contemplait avec une horreur pleine d'incrédulité, il jeta le corps de l'enfant dans la charrette et descendit. Aidé de l'homme à la sonnette, il s'avança pour hisser Spong.

— Eh bien ! dit-il, qu'est-ce que c'est, ici ?

Les deux hommes se penchèrent pour empoigner Spong. L'un d'eux arracha son corsage, exposant à nu le corps gras et flasque de la vieille femme. De la tête aux pieds, elle était couverte de petites taches bleuâtres, les marques de la peste. Il fit entendre un sifflement de mépris, rassembla sa salive et cracha par-dessus le corps :

— Quel baril de viande pourrie !

Aucun de ses compagnons ne parut étonné. Visiblement habitués à ces manières, ils jetèrent Spong dans la carriole, le porteur de torche repartit, le sonneur de cloche reprit sa clochette, et le conducteur grimpa sur son siège. De là, il se retourna et lança à Ambre :

— Demain soir, nous reviendrons pour vous! Et vous ferez un plus joli cadavre que cette vieille ordure!

Ambre claqua la porte et remonta lentement, si lasse et écœurée qu'elle dut se cramponner à la rampe. A la cuisine, elle prépara le dîner de Bruce, songeant qu'aussitôt après il lui faudrait prendre de l'eau chaude et une brosse et laver le plancher du salon. Pour la première fois elle ressentit de l'irritation devant les multiples tâches qui l'attendaient. Elle ne souhaitait rien tant que pouvoir se coucher, dormir et se réveiller loin d'ici. Le fardeau lui semblait intolérable. Et les paroles du conducteur de la charrette résonnaient toujours à ses oreilles. Elle ne parvenait pas à s'en débarrasser. Il lui semblait ne pas être là, dans sa cuisine, mais toujours en bas, sur le seuil de la porte, le regardant faire, mais ce n'était pas Spong dont il déchirait le corsage, ce n'était pas Spong qu'il lançait dans la carriole. C'était elle-même! « Sainte Vierge! se dit-elle avec terreur. Je crois que je perds la tête. Encore un jour comme cela et je suis bonne pour les petites maisons! »

Elle prépara le plateau, mais ses mouvements étaient lents et maladroits; elle laissa tomber un œuf et se baissa pour nettoyer. En se relevant, elle sentit une douleur lancinante qui lui traversa le crâne et elle fut prise d'un vertige. Elle se raidit lentement, mais, à son grand étonnement, elle chancela et serait tombée si elle ne s'était retenue à la table.

Pendant un instant elle demeura immobile, les yeux fixés à terre; puis elle regagna le salon. « Non, se disait-elle, repoussant la pensée qui lui était venue, ce n'est pas cela. Bien sûr que non. »

Elle prit le chandelier, le posa sur la petite table à écrire. Posant ses deux mains à plat, elle se pencha pour mieux se voir dans le petit miroir rond au mur. La lumière de la bougie faisait de grandes ombres sur sa figure. Elle accusait les cernes profonds autour des yeux, soulignait l'ombre des cils, accentuait l'horreur peinte dans le regard. Finalement, elle sortit sa langue. Celle-ci était recouverte d'une humeur jaunâtre, à l'exception du bout et des bords, nets et luisants, trop rouges. Ambre ferma les yeux, car la pièce entière dansait devant elle.

« Sainte Mère de Dieu ! Demain soir, ce sera mon tour ! »

XXXV

La colère de Dieu s'appesantissait sur la ville.

Mais à vingt milles de là, à Hampton Court, sa voix terrible ne se faisait pas entendre, il y avait trop de bruits étrangers et divertissants : le glissement des cartes que l'on donne, le tintement des dés qui roulent, le grattement des plumes d'oie écrivant des lettres d'amour ou de diplomatie, le cliquetis des épées, en quelque duel défendu et caché, les conversations, les rires et le murmure sibyllin des commérages, le chant des violons et des guitares, les verres qui se heurtent après les toasts, le bruissement des robes de taffetas et le martèlement des hauts talons. Rien n'était changé.

Incidemment, à l'occasion, on parlait de la peste dans les salons de Sa Majesté, le soir, tout juste comme l'on discutait du temps, et pour la même raison : tous deux étaient extraordinaires.

— Avez-vous vu les listes de la semaine ? demandait Winifred Wells à Mrs. Stewart et à Sir Charles Sedley.

— Je n'ai pas le courage d'y jeter les yeux. Pauvres gens. Ils meurent comme des mouches.

Sedley, un jeune homme sombre, trapu et gras, avec des yeux noirs très vifs et un goût prononcé pour les jolies cravates de dentelle, fendit le tendre cœur de sa compagne :

— Sottises, Frances ! Mourir un peu plus tôt ou un peu plus tard, quelle importance pour eux. La ville était surpeuplée !

— Vous ne parleriez pas ainsi, Milord, si la maladie vous avait frappé.

Sedley éclata de rire :

— Naturellement, ma chère ! Vous m'accorderez qu'il y a une certaine différence entre un homme intelligent, de bonne naissance, et un pauvre idiot de boulanger ou de tailleur.

Un gentilhomme s'approcha d'eux à cet instant, et Sedley se leva pour l'accueillir en lui passant un bras autour des épaules, sans autre sujet de conversation que l'épidémie.

— Venez nous égayer. Qu'avez-vous là ? Un nouveau pamphlet qui ruine une autre réputation ?

John Wilmot, comte de Rochester, était un mince et grand jeune homme de dix-huit ans, blond au teint clair, avec un air délicat qui donnait à son joli visage une apparence efféminée. Il était arrivé depuis quelques mois à peine à la Cour, après avoir voyagé à l'étranger ; un garçon précoce et compliqué, mais tranquille, modeste et légèrement timide. Il s'était si rapidement adapté aux mœurs de Whitehall qu'il venait tout juste de sortir de la Tour, où il expiait l'erreur d'avoir enlevé la riche Mrs. Mallet, dans l'intention d'épouser sa fortune.

Écrire était à la mode. Tous les courtisans écrivaient des pièces de théâtre, des satires, des pamphlets contre leurs amis, et le comte avait fait preuve non seulement de talent, mais de malice. Il tenait une feuille de papier roulée sous le bras et les trois autres ne la quittaient pas des yeux.

— Je proteste, Sedley !

Le sourire et les manières de Wilmot étaient empreints d'une telle douceur, et il s'inclina si courtoisement devant Mrs. Stewart et Welles, qu'il était impossible de concevoir qu'il ne professât pas la meilleure opinion des femmes.

— Vous allez me faire passer pour un sot aux yeux de ces dames. Non, ce n'est pas un pamphlet. Une petite bêtise que j'ai griffonnée en attendant que ma perruque soit bouclée.

— Lisez-le ! s'écrièrent les deux dames.

— Oui, par le Ciel ! Wilmot, lisez ! Les sottises que vous gribouillez sont meilleures que tout ce qu'écrit Dryde, bien qu'il...

— Merci, Sedley. Je serai des premiers à applaudir votre pièce quand vous l'aurez terminée. Alors, écoutez ce que j'ai produit...

Rochester lut son poème, la longue odyssée, misérieuse et idyllique, d'un berger et de son amour. Quand il eut terminé, il froissa le papier et le jeta dans la cheminée, car aucun gentleman digne de ce nom ne devait avoir l'air d'attacher la moindre importance à ses griffonnages.

— Vous traitez bien ce genre de sujet, Milord, dit Sedley. Est-il possible que vous parliez par expérience ?

Rochester ne parut nullement offensé.

— Vous avez toujours l'air de connaître mes secrets, Sedley. Serait-ce que vous couchez avec ma maîtresse ?

— En seriez-vous irrité ?

— Pas le moins du monde. Je déclare qu'un homme qui refuse de partager sa maîtresse avec ses amis possède un fichu caractère et mérite tous les châtiments.

— Bon ! dit Sedley. Eh bien ! je souhaite que vous traitiez un peu mieux la dame de vos pensées. Elle se plaint constamment à moi, disant que vous êtes infidèle et que vous vous montrez barbare envers elle. Elle jure qu'elle vous déteste et ne vous reverra jamais.

Rochester éclata de rire.

— Pardieu ! Sedley ! Vous retardez, mon vieux ! Vous parlez de ma dernière maîtresse !

A ce moment, il changea brusquement d'expression : ses yeux bleus s'obscurcirent et un singulier sourire effleura ses lèvres. Les autres se retournèrent avec curiosité, pour voir apparaître Barbara Palmer sur le seuil. Elle s'arrêta un instant, puis se dirigea vers eux, fastueuse, majestueuse, suffocante, impressionnante comme une tornade tropicale. Elle était vêtue de satin vert et couverte de bijoux qui étincelaient de partout.

— Par ma foi ! dit Rochester lentement, c'est bien la plus belle femme que j'aie jamais vue !...

Frances fit la moue et lui tourna le dos. Les attentions du roi l'avaient habituée à toujours se considérer comme la plus belle, aussi n'appréciait-elle pas les compliments adressés à d'autres. Winifred et Lady Castlemaine, jadis rivales auprès du même homme, se tenaient toujours dans les limites d'une politesse superficielle. Tandis qu'ils l'observaient, Barbara traversa le salon et prit place à l'une des tables de jeu.

— Oh! fit Sedley, si vous espérez coucher avec elle, il vous faudra guérir de votre nervosité. D'ailleurs, je ne crois pas que Votre Grâce soit son type!

Ils partirent tous d'un joyeux éclat de rire, car personne n'avait oublié le coup par lequel Barbara avait envoyé rouler Rochester le jour où celui-ci essayait de lui voler un baiser. Le comte s'associa à leur gaieté, mais ses yeux eurent une lueur malicieuse.

— Attendez un peu, fit-il en haussant les épaules. Encore cinq ans, et je vous parie qu'elle m'offrira le prix fort.

Les deux femmes parurent enchantées, bien que légèrement surprises. Barbara commençait-elle à payer ses galants? Sedley, en revanche, se montra franchement sceptique.

— Voyons, John! Vous savez très bien que Sa Grâce peut s'offrir n'importe qui, rien qu'en levant un sourcil. Elle demeure la plus jolie femme de Whitehall, ou même de Londres...

Frances, réellement blessée, fit signe de la main à quelqu'un.

— Votre servante, Madame; Messieurs, j'ai un mot à dire à Milady Southesk...

Rochester, Sedley et Winifred échangèrent un sourire.

— J'espère, dit le comte, que cette petite soupe au lait de Stewart se heurtera quelque jour avec Lady Castlemaine. Seigneur! j'en ferai un poème épique!

Quelques heures plus tard, Frances et Charles se tenaient devant une fenêtre ouverte sur le jardin, et la douce brise de la nuit leur apportait des effluves de roses et d'orangers. Il était près de minuit et la plupart des courtisans s'étaient retirés. D'autres comptaient leurs pertes ou ramassaient leurs gains, grognant contre la mauvaise chance quand ils n'exultaient pas d'avoir été favorisés du sort. La reine Catherine causait avec la duchesse de Buckingham, faisant semblant d'ignorer la prédilection de son époux pour Mrs. Stewart. Elle avait bien appris sa leçon depuis trois ans, et bien qu'elle aimât Charles sincèrement et sans espoir, elle ne s'était plus occupée de ses relations avec d'autres femmes. A présent, elle jouait aux cartes, dansait, portait des toilettes à la mode anglaise, se coiffait selon le dernier cri de l'élégance parisienne ; bref, elle était aussi anglaise que son éducation le lui permettait. Charles était toujours d'une courtoisie parfaite envers elle et tenait à ce que toute la Cour en fît autant. Elle n'était pas heureuse, mais faisait semblant de l'être.

Frances disait :

— Quelle belle, belle nuit ! Cela paraît impossible qu'à vingt mille d'ici des milliers d'hommes et de femmes soient malades et meurent !

Charles garda le silence un instant, puis parla d'une voix très basse :

— Mon pauvre peuple ! Je me demande pourquoi il souffre ainsi. Il ne le mérite pas, et je ne peux pas croire en un Dieu assez méchant pour vouloir punir une nation des fautes de ses gouvernants.

— Oh ! Sire ! protesta Frances, comment pouvez-vous parler ainsi ? Ils ne sont pas punis pour vos fautes. S'ils le sont, c'est pour les leurs.

Charles sourit :

— Vous êtes pleine de loyauté, Frances ! Je

croyais que vous étiez mon sujet, c'est moi qui suis le vôtre.

A cet instant, la voix impérieuse de Lady Castlemaine les interrompit :

— Dieu ! quelles cartes j'ai eues ce soir ! Je viens de perdre six mille livres ! Votre Majesté, me voici de nouveau endettée !

Elle partit d'un rire roucoulant, le regardant bien en face de ses grands yeux violets. Barbara n'était pas aussi bien stylée que la reine. Charles la voyait dans l'intimité; elle portait un quatrième enfant de lui et n'entendait pas être négligée en public. Visiblement irrité de cette intrusion, Charles la considéra froidement, avec la hauteur distante qu'il savait si bien prendre quand besoin en était.

— Vraiment, Madame ?

Frances releva sa jupe d'un air délicatement méprisant :

— Pardonnez-moi, Sire. Votre servante !

Elle leva à peine les yeux sur Barbara et se disposa à se retirer.

Vivement, Charles lui prit le bras :

— Attendez, Frances, je vous accompagne, si vous le permettez. Vous avez une escorte, Madame ?

Cette question, adressée à Barbara, n'appelait pas de réponse.

— Non, je n'en ai pas. Tout le monde est rentré.

Elle faisait la moue et avait pris un air offensé, annonciateur de drame.

— Et je ne vois pas pourquoi je m'en inquiéterais, puisque vous...

Charles l'interrompit :

— Avec votre permission, Madame, je vais reconduire Stewart chez elle. Bonne nuit.

Il s'inclina très poliment, offrit son bras à

Frances, et tous deux sortirent. Ils avaient à peine fait quelques pas que Frances leva les yeux sur lui et pouffa de rire. Il la reconduisit à la porte de son appartement, l'embrassa et lui demanda la permission d'entrer pendant qu'elle se déshabillerait, ce qu'il faisait souvent, suivi de tous ses courtisans. Mais elle sourit d'un air las et le supplia du regard.

— Je suis si fatiguée. Et j'ai si mal à la tête.

Immédiatement il s'inquiéta, car, bien que la peste n'eût pas fait son apparition à la Cour, la plus légère indisposition éveillait des craintes.

— Mal à la tête ? Et sinon, comment vous sentez-vous ? Avez-vous des nausées ?

— Non, Votre Majesté ! Un simple mal de tête. Comme d'habitude.

— Vous en avez bien souvent, Frances.

— Depuis toujours. Du plus loin que je m'en souvienne...

— Êtes-vous bien sûre que ce ne sont pas des maladies diplomatiques, destinées à éconduire des visiteurs importuns ?

— Non, Sire. Je souffre réellement. Puis-je me retirer, je vous prie ?

Vivement il se pencha et lui baisa la main.

— Mais certainement, ma chère. Excusez-moi. Mais promettez que si vous vous sentiez moins bien ou aviez d'autres symptômes, vous feriez chercher le docteur Fraser et me préviendriez ?

— Je vous le promets, Sire. Bonne nuit.

Elle rentra chez elle en fermant doucement la porte. C'était vrai qu'elle avait toujours eu de violentes migraines. Sa gaieté et son entrain venaient en grande partie de ses nerfs, car elle ne possédait pas la vigueur de Lady Castlemaine. Dans sa chambre à coucher, le perroquet vert à longue queue qu'elle avait rapporté de France et qui dormait, la tête sous l'aile, se réveilla à son entrée et poussa des cris de joie. Mrs. Barry, la dame de compagnie d'un certain âge qui ne l'avait pas quittée depuis l'enfance, se leva du fauteuil où elle somnolait et vint aider sa jeune maîtresse à se déshabiller.

Seule et libre de se laisser aller, Frances avait l'air réellement très lasse. Lentement elle sortit de sa robe, défit son corset et s'assit en poussant un soupir de soulagement, tandis que Barry retirait les bijoux et les rubans épinglés dans ses cheveux.

— Encore une migraine, ma chérie?

La voix de Mrs. Barry était inquiète, douce, maternelle, et ses doigts s'activaient tendrement.

— Terrible!

Frances retenait avec peine ses larmes. Barry prit un linge et le trempa dans un bol de vinaigre, toujours prêt et fréquemment employé. Elle posa la compresse sur le front et la maintint des deux mains, tandis que Frances fermait les yeux et appuyait avec reconnaissance sa tête lasse sur le moelleux oreiller qu'offrait la poitrine de Barry. Toutes deux restèrent silencieuses.

Soudain un bruit se fit entendre au-dehors. Un petit page parlait tranquillement et une voix de femme irritée lui répondait. La porte de la chambre s'ouvrit violemment et Barbara Palmer entra. Elle considéra Frances un instant, puis referma le battant avec une telle brusquerie que le bruit se répercuta dans la tête de Frances, la faisant tressaillir.

— J'ai un compte à régler avec vous, madame Stewart! déclara la comtesse.

L'orgueil de Frances réagit, prêt au combat. Chassant toute lassitude elle se leva et, redressant légèrement la tête :

— Votre servante, Madame. Que puis-je faire pour vous, je vous prie ?

— Je vais vous le dire, répliqua Barbara.

Et elle traversa vivement la pièce, s'arrêtant à deux ou trois pieds de sa rivale. Barry la regardait d'un air batailleur, derrière l'épaule de Frances, et le perroquet l'invectivait, mais Barbara ignora l'une et l'autre.

— Cessez de me rendre ridicule en public, Madame. Voilà ce que vous pouvez faire.

Frances la considéra avec un visible mépris, se demandant comment elle avait pu être assez sotte pour traiter cette harpie sauvage en amie. Puis elle se rassit et fit signe à Barry de continuer à la décoiffer.

— Je ne vois pas comment j'ai pu vous rendre ridicule, Madame, en public ou ailleurs. C'est à vous-même qu'il faut vous en prendre !

Barbara se tenait debout, les poings sur les hanches, les yeux mi-clos.

— Vous êtes une rouée, Mrs. Stewart, mais laissez-moi vous dire ceci : je suis une ennemie dangereuse. Vous croyez peut-être mener l'ours par le bout du nez. Si je veux m'en donner la peine, jc vous ferai disparaître de Whitehall, comme ça...

Elle fit le geste d'envoyer une chiquenaude. Frances sourit froidement :

— Est-ce possible, Madame ? Vous pouvez toujours essayer. Mais je crois plaire à Sa Majesté autant que vous, bien que par d'autres moyens.

Barbara fit entendre une exclamation de dégoût :

— Bah ! vos airs de vierge éplorée me donnent la nausée ! Vous n'intéresserez plus un homme dès qu'il vous aura eue. Je vous parie tout ce que vous voulez que, sitôt que Sa Majesté aura couché avec vous, il...

Frances lui lança un regard excédé et, tandis que Barbara continuait, la porte s'ouvrit lentement derrière elle. Sa Majesté apparut. D'un geste il enjoignit à Frances le silence et s'arrêta sur le seuil, écoutant Barbara, le visage sombre, mécontent, enflammé. Barbara criait à présent :

— Et il y a un endroit où j'aurai l'avantage sur vous, madame Stewart ! Quels que soient mes défauts, jamais un homme n'est sorti de mon lit...

— Madame !

La voix du roi se fit entendre, sévère, et Barbara se retourna avec un cri d'horreur. Toutes deux le virent entrer dans la pièce.

— Sire ! fit Barbara, s'abîmant en une profonde révérence.

— Assez de paroles obscènes !

— Depuis combien de temps êtes-vous ici ?

— Suffisamment pour avoir entendu de bien vilaines paroles. Franchement, Madame, vous faites preuve par moments du plus inimaginable mauvais goût !

— Mais je ne savais pas que vous étiez là, protesta-t-elle.

Puis soudain ses yeux se rétrécirent ; elle regarda alternativement Charles et Frances :

— Oh ! oh ! dit-elle à voix basse, je commence à comprendre. Vous nous avez bien bernés, tous les deux...

— Malheureusement, vous faites erreur. Il s'est trouvé que vous avez passé devant moi dans le hall, sans me voir, et quand je me suis rendu compte où vous alliez, je vous ai suivie. Vous aviez l'air de vouloir faire une bêtise.

Il sourit légèrement, amusé de son embarras, mais instantanément son visage s'assombrit.

— Je croyais, Madame, que nous étions tombés d'accord pour décider que votre attitude envers

Mrs. Stewart serait à la fois polie et amicale. Ce que j'ai entendu ne l'était guère.

— Comment pouvez-vous me demander d'être polie avec une femme qui me diffame ! rétorqua Barbara, prompte à la défense.

Charles eut un rire bref :

— Vous diffamer ! Tudieu ! Barbara, croyez-vous que ce soit encore possible ? Allons, Mrs. Stewart est fatiguée, je crois, et désire se reposer. Si vous voulez lui faire vos excuses, nous nous retirerons tous deux.

— Des excuses !

Barbara le regardait avec une indignation horrifiée et, se retournant, elle toisa Frances de la tête aux pieds.

— Je consens à être damnée, si je lui en fais jamais !

Toute bienveillance avait déserté la face royale, remplacée par une sombre amertume :

— Vous refusez, Madame ?

— Parfaitement !

Elle l'affrontait d'un air provocant ; tous deux avaient totalement oublié Frances qui, malade et nerveuse, souhaitait ardemment qu'ils aillent se disputer ailleurs.

— Rien au monde ne me fera jamais faire des excuses à cette pauvre innocente bêlante.

— Cela vous regarde. Mais puis-je vous conseiller de vous éloigner de Hampton Court pendant que vous réfléchirez à la question ? Quelques semaines de méditation solitaire vous ramèneront à une plus juste appréciation des bonnes manières.

— Vous me chassez de la Cour ?

— Donnez à cela le nom que vous voudrez.

Instantanément, Barbara fondit en larmes.

— Ainsi nous en sommes là ! Après toutes les

années que je vous ai consacrées ! C'est une honte qu'un roi puisse ainsi, à la face du monde, renvoyer la mère de ses enfants.

Il leva le sourcil d'un air sceptique.

— Mes enfants ? répéta-t-il lentement. Quelques-uns, peut-être, c'est possible ! Mais nous n'avons rien de plus à nous dire. Ou vous ferez des excuses à Mrs. Stewart, ou vous vous en irez.

— Mais où ? La peste est partout !

— Oh ! quant à cela, la peste est ici aussi !

Frances elle-même sortit de sa torpeur et les deux femmes s'exclamèrent :

— Ici !

— La femme d'un groom en est morte aujourd'hui. Demain, nous partons pour Salisbury.

— Ô mon Dieu ! gémit Barbara. Nous allons tous l'attraper ! Et nous en mourrons tous.

— Je ne pense pas. Cette femme a été enterrée et tous ceux qui l'ont approchée sont isolés. Pour autant que je le sache il n'y a pas eu d'autre cas. Allons, Madame, faites votre choix. Nous accompagnez-vous demain ?

Barbara dévisagea Frances qui, sentant ses yeux braqués sur elle, se raidit soudain et leva la tête, affrontant son regard avec une froide hostilité. Brusquement, Barbara lança son éventail par terre :

— Je ne veux pas ! J'irai à Richmond, et que le diable vous emporte !

XXXVI

Ambre revint à la cuisine et continua de préparer le repas de Bruce. Elle voulait faire tout ce qu'elle pouvait pour lui, tant qu'elle était capable de rester debout. Demain, elle serait impuissante et une nouvelle nurse régnerait sur eux, pire que Spong, peut-être. Bruce l'inquiétait davantage qu'elle-même. Il était encore très faible et réclamait des soins éclairés. La pensée d'une étrangère ignorant tout de lui remplissait Ambre de désespoir. « Si seulement elle arrivait assez tôt pour que je puisse la mettre au courant », se disait-elle.

La première épouvante passée, elle acceptait avec résignation et une certaine apathie le fait d'être malade. Elle ne pensait pas en mourir. Quand une personne atteinte de la peste guérissait, cela était considéré comme un heureux présage pour le reste de la maisonnée. (Elle négligeait la mort de Spong, qu'elle avait pour ainsi dire oubliée et qui ne les concernait en rien, Bruce et elle.) Toute superstition mise à part, elle avait confiance en sa propre immortalité temporaire. Elle désirait trop vivre ; il lui paraissait impossible qu'elle mourût aussi jeune, sans avoir réalisé ses espoirs.

Elle avait les mêmes symptômes que Bruce, mais ils évoluaient plus rapidement.

Quand elle se disposa à rentrer dans la chambre avec son plateau, elle souffrait vivement de la tête, comme si son crâne eût été comprimé dans un cercle d'acier se resserrant sans cesse. Elle transpirait, avait des crampes dans les bras et les jambes et d'intolérables douleurs d'estomac. Sa gorge était aussi sèche que si elle eût avalé de la poussière, et toute l'eau qu'elle buvait ne servait de rien. La soif augmentait.

Bruce était éveillé, assis dans son lit, comme il le faisait souvent maintenant, et, bien qu'il eût un livre à la main, il surveillait anxieusement la porte :

— Vous avez été longtemps absente, Ambre. Qu'est-ce qui ne va pas?

Elle n'osa pas lever les yeux. Le vertige la prenait; elle se trouvait au centre d'une sphère tournante, ignorant où étaient les murs et le plancher. Elle tenta de s'orienter et avança d'un pas déterminé.

— Tout va bien! fit-elle.

Mais sa voix même avait un étrange son étouffé. Elle espérait que Bruce ne s'en apercevrait pas.

Lentement, car elle se sentait abominablement lasse et les membres lourds, elle posa le plateau sur la table de chevet et tendit la main pour prendre le bol de soupe. Elle vit celle de Bruce s'avancer, la saisir au poignet, et quand, enfin, elle se força à le regarder, elle aperçut sur son visage l'expression d'horreur qu'elle redoutait d'y lire.

— Ambre!

Il continua de la fixer un moment, ses yeux verts singulièrement attentifs :

— Vous n'êtes pas malade?

Il parlait à contrecœur.

Elle poussa un petit soupir :

— Si, Bruce, je le suis, je le crois bien. Mais ne vous...

— Quoi?

Elle chercha à se souvenir de ce qu'elle voulait dire :

— Ne vous inquiétez pas...

— Ne pas m'inquiéter! Bon Dieu! Oh! Ambre! Ambre! Vous êtes malade et c'est ma faute! C'est parce que vous êtes restée pour me soigner! Oh! mon cœur! si seulement vous étiez partie! Ô Dieu!

Il la lâcha et se prit la tête à deux mains. Elle fit un effort pour lui caresser le front.

— Ne vous faites pas de mal, Bruce. Ce n'est

pas votre faute. Je suis restée parce que je le voulais. Je savais ce que je risquais, mais je ne pouvais pas m'en aller. Et je ne le regrette pas ; je ne mourrai pas, Bruce.

Elle lut au fond de ses yeux une lueur admirative qu'elle ne lui connaissait pas. Au même instant, elle fut prise de nausées et, avant de pouvoir atteindre la cuvette, elle rendit sur le plancher.

Chaque fois que cela se produisait, elle en sortait plus épuisée ; maintenant, elle restait des minutes entières au-dessus de la cuvette, appuyée sur ses mains, ses cheveux couleur de caramel lui cachant le visage. Tout à coup, elle frissonna convulsivement ; elle avait froid et cependant la pièce était close, un feu y brûlait et la journée avait été anormalement chaude. Elle vit que Bruce tentait de se lever. Rassemblant ses dernières forces, elle courut à lui :

— Bruce ! Que faites-vous ? Recouchez-vous...

Elle chercha vainement à le repousser, mais ses muscles étaient sans forces. Jamais elle ne s'était sentie aussi faible, pas même après la naissance de ses enfants.

— Il faut que je me lève, Ambre. Il faut que je vous aide.

Il n'avait quitté son lit que deux fois depuis sa maladie et déjà son corps ruisselait de sueur ; son visage se contractait. Ambre se mit à pleurer nerveusement.

— Non, Bruce ! N'en faites rien, pour l'amour de Dieu ! Vous allez vous tuer. Vous ne pouvez pas vous lever. Oh ! après tout ce que j'ai fait, vous allez vous tuer !...

Se laissant glisser à terre, elle enfouit son visage dans ses mains et sanglota. Il retomba sur ses oreillers, s'épongeant le front du revers de la main, surpris de se sentir tout étourdi, les oreilles bourdonnantes, car il se croyait plus fort. Il étendit la main pour caresser la tête d'Ambre.

— Mon cœur, je ne me lèverai pas. Je vous en prie, ne pleurez plus, vous avez besoin de toutes vos forces. Étendez-vous et tâchez de vous reposer. La nouvelle nurse ne tardera pas à arriver.

A grand-peine elle se releva et se tint debout, cherchant à rassembler ses souvenirs.

— Que voulais-je donc faire? murmura-t-elle. Quelque chose... Qu'est-ce que cela pouvait bien être?

— Pouvez-vous me dire où est l'argent, Ambre? J'en aurai besoin pour la nourriture. Je n'en avais pas sur moi.

— Ah! oui! C'est cela... l'argent...

Les mots se bousculaient, comme si elle avait trop bu.

— Il n'est pas ici... Je vais le chercher... dans une cachette...

Le salon paraissait au bout du monde, infiniment plus loin qu'elle ne pouvait aller. Elle y parvint pourtant, retrouva non sans difficulté la bourse de cuir ainsi que les quelques bijoux qu'elle avait cachés. Elle les rapporta dans son tablier et les laissa tomber sur le lit de Bruce. Il était arrivé à tirer le lit de camp près du sien, elle s'y affaissa et sombra aussitôt dans une sorte d'inconscience.

Bruce resta éveillé toute la nuit, maudissant sa propre impuissance. Il sentait bien que tout effort violent ne servirait qu'à le rendre plus malade, et pourrait même le tuer. Mieux valait, pour elle, qu'il conservât ses forces, afin d'être aussi rapidement que possible en état de la soigner. Il demeura donc allongé, l'écoutant vomir et pousser alors des gémissements de douleur, mais calme le reste du temps. Si tranquille même qu'il tendait l'oreille avec une angoisse croissante, afin de guetter sa respiration. Puis les vomissements reprenaient. Et la nurse n'arrivait toujours pas.

Vers le matin, elle gisait, étendue sur le dos, les yeux grands ouverts, sans voir. Ses muscles étaient détendus et elle n'avait pas conscience de la présence de Bruce. La maladie avait fait, chez elle, des progrès infiniment plus rapides, mais c'était la caractéristique de la peste que de varier suivant les individus dans ses manifestations. Il décida que, si la nurse n'arrivait pas bientôt, il se lèverait et appellerait le garde. Mais, vers sept heures et demie, la porte s'ouvrit et une voix de femme criarde appela :

— La nurse des pesteux est ici ! Où sont-ils ?

— Montez !

Apparut sur le seuil une femme grande, solidement charpentée, d'environ trente-cinq ans, et Bruce constata avec soulagement qu'elle paraissait forte et suffisamment intelligente.

— Entrez, dit-il.

Et comme elle avançait, les yeux fixés sur Ambre :

— Je suis Lord Carlton. Ma femme est affreusement malade ainsi que vous pouvez le voir, et réclame les soins les plus attentifs. Je n'aurais pas demandé mieux que de la soigner, mais je suis convalescent moi-même et je ne peux pas encore me lever. Si vous prenez bien soin d'elle — et si elle survit —, je vous donnerai cent livres.

S'il mentait au sujet de leur mariage, c'est que cette femme n'avait pas besoin de savoir la vérité ; et s'il lui offrait cent livres, c'est que cela l'impressionnerait davantage que la promesse d'une plus grosse somme qu'elle ne s'attendait évidemment pas à toucher.

Elle le regarda, très étonnée :

— Cent livres, Monsieur ?

Elle s'approcha du lit de camp, examina Ambre dont les doigts se crispaient convulsivement sur la couverture que Bruce avait jetée sur elle. Sans ces mouvements nerveux, elle eût d'ailleurs paru totalement inerte. D'affreux cernes verdâtres mangeaient ses yeux, et le bas de son visage était luisant de bile et de salive. Cependant, elle n'avait pas rendu depuis près de trois heures.

La femme hocha la tête :

— Elle est bien malade, Votre Grâce. Je ne sais...

— Évidemment, vous ne le savez pas ! coupa impatiemment Bruce. Mais vous pouvez toujours essayer ! Elle est encore habillée. Ôtez-lui ses vêtements, lavez-lui la figure et les mains, et couchez-la dans des draps. Elle sera moins mal. Elle a encore préparé mon repas, et vous trouverez de la soupe et tout ce qu'il vous faudra à la cuisine. Les torchons et les serviettes propres sont là-bas. Il faut laver le plancher et nettoyer le salon. Une femme y est morte hier. Allons, mettez-vous à l'ouvrage. Comment vous appelez-vous ? ajouta-t-il après un instant de réflexion.

— Mrs. Sykes, Monsieur. Oui, Monsieur.

Mrs. Sykes, qui raconta à Bruce qu'elle était nourrice, mais qu'elle avait perdu sa place parce que son mari était mort de la peste, travailla dur tout le long du jour. Bruce ne lui laissa pas un instant de répit, et bien qu'il fût incapable de se lever et très dépendant, elle lui obéit humblement, par respect de son titre, ou pour l'amour des cent livres, peu lui importait !

Vers le soir, Ambre paraissait — si possible — encore plus mal. Une grosseur apparaissait à l'aine droite, et tout en grossissant et en durcissant, l'abcès ne paraissait pas vouloir suppurer. Sykes s'en inquiéta fort, car c'était le plus mauvais signe qui fût, les cataplasmes de moutarde eux-mêmes restant sans effet.

— Que faire? interrogea Bruce. Il doit y avoir quelque chose à faire! Que faisiez-vous à vos malades quand le bubon ne voulait pas s'ouvrir?

Sykes observait Ambre.

— Rien, Monsieur, dit-elle. Généralement ils mouraient.

— Il ne faut pas qu'elle meure! s'écria-t-il. Nous agirons... Il faut que nous agissions... Elle ne *peut* pas mourir!

Il paraissait moins bien que la veille, mais se contraignait à demeurer éveillé, comme si, par là même, il la rattachait à l'existence.

— Nous pourrions l'inciser, dit-elle. Si demain rien n'a changé. C'est ce que ferait le docteur. Mais la douleur du coup de couteau les rend parfois fous!

— Taisez-vous! Je ne veux pas le savoir! Allez lui chercher à boire.

Il était épuisé, les nerfs à vif, car il souffrait atrocement de son impuissance. Et toujours il se répétait: « Elle est malade à cause de moi et, maintenant qu'elle a besoin de moi, je suis allongé ici, comme un idiot, incapable de rien faire. »

A sa grande surprise, Ambre survécut à cette nuit. Mais vers le matin sa peau prit une teinte terreuse, sa respiration devint de plus en plus faible, et les battements de son cœur se ralentirent. Sykes déclara que c'étaient là les signes précurseurs de la mort.

— Alors, il nous faut ouvrir l'abcès.

— Mais cela risque de la tuer!

Sykes avait peur d'agir, redoutant la mort de sa

malade qui lui ferait ainsi perdre la plus belle fortune qu'elle eût jamais rêvée.

— Faites ce que je vous dis ! cria-t-il.

Puis, reprenant sa voix habituelle, il donna ses ordres calmement et rapidement :

— Dans le tiroir du haut de cette table, vous trouverez un rasoir, prenez-le. Prenez les cordons de tirage et attachez-la solidement au lit, de manière qu'elle ne puisse pas bouger. Liez-lui aussi les poignets. Allez chercher une cuvette et des serviettes. Vite !

Sykes s'agita nerveusement dans la pièce et, quand elle eut exécuté les ordres, Ambre, bien attachée sur le lit de camp, gisait, inconsciente.

Bruce était penché tout au bord du lit :

— Fasse le Ciel qu'elle ne se rende pas compte, murmura-t-il.

Puis :

— Allons ! Prenez le rasoir et donnez un coup, vite et fort !

Il crispa les poings avec tant de force que les veines saillirent.

Sykes le regarda, terrifiée, le rasoir à la main.

— Je ne peux pas, Votre Grâce. Je ne peux pas.

Ses dents claquaient.

— J'ai trop peur. Et si elle meurt ?

Bruce transpirait à grosses gouttes. Il passa sa langue sur ses lèvres sèches et avala convulsivement sa salive :

— Si, vous le pouvez, sotte ! Il le faut. Allez, faites-le !

Sykes le dévisagea un instant, puis, comme hypnotisée par la seule puissance de sa volonté, elle se pencha et posa le tranchant du rasoir sur la masse rouge et dure du bubon. A cet instant, Ambre bougea la tête et se tourna vers Bruce. Sykes sursauta.

— Ouvrez-le ! dit Bruce d'une voix enrouée, les poings serrés, tremblant d'une rage impuissante.

Avec une soudaine résolution, Sykes enfonça le rasoir dans la masse compacte ; alors Ambre poussa un gémissement qui s'enfla peu à peu en un horrible cri. Sykes lâcha l'instrument et recula, les yeux fixés sur Ambre qui cherchait à se dégager et hurlait de douleur.

Bruce tenta de se lever.

— Aidez-moi.

Sykes obéit rapidement, l'entourant d'un bras et le soutenant de l'autre par le coude. En une seconde, il s'agenouilla auprès du lit de camp et s'empara du rasoir.

— Tenez-la. Par les genoux.

Encore une fois Sykes obéit, bien qu'Ambre continuât de se débattre, hurlant, les yeux révulsés, comme une bête folle. Avec toute la force qui lui restait, Bruce trancha dans la masse dure, enfonçant le rasoir et le tournant dans la plaie. Comme il le sortait, le sang jaillit, l'inondant, et Ambre s'effondra, évanouie. Bruce, épuisé, laissa retomber sa tête sur son bras ; sa propre plaie s'était rouverte et le bandage rougissait.

Sykes vint l'aider à se relever :

— Votre Grâce ! Venez vite vous recoucher ! Votre Grâce, je vous en prie.

Elle lui arracha le rasoir des mains et l'aida à remonter dans le lit. Vite, elle jeta une couverture sur lui et retourna auprès d'Ambre, dont le teint devenait livide et cireux. Mais le cœur battait toujours, faiblement. Le sang coulait à flots de l'incision, sans pus toutefois ; le poison ne s'écoulait pas.

Sykes travailla avec rage, de sa propre initiative, car Bruce avait sombré dans l'inconscience. Elle épongea le sang, fit chauffer tout ce que la maison contenait de briques et de boules d'eau chaude, posa des linges chauds sur le front d'Ambre. S'il restait une possibilité, Sykes entendait gagner ses cent livres.

Il se passa près d'une heure avant que Bruce reprît conscience, avec un sursaut :

— Où est-elle? Vous ne les avez pas laissés l'emporter?

— Chut, Monsieur! Je crois qu'elle dort. Elle est toujours en vie et je crois, Monsieur, qu'elle va mieux.

Il se pencha pour la voir :

— Ô merci, mon Dieu! Merci, mon Dieu! Sykes, je vous le jure! Si elle vit vous aurez vos cent livres. Je les porterai même à deux cents!

— Oh! merci beaucoup, Monsieur. Mais vous feriez mieux maintenant de vous reposer, vous n'allez pas si bien, Monsieur!

— Oui, c'est vrai. Éveillez-moi si elle...

Il n'acheva pas sa phrase.

Enfin le pus se mit à couler. Ambre gisait, très calme, plongée dans une sorte de coma, mais la teinte noirâtre de sa peau avait disparu et son pouls battait plus fort et plus régulièrement. Le son des cloches emplit soudain la pièce. Sykes tressaillit, mais son visage se détendit aussitôt. Ce soir encore le glas ne sonnerait pas pour sa malade.

— J'ai bien travaillé pour mon argent, Monsieur, déclara Sykes au matin du quatrième jour. Et je suis sûre à présent qu'elle vivra. Puis-je le toucher?

Bruce sourit.

— Vous avez bien travaillé, Sykes. Et je vous suis plus reconnaissant que je ne peux le dire. Mais il vous faut attendre encore un peu.

Il ne voulait pas lui donner un bijou, d'abord parce que ceux-ci appartenaient à Ambre, ensuite de crainte de l'encourager au vol. Sykes avait gagné son argent, mais il savait très bien qu'il ne pouvait pas se fier à elle.

— Il n'y a plus que quelques shillings à la maison, et il faut les garder pour la nourriture. Sitôt que je pourrai sortir, j'irai vous chercher votre argent.

Il restait à présent assis une partie de la journée et, si nécessaire, se levait, ne restant toutefois jamais debout plus de quelques minutes. Cette perpétuelle faiblesse l'amusait et le vexait à la fois :

— J'ai reçu un coup de feu dans l'estomac et un autre dans l'épaule, dit-il un jour à Sykes, comme il regagnait lentement son lit, j'ai été mordu par un serpent venimeux, et j'ai eu les fièvres tropicales, mais je veux être pendu si je me suis jamais trouvé dans cet état.

Il passait la plus grande partie de son temps à lire, bien qu'il y eût fort peu de livres dans l'appartement. Certains faisaient partie de l'ameublement et formaient une collection des plus respectables : la Bible, le *Léviathan*, de Hobbes, le *Novum Organum*, de Bacon, quelques pièces de Beaumont et Fletcher, le *Religio Medici*, de Browne...

La bibliothèque d'Ambre, plus petite, était plus divertissante. Elle se composait d'un almanach, lu et relu, avec les jours de bonne et de mauvaise chance soigneusement marqués, ainsi que ceux propices aux purgations ou aux saignées, bien qu'à sa connaissance elle n'en abusât pas. Ses pattes de mouche familières se retrouvaient sur la page de garde d'une demi-douzaine de volumes tels que *L'École des filles, L'Habile Maîtresse, La*

Maîtresse errante, Annotations sur les sonnets de l'Arétin et, évidemment, pour sacrifier à la mode, le *Hudibras*, de Butler. Tous, sauf le dernier, avaient visiblement été beaucoup lus. Il sourit car, bien que ces mêmes volumes se fussent, sans aucun doute, trouvés dans le boudoir de n'importe quelle dame de la Cour, leur choix n'en était pas moins typique.

Il se tenait inlassablement au bord du lit, afin de pouvoir bien la surveiller, et il est vrai qu'elle ne pouvait faire un mouvement dont il ne s'aperçût. Très lentement son état s'améliorait, bien que l'ulcération de la plaie l'inquiétât, car celle-ci continuait à s'élargir, jusqu'à couvrir un espace de près de deux pouces de diamètre. Mais tous deux, Sykes et lui, restaient convaincus que, sans l'incision, Ambre serait morte. Parfois, à sa propre horreur, elle levait les mains, comme pour se protéger, et criait d'une voix lamentable :

— Non, non ! Je vous en prie ! Ne coupez pas !

Et le cri s'achevait en un gémissement qui le laissait tout frissonnant. Après quoi, elle sombrait toujours dans l'inconscience, bien souvent même dans le coma, se tordant en proférant des sons inarticulés.

Sept jours passèrent avant qu'elle ne le vît et le reconnût. Arrivant du salon, il la trouva, soutenue par le bras de Sykes, avalant un peu de bouillon, languissamment et sans y prendre le moindre intérêt. Bruce, une couverture sur les épaules, s'agenouilla au bord du petit lit de camp. Elle parut sentir sa présence et tourna lentement la tête. Pendant un très long moment elle le fixa, puis murmura très bas :

— Bruce ?

Il prit ses deux mains dans les siennes :

— Oui, mon aimée ! Je suis là.

Elle ébaucha une ombre de sourire et voulut parler, mais les mots ne venaient pas et il s'en alla pour lui épargner tout effort. Le lendemain matin, de bonne heure, tandis que Sykes la peignait, elle parla. Sa voix était si basse et si faible qu'il dut se pencher pour l'entendre.

— Depuis combien de temps suis-je ici ?

— C'est le huitième jour, Ambre.

— Êtes-vous remis, à présent ?

— Presque. Dans quelques jours je pourrai vous soigner.

Elle ferma les yeux et poussa un long soupir de lassitude. Sa tête roula sur l'oreiller. Ses cheveux aplatis faisaient des mèches grasses autour de son visage. Ses clavicules saillaient et l'on pouvait voir ses côtes.

Le même jour, Mrs. Sykes tomba malade et, bien qu'elle protestât que ce n'était rien — une simple indisposition provenant de ce qu'elle avait mangé —, Bruce ne s'y trompa pas. Ne voulant pas qu'elle approchât Ambre, il lui conseilla de se coucher dans la nursery et de se reposer, ce qu'elle fit immédiatement. Puis, s'enveloppant d'une couverture, il se rendit à la cuisine.

Sykes n'avait ni le temps, ni le désir, ni probablement même la notion de ce qu'était une maison bien tenue. Toutes les pièces étaient en désordre, malpropres. Le plancher et les meubles étaient couverts de poussière, les bougies avaient coulé un peu partout. Dans la cuisine, les plats et casseroles étaient sales, des torchons traînaient dans les seaux ; la nourriture n'avait pas été rangée, mais laissée sur la table et même par terre.

Tout se gâtait rapidement avec cette chaleur ; il trouva le beurre rance, le lait aigre et les œufs pourris. Bien que la cuisine de Sykes ne valût pas celle d'Ambre, il avala un bol de soupe. Puis, cherchant ce qu'il y avait de meilleur, il fit un plateau pour Ambre.

Comme il la faisait manger, lentement, une cuillerée après l'autre, Sykes soudain s'agita et se mit à crier, prise de délire. Ambre lui saisit le poignet, terrifiée.

— Qu'est-ce que c'est ?

— Rien, mon cœur. Quelqu'un dans la rue. Là, c'est assez pour le moment. Recouchez-vous.

Elle obéit, mais sans le quitter des yeux, tandis qu'il se dirigeait vers la porte conduisant à la chambre de Sykes, la verrouillait et jetait la clef sur la table.

— Il y a quelqu'un là-dedans, dit-elle tout bas. Quelqu'un qui est malade.

Il revint sur ses pas et s'assit auprès d'elle.

— C'est la nurse, mais elle ne pourra pas sortir. Vous êtes en sûreté ici, et il faut dormir.

— Mais si elle meurt, Bruce ? Comment la ferez-vous sortir de la maison ?

L'expression de son regard montrait à quoi elle pensait : la descente de Spong, la charrette des morts !

— Ne vous inquiétez pas de cela. N'y pensez même pas. Je m'en occuperai. Allons, dormez, mon cœur, dormez, et vous guérirez.

Pendant trois heures. Sykes eut un délire intermittent. Elle frappa à la porte, suppliant qu'on la fît sortir, réclamant la somme qui lui avait été promise, mais Bruce ne répondit à rien. Les fenêtres de la pièce donnaient sur la cour et sur une petite allée de service. Vers le milieu de la nuit, il l'entendit qui les ouvrait violemment en criant. Puis il perçut un long hurlement quand elle sauta et s'écrasa sur le sol. Quand la charrette des morts passa, il ouvrit la fenêtre et indiqua aux gardes l'endroit où ils trouveraient son corps.

Le lendemain vers midi, la troisième nurse arriva.

Bruce était étendu, sommeillant, épuisé par l'effort d'avoir apporté quelque nourriture à Ambre, de lui avoir changé son pansement, lavé le visage et les mains. Lentement il ouvrit les yeux et vit une vieille femme debout à côté de son lit, qui l'observait d'un œil inquisiteur et curieux. Fronçant les sourcils, il se demanda comment elle avait pu entrer aussi silencieusement. Son apparence lui déplut dès le premier coup d'œil.

Elle était vieille et sale, le visage ridé, l'haleine puante. Mais il nota sur elle une paire de boucles en diamants et plusieurs bagues qui paraissaient de valeur. C'était ou une voleuse, ou un succube, les deux peut-être.

— Bonjour, Monsieur. Les magistrats de la ville m'ont envoyée ici. Je suis Mrs. Maggot.

— Je suis à peu près guéri, dit Bruce, l'observant attentivement et cherchant à paraître plus fort qu'il ne l'était en réalité, mais ma femme a encore besoin de soins. Je l'ai fait manger ce matin, mais il faudrait lui préparer un autre repas. La dernière nurse a laissé la cuisine dans un état épouvantable et il n'y a rien à manger, mais vous pouvez envoyer le garde acheter des provisions.

Pendant qu'il parlait, la femme inventoriait la pièce du regard : les meubles tendus de drap d'argent, les tables de marbre, les vases de prix posés sur la cheminée.

— Où est l'argent ? demanda-t-elle sans le regarder.

— Il y a quatre shillings sur cette table. C'est suffisant pour tout ce dont nous avons besoin, le garde prend son pourboire lui-même.

Elle lança la pièce par la fenêtre en criant au garde d'aller chercher des plats. Visiblement, elle entendait ne rien faire elle-même. Un peu plus tard, quand il l'appela pour changer le pansement d'Ambre, elle refusa net, disant que toutes les nurses qui avaient pansé un ulcère étaient mortes et qu'elle entendait périr d'une autre façon.

Bruce, furieux, répondit pourtant avec calme :

— Dans ces conditions, si vous ne voulez rien faire, vous feriez aussi bien de vous en aller.

Elle ricana avec insolence et il craignit qu'elle ne se fût rendu compte combien faible il était encore.

— Non, Milord. J'ai été envoyée par la ville, et si je ne reste pas, je ne serai pas payée.

Ils s'affrontèrent du regard. Puis il se leva et jeta une couverture sur ses épaules. Elle le regardait faire tandis qu'il s'agenouillait auprès d'Ambre, ménageant ses forces. Exaspéré, il se retourna :

— Sortez !

Toujours ricanant, elle obéit, mais ferma la porte. Il lui cria de la laisser ouverte, mais elle n'écouta pas. Jurant entre ses dents, il acheva de panser la plaie et s'étendit pour se reposer. Aucun bruit ne venait du salon. Une demi-heure passa avant qu'il eût la force de se relever. Il ouvrit alors doucement la porte et la trouva qui fouillait dans le tiroir d'une table. Il y avait des objets éparpillés un peu partout; selon toute évidence elle avait entrepris des recherches méthodiques.

— Mistress Maggot ?

Levant les yeux, elle rencontra froidement son regard :

— Monsieur ?

— Vous ne trouverez aucun objet de valeur caché. Tout ce que vous pouvez voler est bien en évidence. Nous n'avons pas d'argent dans la maison, sauf quelques pièces de monnaie pour la nourriture.

Elle ne répondit pas, se leva et passa dans la salle à manger. Bruce tremblait de rage et de nervosité, car il était convaincu que la vieille femme les tuerait tous deux sans une minute d'hésitation, si jamais elle soupçonnait qu'il y avait soixante-dix livres dans la maison. Il savait où les nurses étaient recrutées : vieilles mendiantes de profession, criminelles impunies ou — en cas d'épidémie — femmes du genre de Sykes, poussées par la misère et la malchance.

Il dormit mal cette nuit-là, sentant sa présence dans le salon car, ayant découvert des traces de la maladie de Sykes, elle avait refusé de coucher dans la nursery. Deux ou trois fois, l'entendant bouger, il se dressa, tendu, inquiet. « Si elle essaye de nous tuer, songea-t-il, je l'étranglerai. » Il serrait les poings avec désespoir, car ses doigts étaient loin d'avoir leur force habituelle.

Vers le petit jour, il s'endormit profondément et, quand il s'éveilla, elle était penchée sur lui, le bras glissé sous le matelas. Comme il ouvrait les yeux, elle se redressa lentement, sans le moindre embarras. Il ne put savoir si elle avait ou non trouvé la bourse contenant l'argent et les bijoux.

— J'arrangeais un peu votre lit, Monsieur.

— Je préfère le faire moi-même.

— Vous m'avez dit hier que je pouvais m'en aller. Si vous me donnez cinquante livres tout de suite, je pars.

Il comprenait qu'elle faisait cette proposition uniquement pour savoir s'il avait de l'argent à la maison.

— Je vous ai déjà dit, Maggot, que j'ai tout juste quelques shillings ici.

— Comment, Monsieur ? Quelques shillings seulement, un lord habitant un appartement pareil !

— Tout notre argent disponible est chez l'orfèvre. Reste-t-il des provisions d'hier ?

— Non, Monsieur. Le garde en a volé la plus grande partie. Il va falloir le renvoyer en chercher d'autres.

Tout au long du jour, chaque fois qu'il se levait, il la sentait qui l'observait, bien qu'elle ne fût pas dans la pièce la plupart du temps. « Elle sait que j'ai de l'argent, songea-t-il et, cette nuit, elle essayera de s'en emparer. Et, quand bien même n'y aurait-il pas un penny, les meubles seuls vaudraient une fortune pour elle — même cédés à un revendeur. »

Il passa son temps à élaborer ses plans, parfaitement conscient que, pour sauver leurs deux existences, il lui fallait être sur ses gardes, quoi qu'elle pût entreprendre. Tandis qu'il était allongé, la charrette des morts passa à trois reprises : il y avait trop de cadavres à charrier.

Il envisagea toutes les éventualités.

Demander son aide au garde ? Elle ne manquerait pas de l'entendre, et il n'avait, d'ailleurs, aucune raison de penser que le garde fût digne de confiance. Non, il n'avait pas le choix : il lui fallait trancher la situation par ses propres moyens. Il était peu probable, se dit-il, qu'elle usât d'un couteau, car cela laissait trop de traces. La strangulation à l'aide d'une corde serait relativement facile sur deux êtres aussi faibles qu'eux. Certainement, elle chercherait à le tuer le premier, car Ambre n'offrait pas plus de résistance qu'un petit chat. Arrivé à ce point de ses déductions, il se trouva placé en face de problèmes que sa propre faiblesse rendait insolubles. S'il fermait la porte et se postait derrière, elle le saurait, et il ne pourrait pas la guetter éternellement. Pour peu qu'il cherchât à s'enfermer à clef, elle ferait sauter la serrure et, en cas de lutte ouverte, la partie n'était pas égale, car en admettant qu'il fût le plus fort, il ne pouvait se mouvoir rapidement et serait très vite à bout de forces. Finalement, il décida de mettre un paquet de couvertures à sa place dans le lit et d'attendre, caché derrière les rideaux de la fenêtre. Si jamais elle approchait, il pourrait l'assommer à l'aide d'un lourd chandelier d'étain. Mais ce plan tomba à l'eau, car elle refusa de fermer la porte. Quand il le lui demanda, vers le soir, elle obéit, mais, quelques minutes après, il l'entendit qui la rouvrait tout doucement. Elle resta ainsi entrebâillée pendant plus d'une heure, puis il appela de nouveau :

— Maggot ! Fermez la porte !

Elle ne répondit pas, mais obtempéra. L'obscurité envahit peu à peu la pièce. Il attendit une bonne demi-heure puis, lentement, avec précaution, se leva, sans quitter la porte des yeux, et commença de rassembler les couvertures. Il en venait à bout quand il entendit un léger craquement et vit la porte qui s'entrouvrait.

Exaspéré, il l'appela sévèrement :

— Mistress Maggot !

Elle ne répondit pas, mais il sentait sa présence, savait qu'elle l'observait, car le clair de lune éclairait suffisamment. Il ne pouvait pas la voir, mais elle ne perdait aucun de ses gestes. Revenant à son lit, il s'étendit, transpirant de rage à la pensée qu'après avoir échappé à la peste ils allaient peut-être mourir des mains d'une affreuse vieille femme avide.

« Par Jésus ! ce ne sera pas ! Je ne lui permettrai pas de nous tuer ! » Il se sentait une responsabilité encore plus grande envers la vie d'Ambre qu'envers la sienne.

Les heures passèrent. Plusieurs fois il entendit passer la charrette des morts et le glas sonna plus de vingt fois. Involontairement il comptait : douze femmes et huit hommes cette nuit dans la paroisse ! Il avait la terreur de s'endormir — car la lassitude l'envahissait —, et entreprit de se réciter à lui-même tous les poèmes dont il se souvenait, tous les chants qu'il avait chantés. Il établit mentalement la liste de tous les livres qu'il avait lus, de toutes les femmes qu'il avait aimées, de toutes les villes qu'il avait visitées. Cela l'aidait à rester éveillé.

Enfin, elle vint.

La porte s'ouvrit très lentement et, au bout d'un instant, le plancher craqua. La lune s'était couchée et l'obscurité était totale. Le cœur de Bruce battait à grands coups et il se sentait extraordinairement alerte, ses yeux cherchant à percer les ténèbres, ses oreilles tendues au point d'entendre le battement de ses propres artères.

Elle approchait très lentement. Chaque fois qu'il entendait craquer une lame du parquet, un silence absolu suivait, si bien qu'il ne pouvait plus dire d'où était venu le bruit. Ce temps d'arrêt était une véritable souffrance, mais il se forçait à rester allongé, immobile, la respiration calme et naturelle. Ses nerfs étaient à vif, il tremblait, tant était violent son désir de lui sauter à la gorge. Mais il n'osait pas, car elle pourrait se sauver et tout alors serait à recommencer. Il avait une peur horrible de ne pas savoir résister à une telle tension. Ses forces s'en allaient, semblait-il, ses bras et ses jambes devenaient douloureux.

Et brusquement, d'une manière presque inattendue, il sentit son haleine et sut qu'elle se trouvait tout près de lui. Il ouvrait tout grands les yeux, mais ne voyait rien. Il hésita. Alors, avec une rapidité et une force qui le surprirent, elle lança un nœud coulant sur sa tête et tira violemment. Il s'empara de son bras, la tira vers lui et, en même temps, se dégageant de l'autre main, il arracha le lacet de sa gorge et le passa autour de la sienne. De toutes ses forces, alors, il se mit à tirer. Elle luttait et se débattait sauvagement, poussant des cris inarticulés, tandis qu'il tirait toujours jusqu'à ce qu'enfin il comprît qu'elle était morte. Lâchant le corps qui s'écroula sur le plancher, il retomba sur le lit presque inconscient. Ambre dormait toujours.

XXXVII

Après avoir tant bien que mal descendu le corps de Mrs. Maggot jusqu'à la rue, Bruce donna cinq guinées au garde, afin que celui-ci ne fît aucun rapport à la ville, car il ne voulait plus de nurse chez lui. Il se sentait assez bien pour pouvoir s'occuper d'Ambre, dût-il éprouver quelques difficultés les premiers jours.

Le lendemain il découvrit que Mrs. Maggot avait laissé la cuisine en plus piteux état que Sykes. Cela empestait les fruits et les légumes pourris, la viande grouillait de vers et le pain était moisi. Il n'y avait plus rien de mangeable et, comme il était encore incapable de ranger ce fouillis et de préparer le moindre mets, il dépêcha le garde chercher des plats tout prêts, dans une taverne voisine.

A mesure que passèrent les jours, il reprit des forces; et, bien qu'au début il dût se reposer après chaque petit effort, il parvint à mettre en ordre l'appartement. Et un beau jour, tandis qu'Ambre était endormie, il la transporta dans le grand lit fraîchement refait et prit lui-même le lit de camp. Tous deux plaisantaient sur ses talents ménagers et culinaires. La première fois qu'il la vit de nouveau rire de bon cœur, ce fut un matin quand en s'éveillant elle le trouva, nu, avec une serviette nouée autour des reins, qui balayait le plancher.

Bientôt il sortit faire lui-même les achats — car le garde avait été retiré — et fut surpris du désert des rues.

Les gens mouraient à la cadence de dix mille par semaine et plus; il était effarant de penser que, parmi ceux qui mouraient, un pourcentage élevé n'étaient pas même signalés. Les charrettes passaient toutes les heures, néanmoins des centaines de corps gisaient dans les rues ou les jardins publics, souvent des jours entiers, dévorés par les rats. Nombre d'entre eux étaient à moitié rongés avant d'être ensevelis. Il n'y avait plus de croix rouges sur les portes, mais de grandes affiches imprimées. L'herbe poussait entre les pavés; des milliers de maisons étaient abandonnées et des rues entières barricadées, leurs habitants morts ou en fuite. Les cloches mêmes avaient cessé de sonner. La ville était silencieuse, chaude et puante.

La première fois que Bruce fut en état de sortir, il franchit le demi-mille qui le séparait d'Almsbury House, y pénétra à l'aide de sa clef et monta dans l'appartement qu'il occupait afin d'y prendre des vêtements propres et de brûler ceux qu'il portait. Seuls s'y trouvaient deux domestiques, laissés comme gardiens, car nombre de grands hôtels et de riches maisons avaient été pillés. Ceux-ci, enfermés depuis plus de deux mois, refusèrent de s'approcher, mais lui posèrent de loin des questions et parurent très soulagés de le voir s'éloigner.

Vers la deuxième semaine de septembre, Ambre

fut en état de se lever et put rester tous les jours assise dans la cour. Au début, Bruce la montait et la descendait dans ses bras, mais elle voulut bientôt marcher seule, car il lui tardait d'être assez forte pour pouvoir quitter la ville. Londres, lui semblait-il, était maudite par Dieu et tous ceux qui y restaient, condamnés à mourir. Car, tout en étant réellement mieux, elle demeurait sombre et pessimiste. Bruce, au contraire, avait retrouvé son entrain et sa confiance, et il cherchait à la distraire, ce qui n'était pas facile.

— Je crois, dit-il un matin qu'ils étaient installés dans la cour, je crois avoir trouvé le moyen de quitter la ville !

Il était assis en face d'elle, sur une dalle, en culotte et en bras de chemise, une boucle de cheveux lui tombant sur le front, et la regardait avec un sourire, tout en clignant des yeux à cause du soleil.

— Comment ?

— Le yacht d'Almsbury est toujours à quai, et il est assez grand pour que nous puissions emporter les provisions de plusieurs semaines.

— Mais où aller ? Nous ne pouvons pas nous promener en mer sur un si petit navire, voyons !

— Nous n'essaierons même pas. Nous remonterons la Tamise vers Hampton Court, au-delà de Windsor et de Maidenhead. Et quand nous serons assez guéris pour ne plus craindre de répandre la contagion, nous gagnerons la propriété d'Almsbury, dans le Herefordshire.

— Mais vous aviez dit que les navires n'avaient pas la permission de quitter le port ?

Le plan le plus simple lui paraissait offrir des difficultés insurmontables.

— C'est vrai. Il nous faudra être prudents. Nous

partirons à la nuit, mais ne vous tracassez pas. Je m'en charge. J'ai déjà commencé...

Il s'arrêta, car Ambre, les yeux fixes, le visage soudain livide, s'était redressée et tendait l'oreille. A son tour il perçut le lointain roulement des roues sur les pavés, et la voix de l'homme :

— Sortez vos morts !

Ambre s'affaissa sur elle-même, mais se levant d'un bond, il la prit entre ses bras. Remontant avec elle, il la posa doucement sur son lit. Son évanouissement ne dura guère, elle ouvrit les yeux et le regarda. Sa maladie l'avait laissée entièrement dépendante de Bruce ; elle attendait tout de lui, la force, la confiance, et la solution de tout ce qui la troublait. Il était à la fois son amour, son Dieu et son père.

— Jamais je n'oublierai ce cri, murmura-t-elle. Toute ma vie je l'entendrai dans mon sommeil et je verrai cette charrette en rêve.

Ses yeux luisaient, sa respiration était haletante.

— Jamais je ne pourrai penser à autre chose.

Bruce se pencha et posa ses lèvres sur sa joue :

— Ambre, je vous en prie ! N'y pensez plus. Ne vous laissez pas aller à ressasser ces pensées. Vous pouvez très bien oublier. Vous le pouvez, et vous le devez...

Peu de jours après, Ambre et Bruce quittèrent Londres à bord du yacht d'Almsbury. La campagne était magnifique. Les prairies qui bordaient la rivière étaient toutes piquetées de fleurs ; des buissons verts et des lys venaient plonger dans l'eau. Des herbes aquatiques, en masses emmêlées, tels des cheveux verts, flottaient au gré du courant et, vers le soir, il y avait toujours du bétail qui les regardait passer, d'un œil calme et grave.

Ils avancèrent lentement, dépassant Hampton

et Staines, Windsor et Maidenhead, s'arrêtant quand ils trouvaient un endroit agréable, y restant aussi longtemps qu'ils le désiraient, puis s'en allant. Vingt-quatre heures après avoir quitté Londres et tous ses morts, ils avaient l'impression d'être dans un autre monde. Ambre se remit avec une rapidité surprenante, résolue, comme Bruce, à chasser ces affreux souvenirs de sa mémoire. Chaque fois qu'ils revenaient à la conscience, elle les repoussait avec énergie.

« Je veux oublier qu'il y ait jamais eu d'épidémie », se disait-elle.

Et, peu à peu, la maladie de Bruce, la sienne et tout ce qui s'était passé depuis quelques mois parurent reculer dans le temps et s'être déroulés non plus récemment, mais il y avait bien des années. Parfois même il lui semblait que c'était arrivé à d'autres, mais pas à eux. Elle se demandait si Bruce éprouvait les mêmes réactions, mais n'osait lui en parler, ce sujet étant interdit entre eux.

Pendant un certain temps, Ambre fut désolée de son apparence physique. Elle craignait que sa beauté ne s'en fût allée pour toujours. En dépit des assurances de Bruce, elle se désespérait chaque fois qu'elle se regardait dans la glace.

— Ô mon Dieu! gémissait-elle, être morte plutôt que de rester ainsi! Oh! Bruce, jamais je ne serai plus comme autrefois, je le sais! Oh! je me fais horreur!

Il l'enlaçait alors, souriant, et la câlinait comme un enfant capricieux, chassant ses craintes et ses angoisses.

— Bien sûr que vous serez la même, mon cœur! Mais vous avez été bien malade, vous savez, il faut prendre patience!

A peine sur le bateau, d'ailleurs, sa santé fit de

tels progrès qu'elle redevint presque la même. Tous deux jouissaient, comme jamais peut-être, du simple plaisir d'être encore en vie. Ils passaient des heures allongés sur le pont, se rôtissant au soleil, mais, à l'opposé de Bruce qui prenait une belle teinte brune en s'exposant nu au grand air, Ambre préservait soigneusement son teint du hâle.

Peu à peu ils commencèrent à descendre dans les villages pour y faire leurs provisions et parfois même pour déguster un repas, ce qui paraissait un luxe et une véritable aventure. Ambre s'inquiétait beaucoup de Nan et de la petite Suzanne, surtout après avoir appris qu'on avait repéré des cas de peste dans les campagnes. Mais Bruce cherchait à la persuader que tout allait bien de ce côté.

— Nan est une femme de sens, et on peut se fier à elle. Si jamais il y a eu danger, elle sera partie ailleurs. Ayez confiance, Ambre, et ne vous souciez pas inutilement.

— Oh ! j'ai confiance en elle, répondait Ambre. Mais je ne peux m'empêcher de m'inquiéter. Oh ! comme je serai heureuse quand je les saurai bien portantes et en sûreté !

Tout ce que voyait Ambre lui rappelait Marygreen et la vie qu'elle avait menée entre tante Sarah et oncle Matt. C'était, comme l'Essex, une riche contrée agricole, semée de fermes prospères, de vergers, de jolis petits villages, respirant la tranquillité, dans une atmosphère de satisfaction qui n'existait nulle part ailleurs.

Elle essaya d'expliquer à Bruce ce qu'elle ressentait et ajouta :

— Je ne m'en étais jamais rendu compte tant que j'y vivais, et cependant, Dieu sait que je ne voudrais pas y retourner.

— Vous vieillissez, mon trésor !

Ambre le regarda, surprise et irritée.

— Vieillir ! Eh bien ! comme vous y allez ! Je n'ai que vingt-deux ans !

Cela l'amusa :

— Je n'ai pas voulu dire que vous *devenez* vieille. Vous êtes seulement *assez âgée* pour avoir des souvenirs, et les souvenirs sont toujours un peu mélancoliques.

— C'est possible, avoua-t-elle pensivement.

Puis, brusquement, elle leva les yeux sur lui.

— Bruce, vous souvenez-vous du jour où nous nous sommes rencontrés ? Quand je ferme les yeux, je vous vois si nettement, la manière dont vous étiez à cheval, et le regard que vous m'avez lancé. J'en ai eu le frisson. Jamais personne ne m'avait regardée ainsi. Et je vois le costume que vous portiez, en velours noir, soutaché d'or. Oh ! le bel habit ! Et comme vous étiez beau ! Mais vous me faisiez un peu peur aussi. D'ailleurs, ce n'est pas passé, je me demande pourquoi...

— Je n'en sais vraiment rien non plus !

Il paraissait très amusé, car elle ressassait fréquemment ses souvenirs et n'oubliait jamais un détail.

— Oh ! mais songez un peu !

Ils traversèrent un petit pont branlant et Ambre, qui marchait en tête, se retourna :

— Si tante Sarah ne m'avait pas ce jour-là envoyée porter un pain d'épice à la femme du maréchal-ferrant, nous ne nous serions jamais connus ! Et je vivrais toujours à Marygreen !

— Non, certes ! D'autres cavaliers seraient passés par le village, et vous auriez quitté Marygreen avec ou sans moi !

— Jamais, Bruce Carlton ! Jamais ! Je vous ai suivi parce que c'était mon destin, c'était écrit dans les étoiles. Nos vies sont tracées dans le ciel, vous le savez bien.

— Non, je n'en sais rien, et vous non plus. Vous pouvez le croire, mais vous n'en savez rien !

— Je ne comprends pas ce que vous voulez dire !

Ils avaient franchi le pont et marchaient de nouveau côte à côte, Ambre fouettant l'herbe avec une baguette qu'elle venait de ramasser. Soudain elle la jeta au loin et lui fit face, les deux mains posées sur son bras.

— Vous ne croyez pas que nous étions destinés l'un à l'autre, Bruce ? Il faut le croire, maintenant.

— Pourquoi *maintenant* ?

— Eh bien ! après tout ce que nous avons traversé ensemble. Pourquoi êtes-vous resté pour me soigner ? Vous auriez pu vous en aller quand vous avez été guéri et me laisser, si vous ne m'aviez pas aimée.

— Grand Dieu ! Ambre, vous me prenez vraiment pour un misérable pire que je ne suis. Mais, bien entendu, je vous aime. Et en un certain sens, je suis d'accord avec vous, nous étions destinés l'un à l'autre.

— En un certain sens ? Qu'entendez-vous par là ?

Il l'entoura de ses bras, passant les doigts dans la masse brillante de sa chevelure, et ses lèvres effleurèrent sa bouche :

— Voilà ce que je veux dire, fit-il à voix basse : vous êtes une femme, très belle, et je suis un homme ! Bien sûr que nous sommes destinés l'un à l'autre !

Bien qu'elle n'insistât plus pour l'instant, ce n'était pas ce qu'elle souhaitait d'entendre. Quand elle était restée avec lui, à Londres, au risque de sa vie, elle n'avait aucune arrière-pensée et n'espérait aucune gratitude. Mais quand, à son tour, il l'avait soignée aussi tendrement et attentivement qu'une mère, elle avait fini par s'imaginer qu'il avait changé d'idée et consentirait à l'épouser. Et elle avait attendu, avec une crainte grandissante, qu'il parlât. Mais il n'avait rien dit.

Elle souhaitait désespérément s'en entretenir avec lui, mais, craignant de rompre l'harmonie parfaite qui pour la première fois régnait entre eux, elle guettait l'occasion favorable.

Pendant ce temps, les jours passaient. Le houx rougeoyait, des charrettes regorgeant de fruits attendaient dans les vergers et l'air se chargeait de fraîches senteurs d'automne et de l'odeur des pommes mûres. Une ou deux fois, la pluie tomba.

Ils laissèrent le bateau à Abingdon et passèrent la nuit dans une paisible auberge. L'hôtelier et sa femme finirent par accepter leurs certificats de bonne santé, après que Bruce leur eut donné cinq guinées de pourboire, à peu près tout ce qui leur restait. Le lendemain matin, ils louèrent des chevaux et un guide et se dirigèrent vers la propriété d'Almsbury, à quelque soixante milles de là. Ils prirent la grand-route jusqu'à Gloucester, où ils dormirent, et repartirent le lendemain. Quand ils atteignirent Barberry Hill, dans le milieu de la matinée, Ambre était épuisée.

Almsbury sortit de chez lui en poussant des cris de joie. Il la prit dans ses bras et l'embrassa, tout en administrant d'amicales tapes dans le dos de Bruce, leur racontant comment il avait cherché à les retrouver tous deux — sans jamais deviner qu'ils étaient ensemble —, combien il s'était inquiété et comme il était heureux de les revoir vivants et en bonne santé. Emily parut tout aussi enchantée, bien que considérablement moins expansive, et tous rentrèrent dans la maison.

Barberry Hill n'était pas la propriété la plus importante que possédait la famille d'Almsbury, mais c'était la seule que le jeune comte avait pu faire restaurer pour y abriter sa famille. Bien que moins imposante que Almsbury House, sur le Strand, elle avait infiniment plus de charme. C'était une grande construction de briques rouges en forme de L, nichée au pied d'une colline. Une partie en était à quatre étages, l'autre à trois seulement, avec un haut toit d'ardoises à plusieurs pignons, des lucarnes et de nombreuses cheminées en spirale. Chaque pièce abritait de belles sculptures, les plafonds étaient ornementés comme un gâteau d'Épiphanie, le grand escalier semblait une production du plus pur style élisabéthain et de gaies et chaudes couleurs rayonnaient partout.

Almsbury dépêcha immédiatement des gens à la recherche de Nan Britton, avec ordre de la conduire jusqu'ici. Et quand Ambre fut reposée et qu'elle se fut introduite dans une robe de Lady Almsbury — qui n'avait aucun chic, se dit-elle, et qu'elle fut obligée de maintenir à grand renfort d'épingles —, ils se rendirent à la nursery. Ils n'avaient pas vu leur fils depuis plus d'un an, depuis la dernière matinée qu'ils avaient passée ensemble à Almsbury House ; l'enfant avait grandi et considérablement changé.

Il avait à présent quatre ans et demi ; très grand pour son âge, vigoureux et en parfaite santé, ses yeux étaient du même vert aux reflets gris que ceux de Bruce, et ses cheveux châtain foncé encadraient son visage de grandes boucles. Il portait dorénavant — ce qui se faisait toujours à partir de quatre ans — l'exacte réplique de l'habit de Lord Carlton, jusqu'à l'épée minuscule et au grand feutre orné de plumes. Ces vêtements de grandes personnes pour enfants symbolisaient bien l'éducation forcée en serre chaude qui était la leur. Car il apprenait dès maintenant à lire, à écrire et à calculer. Il prenait également des leçons d'équitation, de danse et de maintien. Avant peu il en aurait bien davantage encore : leçons de français, latin, grec, hébreu, escrime, musique, chant. L'enfance était plus que brève, car la vie était incertaine et il n'y avait pas de temps à perdre.

Quand ils entrèrent dans la nursery, le petit Bruce, en compagnie du fils aîné d'Almsbury, était attablé, étudiant son syllabaire. Il devait savoir que ses parents allaient venir car, au moment où la porte s'ouvrit, il leva la tête avec une rapidité qui laissait supposer de nombreuses attentes. Le syllabaire roula par terre et il se précipita joyeusement vers eux. Mais, sur un mot bref de sa nurse, il s'arrêta net, se découvrit et s'inclina cérémonieusement, devant Bruce d'abord, puis devant Ambre.

— Je suis heureux de vous voir, Monsieur. Et vous, Madame !

Mais Ambre, sans se laisser impressionner par la nurse, s'élança, s'agenouilla et le prit dans ses bras, couvrant les joues roses de baisers passionnés. Des larmes brillèrent dans ses yeux et se mirent à couler, mais elle riait de joie.

— Oh ! mon amour, mon amour ! Mon trésor ! Je croyais ne plus vous revoir jamais !

Il avait passé ses petits bras autour de son cou :

— Mais pourquoi, Madame ? J'étais bien sûr, moi, de vous revoir un jour !

Ambre rit et lui souffla :

— Au diable la nurse ! Ne m'appelez pas Madame. Je suis votre maman et c'est comme cela que je veux être appelée !

Ils éclatèrent tous deux de rire et il chuchota

« Maman », tout en jetant cependant un regard un peu inquiet derrière lui, à la nurse qui les observait.

Il fut plus réservé avec Bruce ; apparemment il avait le sentiment qu'entre hommes les démonstrations ne sont pas de mise. Mais il adorait son père, cela était visible. Ambre en ressentit une pointe de jalousie, qu'elle se reprocha vivement. Au bout d'une heure environ, ils quittèrent la nursery et enfilèrent la longue galerie qui les menait à leurs appartements, dans l'aile opposée de la maison.

Et soudain, Ambre dit :

— Ce n'est pas bien, Bruce, de le laisser vivre ainsi. C'est un bâtard. A quoi bon l'instruire et lui apprendre à se conduire comme un lord, quand Dieu sait ce qu'il sera obligé de faire, une fois grand !

Elle l'épiait du regard, mais il demeura impassible et, comme ils arrivaient chez eux, il ouvrit la porte et s'effaça pour la laisser entrer. Elle se retourna vivement et comprit au même instant qu'il allait parler et lui dire quelque chose de peu agréable.

— Il y a longtemps que je désire vous en parler, Ambre : je veux faire de lui mon héritier.

Et comme une soudaine lueur d'espoir éclairait son visage, il ajouta hâtivement :

— En Amérique, personne ne saura s'il est ou non légitime. On le prendra pour le fils d'un premier mariage.

Elle le regarda d'un air incrédule, reculant comme devant un coup en pleine figure :

— Un premier mariage ? répéta-t-elle très bas. Alors, vous êtes marié ?

— Non, je ne le suis pas. Mais je me marierai un jour...

— Ce qui veut dire que vous n'avez toujours pas l'intention de m'épouser ?

Il garda le silence pendant un très long moment et sa main se tendit en un geste involontaire, puis retomba à ses côtés :

— Non, Ambre, dit-il finalement. Vous le savez bien. Nous en avons déjà parlé depuis longtemps.

— Mais c'est différent maintenant. Vous m'aimez, vous me l'avez dit vous-même ! Et je sais que c'est vrai. Oh ! Bruce, vous ne me l'avez pas dit pour...

— Non, Ambre. Je le pensais vraiment. Je vous aime, mais...

— Alors, pourquoi ne m'épousez-vous pas, si vous m'aimez ?

— Parce que, ma chère, l'amour n'a rien à voir là-dedans.

— Rien à voir ! Mais tout, au contraire. Nous ne sommes plus des enfants auxquels leurs parents disent qui ils doivent épouser. Nous sommes libres de faire ce qu'il nous plaît...

— C'est bien mon intention.

Elle le considéra quelques minutes en silence, avec le désir intense de le frapper. Mais le souvenir d'une expression de ses yeux durs et brillants la retint. Il l'observait, attendant, semblait-il, ses réactions. Finalement, il se détourna et quitta la pièce.

Nan arriva dans la quinzaine qui suivit, avec Suzanne, la nourrice, Curry et Grand John Waterman. Ils avaient passé ces quatre mois à errer d'un village à l'autre, fuyant l'épidémie. Malgré cela, seul un chargement avait été volé. Presque toutes les toilettes d'Ambre et ses affaires personnelles étaient intactes. Elle en fut si reconnaissante, qu'elle promit à Nan et à Grand John une gratification de cent livres chacun quand ils rentreraient à Londres.

Bruce fut enchanté de sa grande fille de sept mois. Suzanne n'avait plus les yeux bleus ; ils tiraient sur un vert très clair, et ses cheveux étaient comme de l'or léger, loin de la couleur brun doré de sa mère. Elle ne lui ressemblait pas, d'ailleurs, pas plus qu'à Bruce, mais promettait d'être une vraie beauté déjà consciente de sa destinée, car elle agitait les doigts et riait rien qu'à la seule vue d'un homme.

Le jour même de l'arrivée de Nan, Ambre quitta la robe noire d'Emily, si peu seyante et, après mûre réflexion, en choisit une des siennes : assez décolletée, en satin cuivré, au corsage ajusté et à la jupe très ample. Elle se maquilla légèrement, se posa deux ou trois mouches et, pour la première fois depuis bien des mois, Nan la coiffa avec de grandes boucles et un chignon haut. Parmi ses bijoux, Ambre découvrit une paire de boucles d'oreilles et un bracelet d'émeraudes.

— Seigneur ! dit-elle en se regardant avec satisfaction dans la glace, j'avais oublié comment j'étais !

Après un été anormalement chaud et sec, le temps changea subitement vers la fin d'octobre. De violentes pluies se succédèrent et, vers le milieu du mois, de fortes gelées firent leur apparition. Bruce et Almsbury allaient néanmoins chasser, bien que généralement leur poudre prît l'humidité, leur interdisant de tuer quoi que ce fût. Ambre passait la plus grande partie de ses matinées dans la nursery. Parfois, Bruce et Almsbury jouaient au billard pendant qu'elle les regardait, ou bien ils entamaient tous trois un jeu de cartes, s'amusaient à faire des anagrammes de leurs propres noms et de ceux des autres. Emily se joignait rarement à eux, car elle était une maîtresse de maison à l'ancienne mode, ne négligeant aucun détail et surveillant tout, plutôt que de s'en rapporter à un maître d'hôtel ainsi que bon nombre de grandes dames. Ambre ne pouvait pas comprendre qu'elle passât ainsi tout son temps entre la nursery, l'office et la cuisine. Sans conteste, ils étaient tous plus gais quand Emily se trouvait ailleurs.

Généralement, Barberry Hill était remplie d'amis à cette époque de l'année, car le comte et sa femme avaient de nombreuses relations. Mais l'épidémie empêchait toute réunion et seul, de temps à autre, un voisin venait rendre une visite. Les nouvelles de Londres devenaient meilleures. Le nombre des morts allait en décroissant, bien qu'il fût encore de plus d'un millier par semaine. Bien des gens qui avaient quitté la ville alors qu'il n'en mourait guère plus de cent par semaine y retournaient à présent. Les rues regorgeaient de mendiants aux taches suspectes, mais on ne voyait plus de cadavres, et la charrette des morts ne passait plus que la nuit. Un vent d'optimisme commençait à souffler, car l'on prétendait que le pire était passé.

Bruce s'impatientait. Qu'était-il advenu de ses vaisseaux et du butin qu'il avait rapporté ? Il désirait rentrer à Londres au plus vite, et repartir pour les Amériques. Ambre lui demanda quand il comptait mettre à la voile.

— Dès que je le pourrai ! Mais il paraît peu probable que les hommes signent des engagements dans l'immédiat.

— Je voudrais rentrer avec vous.

— Je ne crois pas que ce serait bien raisonnable, Ambre. J'irai à Oxford d'abord ; la Cour y est en ce moment, et j'ai besoin de voir le roi, pour une cession de terres. Le temps est abominable et je ne peux pas perdre mon temps à voyager en voiture. Une fois à Londres, je serai si occupé que je ne vous verrai pour ainsi dire pas. Restez ici, chez Almsbury, un mois ou deux encore, la ville n'est pas assez sûre pour le moment.

— Cela m'est bien égal, fit-elle avec obstination. Qu'elle soit sûre ou non, je m'en moque. Si je peux vous entrevoir, ne fût-ce qu'un moment, je vous accompagne. Et cela ne me fera rien du tout d'aller à cheval, je vous assure.

Mais un beau jour, vers midi, comme elle était à sa fenêtre, regardant les gros nuages gris balayés vers le sud et surveillant un groupe de cavaliers qui s'approchait de la maison, elle se sentit soudain envahie d'un étrange sentiment de crainte et de méfiance. Avant qu'il fût possible de distinguer la silhouette particulière des chevaux et de ceux qui les montaient, elle acquit la conviction que Bruce n'était pas parmi eux. Se détournant brusquement, elle releva ses jupes et s'élança hors de la pièce. Elle arriva au bas du grand escalier au moment où Almsbury entrait dans le hall.

— Où est Bruce ?

Almsbury, vêtu d'un long manteau de chasse, chaussé de grosses bottes, les cheveux trempés et les plumes de son chapeau pendant lamentablement, eut un air embarrassé :

— Il est parti, Ambre. A Londres.

Ôtant son chapeau, il le secoua contre ses genoux.

— Parti ? Sans moi ?

Elle le regarda, incrédule, puis, avec une irritation grandissante :

— Mais je devais l'accompagner ! Je le lui avais dit.

— Il m'a déclaré vous avoir prévenue qu'il partait seul.

— Le diable l'emporte ! marmonna-t-elle.

Et elle s'enfuit.

— Eh bien! j'irai aussi.

Almsbury l'appela, mais elle ne parut pas avoir entendu et monta rapidement l'escalier. A mi-chemin, elle croisa quelqu'un qu'elle n'avait encore jamais vu, un homme d'un certain âge, très bien vêtu, mais bien qu'il se retournât et la suivît des yeux, elle l'ignora.

— Nan! cria-t-elle en faisant irruption dans sa chambre, emballe quelques robes pour moi. Je pars à Londres.

Nan sursauta et jeta un coup d'œil vers la fenêtre; la pluie fouettait les carreaux, et le vent faisait ployer les hêtres.

— A Londres, Madame! Par ce temps?

— Au diable le temps! Emballe mes robes, te dis-je. N'importe quoi. Peu m'importe! Jette tout comme tu voudras.

Elle tirait sur les lacets qui maintenaient son corsage, arrachait sa robe et se dirigeait vers la coiffeuse pour jeter ses bracelets sur le bois poli. Elle était toute rouge et serrait les dents.

« La peste soit de lui! songeait-elle. Il aurait bien pu m'emmener. Il me doit bien ça, au moins! Oh! mais je vais lui montrer. Je vais lui montrer! »

Nan s'agitait, sortant les robes, les chemises et les souliers de sa maîtresse. Toutes deux étaient si occupées qu'elles ne virent pas Almsbury qui était entré et avait refermé la porte.

— Ambre! Que diable faites-vous?

— Je vais à Londres. Qu'en dites-vous?

Elle ne daigna pas même lui jeter un coup d'œil, continua de retirer ses épingles à cheveux, laissant ceux-ci flotter sur ses épaules. Il traversa rapidement la pièce et son visage apparut dans la glace, derrière Ambre. Elle lui lança un regard féroce.

— Voulez-vous quitter la pièce, Britton ! Faites ce que je vous dis, ajouta-t-il comme Nan hésitait.
« Voyons, Ambre, écoutez-moi ! Tenez-vous absolument à vous rendre ridicule ? Il ne vous veut pas à Londres. Il dit que la ville n'est pas encore assez sûre et il ne veut pas être dérangé par vous, il sera très occupé.
— Peu m'importe ce qu'il veut ! Je pars de toute façon. Nan !
Elle se leva vivement, mais Almsbury la retint par le poignet.
— Vous ne partirez pas, quand je devrais vous attacher au pied du lit. Il est très possible d'attraper la peste deux fois, vous savez. Si vous aviez le moindre bon sens, vous ne demanderiez pas à y retourner. Bruce est parti parce qu'il le devait. Ses navires sont peut-être détruits ou pillés, et sinon, ils ne tarderont pas à l'être dès que la ville commencera de se remplir. Allons, ma chère, pour l'amour de Dieu, un peu de raison. Il reviendra, il me l'a dit.
Ambre leva les yeux sur lui, la lèvre boudeuse ; de grosses larmes commençaient à rouler sur ses joues. Elle renifla, mais ne protesta pas quand il l'entoura de ses bras.
— Mais pourquoi, demanda-t-elle enfin, étouffant un sanglot, pourquoi ne m'a-t-il pas dit adieu ? La nuit dernière, eh bien ! la nuit dernière a été comme toujours...
Il la serra contre lui et lui caressa les cheveux :
— C'est possible, mon cœur, mais il ne voulait pas de dispute.
Ambre poussa un gémissement et fondit en larmes, les bras passés autour du cou d'Almsbury.
— Je... je ne me serais pas disputée ! Oh ! Almsbury ! je l'aime tant !
Il la laissa pleurer, la serrant contre lui, jusqu'à

ce qu'elle se calmât. Puis, sortant un mouchoir, il le lui tendit :

— Avez-vous remarqué le gentilhomme que vous avez croisé dans l'escalier ?

Elle se moucha, tamponna ses yeux rougis et son visage sillonné de larmes :

— Non, pas du tout. Pourquoi ?

— Il m'a demandé qui vous étiez. Il vous considère comme la plus belle personne qu'il ait jamais vue.

Une vanité agréablement chatouillée adoucit son chagrin.

— Vraiment ?

Elle renifla une ou deux fois, tout en considérant le mouchoir qu'elle tordait entre ses doigts. Puis elle se moucha de nouveau :

— Qui est-ce ?

— Edmond Mortimer, comte de Radclyffe, une des plus vieilles et des plus honorables familles d'Angleterre. Allons, venez, mon cœur, il est temps de déjeuner. Descendons. Il désire vous être présenté.

Ambre soupira et se détourna.

— Oh ! cela m'est bien égal. Je ne tiens plus à connaître personne.

Almsbury eut un sourire engageant.

— Vous aimeriez mieux rester dans votre chambre et bouder, n'est-ce pas ? Eh bien ! faites comme vous voudrez, mais il sera déçu. Pour vous dire la vérité, il serait capable, je crois, de vous demander en mariage !

— Me demander en mariage ? Que diable ferais-je d'un autre mari ? Jamais je ne me marierai plus !

— Pas même avec un comte ? reprit Sa Grâce d'un ton pensif. Oh ! ma chère, faites comme il vous plaira. Mais il m'avait semblé, l'autre soir, vous entendre dire à Bruce quelque chose dans ce goût : « Attendez seulement que je sois comtesse de ceci ou de cela... » Eh bien ! vous avez là une chance, allez-vous la laisser s'enfuir ?

— Je pense que vous avez dit à ce vieux radoteur que j'étais riche ?

— Oh ! peut-être, je ne m'en souviens plus !

— Bon ! eh bien ! dans ces conditions, je vais descendre. Mais je ne l'épouserai pas. Peu me chaut d'être comtesse...

Mais elle ne pouvait s'empêcher de penser : « Si la prochaine fois que Bruce revient je suis Sa Grâce la comtesse de Radclyffe, cela ne manquera pas de l'impressionner, lui qui n'est que baron ! »

XXXVIII

Le déjeuner fut retardé d'une demi-heure afin qu'Ambre pût s'habiller et effacer les traces de ses larmes. Puis, jetant un mantelet de fourrure sur ses épaules, elle descendit à la salle à manger. En hiver, il était toujours nécessaire de porter un manteau en traversant les couloirs, mais cette année, il faisait si froid qu'on le supportait partout.

Almsbury et son invité se tenaient auprès de la cheminée. Lady Almsbury travaillait à sa broderie. Les deux hommes se retournèrent et Almsbury fit les présentations. Ambre fit une révérence, tout en examinant le comte d'un œil critique. Sa première réaction fut instantanée : « Comme il est laid ! » Et elle décida immédiatement qu'elle ne l'épouserait jamais. Après quoi, l'on se mit à table.

Edmond Mortimer était âgé de cinquante-sept

ans, et en paraissait au moins dix de plus. Il était un peu plus grand qu'Ambre, mais, comme celle-ci portait de hauts talons, ils semblaient de la même taille. Mince et délicat, les épaules étroites et les jambes maigres, sa tête semblait trop grosse pour son corps fragile, et l'énorme perruque qu'il portait accentuait encore la disproportion. Son visage était sévère, d'expression sarcastique, et, tout en parlant, il montrait des dents jaunes entre ses lèvres fines. Seuls ses vêtements rencontraient toute son approbation, car ils étaient soignés et parfaits dans le moindre détail. Et ses manières, pour froides et peu engageantes, n'en étaient pas moins également impeccables.

— Sa Grâce, dit Almsbury comme ils commençaient à manger, a voyagé sur le continent depuis ces trois dernières années.

— Oh! fit Ambre poliment.

Elle n'avait pas faim et regrettait de n'être pas restée dans sa chambre.

Elle se forçait pour avaler tant elle se sentait la gorge nouée.

— Mais pourquoi rentrer maintenant, au moment où la peste sévit parmi nous?

Sa voix, comme il lui répondait, était aussi précise que son apparence :

— Je ne suis plus jeune, Madame. La maladie et la mort ne m'effrayent plus. Et mon fils devant se marier dans une quinzaine, je suis revenu pour la cérémonie.

— Ah!

Ce fut tout ce qu'elle trouva à dire.

Il ne paraissait vraiment pas éprouver pour elle autant d'intérêt qu'Almsbury le prétendait, et comme elle était venue pour se sentir caressée par les regards admiratifs d'un homme, elle se trouva déçue et s'ennuya. Sitôt le déjeuner terminé, elle remonta chez elle.

Deux ou trois heures plus tard, quand Almsbury frappa à la porte et entra, elle était étendue à plat ventre sur le lit, ne pleurant pas, mais inerte.

— Ambre !

Il parlait doucement, craignant qu'elle ne fût endormie.

Elle tourna la tête :

— Oh ! entrez, Almsbury.

Il s'assit à ses côtés et elle s'allongea sur le dos. Ses cheveux étaient en désordre, ses yeux rouges et gonflés, sa tête lui faisait mal et son visage avait une expression morne et apathique. D'un air sérieux, empreint de bonté, Almsbury se pencha pour l'embrasser :

— Pauvre petit cœur !

Au son de sa voix, ses larmes recommencèrent à couler. Elle se mordit la lèvre, décidée à se dominer, mais ils restèrent un long moment silencieux. Almsbury lui caressait tendrement les cheveux.

— Almsbury, dit-elle enfin, Bruce m'a-t-il quittée pour aller se marier ?

— Se marier ? Bon Dieu ! Non. Pas à ma connaissance. Non ! Je vous jure que non.

Elle poussa un soupir et son regard se perdit dans le lointain.

— Mais un jour il se mariera, et il m'a dit qu'il voulait faire de Bruce son héritier !

Ses yeux prirent une expression dure et irritée.

— Il ne veut pas m'épouser, mais il fera de mon fils son héritier. Belle comédie !

Sa bouche eut un pli d'amertume et, du bout de son pied, elle frappa les couvertures.

— Vous le laisserez faire, n'est-ce pas ? Après tout, cela vaut mieux pour l'enfant !

— Non ! Je ne le permettrai pas. Pourquoi le

ferais-je ? S'il porte de l'intérêt à son fils, il n'a qu'à m'épouser :

Almsbury continuait à l'observer. Puis il changea de sujet :

— Dites-moi. Que pensez-vous de Radclyffe ?

Elle fit la moue :

— Une affreuse vieille ruine. Il me fait horreur. A propos, il ne paraît pas du tout sous mon charme. Il m'a à peine gratifiée d'un regard après m'avoir saluée...

Il sourit :

— Vous oubliez, ma chère, qu'il appartient à une autre génération. La Cour de Charles Ier était un endroit formaliste et discret : regarder une femme n'était pas admis, même quand on l'admirait.

— Est-il riche ?

— Très pauvre. La guerre a ruiné sa famille.

— Alors c'est pour cela qu'il me trouve jolie.

— Pas forcément. Il déclare que vous êtes la plus jolie femme qu'il ait rencontrée depuis quarante ans. Vous lui rappelez, dit-il, une dame qu'il a connue il y a longtemps.

— Et qui cela, je vous prie ?

Almsbury haussa les épaules :

— Il ne me l'a pas dit. Une de ses maîtresses, probablement. Jamais les hommes ne se souviennent favorablement de leur femme.

Elle revit le comte de Radclyffe le lendemain au déjeuner, où se comptaient deux invités nouveaux : une cousine d'Emily, Lady Rawstorne, et son mari. Lord Rawstorne était un gros homme, de la taille d'Almsbury, mais beaucoup plus lourd, avec un rire bruyant, une figure rouge et une odeur d'écurie. A peine eut-il vu Ambre qu'il parut enchanté et ne la quitta plus des yeux. Sa femme avait l'air aigre et mécontent. Et le comte de Radclyffe, bien qu'il ignorât visiblement Rawstorne et ses regards admiratifs, en paraissait aussi ennuyé. Ambre s'en amusa et prit un malin plaisir à fleureter avec Lord Rawstorne.

Quand on quitta la table, celui-ci fit une tentative pour se rapprocher d'elle, en dépit des signaux de sa femme, mais Radclyffe le devança et, s'inclinant avec toute la raideur d'une marionnette dont les rouages n'auraient pas été huilés depuis des années :

— Votre serviteur, Madame.

— Votre servante, Monsieur.

— Peut-être vous souvenez-vous, Madame, d'avoir hier entendu dire à Lord Almsbury que j'avais rapporté quelques bibelots intéressants de mes voyages. Certains d'entre eux étaient dans ma voiture, et en espérant que vous me feriez l'honneur d'y jeter un coup d'œil, je les ai fait déballer hier soir. Auriez-vous cette bonté, Madame?

Ambre fut sur le point de refuser, mais elle songea que ce serait au moins aussi divertissant que de remonter chez elle et de pleurer :

— Merci infiniment, Monsieur. Je les verrai avec plaisir.

— Ils sont dans la bibliothèque, Madame.

La grande pièce était sombre, lambrissée de chêne et faiblement éclairée. Sur une grande table, près du feu, divers objets étaient exposés. Almsbury n'était pas très ardent lecteur et la pièce sentait le renfermé et le moisi. Ambre s'approcha sans grand intérêt, mais immédiatement son indifférence se transforma en ravissement, car la table était couverte de bibelots rares et précieux. Une statuette de marbre blanc, une Vénus décapitée, un nègre sculpté dans de l'ébène, revêtu d'un pagne émaillé représentant des plumes d'autruche et portant de vrais bijoux sur son turban et à ses bras musclés; un lourd cadre d'or, délicatement ciselé; une boîte à bijoux en écaille, des boutons de diamants, d'exquises petites glaces, des flacons de parfum. Chacun était parfait en son genre, choisi par un homme au goût sûr.

— Ah! que c'est beau! Oh! voyez ceci!

Elle se tourna vivement vers lui, les yeux brillants.

— Puis-je le prendre, en faisant bien attention?

Il sourit et s'inclina :

— Certainement, Madame. Je vous en prie!

Oubliant son antipathie, elle lui posa des questions. Il lui raconta l'origine de chacun de ces bibelots, leur histoire, entre quelles mains ils avaient passé avant de devenir sa propriété. L'histoire du nègre surtout l'enchanta :

— Il y a deux cents ans, une grande dame de Venise — extrêmement belle, ainsi que toutes les créatures de légende — possédait un gigantesque esclave noir. Son mari était persuadé que c'était un eunuque. Mais il se trompait et, quand la dame donna le jour à un enfant noir, elle fit tuer le bébé et le remplaça par un blanc. Mais la sage-femme, par jalousie ou par vengeance, raconta tout au mari qui fit mettre l'esclave à mort, devant les yeux de sa femme. Celle-ci fit secrètement faire cette statue d'ébène, en souvenir de son soupirant.

Quand elle eut examiné tous les objets, Ambre remercia le comte et se détourna avec un soupir.

— Ils sont tous adorables et je vous envie, Milord.

Jamais elle n'avait pu voir quelque chose de joli sans avoir aussitôt une envie immodérée de le posséder.

— Voudriez-vous me permettre, Madame, de vous faire un présent?

Elle se tourna vivement :

— Oh ! Votre Grâce ! Vous devez tant y tenir.

— C'est vrai, Madame, je l'avoue. Mais votre goût me paraît attentif.

Car elle était bien décidée à faire un bon choix, prenant l'un, reposant l'autre, profondément absorbée. Peu à peu elle se rendit compte qu'il l'observait et lui lança un regard en coin, car elle désirait saisir son expression avant qu'il ne détournât les yeux. Ainsi qu'elle s'y attendait, il évita son regard, mais la lueur qu'elle avait surprise sur son visage faisait paraître naïve et puérile la bienveillante convoitise de Lord Rawstorne. Toute la répulsion qu'il lui avait inspirée au premier abord lui revint, plus violente que jamais. « Qu'a donc ce vieux ? songea-t-elle. Il est étrange — étrange et malsain. »

Saisissant le nègre — qui était très lourd et avait plus de deux pieds de haut —, elle se tourna vers le comte. Une fois de plus il lui opposa un visage froid et poli, aussi austère qu'un anachorète.

— Voici ce que je désire, dit-elle.

— Certainement, Madame.

Elle crut voir l'ombre d'un sourire soulever légèrement un coin de sa bouche mince, mais n'en fut pas sûre.

Le lendemain Radclyffe s'en fut. Trois jours plus tard, un billet arriva pour Ambre. Elle le montra à Almsbury quand il vint bavarder avec elle, pendant que Nan la coiffait. Le nègre d'ébène trônait près de la coiffeuse.

Almsbury ricana :

— Ainsi ce vieux bouc pense à vous comme à une réalisation de la beauté parfaite !

Ambre posa une mouche au coin gauche de ses lèvres.

— Depuis que je suis une riche veuve, mes

charmes ont gagné cent pour cent, à ce qu'il paraît.

— Au point de vue du mariage seulement, mon cœur. Vous avez toujours eu plus de charme qu'il n'en faudrait à une douzaine de femmes ; mais, dans le monde, un joli visage sans argent ne doit guère compter sur d'honnêtes soupirants. Maintenant que vous êtes riche, vous pouvez faire votre choix.

Se levant, il se pencha de manière que ses paroles ne fussent pas entendues par les servantes qui faisaient la chambre :

— Si je n'étais pas marié, je me serais mis sur les rangs !

Ambre rit gaiement, croyant qu'il plaisantait. Il se pencha davantage encore et lui murmura quelque chose à l'oreille tout en l'embrassant. Elle répondit tout bas, ils échangèrent un clin d'œil dans la glace et Almsbury s'en fut. Lord Carlton était au centre de leur affection mutuelle : Ambre aimait Almsbury parce qu'il était l'ami de Bruce et lui l'aimait encore plus parce qu'elle était la maîtresse de Sa Grâce et la mère de ses enfants. Mais aucun des trois ne considérait comme extraordinaire et déloyal qu'en l'absence de Carlton le comte fleuretât un peu avec elle.

Quelques jours plus tard, elle entendit de nouveau parler de Radclyffe. Il lui envoya un miroir florentin, très joliment ciselé, à motifs de plumes d'autruche entrelacées. Le petit billet qui accompagnait le présent disait que ce miroir avait jadis reflété l'image de la plus jolie femme d'Italie, et qu'il espérait à présent refléter le plus beau visage de toute l'Europe. Moins d'une semaine après arriva un panier d'oranges — une rareté depuis la guerre — dans lequel était dissimulé un collier de topazes.

— Il doit avoir l'intention de m'épouser, dit Ambre au comte. Personne ne fait des cadeaux semblables, s'il n'a pas compté qu'ils lui reviendront.

Almsbury trouva la remarque plaisante :

— Vous avez raison, je crois. Et s'il fait sa demande, l'accepterez-vous ?

Ambre haussa les épaules et soupira.

— Je n'en sais rien. A quoi bon être riche, sans titre !

Elle fit la moue.

— Mais je déteste ce vieux bouc puant !

— Alors, épousez un jeune homme.

Elle lui lança un regard indigné :

— Comment ! Mais j'aimerais mieux être enterrée vive que d'épouser un de vos mignons francisés de Covent Garden ! Je sais trop ce que cela signifie. Ils vous font des enfants et vous envoient à la campagne pendant qu'eux restent à Londres, à faire les fanfarons et à dépenser votre argent avec des actrices ou des filles. Non merci, très peu pour moi ! J'en ai vu assez pour connaître la musique. Si je dois me marier pour avoir un titre, j'épouserai plutôt un vieux qui me déplaît, qu'un jeune que je détesterai. A tout le moins, il y a des perspectives de liberté...

Le comte éclata d'un rire franc. Ambre le considéra avec surprise et mécontentement :

— Eh bien ! Milord ?

— Vous, mon cœur ! Personne, à vous entendre, ne croirait que vous étiez, il y a seulement six ans, la plus simple des jeunes paysannes, et que vous m'avez souffleté parce que je vous offrais honnêtement mon affection. Qu'est-il arrivé, je me le demande, à cette jolie et innocente fillette que j'ai vue pour la première fois dans les prés de Marygreen ?

Ambre était agacée. Pourquoi n'était-il pas content d'elle ? Elle aimait à penser à Almsbury comme au seul homme qui l'acceptait exactement comme elle était et approuvait tout ce qu'elle disait et faisait.

— Je ne sais pas, dit-elle, boudeuse. Elle a disparu, si jamais elle a existé. Elle ne pouvait pas vivre à Londres !

Il lui serra affectueusement la main.

— Non, mon cœur, elle ne pouvait pas. Mais sérieusement, je crois que vous commettriez une erreur en épousant Radclyffe.

— Pourquoi ? C'est vous-même qui m'en avez donné l'idée !

— Je sais. Mais je désirais surtout changer le cours de vos pensées. En premier lieu, il est très endetté. Vous y laisseriez la moitié de votre fortune.

— Oh ! j'ai mon plan. Je conserverai l'administration de mes biens.

Almsbury secoua la tête.

— Cela n'ira pas. Il ne vous épousera pas sous de telles conditions, pas plus que vous ne l'épouseriez s'il conservait seul la jouissance de son titre. Non, si vous devenez la femme de Radclyffe, vous lui confierez votre argent. Et croyez-vous pouvoir supporter une vie commune, dans la même maison — sans parler du même lit ?

— Oh ! quant à cela... A Londres, je m'occuperai à peine de lui. Je passerai mes journées à la Cour, et mes nuits peut-être aussi ! ajouta-t-elle d'un ton significatif.

Elle n'avait jamais oublié ses ambitions premières de devenir la maîtresse de Sa Majesté, et chaque fois que Bruce Carlton était reparti le projet la séduisait de nouveau. Être la maîtresse du roi, une grande dame, redoutée et enviée, admirée aussi. Être montrée du doigt à chaque coin de rue, observée dans les couloirs du palais, saluée et encensée dans les salons. Se voir mendier une faveur, un sourire, tenir entre ses mains l'avenir d'un grand nombre, de centaines d'hommes et de femmes. Tel était le summum de ses ambitions : plus puissante que la reine, que le chancelier, supérieure à toutes les grandes dames du pays. Et si elle parvenait à être présentée à Whitehall, avoir le droit et le privilège d'un appartement dans la demeure du roi, le voir tous les jours... Ambre ne doutait pas qu'elle pût un jour occuper la place que Lady Castlemaine — disait-on — était en train de perdre.

Elle pensait à tout cela quand — quelques jours après la Noël — elle accepta la demande en mariage du comte de Radclyffe.

Ils partirent tous deux dans la voiture du comte, le 2 janvier, emmitouflés dans d'épaisses fourrures. Il faisait si froid que leurs haleines s'échappaient de leurs lèvres tandis qu'ils causaient. Les routes étaient si bien gelées que le voyage promettait d'être infiniment plus rapide que par temps de pluie, mais ils durent s'arrêter vers quatre heures parce que les cahots incommodaient Sa Grâce.

Le contrat de mariage avait été signé à Barberry Hill et Ambre s'était imaginé que le comte, se prévalant de l'ancienne coutume, voudrait coucher avec elle cette nuit même. Cependant, à huit heures du soir, il s'inclina, lui souhaita bonne nuit et se retira dans ses appartements. Nan et Ambre le regardèrent s'en aller, muettes d'étonnement. La porte une fois close, elles éclatèrent de rire.

— Ce doit être un impuissant ! railla Nan.

— Je l'espère !

Ils atteignirent Londres au soir du cinquième jour. Ambre ne put s'empêcher d'éprouver un sentiment de crainte quand ils approchèrent de la ville, mais elle se tranquillisa le long des rues sombres et paisibles. Il n'y avait plus de charrettes, plus de cadavres et très peu de croix rouges sur les portes. Les grandes fosses, dans les cimetières, étaient recouvertes de verdure; les centaines de milliers de morts s'effaçaient d'eux-mêmes. Les tavernes étaient de nouveau brillamment éclairées, pleines de monde, des voitures brinquebalaient, transportant une joyeuse jeunesse, on entendait le son de la musique. « Ce n'était pas vrai, songea-t-elle. Ce n'est pas réellement arrivé! » Elle avait le sentiment de s'éveiller d'un affreux cauchemar et de constater, à son intense soulagement, que ce n'avait été qu'un mauvais rêve.

L'hôtel des Radclyffe se trouvait dans Aldersgate Street, juste au-dessus de Sainte Anne Lane, aux portes mêmes de la Cité. La rue était large, bordée de belles maisons très espacées. Radclyffe lui dit qu'elle ressemblait davantage à une avenue italienne que n'importe quelle autre rue de Londres. C'était le seul endroit, si près du cœur de la ville, où quelques grandes familles habitaient encore. La maison avait été quasiment inoccupée depuis près de vingt-cinq ans, à l'exception de quelques serviteurs restés en garde, et la plupart des fenêtres étaient murées. A l'intérieur, elle était sombre et poussiéreuse. Rien n'avait été modifié depuis qu'elle avait été construite, c'est-à-dire quelque quatre-vingts ans auparavant. Toutes les pièces communiquaient, vrai labyrinthe, et, sauf le grand escalier central, tous les couloirs et les escaliers étaient étroits et obscurs. Ambre fut soulagée de voir que ses appartements, tout au moins, avaient été nettoyés et aérés; mais ils n'étaient pas pour cela en meilleur état que le reste.

Le lendemain matin de bonne heure, elle sortit pour aller voir Shadrac Newbold et trouva sa fortune intacte (il lui apprit également que Lord Carlton s'était embarqué pour l'Amérique deux semaines auparavant). Quand elle eut mit Radclyffe au courant de l'état de ses finances, il suggéra que leur mariage pourrait avoir lieu sitôt les formalités nécessaires accomplies. Il était catholique, ainsi qu'elle le savait, par conséquent deux cérémonies étaient indispensables, car un simple mariage au sein de l'Église catholique pouvait être cassé et déclaré nul.

— Je voudrais, dit Ambre, me commander une robe. Je n'ai plus rien de convenable, et je compte qu'il faudra une dizaine de jours à ma couturière.

— Je ne crois pas que ce sera prudent, Madame ; il y a encore trop de malades dans la ville. Mais, si vous vouliez me faire plaisir, je possède une robe que je serais infiniment heureux de vous voir porter.

Quelque peu surprise, se demandant si réellement il conservait avec lui une toilette de mariée, en cas d'imprévu, Ambre accepta. Cela paraissait une requête fort inoffensive.

Vers le soir, il entra dans sa chambre, portant dans ses bras une robe d'épais satin blanc, richement brodée de perles. Quand il la lui présenta, Ambre remarqua des traces de pliures, comme si la robe était restée emballée très longtemps. Elle comprit alors que c'était une très vieille robe. Le blanc avait jauni et la coupe en était fort ancienne : la taille était très haute, avec un péplum flottant tailladé en quatre endroits, le décolleté carré était orné d'un grand col de dentelle et des manchettes également en dentelle terminaient les grandes manches longues. La jupe s'ouvrait dans le bas sur un dessous d'épais drap d'argent.

Radclyffe sourit devant son air étonné :

— Ainsi que vous pouvez le constater, ce n'est pas une robe neuve. Mais elle est encore belle et je vous serais très reconnaissant de la porter.

Elle étendit la main pour la prendre :

— J'en serais heureuse, Monsieur.

Plus tard, elle et Nan l'examinèrent attentivement, faisant des suppositions :

— Elle doit avoir au moins quarante ans, ou plus, dit Nan. Je me demande qui l'a portée ?

Ambre haussa les épaules :

— Sa première femme, peut-être. Ou une ancienne passion. Je le lui demanderai, un jour.

A sa grande surprise, quand elle l'essaya, la robe lui allait parfaitement, comme faite pour elle.

XXXIX

— Ambre, comtesse de Radclyffe ! dit-elle posément en s'examinant dans la glace et en fronçant son petit nez.

Elle fit claquer ses doigts et se détourna :

— Grand bien me fasse !

Ils étaient mariés depuis une semaine, mais sa vie n'en était pas drôle pour cela, ni plus intéressante que celle de l'ex-Mrs. Dangerfield, et certainement moins amusante que celle de Mrs. Saint-Clare du Théâtre Royal. Le temps était trop froid pour qu'il fût agréable de sortir. Les victimes de la peste avaient encore été près d'une centaine durant la semaine et le roi n'était pas encore revenu à Whitehall. Ambre restait donc chez elle, quittant rarement ses appartements — car le reste de la maison était toujours aussi triste et malpropre —, elle s'ennuyait et en éprouvait de l'irritation. Quoi ! était-ce là ce que lui valaient ses soixante-six mille livres ? De l'ennui et la présence d'un homme qu'elle méprisait !

Car, depuis qu'elle était sa femme, Radclyffe restait de plus en plus une énigme à ses yeux. Elle le voyait fort peu, car il avait une multitude d'occupations qu'il ne partageait pas avec elle. Tous les jours, il passait plusieurs heures dans son laboratoire, qui communiquait avec sa chambre à coucher et pour lequel des instruments neufs arrivaient constamment. Sinon, il se tenait dans les bureaux du rez-de-chaussée, ou dans la bibliothèque, lisant, écrivant, classant ses factures et s'occupant de la remise en état de la maison. Bien que celle-ci dût être faite à l'aide de son argent, Ambre n'était jamais consultée.

Ils se rencontraient en général deux fois par jour, au déjeuner et au lit. La conversation à table était courtoise et aride, menée surtout à cause des domestiques, mais au lit, ils ne parlaient point du tout. Le comte ne faisait pas l'amour avec elle, au sens réel du mot, car il était impuissant et cela, plus que probablement, depuis fort longtemps. Mieux que cela, il la méprisait, nettement et franchement, même quand elle soulevait en lui un certain désir et une nostalgie du passé qu'il ne parvenait pas à s'expliquer. Cependant, il aspirait violemment à la posséder et cherchait nuit après nuit l'assouvissement de ce désir, sans jamais y parvenir, ce qui le mettait dans un singulier état de convoitise et de rage.

Dès le premier soir ils furent ennemis, mais quelques jours passèrent avant que leur mutuelle antipathie ne se transformât en conflit ouvert. Ce fut à propos d'argent.

Il lui présenta une jolie petite note, bien écrite, adressée à Shadrac Newbold — « Prière de payer à Edmond Mortimer, comte de Radclyffe, ou au porteur, la somme de dix-huit mille livres » — et lui demanda de bien vouloir la signer, car l'argent était toujours au nom d'Ambre, bien qu'il fût en possession d'un contrat de mariage qui lui donnait le contrôle de la fortune de sa femme, à l'exception d'une somme de dix mille livres.

Ils étaient debout devant une petite table à écrire et, tout en lui donnant le papier, il trempa une plume d'oie dans l'encrier et la lui tendit. Elle jeta un coup d'œil sur le total, poussa un petit cri et se tourna vers lui :

— Dix-huit mille livres ! s'écria-t-elle avec irritation. A cette allure, ma fortune ne fera pas long feu !

— Je vous demande pardon, Madame, mais je crois être aussi conscient que vous de la qualité fugitive de l'argent, et je n'ai pas plus que vous le désir de dissiper votre héritage. Cette somme est destinée à payer mes dettes qui se sont accumulées depuis vingt-cinq ans.

Il parlait de l'air d'un professeur qui explique un problème difficile à un enfant peu intelligent. Ambre lui lança un regard furieux. Pendant un instant elle hésita, cherchant une échappatoire. Finalement elle prit la plume, la trempa elle-même dans l'encrier et griffonna nerveusement son nom au bas de la feuille en éclaboussant le papier. Puis, jetant la plume, elle se dirigea vers la fenêtre, tournant le dos à son mari.

Au bout de quelques minutes, elle entendit la porte se refermer. Brusquement elle pivota sur elle-même, s'empara d'un petit vase de Chine et le lança violemment à travers la pièce :

— Vieux démon! cria-t-elle. Qu'il aille au diable!

Nan se précipita pour ramasser les morceaux :

— Ô mon Dieu! Madame... Votre Grâce... corrigea-t-elle. Il sera fou furieux quand il verra ce que vous venez de faire. Il aimait beaucoup ce petit vase.

— Oui! Eh bien! moi j'aimais beaucoup mes dix-huit mille livres! Le misérable! Je voudrais avoir pu faire la même chose avec sa tête! Seigneur, quel poison qu'un mari!

Elle jeta un regard impatient autour d'elle, cherchant une diversion :

— Où est Curry?

— Sa Grâce m'a défendu de le garder dans la pièce quand vous êtes en négligé.

— Oh! vraiment! vraiment! Nous allons bien voir.

Elle courut à la porte et l'ouvrit en criant :

— Curry! Curry! Où es-tu?

Elle ne reçut pas de réponse. Puis, sortant de derrière une grosse armoire sculptée, le turban et la face noire et luisante du petit bonhomme apparurent. Il clignait des yeux d'un air ensommeillé :

— Oui, M'dame, bâilla-t-il.

— Que diable faisais-tu là derrière?

— Dormir, M'dame!

— Et où donc est ton coussin?

— Peux plus rester ici, Miss Ambre!

— Qui a dit cela?

— Sa Grâce, M'dame!

— Eh bien! Sa Grâce ne sait pas ce qu'elle dit. Viens ici, et à l'avenir, fais ce que je te dis, et ne l'écoute pas. C'est compris?

— Oui, M'dame!

Il était midi passé quand Radclyffe, rentrant dans la pièce avec son calme habituel, trouva Ambre assise par terre jouant aux dés avec Curry et Nan. Chacun d'eux avait une pile de monnaie devant lui et les deux femmes riaient de bon cœur aux singeries de Curry. Ambre vit entrer le comte, mais l'ignora tant qu'il ne fut pas tout à côté d'elle. Curry roula des yeux effarés, Nan se tut avec inquiétude. Seule Ambre lui lança un coup d'œil indifférent, en agitant les dés dans sa main. Tout en étant irritée, son cœur battait plus vite ; mais ainsi qu'elle l'avait dit à Nan, il fallait lui faire comprendre qu'elle n'entendait pas être gouvernée.

— Eh bien ! Milord ? J'espère que vos créanciers sont satisfaits ?

— Réellement, Madame, fit lentement Radclyffe, vous me surprenez.

— Vraiment ?

Elle fit rouler les dés sur le plancher.

— Êtes-vous naïve, ou débauchée ?

Ambre lui jeta un coup d'œil rapide et laissa échapper un soupir excédé. Puis, repoussant les dés, elle se leva, prenant Curry par le poignet pour le mettre également debout. Soudain, elle sentit un coup violent sur le dessus de la main ; Curry poussa un cri d'effroi et se cacha dans ses jupes.

— Ôtez vos mains de cette créature, Madame !

Radclyffe parlait d'une voix neutre, mais ses yeux avaient un éclat sauvage.

— Sors d'ici ! ajouta-t-il, s'adressant à Curry qui s'enfuit sans demander son reste.

Radclyffe toisa Nan qui se tenait auprès d'Ambre.

— Je vous ai dit, Britton, que ce petit animal ne devait pas se trouver dans la pièce quand Sa Grâce était en négligé. Comment se fait-il que...

— Ce n'est pas sa faute, coupa Ambre. Elle me l'a dit. C'est moi qui l'ai fait entrer.

— Pourquoi ?

— Et pourquoi pas ? Il est avec moi depuis deux ans et demi, il va et vient dans mes appartements comme il veut.

— Autrefois peut-être, mais plus maintenant. Vous êtes ma femme, Madame, et si vous ne possédez pas le sentiment de la décence, je l'aurai pour vous.

Furieuse, bien décidée à le blesser avec la seule arme qui fût en sa possession, elle répondit, assez bas mais avec un petit rire railleur :

— Cependant, Milord, vous ne pensez pas être cocufié par un simple enfant !

Les yeux de Radclyffe s'injectèrent de sang et les veines de son front se gonflèrent. Ambre connut un instant de véritable terreur, car elle lisait le meurtre sur son visage ; mais, à son grand soulagement, il se maîtrisa et, chassant une poussière de sa cravate immaculée :

— Madame, je ne me représente pas très bien le genre d'homme qu'était votre premier époux. Je vous affirme qu'une Italienne parlant ainsi à son mari se fût repentie de son impertinence.

— Oui, eh bien ! je ne suis pas une Italienne, et nous sommes en Angleterre !

— Où les maris n'ont aucun droit, croyez-vous !

Il se détourna.

— Demain, ce singe noir aura quitté la maison.

Brusquement, Ambre regretta son insolence et ses provocations. Car elle comprit qu'il ne se laisserait pas malmener comme Jack le Noir ou Luc Channel, ni abuser comme Rex Morgan ou Samuel Dangerfield. Il ne l'aimait pas et ne la respectait pas. Et, bien qu'il fût élégant de railler son mari, elle savait très bien que, légalement parlant, une femme dépendait de son époux, corps et biens. Il pouvait en faire ce qu'il voulait, même la tuer, surtout s'il était riche et titré.

Elle changea de ton :

— Ne lui faites pas de mal.

— Je veux simplement m'en débarrasser, Madame. Je refuse de l'abriter plus longtemps sous mon toit.

— Mais ne lui faites pas de mal, n'est-ce pas ? Il est aussi inoffensif et désarmé qu'un petit chien. Ce n'est pas sa faute. Oh ! s'il vous plaît, laissez-moi l'envoyer à Almsbury ! Il s'en occupera. Je vous en prie, Votre Grâce !

Elle avait horreur d'implorer ainsi une faveur, et ne l'en haïssait que davantage, mais elle aimait bien Curry et ne pouvait pas supporter l'idée qu'il fût malheureux.

Le comte la regardait avec une sorte d'amusement et sa réponse fut une vengeance des affronts qu'elle lui avait fait subir :

— Il paraît à peine croyable, dit-il lentement, qu'une femme ressente, sans raison, autant de tendresse pour un petit singe.

Ambre serra les dents et refusa de se laisser emporter. Ils s'affrontèrent du regard. Finalement elle répéta :

— Voulez-vous, je vous prie, l'envoyer chez Almsbury ?

Il sourit légèrement, heureux de l'avoir humiliée :

— Très bien ! Je l'y enverrai dès demain.

Cette faveur fut accordée comme un soufflet.

Ambre baissa les yeux.

— Merci, Monsieur.

« Un jour, songeait-elle, un jour, je te couperai le sifflet, maudit vieux cannibale ! »

Le 1er février Charles rentra à Whitehall. Une épaisse couche de neige couvrait le sol, les cloches sonnaient gaiement et de grands feux de joie éclairaient le sombre ciel d'hiver, souhaitant la bienvenue à Sa Majesté. La reine, cependant, et toutes les dames étaient restées à Hampton Court. Lady Castlemaine avait récemment donné le jour à un second fils; la reine avait eu une nouvelle fausse couche. Et York boudait sa duchesse, parce qu'il disait — ou prétendait croire — qu'elle avait eu une intrigue avec le beau Sidney.

Radclyffe alla présenter ses devoirs au roi, mais Ambre ne pouvait se montrer à la Cour avant le retour des dames, après avoir été présentée au cours d'un bal ou de toute autre réception officielle. Ayant accompli son devoir, Radclyffe ne se montrait pas fréquemment à Whitehall. Il n'était pas le genre d'homme que le roi choisissait comme confident, et sa religion l'empêchait de briguer n'importe quel poste. De plus, il était resté trop longtemps éloigné de la Cour. Une nouvelle génération s'y était installée, qui n'était pas la sienne. Il jugeait sévèrement le nouveau genre de vie, le considérant comme vide, frivole, manquant de grâce et de fond. La plupart des hommes, disait-il, étaient des esclaves ou des imbéciles, et les femmes un troupeau de péronnelles sans cervelle... la sienne y comprise.

Pour Ambre, le temps passait encore plus lentement que de coutume. Elle restait des heures auprès de Suzanne, lui apprenant à marcher, jouant avec elle, et lui chantant toutes les chansons enfantines dont elle se souvenait. Elle adorait sa fille, mais ne pouvait cependant pas édifier toute sa vie sur cette enfant. Elle désirait ardemment pénétrer enfin dans ce monde séduisant. Elle y avait acheté et payé son droit d'admission et pouvait y entrer par la grande porte, fièrement, sans avoir besoin de se glisser comme une coupable par une voie détournée. Elle était heureuse que Radclyffe n'aimât pas la vie du palais, car elle serait ainsi plus libre d'en jouir tout à son aise.

XL

Le salon de la reine était rempli de courtisans. Les dames avaient revêtu leurs belles toilettes : dentelles, satins pailletés et velours, grenat, carmin, jaune primevère, prune et flamme, avec grands décolletés et bras nus, ruisselants de bijoux. Des centaines de bougies brûlaient dans les appliques et les torchères, et des soldats de la Garde tenaient des torches enflammées. Leurs Majestés, assises sous un dais capitonné de velours cramoisi frangé d'or, offraient leurs mains à baiser. A l'un des bouts de la salle les musiciens attendaient, vêtus d'habits de taffetas de couleurs diverses et couronnés de fleurs. Il n'y avait pas d'étrangers ni de spectateurs le long des galeries, car l'épidémie persistait encore, le nombre de morts oscillant de semaine en semaine. Les dames venaient seulement d'arriver de Hampton Court.

— Sa Grâce la comtesse de Castlemaine ! annonça l'huissier.

— Baron Arlington ! Lady Arlington !

— Lord Denham ! Lady Denham !

— Le comte de Shrewsbury ! La comtesse de Shrewsbury !

Chaque fois qu'un nom était annoncé, tous les yeux se tournaient vers la porte, un murmure courait le long de la pièce, des regards étaient échangés derrière les éventails; on entendait des rires étouffés de femmes et parfois le ricanement d'un homme.

— Dieu me damne! fit observer un jeune beau à son voisin, mais je ne comprends pas que Lord Shrewsbury ose encore se montrer en public! Sa Grâce a couché avec la bonne moitié des hommes qui sont ici, et il n'a jamais fait même un geste pour défendre son honneur!

— Et pourquoi donc, je vous prie? rétorqua l'autre. Celui qui fait dépendre son honneur de celui de sa femme est un sot!

— Regardez! souffla un mignon de vingt et un ans, tout en caressant sa perruque bouclée et en faisant bouffer les nœuds de ses manches, York reluque de nouveau Milady Denham! Je parie cent livres qu'il couchera avec elle avant la Saint-George!

— Je parie que non. Sa Grâce est honnête!

Et soudain un événement inattendu survint; l'huissier annonçait deux noms peu familiers : un nouvel élément faisait son entrée dans le petit cercle.

— Le comte de Radclyffe! La comtesse de Radclyffe!

Le comte de Radclyffe? Qui diable pouvait-il bien être? Quelque vieux débris de l'ancienne génération? Et sa comtesse, une haridelle dans les quarante-cinq ans, certainement laide, et qui désapprouvait les nouvelles manières aussi violemment que la femme d'un échevin puritain? Tous les yeux se tournèrent vers la porte avec une sorte de curiosité excédée. Mais à l'entrée de Lord et Lady Radclyffe, la salle entière fut frappée, surprise et tirée de sa nonchalante indifférence. Comment! Une actrice présentée à la Cour!

— Jésus-Christ ! fit observer un gentilhomme ! N'est-ce pas là Ambre Saint-Clare ?

— Quoi ? siffla une dame indignée... Cette comédienne... cette Mrs... comment l'appelez-vous... qui était au Théâtre Royal il y a deux ans ?

— Intolérable !

Ambre marchait la tête haute, sans regarder à droite ni à gauche, mais droit devant elle, vers la reine. Jamais elle ne s'était sentie si nerveuse, excitée, impatiente et effrayée. « Je suis réellement une comtesse, s'était-elle dit toute la journée. J'ai autant que les autres le droit d'entrer à Whitehall. Je ne veux pas me laisser intimider, je ne veux pas ! Ce ne sont que des hommes et des femmes, comme moi, comme tout le monde. » Mais, à dire vrai, elle les croyait d'une autre essence, ici du moins, à Whitehall ! Son cœur battait si fort qu'elle était haletante, ses genoux tremblaient et ses oreilles bourdonnaient. Sa nuque lui faisait mal. Elle conservait les yeux fixés sur le dais, mais ne voyait qu'une sorte de brouillard. Lentement elle avançait, ses doigts tremblants posés sur le bras de Radclyffe, le long de l'interminable galerie, parmi les rangées de visages, vers le trône. Elle percevait confusément les murmures, les sourires, les clins d'yeux, l'indignation, mais réellement ne voyait ni n'entendait rien.

Radclyffe était splendidement habillé : perruque blanche, habit de brocart pourpre et or, culotte de satin vert pâle, la garde de son épée incrustée de pierres précieuses. Son visage austère et dur interdisait toute critique au sujet de sa femme, défiant l'assistance de se souvenir qu'elle avait été une actrice et lui demandant de l'accepter. Et la toilette d'Ambre était aussi somptueuse que celles des dames qui se trouvaient déjà dans la salle. Elle portait une robe à traîne en drap d'or, recouverte de dentelle d'or. Un voile lui couvrait la tête et elle arborait sa belle parure d'émeraudes.

Enfin ils atteignirent le trône. Elle s'abîma en une profonde révérence, le comte s'agenouilla. Au moment où les lèvres d'Ambre effleurèrent la main de la reine, elle leva les yeux et vit Catherine qui lui souriait, d'un gentil sourire pensif qui lui alla droit au cœur. « Elle est bonne, songea Ambre, et malheureuse, pauvre femme. Mais elle est inoffensive. Je l'aime ! » décida-t-elle. Elle n'osa pas regarder Charles. Car ici, dans son palais, entouré de tout l'appareil et de toute la pompe de la royauté, ce n'était pas l'homme qu'elle avait vu en secret trois ans auparavant. C'était Charles II, de par la grâce de Dieu roi de Grande-Bretagne, de France et d'Irlande. Il représentait toute la puissance et la gloire de l'Angleterre, et elle s'agenouilla respectueusement devant lui.

Lentement elle se releva, recula et prit sa place parmi la foule qui entourait le trône. Pendant quelques instants elle demeura étourdie, puis, graduellement, le monde reprit forme à ses yeux. Jetant un coup d'œil à droite, elle aperçut Buckhurst qui lui souriait. Sedley lui fit un signe amical par-dessus son épaule. Tout juste en face d'elle se trouvait le magnifique Buckingham et, bien qu'elle ne l'eût pas revu depuis la nuit de chez *Long*, à Haymarket, il lui adressa un sourire dont elle lui fut reconnaissante. Il y en avait d'autres aussi : les deux Killigrew, père et fils, Dick Talbot et James Hamilton, ainsi que nombre de jeunes gens qui fréquentaient autrefois le salon d'habillage. Et tout à coup son regard se figea. Elle venait de rencontrer celui de Barbara Palmer. Lady Castlemaine l'observait de l'air pensif et dur d'un rapace. Elles se dévisagèrent ainsi pendant quelques secondes puis Ambre, la première, détourna la tête avec indifférence. Elle commençait à comprendre qu'après tout, même ici, dans leur Olympe, ces gens n'étaient pas des dieux, ni des déesses.

Les présentations enfin terminées, le roi donna le signal et la musique emplit soudain la salle. Le bal s'ouvrit par une courante, dansée par Charles et Catherine, le duc et la duchesse d'York, et le duc et la duchesse de Monmouth. Cette danse était une véritable parade, lente, solennelle, toute en attitudes demandant infiniment de souplesse et de grâce.

Ambre suivait des yeux le roi avec enchantement. « Comme il est beau ! se disait-elle, comme il sait marcher et s'arrêter ! Oh ! je me demande si j'oserai lui proposer une danse ! » Elle savait que l'étiquette voulait que ce fussent les dames qui offrissent à Sa Majesté de danser avec elles. « Je me demande s'il se souvient de moi... Non, certainement pas. Comment le pourrait-il ? Il y a plus de trois ans et demi... Dieu sait combien de femmes ont passé ici depuis ! Mais, oh ! comme je voudrais danser ; pourvu que je ne reste pas toute la soirée ici toute seule ! » Dans son agitation, elle avait oublié Radclyffe, impassible et silencieux à ses côtés.

Quand la courante fut achevée, Charles réclama une allemande — dans laquelle de nombreux couples étaient admis —, et comme la salle se remplissait Ambre attendit anxieusement, faisant intérieurement des prières pour être invitée. Elle se sentait comme une petite fille à son premier bal, seule et perdue, et commençait à désirer rentrer quand — à son intense soulagement — Lord Buckhurst s'inclina devant elle.

— S... Sa Grâce me... me fera-t-elle l'honneur d'accepter cette danse, Milord ?

Quand il était à jeun, Buckhurst avait tendance à bégayer, ce qui l'attristait beaucoup. Ambre, avec un sursaut, se souvint de son époux et se tourna vers lui avec inquiétude. Si jamais il refusait ! Mais il s'inclina aussi gracieusement que possible :

— Certainement, Milord.

Ambre gratifia Buckhurst d'un sourire radieux et posa la main sur son bras. Ils se joignirent aux autres couples. Charles et Barbara menaient la danse, les autres suivaient : quelques pas en avant, quelques pas en arrière et une pause. Cette danse permettait de fleureter abondamment ! Buckhurst sourit à Ambre :

— Co-comment diable en êtes-vous arrivée là ?

— A quoi pensez-vous, Monsieur ! Je suis comtesse !

— Vous m'aviez dit, Ma-Madame, que vous ne songiez pas à vous remarier...

Elle lui lança un regard malicieux :

— Mais j'ai changé d'avis. J'espère que Votre Grâce ne m'en fera pas grief ?

— Grand Dieu ! non. Vous-vous ne pouvez croire quel plai-plaisir on éprouve à rencontrer un nouveau visage ici. Nous en avons tous tellement assez les uns des autres !

— Assez ! s'écria Ambre. Comment pouvez-vous en avoir assez ?

Mais il ne put lui répondre, car ils étaient arrivés à l'autre extrémité de la pièce où ils devaient se séparer, les messieurs d'un côté, les dames de l'autre. Puis chaque couple se retrouvait, faisait quelques pas et formait un carré. Après quoi, la danse était terminée. Buckhurst la reconduisit auprès de Radclyffe, remercia le comte et disparut. Ambre vit immédiatement que Sa Grâce était mécontente et n'aimait pas la voir s'amuser et attirer l'attention.

— Passez-vous une agréable soirée, Madame? lui demanda-t-il froidement.

— Oh! oui! Votre Grâce!

Elle hésita un instant, puis ajouta d'un ton incertain :

— Et vous?

Mais il ne répondit pas, car le roi s'approchait d'eux, tout souriant :

— Vous avez été bien avisé, Milord, dit-il, d'épouser une aussi jolie femme. Il n'est pas un homme ici ce soir qui ne vous en soit profondément reconnaissant.

Radclyffe s'inclina.

— Nous sommes tous las de voir toujours les mêmes visages et de parler des mêmes gens, reprit le roi.

Et Charles sourit à Ambre qui le contemplait, fascinée, pleinement consciente de ce charme qui, chez lui, paraissait presque une force physique. Et quand les yeux noirs du roi rencontrèrent les siens, elle sentit le vertige la gagner. Mais elle n'en perdait pas moins de vue que, devant elle, en face de toute la Cour, le souverain de Grande-Bretagne lui souriait et la complimentait.

— Vous êtes trop bon, Sire, dit Radclyffe.

Ambre fit une révérence, mais sa langue refusait tout service. Cependant ses yeux parlaient pour elle; quant à Charles, son visage le trahissait toujours devant une jolie femme. Radclyffe les observait, aussi impassible qu'une statue.

Cela ne dura qu'un instant, et Charles, se retournant, reprit en s'adressant à Radclyffe :

— J'ai entendu dire, Milord, que vous avez acquis récemment un très rare Corrège?

Les yeux bleus de Radclyffe s'éclairèrent,

comme toujours quand il était question de ses tableaux :

— C'est exact, Votre Majesté, mais il n'est pas encore arrivé. Je l'attends incessamment et, si cela vous intéresse, je serais trop heureux de vous le montrer.

— Merci infiniment, Monsieur, cela me fera grand plaisir. Et maintenant, vous permettez, Milord ?

Il offrit son bras à Ambre et, Radclyffe ayant fait un geste d'assentiment, tous deux s'éloignèrent.

Ambre était remplie d'orgueil. Il lui semblait voguer sur un nuage lumineux, alors que tout le reste de l'univers était plongé dans l'obscurité et la contemplait. Le roi était venu la chercher et, au mépris des conventions, lui avait demandé cette danse. Devant tout ce monde et à sa propre cour ! Les longues semaines de solitude, si mornes, avec Radclyffe, sa brutale convoitise, son mépris, sa haine... tout s'évanouit aussitôt. Le prix avait été payé, et il n'était pas trop cher !

Le roi réclama la joyeuse danse populaire « En avant les cocus ! » et, comme ils se faisaient face à la tête de la longue rangée, attendant le signal de la musique, il chuchota :

— J'espère que votre époux ne verra pas ce choix d'un mauvais œil. Il ne me paraît pas disposé à porter une paire de cornes !

— Je n'en sais rien, Sire, murmura-t-elle.

— Comment ! fit Charles avec une surprise moqueuse, mariée depuis deux mois et encore fidèle ?

Mais la musique l'interrompit et la danse était trop animée pour leur laisser le loisir de causer. Il n'en dit pas davantage, la raccompagna auprès de Radclyffe, les remercia tous deux, s'inclina et disparut. Ambre était trop essoufflée par la danse et trop émue pour pouvoir parler. Au moment où elle se relevait de sa révérence, elle vit s'approcher le duc de Buckingham.

« Dieu du Ciel ! songea-t-elle, à demi folle de joie, c'est bien vrai ; les hommes en ont assez de voir toujours les mêmes visages ! » Elle jeta un rapide coup d'œil dans la grande salle et aperçut un nombre incalculable de regards. Admiratifs, amusés, hostiles, que lui importait, pourvu qu'ils fussent dirigés sur elle. « Vrai ! je suis le mouton à cinq pattes, ce soir ! » se dit-elle, se souvenant d'une vieille expression d'Alsatia.

Chacun voulut danser avec elle : York, Rochester, George Etherege — le jeune, beau et populaire auteur dramatique —, le comte d'Arran, le comte d'Ossory, Sedley et Talbot, et Henry Jermyn. Tous les jeunes et joyeux membres de la Cour fleuretèrent avec elle, lui faisant des compliments et lui réclamant des rendez-vous. Les femmes cherchaient à critiquer sa robe, sa coiffure, ses manières, arrivant à la conclusion rassurante qu'après tout elle était nouvelle et que sa réputation douteuse d'actrice ne pouvait manquer de retenir l'attention de l'élément masculin. Ce fut la nuit de triomphe d'Ambre !

Et soudain, parmi ce bonheur parfait, un météore tomba, détruisant tout. Durant une des courtes pauses où elle se trouvait à ses côtés, Radclyffe dit tranquillement :

— Nous rentrons, Madame.

Ambre lui lança un regard de surprise offensée, car elle avait à cet instant auprès d'elle le duc de Monmouth et James Hamilton.

— Rentrer, Milord ? dit-elle d'un ton incrédule.

Monmouth la soutint immédiatement :

— Vous n'y pensez pas, Monsieur ! Il est encore trop tôt ! Et Sa Grâce est l'ornement de la soirée.

Radclyffe s'inclina, un mauvais sourire sur ses lèvres minces :

— Avec votre permission, Milord, je ne suis plus jeune, et pour moi l'heure s'avance.

Monmouth se mit à rire, d'un rire joyeux, ingénu, qui ne pouvait blesser personne :

— Eh bien ! alors, Monsieur, pourquoi ne pas laisser Sa Grâce avec nous ? Je la raccompagnerai moi-même chez elle, avec une escorte de violons et de porteurs de torches !

— Oh ! oui ! s'écria Ambre, se tournant vivement vers son époux. Faites ainsi !

Radclyffe ne parut pas entendre.

— Vous plaisantez, Votre Grâce ! dit-il d'un ton raide.

Puis, s'inclinant, il se tourna vers Ambre :

— Venez, Madame.

Les yeux dorés d'Ambre flamboyèrent et, pendant un instant, elle eut envie de refuser, mais elle n'osa pas. Elle fit une révérence à Monmouth et au colonel Hamilton, sans lever les yeux. Quand ils prirent congé de Sa Majesté, la honte et la déception lui faisaient monter le rouge au front et elle avait les larmes aux yeux.

Elle ne parla pas avant d'être en voiture. Ils roulaient dans King Street, quand elle n'y put tenir davantage :

— Pourquoi sommes-nous partis si tôt ? demanda-t-elle d'une voix qui trahissait son intense désappointement.

— Je suis trop vieux, Madame, pour aimer ce bruit et ce désordre.

— Ce n'est pas la vraie raison ! s'écria-t-elle. Et vous le savez bien.

Elle cherchait à le voir, bien que son visage fût

dans l'ombre, car les rues étaient obscures, éclairées par un pâle rayon de lune, semblable à une flamme de bougie vue à travers un carreau malpropre.

— Je n'ai aucune envie de discuter cette question, répliqua-t-il froidement.

— Mais j'y tiens, moi ! Vous m'avez emmenée parce que je m'amusais ! Vous ne pouvez pas supporter de voir quelqu'un heureux !

— Au contraire, Madame. J'apprécie le bonheur. Mais je ne tiens pas à voir ma femme s'afficher outrageusement.

— Outrageusement ! Qu'y avait-il d'outrageant ? Je ne faisais rien que danser et rire, quel mal y voyez-vous ? Peut-être avez-vous jadis dansé et ri, si toutefois vous avez jamais été jeune.

Elle lui lança un regard furieux et détourna la tête en maugréant :

— Ce dont je doute fort !

— Vous n'êtes pas, Madame, aussi naïve que vous le prétendez. Vous savez aussi bien que moi à quoi pensaient tous ces hommes, ce soir.

— Eh bien ! s'écria-t-elle, les poings serrés. Et après ! Tous les hommes ne pensent-ils pas à la même chose ? Vous même, bien que...

Elle s'interrompit brusquement, car il lui lança un regard si menaçant et si venimeux que les paroles s'étranglèrent dans sa gorge et qu'elle garda le silence.

Le lendemain matin, d'assez bonne heure, Ambre et Nan, enveloppées de fourrures et encapuchonnées, descendirent. Ambre s'adressa au valet de pied :

— Voulez-vous faire chercher la voiture de Sa Grâce, s'il vous plaît. Je sors.

— La voiture est en réparation, Madame.

— Alors je prendrai la mienne.

— Je regrette, Votre Grâce, mais elle est aussi chez le carrossier.

Ambre eut un petit cri d'impatience :

— Très bien ! Je prendrai un fiacre, dans ces conditions. Ouvrez-moi la porte, je vous prie.

— Je regrette, Votre Grâce, mais la porte est verrouillée et je n'ai pas la clef.

Prise d'une subite méfiance, elle le regarda :

— Qui a cette clef ?

— Sa Grâce, Madame, je pense.

Sans ajouter un mot, Ambre pivota sur elle-même et courut à travers le hall jusqu'à la bibliothèque. Ouvrant la porte sans frapper, elle entra comme un coup de vent. Le comte était assis à son bureau, en train d'écrire, environné de papiers.

— Pourriez-vous me dire pourquoi je suis prisonnière ? s'écria-t-elle.

Il leva les yeux comme s'il avait affaire à une force physique importune plutôt qu'à un être humain et, avec le patient sourire d'un homme excédé, il répondit :

— Où voulez-vous aller ?

Elle fut sur le point de lui dire que cela ne le regardait pas, mais songeant que cela manquait d'adresse elle répliqua plus calmement :

— Au Nouvel Exchange. J'ai quelques achats...

— Je ne vois pas très bien lesquels. Mais plus une femme possède, plus elle désire. Si vraiment vous ne pouvez vous passer d'une paire de gants ou d'un parfum, eh bien ! envoyez Britton.

Ambre frappa du pied :

— Je n'ai aucune envie d'envoyer Britton. Je veux y aller moi-même. Moi-même. Morbleu ! Monsieur, quelle raison y a-t-il pour que je ne puisse sortir d'ici ? Que diable ai-je fait pour être traitée de la sorte ?

Radclyffe resta longtemps sans répondre, tournant pensivement sa plume entre ses doigts :

— Quelle époque étrange ! Un homme qui permet à sa femme de le cocufier passe pour un imbécile, et on le juge bien plus sévèrement encore s'il prend des mesures pour prévenir cet accident.

Ambre eut un vilain ricanement :

— Nous y voilà, enfin ! Vous craignez qu'un autre ne vous fasse les enfants que vous ne pouvez avoir ! C'est cela qui serait étrange.

— Vous pouvez vous retirer, Madame !

Et, comme elle continuait à le toiser, il reprit avec une soudaine violence :

— Sortez d'ici ! Rentrez chez vous !

Les yeux d'Ambre jetèrent des flammes, comme si elle avait pu le foudroyer par la seule puissance de sa haine. Grommelant une imprécation, elle lança son éventail à terre et sortit en claquant la porte aussi fort qu'elle le put.

Mais — Ambre le découvrit bientôt — elle n'avait rien à gagner par les cris et la violence. Il avait le droit légal de la séquestrer, et même de la battre s'il le jugeait bon. Elle ne redoutait pas beaucoup que le mince petit comte recourût aux châtiments corporels — il aurait trouvé à qui parler — mais elle avait parfois vaguement peur du poison ou d'un traître coup de poignard. « Il n'oserait pas », se disait-elle. Mais elle n'en était pas absolument convaincue et la peur la rendait prudente.

Pendant quelques jours elle bouda. Elle songea à se laisser mourir de faim ; mais, après avoir passé deux repas, elle comprit qu'un tel procédé lui serait infiniment plus désagréable qu'à lui. Puis elle l'ignora superbement. Quand il était dans la pièce, elle lui tournait le dos et bavardait avec Nan. Elle ne quittait jamais ses appartements et y restait tout le long du jour en robe de chambre, non coiffée. Mais il ne parut pas s'en apercevoir et, en tout cas, cela lui était indifférent. Elle envisagea toutes les solutions possibles, mais fut obligée de les abandonner une à une. Si elle se sauvait, il conserverait sa fortune et elle n'aurait plus le titre. Obtenir le divorce était à peu près impossible et eût demandé un acte du Parlement; Lady Castlemaine elle-même ne l'avait pas obtenu. L'annulation était également un acte très scabreux, car il n'était prononcé qu'en cas de stérilité ou d'impuissance, et comment prouver qu'elle était vierge et lui impuissant? Pour compliquer encore, la justice, elle le savait, n'était pas tendre pour les femmes. Aussi, finalement, décida-t-elle que, puisqu'elle l'avait supporté avant d'être mariée, elle pouvait encore s'en accommoder désormais. Elle recommença de lui parler poliment, assista aux repas, se rendit même à la bibliothèque pour y prendre des livres pendant qu'il s'y trouvait. Elle recommença de soigner son apparence, dans l'espoir de l'amadouer.

Le jour où le précieux Corrège arriva, elle assista au déballage. Les ouvriers partis et le tableau pendu, quand ils restèrent seuls à le contempler, Ambre vit le comte qui souriait. Chaque fois qu'il avait acquis un objet longtemps convoité, il était d'humeur plus abordable.

— Je me demande, Votre Grâce, commença-t-elle prudemment, ses yeux allant de la peinture à son mari, je me demande si je ne pourrais pas sortir aujourd'hui, une simple promenade. Je n'ai pas mis le nez dehors depuis trois semaines, et cela m'anémie. Qu'en dites-vous?

Elle l'observait anxieusement. Il se retourna, la dévisagea, un léger sourire amusé au coin des lèvres.

— Je pensais bien que votre humeur adoucie de ces derniers jours cachait une requête. Très bien! vous pouvez sortir!

— Merci, Monsieur. Tout de suite?

— Quand il vous plaira. Mon cocher vous conduira. A propos, il est à mon service depuis trente ans et ne se laissera pas acheter.

Le sourire d'Ambre se figea, mais elle cacha son irritation de peur que la permission ne fût retirée. Elle grimpa l'escalier en courant, fit irruption dans sa chambre en coup de vent, poussant un cri de triomphe qui fit sursauter Nan.

— Nan! Prends ton manteau. Nous sortons.

— Sortir! Seigneur! Où ça?

Nan avait partagé la réclusion de sa maîtresse — sauf pour quelques brefs achats de gants et de rubans — et elle en était aussi lasse qu'Ambre.

— Je ne sais pas. N'importe où, vite!

Les deux femmes quittèrent la maison en un tourbillon de velours et de fourrures et s'installèrent dans la voiture avec autant de bruit et de rires que si elles débarquaient à l'instant du Yorkshire pour visiter Londres. L'air était frais et vif, la journée grise; le vent dispersait dans l'air des pétales de fleurs de pêcher qui tombaient dans la boue comme des flocons de neige.

L'épidémie sévissait toujours dans la ville, mais il n'y avait plus guère que six à sept morts par semaine, et cela, une fois de plus, uniquement dans les quartiers pauvres. Il était à peu près impossible maintenant de trouver une maison fermée. Les rues étaient aussi peuplées qu'autrefois. Un cinquième de la population de la ville avait disparu, et rien ne paraissait changé : c'était toujours le même Londres, gai, obscène, puant, brillant et sale.

Ambre, ravie d'être dehors, s'amusait de tout.

Elle avait dit au cocher de se diriger vers Charing Cross, par Fleet Street et le Strand, car il y avait pas mal de restaurants élégants dans ce quartier. Et, après tout, elle aurait peut-être la chance de rencontrer quelqu'un de connaissance et d'échanger quelques mots de politesse avec lui ; qui pourrait raisonnablement trouver à redire à un acte aussi innocent ? Ambre ouvrait tout grands les yeux, et intima à Nan l'ordre d'en faire autant. Comme elles approchaient de Temple Bar, elle aperçut soudain trois silhouettes familières groupées sous le porche de la *Taverne du Démon* : Buckhurst, Sedley et Rochester, tous trois à moitié gris, selon toute apparence, car ils causaient bruyamment et gesticulaient de manière à attirer l'attention des passants. Vivement, Ambre frappa contre la cloison pour faire arrêter la voiture et, se penchant à la portière :

— Messieurs, cria-t-elle, cessez ce bruit, ou j'appelle un agent qui vous bouclera !

Et elle éclata d'un rire perlé. Stupéfaits, ils se retournèrent puis s'exclamèrent :

— Sa Grâce ! Dieu me pardonne !

— Où êtes-vous passée depuis trois semaines ?

— Pourquoi diable ne vous a-t-on plus vue à la Cour ?

Se bousculant l'un l'autre, ils s'accoudèrent à la portière, dégageant un parfum prononcé de brandy, mêlé d'une odeur d'eau de fleurs d'oranger.

— A dire vrai, Messieurs, fit Ambre avec un sourire malin et un clin d'œil à Rochester, j'ai eu de furieuses atteintes de vapeurs !

Ils rirent à gorge déployée :

— Ainsi cet austère vieux diable de mari vous a enfermée ?

— J'ai toujours dit qu'un vieil homme n'avait pas le droit d'épouser une jeune femme, s'il n'était pas certain de pouvoir lui offrir des divertissements auxquels elle est accoutumée. Votre époux remplit-il cette condition, Madame? demanda Rochester.

Ambre changea de sujet, craignant que le cocher incorruptible ou l'un des valets de pied n'eût reçu l'ordre d'écouter ce qu'elle disait.

— Quel était donc le sujet de votre discussion? Vous aviez l'air d'un groupe de conspirateurs quand je vous ai interrompus.

— Nous nous demandions s'il valait mieux nous enivrer d'abord et aller dans un lieu de plaisir ensuite, ou d'abord au plaisir et nous griser ensuite, répondit Sedley. Quelle est votre opinion, Madame?

— Tout dépend de la manière dont vous comptez vous amuser là-bas.

— Oh! comme tout le monde, Madame, assura Rochester. Comme tout le monde. Nous n'en sommes pas encore réduits aux expédients de la vieillesse.

Rochester avait dix-neuf ans, et Buckhurst, l'aîné, comptait vingt-huit printemps.

— Venez prendre quelque chose avec nous, invita Sedley. Nous avons des violons, et nous pourrons faire chercher quelques fillettes chez Lady Bennet...

Ambre hésita, se demandant s'il serait possible, après tout, d'acheter le cocher. Mais Nan la poussait du coude et lui faisait des signes, si bien qu'elle décida que le plaisir ne valait pas le risque d'être enfermée pour trois nouvelles semaines, ou davantage. Et, ce qui eût été pire, Radclyffe, en colère, serait peut-être capable de l'envoyer à la campagne, punition favorite des maris envers les femmes légères et très redoutée d'elles. Pendant ce temps, sa voiture gênait la circulation. D'autres équipages attendaient le passage, ainsi que des chaises à porteurs, des vendeurs, des portefaix, des mendiants, et tous commençaient à grogner et à protester :

— Nous avons du travail ! aboya un gros homme en chaise à porteurs, si vous, gens distingués, n'avez rien à faire !

— Je ne peux pas, dit Ambre. J'ai promis à Sa Grâce de ne pas sortir de voiture.

— Place ! place ! cria un autre homme tirant une charrette.

Rochester, nullement troublé, se tourna froidement et leur adressa un signe méprisant de la main, qui souleva un murmure de protestation et de nombreux jurons. Buckhurst ouvrit la portière.

— Eh bien ! dans ces conditions, si vous ne pouvez descendre, qui nous empêche de monter ?

Et il grimpa, suivi de Rochester et de Sedley, s'installa entre les deux femmes, un bras autour de la taille de chacune. Sedley pencha la tête audehors :

— En route ! Au parc Saint-James !

Comme la voiture s'ébranlait, Rochester adressa de la main un impertinent adieu à la foule. Le vent se leva et il se mit à pleuvoir fort et dru.

Ambre revint chez elle enchantée et de fort bonne humeur. Se débarrassant de son manteau et de son manchon trempés, elle courut dans la bibliothèque où, bien que près de quatre heures se fussent écoulées, elle retrouva Radclyffe ainsi qu'elle l'avait laissé, écrivant toujours. Il leva les yeux.

— Eh bien ! Madame. Avez-vous fait une agréable promenade ?

— Excellente, Votre Grâce !

Elle s'avança, tout en ôtant ses gants.

— Nous avons traversé le parc Saint-James, et qui ai-je rencontré, croyez-vous ?

— En vérité, je ne sais.

— Sa Majesté ! Il se promenait avec sa suite et ils avaient tous l'air d'épagneuls trempés avec leurs perruques ruisselantes.

Elle éclata de rire.

— Lui, évidemment, portait son chapeau et était aussi net que vous et moi. Il a fait arrêter la voiture, et que m'a-t-il dit, croyez-vous ?

Radclyffe sourit légèrement, comme s'il écoutait, sans y attacher d'importance, les histoires d'un enfant naïf.

— Je n'en ai pas la moindre idée.

— Il s'est informé de vous et a demandé pourquoi il ne vous avait pas vu à la Cour. Il compte venir vous voir bientôt pour admirer votre tableau. Henry Bennet s'en occupera. Mais... (et ici elle s'arrêta pour donner plus d'importance à ses paroles)... il nous invite ce soir à une petite réunion dansante chez Sa Majesté la reine !

Elle le regardait tout en parlant, mais visiblement ne pensait pas le moins du monde à lui. Son esprit était occupé de questions infiniment plus importantes : quelle robe mettre, quels bijoux, quel éventail. Comment se coiffer ? En tout cas, il ne pouvait refuser une invitation royale, et, si ses plans réussissaient, elle serait bientôt en mesure de le dominer, de le renvoyer à Lime Park vivre au milieu de ses livres, de ses statues et de ses tableaux, sans plus jamais venir la déranger.

XLI

Les deux femmes — l'une aux cheveux roux et aux yeux violets, l'autre aussi dorée qu'un léopard —, toutes deux de noir vêtues, se dévisageaient à travers la table de jeu.

Toute la Cour était en deuil pour une femme que personne ne connaissait : la reine de Portugal. Mais, en dépit de la mort récente de sa mère, les appartements de Catherine étaient remplis de courtisans et de grandes dames, les tables de jeu surchargées de pièces d'or, et un jeune chanteur français circulait à travers les groupes, pinçant sa guitare et fredonnant des chansons d'amour de sa Normandie natale. Une foule amusée s'était rassemblée autour de la table où se trouvaient la comtesse de Castlemaine et la comtesse de Radclyffe, s'affrontant comme deux chattes en colère.

Le roi s'était juste arrêté derrière Ambre, déclinant du geste la chaise que lui offrait Buckingham à côté d'elle. A sa gauche, Sedley, les poings sur les hanches, flânait. Barbara était entourée de ses fidèles satellites, Henry Jermyn, Bab May et Henry Brouncker, qui lui restaient fidèles, même quand le vent menaçait de tourner, car ils dépendaient d'elle. A l'autre bout de la salle, soutenant vaguement une conversation sur le jardinage avec un interlocuteur d'âge mûr, se tenait le comte de Radclyffe. Tout le monde, sa femme y comprise, semblait avoir oublié son existence.

Ambre, néanmoins, savait fort bien qu'il cherchait, depuis deux heures, à attirer son attention, afin de l'emmener à la maison, aussi l'avait-elle soigneusement évité. Une semaine s'était écoulée depuis que le roi les avait de nouveau invités à la Cour et, durant ce court laps de temps, la confiance d'Ambre en son avenir n'avait fait que croître, ainsi que son mépris pour le comte. La franche admiration de Charles, la jalousie de Barbara, l'obséquiosité des courtisans — signes prophétiques — lui montaient à la tête.

— Vous avez de la chance ce soir, Madame ! fit aigrement Barbara, poussant une pile de guinées à travers la table. Trop de chance, même !

Ambre eut un sourire méprisant et supérieur, la lèvre légèrement retroussée et les yeux rétrécis. Elle savait que Charles la regardait et que tous les spectateurs, ou presque, l'observaient. Cette attention la grisait, la remplissait du sentiment de son importance.

— Qu'entendez-vous par là, Madame ?

— Vous le savez fichtre bien ! maugréa Barbara.

Elle était rouge et excitée, cherchant désespérément à se dominer de crainte de paraître ridicule. C'était déjà assez triste que Charles, à sa manière droite et simple, n'eût pas fait mystère de son désir de coucher avec cette misérable actrice. Et, pour achever de tout gâter, est-ce que Buckingham ne s'était pas mis en tête de la patronner aussi ?... « Oh ! maudit soit Buckingham ! Maudite soit la vie ! Je voudrais arracher les cheveux de cette putain. En tout cas, elle apprendra de quel bois je me chauffe ! »

— Allons ! cria-t-elle. Je vous joue le tout !

Ambre leva délicatement les sourcils. Plus Barbara s'excitait, plus elle devenait calme. Levant les yeux, elle échangea un sourire avec Charles, sourire qui le rangea de son côté et auquel il répondit nonchalamment, prisonnier volontaire. Elle haussa les épaules avec indifférence :

— Pourquoi pas ? A vous de jouer en premier, Madame !

Barbara grinça des dents et lança à Charles un regard enflammé qui eût dû le mettre en garde. Il s'amusait franchement. Ramassant les dés, tandis que les conversations s'arrêtaient et que les spectateurs s'approchaient pour mieux voir, Barbara secoua le cornet d'un air de défi et, d'un geste dramatique, lança les dés sur la table où ils roulèrent. Deux, six, et quatre.

Quelqu'un laissa échapper un léger sifflement, et un murmure courut le long des rangs, tandis que Barbara relevait triomphalement la tête, les yeux brillants :

— A vous, Madame. Voyez si vous pouvez faire mieux.

Le jeu consistait à aligner trois numéros semblables, sinon le plus fort était gagnant. Ambre était bien forcée de reconnaître que ses chances étaient minimes.

Convulsivement elle cherchait le moyen de s'en tirer. « Il faut que je fasse *quelque chose*, je ne peux pas me laisser battre devant tout le monde ! Il faut que je trouve quelque chose, quelque chose, quelque chose... » Soudain elle sentit Buckingham qui lui marchait sur le pied et déposait un objet sur ses genoux. Immédiatement elle reprit conscience de la réalité et la confiance lui revint. D'un geste automatique elle prit le cornet d'une main et les dés de l'autre. Si rapidement qu'on put à peine s'en rendre compte, elle fit tomber le cornet sur ses genoux, et reprit celui qu'y avait déposé Buckingham. Sans regarder, elle avait compris. C'était un cornet truqué, semblable d'apparence au véritable. Elle y jeta les dés. Elle avait été à bonne école à Whitefriars et s'en souvint, car les dés, en bons et loyaux serviteurs, firent tout leur devoir : un cinq, un cinq et un troisième cinq ! Il y eut un cri général, tandis qu'Ambre faisait l'étonnée et se félicitait de sa bonne chance. Brouncker approcha sa face rouge de betterave à l'oreille de Barbara.

Celle-ci bondit :

— Très habile, Madame ! s'écria-t-elle. Mais on ne m'abuse pas si facilement ! Il y a quelque vilain tour là-dessous, je vous en donne ma parole ! ajouta-t-elle, s'adressant à tous les spectateurs et au roi en particulier.

Ambre commençait de se sentir nerveuse, bien que le duc eût repris son cornet et que celui qu'elle tenait à la main appartînt à Barbara. Mais elle ne recula pas devant le bluff.

— Personne n'a donc le droit de vaincre Votre Grâce, si ce n'est par un moyen déloyal ?

Cette réponse déchaîna un rire général et Ambre se sentit mieux. Elle lança négligemment le cornet sur la table.

Cependant il était grave d'accuser quelqu'un de tricher, bien que personne ne s'en fît faute ; tout juste comme certaines femmes prétendaient être vertueuses et non maquillées, chacun affirmait jouer franc jeu. Être prise sur le fait et traitée de tricheuse devant toute la Cour parut soudain à Ambre un sort tellement horrible qu'elle eût préféré mourir sur le coup. Et Barbara, convaincue d'avoir forcé le gibier, se ruait à sa poursuite :

— Seul un cornet truqué peut avoir amené ce chiffre ! Il n'y a pas une chance sur mille que pareille bonne fortune se soit produite honnêtement !

Ambre se sentit défaillir et il lui fallut quelques secondes pour trouver une réponse. Quand elle parla, elle chercha à le faire avec assurance et ironie, afin que personne ne pût douter de sa bonne foi.

— C'est vrai, j'y songe. Le coup de Votre Grâce était vraiment trop heureux pour être réel...

— Je vous apprendrai, Madame, que je ne suis pas une tricheuse ! cria Barbara qui perdait souvent de telles sommes qu'elle ne pouvait évidemment être qu'honnête ou maladroite. Voici le cornet dont je me suis servie. Qu'on l'examine...

Elle s'en empara et le tendit au roi :

— Tenez, Votre Majesté ! Vous avez assisté à la scène ! Qu'en pensez-vous ? Dites-nous laquelle a triché cette fois ?

Charles prit le cornet et l'examina très attentivement, à l'intérieur et à l'extérieur, l'air très sérieux :

— Pour autant que je puisse en juger, dit-il enfin, ce cornet est parfaitement normal.

Ambre restait assise, droite et immobile, le cœur battant si fort qu'elle croyait en défaillir. C'était la fin — la fin de tout —, à quoi bon vivre ensuite !...

— Ah ! ah ! s'écria Barbara d'une voix triomphante qui fit douloureusement vibrer les nerfs d'Ambre. C'est bien ce que je pensais ! Je savais...

— Mais, interrompit Charles d'une voix traînante, comme vous avez toutes les deux employé le même cornet, je ne vois réellement pas la cause de tout ce bruit !

Le soulagement d'Ambre fut si grand qu'elle dut se retenir à la table pour ne pas tomber. Lady Castlemaine poussa un cri d'indignation.

— Quoi ? Mais ce n'est pas vrai ! Elle l'a changé ! Elle...

— Je vous demande pardon, Madame, mais — ainsi que vous l'avez dit — j'ai assisté à toute la scène et, à mon avis, Sa Grâce a joué tout aussi franc jeu que vous !

— Mais...

— Il se fait tard, poursuivit imperturbablement Charles, examinant joueurs et spectateurs de ses yeux vifs. Ne croyez-vous pas, tous, que nous serions mieux au lit?

Un rire général accueillit la proposition et la foule, comprenant que la scène était jouée, commença de se disperser.

— Drôle de jeu! fit aigrement Lady Castlemaine en se retirant, suivie de Brouncker, Bab May et du petit Jermyn, entraînés dans son sillage.

Ambre, anéantie et désemparée, leva vers le roi un sourire reconnaissant. Il la prit doucement par le bras et l'aida à se lever.

— Merci, Sire! dit-elle très bas, car, évidemment, il l'avait vue tricher. J'aurais été déshonorée à tout jamais.

Charles eut un rire clair :

— Déshonorée! ici, à Whitehall? Impossible, ma chère. Avez-vous jamais entendu parler de déshonneur en enfer?

Ambre reprenait peu à peu courage et confiance. Elle lança un coup d'œil à Buckingham qui se tenait auprès d'eux :

— Merci, Votre Grâce, dit-elle avec un sourire impudent, bien qu'elle sût parfaitement qu'il lui avait glissé le cornet truqué pour humilier sa cousine et non pour lui venir en aide.

Buckingham fit une grimace comique :

— Je proteste, Madame. Je vous assure que je ne suis pour rien dans votre chance, certes non! Comment! Chacun sait que je suis un honnête garçon!

Tous trois se mirent à rire. Ambre prit soudain conscience que tous les regards convergeaient sur elle, et elle savait parfaitement ce que pensaient tous ces gens. Le roi avait pris son parti ce soir, défié et embarrassé Lady Castlemaine en public; cela ne pouvait avoir qu'une signification : la comtesse de Radclyffe serait bientôt la favorite en vue de la Cour. Ainsi pensait Ambre.

Comme ils se regardaient l'un l'autre, le sourire s'effaçant peu à peu de leur visage, Buckingham les quitta; ils ne parurent pas s'en apercevoir. Ambre se sentait éprise de Charles, plus que d'aucun homme, à l'exception de Bruce Carlton. Les yeux noirs nonchalants du roi soulevaient en elle un désir que Radclyffe allumait, mais ne parvenait jamais à satisfaire, et de tout son être elle aspirait à être serrée dans ses bras. Elle avait complètement oublié Radclyffe qui devait se tenir non loin de là, les observant, et son indifférence était si grande qu'elle ne s'en fût, de toute manière, pas souciée.

— Quand pouvez-vous échapper à votre duègne ? murmura Charles.

— Quand vous voudrez !

— Demain matin à dix heures ?

— Oui.

— Je posterai une sentinelle à la Porte de Holbein, de ce côté, pour vous introduire.

Il sourit légèrement.

— Voici votre époux ; ses cornes ont du mal à percer, semble-t-il !

Ambre eut une sensation désagréable : « Votre époux ! »

Elle se sentait irritée qu'il eût l'effronterie de manifester son existence, maintenant qu'il ne lui était plus d'aucune utilité et qu'elle était à moitié convaincue qu'il allait en quelque sorte disparaître de sa vie, tel un démon exorcisé. Mais il s'approchait, était à ses côtés, et Charles l'accueillait d'un aimable sourire. Puis le roi s'en fut et Radclyffe lui offrit le bras. Après une légère hésitation, elle posa les doigts sur sa manche et ils quittèrent lentement la salle.

Ambre lutta très longtemps pour reprendre conscience. Il lui semblait qu'un poids énorme pesait sur sa tête, et ses tempes battaient. Comme elle bougeait en gémissant doucement, une crampe douloureuse partit de la nuque et se répandit dans ses épaules et le long de son dos. Elle avait vaguement conscience d'un interminable cahotement anormal qui lui donnait la nausée. A grand-peine elle s'efforça de soulever ses paupières, afin de voir où elle se trouvait et ce qui lui était arrivé.

Elle vit tout d'abord une fine main d'homme aux veines apparentes, crispée sur une canne qu'il tenait entre ses jambes. Levant lentement les yeux, elle rencontra le visage impassible et sans expression de Radclyffe. Elle comprit ensuite qu'une partie de son malaise provenait de ce que ses jambes étaient liées, aux cuisses et au-dessous des genoux. Ils étaient dans la voiture du comte et seuls le ciel gris et de vertes prairies parsemées d'arbres dénudés apparaissaient par la portière. Elle voulut parler, demander où ils étaient, mais le poids se fit encore plus intolérable sur sa tête, jusqu'à ce qu'elle sombrât de nouveau dans l'inconscience.

Elle ne se rendit plus compte de rien jusqu'au moment où elle ouvrit brusquement les yeux, s'apercevant que la voiture s'était arrêtée et que des bras la soulevaient. Elle sentit l'air frais du soir qui la frappait au visage et respira profondément.

— Tâchez de ne pas la réveiller, entendit-elle Radclyffe dire. Quand elle a ses crises, il ne faut pas la déranger !

Ambre était furieuse qu'il osât raconter de pareils mensonges, mais elle n'avait pas l'énergie de protester.

Le valet de pied la transporta vers l'auberge dont quelqu'un ouvrit la porte. Elle était vêtue de son manteau et d'une robe longue bordée de fourrure. La pièce était chaude; cela sentait bon le pain fraîchement cuit et l'odeur du rôti qui dorait dans la cheminée. Des chiens le surveillaient tout en remuant la queue, plusieurs enfants apparurent, des garçons s'empressèrent de dételer les chevaux et une souriante hôtelière vint les accueillir. A la vue d'Ambre, les yeux clos, dans les bras du valet de pied, elle poussa un petit cri de sympathie et s'empressa :

— Oh! Madame est malade?

Radclyffe la repoussa :

— Ma femme est souffrante, dit-il froidement. Rien de sérieux. Je la soignerai moi-même. Donnez-nous une chambre et envoyez-nous à dîner.

Ainsi remise à sa place, l'hôtelière les précéda dans l'escalier et ouvrit une jolie chambre claire qui fleurait la lavande. Chaque fois qu'elle croyait n'être pas vue par le comte, elle lançait un regard vers Ambre. Elle alluma les bougies et bientôt un bon feu brûla dans la cheminée. Puis, juste avant de s'en aller, elle hésita, considérant d'un air réellement inquiet Ambre qui gisait sur le lit dans la position même où le valet de pied l'y avait déposée.

— Ma femme n'a pas besoin de vos soins, fit durement Radclyffe, si bien que la brave femme sursauta et sortit en toute hâte.

Il ferma la porte soigneusement derrière elle, écouta un instant, puis, satisfait de voir qu'elle était descendue, revint auprès du lit.

Tout en ayant entièrement repris ses esprits, Ambre se sentait lourde, maussade et nerveuse. Sa tête lui faisait mal, ses membres étaient raides.

Elle poussa un long soupir. Tous deux gardèrent longtemps le silence ; enfin, elle dit :

— Eh bien ! pourquoi ne me détachez-vous pas ? Je ne peux plus me sauver à présent !

Elle le dévisagea d'un air sombre :

— Vous devez vous croire diablement intelligent !

Elle commençait à réaliser qu'il l'avait attachée par pure satisfaction mauvaise, car, droguée comme elle l'était, elle eût été incapable de bouger.

Il haussa les épaules et sourit légèrement, visiblement content de lui :

— Je n'ai pas fait de la chimie pour rien ! C'était dans votre vin, naturellement. Vous ne l'avez senti ni à l'odorat, ni au goût, n'est ce pas ?

— Pensez-vous que je l'aurais bu, si j'avais pu le supposer ? Pour l'amour de Dieu, dénouez ces liens, j'ai des fourmis dans les bras et dans les jambes !

Elle se tordait, cherchant une meilleure position.

Il ne parut pas avoir entendu et prit une chaise, de l'air d'un homme qui encourage une malade dont il n'a pas réellement pitié :

— Quel dommage que vous n'ayez pas été exacte au rendez-vous ! J'espère qu'il n'aura pas attendu trop longtemps.

Ambre lui jeta un regard rapide et, très lentement, elle sourit, d'un petit sourire malicieux et cruel :

— L'occasion se retrouvera. Vous ne pourrez pas m'attacher éternellement.

— Ce n'est pas mon intention. Vous pourrez retourner à Londres et à Whitehall, faire la chienne tant que vous voudrez, mais, dans ce cas, Madame, je m'arrangerai à conserver votre fortune. Je crois que j'y parviendrai sans grande difficulté. Le roi a peut-être envie de coucher avec vous, mais vous avez du chemin à parcourir avant qu'il ne se dérange pour vous. Une catin de passage et une maîtresse en titre ne sont pas la même chose, bien que vous ne fassiez peut-être pas la différence.

— Je la connais parfaitement ! Les femmes ne sont pas aussi sottes que vous le pensez. Je vois bien des choses que vous ignorez.

— Vraiment !

Il parlait avec le mépris railleur qu'il affectait toujours envers elle depuis qu'ils étaient mariés.

— Vous prétendez ne désirer que mon argent, mais je le sais mieux que vous ! Vous devenez fou à la pensée qu'un autre est capable de faire ce que vous-même êtes incapable d'accomplir. Voilà pourquoi vous m'avez enlevée. Et voilà pourquoi vous me dites que je perdrai ma fortune si je reviens à Londres. Misérable vieux radoteur ! Vous êtes...

— Madame !

— Je ne vous crains pas ! Vous êtes jaloux de tous les hommes dignes de ce nom et vous me détestez parce que vous ne pouvez pas...

Levant la main, il la frappa si violemment au visage que sa tête roula d'un côté et que le sang jaillit. Son regard était froid :

— Je n'approuve pas qu'un homme batte une femme. Jamais cela ne m'était encore arrivé. Mais je suis votre mari, Madame, et j'entends que l'on me traite avec respect.

Ambre crachait comme un chat en colère. Elle était haletante et ses yeux pailletés d'or étincelaient. En parlant, elle retroussait les babines, comme un animal vicieux :

— Oh ! comme je vous hais ! dit-elle à voix

basse. Un jour vous me paierez tout cela; un jour, je le jure, je vous tuerai...

Il la regarda avec mépris et dégoût :

— Une femme qui menace fait penser à une chienne qui aboie; j'ai autant de respect pour l'une que pour l'autre.

Ici on frappa à la porte et, après une légère hésitation, il tourna la tête :

— Entrez!

C'était l'hôtelière, gaie, rose et souriante, portant une nappe, des serviettes et de la vaisselle d'étain. Derrière elle venait une fillette de treize ans portant un plateau garni de mets appétissants. Son petit frère la suivait avec deux bouteilles poussiéreuses et deux verres brillants. L'hôtelière lança un coup d'œil sur Ambre qui était toujours étendue, appuyée sur son coude, enveloppée de son manteau.

— Eh bien! dit-elle gaiement, Madame se sent-elle mieux? J'en suis heureuse. Voici un bon petit dîner, j'ose le dire, et j'espère qu'il vous plaira.

Elle lui adressa un sourire amical, de femme à femme, cherchant visiblement à bien montrer qu'elle savait par où passait une jeune femme pendant sa première grossesse. Ambre, la figure encore tout enflammée du coup qu'elle venait de recevoir, se força pour lui répondre.

XLII

Lime Park comptait plus de cent ans : il avait été construit avant l'effondrement de l'Église catholique, alors que les fiers Mortimer étaient à l'apogée de leur pouvoir, et sa sévère et élégante beauté exprimait cette puissance et cet orgueil. Pierres d'un gris pâle et briques rouge vif avaient été combinées dans cette construction d'une parfaite symétrie, avec de grandes fenêtres aux vitres à petits carreaux. Elle avait quatre étages, trois lucarnes émergeant du toit de tuiles rouges, des quantités de cheminées, et de larges baies carrées ou rondes alignées en trois lignes sur la façade. Une terrasse pavée de briques, de plus de deux cents pieds de long, dominait les jardins à l'italienne qui descendaient en gradins verdoyants. Contrastant avec le délabrement de la maison de ville, Lime Park avait été soigneusement entretenu ; chaque arbuste, chaque fontaine, chaque vase de pierre était en parfait état.

La suite des voitures tourna devant la façade à plusieurs centaines de mètres et pénétra dans la cour arrière où étincelaient les mille jets d'une fontaine. Un peu plus loin, vers l'ouest, on pouvait apercevoir un grand pigeonnier normand et une mare ; au nord se trouvaient les écuries et les remises, de jolis bâtiments en briques rouges et chêne argenté. Un double escalier conduisait au perron du deuxième étage. Ce fut là que s'arrêta la première des voitures.

Sa Seigneurie en sortit et tendit galamment la main à sa femme. Ambre, déliée et parfaitement remise des effets de la drogue, descendit. Son visage était maussade et elle faisait comme si Radclyffe n'avait pas existé, mais ses regards se portèrent sur le château avec admiration et intérêt. A cet instant précis, une jeune femme sortit en courant et s'élança à leur rencontre. Jetant sur Ambre un regard timide et furtif, elle fit à Radclyffe une révérence pleine d'humilité.

— Oh ! Votre Grâce ! s'écria-t-elle, s'inclinant encore, nous ne vous attendions plus et Philip est parti à cheval chasser avec Sir Robert. Je ne sais quand il rentrera.

Ambre comprit que ce devait être Jennifer, la belle-fille de seize ans de Sa Grâce, bien que Radclyffe ne lui en eût jamais parlé. Elle était mince, avec un visage banal, encadré de cheveux blond pâle qui commençaient à foncer par raies et, visiblement, elle était très impressionnée par ces deux illustres visiteurs. « Dieu ! se dit Ambre avec impatience ! Voilà donc le résultat d'une vie à la campagne ! » Elle ne se souvenait pas d'avoir, elle-même, mené cette existence durant sa jeunesse.

Radclyffe était tout amabilité et courtoisie :

— Ne vous tracassez pas à ce sujet, ma chère. Nous sommes venus à l'improviste et n'avons pas eu le temps de vous faire prévenir. Madame...

Il se tourna vers Ambre.

— ... Voici la femme de mon fils, Jennifer, dont je vous ai parlé. Jennifer, puis-je vous présenter Sa Grâce ?

Jenny lança un nouveau regard furtif à Ambre et fit une révérence ; les deux femmes s'embrassèrent cérémonieusement. Ambre sentit que les mains de la jeune femme étaient froides et tremblaient.

— Madame n'a pas été très bien pendant le voyage, dit alors Radclyffe, et Ambre lui lança un regard indigné. Je crois qu'elle aimerait se reposer. Mes appartements sont-ils prêts ?

— Oh ! oui ! Votre Seigneurie. Ils sont toujours prêts.

Ambre n'avait aucune envie de se reposer. Elle voulait au contraire parcourir la maison, voir les jardins et les écuries, visiter les serres et l'orangerie, mais elle suivit le comte et monta dans l'appartement en enfilade qui donnait sur l'extrémité nord de la galerie.

— Je ne suis pas fatiguée du tout ! s'écria-t-elle en le regardant d'un air de défi. Combien de temps devrai-je rester enfermée ici ?

— Tant que vous ne serez pas disposée à cesser de bouder, Madame. L'opinion que vous avez de moi ne m'intéresse nullement, mais je me refuse à ce que mon fils ou mes domestiques voient ma femme se conduire comme une fille méchante et mal élevée. A vous de choisir !

Ambre poussa un soupir.

— Très bien. Je ne pense pas arriver jamais à convaincre personne que je vous aime, mais je tâcherai de vous supporter de la meilleure grâce possible.

Philip rentra à l'heure du dîner et Ambre fit alors sa connaissance. C'était un jeune homme fort ordinaire, de vingt-quatre ans environ, bien portant, heureux, simple. Il était habillé sans soin, ses manières étaient frustes et ses préoccupations intellectuelles paraissaient se borner à l'élevage des chevaux et à l'entraînement des coqs de combat. « Dieu merci ! se dit Ambre, à première vue, il ne ressemble pas à son père. » Mais elle fut étonnée de voir que Radclyffe était réellement profondément attaché à ce garçon si différent de lui ; c'était là une qualité qu'elle ne s'attendait pas à rencontrer chez ce vieil homme froid, orgueilleux et solitaire.

Ambre passa plusieurs jours à explorer Lime Park.

Il y avait des douzaines et des douzaines de chambres, meublées et ornées de tableaux et de bibelots provenant de toutes les parties du monde, mais qui, grâce au talent particulier de Sa Seigneurie, s'harmonisaient parfaitement. Les jardins à l'italienne étaient immenses et s'étendaient en grandes terrasses entourant les façades sud et est de la maison, reliées entre elles par des escaliers de marbre et des allées de gravier. Il y avait de longues avenues, ombragées de cyprès et d'ifs, d'autres bordées de tilleuls, d'un beau vert clair; les vases de pierre qui ornaient les escaliers, les chemins et les balustrades étaient remplis de fleurs. Toutes les haies étaient soigneusement taillées et il n'y avait nulle part de mauvaises herbes. Les écuries elles-mêmes paraissaient immaculées, blanchies à la chaux intérieurement. Il y avait une orangerie, des serres et un joli petit pavillon d'été.

« Rien d'étonnant, songeait-elle, qu'il se soit endetté. » Mais, à présent qu'elle voyait à quoi son argent avait servi, elle en concevait moins d'irritation et regardait tout de l'œil critique et appréciateur du propriétaire. Elle ne passait devant rien sans décider si elle le garderait ou le vendrait quand le moment serait venu. Car il était bien entendu que ces jolies choses ne resteraient pas enterrées à la campagne où personne de conséquence ne pourrait les voir et les admirer. Elles étaient destinées à Londres, à un appartement dans Whitehall, peut-être, ou à quelque grande maison neuve de Saint-James Square ou de Piccadilly.

Jennifer se montra d'abord très timide, mais Ambre, parce qu'elle n'avait rien d'autre à faire et aussi parce qu'elle la plaignait un peu, fit un effort pour se lier d'amitié avec elle. La jeune femme répondit à ses avances avec une chaude gratitude, car elle avait vécu dans une famille nombreuse et se sentait très isolée dans ce château où, avec plus de deux cents domestiques, la maison paraissait vide et morne.

On était à la fin d'avril et les journées devenaient chaudes et agréables. Les rossignols étaient arrivés, les cerisiers et les pruniers étaient en fleurs et les jardins remplis du parfum des lilas en caisses. Jennifer et Ambre, riant et bavardant, se promenaient bras dessus, bras dessous, sur les pelouses vertes ; le vent faisait bouffer leurs robes de soie et elles admiraient les paons aux cris rauques. En très peu de temps elles devinrent presque des amies.

Comme une femme amoureuse, Ambre parlait tout le temps de Londres que Jennifer ne connaissait pas. Elle ne tarissait pas sur les théâtres, les tavernes, Hyde Park, Pall Mall et Whitehall, les séances de jeu dans les salons de la reine, les bals et les chasses au faucon.

— Oh ! s'écriait-elle avec enthousiasme, rien n'est plus beau que de voir les carrosses de la Cour faire le tour du Ring. Tout le monde se salue, se sourit, et Sa Majesté se découvre devant les dames ; parfois il appelle l'une d'elles. Oh ! Jenny, il vous faut absolument venir à Londres !

Jenny l'écoutait toujours avec grand intérêt et posait de très nombreuses questions, cependant elle sourit d'un air gêné :

— Cela paraît très beau, dit-elle, mais je crois que je préfère vous entendre en parler que d'y aller moi-même !

— Quoi ? s'écria Ambre, profondément choquée d'un tel blasphème. Mais Londres est la seule ville où l'on puisse vivre. Pourquoi ne désirez-vous pas y aller ?

Jenny eut un geste vague. Elle se sentait dominée par la forte personnalité d'Ambre et se trouvait embarrassée, presque coupable, dès qu'il s'agissait d'exprimer une opinion personnelle.

— Je ne sais pas. Je crois que je m'y sentirais étrangère. C'est trop grand : il y a tant de gens et toutes ces dames sont si belles, si élégantes, je ne serais pas à ma place. Je m'y sentirais perdue!

Sa voix était timide, avec un accent presque désespéré, comme si elle se sentait déjà engloutie par cette grande ville effrayante. Ambre éclata de rire et prit sa belle-fille par la taille :

— Voyons, Jenny, avec des fards, des mouches, et une robe décolletée, vous seriez aussi jolie que n'importe qui. Je vous garantis que les galants ne vous manqueraient pas, ils vous courraient après jour et nuit!

Jenny eut un rire étouffé et rougit.

— Oh! Madame, vous savez très bien que non. Mon Dieu! Je ne saurais même pas que dire à un galant.

— Bien sûr que si, Jenny! Vous savez bien que dire à Philip, n'est-ce pas? Tous les hommes sont pareils. Il n'y a qu'un sujet qui les intéresse quand ils parlent à une femme.

Jenny devint écarlate.

— Oh! Mais je suis mariée à Philip et il... il...

Elle s'empressa de changer de sujet :

— Est-ce bien vrai, tout ce que l'on raconte de la Cour?

— Que voulez-vous dire?

— Oh! vous le savez bien! On dit des choses terribles. Que tout le monde y boit et y jure, que Sa Majesté joue aux cartes même le dimanche, qu'Elle voit à peine la reine durant des semaines, étant trop occupée avec ses autres... ses autres dames!

— Sottises! Il la voit tous les jours et il est aussi aimable et affectueux que possible avec elle. Il dit qu'elle est la meilleure femme du monde.

Jenny paraissait soulagée.

— Alors ce n'est pas vrai qu'il lui soit infidèle?

— Oh! si! Il l'est. Tous les hommes sont infidèles à leurs femmes, n'est-ce pas, pour peu qu'ils en aient l'occasion !

Mais Jenny avait l'air si effarée qu'elle lui donna une bourrade amicale en ajoutant bien vite :

— Sauf les hommes qui vivent à la campagne, bien entendu, ceux-là sont différents.

Au début, elle avait eu l'impression que Philip était différent. La première fois qu'il l'avait vue, ses yeux avaient eu un éclair d'admiration, mais son père était présent et la lueur avait disparu. Puis elle l'avait aperçu très rarement, aux repas seulement, où il la traitait avec la même considération déférente que si elle avait eu vingt ans de plus. Très correctement, il cherchait à établir qu'elle avait plutôt l'âge de son père que le sien. Ambre finit par se dire qu'il avait peur d'elle.

Poussée par l'ennui, la malignité et le désir de prendre une revanche sur Radclyffe, elle décida de séduire Philip. Mais elle connaissait assez le comte, son mari, pour se rendre compte qu'il fallait agir prudemment et garder strictement pour elle la satisfaction qu'elle éprouverait à le cocufier avec son propre fils. Car si jamais il le suspectait ou le devinait, elle aimait mieux ne pas y penser, le sachant capable de toutes les violences et de toutes les cruautés. Mais Philip était le seul mâle acceptable, jeune et bien tourné de Lime Park, et elle ne pouvait vivre sans le piment d'une adoration masculine.

Un matin de pluie, elle le croisa dans la galerie et ils restèrent à causer du temps qu'il faisait. Il serait parti presque tout de suite, mais elle suggéra un jeu de puce et, tandis qu'il cherchait une excuse, elle l'entraîna vers la table de jeu. Après quoi, ils jouèrent de temps à autre aux cartes et se retrouvèrent, comme par hasard, aux écuries pour faire une promenade à cheval. Jenny était enceinte; l'équitation lui était interdite.

Mais Philip continuait de traiter Ambre en belle-mère, paraissant même éprouver une sorte de crainte respectueuse, sentiment qu'elle n'avait pas l'habitude de rencontrer chez un homme, quel que fût son âge. « Décidément, se dit-elle, il a oublié tout ce qu'il a pu apprendre durant son voyage en Europe! »

Elle ne voyait guère plus Radclyffe à Lime Park qu'à Londres. Il s'occupait de tous les détails de la maison qui échappaient à la surveillance du maître d'hôtel (car il se refusait à prendre une femme pour tenir le ménage), faisait exécuter des améliorations dans les jardins, dirigeait les ouvriers, passait de longues heures dans son laboratoire ou sa bibliothèque. Jamais il ne montait à cheval, ne jouait ni ne faisait de musique; quand il sortait, c'était toujours dans un but précis et, la course accomplie, il rentrait aussitôt chez lui. Il écrivait interminablement. Ambre lui ayant demandé pourquoi, il le lui expliqua. Il rédigeait l'histoire complète de tous les objets qu'il avait acquis, afin que sa famille pût toujours savoir exactement ce qu'elle possédait. Il rimait aussi des poésies, mais ne lui offrit jamais de les lire et elle ne le lui demanda pas.

Quand elle cherchait à discuter avec lui la question du retour à Londres, il se contentait de lui répondre qu'elle s'y était conduite comme une sotte et n'était pas capable de vivre dans un endroit où elle pourrait être induite en tentation. Il lui répétait que, si elle voulait y retourner seule, il lui en laissait l'entière liberté, mais au prix de toute sa fortune, à l'exception des dix mille livres. Elle entrait alors en fureur et lui déclarait que jamais il n'aurait cet argent, dût-elle rester sa vie durant à la campagne.

Convaincue finalement qu'elle risquait de résider un certain temps à Lime Park, elle fit demander Nan, Suzanne et Grand John. Nan, qui avait déjà eu une fausse couche et un accident, était de nouveau enceinte, de Grand John, cette fois. Bien qu'elle fût dans son cinquième mois et qu'Ambre lui recommandât de ne pas venir si cela risquait de lui faire du mal, Nan arriva dans la quinzaine.

Comme toujours, elles eurent beaucoup à se dire, car les deux femmes s'intéressaient aux mêmes choses, et elles bavardèrent à force, échangeant des confidences sans la moindre hésitation ni la moindre pudeur. L'innocence et l'inexpérience de Jenny avaient fini par lasser Ambre, qui était heureuse d'avoir retrouvé quelqu'un à qui parler en toute franchise, quelqu'un qui savait exactement ce qu'elle était et ne s'en inquiétait pas. Quand elle fit part à Nan de son intention de séduire le fils de son mari, celle-ci déclara qu'on n'imaginait pas où le désespoir pouvait pousser une femme reléguée à la campagne. Car il était évident que Philip ne supportait pas la comparaison avec Charles II ou Lord Carlton.

Ce ne fut guère qu'au milieu de mai que le jeune Philip commença de la rechercher sérieusement.

Un matin, elle attendait que sa jolie petite jument alezane soit sellée quand elle entendit une voix derrière elle :

— Oh ! Bonjour Madame ! Vous montez à cheval de si bon matin ?

Il feignait la surprise, mais elle comprit immédiatement qu'il était venu dans l'intention de la rencontrer.

— Bonjour Philip ! Oui, j'ai envie de prendre un

bain de rosée. Il paraît que c'est souverain pour le teint!

Philip rougit, esquissant un sourire, tournant nerveusement son chapeau entre ses doigts :

— Certes, mais vous n'en avez nul besoin, Madame!

— Quel courtisan vous faites, Philip!

Sous son grand chapeau à large bord qui lui ombrageait les yeux, elle le regarda en souriant légèrement. « Il s'en défend, songea-t-elle, mais il est tout de même épris! »

On amena la jument, somptueusement sellée de velours vert. Ambre la caressa et lui donna un sucre. Philip s'avança pour l'aider à monter; elle sauta en selle avec une aisance gracieuse.

— Nous pourrions faire un tour ensemble, suggéra-t-elle. A moins que vous ne soyez occupé?

Il feignit d'être surpris de l'invitation :

— Oh! non, pas du tout. J'allais justement me promener tout seul. Merci beaucoup, Madame, c'est fort aimable à vous. Merci infiniment.

Ils traversèrent la prairie où poussait un trèfle épais et furent bientôt hors de vue. L'herbe était humide et un troupeau paissait dans le lointain. Tout d'abord ils ne trouvèrent rien à se dire, puis enfin Philip s'écria gaiement :

— Quelle splendide matinée! Comment peut-on vivre en ville quand il y a la campagne!

— Pourquoi vivre à la campagne quand il y a la ville!

Il la regarda avec étonnement et eut un large sourire qui découvrit ses dents blanches :

— Vous ne pensez pas ce que vous dites, Madame, ou vous ne seriez pas à Lime Park!

— Ce n'est pas moi qui ai voulu venir à Lime Park. C'est le comte.

Elle parlait d'un ton indifférent. Cependant son

visage dut exprimer un peu de son dédain et de son mépris pour Radclyffe, car Philip répliqua vivement :

— Mon père aime Lime Park, il l'a toujours aimé. Jamais nous n'avons vécu à Londres. Sa Majesté Charles Ier est venue ici une fois et a dit qu'à son avis il n'était pas de plus belle propriété en Angleterre.

— Oh ! c'est une très belle demeure, sans aucun doute, concéda Ambre, consciente d'avoir offusqué sa loyauté familiale — ce qui ne lui importait guère.

Ils continuèrent à chevaucher en silence.

— Arrêtons-nous ici, dit-elle tout à coup.

Sans attendre sa réponse, elle tira sur la bride de son cheval. Mais Philip continua sa route pendant quelques centaines de mètres, tourna et revint lentement vers elle.

— Il vaudrait peut-être mieux ne pas descendre, il n'y a personne avec nous.

— Qu'est-ce que cela signifie ? fit Ambre, amusée et quelque peu impatientée.

— C'est que, voyez-vous Madame, Sa Seigneurie préfère que l'on ne mette pas pied à terre au cours d'une promenade à cheval. Si quelqu'un nous voyait, il pourrait se méprendre. Les gens de la campagne sont bavards.

— Ils le sont partout. Oh ! faites ce qu'il vous plaira ! Moi je descends !

Elle sauta à terre, ôta son chapeau sur lequel elle avait épinglé deux ou trois belles roses rouges, et secoua ses cheveux. Philip la regarda et mit également pied à terre. Sur ses conseils, ils se dirigèrent vers un joli petit ruisseau qui coulait non loin de là. Les eaux, bruyantes et hautes, baignaient les joncs vert foncé qui poussaient sur la berge, et les saules pleureurs laissaient tremper leurs branches dans l'onde. Les rayons du soleil, filtrant à travers le feuillage, comme la lumière dans une cathédrale, jouaient sur le visage d'Ambre. Elle sentit que Philip l'observait subrepticement du coin de l'œil. Tournant brusquement la tête, elle rencontra son regard.

Lentement elle sourit, ferma à demi les yeux, le considérant avec impertinence :

— Comment était la dernière comtesse? demanda-t-elle.

Elle savait que la mère de Philip, la première Lady Radclyffe, était morte en lui donnant le jour.

— Était-elle jolie?

— Pas mal, je crois. Son portrait, en tout cas, est joli, mais elle est morte quand j'avais neuf ans, je ne m'en souviens pas très bien.

Il paraissait mal à l'aise en ce tête-à-tête. Son visage s'était assombri et ses yeux ne parvenaient pas à dissimuler ses véritables sentiments.

— A-t-elle eu des enfants?

— Deux, morts en bas âge de la petite vérole. Je l'ai eue aussi...

Il avala sa salive et prit une profonde inspiration.

— Mais j'ai survécu.

— J'en suis heureuse, Philip, dit-elle doucement.

Elle continuait de lui sourire, un peu moqueuse, mais avec des yeux pleins de séduction. Jamais depuis un mois elle ne s'était autant amusée.

Philip, toutefois, était visiblement malheureux, tiraillé : le désir d'une part, la loyauté familiale de l'autre. Changeant de sujet, il reprit, parlant très vite :

— Comment est la Cour, maintenant? Plus magnifique que jamais, dit-on, les étrangers même seraient surpris du train de vie de Sa Majesté ?

— Oui, c'est vrai. C'est merveilleux. Je ne crois pas qu'il existe ailleurs au monde d'hommes plus élégants, ni de femmes plus belles. Quand y avez-vous été pour la dernière fois ?

— Il y a deux ans. J'ai passé plusieurs mois à Londres en rentrant de mes voyages...

Il parlait, mais sans penser à ce qu'il disait : son regard était ardent et pénétrant, et elle suivait les mouvements convulsifs de sa pomme d'Adam dans son cou musclé...

— Je crois que nous ferions mieux de rentrer, à présent, dit-il tout à coup. Il... il se fait tard.

Ambre haussa les épaules, rassembla ses jupes et se mit en marche dans l'herbe épaisse.

Le lendemain, elle ne le vit pas du tout, car, pour le taquiner, elle prétexta une atteinte de vapeurs et se fit servir dans son appartement. Il lui fit porter un bouquet de roses avec un petit mot très conventionnel, lui souhaitant prompt rétablissement. Quand elle sortit, le matin suivant, elle s'attendait à le trouver aux écuries, impatient comme un écolier posté au coin de la rue pour voir passer sa belle, mais elle ne vit personne et en conçut un léger dépit, car elle l'avait cru sérieusement épris. Elle n'en partit pas moins dans la direction qu'ils avaient prise deux jours auparavant. Elle oublia vite Philip Mortimer et son père — qu'il était beaucoup plus difficile de chasser de son esprit — et s'absorba dans le souvenir de Bruce Carlton.

Il y avait près de six mois qu'il était parti et, une fois de plus, son souvenir s'estompait. C'était comme un charmant rêve, dont on se souvient nettement le matin, mais qui disparaît vers midi. Cependant, elle se remémorait bien des choses :

l'étrange gris-vert de ses yeux, le pli de sa bouche, qui disait mieux que des mots ce qu'il pensait d'elle et de ce qu'elle avait fait, ce calme qui renfermait toujours la menace d'une violence contenue. Elle se souvenait de la dernière fois qu'il l'avait aimée et, à ces images, était prise de vertige. Elle éprouvait une nostalgie poignante de ses baisers, des caresses expertes de ses mains. Néanmoins, il lui semblait un personnage à demi réel, et le souvenir la consolait mal du présent. Suzanne elle-même ne parvenait pas — ainsi qu'Ambre l'avait espéré — à lui rendre Bruce plus proche et moins imaginaire.

Ambre était si absorbée dans ses pensées qu'au moment où son cheval pointa, elle s'agrippa aux rênes, décontenancée. Se reprenant et cherchant ce qui avait pu causer la nervosité de sa monture, elle aperçut Philip — le visage rouge et les yeux enflammés —, monté sur son cheval, auprès des trois peupliers qui, isolés au milieu de la prairie, avaient l'air de véritables sentinelles. Il s'excusa de l'avoir effarouchée :

— Oh ! Madame ! Excusez-moi ! Je ne voulais pas vous effrayer. Je m'étais simplement arrêté un instant pour jouir du charme de cette matinée quand je vous ai vue venir, et je vous ai attendue.

Il donnait cette explication avec tant de sérieux qu'elle comprit immédiatement le mensonge : il n'avait pas voulu que son père les vît partir ensemble à cheval. Rassurée, elle rit de bon cœur :

— Oh ! Philip ! C'est vous ! Je pensais justement à vous !

Les yeux du jeune homme brillèrent, mais elle arrêta la remarque banale qu'il allait faire :

— Allons ! Venez... Faisons la course jusqu'au ruisseau.

Il arriva juste avant elle. Quand elle sauta à terre, il la suivit immédiatement, sans protester.

— Que l'Angleterre est belle au mois de mai! s'écria-t-elle. Comprenez-vous que l'on préfère l'Amérique?

— Quoi? Non! fit-il, effaré. Je ne le comprends pas.

— J'ai envie de m'asseoir. Voulez-vous étendre votre manteau, Philip, pour que je n'abîme pas ma robe?

Elle examina autour d'elle pour trouver la meilleure place.

— Là! contre l'arbre, s'il vous plaît.

Très courtoisement il ôta son grand manteau de cheval et l'étendit sur l'herbe humide. Elle s'assit, le dos appuyé contre le petit bouleau, les jambes étendues, et lança son chapeau au loin.

— Eh bien! Philip? Allez-vous rester planté là longtemps? Asseyez-vous donc.

Et elle lui indiqua une place à ses côtés.

Il hésita :

— Quoi?... euh!...

Puis, prenant tout à coup sa décision, il dit vivement : « Merci Madame », et s'installa en face d'elle, se tenant les genoux des deux mains.

Au lieu de la regarder, il observait attentivement une abeille qui voletait de fleur en fleur. Ambre se mit à cueillir les pâquerettes blanches qui pullulaient dans l'herbe, les amassant sur ses genoux.

— Vous savez! dit enfin Philip qui la regardait maintenant, vous n'avez vraiment pas l'air d'être ma belle-mère. Je ne peux pas me l'imaginer, quelque effort que je fasse. Je me demande pourquoi...

Il paraissait sincèrement intrigué et troublé, d'une manière presque comique, se disait Ambre.

— Peut-être, suggéra-t-elle, ne vous en donnez-vous pas la peine.

Elle avait commencé de tresser une couronne pour ses cheveux, coupant les petites tiges d'un coup d'ongle et les fixant adroitement.

Philip méditait. Puis :

— Comment se fait-il que vous ayez épousé mon père ? demanda-t-il à brûle-pourpoint.

Ambre, les yeux baissés, comme absorbée dans son travail, répondit par un léger haussement d'épaules :

— Il voulait mon argent ! Je voulais son titre !

Levant les yeux, elle vit le froncement inquiet de ses sourcils :

— Qu'est-ce qui vous trouble, Philip ? Tous les mariages ne constituent-ils pas des marchés ? J'ai ceci, vous avez cela : alors, marions-nous ! C'est bien ainsi que vous avez épousé Jenny, n'est-ce pas ?

— Oh ! oui ! Naturellement. Mais mon père est très bon, vous le savez...

Il paraissait plutôt chercher à se convaincre lui-même, et la fixait.

— Oh ! certainement ! fit-elle, sarcastique.

— Il vous aime beaucoup aussi !

Là-dessus elle partit d'un éclat de rire fort impoli :

— Qui diable peut vous le faire croire ?

— Il me l'a dit !

— Vous a-t-il recommandé aussi de vous tenir loin de moi ?

— Non. Mais je le devrais, je le sais. Je n'aurais jamais dû venir aujourd'hui, dit-il en se détournant.

Et soudain il fit mine de se lever. Ambre lui saisit le poignet et l'attira doucement à elle.

— Pourquoi vous tenir loin de moi, Philip? murmura-t-elle.

Il la regardait fixement, à demi agenouillé, la respiration courte.

— Parce que je... Parce que je le devrais! Il vaudrait mieux que je rentre, maintenant, avant que...

— Avant quoi?

Les rayons du soleil, filtrant à travers le feuillage, faisaient des taches d'ombre et de lumière sur son visage et sur sa gorge. Ses lèvres entrouvertes étaient humides et ses dents blanches étincelaient. Les yeux mouchetés d'Ambre le regardaient intensément :

— Philip, de quoi avez-vous peur? Vous voulez m'embrasser... pourquoi ne le faites-vous pas?

XLIII

La conscience de Philip Mortimer lui faisait des reproches. Il voulut tout d'abord éviter sa belle-mère. Le lendemain du jour où elle l'avait séduit, il partit rendre visite à un voisin et y resta près de huit jours. A son retour, il fut si occupé qu'on le vit à peine aux heures des repas et, quand il ne pouvait éviter Ambre, il se montrait d'une raideur et d'un formalisme exagérés. Ambre était furieuse, se disant que cette conduite ridicule les trahirait tous deux. Et puis, il constituait la seule source d'amusement qu'elle eût trouvée à Lime Park et elle n'avait pas l'intention de la perdre.

Des fenêtres de sa chambre, elle le vit un jour traverser la terrasse, venant du jardin. Radclyffe était enfermé dans son laboratoire depuis un bon moment. Ambre rassembla donc ses jupes, descendit l'escalier quatre à quatre pour se rendre sur la terrasse ; mais, comme elle courait à lui, il lança un coup d'œil éperdu aux alentours et se précipita dans le dédale de haies taillées, tracé soixante-dix ans auparavant, alors que ces labyrinthes étaient à la mode. Il avait poussé maintenant et il était relativement facile de s'y perdre. Ambre l'y suivit, mais ne l'aperçut plus.

— Philip ! s'écria-t-elle, furieuse. Philip ! Où êtes-vous ?

Il ne répondit pas. Mais, en pénétrant dans un sentier en cul-de-sac, elle se trouva face à face avec lui. Voyant qu'il ne pouvait s'échapper, il la considéra d'un air confus et nerveux. Ambre éclata de rire, tout en nouant sur ses cheveux l'écharpe de dentelle noire qu'elle avait prise.

— Oh ! Philip ! Stupide garçon ! Pourquoi me fuir ainsi ? Mon Dieu ! suis-je un monstre ?

— Oh ! non ! protesta-t-il, je ne vous fuyais pas. Je ne savais pas que vous étiez là !

Elle le regarda bien en face.

— A d'autres ! dit-elle. Vous me fuyez depuis quinze jours. Depuis que...

Mais il la considéra d'un air si horrifié qu'elle s'arrêta, déconcertée.

— Eh bien ! dit-elle doucement. Qu'avez-vous ? N'y avez-vous pas pris de plaisir ? Il me semblait, sur le moment même...

Philip était sur des charbons ardents.

— Oh ! je vous en prie, Madame ! N'en parlez pas. Je ne veux pas le supporter ! J'en perds la tête. Si vous en parlez, je... je ne sais pas ce que je ferai !

Ambre mit les poings sur ses hanches et frappa impatiemment du pied :

— Mon Dieu ! Philip ! Qu'avez-vous donc ? Il semble que vous ayez commis un crime !

— Vous le savez bien.

— Pas du tout, je proteste. L'adultère n'est pas un crime, c'est un amusement.

C'était bien là, se disait-elle, le meilleur exemple de l'erreur qui consistait à faire vivre un jeune homme à la campagne, retranché du monde.

— L'adultère est un crime. Un crime contre deux innocents, votre mari et ma femme. Mais mon crime est encore plus grand, car j'ai été l'amant de la femme de mon père, j'ai commis un inceste !

Il prononça ces derniers mots dans un murmure, l'air absolument effondré.

— Quelle stupidité, Philip ! Nous ne sommes pas parents ! C'était une loi faite par de vieux messieurs, pour la protection d'autres vieux messieurs assez sots pour épouser de jeunes femmes. Vous vous rendez malheureux pour rien.

— Oh ! non ! Je le jure ! J'ai été l'amant d'autres femmes, de bien d'autres. Mais jamais je n'ai rien fait de tel ! C'est mal et criminel. Ne comprenez-vous pas ? J'aime beaucoup mon père ; c'est un homme remarquable, je l'admire. Et qu'ai-je fait ?

Il avait l'air si profondément malheureux qu'Ambre en conçut un vague sentiment de pitié, mais, comme elle s'avançait pour lui prendre la main, il recula avec horreur. Elle haussa les épaules :

— Eh bien ! Philip, cela n'arrivera plus. Oubliez-le, oubliez ce qui s'est passé.

— Oui ! Il le faut !

Mais elle savait bien qu'il n'oublierait rien et que cela lui serait de plus en plus difficile de n'y pas penser à mesure que passeraient les jours. Elle ne fit d'ailleurs rien pour l'y aider. Quand ils se rencontraient, elle le regardait de son air le plus séduisant. Au bout d'une quinzaine, il la rencontra de nouveau au cours d'une de ses promenades à cheval et fut ensuite entièrement désarmé. Le sentiment de sa faute et de son indignité persistait, mais sa soif de plaisir était la plus forte.

Ils trouvèrent mille endroits où se rencontrer.

Comme toutes les grandes demeures catholiques, Lime Park était rempli de recoins qui servaient autrefois à cacher les prêtres. Il y avait dans les embrasures de fenêtres des banquettes que l'on pouvait soulever pour descendre dans de petites pièces sous le plancher. Certains panneaux aux murs masquaient des escaliers dérobés aboutissant à d'obscures salles. Philip connaissait toutes les cachettes. Ces rendez-vous procuraient à Ambre une excitante sensation de danger, dont elle tirait plus de plaisir que des manifestations de tendresse bébêtes de son soupirant.

Cela ne la divertissait pas, toutefois, au point de lui faire oublier Londres. Sans cesse, elle demandait à Radclyffe quand ils y reviendraient, mais il lui répondait invariablement qu'il n'avait aucun projet de retour. Peut-être même resterait-il à la campagne jusqu'à sa mort.

— Mais je m'ennuie affreusement ici, vous le savez ! s'écria-t-elle un jour.

— Je n'en doute pas, Madame, répondit-il. Je me suis toujours demandé comment les femmes peuvent éviter l'ennui, où qu'elles soient. Elles ont si peu de ressources !

— Nous en avons bien assez ! rétorqua Ambre avec un coup d'œil plein de mépris et de venin.

Elle avait engagé la conversation avec de bonnes résolutions, mais ne pouvait supporter cet air arrogant, persifleur et sarcastique.

— Mais c'est horriblement morne, ici. Je ne souhaiterais pas au diable lui-même la disgrâce d'être enfermé dans ce trou.

— Vous auriez dû y songer avant de chercher à vous prostituer avec Sa Majesté.

Ambre eut un petit rire vindicatif :

— Chercher à me prostituer ! Mon Dieu, que vous êtes bouffon ! Il y a longtemps que j'ai couché avec le roi, quand j'étais encore au théâtre ! Eh bien ! Milord, qu'en dites-vous ?

Radclyffe sourit, une expression d'amusement cynique passa sur ses lèvres minces. Il se tenait contre l'une des hautes fenêtres qui surplombaient la terrasse, appuyé aux rideaux brodés d'or, et sa silhouette décadente faisait penser à quelque fragile porcelaine.

— Votre manque de subtilité, Madame, dit-il calmement, vous fait croire en un pareil défaut chez tout le monde.

— Alors vous le saviez déjà ?

— Votre réputation n'est pas sans tache. Elle est même assez souillée.

— Et je pense que vous la croyez en meilleure posture maintenant ?

— Pas pire, dans tous les cas. Je ne m'intéresse pas du tout à vous, ni à votre réputation, Madame. Mais je m'intéresse beaucoup à la réputation de ma femme. Je ne peux pas effacer les fautes que vous avez commises avant que je vous aie épousée ; mais je peux au moins vous empêcher d'en commettre d'autres.

Un instant, sa fureur faillit la conduire à une erreur désastreuse. Elle eut sur le bout de la langue de lui dire ce qui s'était passé avec Philip. Mais elle parvint à se contrôler en temps utile et dit avec un ricanement déplaisant :

— Oh ! le pouvez-vous ?

Les yeux de Radclyffe se rétrécirent, et, instillant les mots comme des gouttes de poison, il dit :

— Un jour, Madame, vous irez trop loin. Ma patience est grande, mais elle a des limites.

— Et alors, que ferez-vous, Monsieur ?

— Regagnez vos appartements ! s'écria-t-il soudain. Regagnez vos appartements, Madame, ou je vous y ferai porter de force !

Ambre faillit éclater de rage et le menaça du poing. Mais il resta si imperturbable et la toisa si froidement qu'après avoir hésité quelques secondes elle murmura une imprécation, se retourna et sortit en courant de la bibliothèque.

Sa haine pour Radclyffe était si intense qu'elle en devenait une obsession, et elle commença de se demander comment elle pourrait se débarrasser de lui. Oh ! comme elle désirait qu'il mourût !

Une seule fois, par hasard, Ambre fut sur le point de faire une découverte importante sur le compte de l'homme qu'elle avait épousé. Jamais elle ne s'était efforcée de le comprendre ou de découvrir ce qui avait pu faire de lui l'homme qu'il était, car non seulement ils ne s'aimaient pas, mais ils se trouvaient mutuellement dépourvus d'intérêt.

Un soir d'août, elle était en train de se demander quelle toilette porter le lendemain, car ils attendaient de nombreux hôtes, pour la plupart parents de Jenny, qui venaient afin d'être présentés à la nouvelle comtesse. Ambre était enchantée de l'occasion qui allait s'offrir à elle de parader. Aussi inventoriait-elle, aidée de Nan, les grandes armoires où ses toilettes étaient rangées, s'amusant à évoquer ce qui s'était passé le soir où elle avait porté l'une ou l'autre de ces robes.

— Oh ! voici celle que j'avais le soir où Lord Carlton est venu pour la première fois à Dangerfield House !

Elle prit dans le placard la robe de dentelle

champagne pailletée d'or et la tint contre elle, en lissant les plis, pensive. Puis elle la remit en place.

— Et, vois-tu, Nan ! Voilà celle dans laquelle j'ai été présentée à la Cour.

Elles sortirent enfin la robe de satin blanc brodée de perles qu'elle avait portée le soir de son mariage avec Radclyffe. Toutes deux l'examinèrent d'un œil critique, tâtant l'étoffe, se demandant comment elle avait été faite et s'étonnant à quel point elle avait été à sa taille, un peu trop large de ceinture seulement et légèrement trop étroite du buste.

— Je me demande à qui elle a appartenu, dit Ambre, rêveuse, bien qu'elle l'eût tout à fait oubliée depuis huit mois.

— A la première comtesse peut-être ! Pourquoi ne le demandez-vous pas à Sa Seigneurie ?

— Je le ferai !

A dix heures, Radclyffe monta de la bibliothèque. C'était l'heure à laquelle ils allaient généralement se coucher et il était fidèle à la moindre de ses habitudes. Philip et Ambre n'en avaient que trop profité. Ambre, dans un fauteuil, lisait la nouvelle pièce de Dryden, *Amour secret*, et quand il traversa la pièce pour aller à son cabinet de toilette ils ne firent pas attention l'un à l'autre. Jamais il ne s'était laissé voir en négligé par elle et quand il revint, il portait une élégante robe de chambre en belle soie des Indes. Ambre déposa son livre et s'étira en bâillant.

— Cette vieille robe de satin blanc, dit-elle d'un air détaché, celle que vous avez voulu me voir porter le jour de notre mariage, d'où la tenez-vous ? Qui l'a portée avant moi ?

Il s'arrêta et la regarda avec un sourire :

— C'est curieux que vous ne me l'ayez pas encore demandé. Mais, comme je n'ai pas grand-chose à vous cacher, je peux bien vous le dire. Ce devait être la robe de mariée d'une jeune fille que je voulais épouser autrefois, et que je n'ai jamais revue.

Ambre leva les sourcils, visiblement intéressée :

— Oh ! Alors vous avez été « plaqué » ?

— Non, je n'ai pas été « plaqué ». Elle a disparu une nuit, lors du siège du château de sa famille, en 1643. Ses parents n'ont plus entendu parler d'elle et nous en avons conclu qu'elle avait été prise et tuée par les parlementaires...

Ambre vit dans les yeux de Radclyffe une expression toute nouvelle pour elle. C'était profondément triste, et pourtant l'évocation de ce passé semblait lui être douce...

— C'était une très jolie enfant, bonne et généreuse, une lady. Cela paraît à peine croyable, et cependant, la première fois que je vous ai vue, vous me l'avez rappelée. Pourquoi, je l'ignore. Vous ne lui ressemblez pas — ou très peu — et vous n'avez certainement aucune des qualités que j'admirais en elle...

Il eut un léger haussement d'épaules et regarda non pas Ambre mais quelque part dans le passé, ce passé où il avait laissé son cœur. Puis, ses yeux se portant sur sa femme, le présent reprit ses droits et, froidement, il continua de souffler les bougies ; la dernière s'éteignit et la pièce se trouva plongée dans l'obscurité.

— Peut-être n'est-il après tout pas si étrange que vous m'ayez fait penser à elle, poursuivit-il. Je l'ai cherchée vingt-trois ans dans le visage de toutes les femmes que j'ai rencontrées, partout où je suis allé. J'ai espéré qu'elle n'était pas morte, que je la retrouverais un jour, quelque part.

Il y eut un long silence. Ambre ne bougeait pas, surprise de ce qu'elle venait d'entendre. Puis elle se rendit compte à sa voix qu'il se rapprochait et elle entendit ses pantoufles glisser sur le plancher dans sa direction...

— Mais j'ai cessé de chercher, maintenant, je sais qu'elle est morte.

Ambre rejeta sa robe de chambre et se mit rapidement au lit, prise, comme tous les soirs, d'un certain sentiment de crainte.

— Alors, vous avez aimé une fois, dit-elle, irritée d'apprendre que, alors qu'il la méprisait, il avait été autrefois capable d'aimer une femme avec tendresse et générosité.

Elle sentit qu'il s'asseyait auprès d'elle :

— Oui, j'ai aimé une fois. Mais une fois seulement. Je me souviens d'elle avec tout l'idéalisme d'un jeune homme, et c'est ainsi que je l'aime encore. Mais je suis vieux, maintenant, et j'en sais trop sur le compte des femmes pour éprouver autre chose pour elles que du mépris !

Il déposa sa robe de chambre au pied du lit et s'étendit à côté de sa femme.

Pendant quelques minutes, Ambre attendit avec appréhension, les muscles tendus, les dents serrées, incapable de fermer les yeux. Elle n'avait jamais osé se refuser vraiment à lui, mais chaque nuit elle était torturée par cette attente de... elle ne savait jamais quoi ! Ce soir, couché sur le dos, loin d'elle, il ne fit aucun geste pour la toucher. Enfin, elle l'entendit qui respirait régulièrement ; soulagée, elle se détendit et le sommeil la gagna. Cependant, le moindre de ses mouvements la faisait tressaillir. Même quand il la laissait tranquille, elle ne pouvait pas dormir en paix.

Les parents de Jenny arrivèrent et, pendant plusieurs jours, s'intéressèrent vivement aux toilettes, aux bijoux et aux manières d'Ambre. Aucun d'eux ne les approuvait, mais ils la trouvaient excitante et, tandis que les femmes parlaient d'elle les lèvres pincées, les hommes se poussaient du coude avec des clignements d'yeux entendus. Ambre savait parfaitement ce qu'ils pensaient, mais ne s'en inquiétait guère. S'ils trouvaient ses manières choquantes, eux lui paraissaient mornes et vieux jeu. Cependant, quand ils furent partis et que le silence et la monotonie s'appesantirent de nouveau sur la vieille demeure, elle devint plus impatiente que jamais.

Elle avait amené Philip à un tel degré d'irritation et d'infatuation, qu'il devenait difficile de le rendre discret.

— Que faire? lui redemandait-il sans cesse.

— Rien, Philip, c'est votre père!

— Cela m'est égal, je le hais! La nuit dernière, je l'ai rencontré dans la galerie au moment où il entrait chez vous! Dieu! j'ai eu envie de lui sauter à la gorge et... Oh! qu'est-ce que je dis!

Il poussa un profond soupir, sa figure enfantine prit une expression hagarde et lamentable. Ambre lui avait procuré des plaisirs passagers, mais infiniment troubles, et il n'avait jamais vécu en paix, depuis qu'elle était arrivée à Lime Park.

Quelques jours plus tard, Ambre, rentrant seule de sa promenade à cheval matinale — Philip avait pris un autre chemin pour qu'on ne les vît pas ensemble —, trouva Radclyffe assis devant le bureau de leur chambre à coucher.

— Madame, lui dit-il par-dessus son épaule, il me faut aller passer quelques jours à Londres. Je pars cet après-midi, tout de suite après le déjeuner.

Un sourire furtif illumina le visage d'Ambre et, bien qu'elle ne pensât pas qu'il eût l'intention de l'emmener, elle se berça de l'illusion qu'elle parviendrait à ses fins en bluffant.

— Magnifique ! Votre Grâce ! Je vais dire à Nan de faire les bagages.

Elle se précipitait hors de la pièce, mais il l'arrêta net en disant :

— Ne prenez pas cette peine. Je pars seul.

— Seul ? Mais pourquoi ? Si vous y allez, je veux y aller aussi !

— Je ne serai absent que quelques jours. C'est pour une affaire importante et je n'ai aucun désir d'être dérangé par votre présence.

Elle poussa un cri d'indignation étouffé, puis vint se placer de l'autre côté de la table :

— Vous êtes l'homme le plus invivable de la terre ! Je ne veux pas rester seule ici, m'entendez-vous ? Je ne veux pas !

Elle donnait des coups de cravache sur la table. Il se leva lentement, s'inclina — bien qu'elle vît les muscles de son visage se contracter de rage — et sortit de la pièce. Ambre, brandissant sa cravache, criait toujours :

— Je ne veux pas rester ici ! Je ne veux pas ! Je ne veux pas !

Quand la porte se fut refermée, elle jeta son fouet par la fenêtre et se précipita dans la pièce voisine, où elle trouva Nan qui bavardait avec la nourrice sèche de Suzanne :

— Nan ! Emballe mes affaires ! Je vais à Londres dans ma voiture ! Ce bâtard...

Suzanne courut à sa mère en frappant du pied et en répétant, faisant danser ses boucles :

— Ce bâtard...

Quand le déjeuner fut annoncé, Ambre refusa de descendre. Elle était occupée à faire ses préparatifs de départ et la colère lui avait coupé l'appétit. Quand Radclyffe lui fit redemander de bien vouloir se joindre à eux, elle refusa tout net, et ferma la porte de sa chambre.

— Il m'a dit trop souvent ce que je pouvais et ce que je ne pouvais pas faire, dit-elle à Nan. Je veux être damnée si cet horrible vieux gredin continue à me mener par le bout du nez, comme un ours !

Mais, quand elle eut changé de costume et fut prête à partir, elle s'aperçut que les portes donnant sur la galerie avaient été fermées de l'extérieur et que sa clef avait disparu. Il n'y avait pas d'autre issue, car les pièces se commandaient, et elle eut beau donner des coups de poing et des coups de pied, personne ne lui répondit. De rage, elle rentra dans sa chambre à coucher et jeta par terre tout ce qui lui tombait sous la main. Nan s'enfuit en levant les bras au ciel. Quand Ambre eut épuisé sa colère, la chambre avait l'aspect d'un champ de bataille.

Quelqu'un vint ouvrir la porte de l'antichambre, y déposa un plateau chargé d'aliments, frappa pour attirer l'attention et disparut aussitôt. Le comte avait évidemment dit aux domestiques que sa femme avait une crise de nerfs. Une femme de chambre prit le plateau, et le posa sur une table à côté de sa maîtresse. Ambre se retourna, prit l'assiette de poulet froid et la jeta à travers la pièce. Puis elle renversa le plateau et les assiettes.

Trois heures plus tard, Nan s'aventura de nouveau dans la pièce. Ambre était assise sur le lit, les bras croisés. Elle était décidée à partir pour Londres à tout prix, dût-elle sauter par la fenêtre, mais Nan essaya de la convaincre que, si elle désobéissait à Sa Seigneurie, celle-ci pourrait intenter une action contre elle, obtenir la séparation et la libre disposition de toute sa fortune.

— Souvenez-vous, fit Nan prudemment, que Sa Majesté vous aime, c'est possible, mais qu'Elle aime toutes les jolies femmes. Et vous connaissez le caractère du roi ; il n'aime pas à se mêler d'affaires qui risquent de lui causer des ennuis. Vous feriez mieux de rester ici, Madame, je crois.

Ambre avait quitté ses souliers et défait ses cheveux ; elle demeurait songeuse, les coudes sur les genoux. Elle commençait à avoir très faim, car elle n'avait pris qu'un verre de sirop depuis sept heures du matin et il était quatre heures et demie du soir. Ses yeux tombèrent sur la volaille froide, qu'une main secourable avait ramassée, époussetée et remise sur le plateau.

— Que dois-je faire ? Moisir ici le reste de ma vie ? Je te jure bien que non !

Tout à coup, elles entendirent courir et une femme pousser des cris épouvantés. Elles se regardèrent l'une l'autre, l'oreille tendue, très étonnées. C'était Jenny qui frappait à la porte d'entrée. Ambre sauta à bas de son lit et courut dans l'antichambre :

— Madame ! criait Jenny, avec des sanglots dans la voix, Madame ! Madame !

— Je suis là, Jenny ! Qu'est-il arrivé ? Que se passe-t-il ?

— C'est Philip ! Il est malade ! Très malade ! J'ai peur qu'il ne meure ! Oh ! Madame, venez vite !

Ambre frissonna : Philip malade, mourant ? Le matin, avant leur promenade à cheval, ils s'étaient rencontrés dans le pavillon d'été et il se sentait tout à fait bien.

— Que lui est-il arrivé ? Je ne peux pas sortir, Jenny ! Je suis enfermée. Où est le comte ?

— Parti ! Il y a trois heures ! Oh ! Ambre, il vous faut sortir ! Philip vous réclame !

Jenny sanglotait. Ambre, impuissante, regardait autour d'elle :

— Je ne peux pas sortir ! Ô mon Dieu ! Allez chercher un domestique. Qu'on enfonce la porte.

Nan se tenait à côté d'elle et, tandis que Jenny

partait en courant, les deux femmes s'emparèrent des pincettes et en donnèrent de grands coups dans la serrure. La minute d'après Jenny était de retour.

— Ils disent que le comte a donné l'ordre de ne pas vous laisser sortir, quoi qu'il arrive.

— Où est le valet de pied?

— Là, mais il dit qu'il n'ose pas ouvrir la porte! Oh! Ambre, donnez-lui l'ordre de le faire! Philip...

— Ouvrez-moi, valet! hurla Ambre. Ouvrez, ou je mets le feu à la maison!

Elle donna de furieux coups de pincettes contre la serrure.

Il y eut un long moment d'hésitation, puis l'homme s'attaqua à la porte, tandis qu'Ambre attendait, le visage inondé de sueur. Nan lui avait apporté ses souliers et elle trépignait d'impatience. La serrure céda enfin; elle se précipita au-dehors. Passant un bras autour de la taille de Jenny, elle l'entraîna à l'autre bout de la galerie, où se trouvaient les appartements de Philip.

Philip était étendu sur son lit, tout habillé, avec une simple couverture jetée sur lui; sa tête était renversée en arrière sur les oreillers et il avait le visage contracté, presque méconnaissable. Il se tordait en portant les mains à son estomac, les dents serrées, les veines du cou gonflées au point d'éclater.

Ambre hésita un instant sur le seuil, puis elle se précipita :

— Philip! Philip! Qu'y a-t-il? Que vous est-il arrivé?

Il la regarda un instant sans la reconnaître. Puis il lui saisit le poignet et l'attira à lui :

— J'ai été empoisonné, fit-il dans un murmure.

Ambre, saisie d'horreur, se recula, mais il lui serra le poignet à le briser :

— Avez-vous mangé quelque chose aujourd'hui ?

Et tout à coup, elle comprit ce qui se passait ! Le comte avait tout découvert et essayé de les empoisonner. La nourriture qu'on lui avait apportée sur le plateau devait être empoisonnée. Prise d'une affreuse angoisse, elle se sentit mal à l'aise, frissonnante, prise de vertiges.

Peut-être le poison se trouvait-il dans le sirop de fruits de ce matin... Peut-être se trouvait-elle empoisonnée !

— J'ai bu du sirop, de très bonne heure ce matin, murmura-t-elle, les yeux fixes.

Philip fut pris de convulsions. Il se jetait violemment de côté et d'autre du lit, comme pour essayer d'échapper à la douleur. Les affres de l'agonie apparaissaient sur son visage et, pendant un moment, il fut incapable de parler. Puis les mots vinrent, péniblement :

— Non. C'est à déjeuner, je crois, les douleurs ont commencé il y a une demi-heure. Le pavillon d'été... L'œil du masque de pierre... contre le mur, est percé...

Il ne put en dire davantage, car Jenny était auprès d'eux, mais Ambre comprit ce qu'il voulait dire. Radclyffe avait dû les observer ce matin... bien des matins peut-être ! La haine, le dégoût, le désespoir l'envahirent. Un certain soulagement aussi — elle n'avait pas absorbé de poison, elle n'allait pas mourir !

Jenny aida Philip à se soulever et approcha un bol de lait chaud de ses lèvres. Après en avoir pris avidement quelques gorgées, il poussa un gémissement et se rejeta en arrière. Ambre se détourna en se cachant le visage dans les mains.

Brusquement, elle releva ses jupes, courut aussi vite qu'elle le put, sortit de la chambre, prit la galerie, descendit les escaliers et gagna la terrasse. Traversant les jardins, elle ne s'arrêta que hors d'haleine, souffrant d'un violent point de côté, et chercha à reprendre sa respiration. Puis elle tourna lentement la tête vers la fenêtre du coin sud-est de la maison. Prise d'une sorte de terreur animale, elle se jeta par terre et enfouit son visage dans l'herbe, les yeux fermés, se bouchant les oreilles. Mais elle voyait toujours le visage de Philip dans son agonie et elle entendait le son désespéré de sa voix.

XLIV

Philip fut enterré le soir même au crépuscule, qui succéda à un éclatant coucher de soleil. Le chapelain de la famille, qui l'avait baptisé, lui administra les derniers sacrements et présida au service dans la petite chapelle catholique où Jenny, Ambre et tous les domestiques de Radclyffe s'agenouillèrent en silence. Dans toutes les morts subites, il était question d'empoisonnement et, comme l'on croyait généralement que les corps empoisonnés se décomposaient rapidement, on n'avait pas osé observer les délais d'usage. Philip avait instamment demandé que le secret fût gardé et que les causes de sa mort ne fussent pas divulguées. Il voulait faire répandre le bruit qu'il s'était tué lui-même accidentellement, en nettoyant son fusil.

Ambre avait si faim que son estomac la faisait cruellement souffrir, mais elle se refusait à absorber n'importe quoi. Elle était terrifiée à l'idée que le comte avait peut-être donné l'ordre à un domestique de la tuer en cas d'échec de sa part. Car sans nul doute il avait eu l'intention de les faire disparaître tous deux. Elle donna quelques morceaux de la volaille froide à un chien, qui mourut sur-le-champ dans d'atroces douleurs.

Ni Ambre ni Jenny ne voulurent rester seules cette nuit-là et Jenny ressentit des douleurs spasmodiques qui lui firent craindre un accouchement prématuré. Elles passèrent toutes deux la nuit dans un appartement réservé aux invités, situé dans l'aile nord-est, qui donnait sur la cour; aucune d'elles ne pouvant se décider à regagner ses appartements. Ambre était bien décidée à ne plus jamais retourner dans les siens. Vers dix heures du soir, les douleurs de Jenny cessèrent et elle se coucha, mais Ambre resta debout, nerveuse et agitée, sursautant au moindre bruit. Elle avait l'impression d'être entourée d'ombres hideuses et se retenait pour ne pas hurler d'effroi. Elle alluma toutes les bougies qu'elle put trouver et refusa de se déshabiller.

Jenny finit par se lever et l'entoura de ses bras :

— Ambre, chérie, il faut essayer de dormir.

Ambre se dégagea :

— Je ne peux pas! Je ne peux pas!

Elle passa la main dans ses cheveux en frissonnant :

— S'il revenait! Il voulait me tuer. S'il me trouvait vivante... Oh! Qu'est-ce que c'est?

— Rien! Un animal dehors. Il ne reviendra pas. Il n'oserait pas. Il ne reviendra jamais. Vous êtes en sûreté ici.

— Je n'y resterai pas! Je partirai dès demain matin, sitôt qu'il fera jour.

— Partir? Mais où voulez-vous aller? Oh! je vous en supplie, Ambre, ne m'abandonnez pas.

— Votre mère va venir. Je ne peux pas rester

ici, Jenny! Je deviendrais folle! Il faut que je parte, n'essayez pas de m'en empêcher.

Elle ne pouvait, ni ne voulait dire à Jenny où elle allait, mais le savait fort bien. L'occasion désirée et cherchée ces dernières semaines se présentait. Elle avait voulu se servir de Philip, mais il était mort et elle se rendait compte qu'elle arriverait mieux à ses fins sans lui. Cela lui paraissait si simple qu'elle s'étonnait d'avoir supporté tous ces longs mois de haine et de dégradation, sans se rendre compte qu'il avait fallu du temps et ces affreux événements pour l'amener à ce degré de désespoir.

Accompagnée de Grand John Waterman et de quelques autres serviteurs, elle allait partir pour Londres. Peut-être le surprendraient-ils quelque part, en cours de route, sinon, elle s'arrangerait bien pour le rencontrer seul à Londres, par une nuit noire. Il n'était pas rare, elle le savait, de trouver un gentilhomme de qualité roué de coups, ou même mort, car tout homme avait des ennemis et l'on se vengeait de manière cruelle et décisive. Un nez fendu, une correction brutale, une épée dans le ventre, telles étaient les manières courantes de laver une insulte, réelle ou imaginaire. Ambre voulait faire payer de sa vie à Radclyffe le mal qu'il avait fait, car maintenant c'était une question de vie ou de mort entre eux. Comme il était à la fois plus commode et plus sûr de voyager en costume masculin, elle se prépara à partir le lendemain matin vêtue des habits du comte — qui n'étaient pas trop grands —, de son manteau et de son chapeau. Grand John et quatre solides valets de pied devaient l'accompagner, bien que John seul connût ses intentions. Jenny pleura et l'adjura de changer d'avis, mais, sur son refus péremptoire, elle l'aida à se préparer et lui recommanda vivement d'être prudente.

— Ce que je ne comprendrai jamais, dit Jenny, comme Ambre chaussait une paire de bottes du comte, c'est pourquoi il m'a épargnée. S'il a voulu vous tuer, ainsi que Philip, pourquoi m'a-t-il laissée vivre ?

Ambre lui lança un coup d'œil gêné, le rouge lui monta au visage et elle baissa la tête. Pauvre petite Jenny innocente ! Elle n'avait toujours pas compris et, certes, n'avait pas besoin de comprendre. Pour la première fois depuis le début de son intrigue avec Philip Mortimer, Ambre éprouvait une sorte de honte. Mais ce sentiment fut de courte durée. Bientôt elle monta à cheval, fit un signe d'adieu à Nan et promit à Jenny d'être prudente.

L'été avait été encore plus chaud que l'année précédente ; il n'avait pas plu depuis des semaines et les routes étaient dures. Ambre, ayant fait du cheval presque tous les jours depuis quatre mois, fut capable de soutenir une allure rapide. La petite troupe s'arrêta au premier village qu'ils rencontrèrent, car Ambre était affamée, puis ils repartirent aussitôt. A cinq heures du soir, ils avaient couvert quarante-cinq milles.

Ambre dormit profondément cette nuit-là, plus longtemps même qu'elle ne le voulait ; ils n'en reprirent pas moins la route dès six heures. A midi, ils avaient atteint Oxford, où ils s'arrêtèrent pour déjeuner. L'hôtesse déposa sur la table deux énormes cruches de vin et, tandis qu'ils buvaient, elle apporta assiettes d'étain, couteaux et cuillères. Elle retira du feu un gros morceau de viande, le découpa joliment et, suivant la coutume, ils l'invitèrent à s'asseoir à leur table.

— Je suppose que ces messieurs vont à Londres

voir le feu ? demanda-t-elle sur un ton de conversation polie.

Toutes les têtes se tournèrent vers elle. Les doigts qui portaient des morceaux de viande aux bouches s'immobilisèrent :

— Le feu ?

— Vous ne savez pas ? Oh ! il y a un grand, grand feu à Londres, dit-on.

Elle était remplie de son importance :

— Il y a une heure à peine, un gentilhomme qui en venait s'est arrêté ici. Il dit que cela devient pire d'heure en heure. La ville entière pourrait y passer, ajouta-t-elle en hochant la tête.

— Vous dites qu'il y a un grand feu à Londres ? répéta Ambre d'un ton incrédule. Pas seulement quelques maisons ?

— Ô Seigneur, non ! Un gros incendie, malheureusement. Il a dit que tout brûlait le long du fleuve quand il est parti, c'est-à-dire hier après-midi.

— Mon Dieu ! murmura Ambre.

Elle voyait en imagination brûler toute sa fortune, ses toilettes, tout ce qui lui appartenait.

— Londres en flammes ! Quand est-ce que cela a commencé ?

— Samedi matin de bonne heure, dit l'hôtelière. Bien avant le lever du soleil. On dit que c'est un complot papiste.

— Grand Dieu ! Et nous sommes lundi ! Presque deux jours !

Ambre, très excitée, se tourna vers Grand John :

— A quelle distance sommes-nous ? Il faut y aller.

— A plus de soixante-dix milles, Monsieur. Nous ne pourrons jamais y arriver, même en voyageant toute la nuit. Mieux vaut trotter pendant qu'il fait jour, et continuer demain matin.

Quelques minutes après, ayant fini leur repas, ils étaient en selle. L'hôtesse les suivit sur la route et montra le ciel :

— Regardez le soleil ! Comme il est devenu rouge !

Tous levèrent la tête en se protégeant les yeux de la main, d'autres gens dans la rue les imitaient. Le soleil brillait effectivement d'un éclat assombri ; il était d'un rouge flamboyant de mauvais augure.

— En route ! s'écria Ambre.

Et ils partirent au galop. Ambre eût préféré ne pas s'arrêter de la nuit, car elle craignait en arrivant de trouver non seulement son argent mais aussi le comte disparus dans cette confusion. Cependant, il était impossible d'atteindre Londres, car voyager de nuit était infiniment plus lent et plus dangereux que de jour. Sitôt le dîner avalé, elle monta immédiatement se coucher et, sans quitter ses bottes ni son pourpoint, se jeta sur le lit. Avant l'aube, l'hôtelière frappait à sa porte et à cinq heures ils étaient de nouveau sur la route.

A chaque village, ils demandaient des nouvelles et partout la réponse était la même : l'incendie gagnait toute la ville, brûlant les ponts, les églises, les maisons, n'épargnant rien. Et plus ils se rapprochaient de Londres, plus ils voyaient de monde sur les routes, allant dans la même direction. Les paysans et les travailleurs quittaient leurs champs et se dirigeaient vers la capitale avec leurs charrettes, et même avec des brouettes. Les moyens de transport faisaient prime et un homme pouvait se louer avec sa charrette à raison de cinquante livres pour quelques heures, autant qu'un paysan gagnait en une année.

Il faisait presque nuit quand ils atteignirent la ville, car, pendant les dix derniers milles, les routes étaient si encombrées qu'ils avançaient au pas. De loin, ils entendaient le grondement du feu, semblable au bruit de milliers de voitures roulant avec fracas sur le pavé. On entendait les maisons s'écrouler ou sauter dans un bruit de tonnerre. Les cloches des églises encore debout sonnaient frénétiquement, faisant retenir le grand cri de détresse qui n'avait cessé de résonner depuis que le feu avait éclaté, deux jours et demi auparavant. A la nuit, le ciel était tout embrasé d'une lueur de sang.

Sous les murs de la ville s'étendaient les grands espaces découverts de Moor Fields, déjà envahis d'une foule d'hommes, de femmes et d'enfants, et il en arrivait sans cesse d'autres qui repoussaient les premiers occupants et les serraient les uns contre les autres. Des tentes avaient été dressées, faites de draps ou de serviettes attachés. Des femmes allaitaient leurs enfants; d'autres préparaient un repas avec ce qu'elles avaient pu sauver. Quelques-unes, assises, les yeux fixes, ne pouvaient et ne voulaient pas croire à la réalité. Certaines, debout, hébétées, cherchaient à voir, bien que la lumière éblouissante de l'incendie ne leur permît de distinguer que les silhouettes noires des bâtiments en flammes.

Au début, personne n'avait cru que ce feu serait plus destructeur que des douzaines d'incendies qui éclataient chaque année dans Londres. Il avait pris naissance le dimanche, vers deux heures du matin, à Pudding Lane, une petite rue près du fleuve, et pendant des heures s'était alimenté grâce aux tas de goudron, de chanvre et de charbon amoncelés sur les bords de la Tamise. Le lord-maire, appelé dès le début de la matinée, avait dit dédaigneusement qu'une femme l'éteindrait en pissant dessus. De peur de se rendre impopulaire, il s'était refusé à faire sauter des maisons. Mais l'incendie se propagea bientôt, terrifiant et sans pitié, détruisant tout sur son passage. Quand il atteignit le Pont de Londres, la Cité fut condamnée, car il était couvert de bâtiments et, quand ceux-ci s'effondrèrent, ils bloquèrent toute issue; des bois carbonisés tombant à l'eau détruisirent les roues hydrauliques, supprimant ainsi la seule possibilité de lutter efficacement contre le feu. Il fallut dès lors avoir recours aux seaux que l'on se passait à la chaîne, à des pompes et à des crochets pour abattre les maisons en feu.

Sans s'alarmer, les gens allèrent à l'église le dimanche comme d'habitude; certains toutefois se répandirent dans les rues, alertés par un homme qui galopait à cheval en criant :

— Aux armes! Aux armes! Les Français ont débarqué!

Le roi ne fut prévenu que vers onze heures. Il se rendit immédiatement sur les lieux, avec le duc d'York, et donna tout de suite l'ordre d'abattre des maisons. Il était trop tard pour sauver la Cité, mais c'était tout ce qu'ils pouvaient faire. Ils aidèrent à la manœuvre des pompes, passèrent des seaux, se multiplièrent d'un endroit à l'autre, prodiguant leurs encouragements et leur sympathie. Plus que tout, ce furent leur courage, leur énergie et leur esprit plein de ressources qui enrayèrent la panique et les scènes de désordre.

Malgré cela, les rues devinrent peu sûres pour les étrangers que l'on prenait toujours pour des Hollandais ou des Français. Dans Fenchurch Street, un forgeron abattit un Français, lui fracassant la mâchoire d'un coup de barre de fer. Une femme, qui — disait-on — portait des grenades dans son tablier, fut rouée de coups et blessée; après quoi l'on s'aperçut que ces grenades n'étaient que des poulets. Un autre Français qui transportait des balles de paume fut saisi et battu. Personne ne se souciait de savoir s'ils étaient coupables ou non. Dans l'hystérie grandissante, chacun voulait trouver la cause de cette terrible calamité, et la découvrait chez l'un des représentants des trois catégories que les Anglais redoutaient et haïssaient par-dessus tout : les Français, les Hollandais, les catholiques. L'un d'eux devait être responsable, et on était bien décidé à ne pas laisser le coupable s'échapper avec l'innocent. Le roi Charles fit emprisonner beaucoup d'étrangers pour les protéger, et l'ambassadeur d'Espagne ouvrit son hôtel à d'autres.

Ambre et ses cinq compagnons durent finalement abandonner leurs chevaux et continuer à pied.

Ils avaient chevauché pendant près de treize heures et Ambre se sentait tout endolorie et courbatue. Elle était si fatiguée qu'elle en avait le vertige. Si seulement elle avait pu se coucher où elle se trouvait, mais, rassemblant toute son énergie, elle continua. « Ne t'arrête pas ! Ne t'arrête pas, se répétait-elle sans cesse. Un pas encore. Continue ! Il faut arriver là-bas. » Elle avait peur de manquer le comte, qu'il ne soit parti, que la maison ne brûle et, bien que torturée par la fatigue, elle avançait toujours. Elle s'agrippait aux gens qu'elle croisait, criait pour demander si Cheapside avait brûlé. La plupart ne l'écoutaient pas et la bousculaient, mais elle obtint enfin une réponse :

— De bonne heure ce matin !

— Tout entier ?...

Il était déjà parti et elle accosta d'autres hommes :

— Tout Cheapside a-t-il brûlé ?

— Oui, jeune homme ! Brûlé jusqu'au sol !

Cette réponse la plongea dans un violent désespoir, moins grand cependant que celui qu'elle eût éprouvé en d'autres circonstances; car l'énergie nerveuse qui animait cette foule mouvante se communiquait à elle. L'incendie était si gigantesque, la destruction si terrible que tout prenait une étrange apparence d'irréalité. L'officine de Shadrac Newbold avait entièrement brûlé, avec probablement tout ce qu'elle possédait, mais elle ne pouvait, en cet instant, saisir pleinement ce que cela signifiait pour elle. Ce serait pour plus tard. Une seule chose importait : trouver Radclyffe !

Ambre s'agrippait à Grand John tandis qu'ils avançaient péniblement dans Goswell Street, car ils remontaient le courant de la foule et, malgré leurs efforts, étaient parfois ramenés en arrière. Il y avait des mères qui portaient de gros paquets sur leurs têtes, en tenant dans leurs bras un bébé qui tétait et en surveillant avec inquiétude d'autres enfants qui risquaient d'être écrasés ou de se perdre. Des portefaix à la voix rauque, arrogants et grossiers, criaient en jouant des coudes. Partout couraient des bêtes affolées. Une chèvre bêlait; on tirait des vaches portant sur leur dos des enfants qui hurlaient. Il y avait des quantités de chiens, de chats, des cochons avec des clochettes au cou, des perroquets dans leurs cages, des singes perchés sur l'épaule de leur maître, se querellant ou attrapant la perruque d'un homme au passage. Des hommes portaient sur la tête un édredon de plumes sur lequel était placée en équilibre instable une malle qui venait parfois s'écraser sur le sol. D'autres avaient réuni dans un drap tout ce qu'ils étaient parvenus à sauver et le portaient sur le dos. Les femmes enceintes se querellaient vainement pour protéger leur ventre, et de plus jeunes pleuraient, prises d'une terreur hystérique. Les malades étaient véhiculés sur le dos d'un mari, d'un fils ou d'un domestique.

Le désespoir se peignait sur tous les visages, apathiques et effarés. Quelques enfants jouaient et riaient parmi la foule. Bien des vieilles gens étaient devenus tout à fait inertes. Ce monde avait tout perdu, les économies de toute une vie, le travail de plusieurs générations. Ce que le feu dévorait était perdu pour toujours !

Protégée par le bras de Grand John, Ambre parvenait lentement à s'ouvrir un passage. Elle était trop petite pour voir au-dessus de la foule et demandait sans cesse à son compagnon si Aldersgate Street était en feu. Et toujours il répondait que les flammes ne paraissaient pas l'avoir encore atteinte, mais qu'elles n'étaient pas loin. « Pourvu que j'y arrive ! Pourvu que j'y arrive et que je l'y trouve ! »

La cendre lui entrait dans les yeux et, quand elle avait le malheur de les frotter, ils s'enflammaient. La fumée la faisait tousser et l'air embrasé, que le vent lui rabattait dans les narines, lui causait une douleur quand elle respirait. Au prix d'efforts inouïs elle se retenait de pleurer, ravalant les larmes de rage et de fatigue qui lui montaient à la gorge. Elle serait tombée si Grand John ne l'avait pas soutenue. Les autres hommes de son escorte avaient disparu ; peut-être étaient-ils allés se joindre aux pillards, car les voleurs pénétraient dans les maisons avant même que leurs propriétaires ne les quittent.

Ils arrivèrent à l'hôtel de Radclyffe.

Les flammes étaient juste en dessous, à Saint-Martin-le-Grand, et avaient presque atteint Bull et Mouth Street. Il y avait des camions chargés devant la maison, et des domestiques — des voleurs aussi peut-être — sortaient de la bâtisse, portant des vases, des tableaux, des statues et des meubles. Ambre pénétra dans le hall. Nul ne l'en empêcha ou ne parut même s'apercevoir de sa présence. Certes on ne pouvait la reconnaître, avec son visage maculé de cendre, ses cheveux emmêlés, ses vêtements déchirés et noircis.

Le hall était sens dessus dessous, le grand escalier sillonné de gens transportant des meubles, des draperies brodées d'or, un Botticelli et des fauteuils espagnols garnis de velours. Ambre s'approcha d'un domestique en livrée qui aidait à soulever un énorme coffre sculpté.

— Où est votre maître ?

Il ne la reconnut pas et ne se serait même pas arrêté si elle ne l'avait brutalement saisi par le bras, furieuse au point d'avoir envie de le gifler :

— Répondez-moi, valet ! Où est votre maître ?

Il la regarda d'un air surpris, toujours sans la reconnaître. Radclyffe les faisait probablement travailler depuis des heures. Il fit un signe de tête :

— Là-haut, je crois. Dans son cabinet.

Ambre monta l'escalier en courant, se frayant un passage au milieu des domestiques et des meubles ; Grand John la suivait. Elle se sentait les jambes faibles et tremblantes ; son cœur battait à se rompre, elle avait la gorge sèche. Mais son épuisement avait disparu, comme par miracle. Ils suivirent la galerie jusqu'aux appartements du comte. Deux hommes en sortaient justement, chargés de grosses piles de livres.

Elle entra et fit signe à Grand John de fermer la porte à clef.

— Ne venez pas avant que je vous appelle ! dit-elle à voix basse.

Puis elle se dirigea d'un pas rapide vers la chambre à coucher. Celle-ci était presque vide, en dehors du lit, trop grand et trop encombrant pour être transporté, et Ambre la traversa pour gagner le laboratoire. Elle avait l'impression que son cœur allait éclater tant il battait fort.

Le comte était là, fouillant hâtivement les tiroirs d'une table et remplissant ses poches de papiers. Pour une fois ses vêtements étaient en désordre — il avait dû venir à cheval pour être là si vite —, mais il n'en conservait pas moins son air élégant. Il lui tournait le dos.

— Milord !

La voix d'Ambre retentit comme un tintement de cloche.

Il sursauta et se retourna, mais ne la reconnut pas et se remit immédiatement au travail :

— Que voulez-vous ? Allez-vous-en, mon garçon, je suis occupé. Descendez quelques meubles dans les charrettes.

— Milord ! répéta-t-elle. Regardez-moi bien ! Vous verrez que je ne suis pas un garçon.

Il se retourna lentement, avec précaution. Une seule bougie était allumée, mais les flammes de l'incendie éclairaient vivement la pièce. Au-dehors, le feu faisait rage ; le bruit des explosions secouait les fenêtres et les maisons alentour s'écrasaient les unes après les autres.

— Est-ce vous ? demanda-t-il enfin à voix basse.

— Oui, c'est moi. Et bien vivante. Pas un fantôme. Philip est mort, mais pas moi !

Son incrédulité fit place à une expression d'horreur, et soudain toute crainte abandonna Ambre. Elle eut le sentiment de son pouvoir, de sa force, pleine d'une haine qui attisait tout ce que sa nature avait de cruel, de farouche et de violent. Levant insolemment le menton, elle s'approcha de lui d'un pas lent, tout en frappant nerveusement ses bottes du bout de sa cravache. Il la regarda bien en face, avec un léger frémissement des lèvres :

— Mon fils est mort ! répéta-t-il lentement, semblant comprendre ce qu'il avait fait. Mon fils est mort, et pas vous !

Il paraissait anéanti, plus vieux que jamais, ayant perdu toute assurance. Le meurtre de son fils avait parachevé la faillite de sa vie.

— Alors, vous avez fini par nous découvrir ? fit Ambre d'un ton railleur, un poing sur la hanche et tenant toujours sa cravache de l'autre.

Il sourit légèrement, d'un sourire froid, méprisant et singulièrement sensuel.

— Oui ! répondit-il. Depuis des semaines. Je vous ai observés, dans le pavillon d'été, treize fois en tout. Je regardais ce que vous faisiez, j'écoutais ce que vous disiez et j'éprouvais beaucoup de plaisir en songeant que vous alliez mourir, un jour, quand vous vous y attendriez le moins...

— Vraiment ! coupa Ambre d'une voix sèche et dure en faisant siffler sa cravache comme un serpent. Mais je ne suis pas morte, et je n'en ai pas l'intention !

Un éclair sauvage passa dans ses yeux. Levant soudain sa cravache, de toutes ses forces, elle l'en frappa au visage. Il se rejeta en arrière, s'abritant instinctivement derrière son bras, mais le coup avait porté, ainsi que le prouvait une mince zébrure rouge allant de la tempe au bas du nez.

Ambre serra les dents et une expression de fureur homicide contracta son visage. Aveuglée par la rage, elle continua de frapper. S'emparant du candélabre, il le lança de toutes ses forces contre elle. Ambre se jeta de côté en poussant un cri aigu.

Le projectile l'avait heurtée à l'épaule, et la bougie s'était éteinte. Elle aperçut le visage de Radclyffe tout près du sien et sentit qu'il s'emparait de la cravache. Tous deux luttèrent et, comme

Ambre s'apprêtait à lui mettre le genou sur le ventre, le bâton de Grand John s'abattit sur le crâne du comte. Radclyffe se courba en deux. Ambre lui arracha la cravache et l'en frappa furieusement au visage, se rendant à peine compte de ce qu'elle faisait.

— Tue-le ! criait-elle. Tue-le !

Et elle répétait sans cesse !

— Tue-le ! Tue...

D'une main, John arracha la perruque du comte et, de l'autre, il continua de l'assommer. Radclyffe était étendu sur le sol, dans une pose grotesque, la tête ruisselante de sang. Ambre n'éprouvait ni pitié, ni regret, mais un vif sentiment de rage et de haine satisfaites.

Soudain elle s'aperçut que les draperies étaient en flammes et, pendant un affreux moment d'angoisse, crut que la maison brûlait et qu'ils étaient pris au piège. Elle vit alors que c'était la bougie tombée par terre près de la fenêtre qui avait enflammé les rideaux. Le feu montait déjà au plafond, léchant les boiseries.

— John !

Il se retourna, vit les flammes et tous deux sortirent en courant. Sur le seuil, ils se retournèrent, jetant un bref coup d'œil en arrière, puis John ferma la porte à clef. La dernière vision qu'ils eurent de Radclyffe fut celle d'un vieil homme brisé et sanglant, étendu mort sur le plancher, et dont les flammes s'approchaient déjà. John enfouit la clef dans sa poche et tous deux enfilèrent en courant la galerie, pour sortir de la maison par-derrière. Mais Ambre n'avait pas fait dix mètres qu'elle s'affaissa, inconsciente. Grand John la prit dans ses bras et continua de courir. Il descendit le petit escalier dérobé, portant Ambre inerte ; à mi-chemin il rencontra deux hommes qui faillirent le bousculer pour passer. Ils ne portaient pas de livrée et devaient être des voleurs.

— Le feu ! leur cria-t-il. La maison est en feu !

Ils firent immédiatement demi-tour et tous trois dévalèrent à grand bruit l'escalier étroit. L'un des voleurs trébucha et faillit tomber, mais il se rattrapa et ils gagnèrent la cour. Grand John était sur leurs talons, mais, quand il arriva au-dehors avec son fardeau, les autres avaient déjà disparu. Se retournant, il vit les flammes de la fenêtre d'en haut qui se reflétaient déjà dans le bassin de la cour.

CINQUIÈME PARTIE

XLV

Quand Ambre revint à Londres, vers la mi-décembre, trois mois et demi après l'incendie, presque toute la vieille Cité avait disparu. Le sol était encore encombré de tas de pierres, de fer tordu, de débris de briques, de plomb fondu solidifié, et dans beaucoup de caves le feu continuait encore à brûler. Les pluies torrentielles d'octobre elles-mêmes n'avaient pu l'éteindre. La plupart des rues avaient été complètement obstruées par les maisons effondrées; d'autres étaient barrées en raison du danger que présentaient les cheminées et les pans de mur encore debout. Londres paraissait morte et en ruine.

La ville était infiniment plus triste et plus pitoyable, maintenant que le magnifique spectacle des flammes avait cessé. D'après de sombres prédictions, elle ne devait pas être reconstruite, ce qui, en ces journées grises et pluvieuses de décembre, paraissait correspondre à la réalité. Désolée par la peste, la guerre, l'incendie, son commerce ruiné, accablée par la plus grosse dette publique que la nation eût jamais connue, pleine de troubles et de misères, le bruit courait que les jours de gloire de l'Angleterre étaient passés, que son ancienne valeur avait disparu et que c'était une nation condamnée à disparaître. Jamais l'avenir n'avait paru si désespéré; jamais les gens n'avaient été plus pessimistes, ni plus gonflés de ressentiment.

Mais, en dépit de tout, la volonté indomptable du peuple et ses espoirs reprenaient peu à peu le dessus. Une ville microscopique, composée de cahutes minables et de cabanes délabrées, avait surgi, et des familles entières s'y abritaient, sur l'emplacement de leurs anciennes maisons. Des échoppes commençaient d'ouvrir et l'on construisait de nouveaux édifices.

Toute la ville, d'ailleurs, n'avait pas brûlé. En dehors des murs, la partie qui s'étendait à l'est de la Tour et au nord de Moor Fields était encore debout; à l'ouest subsistait le vieux collège de droit de Lincoln's Inn et, plus loin, Drury Lane, Covent Garden et Saint-James, où la noblesse revenait, de plus en plus nombreuse. Rien n'avait brûlé au bord du fleuve. Le Strand était toujours là, avec ses vieilles demeures dont les jardins descendaient jusqu'à la Tamise. La partie élégante de Londres n'avait pas été touchée par le feu.

Ambre et Grand John avaient immédiatement quitté la ville. Ils avaient loué des chevaux quand ils s'étaient aperçus que les leurs avaient disparu, et étaient rentrés tout droit à Lime Park. Ambre raconta à Jenny que la maison avait déjà brûlé quand elle était arrivée et qu'elle n'avait pu trouver le comte nulle part. Néanmoins, pour sauver les apparences, elle envoya quelques hommes à Londres avec mission de l'y rechercher. Ils revinrent quelques jours plus tard : ils n'avaient pu se renseigner, et de toute évidence le maître s'était trouvé pris dans la maison et y avait péri dans les flammes. Ambre, infiniment soulagée, prit le deuil, mais ne prétendit pas éprouver beaucoup de chagrin car elle ne considérait pas cette hypocrisie comme nécessaire.

Les meilleures nouvelles lui vinrent de Shadrac Newbold. Deux jours après son retour, il l'avait informée par messager qu'aucun de ses dépositaires n'avait perdu un shilling. Et, bien qu'il ne lui restât pas même la moitié de sa fortune — vingt-huit mille livres —, cela suffisait à faire d'elle une des femmes les plus riches d'Angleterre. Il s'y ajouta les intérêts et les bénéfices des placements qu'il avait faits pour elle et, plus tard, elle put augmenter ses revenus en louant Lime Park et en vendant quantité de meubles, bien qu'elle ne pût se résoudre à toucher aux objets personnels de Radclyffe.

Les promesses de l'avenir étaient certes brillantes. Mais le présent était fait de terreur et d'anxiété car, bien que Radclyffe fût mort, elle n'était pas encore parvenue à se débarrasser de lui. Il était revenu dans sa maison pour la hanter. Elle le rencontrait tout à coup, au coin de la galerie ; il se tenait derrière elle quand elle mangeait ; il venait la retrouver la nuit et elle transpirait d'effroi, sursautant au moindre bruit, ou s'éveillait en poussant des cris. Elle n'avait qu'un désir : s'en aller. Mais le bébé de Nan était né la veille de son retour et elle voulait attendre que son amie fût assez remise pour voyager. Elle demeurait donc, par affection pour Nan, mais aussi parce que la demeure d'Almsbury était son seul lieu de refuge et qu'elle ne pouvait y aller trop tôt sans éveiller ses soupçons. Elle ne désirait nullement confier son fatal secret à quiconque, en dehors de Grand John et de Nan.

La mère de Jenny vint, mais repartit aussitôt que le bébé fut né et Jenny remise. Ambre ne put donc s'empêcher de se sentir un peu coupable quand, le 1er octobre, elle partit pour Barberry Hill. Mais elle se dit qu'après tout Jenny n'avait aucune raison d'avoir peur en restant seule. Jamais elle n'avait été l'ennemie du comte — elle n'était pour rien dans la mort de Philip — et les murs, les plafonds et les arbres eux-mêmes n'avaient rien à lui dire. Quant à elle, Ambre, elle ne pouvait pas le supporter plus longtemps. Aussi partit-elle.

A Barberry Hill elle se sentit plus à l'aise et mit infiniment moins longtemps qu'elle ne le croyait pour oublier Radclyffe, Philip et tout ce qui s'était passé au cours de l'année. Elle avait bien le sentiment — un peu gênant — qu'Almsbury la soupçonnait d'en savoir plus long sur la mort de son mari qu'elle ne voulait le dire — peut-être d'avoir loué une bande de spadassins pour l'assassiner —, mais il ne lui en fit jamais l'aveu, même par inadvertance, et fit très rarement allusion au comte.

Un jour il lui dit, par taquinerie :

— Eh bien! mon cœur, qui allez-vous épouser maintenant? On prétend que Buckhurst est presque décidé à sauter le pas...

Elle lui lança un coup d'œil indigné.

— Ah! non! Almsbury! C'en est fini du mariage! Je ne suis pas folle! Me voilà riche, et avec un titre, pourquoi diable aller chercher un bâton pour me battre! Il n'est pas de situation plus lamentable que celle de femme mariée! J'ai essayé trois fois, et...

— Trois fois? fit-il d'une voix amusée.

Ambre rougit malgré elle, car Luc Channel était un secret qu'elle n'avait jamais confié à personne, sauf à Nan. C'était une des rares choses dont elle avait honte :

— Deux fois, ai-je voulu dire ! Eh bien ! pourquoi ce sourire ? En tout cas, riez si vous voulez, mais je ne me remarierai jamais ; j'ai bien d'autres projets, plus intéressants, je vous le garantis !

Ambre ne tarda guère à devenir impatiente. A quoi bon argent et titre, beauté et jeunesse, si vous vous enterrez vivante à la campagne ? Au bout de deux mois elle fut convaincue que, quelque rumeur qu'eût pu faire naître la mort subite du comte, nul n'y songeait plus maintenant. Les scandales de la Cour avaient la vie encore plus brève que les intrigues amoureuses, et elle avait le grand désir d'y retourner. Elle pria et cajola si bien Lord et Lady Almsbury qu'elle finit par les persuader de rentrer avec elle à Londres pour la saison d'hiver. Elle aurait ainsi une maison pour y vivre et jouirait du prestige des deux familles de John Almsbury et d'Emily. Elle pourrait en avoir besoin pendant un certain temps.

Son apparition à Whitehall produisit une plus grande sensation qu'elle ne l'avait espéré. Elle apprit avec surprise que le bruit de sa mort, empoisonnée par son mari jaloux, avait couru. Elle affecta de rire de pareilles rumeurs.

— Quelle sottise ! s'écria-t-elle. De nos jours, il faut être ramoneur pour mourir sans que l'on parle de poison !

C'était d'ailleurs la vérité, car le poison était une arme si communément employée dans l'aristocratie que l'on y songeait toujours. Les femmes infidèles qui tombaient malades avaient toujours ce mot à la bouche. Lady Chesterfield était morte l'année précédente après avoir offensé son mari en nouant une intrigue avec le duc d'York. Une autre maîtresse d'York, Lady Denham, était malade en ce moment et elle disait à ses amies que son mari l'avait empoisonnée, bien que, selon l'avis de certains, ce fût le duc lui-même qui s'en fût chargé, importuné qu'il était par ses incessantes requêtes.

Tous les hommes accueillirent Ambre avec enthousiasme.

Du premier coup d'œil, elle se rendit compte de sa situation : en raison de son titre, elle avait accès à la Cour; elle pouvait pénétrer dans les salons de Sa Majesté, accompagner le couple royal au théâtre, assister à tous les bals et banquets officiels. Mais, à moins qu'elle ne se fît une amie parmi les dames, elle ne pourrait pas se rendre aux soupers et réceptions privés. Il était ainsi possible de la forcer à rester en dehors de la vie intime de la Cour. Ambre ne l'entendait pas ainsi.

Elle songea donc à Frances Stewart et fit à celle-ci un tel étalage de son affection et de son admiration, que Frances, toujours naïve et confiante après quatre années de Whitehall, l'invita à un petit souper qu'elle donnait le soir même. Le roi y assistait, ainsi que tous les gentilshommes et toutes les dames qui, de par sa faveur, constituaient la petite coterie dirigeant le Tout-Londres élégant. Buckingham y fit une de ses imitations grotesques et cruelles du chancelier Clarendon. Charles répéta une fois de plus l'histoire incroyable, passionnante — que la plupart des invités connaissaient par cœur —, de sa fuite en France après la bataille de Worcester. La cuisine et les vins étaient bons, la musique douce, les femmes, ravissantes. Ambre était si jolie dans sa robe de velours noir que la comtesse de Southesk ne put s'empêcher de lui dire :

— Mon Dieu! Madame, quelle délicieuse toilette! Mais voyons, il me semble avoir vu la pareille quelque part!

Elle examina longuement la robe, sans paraître voir celle qui la portait :

— Eh ! naturellement ! Je m'en souviens à présent ! Elle est exactement semblable à celle que je portais après la mort du cousin de mon mari. Qu'est-elle donc devenue ? Ah oui ! Je l'ai donnée à l'habilleuse du Théâtre de Sa Majesté. Laissez-moi réfléchir ; il y a environ trois ans, je crois. Vous étiez sur les planches, à ce moment, n'est-ce pas Madame ?

Elle regardait Ambre bien en face, une lueur de malice dans ses yeux bleus. Puis elle poussa un petit cri :

— Dieu, n'est-ce pas Winifred Wells que j'aperçois là-bas ?... Castlemaine m'avait dit qu'elle était allée à la campagne pour se faire avorter. Que les gens sont donc malveillants ! Excusez-moi, Madame... il faut que j'aille lui dire un mot... pauvre créature !

Et, s'inclinant légèrement sans même regarder Ambre, elle s'éloigna en toute hâte. Ambre fronça les sourcils, mais, en levant les yeux, elle vit Charles tout à côté d'elle et sourit en haussant les épaules :

— Si seulement les femmes arrivaient à se supporter les unes les autres, dit-il à voix basse, elles auraient sur nous un avantage énorme.

— Et vous ne croyez pas qu'elles y parviendront, Sire ?

— Ce n'est guère probable. Mais ne vous laissez pas troubler par elles, ma chère. Vous pouvez parfaitement voler de vos propres ailes, je vous assure.

Ambre continuait à sourire. Le roi, d'un mouvement imperceptible des lèvres, esquissa une question. Elle y répondit par une légère inclination de tête. Son retour à Whitehall ne pouvait s'ouvrir sous de plus heureux auspices.

Mais elle n'était pas encore assez sûre d'elle pour pouvoir se passer de Frances Stewart et fit tout pour qu'on les crût inséparables. Elle allait voir Frances dans ses appartements, se promenait avec elle dans les galeries — car il faisait souvent trop mauvais pour sortir — et passait parfois la nuit avec elle, quand les chemins étaient mauvais ou l'heure trop avancée. Ambre ne parlait jamais d'elle, mais paraissait prodigieusement intéressée par tout ce que Frances disait, pensait ou faisait; et Frances, incapable de résister à la séduction de cette flatterie, se sentit bientôt tout à fait en confiance.

Le duc de Richmond lui avait récemment fait, pour la première fois, des propositions de mariage, ce qui étonna beaucoup la Cour car Frances était considérée comme rien de moins que comme une propriété personnelle de la Couronne. Le duc était un jeune homme de vingt-sept ans, assez bien de sa personne, parent éloigné du roi, mais il passait pour stupide, buveur et, en général, perdu de dettes. Charles avait accueilli la nouvelle avec son sang-froid habituel et avait demandé au duc de présenter ses comptes personnels à l'examen du chancelier Clarendon.

Une nuit qu'elles étaient confortablement couchées ensemble, sur deux lits de plume, Ambre lui demanda incidemment si elle avait l'intention d'épouser Sa Grâce. La réponse de Frances la surprit :

— Je n'ai rien d'autre à faire, maintenant. Si le duc n'avait pas eu la bonté de me demander en mariage, je ne sais ce que je serais devenue.

— Ce que vous seriez devenue! Voyons,

Frances, quelle absurdité ! Tous les hommes sont épris de vous, à la Cour, vous le savez bien.

— C'est possible ! répondit-elle, mais aucun d'eux ne m'a jamais fait de proposition honnête. La vérité, c'est que j'ai perdu ma réputation en permettant à Sa Majesté de prendre tant de libertés avec moi, sans lui accorder celles dont j'aurais pu tirer avantage.

— Eh ! fit Ambre nonchalamment, bien que le sujet la passionnât, que ne l'avez-vous fait ? Sans aucun doute, vous eussiez pu devenir duchesse — sans avoir l'ennui de vous marier — et très riche, par-dessus le marché !

— Quoi ? s'écria Frances. Devenir la maîtresse du roi ? Oh ! non !... pas moi ! Je laisse cela à d'autres. Il est déjà assez pénible pour une femme de devoir coucher avec son mari, j'aimerais mieux mourir que de partager le lit d'un homme qui ne le serait pas ! Seigneur ! J'ai des vapeurs, rien que d'y songer !

Ambre sourit dans l'obscurité, très amusée, et fort surprise. Ainsi, c'était de là que provenait la vertu tant vantée de Frances : ce n'était pas de la moralité, mais de la répugnance ! Elle n'était pas chaste, mais dégoûtée.

— N'aimez-vous donc pas le roi ? Il n'est pas de plus bel homme à la Cour. Ce n'est pas seulement parce qu'il est le roi que toutes les femmes en sont éprises.

— Oh ! si, je l'aime, bien sûr. Mais je ne peux pas, simplement, je ne peux pas !... Oh ! pourquoi les hommes songent-ils toujours à cela ? Je sais bien qu'il faudra que je me marie un jour. J'ai dix-neuf ans et ma mère dit que je suis la honte de la famille. Mais, Seigneur ! rien que l'idée de se mettre au lit avec un homme et de le laisser... Oh !

J'en mourrai, bien sûr! Jamais je ne pourrai le supporter!

« Juste Ciel! se dit Ambre, stupéfaite. Elle a un grain, c'est évident. » Néanmoins elle la plaignait un peu et la considérait avec une pitié tant soit peu méprisante. Quelle idée cette pauvre créature se faisait-elle donc de la vie?

Leur amitié d'ailleurs cessa bientôt. Car Frances était aussi jalouse qu'une épouse légitime des affaires de cœur du roi et Barbara ne lui laissa pas ignorer les rumeurs qui commençaient à circuler au sujet des visites que le roi rendait secrètement à Lady Radclyffe, à l'hôtel d'Almsbury. Mais Ambre considérait maintenant sa position comme solide, et se dispensa de fréquenter Frances, qu'elle avait toujours trouvée ennuyeuse et sotte. Et Charles, toujours pris d'engouement au début de toute nouvelle intrigue, ne permettait pas qu'on la négligeât. Sur sa demande, Ambre était invitée partout et traitée avec le même respect exigé autrefois par Lady Castlemaine, et aujourd'hui encore par Frances Stewart. Les dames elles-mêmes se voyaient obligées de devenir ses sycophantes et Ambre eut tôt fait de croire que rien n'était au-dessus d'elle.

Ambre s'aperçut bientôt qu'elle était enceinte.

La perspective de voir sa silhouette déformée, même passagèrement, lui procura le même vif déplaisir. Mais elle se dit que, si elle ne donnait pas au roi un enfant, elle n'aurait rien pour le retenir quand l'excitation physique de la nouveauté aurait disparu. Car, s'il lui arrivait de se désintéresser des mères, Charles restait toujours attaché aux enfants dont il se croyait le père. Quand elle le mit au courant, vers la fin février, il se montra sympathique, tendre, et parut même satisfait, aussi content que s'il entendait pour la première fois cette heureuse nouvelle. Et Ambre crut que sa place à la Cour était à présent aussi immuable que celle des étoiles au ciel. Charles lui enleva sa belle assurance, deux jours plus tard, en lui désignant un jeune homme qui se tenait en face d'eux au salon en lui demandant si elle estimait qu'il ferait un mari possible.

— Un mari pour qui ? questionna Ambre.

— Eh bien ! mais pour vous, ma chère, évidemment.

— Mais je ne veux pas me marier.

— Je ne peux pas dire que je vous en désapprouve, et pourtant, c'est un peu gênant pour un enfant de se trouver sans nom, ne croyez-vous pas ?

Il avait l'air amusé et un léger sourire soulevait le coin de sa petite moustache noire.

Ambre devint blême :

— Alors, vous croyez qu'il n'est pas de vous ?

— Ce n'est pas cela que je veux dire, ma chère. Je pense que c'est très probablement mon fils. J'ai, semble-t-il, une remarquable aptitude à faire des enfants, sauf là où il le faudrait. Mais ce bébé ne peut être mis au compte de votre dernier mari et, à moins que vous ne convoliez bientôt en justes noces, il aura une bande à gauche dans ses armoiries... ce qui est un sérieux handicap pour un jeune homme, quelle que soit sa naissance. Et, pour être tout à fait franc avec vous, si vous vous mariiez, cela couperait court aux bavardages, en dehors de Whitehall en tout cas. Nous traversons déjà des temps assez difficiles, depuis que je n'ai aucun moyen de faire sortir la flotte, et les gens grognent plus que jamais en voyant le peu de résultats que nous obtenons. Comprenez-vous, ma chère ? Cela me rendrait grand service si...

Ambre était prête à comprendre n'importe quoi. Elle avait toujours prétendu qu'une perpétuelle mauvaise humeur et le fait de tracasser continuellement un homme facile à vivre avaient perdu Barbara Palmer, et elle n'avait pas l'intention de suivre cet exemple malheureux. Elle soupçonnait d'ailleurs une autre raison, que le roi passait sous silence et qui se nommait Frances Stewart. Chaque fois qu'il prenait une nouvelle maîtresse, Frances devenait maussade, irritable et prétendait avoir été sur le point de s'abandonner quand il avait détruit sa confiance.

— Oh ! dit Ambre, ma seule ambition est d'être agréable à Votre Majesté. Je me remarierai donc, si vous le désirez... Mais, pour l'amour du Ciel ! trouvez-moi un mari que je puisse ignorer !

Charles eut son bon rire :

— Il ne sera pas difficile de l'ignorer, celui-ci, je vous assure !

Le jeune homme, qui était à l'autre bout du salon, ne paraissait pas avoir un jour de plus qu'elle et sa juvénile apparence était encore accentuée par un teint pâle et des membres délicats. Il avait quelque cinq pieds sept pouces de haut, et son corps grêle était vêtu d'un costume bon marché, peu élégant. Sans aucun doute, il se sentait fort mal à l'aise, bien qu'il fît effort pour paraître gai. Il riait bruyamment, tout en lançant autour de lui des regards anxieux. Ambre, de son propre mouvement, n'aurait jamais fait attention à lui.

— Seigneur ! mais il a l'air d'un poseur et d'un nigaud !

— Très docile ! fit Charles en souriant.

— Quel est son rang ?

— Baron.

— Baron ! s'écria Ambre, horrifiée. Mais je suis comtesse !

Elle n'eût pas été plus choquée s'il lui avait suggéré d'épouser un colporteur.

Charles haussa les épaules :

— Eh bien ! admettez que je le fasse comte ? Sa famille le mérite. Il y a longtemps que cela aurait dû être fait, mais j'avoue n'y avoir jamais songé !

— Évidemment, cela faciliterait les choses, fit Ambre d'un air dubitatif en toisant le jeune homme qui, se sentant observé, devenait nerveux. Lui avez-vous déjà parlé ?

— Non. Mais je le ferai, et l'affaire sera vite réglée. Sa famille a beaucoup perdu durant la guerre...

— Ô mon Dieu ! gémit Ambre. Encore quelqu'un pour dépenser mon argent ! Mais cette fois, ce sera différent ! Cette fois ce sera moi qui porterai les culottes !

XLVI

— Richmond vous plaît-il ?

Charles avait cette question sur le bout des lèvres depuis que le duc avait fait sa demande. Ce jeune homme lui paraissait sot et ennuyeux, aimant trop la dive bouteille, et ses affaires étaient si embrouillées qu'il eût à peine été considéré comme un beau parti pour une cameriste. Que dire d'une jeune fille comme Frances, habituée au luxe depuis sa naissance !

Elle le regarda avec étonnement :

— Me plaire ? Pourquoi me demandez-vous cela ?

Charles haussa les épaules :

— Je le crois possible. Sans aucun doute, il est épris de vous.

Frances redevint instantanément la coquette qui minaude en ouvrant et fermant son éventail :

— Eh bien ! admettez qu'il me plaise ?

Le visage du roi se durcit. Ses yeux noirs scrutèrent anxieusement le joli visage qui lui faisait face et les deux plis au coin de sa bouche se creusèrent.

— Est-ce vrai ?

Frances le contempla avec son léger sourire innocent, mais l'expression de son visage changea quand elle se rendit compte de son irritation :

— Eh bien ! Votre Majesté ! Comme vous avez l'air mécontent ! Vous ai-je vexé ?

— Répondez-moi, Frances ! Je ne suis pas d'humeur à plaisanter. Et dites-moi la vérité.

Frances poussa un petit soupir :

— Non, Votre Majesté. Je ne l'aime pas. Cela rend-il mon mariage plus honorable ?

Souvent ainsi elle le surprenait, car il était impossible de savoir si elle parlait par naïveté ou par une malice qui ne lui était en général pas reconnue.

Charles sourit lentement et tristement :

— Non, Frances, pas plus honorable. Mais j'avoue que je suis heureux de le savoir. Je ne suis, en général, pas spécialement jaloux, mais cette fois-ci...

Il haussa les épaules, les yeux perdus dans le vide...

— J'ai examiné ses comptes. Ses finances sont dans le pire état qui puisse être. Sans son titre, il y a longtemps qu'il serait arrêté. Sincèrement, Frances, je ne crois pas que ce soit un bon mariage pour vous.

— En connaissez-vous un meilleur, Sire? répondit-elle avec amertume.

— Pas maintenant, tout juste, mais un peu plus tard, peut-être.

Frances l'interrompit :

— « Un peu plus tard »! Sire, vous ne savez pas ce que vous dites. Rendez-vous compte que j'ai dix-neuf ans, et que ma réputation est perdue, par ma propre sottise! C'est la première demande sérieuse que j'aie jamais eue, et ce sera probablement la dernière. Je ne désire qu'une chose au monde : être une femme respectable! Je ne veux pas faire honte à ma famille.

Ils étaient dans l'antichambre de la reine, attendant que celle-ci fût habillée. Boynton, ayant entendu la voix élevée de Frances, passa la tête par la porte, et le roi s'en aperçut.

— Accompagnez-moi un peu, Frances.

Ils allèrent à l'autre bout de la pièce.

— Je vais vous confier un secret, dit-il rapidement, à voix très basse. Promettez-moi de le garder. N'en dites rien à personne, pas même à votre mère.

— Certainement, Votre Majesté.

Frances, à vrai dire, savait garder un secret infiniment mieux que tous ceux dont les langues résonnaient dans toutes les chambres à coucher et tous les salons de Whitehall et de Covent Garden. Charles respira profondément :

— J'ai consulté l'archevêque de Canterbury au sujet d'un divorce.

— Un divorce! murmura-t-elle avec horreur, profondément choquée.

Charles parla rapidement, jetant des coups d'œil autour de lui pour s'assurer que personne ne pouvait entendre :

— Ce n'est pas la première fois que j'y songe.

Les docteurs m'ont dit qu'ils ne croyaient pas que la reine pût jamais porter un enfant neuf mois. York n'est pas populaire, et le sera encore moins quand le peuple découvrira ses intentions religieuses. Si je me remariais et si j'avais un héritier, cela changerait tout l'avenir... Canterbury dit que cela pourrait s'arranger.

Le visage de Frances laissa paraître les sentiments qui l'agitaient. L'étonnement se changea en une sorte de ruse et de vanité satisfaite à mesure qu'elle comprenait ce que ce projet pouvait signifier pour elle. *Frances Stewart, reine d'Angleterre!* Elle avait toujours été très fière de la parenté lointaine de sa famille avec celle du roi, plus fière même que de sa beauté. Mais, à la pensée de la reine, elle eut un regard de doute et d'impuissance.

— Cela lui briserait le cœur. Elle vous aime tant.

Charles, qui l'observait avec une sorte de tendresse maussade, poussa un soupir et son regard alla se perdre au-dehors, sur le chêne pourpre dans le jardin de la reine.

— Je crains de lui faire encore de la peine, elle en a eu tellement déjà!

Son visage s'assombrit encore :

— Je ne sais que faire! fit-il avec irritation.

Ils restèrent sans mot dire, sans se regarder. Puis Catherine apparut sur le seuil, encadrée de Mrs. Boynton et de Winifred Wells. Elle penchait un peu la tête de biais, avec un sourire et une expression de parfaite adoration en contemplant son époux. Après une légère hésitation, elle s'avança vers lui, ses petites mains jointes :

— Je regrette d'avoir été si longue à m'habiller, Sire...

Dès son entrée. Charles s'était retourné, reprenant son assurance. Souriant, il s'inclina :

— Peu importe, ma chère, que vous passiez la matinée à votre toilette, si vous sortez toujours aussi charmante de votre chambre.

Catherine rougit faiblement, ce qui lui allait très bien. Ses longs cils battirent, ainsi que de noirs papillons incertains. Puis elle le regarda bien en face. En dépit de son éducation austère, elle apprenait à être coquette et cela convenait à son genre de beauté.

— Vous êtes trop bon de me flatter ainsi, murmura-t-elle, surtout depuis que je suis condamnée à ce noir si peu seyant.

Les dames d'honneur entraient les unes après les autres, la plupart riant, bavardant et ne se doutant de rien, bien que certaines paires d'yeux vifs eussent surpris le regard pensif de Frances posé sur Leurs Majestés. Rejetant alors la tête en arrière d'un mouvement brusque, Frances s'approcha de la reine et lui serra impulsivement la main :

— Ce n'est pas de la flatterie, Madame. Sincèrement, vous n'avez jamais été plus jolie qu'aujourd'hui.

Sa voix et ses yeux exprimaient une sincérité passionnée. Derrière elle, Boynton chuchota à Wells qu'il devait se passer quelque chose entre Stewart et le roi, ils étaient tous deux trop gentils pour Sa Majesté. Winifred rétorqua que c'était pure invention. Sa Majesté se montrait toujours très aimable pour sa femme.

Le temps était froid et les chemins plus mauvais que jamais, mais la Cour allait au théâtre. Charles offrit son bras à Catherine, qui le prit en lui adressant un de ses sourires vifs et timides, reconnaissante de ses attentions. Ils se mirent en route et, pendant l'espace d'un éclair, les yeux de Frances rencontrèrent ceux du roi. Et elle comprit, sans l'ombre d'un doute que, tant que Catherine vivrait, jamais elle, Frances Stewart, ne serait reine d'Angleterre.

Il était tard, près de six heures du soir, et le ciel couvert avait depuis longtemps rendu nécessaire l'allumage des bougies. Charles, dans son cabinet de toilette — le seul endroit où il pût se retirer —, était assis à son bureau et griffonnait rapidement une lettre à Minette. Des murmures de voix parvenaient de la pièce voisine : Buckhurst et Sedley, James Hamilton et une demi-douzaine d'autres attendaient qu'il sortît et vînt se changer pour le dîner. Ils discutaient la pièce de l'après-midi ; de temps en temps l'un d'eux poussait un gros rire, puis les voix se calmaient. Mais Charles, absorbé, les entendait à peine. Un mouvement général se produisit soudain au-dehors et il perçut une voix féminine très familière qui criait, hors d'haleine :

— Où est Sa Majesté ! J'ai des nouvelles importantes à lui communiquer.

C'était Barbara. Charles fronça les sourcils et jeta sa plume. Tudieu ! l'impertinence de ces femmes ne connaissait plus de bornes ! Venir dans sa chambre, à cette heure, quand elle savait y trouver une foule de gentilshommes ! Il entendit Buckhurst qui répondait :

— Sa Majesté est dans son cabinet de toilette, Madame, il écrit une lettre.

— Eh bien ! fit vivement Barbara, la lettre peut attendre. Et ce que j'ai à dire ne souffre aucun délai.

Et elle se mit à frapper à la porte. Charles ouvrit, d'un air visiblement mécontent :

— Eh bien ! Madame ?

— Votre Majesté ! Il faut que je vous parle en privé !

D'un coup d'œil elle indiqua la chambre remplie de monde.

— C'est de la plus haute importance.

Charles haussa les épaules et recula de quelques pas, l'invitant à entrer, tandis que les gentilshommes échangeaient des regards amusés. Fichtre ! comme elle y allait ! Jamais, au temps de sa plus grande faveur, elle n'avait fait preuve de pareille audace. La porte se referma.

— Eh bien ! Quelle est donc cette affaire si importante, qui ne peut être différée ?

Le roi parlait d'un ton franchement sceptique et impatient, car il croyait à un subterfuge de Barbara pour avoir, une fois de plus, l'air d'être la grande favorite.

— Si j'ai bien compris, Votre Majesté vient de rendre visite à Mrs. Stewart ?

— C'est vrai.

— Et elle vous a renvoyé en arguant d'une violente migraine ?

— Vos informations sont irréfutables.

Le ton de Charles était sarcastique et son regard empreint de tout le cynisme et de toute l'incrédulité qui l'avaient toujours caractérisé depuis l'enfance. Il se demandait quel tour Barbara cherchait à lui jouer et attendait de découvrir le défaut de la cuirasse. Mais, avec une expression à la fois moqueuse et coquette, Barbara répondit :

— Eh bien ! Sire, je suis venue vous consoler de sa froideur.

Le roi leva les sourcils, sincèrement étonné, puis se rembrunit :

— Madame, vous devenez insupportable !

Barbara rejeta la tête en arrière et se mit à rire,

de ce rire sauvage, aigu, cruel et méprisant qui lui était personnel. Quand elle parla, ce fut d'une voix basse, contenue, et l'agitation qui la possédait se faisait jour dans les muscles saillants de son cou, la lueur de son regard, la tension de tout son corps ramassé, comme une chatte sur le point de bondir :

— Vous êtes un sot, Charles Stuart ! Un sot, ridicule et crédule ; toute la Cour se moque de vous. Et vous savez pourquoi ? Parce que Frances Stewart a noué une intrigue avec Richmond, sous votre nez ! Il est auprès d'elle en ce moment, pendant que vous la croyez au lit avec la migraine...

Elle s'arrêta hors d'haleine, le visage triomphant, toute son attitude exprimant la vengeance satisfaite. Charles lui répondit vivement, ayant perdu son habituelle maîtrise de soi :

— Vous mentez !

— Je mens ? C'est vous qui êtes une dupe. Venez avez moi et vous verrez bien si je mens !

Et comme il hésitait, craignant à demi de découvrir qu'elle avait dit la vérité, Barbara le saisit par le poignet :

— Venez et vous constaterez par vous-même sa chasteté, à votre précieuse Frances Stewart.

Prenant soudain sa résolution, Charles se dégagea et quitta la pièce. Barbara, un sourire satisfait aux lèvres, se précipita à sa suite. Le roi était en culottes et en manches de chemise. Il avait laissé sa perruque pendue à une chaise de son cabinet de toilette. Deux courtisans s'écartèrent précipitamment de la porte, et tous les visages prirent une expression grave et indifférente, comme si personne n'avait écouté. Charles les ignora tous et traversa en courant presque l'enfilade de pièces qui conduisait aux appartements de Frances, laissant derrière lui une foule de spectateurs, bouche bée et yeux écarquillés. Mais, avant de pénétrer chez Mrs. Stewart, il s'arrêta, la main sur la poignée de la porte.

— Cela suffit, dit-il brièvement à Barbara. Rentrez chez vous.

Et comme elle le regardait, très déçue, il entra vivement.

La jolie femme de chambre de Frances était dans l'antichambre, et poussa un cri de terreur en voyant le roi :

— Oh ! Votre Majesté ! Comment... N'entrez pas, je vous en prie... Elle a été si souffrante depuis que vous l'avez quittée, et maintenant, elle dort.

Charles ne lui accorda pas même un regard, mais l'écarta du geste :

— C'est ce que nous allons voir.

Il pénétra dans le salon et, sans hésitation, ouvrit toute grande la porte de la chambre à coucher.

Frances était assise dans son lit, vêtue d'un mantelet de satin blanc, les cheveux défaits, et un jeune homme, à ses côtés, lui tenait la main. Tous deux virent avec stupeur le roi apparaître, tel un sombre dieu vengeur. Frances poussa un petit cri et Richmond s'immobilisa, frappé d'horreur, incapable de se lever ou d'enlever son chapeau.

Charles se dirigea lentement vers eux, les lèvres serrées.

— Je ne voulais pas le croire, dit-il à voix basse. Je croyais qu'elle mentait.

— Qui donc ? s'écria Frances sur la défensive.

Elle comprenait sa colère, savait ce qu'il pensait et cela la mettait en rage.

— Milady Castlemaine. Elle paraît avoir été au courant de certaines choses que j'ignorais !

Ses yeux noirs allaient de Frances à Richmond,

qui s'était finalement levé et tournait son chapeau entre ses doigts, comme un chien battu.

— Que faites-vous ici ? demanda soudain Charles d'une voix dure.

Richmond eut un petit rire d'excuse :

— Eh ! une visite à Mrs. Stewart.

— C'est ce que je vois. Et de quel droit, je vous prie, alors qu'elle est trop souffrante pour recevoir ses autres amis ?

Richmond, comprenant soudain qu'il se rendait ridicule devant la femme qu'il aimait, répondit bravement :

— En tout cas, Sire, je suis prêt à l'épouser. C'est plus que Votre Majesté n'en peut faire.

Un éclair de rage brilla dans les yeux de Charles, et il fit un pas vers le duc, les poings fermés. Frances porta une main à sa bouche et poussa un cri aigu comme Richmond, qui ne se souciait pas de recevoir une correction des mains compétentes de son souverain, se détournait brusquement et sautait par la fenêtre. Charles le vit tomber maladroitement, se relever, jeter encore un coup d'œil inquiet en arrière et se perdre dans le brouillard. Pendant un long moment, il resta ainsi à la fenêtre, le visage contracté par le mépris et la fureur. Puis il revint à Frances.

— Je n'aurais jamais cru cela de vous !

Frances le regarda avec défi :

— Je ne vous comprends pas, Sire. Si je ne peux pas recevoir la visite d'un homme dont les intentions sont plus qu'honorables, c'est qu'alors je suis réellement une esclave dans un pays libre !

Elle passa une main lasse et nerveuse sur son front douloureux et, sans attendre de réponse, s'écria passionnément :

— Si vous ne voulez pas que je me marie, Sire, usez de votre privilège et refusez-moi votre permission. Mais vous ne pourrez pas m'empêcher de passer en France et d'entrer au couvent.

Charles la regarda avec une incrédulité méprisante. Qu'était-il arrivé à cette Frances Stewart, qu'il connaissait et aimait depuis quatre ans? Comment s'était-elle soudain transformée en une femme froide et impudente qui affichait son infidélité, ne supportant pas de reproches, comme heureuse de l'avoir ridiculisé aux yeux de tous? A trente-six ans, il réapprenait ce qu'il croyait savoir depuis plus de vingt ans.

Quand il parla, ce fut d'une voix lente, la tristesse perçant en dépit de son irritation.

— Je n'aurais jamais cru cela de vous, Frances, si je ne l'avais constaté par moi-même!

Frances se redressa, furieuse de se heurter à un scepticisme qui tirait ses conclusions d'expériences passées :

— Votre Majesté est bien prompte à suspecter le pire.

— Pas assez, il me semble! Je croyais être convaincu, depuis le jour de ma naissance, qu'il ne fallait jamais se fier à une femme, et cependant j'avais confiance en vous!

Il s'interrompit, le visage sombre et sarcastique :

— Je me serais attendu à tout, sauf à cela...

Frances était au bord de la crise de nerfs et s'écria d'une voix aiguë et tremblante :

— Votre Majesté ferait mieux de se retirer, avant que la personne qui vous a conduite ici ne soupçonne le pire!

Il lui lança un long regard incrédule et, sans un mot, pivota sur ses talons et quitta la pièce. Dans la galerie il rencontra Lawrence Hyde, le fils de Clarendon, et lui cria :

— Ainsi vous étiez dans le complot! Par Dieu! je ne l'oublierai pas!

Hyde le regarda, stupéfait, mais le roi était déjà loin. Charles, si courtois, si facile à vivre, si maître de lui et aimable, était dans un état de rage indescriptible.

Le lendemain Frances lui renvoya, par messager spécial, tous les cadeaux qu'elle avait reçus de lui : le rang de perles qu'il lui avait donné trois ans auparavant, le jour de la Saint-Valentin, les splendides bracelets, colliers et pendants d'oreilles, dont chacun marquait la date d'un anniversaire, d'un Noël ou d'un Nouvel An. Tous lui furent rendus, sans un mot. Charles les lança dans la cheminée.

Le matin même Frances apparut dans les appartements de la reine. Elle était enveloppée d'un manteau de velours noir et portait un masque. Catherine et ses femmes eurent un regard de surprise quand elle l'enleva. Pendant un instant, Frances hésita, puis, courant à Sa Majesté, elle tomba à genoux et, prenant le bord de la jupe de Catherine, la porta à ses lèvres. D'un signe, la reine congédia son entourage. Ces dames se retirèrent et demeurèrent l'œil fixé au trou de la serrure.

Catherine se baissa et effleura d'une caresse les cheveux brillants de Frances. Celle-ci fondit en larmes et couvrit son visage de ses mains :

— Oh! Votre Majesté! Comme vous devez me haïr! Pourrez-vous jamais me pardonner?

— Frances, ma chère, ne pleurez pas ainsi, vous allez vous rendre malade. Allons, je vous en prie, regardez-moi, ma pauvre enfant...

La voix chaude et douce de Catherine avait un léger accent portugais qui la rendait plus tendre encore. Prenant doucement Frances par le menton, elle l'obligea à relever la tête. Avec répugnance, Frances obéit et elles se dévisagèrent en silence. Puis elle se remit à sangloter.

— Je suis désolée, Frances, dit Catherine, désolée pour vous.

— Oh ! ce n'est pas sur moi que je pleure, protesta Frances. C'est à cause de vous. A cause de la tristesse que j'ai lue dans vos yeux quelquefois, quand...

Elle s'interrompit, effrayée de sa hardiesse, puis les mots se pressèrent sur ses lèvres, comme si, en quelques minutes, elle cherchait à réparer tout le mal que sa vanité avait fait, depuis des années, à cette patiente et douce petite femme.

— Oh ! croyez-moi, Votre Majesté, croyez-moi ! La seule raison pour laquelle je me marie est que je quitterai ainsi la Cour. Je n'ai jamais voulu vous blesser, non, jamais. Mais j'ai été vaine, et sotte, et irréfléchie. Je me suis rendue ridicule, mais jamais je ne vous ai trompée — je vous le jure. Il n'a jamais été mon amant. Oh ! dites que vous le croyez — je vous en prie, dites-moi que vous le croyez.

Elle serrait la main de Catherine et la regardait, bien en face, avec une intensité passionnée. Elle avait toujours aimé Catherine, mais sans comprendre jusqu'à maintenant combien profondément et humblement elle l'admirait, et combien sa propre conduite avait été blâmable. Elle n'avait pas pris les sentiments de la reine plus au sérieux que ceux de la plus ordinaire des maîtresses de Charles, pas plus que ceux de Barbara Palmer.

— Je vous crois, Frances. Toute jeune fille eût été flattée. Et vous avez toujours été bonne et généreuse. Jamais vous ne vous êtes servie de votre pouvoir pour blesser les autres.

— Oh ! non ! Votre Majesté ! C'est vrai. Sincèrement, je n'ai jamais voulu faire de mal à personne. Et, Votre Majesté — je voudrais vous dire —, je sais que vous me croirez : Richmond venait à peine d'entrer. Nous causions. Jamais il ne s'est rien passé entre nous.

— Mais bien sûr, ma chère !

Frances laissa retomber ses bras et baissa la tête :

— Il ne le croira jamais, dit-elle très bas. Il n'a plus aucune foi, il ne croit en rien !

Les yeux de Catherine se remplirent de larmes et elle hocha lentement la tête :

— Peut-être que si, Frances. Plus peut-être que nous ne l'imaginons.

Frances était lasse et désespérée. Appuyant une dernière fois ses lèvres sur la main de Catherine, elle se leva lentement :

— Il faut que je m'en aille, Votre Majesté !

Les deux femmes se regardèrent avec une réelle affection.

— Peut-être ne vous reverrai-je jamais !

Brusquement, d'un geste impulsif, elle embrassa Catherine et sortit en hâte. Catherine la suivit des yeux en souriant faiblement ; des larmes roulaient le long de ses joues. Trois jours plus tard Frances avait quitté Whitehall. Elle était partie avec le duc de Richmond.

XLVII

Même mariée, Ambre continua d'habiter Almsbury House, car elle espérait bientôt obtenir une charge à la Cour et y loger.

Quant à son mari, elle lui conseilla de s'installer à Covent Garden, ce qu'il fit, ayant dès le berceau été habitué à être mené par le bout du nez. Toutefois, il n'était pas de cet avis. Car, bien qu'il fût permis et même considéré comme correct que mari et femme se haïssent entre eux, conservent maîtresses et amants, se disputent en public et se calomnient mutuellement, il n'était pas permis de vivre séparés ou de faire lit à part. Ambre fut très amusée d'apprendre qu'elle avait provoqué un scandale qui agitait toute la partie élégante de la ville.

Son mari s'appelait Gérald Stanhope, et le roi lui conféra le titre de comte de Danforth. Il avait tout juste vingt-deux ans, un an de moins qu'elle — et il parut à Ambre un fieffé imbécile. Timide et hésitant, faible et débile, il vivait dans une crainte perpétuelle de ce que « Maman » allait penser. Maman, disait-il, n'approuverait pas ces logis séparés, et il finit par annoncer que « Maman » allait venir faire un séjour à Londres.

— Avez-vous de la place pour la loger chez vous ? fit Ambre.

Elle était assise devant sa coiffeuse et se trouvait entre les mains d'un artiste capillaire français, arrivé récemment de Paris, dont toutes les femmes se disputaient les services. Un miroir d'argent à la main, elle contemplait son profil, admirait la ligne pure de son front et de son nez légèrement retroussé, la courbe un peu boudeuse de ses lèvres et de son petit menton rond.

Gérald avait l'air malheureux, pâle et effacé. Les voyages sur le continent ne lui avaient guère donné de vernis ; une éducation peu poussée n'avait pas contribué à son bon équilibre mental ; la débauche et la boisson ne l'avaient pas rendu difficile. Il avait toujours l'air d'un gamin confus, incertain et solitaire, et l'évolution qui venait de se produire dans sa vie le prenait totalement au dépourvu.

Il prit son peigne et le passa dans sa perruque blonde. Ses vêtements, au moins, étaient les plus élégants que l'on pût se procurer avec de l'argent, bien que son physique ingrat et ses jambes maigres ne les missent pas en valeur.

— *Pas du tout*[1], Madame, dit-il.

Toutes les plaisanteries, ou prétendues telles, étaient émaillées de phrases françaises, tout comme une dame appliquait des mouches sur son visage. Gérald faisait de même, car cela lui donnait le sentiment d'être à la mode...

— Comme vous le savez, je n'ai que trois pièces. Je ne saurais où l'héberger.

Il habitait au *Cheval d'Or*, hôtellerie fort populaire parmi les jeunes beaux, car la tenancière possédait une fille jolie et obligeante.

— Eh bien! où comptez-vous la mettre, alors? Je n'aime pas cette boucle, Durand. Refaites-la, je vous prie.

Elle continuait à s'examiner, de face maintenant, regardant ses dents, sa peau, le rouge de ses lèvres.

Gérald haussa ses frêles épaules d'un geste qu'il croyait parisien :

— Oh! je pensais qu'elle pourrait habiter ici.

Ambre, d'un geste brusque, jeta son miroir qui, tombant sur un tas de rubans, ne se brisa pas.

— Vraiment! Eh bien! non. Croyez-vous que Lord Almsbury tienne une pension de famille? Vous feriez mieux d'écrire à votre mère et de lui dire de rester où elle est. A quoi songe-t-elle de venir à Londres?

Tout en parlant, Ambre secouait le bras pour faire tinter ses bracelets.

1. En français dans le texte.

— Dame, je pense qu'elle veut voir ses anciens amis. Et aussi, Madame, je peux bien vous le dire franchement, elle s'étonne que nous n'habitions pas ensemble.

Effrayé de ce qu'il venait de dire, il se retourna et traversa la pièce pour prendre une longue pipe dans la poche de son manteau. Il la bourra et l'alluma au feu de la cheminée.

— Seigneur ! Dites-lui que vous êtes sevré, marié et capable de vous occuper de vos propres affaires !

Puis, voyant qu'il fumait, elle s'écria :

— Sortez d'ici avec cette horreur ! Croyez-vous que je veuille avoir un appartement empesté ? Descendez, et commandez la voiture, je vous rejoins dans un instant. Ou partez tout seul, si vous le préférez.

Gérald s'empressa de sortir, visiblement soulagé, mais Ambre se regardait dans le miroir, les sourcils froncés, tandis que M. Durand, qui n'était pas supposé avoir des oreilles, s'affairait sur la boucle critiquée.

— Dieu ! finit par murmurer Ambre d'un ton lassé, quelle chose stupide et insipide qu'un mari !

Elle sortit de la pièce en faisant signe à Curry de la suivre et de porter sa longue traîne, afin qu'elle ne s'abîmât pas avant le bal. Durand valait bien les trois guinées qu'elle lui avait données — quelque absurde que fût ce prix —, non pas tant en raison du travail habile que du prestige qui entourait celles qui avaient recours à ses bons offices. Grâce à de nombreuses intrigues, elle était parvenue à le souffler à Lady Castlemaine pour ce soir, et toutes les dames qui assisteraient au bal le sauraient.

Huit jours plus tard, Ambre se trouvait à la nursery — où elle passait une heure ou deux tous les matins — à jouer au trictrac avec Bruce. Suzanne, en robe blanche de lin et de dentelle, avec un petit tablier et un minuscule bonnet de dentelle empesé posé bien en arrière sur ses longs cheveux lustrés, était assise par terre à côté d'eux. Elle dominait déjà la nursery, surtout les enfants d'Almsbury, mais son frère était plus récalcitrant.

Ambre aimait à passer ces quelques heures à la nursery, qui constituait le seul lien sûr qui la reliât à Lord Carlton. Ces enfants étaient aussi les siens, son sang coulait dans leurs veines, c'est de lui qu'ils tenaient leur existence. Leur amour pour elle était, en quelque sorte, le sien ; leurs baisers, les siens. C'étaient des souvenirs du passé, tout ce qu'elle avait dans le présent, et tout espoir pour l'avenir.

— Maman !

Suzanne interrompait sans cesse le jeu, car, trop jeune pour y prendre part, elle entendait y participer d'une manière ou d'une autre.

— Oui, trésor ?

— A dada.

— Laisse-moi finir ce tour, Suzanne. Je viens de jouer à dada.

Suzanne fit la moue et regarda son frère de travers. Ambre s'en aperçut et la serra dans ses bras :

— Voyons, petite sorcière !

— Sorcière ? Qu'est-ce que c'est ?

— Un fléau ! répondit son frère, agacé.

Au même instant Ambre aperçut un domestique qui venait d'entrer :

— Oui ?

— On vous demande, Madame.

— Qui cela ? Quelqu'un d'important ?

— Votre mari, je crois, Madame, et sa mère.

— Ô Seigneur ! Bon ! Merci. Dites-leur que je viens.

L'homme sortit et Ambre se leva, en dépit des protestations des enfants :

— Je regrette, mes chéris, je reviendrai si je le peux.

Bruce s'inclina devant elle :

— Au revoir, maman. Merci d'être venue nous voir.

Ambre se pencha et l'embrassa, puis elle souleva Suzanne, qui la couvrit de gros baisers.

— Voyons, Suzanne, protesta-t-elle, tu m'enlèves toute ma poudre, petite friponne !

Elle l'embrassa, la reposa par terre et quitta la pièce en leur faisant un signe affectueux de la main. Mais son sourire disparut dès qu'elle eut refermé la porte. Elle resta un instant immobile dans le couloir, songeuse. « Pourquoi diable cette vieille femme est-elle venue ? » se demandait-elle avec irritation. Puis, avec un soupir et un léger haussement d'épaules, elle se dirigea vers son appartement, à l'autre bout de la galerie.

Gérald Stanhope et sa mère étaient assis sur un canapé, près de la cheminée, dans le salon d'Ambre. La baronne douairière tournait le dos à la porte et parlait avec animation à son fils, qui paraissait soucieux et anxieux. Mais, dès qu'Ambre entra, la baronne se tut et, après s'être composé une attitude, elle dirigea un charmant sourire stéréotypé vers sa belle-fille. Ses yeux ne cachèrent pas la surprise et le déplaisir qu'elle ressentit à la voir.

Ambre s'avança lentement vers elle. Gérald, de l'air de quelqu'un qui s'attend à voir tomber le plafond, se leva pour faire les présentations. Les deux femmes s'embrassèrent avec précaution, comme si elles craignaient de souiller leurs mains et leurs vêtements. Elles reculèrent un peu, et se toisèrent mutuellement, aucune ne voulant laisser échapper un détail de l'autre.

Lucilla — Lady Stanhope — avait un peu plus de quarante ans, un visage dodu et pétulant qui rappela à Ambre les épagneuls du roi, une bouche aux coins tombants et des joues ballottantes. Ses cheveux — autrefois blonds — avaient foncé. Mais sa peau était encore rose et fraîche, ses seins fermes. Sa robe était plus démodée que de raison et ses bijoux insignifiants.

— Je vous en prie, ne faites pas attention à ma toilette, dit immédiatement la baronne. Ce ne sont que de vieilles friperies que j'étais sur le point de donner à ma femme de chambre, mais les routes sont si mauvaises que je n'ai osé porter autre chose. Ciel ! quel voyage ; l'une des voitures a versé, jetant trois de mes malles dans la boue.

— Oh ! c'est affreux ! dit Ambre, pleine de sympathie. Vous avez dû être abominablement secouée ! Puis-je vous offrir quelque rafraîchissement ?

— Oh ! certainement, Madame. Je crois que je prendrais volontiers une tasse de thé.

Elle n'en avait jamais bu, car c'était beaucoup trop cher. Mais elle était bien décidée à prouver que tout en ayant habité la campagne, elle n'avait jamais perdu contact avec la ville.

— Je vais en faire apporter. Arnold ! Sonnez cet homme ! Où est-il ? Toujours à embrasser les soubrettes quand on a besoin de lui !

Ambre se leva et alla à la porte :

— Arnold !

La baronne la suivit des yeux d'un air à la fois envieux et désapprobateur. Jamais elle n'avait pu se faire à l'idée que les jours de sa jeunesse et de sa beauté étaient passés. Il y avait d'abord eu la guerre civile. Son mari absent, puis finalement tué, la condamnant à vivre à la campagne, appauvrie par les taxes et obligée de faire une bonne partie de son ménage, comme une simple femme de fermier. Les années s'étaient traîtreusement écoulées. Elle n'avait pas eu l'occasion de se remarier, car les guerres avaient laissé trop de pauvres veuves, et elle avait Gérald et ses deux sœurs à élever. Ses filles avaient eu la chance d'épouser des gentilshommes campagnards. Quant à Gérald — elle y était bien décidée —, il trouverait une bonne occasion. Elle l'avait envoyé faire un tour sur le continent en lui recommandant bien de s'arrêter à Londres au retour pour essayer d'attirer l'attention du roi. Il avait réussi mieux qu'elle n'eût osé l'espérer. Par une lettre reçue il y avait un mois, il lui apprenait que non seulement le roi l'élevait au rang de comte, mais lui avait fait épouser une grosse fortune. Il se trouvait donc à la fois comte et jeune mari !

Comblée de joie, elle avait immédiatement commencé à prendre ses dispositions pour fermer le manoir de Ridgeway et aller s'installer à Londres. Mais une lettre de Lady Clifford, tombant au milieu de ses agitations, lui causa un choc désagréable :

« *Ma chère Lucilla, veuillez recevoir, avec nos bons souvenirs, tous les vœux que nous formons tous, nous qui sommes vos amis. Nous avons été à la fois surpris et heureux que votre famille ait reçu un comté. Certes, nul ne l'a mérité autant que vous, mais nous savons, nous qui avons vécu à Londres, que de nos jours les récompenses ne vont guère à ceux qui les méritent. Inutile de se le dissimuler, les vieux usages ont changé, en pis, je le crains.*

« *Nous avons tous été très étonnés par la nouvelle*

du mariage de Gérald, si subit, et, en ce qui me concerne, je n'ai su qu'il était en ville qu'au moment où j'ai appris qu'il venait d'épouser l'ancienne comtesse de Radclyffe. Vous savez sans aucun doute que c'est une vraie beauté qui fréquente beaucoup la Cour et qui est, dit-on, assez en faveur auprès de Sa Majesté. Pour ma part, je vais rarement à Whitehall, préférant la société de vieux amis. La jeunesse et la frivolité ont envahi la Cour, et l'on n'y désire point de gens aux manières posées. Peut-être le temps reviendra-t-il où les qualités d'honnêteté chez un homme et de modestie chez une femme constitueront autre chose qu'un prétexte à plaisanteries grossières.

« J'espère avoir le plaisir de vous voir bientôt. Il ne fait, certes, aucun doute que vous viendrez à Londres, dès que Gérald et sa femme occuperont le même appartement.

« Je suis, Madame, votre très humble et très obéissante servante.

« Margaret, Lady Clifford. »

Voilà ! Comme une pierre tombant dans une mare tranquille : « ... dès que Gérald et sa femme occuperont le même appartement. » Que voulait dire Lady Clifford ?

Étaient-ils mariés, sans habiter sous le même toit ? Où logeait-il ? Et elle ? Relisant soigneusement la lettre, elle y découvrit maintes autres insinuations de mauvais augure. Pour le bien de son fils, il lui fallait être au plus tôt à Londres.

Elle y était maintenant, en présence même de cette femme, toute sa vertu outragée bouillonnant en elle, et, néanmoins, elle se sentait embarrassée et mal à l'aise. Car, tout en ayant conscience d'avoir derrière elle toute une lignée de hautains ancêtres — tandis que cette créature était une parvenue, sortie du théâtre, ou même pis encore —, elle était déconcertée et intimidée par sa froide maîtrise, ses belles toilettes, et son orgueilleuse beauté. Et surtout par sa jeunesse. Cependant, Lady Stanhope était d'une autre trempe que son fils. Elle sourit à sa belle-fille et agita son éventail comme s'il faisait très chaud dans la pièce.

— Ainsi donc, vous êtes ma nouvelle fille ? Bien jolie, ma chère. Gerry doit être fier de vous ! Je vous prie de croire que j'ai déjà pas mal entendu parler de vous.

— Déjà ? Je croyais que vous veniez seulement d'arriver à Londres ?

— Oh ! par lettre, ma chère. Lady Clifford est une de mes très chères amies. Grâce à elle je suis informée de tout, comme si je vivais sur place. Je vous assure que cela a été une grande diversion pour moi, durant toutes ces années où j'ai été trop tristement frappée par la mort de mon cher mari pour aller dans le monde. Oh ! je suis au courant de tout, vous pouvez me croire !

Lady Stanhope toussota pour s'éclaircir la voix et se tourna vers Gérald en l'enveloppant d'un regard chargé d'amour maternel :

— Comme mon Gerry a changé ! Je ne l'avais pas revu depuis son départ pour le continent ; deux ans déjà en juin prochain. Il est aussi élégant qu'un jeune noble français. Allons, j'espère que vous serez heureux ensemble. Gerry, mieux que personne, saura rendre une femme heureuse. Et rien n'est plus important pour nous, n'est-ce pas, Madame, qu'un mariage heureux, bien que l'on se plaise à le ridiculiser...

Ambre sourit légèrement, mais ne répondit pas. A ce moment le domestique apparut, suivi de deux autres, qui placèrent devant elle une table à thé chargée d'argenterie, avec de fines tasses en porcelaine de Chine, et deux verres de cristal pour le brandy qui accompagnait toujours le thé. Lady Stanhope feignit l'enthousiasme :

— Que ce thé est donc exquis ! Dites-moi, je vous en prie, où vous l'avez trouvé ? Le mien n'est jamais aussi bon.

— C'est le maître d'hôtel de Lady Almsbury qui s'en occupe ; il vient du comptoir des Indes orientales, je crois.

— Hmmm ! délicieux !

Elle but une gorgée.

— Je pense que vous allez bientôt vous installer chez vous, avec Gerry ?

Ambre sourit par-dessus sa tasse, les yeux mi-clos, brillants et durs comme ceux d'un chat :

— Peut-être ferons-nous un jour construire, quand nous trouverons des ouvriers. Pour l'instant ils sont tous occupés à la Cité, à bâtir des tavernes.

— Mais en attendant, que ferez-vous, ma chère ?

La baronne avait un air innocent et étonné.

— Oh ! nous resterons comme nous sommes. C'est très commode, n'est-ce pas, Monsieur ?

Ainsi interpellé, Gérald, les yeux de sa mère et de sa femme braqués sur lui, tressaillit, renversant du thé sur son jabot de dentelle :

— Quoi ? Ah ! oui ! Je crois. Ce n'est pas mal, pour le moment du moins.

— Sottises ! Gérald, fit sa mère d'un ton tranchant. C'est choquant ! Je peux bien vous le dire carrément, ma chère, poursuivit-elle en se tournant vers Ambre ; on ne parle que de cela !

— On en parlait, voulez-vous dire, Madame. C'est la disparition de Frances Stewart qui est maintenant à l'ordre du jour.

La baronne commençait à se sentir exaspérée.

Elle n'était pas habituée à ce genre de résistance et trouvait cela à la fois insultant et contrariant. Cette coquine ne se rendait-elle pas compte qu'elle parlait à sa belle-mère, une personne de quelque importance, et de plus haute qualité qu'elle !

— Vous plaisantez, ma chère. Mais ce n'en est pas moins inouï qu'un mari et une femme vivent séparés. Le monde se plaît à critiquer, vous le savez, et un pareil arrangement met en cause l'honorabilité des deux, celle de la femme surtout...

Elle s'excitait en parlant et prenait un air outragé. Ambre aussi commençait à se fâcher. Mais elle voyait le visage malheureux et implorant de Gérald et se contenait, par pitié pour lui. Posant sa tasse de thé, elle se mit à servir le brandy :

— Eh bien ! je suis navrée que cet arrangement ne soit pas à votre convenance, Madame, mais, du moment qu'il nous satisfait tous deux, je crois que nous laisserons les choses en l'état !

La baronne ouvrait la bouche pour protester, mais l'entrée de Lady Almsbury l'interrompit.

— J'ai appris que vous étiez arrivée, Madame, dit Emily en prenant une chaise près de la cheminée et en acceptant la tasse de thé qu'Ambre lui offrait, et j'ai voulu vous souhaiter la bienvenue. Vous devez trouver Londres tristement changée ?

— Certes, Madame, répondit vivement Lady Stanhope. Ce n'était pas ainsi, je vous assure, la dernière fois que j'y ai séjourné, en 43 !

— Oui ! Londres paraît dans un état désespéré. Mais on a de très beaux projets, et on a commencé à reconstruire divers quartiers de la Cité. Avez-vous fait bon voyage, dites-moi ?

— Dieu ! non ! Je n'ai pas eu de chance. Je le disais il y a un instant à la comtesse, je n'ai pas osé mettre une robe convenable, de peur de l'abîmer. Mais il y avait deux ans que je n'avais vu Gerry. Je savais qu'il ne songerait pas à quitter Londres sitôt après son mariage, et je suis venue !

— C'est bien courageux de votre part. Mais, dites-moi, Madame, avez-vous un gîte ? Depuis l'incendie, il est devenu extrêmement difficile de trouver à se loger. Si vous n'avez pas pris d'autres dispositions, mon mari et moi serons très heureux de vous offrir l'hospitalité, tant qu'il vous plaira.

« Allons bon ! se dit Ambre avec irritation. Me faudra-t-il habiter avec cette vieille haridelle bavarde ? » Lady Stanhope n'eut pas un instant d'hésitation :

— Oh ! que c'est aimable à vous, comtesse ! A la vérité, je n'ai pas encore d'appartement, je suis venue si précipitamment. Je serais très heureuse de rester quelques jours ici.

Ambre avala son brandy et se leva :

— Je vous prie de m'excuser, Mesdames. Je suis attendue au palais avant midi, et il faut que je m'habille.

— Oh ! s'écria Lady Stanhope en se tournant vers son fils. Alors vous allez partir aussi, Gerry. Allez vite, mon chéri. Un jeune homme préfère entourer sa jeune femme plutôt que sa mère !

Ambre lança un coup d'œil impératif à Gérald qui s'empressa de répondre :

— Il se trouve, Madame, que je suis invité à déjeuner avec quelques messieurs, chez *Locket*, tout à l'heure.

— Invité à déjeuner, et pas avec votre femme ! Mon Dieu, quelle étrange époque !

Gérald, enhardi par sa propre audace, brossa nonchalamment sa manche de brocart bleu et or :

— C'est la mode, Madame. Les maris et les

femmes inséparables font vieux jeu; personne n'en veut plus.

Il se tourna vers Ambre et s'inclina avec toute l'élégance dont il était capable :

— Votre serviteur, Comtesse !

— Votre servante, Monsieur,

Elle lui fit une révérence, amusée et quelque peu surprise qu'il ait ainsi osé défier sa mère. Il salua ensuite Lady Almsbury et Lady Stanhope et se sauva tandis que celle-ci se demandait si elle allait le laisser partir ou lui dire tout net ce qu'elle pensait de pareille conduite. Comme Ambre quittait la pièce, elle l'entendit qui s'écriait :

— Ciel ! Comme il est changé ! Tout à fait le jeune homme à la mode, par ma foi !

Il était près de minuit quand Ambre rentra de Whitehall, fatiguée jusqu'à l'épuisement et infiniment désireuse de se mettre au lit. Passer douze heures au palais représentait pour elle un effort considérable, surtout en raison de sa grossesse. Il fallait s'y montrer toujours alerte et gaie, sans un instant de détente. Elle était prise d'une douleur nerveuse à la nuque et avait des crampes dans les jambes. Tout son corps était agité de tremblements. Elle commençait à monter l'escalier quand Almsbury sortit en courant d'une pièce éclairée qui donnait sur le hall :

— Ambre ! s'écria-t-il, je pensais que vous ne viendriez jamais !

— Moi aussi ! Il y avait une représentation de ces sacrées marionnettes, et personne ne s'est déclaré satisfait avant qu'elles n'eussent joué *Roméo et Juliette* quatre fois !

— J'ai une surprise pour vous !

Il était juste au-dessous d'elle, sur les marches, et souriait :

— Devinez qui est là ?

Ambre haussa les épaules, l'air indifférent :

— Comment le saurais-je ?

Elle se retourna et, sur le seuil de la porte, une silhouette, celle d'un homme aux cheveux noirs, lui souriait. Ambre faillit suffoquer :

— Bruce !

Elle le vit qui s'avançait vers elle. Puis les bras d'Almsbury l'entourèrent, comme elle s'affaissait, évanouie, battant l'air de ses mains.

XLVIII

Le léger soleil d'avril traversait les fenêtres closes et faisait des taches de lumière sur le parquet nu. Il étincelait sur les éperons d'une paire de bottes masculines, jouait sur les plumes d'autruche bleu pâle qui garnissaient le large bord d'un chapeau, brillait sur la garde d'or et d'argent d'une épée... tous ces objets entassés auprès du grand lit à baldaquin. Ambre y était étendue, à demi endormie encore, juste sur le point de se réveiller. Elle tâta de la main la place à ses côtés, et une expression de perplexité et de vague inquiétude passa sur son visage. Elle ouvrit les yeux, se trouva seule et se dressa avec un cri d'effroi :

— Bruce !

Il écarta les rideaux et apparut devant elle, souriant. Il portait un haut-de-chausses, mais ni chemise ni perruque, et venait probablement de se raser, car il se tamponnait les joues.

— Qu'y a-t-il, mon cœur ?

— Oh! Dieu merci! J'avais peur que vous ne soyez parti, ou d'avoir seulement rêvé que vous étiez là. Mais c'est bien vous, n'est-ce pas? Vous êtes vraiment là? Oh! Bruce, c'est merveilleux de vous avoir de retour!

Elle lui tendit les bras avec un joyeux sourire, les yeux brillants :

— Venez ici. Je veux vous toucher...

Il s'assit à ses côtés et Ambre lui caressa le visage, comme si elle cherchait à s'assurer de sa présence.

— Que vous êtes beau! murmura-t-elle. Plus que jamais!

Ses mains glissèrent sur les épaules musclées, sur la poitrine robuste, cette chair chaude et hâlée. Puis ses yeux rencontrèrent les siens.

— Ambre...

— Oui?

Leurs lèvres se joignirent avec une violence et une voracité soudaines. D'une manière inattendue, elle se mit à pleurer, se cramponnant à lui en un désir passionné. Il la repoussa tendrement sur le lit et les bras d'Ambre se nouèrent autour de son cou... La vague d'ardeur assouvie, il s'étendit, la tête appuyée sur son sein. Ils étaient sereins, silencieux, apaisés. Les doigts d'Ambre caressaient amoureusement l'épaisse chevelure noire.

Bruce se redressa et se leva. Ambre ouvrit les yeux et sourit, comme ensommeillée.

— Venez, mon cœur! Étendez-vous près de moi!

Il se pencha et lui baisa les lèvres :

— Je ne peux pas, Almsbury m'attend.

— Et quand cela serait! Laissez-le attendre!

Il secoua la tête.

— Nous allons à Whitehall. Sa Majesté désire

me voir. Peut-être vous y rencontrerai-je tout à l'heure.

Il s'interrompit et l'observa, un sourire amusé au coin des lèvres.

— C'est que vous êtes comtesse, désormais. Et remariée, aussi...

Ambre s'était vivement retournée avec une expression de véritable surprise : « Remariée ! Mon Dieu, se dit-elle, c'est pourtant vrai ! » Quand Gérald n'était pas là, elle oubliait tout à fait son existence. Mais Bruce souriait toujours :

— Qu'y a-t-il, mon cœur ? Vous oubliez avec lequel ? Almsbury prétend qu'il s'appelle Stanhope — est-ce bien cela ? —, et son prédécesseur était...

— Oh ! Bruce ! ne vous moquez pas ! Jamais de la vie je ne l'aurais épousé si j'avais su que vous reviendriez. Je le déteste ! C'est un lourdaud, stupide et idiot. Je l'ai épousé uniquement...

Elle s'arrêta et se reprit bien vite :

— Je ne sais pas pourquoi je l'ai épousé. Je ne sais pas pourquoi je me suis mariée ! Je n'ai jamais voulu épouser personne que vous, Bruce ! Oh ! mon cœur, nous aurions été si heureux ensemble, si seulement vous...

Elle vit l'expression de son visage changer, comme s'il eût voulu la mettre en garde, la faire taire. Sa vieille crainte de nouveau l'envahit et elle dit enfin, très doucement :

— Vous êtes marié, n'est-ce pas ?

Il prit sa respiration :

— Oui, je suis marié !

C'était cela ! Enfin elle l'avait entendu, ce mot qu'elle redoutait depuis sept ans. Il lui semblait maintenant que cela avait toujours été entre eux, inévitable comme la mort. Faible et secouée, elle ne pouvait que le contempler. Il s'assit sur une chaise et entreprit de lacer ses souliers. Puis il resta immobile, les coudes sur les genoux, les mains pendantes entre les jambes. Enfin il la regarda :

— Je suis navré, Ambre.

— Navré d'être marié ?

— Navré de vous avoir peinée.

— Quand vous êtes-vous marié ? Je pensais...

— Il y a eu un an en février, juste à mon retour à la Jamaïque.

— Alors vous saviez que vous alliez vous y marier quand vous m'avez quittée ! Vous...

— Non, je ne le savais pas, fit-il en l'interrompant. Je l'ai rencontrée le jour de mon arrivée là-bas. Nous nous sommes mariés un mois après.

— Un mois après, murmura-t-elle, près de s'effondrer. Ô mon Dieu !

— Ambre, mon cœur, je vous en prie, je ne vous ai jamais menti. Dès le début, je vous ai dit que je me marierais un jour.

— Oh ! mais si vite ! protesta-t-elle sans aucune logique, d'une voix plaintive et voilée.

Puis, relevant la tête, elle le dévisagea, un éclair de malice au fond des yeux :

— Qui est-ce ? Une beauté noire que...

La physionomie de Bruce se durcit :

— C'est une Anglaise. Son père est comte et il est venu à la Jamaïque après les guerres civiles. Il y possède une plantation de canne à sucre.

Il se leva pour achever de s'habiller.

— Elle est riche, je pense ?

— Assez, oui.

— Et belle aussi ?

— Oui, je le trouve.

Elle resta un instant silencieuse, puis :

— L'aimez-vous ?

Il se retourna et la fixa d'un air singulier, les

yeux mi-clos. Tout d'abord il ne répondit pas, puis il dit, comme un murmure :

— Oui, je l'aime.

Elle prit sa robe de chambre, l'enfila, sauta hors du lit et dit alors les mots qui seraient venus à toute dame de la Cour se trouvant en pareille situation :

— Oh ! le diable vous emporte, Bruce Carlton ! Pourquoi faut-il que vous soyez le seul homme en Angleterre qui se marie par amour !

Mais la couche de vernis était trop mince et craquait à la moindre pression. Elle éclata soudain :

— Je la hais ! s'écria-t-elle furieusement. Je la méprise ! Où est-elle ?

Il répondit, toujours très doucement :

— A la Jamaïque. Elle a eu un enfant en novembre et n'a pas voulu partir.

— Elle doit joliment vous aimer !

Bruce ne répondit pas à ce sarcasme et elle ajouta violemment :

— Alors, vous voici marié à une lady, et vous avez quelqu'un digne d'élever vos marmots, dont les ancêtres ont passé deux mille ans assis sur leur derrière à la Chambre des Lords ! Mes félicitations, Lord Carlton ! Quelle calamité si vous aviez dû confier à une créature ordinaire le soin d'élever vos enfants !

Il eut un regard inquiet, non dénué d'une certaine pitié. Il tenait son chapeau à la main :

— Il faut que je parte, Ambre. Je suis déjà en retard d'une demi-heure.

Elle lui lança un coup d'œil rapide et détourna la tête, comme si elle attendait des excuses. Puis, malgré elle, elle le regarda traverser la chambre de cette allure qui lui était familière et paraissait receler un peu de tout ce qu'elle aimait.

— Bruce !

Il s'arrêta, se retourna, attendit.

— Peu m'importe que vous soyez marié ! Jamais je ne renoncerai à vous, jamais, tant que je vivrai, vous entendez ! Vous m'appartenez, autant qu'à elle ! Jamais elle ne pourra vous avoir tout entier !

Elle courut à lui, mais il avait déjà repris son chemin et sortit en fermant doucement la porte. Ambre s'immobilisa, une main tendue, l'autre portée à sa gorge pour étouffer un sanglot :

— Bruce ! cria-t-elle encore.

Elle revint auprès du lit, contempla la scène quelques instants et tomba à genoux, la tête enfouie dans les couvertures :

— Il est parti... murmura-t-elle. Parti... Je l'ai perdu !...

Pendant les deux premières semaines de son séjour, Ambre vit Lord Carlton, mais peu fréquemment. Il était au port, occupé à écouler auprès de négociants le tabac qu'il avait rapporté et à passer de nouveaux contrats ; il faisait des achats pour lui-même et pour d'autres planteurs. Quand il allait à Whitehall, c'était pour voir le roi, car il désirait obtenir une concession de vingt mille acres, qui devait porter son domaine à trente mille. Mais il ne fréquentait ni les salons, ni le théâtre.

Sur la suggestion d'Ambre, Lady Almsbury lui avait donné des appartements attenant aux siens et, bien qu'il n'eût pas parlé de la revoir la nuit suivante — pensant que son mari serait là —, elle frappa à sa porte sitôt qu'elle l'entendit rentrer. Après quoi, ils se rencontrèrent toutes les nuits. Il savait, sans nul doute, qu'elle rentrait parfois très tard parce qu'elle était restée avec le roi, mais jamais il n'y fit allusion. Les relations, plus qu'occasionnelles, d'Ambre avec son mari paraissaient l'amuser, mais il n'en parlait pas non plus.

Tel n'était pas, toutefois, l'avis de la mère de Gérald.

Durant cette quinzaine, Ambre ne l'aperçut qu'une fois ou deux, à Whitehall, et s'empressa de se diriger dans une autre direction, pour éviter une rencontre. Mais l'ex-baronne douairière — dorénavant comtesse — paraissait très occupée et Nan prétendait qu'elle était en perpétuelles discussions avec des coiffeurs, des bijoutiers, des lingères et des tailleurs, ainsi qu'avec une bonne douzaine d'autres fournisseurs, si bien que sa chambre était pleine de satins, velours, taffetas dentelles, rubans et soieries. « Que diable fait-elle ? se demandait Ambre. Elle n'a pas un sou vaillant ! » Puis elle réfléchit qu'elle le savait fort bien, au fond. La vieille rosse dépensait son argent, à elle, Ambre ! Si elle n'avait pas été aussi préoccupée par Bruce et la défense de ses intérêts personnels à la Cour, elle n'eût pas permis deux jours de plus à la baronne de jeter ainsi l'argent par les fenêtres. Mais dans les circonstances actuelles elle préféra laisser faire, afin d'avoir la paix. « Un de ces jours, se promettait-elle, j'aurai une prise de bec avec cette femme. » Mais Lady Stanhope la devança.

Ambre ne s'éveillait jamais avant neuf heures du matin — car elle rentrait tard du palais — et Bruce était toujours parti à cette heure-là. Elle avalait sa tasse de chocolat, passait une robe de chambre et allait voir ses enfants. De dix heures à midi, elle s'habillait. Il lui fallait tout ce temps, d'abord parce que se farder, se faire coiffer, s'habiller étaient choses compliquées, et aussi parce qu'elle recevait les nombreux marchands de soieries, de bijoux et de parfums qui hantaient les antichambres des riches et des nobles. Elle ne fermait sa porte à aucun d'eux.

Elle aimait ce bruit et cette agitation, le sentiment d'importance qu'elle éprouvait à se voir ainsi solliciter. Et elle aimait aussi acheter. Si l'étoffe était belle, elle commandait toujours une nouvelle robe; si la monture en était originale ou extravagante, elle trouvait toujours l'emploi d'un collier ou d'un bracelet nouveaux; s'ils venaient de pays lointains, si on les disait rares, ou, simplement, si la fantaisie lui en prenait, elle ne refusait jamais un vase, une table, un miroir encadré d'or. Sa prodigalité était bien connue des marchands et, avant midi, ses appartements étaient presque aussi envahis par la foule que la cour du Royal Exchange.

Ambre était ainsi occupée, un matin, quand un petit page entra :

— Madame, la comtesse Stanhope vous demande.

Ambre leva les yeux au ciel :

— Enfer et damnation ! s'écria-t-elle, se retournant juste au moment où la baronne entrait.

Ses yeux s'ouvrirent tout grands d'étonnement et quelques minutes s'écoulèrent avant qu'elle eût assez repris ses esprits pour accueillir sa belle-mère.

Lucilla était à peine reconnaissable ! Ses cheveux, aussi dorés que ceux de Suzanne, étaient bouclés à la dernière mode, décorés de rubans, de fleurs et d'une torsade de perles. Son visage était peint comme celui d'une poupée de Chine, et c'était manifestement grâce à un artifice de l'art que ses joues étaient maintenues fermes et rondes. Sa robe — de satin gris perle, sur un jupon violet — paraissait l'œuvre de quelques doigts français adroits et le corset qu'elle portait lui amincissait la taille tout en faisant pigeonner la poitrine. Le collier de perles, les pendants d'oreilles en diamants, la demi-douzaine de bracelets et les bagues trop nombreuses avaient un éclat de mauvais augure et paraissaient à la fois simples et coûteux. En quinze jours à peine, Lady Stanhope s'était transformée en une grande dame à la mode, fort élégante, un peu mûre mais, somme toute, assez attrayante encore.

« Mon Dieu ! se dit Ambre. Regardez-moi cette vieille peau ! »

Les deux femmes échangèrent un baiser conventionnel, mais Lady Stanhope avait surpris l'expression de surprise chez Ambre et regardait celle-ci d'un air de triomphe, comme si c'était vraiment elle, à son tour, qui méritait d'être admirée. Le premier choc passé, Ambre songea, horrifiée, que tout cela lui était dû. Les Stanhope, elle le savait, avaient perdu leur unique et faible source de revenus quand leur maison de rapport avait brûlé dans l'incendie de Londres.

— Il faut me pardonner mon impolitesse, dit Lucilla. Je serais venue plus tôt, mais j'ai été terriblement occupée !

En dépit de l'envie qu'elle s'imaginait lire dans les yeux de sa belle-fille, force lui était de se rendre compte que, malgré ses parures, ses cheveux teints et ses boucles fausses, elle ne retrouverait plus l'éclat de ses vingt-deux ans.

— Oh ! Mais c'est moi qui aurais dû aller vous visiter, Madame, protesta poliment Ambre, essayant de totaliser dans sa tête le nombre de livres sterling que portait sur elle Lady Stanhope.

Plus le total montait, plus elle était en colère...

Ambre se remit à sa toilette et entreprit de poser ses mouches, tandis que Lucilla haletait, visiblement à l'étroit dans son corset.

— Dieu ! fit la ci-devant baronne en croisant ses petits pieds et en minaudant, vous ne sauriez croire à quel point j'ai été occupée depuis quinze jours ! J'ai beaucoup d'amis à Londres, vous savez, et tout le monde veut me voir ! C'est exaspérant ! J'ai été horriblement bousculée. J'ai à peine vu Gerry. Dites-moi, je vous prie, comment va ce cher enfant ?

— Très bien, je crois, Madame, répliqua Ambre, trop irritée à la pensée que son argent, difficilement gagné, passait à décorer cet être pour faire grande attention à ce qu'elle disait.

Se levant, elle traversa la pièce, passa derrière un magnifique paravent chinois de laque bleue, faisant signe à l'une de ses femmes de lui apporter sa robe. M. le Chien — c'était son nom — flairait curieusement les souliers de Lucilla en jappant de temps à autre, nullement intimidé par ses regards indignés. On ne vit bientôt plus que la tête et les épaules d'Ambre et, quand elle se détourna, Lucilla l'observa d'un œil dur, le sourcil froncé. Mais, croisant son regard, elle dit avec un sourire gêné :

— C'est curieux que je ne voie jamais Gerry le matin. A la maison, son premier geste était toujours de venir me rendre visite ! Il a toujours été un enfant très attentionné. Mais il doit sortir de très bonne heure...

Elle parlait vite, fixant Ambre comme si elle s'attendait à un mensonge.

— Oh ! pour autant que je m'en souvienne, dit Ambre en respirant profondément, tandis que sa femme de chambre serrait les lacets du corset, il n'est pas revenu depuis le jour de votre arrivée.

— Quoi ? s'écria Lady Stanhope, aussi alarmée que si elle venait d'apprendre l'arrestation de son fils comme voleur. Il ne couche pas avec vous ?

— Plus serré, murmura Ambre à la femme de chambre.

Sa taille épaississait, mais elle tenait à le dissimuler le plus longtemps possible, et cette fois plus que jamais. Bruce étant là, elle tenait à paraître avec tous ses avantages. Ce fut d'un air distrait qu'elle répondit :

— Oh ! si, quelquefois.

En fait, cela s'était produit à trois reprises. Ambre l'avait admis uniquement parce que le roi désirait lui faire endosser l'enfant.

— Eh bien !

Lady Stanhope s'éventa plus vigoureusement que jamais et elle rougit, comme toujours quand elle était nerveuse, embarrassée ou en colère.

— Jamais je n'ai entendu chose pareille ! Un homme qui ne couche pas avec sa femme ! C'est... Oui, c'est immoral ! Je lui en parlerai, ma chère ! Je veillerai à ce qu'il ne vous néglige plus...

Ambre lui adressa un sourire légèrement amusé, par-dessus son paravent, et se pencha pour enfiler ses jupons :

— Ne vous inquiétez pas, Madame. Le comte et moi sommes très satisfaits de cet arrangement. Les jeunes gens ont à faire, aujourd'hui, vous savez. Ils vont au théâtre et dans les tavernes, boivent jusqu'à minuit et rôdent ensuite dans les rues. Cela les occupe, je vous assure...

— Oh ! mais Gerry n'aime pas ce genre de vie ! C'est un bon garçon, tranquille, je vous l'affirme, Madame. S'il ne vient pas ici, c'est certainement qu'il ne s'y sent pas désiré.

Ambre se tourna vivement et regarda sa belle-mère d'un air froid, les yeux insolemment mi-clos :

— Je ne vois certes pas qui aurait pu lui suggérer de pareilles pensées. Quelle heure est-il, Nan ?

— Presque midi et demi, Votre Grâce.

— Oh ! Seigneur !

Ambre sortit de derrière son paravent, entièrement habillée, et une femme de chambre lui tendit son éventail et son manchon, tandis qu'une autre lui posait son manteau sur les épaules. Elle enfila ses gants :

— J'ai un rendez-vous avec M. Lely à une heure. Je vous prie de m'excuser, Madame. M. Lely est tellement pris qu'il ne saurait attendre quiconque. Si je suis en retard je perdrai mon tour, et mon portrait n'est qu'à moitié fait.

Lady Stanhope se leva :

— Je partais moi-même. Je suis invitée à déjeuner par Lady Clifford, et nous devons ensuite nous rendre au théâtre.

Les deux comtesses quittèrent la pièce, suivies de Nan, de Curry et de M. le Chien. Lucilla lança un regard en coin à Ambre :

— Je pense que vous savez que Lord Carlton est un des hôtes de la maison ?

Ambre la considéra d'un air scrutateur. Que voulait-elle dire ? Était-il possible qu'elle eût entendu bavarder à ce sujet ? Ils avaient été si discrets, entrant et sortant toujours par leurs portes respectives, s'ignorant en public. Le cœur battant, elle répondit d'un ton dégagé :

— Oh ! oui, je sais. C'est un très vieil ami du comte.

— Je le trouve irrésistible ! On dit que toutes les dames de la Cour en sont éprises ! L'avez-vous aussi entendu dire ? On prétend même que Milady Castlemaine ne lui est pas indifférente... mais, évidemment, on dit cela de tout le monde...

Elle bavardait, comme toujours, sans savoir s'arrêter, mais Ambre respira. Elle ne savait rien, c'était certain...

— Songez donc à la vie aventureuse qu'il a menée, soldat, corsaire, et maintenant planteur! J'ai entendu dire qu'il était un des hommes les plus riches d'Angleterre, et sa famille, naturellement, est des meilleures! C'est Marjorie Bruce, vous savez, qui a été la mère du premier Stuart, roi d'Écosse, et il est issu de cette famille. Et sa femme est, dit-on, une vraie beauté!

— On est toujours une beauté, avec dix mille livres de fortune, répliqua brusquement Ambre.

— C'est possible, fit Lucilla. C'est un bel homme, en tout cas mon idéal, je vous assure!

Ambre s'inclina devant elle :

— Au revoir, Madame.

Elle s'éloigna, descendit l'escalier, bouillant intérieurement, furieuse et blessée. « Oh! je ne peux pas le supporter! se dit-elle impétueusement. Je ne peux pas prendre mon parti de le savoir marié à cette femme! Je la hais! je la hais! je la hais! Je voudrais qu'elle meure! » Elle reprit sa respiration : « Peut-être mourra-t-elle. » Les yeux étincelants, elle reprit sa marche. « Peut-être mourra-t-elle, là-bas, avec toutes ces maladies... » Elle avait tout à fait oublié qu'elle en voulait à la comtesse de dépenser son argent.

La nuit suivante, Bruce et elle rentraient ensemble de Whitehall. Ayant terminé la partie la plus importante de ses affaires, il venait maintenant le soir à la Cour, pour jouer et causer. Tout en montant l'escalier, ils riaient de l'histoire qui courait sur le compte de Buckingham, arrêté pour tapage nocturne, enfermé puis relâché, sans avoir été reconnu. Arrivés devant leurs appartements, ils se séparèrent.

— Dépêchez-vous de venir, mon cœur, murmura-t-elle.

Toujours souriante, elle entra dans son propre

salon, mais sa physionomie se figea en voyant Gérald et sa mère, assis devant la cheminée.

— Eh bien !

Elle ferma la porte d'un geste brusque. Gérald se leva. Il avait l'air très malheureux et Ambre comprit que l'idée de venir n'était pas de lui. L'ex-baronne douairière lui jeta un coup d'œil langoureux par-dessus son épaule nue, se leva et esquissa une vague révérence. Ambre ne la lui rendit pas et entra, les dévisageant alternativement l'un et l'autre.

— Je ne m'attendais pas à vous trouver ici ! dit-elle à Gérald, qui toussota et passa un doigt sous la haute cravate qui lui enserrait le cou.

Il tenta un sourire, mais son visage était agité de tics nerveux.

— J'étais simplement venu bavarder avec Gerry pendant qu'il vous attendait, s'empressa de dire sa mère. Je m'en vais et je vous laisse ensemble, jeunesse ! Votre servante, Madame. Bonsoir, mon cher Gerry.

Elle lui administra une petite tape d'encouragement, tandis qu'il l'embrassait docilement. Et ce fut avec un petit sourire de triomphe qu'elle quitta la pièce. Ambre, sans plus s'en occuper, tenait ses regards fixés sur Gérald.

— Eh bien ? répéta-t-elle en se rapprochant du feu pour se chauffer les mains.

— Eh bien ! Madame, fit Gérald. Me voici. Après tout — il se redressa et se tourna vers elle —, pourquoi ne serais-je pas ici ? Je suis votre mari, Madame.

Il répétait sa leçon.

— Évidemment, concéda Ambre. Pourquoi pas ?

Puis, tout à coup, elle porta la main à son cœur et s'affaissa sur un siège.

Gérald se précipita :

— Mon Dieu ! Madame. Qu'avez-vous ? Ne vous sentez-vous pas bien ?

Il se retourna, prêt à s'enfuir.

— Je vais chercher quelqu'un.

Mais Ambre l'arrêta :

— Non, Gérald. Ce n'est rien. C'est que je vais avoir un enfant, je crois, je n'avais pas voulu vous le dire avant d'en être sûre...

Il avait l'air enchanté, étonné, comme si cela n'était jamais arrivé à aucun homme avant lui :

— Déjà ! Mon Dieu ! Je ne peux pas le croire. Mais, Seigneur, j'espère que c'est vrai !

La surprise lui avait fait perdre ses airs affectés : il n'était plus qu'un brave jeune Anglais, content et effrayé. Ambre, très amusée, le trouvait un parfait nigaud :

— Je l'espère aussi, Milord. Mais vous savez ce qu'éprouve une femme en ces circonstances.

— Non, je ne sais pas ! Je n'y ai jamais encore songé. Vous sentez-vous mieux ? Puis-je aller vous chercher quelque chose ? Un oreiller pour votre tête ?

— Non, Gérald, merci. J'ai seulement besoin d'être seule. Je... Eh bien ! pour être franche, j'aimerais mieux dormir seule, si vous n'y voyez pas d'inconvénient...

— Oh ! mais naturellement, Madame. Je ne savais pas. Je ne m'étais pas rendu compte. Je regrette !

Il se prépara à se retirer.

— Si vous avez besoin de quelque chose, si je peux vous être utile...

— Merci, Gérald. Je vous tiendrai au courant.

— Madame, puis-je venir parfois prendre de vos nouvelles ?

— Mais bien entendu, Milord. Quand vous voudrez. Bonne nuit.

— Bonsoir, Madame.

Il hésita, cherchant manifestement les mots appropriés. Ne trouvant rien, il répéta avec un petit rire embarrassé :

— Bonne nuit !

Et il sortit. Ambre secoua la tête, fit une grimace, puis, se levant, passa dans la chambre à coucher. Nan eut un geste interrogateur, auquel elle répondit par une mimique qui les fit toutes deux éclater de rire. Les deux femmes étaient seules dans la pièce, riant et bavardant, Ambre en chemise, corset et vaporeux jupon de dentelle, quand Bruce frappa à la porte et entra. Il avait enlevé sa perruque, son manteau, sa veste et son épée ; sa chemise blanche était entrouverte.

— Pas encore déshabillée ? fit-il en souriant.

— J'ai écrit deux lettres.

Il s'arrêta devant la table et se versa un grand verre de brandy et d'eau.

— Je me suis toujours dit que les femmes gagneraient cinq années de leur vie si elles étaient vêtues de façon moins compliquée.

Nan avait défait les cheveux d'Ambre — une dame n'aurait jamais touché à sa chevelure — et avait quitté la pièce en poussant devant elle Curry et le chien. Ambre était à sa coiffeuse et retirait un collier, quand elle vit le visage et les épaules de Bruce dans le miroir. Ses yeux verts l'observèrent un instant ; puis il se pencha, écarta les cheveux de la nuque et y posa un baiser. Un frisson la parcourut ; elle poussa un soupir et ferma les yeux. Il laissa son verre sur la table, lui prit le bras et la fit se retourner.

— Oh ! Bruce ! s'écria-t-elle, Bruce, comme je vous aime !

Ils s'enlacèrent étroitement. Puis elle sentit tout à coup les lèvres de Bruce se détacher des siennes et s'aperçut qu'il regardait au loin, au fond de la pièce. Lentement il desserra son étreinte et elle se retourna. Gérald était là, sur le seuil, blême, la bouche grande ouverte.

— Oh! s'écria Ambre.

Et ses yeux étincelèrent d'une fureur soudaine :

— A quoi pensez-vous, à vous introduire ici de la sorte! A m'espionner? Maudit impertinent! Chien!

D'un mouvement brusque, elle saisit sur sa coiffeuse une boîte à mouches en argent qu'elle lança; mais elle avait mal visé et atteignit le chambranle de la porte. Gérald fit un saut de côté. Bruce se contentait de regarder le jeune homme avec une expression empreinte tout d'abord de surprise, puis d'une sorte de pitié quand il vit l'air effaré et navré du malheureux garçon. Ambre se précipita sur lui, poussant des cris de rage, les poings menaçants :

— Comment osez-vous vous introduire ainsi chez moi! Je vais vous frotter les oreilles!

Il se recula et le coup l'atteignit à l'épaule. Livide, l'air désespéré, il balbutiait :

— Pour l'amour de Dieu, Madame, je ne me doutais pas... Je ne savais pas que...

— Ne mentez pas, espèce de babouin! Je vous apprendrai...

— Ambre, voyons! intervint Bruce. Pourquoi ne le laissez-vous pas s'expliquer? Il s'agit évidemment d'une méprise.

Gérald lui adressa un regard de gratitude, mais il avait visiblement peur de cette femme qui se tenait devant lui, écarlate de fureur :

— Ma mère était encore dans le hall. Et quand je suis sorti... eh bien!... elle m'a dit de rentrer...

Ambre ouvrit la bouche. Mais, avant de parler, elle se tourna vers Bruce, pour deviner ses pensées. Il avait l'air très sérieux, mais ses yeux pétillaient d'amusement, bien qu'il éprouvât une sympathie manifeste pour ce pauvre jeune mari, dont le devoir était maintenant de le provoquer en duel. L'honneur ne lui permettait pas d'autre attitude. Et pourtant, il était ridicule de se représenter Gérald Stanhope, malingre, si peu découplé, ayant à peine le courage d'une fillette, se battant en duel avec un homme qui, non seulement avait huit pouces de plus que lui, mais était un bretteur accompli.

Bruce s'avança, s'inclina devant lui avec aisance :

— Monsieur, je regrette que vous ayez tout lieu de soupçonner les mobiles de mon attitude vis-à-vis de votre femme. Je vous présente toutes mes excuses et j'espère que vous ne me jugerez pas trop sévèrement.

Gérald eut l'air soulagé du criminel voyant arriver son sursis au moment où on lui passe la corde au cou. Il s'inclina à son tour :

— Je vous assure, Monsieur, que je suis suffisamment homme du monde pour savoir que les apparences sont souvent trompeuses. J'accepte vos excuses, Monsieur, et j'espère que nous aurons à nous rencontrer à nouveau en de plus agréables circonstances. Et maintenant, Madame, si vous voulez bien me montrer le chemin, je sortirai par l'escalier de service.

Ambre le considéra, stupéfaite ! Juste Ciel ! Ce pauvre imbécile ne songeait même pas à se battre ! Et il allait partir, abandonnant sa femme à un amant ? Sa colère tomba pour faire place au mépris. Soulevant ses jupons, elle lui fit une révérence :

— Par ici, Monsieur !

Elle alla ouvrir une porte donnant sur un petit escalier. Avant de sortir, Gérald s'inclina de nouveau, très correctement, devant elle d'abord, puis devant Bruce, mais Ambre remarqua que ses lèvres tremblaient nerveusement. Fermant la porte derrière lui, elle se retourna vers Bruce, s'attendant à trouver sur ses lèvres la même expression de mépris.

Il souriait bien, mais avec une lueur étrange au fond des yeux. Qu'était-ce ? De la désapprobation envers elle, de la pitié pour l'homme qui venait de partir, de la moquerie pour eux trois ? Elle en fut alarmée et se sentit pendant un instant perdue, isolée, glacée. Mais, tandis qu'elle le regardait, son expression changea ; il fit un geste de la main, haussa les épaules et s'avança vers elle.

— Allons ! dit-il, il porte une paire de cornes aussi élégamment que n'importe quel homme au monde !

IL

Londres était devenue aussi nerveuse qu'une jeune fille anémique. Ces dernières années l'existence y avait été trop pleine d'événements excitants et tragiques, trop turbulente et trop convulsive. Aussi était-elle mal à l'aise, nerveuse, constamment inquiète et effrayée. Aucune perspective n'était trop sombre, aucune possibilité trop improbable. Tout pouvait arriver et vraisemblablement arriverait.

La nouvelle année avait débuté dans le découragement, avec des milliers d'hommes, de femmes et d'enfants sans abri, vivant dans de petites cahutes aux toits de carton goudronné, construites hâtivement sur l'emplacement de leurs anciennes demeures. Ou bien ils étaient entassés dans les quelques rues épargnées par l'incendie et soumis à des loyers exorbitants. Au cours de cet hiver anormalement froid et rude, le charbon était si cher que beaucoup ne pouvaient en acheter. La plupart des gens croyaient — avec toute apparence de raison — que Londres ne serait jamais reconstruite, et ils n'avaient ni foi dans le présent, ni confiance dans l'avenir.

Une mauvaise étoile paraissait s'être levée sur l'Angleterre.

La dette nationale n'avait jamais été si grande, bien que le gouvernement fût près de la banqueroute. La guerre, commencée avec tant d'espoirs, était devenue impopulaire : elle n'avait pas été heureuse et s'associait, dans l'esprit du peuple, aux désastres sans précédent des deux dernières années. Les marins de la Royal Navy s'étaient mutinés et des hommes, mourant de faim, gisaient dans la cour de l'Amirauté. Le Parlement avait refusé les crédits nécessaires pour faire prendre la mer à une flotte cette année, et les négociants excluaient l'idée d'armer leurs navires sans argent comptant. Le Conseil des Ministres avait donc décidé — contre l'avis de Charles, d'Albermale et du prince Rupert — de désarmer la Flotte et de compter sur les négociations de paix déjà entamées.

Mais à la Cour on ne s'inquiétait guère de ces problèmes. Malgré l'état désespéré des finances gouvernementales, il y avait plus de richesses que jamais entre les mains de certains particuliers : n'importe qui, ayant l'esprit d'entreprise et des capitaux, pouvait investir son argent en stocks et le voir bientôt doubler ou tripler de valeur. Ces gens entreprenants ne craignaient pas les Hollandais, car la plupart d'entre eux savaient que l'Angleterre avait conclu un traité secret avec la France pour empêcher la flotte hollandaise de prendre la mer. Les Français ne s'intéressaient pas et ne s'étaient jamais intéressés à la guerre, pas plus que les ambitions de Louis ne s'étendaient au-delà du Channel. Que le peuple ignorant se tourmentât tout à son aise; les grandes dames et les gentilshommes avaient d'autres soucis. Ils se passionnaient bien plus pour l'escapade de Buckingham et les potins relatifs à la grossesse de Frances Stewart, rumeur qui avait circulé tout juste un mois après son mariage hâtif.

Quand, à la fin d'avril, vint l'épouvantable nouvelle que les Hollandais, avec une flotte de vingt-quatre navires, croisaient devant les côtes anglaises. Alors les gens s'affolèrent, la terreur, la colère et le soupçon se répandirent comme la flamme. Qu'était-il arrivé pendant les négociations? Quelqu'un avait trahi, vendu le pays à l'ennemi! Toutes les nuits l'on s'attendait à entendre le roulement des tambours, les hurlements des victimes tuées à coups de sabre. Mais les Hollandais, tout en continuant à croiser au large, menaçants, ne s'approchaient pas davantage.

Ambre ne s'intéressait ni à la guerre, ni aux Hollandais, ni à la fidélité de Buckingham, ni au bébé de Stewart. Une seule pensée l'habitait : Lord Carlton.

Le roi Charles lui avait accordé la concession supplémentaire de vingt mille acres demandée. De grands espaces étaient nécessaires, car le tabac épuisait le sol en trois ans et cela revenait meilleur marché de défricher de nouveaux terrains que de fertiliser les anciens. Bruce avait gardé une flotte de six navires, parce que les marchands et les planteurs sous-estimaient en général les récoltes et les bateaux manquaient toujours. Ses navires étaient par conséquent très demandés, et il avait envoyé un gros chargement en France, en octobre dernier. Bien que contraire à la loi, la contrebande était d'usage courant et il fallait que les planteurs s'y livrassent, car la Virginie produisait en deux ans plus que l'Angleterre ne consommait en trois.

Bruce passait ses journées à acheter des provisions, aussi bien pour lui que pour ses voisins qui l'en avaient chargé.

Sa maison de Virginie n'était pas entièrement achevée, car il avait été trop occupé l'année précédente à défricher et à planter du tabac. De plus, il était difficile de louer des travailleurs expérimentés, car la plupart de ceux qui s'expatriaient voulaient faire fortune en cinq ou six ans, et n'étaient guère disposés à travailler à leurs anciens salaires. Bruce allait emmener avec lui quelques douzaines de bons ouvriers pour terminer sa maison et travailler ses terres. Il achetait des vitres, des briques, des clous — qui étaient rares en Amérique — et, ainsi que beaucoup d'émigrants, emportait avec lui nombre de plantes et de fleurs du vieux continent pour son jardin.

Il éprouvait un enthousiasme passionné pour la Virginie et pour la vie qu'il y menait. Ambre voulait tout savoir et le harcelait de mille questions ; mais, quand il lui répondait, elle était toujours blessée, fâchée, jalouse :

— Grand Dieu ! Je ne sais pas comment vous pouvez vivre dans un tel pays ! Et vous travaillez toute la journée ?

Le travail n'était pas considéré comme une

occupation digne d'un gentilhomme, et elle prononçait ce mot comme si elle l'accusait d'une action indigne.

Une après-midi ensoleillée de la fin mai, ils se promenaient sur la Tamise, allant vers Chelsea, à trois milles et demi de Almsbury House. Ambre avait acheté une nouvelle barque de plaisance, grande et dorée, aux coussins de velours vert brodés d'or, et avait cajolé Bruce pour qu'il vînt l'inaugurer avec elle. Étendue à l'ombre de la tente, des roses blanches dans les cheveux, elle tenait un grand éventail pour s'abriter du soleil. Sa robe, de légère soie verte, lui recouvrait les jambes. Les matelots, dans leurs livrées or et vert, parlaient entre eux. La barque était longue et ils ne pouvaient entendre ce que se disaient Bruce et Ambre.

Il était assis en face d'elle et souriait, les yeux mi-clos à cause du soleil.

— J'admets, dit-il, que je ne passe pas mes matinées au lit à lire des billets doux, mes après-midi au spectacle et mes soirées dans les tavernes. Mais nous avons aussi nos distractions. Nous vivons au bord des rivières, et les voyages sont aisés. Nous chassons, buvons, dansons et jouons, tout comme vous le faites ici. La plupart des planteurs sont des gentilshommes, et ils apportent avec eux leurs habitudes et leurs coutumes, tout comme leur mobilier et les portraits de leurs ancêtres. Un Anglais loin de chez lui se cramponne à ses habitudes, comme si sa vie en dépendait.

— Mais il n'y a ni villes, ni théâtres, ni palais! Seigneur! je ne pourrais pas le supporter. Je pense que votre femme aime cette vie morne? ajouta-t-elle avec humeur.

— Je crois que oui. Elle était très heureuse sur la plantation de son père.

Ambre imaginait sans peine le genre de femme qu'était Corinne. Elle se la représentait comme une autre Jenny, ou comme Lady Almsbury : une créature calme et timide, ne se souciant au monde que de son mari et de ses enfants.

— Évidemment, elle est contente ! Elle n'a jamais rien désiré d'autre. Pauvre femme ! Comment est-elle ? Blonde, je pense ?

Son ton indiquait clairement qu'aucune femme ayant quelque prétention à la beauté ne pouvait avoir une autre couleur de cheveux. Il secoua la tête, amusé :

— Non. Ses cheveux sont très foncés, plus que les miens !

Ambre ouvrit grands ses yeux couleur de topaze, d'un air poliment compatissant, comme s'il avait avoué un bec-de-lièvre ou des jambes arquées. Des cheveux noirs n'étaient pas à la mode chez une dame :

— Oh ! dit-elle avec sympathie. Est-elle portugaise ?

Elle savait fort bien qu'il n'en était rien, mais en Angleterre les Portugaises étaient considérées comme très laides. Avec une nonchalance affectée, elle se pencha et fit un geste paresseux pour tenter d'attraper un papillon. Bruce rit franchement :

— Non ! Elle est anglaise, avec un très joli teint et des yeux bleus.

Ambre n'aimait pas la façon dont il parlait de sa femme, avec un quelque chose d'étrange dans le son de sa voix et dans l'expression de ses yeux. Elle commençait à se sentir nerveuse, légèrement angoissée.

— Quel âge a-t-elle ?

— Dix-huit ans !

Elle eut soudain l'impression d'avoir vieilli d'une douzaine d'années en quelques secondes. Les femmes, à cette époque, avaient une conscience presque tragique de leur âge et, quand elles avaient passé vingt ans, tout conspirait à leur donner l'impression qu'elles vieillissaient. Ambre, qui venait de dépasser ses vingt-trois ans, se sentit immédiatement vieille et délabrée. Cinq ans de différence entre elles ! Un siècle !

— Vous m'avez dit qu'elle était jolie, murmura-t-elle d'une petite voix désolée. Plus jolie que moi, Bruce ?

— Mon Dieu ! Ambre, quelle question à poser à un homme ! Vous savez que vous êtes très belle. Mais je ne suis pas aveugle au point de penser qu'il n'existe qu'une seule beauté sur terre.

— Vous la trouvez plus jolie ! s'écria-t-elle avec irritation.

Bruce lui prit la main et la baisa :

— Non, je ne le trouve pas, mon cœur. Je vous le jure. Vous ne vous ressemblez pas du tout, mais vous êtes toutes les deux charmantes.

— Et vous m'aimez ?

— Et je vous aime.

— Alors pourquoi... Oh ! c'est bon ! dit-elle avec vivacité.

Mais, obéissant à son regard, elle changea de conversation :

— Bruce, j'ai une idée ! Quand vous en aurez fini avec vos affaires, prenons le yacht d'Almsbury et remontons le fleuve à la voile pendant une semaine ou deux. Il nous permet de le prendre, je le lui ai demandé. Oh ! je vous en prie, ce serait merveilleux !

— Je crains de quitter Londres. Si les Hollandais s'avisaient de débarquer !

Ambre se moqua :

— Oh ! c'est ridicule ! Ils n'oseraient pas ! D'ailleurs le traité de paix est presque signé. J'ai entendu Sa Majesté le dire hier au soir. Ils croisent seulement devant nos côtes pour nous effrayer et nous rendre ce que nous leur avons fait l'été dernier. Oh ! je vous en prie, Bruce...

— Peut-être. Si les Hollandais rentrent chez eux.

Mais les Hollandais ne rentrèrent pas chez eux. Pendant six semaines, ils rôdèrent le long des côtes, avec une flotte de cent vaisseaux — auxquels s'ajoutèrent vingt-cinq français —, tandis que les Anglais n'avaient pas un seul navire en bon état et devaient se contenter de leurs vieux bateaux. L'armée française était à Dunkerque.

Une nuit qu'ils étaient couchés, Bruce pour ainsi dire endormi et Ambre dans un demi-sommeil, un bruit confus troubla sa somnolence. Elle tendit l'oreille, étonnée, tandis qu'il s'amplifiait. Et soudain il éclata : c'étaient les tambours qui sonnaient l'alarme dans les rues.

— Bruce ! Bruce ! Réveillez-vous ! Les Hollandais ont débarqué !

Sa voix, glacée, avait un tremblement nerveux. Ces semaines d'incertitude, qui l'avaient affectée plus qu'elle ne le pensait, cette nuit noire, ces roulements de tambours sinistres, tout contribuait à lui faire croire que les Hollandais étaient là, dans la ville, devant la maison. Le bruit enflait, les tambours battaient frénétiquement, des cris d'hommes et des voix de femmes excitées perçaient. Bruce se redressa d'un bond. Sans un mot, il se leva. Ambre le suivit, enfila sa robe de chambre. Bruce était déjà à la fenêtre, sa chemise à la main. Il se pencha et cria dans la cour :

— Hep ! Qu'est-il arrivé ? Les Hollandais ont-ils débarqué ?

— Ils ont pris Sheerness ! Nous sommes envahis !

Les tambours roulaient toujours, les cloches des églises s'étaient mises à sonner, une voiture passa dans la rue, puis un cavalier isolé. Bruce ferma la fenêtre et enfila ses culottes.

— Sacredieu ! Ils vont être là et nous n'avons rien pour les arrêter !

Ambre pleurait, en proie à une véritable terreur. Au-dehors, les tambours résonnaient, emplissant la nuit de leur bruit terrifiant, annonciateur de malheur ; les gens hurlaient depuis leurs fenêtres et descendaient en courant dans la rue. Nan frappait à la porte, suppliant qu'on la laissât entrer.

— Entre ! cria Ambre.

Puis, se tournant vers Bruce :

— Qu'allez-vous faire ? Où allez-vous ?

Elle frémissait, bien que la nuit fût chaude. Nan s'empressa d'allumer les bougies. La frayeur d'Ambre disparut quand la pièce fut éclairée.

— Je vais à Sheerness !

Bruce nouait sa cravate ; il réclama à Nan qu'elle lui apportât une paire de bottes de sa chambre. Ambre lui tint son pourpoint et sa veste, tandis qu'il passait ses manches.

— Oh ! Bruce ! N'y allez pas ! Ils sont probablement des milliers. Vous serez tué ! Bruce ! Vous ne pouvez pas y aller !

Elle s'agrippa à son bras comme pour le forcer à rester avec elle. Il se dégagea, boutonna son pourpoint, enfila les grosses bottes à éperons d'argent, ceignit son épée et Nan lui tendit son chapeau et son manteau.

— Quittez Londres avec les enfants, dit-il. Partez aussi vite que possible.

Nan alla ouvrir à la porte d'entrée où l'on frappait. Almsbury et Emily entrèrent précipitamment, le comte tout habillé, sa femme en jupon par-dessus sa chemise de nuit.

— Bruce ! Les Hollandais ont débarqué ! Les chevaux sont sellés.

— Mais vous ne pouvez pas partir, Bruce ! Oh ! Almsbury ! Il ne peut pas partir ! J'ai peur !

Almsbury lui lança un regard de reproche :

— Pour l'amour du Christ, Ambre ! Le pays est envahi !

Les deux hommes sortirent précipitamment, les trois femmes sur leurs talons.

Dans le hall les domestiques couraient, éperdus, en vêtements de nuit ; quelques femmes pleuraient. Comme ils sortaient de chez Ambre, Lady Stanhope accourut, haletante. Une sorte de bonnet de nuit lui recouvrait les cheveux, mais on apercevait ses papillotes et elle portait des gants en peau de poulet. Ses chairs étaient agitées d'un tremblement convulsif. Elle s'accrocha à Bruce :

— Oh ! Lord Carlton ! Dieu soit loué, vous êtes là ! Nous sommes envahis ! Que dois-je faire ? Oh ! que dois-je faire ?

Bruce se dégagea, se dirigea avec Almsbury vers l'escalier et répondit brièvement :

— Je vous conseille de quitter Londres, Madame. Venez avec moi, Ambre. J'ai quelques mots à vous dire.

Les deux hommes descendaient en hâte l'escalier, les talons de leurs bottes résonnant sur les marches, et Ambre courait à leurs côtés. Sa première terreur était passée, mais les tambours, les cloches, les cris lui faisaient de plus en plus sentir l'imminence du désastre. « Il ne peut pas partir, songeait-elle. Non, il ne le peut pas ! » Mais il partait bel et bien !

— Lady Almsbury va immédiatement à Barberry Hill. Tous les arrangements sont pris depuis plusieurs semaines; emmenez Suzanne et Bruce et accompagnez-la. S'il m'arrive quoi que ce soit, je vous le ferai savoir.

Elle ouvrit la bouche pour protester, mais il poursuivit :

— Si je devais être tué, voulez-vous me promettre d'écrire à ma femme?

Ils étaient arrivés à la cour où les attendaient deux chevaux sellés. Des torches étaient allumées, partout des domestiques et des valets d'écurie couraient, des chiens aboyaient. Almsbury enfourcha sa monture, mais Bruce, les rênes en main, s'arrêta un instant et regarda Ambre bien dans les yeux.

— Promettez-le-moi, Ambre.

Elle fit oui de la tête, la gorge serrée.

— Je vous le promets, Bruce. Mais qu'il ne vous arrive rien, surtout! Ne soyez pas blessé!

— Mais non, certainement!

Il pencha la tête et passa un bras autour d'elle. Leurs lèvres se rencontrèrent. Puis il sauta à cheval et les deux hommes sortirent de la cour au galop. En franchissant la grille, Bruce se retourna et lui fit un geste d'adieu. Ambre, avec un sanglot, s'élança, mais ils avaient déjà disparu dans l'obscurité et elle entendit décroître le bruit des sabots.

Une agitation extrême régnait dans la maison. Des domestiques empilaient le mobilier dans la cour, des femmes se lamentaient et pleuraient, d'autres s'enfuyaient dans les rues, des ballots sur le dos, sans savoir où elles allaient. Ambre releva ses jupes et monta en hâte l'escalier, butant sur les marches, aveuglée par les larmes. Elle courut à la nursery.

Les portes étaient grandes ouvertes et une douzaine de femmes affolées couraient de toutes parts. Emily, calme, maîtresse d'elle-même, donnait des ordres et aidait à habiller les enfants. Le petit Bruce, tout prêt déjà, vit Ambre et accourut immédiatement. S'agenouillant, elle le serra contre elle en pleurant, plus pour se réconforter que pour l'encourager. Car il ne paraissait pas avoir besoin de soutien.

— Ne pleurez pas, mère! Ces damnés Hollandais n'arriveront jamais ici! Avec papa qui va les combattre...

Suzanne poussait des cris aigus en donnant des coups de pied à la nurse qui tentait de l'habiller, ses petites mains potelées sur ses oreilles pour ne pas entendre le roulement du tambour. Mais elle aperçut sa mère et son frère ensemble et poussa un hurlement de protestation :

— Maman!

Ambre alla vers elle, suivie du petit Bruce qui se tenait à ses côtés comme pour la protéger.

— Mon amour, il faut laisser Harmon vous habiller. Pourquoi pleurez-vous? Ce n'est pas la peine; voyez, je ne pleure pas!

Elle regarda Suzanne bien en face, mais ses yeux étaient rouges, et ses paupières gonflées. Suzanne lui jeta ses petits bras autour du cou en hurlant plus fort que jamais. Ambre la secoua avec impatience :

— Suzanne!

La petite se recula et la considéra, étonnée.

— Cessez donc de crier ainsi! Personne ne vous fera de mal! Habillez-vous. Nous allons faire une promenade en voiture.

— Je ne veux pas aller me promener. Il fait noir!

Ambre se retourna.

— Peu importe! Vous allez partir quand même. Habillez-vous, ou je vous donne la fessée!

Elle quitta Suzanne, traversa la nursery où Lady

Almsbury s'occupait de ses quatre enfants. Agenouillée auprès de son fils de six ans, elle lui mit sa cravate.

— Emily! Je ne pars pas avec vous.

Lady Almsbury la regarda avec stupéfaction et se leva :

— Vous ne partez pas? Oh! Ambre, mais il le faut. Si les Hollandais et les Français arrivaient ici!

— Ils n'y sont pas encore et je ne veux pas aller à la campagne où je ne saurais rien de Bruce, quoi qu'il lui arrive. S'il est blessé, il aura besoin de moi.

— Mais il vous a dit de partir.

— Peu m'importe! Je ne m'en irai pas. Mais je voudrais que Suzanne et Bruce partent. Voulez-vous les prendre avec vous? Et Nan aussi?

— Naturellement, ma chère. Mais je trouve dangereux que vous restiez. Il voulait que vous partiez, ils en ont souvent discuté avec John, et avaient établi des plans en cas d'attaque...

— Je serai suffisamment en sécurité. Si les ennemis arrivent, j'irai à Whitehall. Ils n'oseront pas attaquer le palais. Je prendrai soin de vos affaires; donnez-moi la clef de la chambre de sûreté, et j'y mettrai les objets de valeur.

Nan arriva en courant.

— Mon Dieu! je vous ai cherchée partout! Venez vite vous habiller! Ils sont tout près, j'ai entendu le canon!

Sa robe était froissée, ses cheveux dépeignés, elle était jambes nues. Elle saisit la main d'Ambre pour l'entraîner. Les deux femmes traversèrent le hall rempli d'une foule bruyante, et Ambre fut presque obligée de crier pour se faire entendre :

— Je ne pars pas, Nan. Mais tu peux aller avec Lady Almsbury, je viens de le lui demander.

Nan poussa un cri. D'après elle, l'armée française débarquait en ce moment et la flotte hollandaise avait jeté l'ancre dans l'estuaire.

— Oh ! Madame ! Ce n'est pas possible ! Vous ne pouvez pas rester ici ! Ils passeront au fil de l'épée tous ceux qu'ils rencontreront ! Ils vous ouvriront le ventre, vous arracheront les yeux...

— Sainte Mère de Dieu ! N'est-ce pas la catastrophe la plus épouvantable qui soit jamais arrivée !...

C'était Lady Stanhope, habillée maintenant, mais en grande hâte manifestement, suivie de deux femmes de chambre surchargées de ballots et de cartons.

— Je pars à l'instant même pour Ridgeway ! Je savais bien qu'il ne fallait pas quitter la campagne ! Cette terrible ville, il y arrive toujours quelque chose ! Où est Gerry ?

— Je ne sais pas. Va en avant, Nan. Lady Almsbury part dans quelques minutes.

Elle se retourna vers sa belle-mère :

— Je ne l'ai pas vu ces derniers temps.

— Vous ne l'avez pas vu ! Mais, mon Dieu ! où est-il, alors ? Il m'a dit qu'il passait toutes ses nuits avec vous !

Ses yeux se durcirent tout à coup et elle dévisagea Ambre d'un air mauvais et rusé :

— A propos, n'était-ce pas Lord Carlton qui sortait, il y a quelques minutes, de vos appartements ?

Ambre se détourna avec impatience et traversa le hall, se dirigeant vers sa chambre :

— Et après ?

Lady Stanhope resta quelques secondes déconcertée par ce coup, puis elle courut sur les talons d'Ambre, lui criant aux oreilles :

— Oseriez-vous dire, impudente créature, que Sa Grâce le comte était seul avec vous, dans votre chambre, à une heure où aucune femme honnête n'est seule avec un homme qui n'est pas son mari ? Auriez-vous l'audace d'avoir cocufié mon Gerry ? Répondez-moi, coquine.

Elle saisit Ambre par le bras, cherchant à la retenir. Ambre s'arrêta net puis, se retournant brusquement, fit face à Lucilla :

— Ne me touchez pas, vieille rosse ! Oui, j'étais avec Lord Carlton, et peu m'importe que le monde entier le sache ! Vous seriez trop heureuse, vous-même, de coucher avec lui, s'il vous avait seulement regardée. Allez donc retrouver votre satané Gerry et fichez-moi la paix !...

— Quoi ! Impertinente ! Fille de rien ! Attendez un peu que Gerry soit au courant ! Attendez que je lui apprenne que vous...

Mais Ambre était partie, la laissant bredouillante et désemparée. La ci-devant baronne douairière hésita quelques instants, se demandant s'il était plus important de suivre sa belle-fille pour lui dire une bonne fois ses quatre vérités, ou de partir se mettre à l'abri.

— Je la retrouverai plus tard !

Elle regarda Ambre s'éloigner et murmura :

— Putain !

Puis elle appela ses femmes et descendit rapidement l'escalier.

Ambre, un manteau jeté sur sa robe de chambre, sortit pour assister au départ de ses enfants. Emily et Nan la supplièrent encore de les accompagner, mais elle refusa, disant qu'elle serait parfaitement en sécurité à Londres. En effet, elle n'avait plus peur ; l'excitation du bruit, du mouvement, de l'imprévu, lui insufflait une énergie nouvelle.

Les enfants étaient réunis dans une voiture avec deux de leurs nurses, et Suzanne elle-même commençait à s'amuser. Ambre les embrassa tous deux :

— Veillez sur votre sœur, Bruce. Ne la laissez pas trop seule pour qu'elle n'ait pas peur.

Suzanne recommença de pleurer quand elle comprit que sa mère ne venait pas avec eux. Elle était debout sur la banquette, ses deux mains contre la vitre, quand la grande voiture sortit de la cour. Ambre leur fit des signes d'adieu, puis rentra dans la maison. Elle avait à faire.

Elle resta debout durant le reste de la nuit à surveiller le transport de tous les objets de valeur de la maison dans la chambre de sûreté. La vaisselle d'or et d'argent du comte, le service d'étain que Charles Ier avait donné à son père quand le vieux comte avait fait fondre ses plats au titre de contribution de guerre, les bijoux de la comtesse et les siens, tout fut enfermé dans le caveau souterrain. Puis, après un court repos, elle avala son déjeuner et partit pour le palais. Tout le long du Strand, il y avait des files de voitures et de charrettes pleines de réfugiés, qui se hâtaient d'aller chercher une sécurité relative à la campagne. La cour de Whitehall était remplie d'équipages bourrés. Partout des rassemblements, des gens qui écoutaient le bruit du canon, parlaient de l'invasion, de leurs tentatives pour retirer leur argent, cacher leurs biens et faire leur testament. Quelques courtisans avaient été du nombre des volontaires partis à Chatham avec Albemarle ou à Woolwich avec le prince Rupert : c'était sur ces quelques centaines d'hommes que reposaient tous les espoirs de l'Angleterre.

Les appartements de la reine étaient pleins d'une foule bruyante. Catherine s'éventait et essayait de paraître calme, mais le regard anxieux de ses yeux noirs trahissait son inquiétude. Ambre s'approcha d'elle.

— Quelles sont les nouvelles, Votre Majesté ? Se sont-ils rapprochés ?

— On dit que les Français sont à Mounts Bay.

— Mais ils ne viendront pas *ici*, n'est-ce pas ? Ils n'oseraient pas !

Catherine haussa les épaules et sourit faiblement :

— Nous ne pensions pas non plus qu'ils oseraient faire ce qu'ils font ! La plupart de ces dames quittent la ville, Madame. Vous devriez en faire autant. Je crains, hélas ! que nous ne soyons absolument pas préparés à ce qui nous arrive.

Elles entendirent alors la voix claire et haute de Lady Castlemaine parlant, à quelques pas de là, à Lady Southesk et à Bab May :

— Quelqu'un paiera cela, vous pouvez en être sûres ! Les gens sont dans une rage folle ! Ils ont abattu les arbres de Clarendon, cassé les vitres chez lui et manifesté clairement leurs sentiments à la grille ! Ils ont reçu des avertissements, disent-ils. Trois avertissements : Dunkerque, Tanger, et une reine stérile !

Lady Southesk lui fit signe de se taire, et Barbara, regardant alentour, porta la main à sa bouche avec une expression de surprise horrifiée. Mais ses yeux brillants montraient bien qu'elle avait eu l'intention d'être entendue. Tandis que Catherine, les yeux fixes, accusait le coup, Barbara haussa les épaules d'un air insouciant et fit signe à Bab May. Toutes deux s'éloignèrent. « Maudite soit cette chienne au cœur dur ! se dit Ambre. J'aimerais lui arracher les cheveux ! »

— Et une reine stérile ! murmura Catherine, tandis que ses mains se crispaient sur son éventail. Comme ils me haïssent à cause de cela !

Levant les yeux, elle regarda Ambre bien en face :

— Comme je me hais moi-même !

Ambre se sentit prise de honte. Elle se demanda si Catherine savait qu'elle était enceinte des œuvres du roi. D'un geste impulsif, elle lui serra la main et lui adressa un sourire de sympathie, mais elle fut soulagée de voir arriver la langoureuse et affectée Boynton, s'éventant et paraissant sur le point de s'évanouir.

— Ô Seigneur ! Votre Majesté ! Nous sommes battus ! Je viens d'apprendre que l'armée française est dans les parages des côtes de Douvres, prête à débarquer !

— Quoi ! gémit une femme près d'elle. Les Français ont débarqué ? Mon Dieu !

Et elle se précipita vers la porte. Le cri se propagea et en un instant la pièce se remplit d'une foule agitée, hommes et femmes qui se bousculaient en proie à une intense anxiété.

Mais cette rumeur, comme tant d'autres, se révéla fausse.

Des tambours battirent, appelant aux armes la milice bourgeoise. Du Pont de Londres, on entendait le son du canon. Des vagues de terreur et de noir pessimisme passaient sur la ville. Tous ceux qui possédaient quoi que ce fût de valeur s'occupaient de l'enterrer dans le fond de leur cour, de l'éloigner de la ville sous la garde d'une épouse ou d'un domestique, d'assiéger l'orfèvre du coin et d'écrire leur testament. On disait ouvertement que la Cour avait trahi, et la plupart des gens s'attendaient à périr embrochés par l'épée d'un Français ou d'un Hollandais.

Le roi donna l'ordre de couler plusieurs bateaux à Barking Creek, pour bloquer le fleuve et empêcher que l'ennemi ne remontât plus haut. Malheureusement, dans l'agitation générale, l'ordre fut mal interprété et des bateaux chargés d'approvisionnements rares et précieux furent coulés par erreur. La nuit du dixième jour qui suivit l'attaque de Sheerness, on pouvait voir la lueur rouge des vaisseaux qui brûlaient. Des carcasses de navires détruits étaient remontées jusqu'à Londres. Et la ville, terrifiée, était en proie à des spasmes d'angoisse ; les affaires étaient entièrement arrêtées, car chacun ne songeait plus qu'à sauver sa famille, lui-même et ses biens.

Finalement les Hollandais se retirèrent à l'embouchure du fleuve et les négociations furent reprises. Cette fois, les Anglais se montrèrent moins difficiles sur certains points, et la conférence fit des progrès satisfaisants.

Ainsi tous les volontaires, Carlton et Almsbury rentrèrent à Londres, brûlés par le soleil, la barbe inculte, très excités par les aventures vécues. Mais Ambre était à bout de nerfs. A la vue d'un pansement souillé de sang à l'épaule droite de Bruce, elle fut en larmes. Il la prit dans ses bras, comme une petite fille, lui caressa les cheveux et embrassa ses joues humides.

— Voyons, mon cœur ! pourquoi diable toutes ces histoires ? J'ai été bien souvent blessé plus grièvement.

Elle se serra contre lui, sanglotant désespérément, car elle ne pouvait ni ne voulait s'empêcher de pleurer :

— Oh ! Bruce ! Vous auriez pu être tué ! J'ai eu si peur...

Il la porta en haut de l'escalier :

— Ne vous avais-je pas dit de quitter Londres,

petite sorcière entêtée? murmura-t-il. Si les Hollandais l'avaient voulu, ils se seraient emparés de tout le pays, nous n'aurions pas pu les arrêter...

Assise sur son lit, Ambre se limait les ongles, en attendant que Bruce eût terminé une lettre à son intendant d'Amérique. D'un ton naturel, il dit, comme par hasard :

— Quand je retournerai là-bas, je voudrais emmener Bruce.

Elle le regarda avec une expression bouleversée. Se levant, il ôta sa robe de chambre et, comme il se penchait pour souffler l'unique bougie allumée, Ambre distingua son visage, à demi dans l'ombre. Les yeux mi-clos, il l'observait en parlant. Elle lui fit place et il s'étendit à ses côtés. Elle resta sans lui répondre. Les yeux fixes, elle demeurait immobile dans l'obscurité. Bruce attendait tranquillement.

— Vous ne voulez pas? demanda-t-il enfin.

— Bien sûr que non. C'est mon enfant, n'est-ce pas? Vous imaginez-vous que je veuille l'envoyer là-bas, pour qu'il soit élevé par une autre femme et m'oublie tout à fait? Je ne veux pas! Et je ne le laisserai pas partir. Il est à moi et il restera ici avec moi! Je ne veux pas qu'il soit élevé par cette... par cette femme que vous avez épousée.

— Avez-vous des projets pour son avenir?

Il faisait si sombre qu'elle ne pouvait voir son visage, mais sa voix était tranquille et posée.

— Non, reconnut-elle à contrecœur. Non, évidemment pas. Pourquoi en aurais-je? Il n'a que six ans.

— Mais il ne les aura pas toujours. Que ferez-vous quand il commencera de grandir? Que lui direz-vous de son père? Si je m'en vais et s'il ne me voit pas de plusieurs années, il oubliera jusqu'à mon existence. Quel nom lui donnerez-vous ? Pour Suzanne, c'est différent, elle est censée être la fille de Dangerfield et elle a un nom. Mais Bruce n'en a point, à moins que je ne lui donne le mien. Et je ne peux pas le faire s'il demeure avec vous. Je sais que vous l'aimez, Ambre, et il vous aime. Vous êtes riche maintenant et vous avez les faveurs du roi — peut-être pourrez-vous lui faire donner un titre, un jour. Mais s'il vient avec moi, il sera mon héritier — il aura tout ce que je peux lui donner — et ne connaîtra jamais l'humiliation d'être un bâtard reconnu...

— Il est un bâtard, en tout état de cause ! s'écria Ambre, prompte à s'emparer de la première excuse. Vous ne pouvez pas en faire un lord simplement en affirmant qu'il en est un.

— Il ne vivra pas en Angleterre. Là-bas cela n'aura pas d'importance. Et, de toute façon, il y sera mieux qu'ici où tout le monde sera au courant.

— Et votre femme ! D'où s'imaginera-t-elle que vous l'avez tiré ? D'un carré de persil ?

— Je lui ai dit que j'avais déjà été marié. Elle s'attend que je le lui ramène.

— Ah ! vraiment ! Vous avez bien confiance en elle ! Et qu'est censée être devenue sa mère ?

Elle s'interrompit soudain, écœurée :

— Vous lui avez dit que j'étais morte ?

Il ne répondit pas et elle s'écria d'un ton accusateur :

— Mais dites-le donc !

— Oui, bien entendu. Que pouvais-je dire d'autre ? répondit-il, avec une nuance de colère dans la voix. Que j'étais bigame ? Voyons, Ambre ! je ne vous le prendrai pas contre votre gré. Décidez vous-même. Mais songez aussi un peu à lui, quand vous y réfléchirez...

Ambre était si blessée et si irritée à la pensée d'envoyer son fils au loin, confié aux soins d'une autre femme, dans un pays où il grandirait loin de sa mère, sans rien qui lui rappelât son existence, que, pendant plusieurs jours, elle se refusa à envisager la question. Et Bruce n'aborda plus le sujet.

Un matin, elle se promenait avec le petit garçon, attendant Bruce qui devait l'emmener ramer. C'était une belle et chaude journée de la mi-juillet, et une sorte de vapeur montait des allées que les jardiniers venaient d'arroser. Les tilleuls étaient en fleur, et les abeilles butinaient. M. le Chien courait devant eux, flairant partout; ses oreilles étaient sales, car il les avait trempées dans la fontaine et traînées ensuite dans la poussière. Un jardinier leur avait donné à chacun une belle poire mûre, qui avait un goût de vin.

— Bruce, dit-elle soudain, votre père vous manquera-t-il beaucoup, quand il s'en ira?

Elle n'avait pas eu l'intention de parler, mais elle attendait à présent sa réponse, tendue et anxieuse. Elle la lut dans son petit sourire pensif :

— Oh! oui, mère. Il me manquera!

Il hésita, puis ajouta :

— Pas à vous?

Surprise, les larmes lui vinrent aux yeux, mais elle détourna le regard, paraissant concentrer son attention sur une rose musquée à demi épanouie, contre le mur. Elle étendit le bras pour la cueillir :

— Si, bien sûr! Mais, supposez, Bruce, supposez...

Et brusquement :

— Aimeriez-vous partir avec lui?

Il leva les yeux vers elle d'un air de parfaite incrédulité, puis il lui saisit la main :

— Oh! le pourrais-je, mère? Pourrais-je y aller?

Ambre le considéra, incapable de dissimuler sa

déception, mais le visage de son fils exprimait une telle joie, qu'elle se sentit perdue :

— Oui. Si vous le désirez. Vous le voulez ?

— Oh ! oui, mère ! Je le désire ! Laissez-moi y aller, je vous en prie !

— Vous voulez partir et me laisser seule ?

Elle savait combien cette question était déloyale, mais elle n'avait pu s'en empêcher.

Comme elle l'avait espéré, l'air joyeux du petit garçon fit place à une sorte de remords. Il resta un instant silencieux ; tout à coup, il sourit de nouveau :

— Venez avec nous ! Alors nous serons tous ensemble !

Ambre le couva du regard et lui caressa doucement les cheveux :

— Je ne peux pas venir, mon chéri. Il faut que je reste ici.

Elle eut de nouveau les larmes aux yeux :

— Vous ne pouvez pas être avec nous deux...

Il lui prit la main avec un petit geste de sympathie :

— Ne pleurez pas, mère. Je ne veux pas partir et vous laisser. Je dirai à papa que... que je ne peux pas partir...

Ambre s'en voulut tout de suite, terriblement.

— Venez ici, dit-elle. Asseyez-vous près de moi, sur ce banc. Écoutez bien, mon trésor. Votre père désire que vous partiez avec lui. Il a besoin de vous, là-bas, pour l'aider, il y a tant à faire. Je voudrais que vous restiez avec moi, mais je crois qu'il a plus besoin de vous.

— Oh ! le croyez-vous, mère ? Le croyez-vous vraiment ?

Ses yeux cherchaient anxieusement les siens, mais son petit visage exprimait un évident soulagement.

— Oui mon chéri, je le crois vraiment.

Ambre vit Bruce qui s'avançait vers eux dans l'allée du jardin. Le petit garçon aperçut son père et courut à sa rencontre. Il se comportait toujours de façon beaucoup plus cérémonieuse avec Bruce qu'avec sa mère, et il s'inclina devant lui avant de parler.

— J'ai décidé d'aller en Amérique avec vous, Monsieur ! lui dit-il avec solennité. Maman dit que vous avez besoin de moi, là-bas.

Bruce abaissa son regard sur l'enfant, puis ses yeux cherchèrent ceux d'Ambre. Ils se regardèrent un instant, sans rien dire. Lord Carlton posa le bras sur l'épaule de son fils et lui sourit :

— Je suis content que vous ayez décidé de venir avec moi, Bruce.

Ensemble ils se dirigèrent vers Ambre qui se leva, sans quitter Bruce des yeux. Il ne prononça pas un mot, mais, se penchant, l'embrassa doucement, brièvement, presque un baiser conjugal.

Ambre eut tout d'abord le sentiment d'avoir accompli un acte noble et désintéressé, et elle désirait que Bruce le pensât également. Puis l'espoir se glissa en elle — force lui fut de le reconnaître — que le fait d'avoir l'enfant tout le temps avec lui maintiendrait peut-être vivante en lui sa mémoire, plus que tout au monde. Qui sait si elle ne pourrait pas ainsi battre Corinne sans la voir ?

Le traité de Breda fut signé et la nouvelle en arriva à Whitehall vers la fin du mois. Bruce mit à la voile à la première marée du lendemain. Ambre descendit à l'embarcadère, bien décidée à soutenir la bonne opinion qu'ils avaient tous deux d'elle. Mais comme elle se baissait pour embrasser son fils, sa gorge se serra et lui fit atrocement mal. Bruce lui prit le bras pour l'aider à se relever, car l'enfant qu'elle portait commençait à la gêner dans ses mouvements.

— Ne le laissez pas m'oublier, Bruce! supplia-t-elle.

— Je ne vous oublierai pas, mère. Et nous reviendrons vous voir aussi! Père l'a dit, n'est-ce pas, Monsieur?

Il leva la tête pour quêter confirmation auprès de son père.

— Oui, Bruce. Nous reviendrons. Je vous le promets!

Il était agité, pressé d'être sur le bateau et de partir, car il avait horreur des scènes d'adieu.

— Ambre, nous sommes en retard!

Elle poussa un petit cri d'effroi et lui jeta les bras autour du cou. Il pencha la tête et leurs lèvres s'unirent. Ambre se pressait désespérément contre lui, sans se soucier de la foule qui les entourait et regardait avec curiosité ce couple élégant et le petit garçon qui les observait tranquillement. Il était, hélas! arrivé, ce moment qu'elle croyait — même hier quand elle avait su qu'il partait — ne devoir jamais venir. Il était là maintenant, là, et elle fut prise d'un infini désespoir.

Bruce se dégagea de son étreinte et, avant qu'elle eût pu s'en rendre compte, le père et le fils avaient franchi la passerelle d'embarquement. Le navire se mit en mouvement, lentement. Les voiles claquèrent et se gonflèrent au vent, le vaisseau parut s'animer. Le petit garçon se découvrit et fit des signaux d'adieu :

— Nous reviendrons, mère!

Ambre poussa un cri perçant et courut le long du quai, mais le navire s'éloignait. Bruce se retourna un instant pour donner des ordres; puis, la main appuyée sur l'épaule de l'enfant, il leva le bras en un salut d'adieu. Ambre voulut en faire autant, mais, au lieu d'achever le geste, elle porta son index à la bouche et le mordit violemment. Pendant un long moment elle resta ainsi, perdue, désespérée, puis, levant l'autre bras, leur fit un petit signe morne et découragé.

L

Lord Carlton n'était pas parti depuis un mois qu'Ambre fut nommée dame d'honneur de la reine et installée dans un appartement à Whitehall. Celui-ci consistait en douze pièces, dont six sur le même étage, donnant sur le fleuve et touchant les appartements du roi, auxquels on accédait par un étroit couloir et un escalier partant d'une alcôve du salon. Nombre de ces passages et escaliers dérobés avaient été construits pendant que Mrs. Cromwell habitait Whitehall, pour lui permettre de surveiller plus facilement ses domestiques ; le roi aussi les trouvait souvent commodes !

« Regardez-moi, maintenant, se disait Ambre, considérant son nouveau cadre. Quel chemin n'ai-je pas parcouru ! »

Elle se demandait parfois, avec un certain amusement, ce que tante Sarah, oncle Matt et ses sept cousins penseraient s'ils pouvaient la voir, titrée, riche, possédant un carrosse à huit chevaux, une quantité innombrable de robes de satin ou de velours, une collection d'émeraudes qui rivalisaient avec les perles de Lady Castlemaine, saluée très bas par les lords et les comtes quand elle traversait les corridors du palais. Évidemment cela eût produit son effet. Mais elle savait aussi ce que penserait oncle Matt. Il dirait qu'elle était une putain et la honte de la famille! Mais oncle Matt avait toujours été un vieux nigaud!

Ambre espéra tout d'abord être débarrassée à la fois de son mari et de sa belle-mère; mais, peu après la signature du traité de paix, Lucilla revint à Londres, traînant Gérald à sa suite. Il rendit une visite à Ambre, pendant qu'elle était encore à Almsbury House, lui demanda poliment comment elle allait et prit congé au bout de quelques minutes. Sa rencontre avec Bruce lui avait suffi, et il n'avait aucun désir de se heurter au roi. Car il savait à présent pourquoi Charles l'avait fait comte et l'avait marié à une femme riche. S'il se trouvait humilié, il ne voyait néanmoins pas d'autre solution que d'affecter la nonchalance et l'indifférence, pas d'autre remède que de se lancer dans une vie dissipée. Il entendait poursuivre sa propre existence et la laisser seule.

Mais sa mère n'était pas de cet avis. Elle alla rendre visite à Ambre, le lendemain de son installation à Whitehall. Ambre lui fit signe de prendre un fauteuil et continua ce qu'elle était en train de faire, à savoir donner des instructions aux valets qui suspendaient des tableaux et des glaces. Elle sentait que Lucilla observait sa silhouette d'un œil critique, car elle était dans le huitième mois de sa grossesse. Mais, sans prêter attention au bavardage de cette femme, elle se contentait de hocher la tête en manière d'approbation ou d'émettre une remarque d'un air distrait.

— Mon Dieu! disait Lucilla, le monde est devenu bien méchant! Tout le monde, absolument tout le monde, ma chère, est en butte aux soupçons, de nos jours. Ne trouvez-vous pas? Bavardages, bavardages, bavardages... On n'entend que cela, de tous côtés !

— Hum ! dit Ambre. Oh ! oui ! Naturellement !... Je crois que nous ferions mieux de suspendre celui-ci, là, tout près de la fenêtre. Il faut qu'il soit éclairé de ce côté...

Elle avait apporté différentes toiles de Lime Park et se souvenait de ce que disait Radclyffe au sujet de l'éclairage de chaque tableau.

— Gerry n'en croit naturellement pas un mot !

Ambre ne prêtait pas la moindre attention à ces paroles, aussi Lucilla répéta-t-elle plus fort :

— Gerry n'en croit naturellement pas un mot !

— Quoi ? demanda Ambre en tournant la tête. Un mot de quoi ? Non, un peu à gauche. Plus bas, voilà, c'est parfait. Que disiez-vous, Madame ?

— Je disais, ma chère, que Gerry n'en croit rien. Il prétend que c'est un horrible mensonge et qu'il provoquera en duel le gredin qui propage ces rumeurs, s'il peut le découvrir.

— Évidemment ! concéda Ambre en se reculant un peu et en clignant des yeux pour voir l'effet... Un gentilhomme n'est rien ici, à Whitehall, avant d'avoir été applaudi, d'avoir écrit sa pièce et tué son homme... Oui, c'est parfait. Quand vous aurez suspendu celui-ci, vous pourrez vous en aller.

Bien convaincue maintenant qu'elle ne pourrait se débarrasser de Lucilla avant d'avoir entendu ce que celle-ci avait à lui dire, elle se laissa tomber dans un fauteuil et prit M. le Chien sur ses genoux. Elle était restée debout pendant plusieurs heures et se sentait fatiguée.

— Vous êtes jeune, ma chère, dit Lucilla, et vous ne connaissez pas le monde comme une femme expérimentée. Pour dire la vérité, il circule des propos déplaisants au sujet de la charge qui vous a été donnée à la Cour.

Ambre fut amusée et les coins de sa bouche se retroussèrent un peu :

— Je ne crois pas qu'une nouvelle charge ait jamais été donnée à la Cour sans prêter à nombre de bavardages.

— Oui, mais cette fois c'est différent ! On dit... Eh bien ! parlons franchement : on dit que vous êtes plus dans les faveurs du roi qu'une femme honnête ne devrait l'être. On dit, Madame, que c'est l'enfant du roi que vous portez !

Elle regardait Ambre avec des yeux implacables, comme si elle s'attendait à la voir rougir, se troubler, protester et pleurer.

— Eh bien ! dit Ambre, du moment que Gérald ne le croit pas, que vous importe ?

— Que m'importe ? Dieu ! Madame, que vous me surprenez ! Est-ce là le genre de réputation que vous désirez avoir ? Je suis certaine qu'aucune femme honnête ne l'admettrait !

Elle suffoquait presque.

— Et je ne pense pas que vous le supporteriez, Madame, si vous étiez une personne convenable ! Mais je ne crois pas que vous en soyez une. Je suis sûre que c'est vrai ! Je suis sûre que Sa Majesté vous a fait un enfant et que vous le saviez quand vous avez épousé mon fils ! Savez-vous ce que vous avez fait, Madame ? Vous avez ridiculisé aux yeux du monde mon brave et honnête garçon, vous avez sali le nom honorable des Stanhope, vous...

— Vous avez réellement beaucoup à dire en matière de morale, Madame, dit Ambre d'un ton mordant, mais vous acceptez très bien de vivre sur mon argent.

Lady Stanhope poussa un petit cri d'horreur :

— *Votre* argent ! Juste Ciel ! où va le monde ? Quand une femme se marie, son argent appartient à son mari ! Même vous, vous devriez le savoir. Vivre sur votre argent ! Sachez, Madame, que j'en méprise même l'idée !

— Alors cessez de le faire ! dit Ambre entre ses dents.

Lady Stanhope se dressa d'un bond.

— Comment ! coquine ! je vous intenterai un procès. Nous découvrirons à qui est cet argent, je vous le garantis.

Ambre se leva, déposa sur le parquet le chien qui s'étira et bâilla en montrant sa langue rose.

— Si vous le faites, c'est que vous êtes plus sotte encore que je ne le croyais. Le contrat de mariage me donne le contrôle de toute ma fortune. Et maintenant, sortez et ne m'importunez plus, ou je vous le ferai regretter !

Elle eut un geste violent de la main et, comme Lady Stanhope hésitait en lui jetant des regards furieux, Ambre saisit un vase et leva le bras pour le lui lancer à la tête. L'ex-baronne douairière releva ses jupes et s'enfuit. Mais Ambre ne jouit pas de son triomphe. Laissant tomber le vase, elle s'effondra dans un fauteuil et se mit à pleurer. Sa grossesse la rendait nerveuse.

Ce fut le docteur Fraser qui accoucha Ambre d'un fils, car bien des dames de la Cour commençaient à avoir recours au docteur plutôt qu'à la sage-femme. L'enfant naquit à trois heures, par une matinée d'octobre chaude et orageuse. C'était un bébé grand, mince, avec des taches rouges sur la peau et un toupet de cheveux noirs.

Quelques heures après, Charles vint seul, discrètement, voir le dernier rejeton de sa famille. Il se pencha sur le berceau sculpté placé à côté du lit d'Ambre et souleva doucement la couverture de satin blanc. Un léger sourire passa sur ses lèvres :

— Tudieu ! murmura-t-il, je jurerais que ce petit diable me ressemble !

Ambre, pâle et faible, semblant avoir perdu ses forces, était couchée sur le dos et lui souriait :

— Ne vous y attendiez-vous pas, Charles ?

Il lui sourit.

— Mais si, naturellement, ma chère !

Il prit le petit poing du bébé qui lui enserrait le doigt et le porta à ses lèvres :

— Je suis bien laid pour qu'un pauvre enfant me ressemble.

Il se tourna vers elle :

— J'espère que vous vous sentez bien. J'ai vu le docteur il y a un instant et il m'a dit que vous aviez eu un accouchement facile.

— Facile pour lui ! dit Ambre qui aimait à être plainte. Mais je vais assez bien !

— Certainement, ma chère. Dans quinze jours vous ne vous souviendrez même plus d'avoir eu un bébé.

Après l'avoir embrassée, il partit afin de la laisser reposer. Quelques heures plus tard, Gérald arriva et la réveilla. Bien que manifestement embarrassé, il entra dans sa chambre d'un air fanfaron, vêtu d'un costume de satin jaune pâle, garni de plus de cent mètres de rubans, tout parfumé d'eau de fleur d'oranger. Depuis son épée d'argent jusqu'à sa cravate de dentelle, du garni de plumes aux gants richement brodés, il offrait l'image parfaite d'un petit-maître, d'un de ces jeunes beaux élevés en Angleterre, policés en France, fréquentant le Royal Exchange, *Châtelin*, les loges d'actrices et Covent Garden. On les rencontrait à cent exemplaires le long de Drury Lane, de Pall Mall, ou de toute autre voie élégante de Londres. Il embrassa Ambre comme un visiteur quelconque et dit gaiement :

— Eh bien ! Madame ! Vous voici bien élégante pour une jeune accouchée ! Et où donc est-il, ce rejeton de la branche des Stanhope ?

Nan était descendue à la nursery pour le chercher et elle revint en portant sur un coussin le bébé dans sa longue robe brodée qui traînait sur le parquet. A la Cour il n'était plus de mode d'emmailloter et l'enfant n'était plus ligoté comme une momie.

— Voilà ! dit Nan d'un ton presque agressif, en le tenant à distance sans le donner à Gérald. N'est-il pas beau ?

Gérald se pencha pour l'examiner en gardant bien soigneusement les mains derrière son dos. Il était gauche et semblait mal à l'aise, ne sachant ce qu'il convenait de dire :

— Hello, jeune homme ! Hmmm... Mordieu ! comme il a la figure rouge !

— Pas plus que vous ne l'aviez, je vous le garantis ! rétorqua Nan.

Gérald sursauta. Il redoutait Nan autant que sa femme ou sa mère.

— Oh ! je ne voulais offenser personne, je vous assure ! Il est... Oh ! oui, il est vraiment très joli ! Oh ! oui ! et il ressemble à sa mère, ou je veux être pendu !

Le bébé ouvrit la bouche et se mit à hurler ; sur un signe d'Ambre, Nan l'emporta. Resté seul avec sa femme, Gérald s'agita. Il prit sa tabatière — dernier cri de l'élégance — et aspira une prise.

— Allons, Madame, vous désirez certainement vous reposer. Je ne vous ennuierai pas plus longtemps. D'ailleurs, je suis invité au théâtre par quelques gentilshommes de ma connaissance.

— C'est parfait, Milord ! Allez. Merci de votre visite.

— Oh ! de rien, Madame. Je proteste ! Merci de m'avoir reçu. Votre serviteur, Madame.

Lui déposant un petit baiser hâtif sur le bout du nez, il s'inclina et se dirigea vers la porte. Sur le seuil, il s'arrêta, pris d'une pensée subite :

— Oh ! à propos, Madame, comment l'appellerons-nous ?

Ambre sourit :

— Charles : Cela plaît-il à Votre Grâce ?

— Charles ? Oh ! oui ! mais oui ! naturellement ! Charles...

Il sortit à la hâte et, comme il franchissait la porte, Ambre le vit tirer un mouchoir de sa poche et s'éponger le front.

Les relevailles d'Ambre furent un vrai triomphe. Ses appartements furent envahis par les plus nobles seigneurs et les plus grandes dames d'Angleterre. Elle leur offrit du vin, des gâteaux, accepta leurs baisers, leurs effusions et leurs compliments avec beaucoup de bonne grâce. Ses visiteurs étaient obligés d'admettre entre eux que l'enfant était indubitablement un Stuart et disaient avec une satisfaction malicieuse que le roi lui-même n'était pas plus laid à sa naissance. Ambre ne le trouvait pas beau non plus, mais peut-être embellirait-il plus tard. En tout cas, l'important était qu'il ressemblât à Charles. Quand le bébé fut baptisé, Charles fit office de parrain et offrit à Ambre un service d'argent, simple mais beau et très cher. L'enfant reçut les douze traditionnelles cuillères en argent des apôtres.

Ambre, une fois rétablie, se demanda comment elle pourrait bien se débarrasser définitivement de son encombrante belle-mère.

Lucilla n'avait pas l'intention de retourner à la

campagne ; elle faisait des dépenses extravagantes et, malgré les avertissements d'Ambre, persistait à lui envoyer les factures. Ambre traînait en longueur, car elle avait en tête un projet qui, elle l'espérait, obligerait la baronne à faire face elle-même à ses dettes. Elle songeait à lui trouver un mari. Lucilla continuait à faire étalage de rigueur et de formalisme et se déclarait très choquée par les mœurs nouvelles, mais elle ne les en adoptait pas moins. Aucune actrice ne portait de robes plus décolletées. Aucune demoiselle d'honneur ne s'affichait davantage, aucune beauté masquée, au parterre, n'était plus maquillée. Elle était aussi gaie et se croyait aussi séduisante qu'une jeune chatte. Elle ne s'intéressait pas aux hommes de son âge, préférant les gandins de vingt-cinq ans qui se vantaient des virginités qu'ils avaient mises à mal et trouvaient très drôle de casser la tête aux veilleurs de nuit qui essayaient de les empêcher de troubler la paix publique.

Il y en avait un, en particulier, par qui elle semblait plus attirée. C'était Frédéric Fothergill, un jeune fat impétueux et fanfaron que l'on voyait partout où il était à la mode de se rendre, et qui faisait tout ce que commandait le goût du jour.

Ambre se renseigna à son sujet et apprit qu'il était le fils d'un homme qui ne s'était pas enrichi pendant la Restauration — comme d'ailleurs la plupart des royalistes —, qu'il était très endetté et s'enfonçait tous les jours davantage. Ambre songea qu'il serait peut-être heureux de trouver une solution qui résoudrait simplement ses difficultés matérielles.

Elle le fit appeler un beau matin et il se rendit dans ses appartements. Elle avait renvoyé tous les marchands et l'invita à s'asseoir tandis que, devant sa coiffeuse, elle achevait de se farder. Il s'installa, tout pimpant et fier d'avoir été invité au petit lever de la comtesse, et en privé. Il se disait qu'il savait très bien pourquoi elle l'avait fait venir.

— Vous me faites un grand honneur, Comtesse, dit-il, les yeux fixés sur son corsage. J'ai la plus grande admiration pour Votre Grâce, depuis le premier jour où je vous ai vue, sur le devant de la loge du roi, au théâtre, il y a quelques mois ! Je vous jure sur l'honneur, Madame, que je ne pouvais fixer ni mes yeux, ni mon esprit sur la scène.

— C'est très aimable à vous, Monsieur. Et il se trouve que je vous ai remarqué aussi en conversation avec ma belle-mère.

— Peuh ! (Il fit une grimace.) Elle ne m'est rien, je vous assure !

— Elle parle de vous dans les meilleurs termes, Monsieur. Je dirais presque que je la crois éprise de vous.

— Quoi ? ridicule ! Et après tout... cela ne me regarde pas, n'est-ce pas ?

— Vous n'avez pas tiré avantage de ses sentiments pour vous, j'espère ?

Elle se leva et traversa la pièce pour aller s'habiller derrière un paravent. Mais, avant de disparaître, elle laissa glisser légèrement son peignoir pour découvrir un de ses beaux seins. Elle voulait toujours être admirée par tous les hommes, quelque peu d'intérêt qu'ils pussent présenter pour elle. Cependant elle couchait uniquement avec Charles — ou seule.

Sir Frédéric fut quelques minutes avant de répondre, mais le fit avec emphase :

— Seigneur ! non. Je ne lui ai même jamais posé une question indécente. Bien que, pour être franc, si je l'eusse fait, je n'aurais peut-être pas été déçu.

— Mais vous êtes trop homme d'honneur pour faire une tentative ?

— Je crains, Madame, qu'elle ne soit pas tout à fait de mon goût.

— Vraiment, Sir Frédéric. Et pourquoi donc, je vous prie ?

Frédéric se sentait joué. Quand elle l'avait fait demander, il avait raconté à tous ses amis que la jeune comtesse de Danforth était tombée éperdument amoureuse de lui et l'avait fait mander pour coucher avec elle. Il commençait à comprendre qu'elle ne le voulait pas et jouait peut-être le rôle d'entremetteuse pour sa belle-mère. Il aurait vraiment l'air d'un bel imbécile si elle cherchait à l'aiguiller sur cette vieille haridelle.

— Mais elle est beaucoup plus âgée que moi, Comtesse. Mon Dieu ! elle a au moins quarante ans ! Les vieilles femmes aiment les hommes jeunes, mais je crains que la réciproque ne soit pas vraie !

Habillée maintenant, Ambre alla à sa coiffeuse et se mit à fouiller dans une boîte pleine de bijoux. Rien, dans sa nouvelle existence à la Cour, ne lui causait plus de plaisir que de se sentir assez riche et puissante pour pouvoir disposer à sa convenance de la vie des autres.

— Eh bien ! alors, Sir Frédéric, je regrette...

Elle mit un bracelet.

— J'avais cru pouvoir vous aider en cette occasion. Elle possède une grosse fortune, vous savez !

Elle jouait d'un air distrait avec ses bijoux.

Il s'anima immédiatement, se redressa et se pencha en avant :

— Une grosse fortune, avez-vous dit ?

Elle le regarda d'un air étonné :

— Mais oui, naturellement. Ne le saviez-vous pas ? Mon Dieu, mais elle a une centaine de soupirants, éperdument désireux de l'épouser. Elle se demande qui choisir, et je croyais qu'elle avait un faible particulier pour vous.

— Une fortune ! Je croyais qu'elle n'avait pas un sou vaillant ! Tout le monde m'avait dit... Eh bien ! Comtesse, vous m'en voyez réellement surpris !

Il avait l'air stupéfiait, incapable de croire à la bonne chance qui le favorisait ainsi.

— Combien... c'est-à-dire ?...

Ambre vint à son secours.

— Oh ! environ cinq mille livres, je crois.

— Cinq mille ? Par an !

Cinq mille livres par an, cela représentait en effet une immense fortune.

— Non, dit Ambre, cinq mille en tout. Et naturellement, elle a quelques terres à côté.

Manifestement il était déçu ; ce que voyant elle ajouta :

— Je crois qu'elle est sur le point d'accepter le jeune — comment s'appelle-t-il donc ? celui qui porte toujours un costume de satin vert ? Mais si vous le devancez, peut-être auriez-vous quelque chance !

Moins de quinze jours après, Sir Frédéric épousait la nouvellement comtesse, ex-baronne douairière. Ambre donna cinq mille livres à sa belle-mère en échange de l'engagement formel de ne plus jamais solliciter d'elle le moindre shilling.

Lady Stanhope se montra tout d'abord indignée et refusa en disant qu'elle pouvait disposer de toute la fortune de son fils. Ambre la persuada promptement qu'en cas semblable elle serait soutenue par le roi, et Lucilla finit par se déclarer fort heureuse d'avoir cinq mille livres qui payaient largement ses dettes, en lui laissant un capital substantiel. Mais elle ne pensait guère à l'argent. Ce qui l'excitait surtout, c'était la perspective d'être de nouveau une femme mariée, et mariée cette fois à un beau jouvenceau qui ne paraissait pas se rendre compte qu'elle était assez âgée pour être sa mère. La cérémonie eut lieu la nuit et, bien que Gérald fût très embarrassé par la conduite de sa mère, Ambre se montra amusée, soulagée et légèrement méprisante.

Une fois débarrassée de la mère, elle songea au fils. Elle savait que Gérald avait une intrigue avec Miss Polly Stark, une fort jolie jeunesse de quinze ans, qui avait pris récemment une petite boutique au Change où elle vendait des rubans et autres fanfreluches. Aussi, un soir de fin novembre, au moment où Gérald entrait dans le salon de Sa Majesté, elle quitta la table de jeu et alla à lui.

Comme toujours quand il se trouvait en face de sa femme, il parut perplexe et effrayé. Il crut qu'elle allait lui faire des reproches au sujet de Miss Stark :

— Mon Dieu ! s'écria-t-il, il fait terriblement chaud ici ! C'est à en périr !

— Oh ! je ne trouve pas ! fit Ambre d'une voix douce. Dieu, que vous portez un beau costume ! Votre tailleur est vraiment inégalable !

— Comment ? Merci, Madame !

Interloqué, il se regarda, puis s'empressa de retourner le compliment :

— Et que voici une belle robe !

— Merci, Monsieur ! J'en ai acheté les rubans chez une jeune femme qui s'est récemment installée au Change. Elle s'appelle Miss Stark, je crois, et possède un assortiment remarquable.

Il devint cramoisi. Ainsi donc il s'agissait bien de Miss Stark. Il regretta d'être venu au palais.

— Miss Stark ? répéta-t-il. Mordieu, ce nom me dit quelque chose !

— Réfléchissez bien et je crois que vous vous souviendrez d'elle. Elle vous connaît très bien.

— Vous lui avez parlé?

— Oh! oui! Plus d'une demi-heure. Nous sommes de grandes amies.

— Oui?

Elle éclata de rire et lui donna une tape sur le bras :

— Voyons, Gérald, n'ayez pas l'air si niais. Comment pourriez-vous être dans le train si vous n'entreteniez pas une jeune personne? Je vous jure que je ne voudrais pas d'un mari fidèle, cela me ridiculiserait!

Il la regarda, stupéfait, puis, baissant les yeux, s'absorba dans la contemplation de ses souliers. Il ne savait pas très bien si elle parlait sérieusement ou si elle se moquait de lui. Dans tous les cas, il se sentait ridicule et ne savait que dire.

— Et à quoi pensez-vous? poursuivit Ambre. Elle se plaint de votre ladrerie.

— Quoi? Ladre, moi? Eh bien! Madame! Elle veut un carrosse et un appartement à Drury Lane; elle ne veut porter que des bas de soie, et Dieu sait quoi, encore! C'est une coquine, terriblement dépensière : l'entretien du Pont de Londres me reviendrait moins cher!

— Pourtant, dit Ambre, vous ne pouvez passer pour un jeune homme lancé si vous n'entretenez pas une maîtresse, n'est-ce pas?

Il lui jeta un nouveau coup d'œil perplexe :

— Quoi... Je... Oui, évidemment, c'est la mode, mais...

— Et si vous voulez avoir une maîtresse, il faut qu'elle soit jolie et celles qui le sont reviennent cher...

Puis, d'un ton sérieux :

— Voyons, Monsieur, si nous faisions un marché, tous deux ? Je donnerai deux cents livres par an à Miss Stark, tant qu'elle sera dans vos bonnes grâces, et je vous en allouerai quatre cents. Vous me signerez un papier acceptant de limiter vos dépenses personnelles à cette somme et de ne pas m'en demander davantage. Si vous faites des dettes, je n'en serai pas tenue pour responsable. Qu'en dites-vous ?

— Oh ! naturellement, c'est très généreux à vous, Madame. Mais je pensais... C'est-à-dire... ma mère m'a dit...

— La peste soit de votre mère ! Ce qu'elle dit m'est égal ! Cela vous convient-il, oui ou non ? Parce que, si vous n'êtes pas d'accord, je demanderai à Sa Majesté de parler à l'archevêque au sujet d'une annulation de notre mariage...

— Une annulation ! Mais, Madame, comment pourriez-vous ? Le mariage a été consommé...

— Qui se chargera de le prouver ? Et je crois avoir plus de moyens que vous d'acheter un jury ! Alors, qu'en dites-vous, Gérald ? J'ai le papier tout prêt dans ma chambre. Mon Dieu, que voulez-vous de plus ? Cela me paraît une offre très généreuse, je pourrais ne rien vous offrir du tout, vous savez.

— Bien, très bien, mais seulement...

— Seulement quoi ?

— Ne le dites pas à Maman, voulez-vous ?

LI

James était accoudé à l'appui de la fenêtre et contemplait quelques dames qui se promenaient dans le jardin ; il siffla doucement et, comme elles levaient les yeux vers lui, leur fit un geste amical de la main. Surprises, elles éclatèrent de rire et l'invitèrent à descendre auprès d'elles, mais il se livra à une pantomime, secouant la tête et haussant les épaules. Puis, comme une porte s'ouvrait derrière lui, il se composa une attitude, ferma la fenêtre et se retourna.

Anne Hyde sortait de chez son royal beau-frère, sa vilaine bouche tremblante d'émotion, reniflant et portant un mouchoir chiffonné à ses yeux. Les années qui venaient de s'écouler ne l'avaient pas embellie. Elle avait maintenant trente ans. Son ventre était ballonné par six grossesses successives, et elle était envahie par la graisse, car elle aimait la bonne chère. Son visage était plein de vilaines petites pustules rouges. Anne avait attrapé la syphilis de Son Altesse Royale. Et pourtant elle conservait une sorte de grandeur. Elle n'était pas aimée, mais respectée et crainte. Tout le monde savait qu'elle exerçait son empire sur le duc, qu'elle lui commandait ce qu'il devait faire et dire au Conseil de la Couronne, et qu'il lui obéissait. Lentement, elle ferma la porte. Il la regarda d'un air interrogateur tandis qu'elle essayait de se reprendre.

— Que vous a-t-il dit? finit-il par demander.

— Ce qu'il m'a dit? répéta-t-elle en se tordant les mains. Je n'en sais rien! Il m'a écoutée, très poliment. Mais il n'a rien voulu promettre. Oh! Altesse, que puis-je faire?

York haussa les épaules d'un air maussade :

— Je ne sais pas!

Les yeux d'Anne étincelèrent tout à coup :

— Vous ne savez pas! Cela vous ressemble bien! Vous ne savez jamais que faire, quoi qu'il arrive! Vous ne saurez que faire quand vous serez roi ! Que Dieu vous protège si je ne suis pas là pour vous le dire ! Écoutez-moi...

Elle alla à lui, le prit par son pourpoint et le secoua :

— Vous n'allez pas rester là comme un imbécile à voir mon père chassé par une bande d'intrigants, de chacals menteurs ! M'entendez-vous ? Allez voir le roi ! Parlez-lui. Faites-lui comprendre ce qu'ils cherchent à faire ! Après toutes les années que mon père a consacrées au service des Stuarts, après son loyalisme et son dévouement, il ne peut pas agir ainsi. Il ne *peut* pas le renvoyer ! Allez, et dites-le-lui...

— J'essaierai, dit York sans conviction.

Il sortit et frappa à une porte voisine. Le roi cria d'entrer.

— J'espère que je ne vous dérange pas, Sire ?

Charles se retourna avec un sourire. S'il savait pourquoi son frère venait, il n'en montra rien :

— Pas du tout, James ! Entrez. Vous arrivez juste à point pour adresser un message à Minette. Que dois-je lui dire de votre part ?

Le duc, les sourcils froncés, occupé par ses propres pensées, hésita un instant avant de répondre :

— Quoi ? Dites-lui que j'espère la voir bientôt.

— C'est ce que je lui écris. Elle compte venir l'an prochain. Alors, James, qu'y a-t-il ? Vous avez un ennui ?

James s'assit et se frotta les mains d'un air pensif :

— Oui, Sire.

Il se tut, tandis que son frère l'observait.

— Anne craint, finit-il par dire, que vous n'ayez pas l'intention de vous conduire amicalement envers le chancelier.

Charles sourit :

— Elle se trompe entièrement. Je me conduirai envers lui aussi amicalement que je le pourrai. Mais vous savez aussi bien que moi, James, que ce n'est pas uniquement mon affaire. J'ai un Parlement devant lequel il me faut répondre de mes actes, et ce Parlement est d'humeur fort critique en ce moment.

— Mais Votre Majesté ne sacrifierait pas un homme qui l'a servie si longtemps et si bien, uniquement pour donner satisfaction au Parlement ?

James n'avait pas très bonne opinion du corps qui gouvernait le pays, ni des compromis que son frère passait avec lui. « Cela changera, se disait-il, quand je monterai sur le trône. »

— Personne n'apprécie plus que moi les services du chancelier. Mais la vérité est qu'il a usé se possibilité envers moi et l'Angleterre. Je sais qu'on le blâme pour bien des choses qui ne sont pas de sa faute, mais le fait est qu'on le hait au Parlement. On y veut être débarrassé de lui pour toujours. Quels services peut rendre un homme en une telle situation ?

— Ce n'est peut-être que temporaire, si Votre Majesté veut bien prendre la peine de l'aider à en sortir.

— C'est plus que cela, James. Je sais qu'il est loyal et capable, mais il n'en est pas moins embourbé dans un marais d'idées démodées. Il ne veut pas se rendre compte que la rébellion a changé bien des choses en Angleterre. Il ne sent pas et — ce qui est pire — ne *veut* pas sentir que des voies nouvelles s'ouvrent aujourd'hui. Non, James, je crains que le règne du chancelier ne soit clos.

— Clos ? Entendez-vous par là, Sire, que vous avez l'intention de le renvoyer ?

— Je ne crois pas avoir d'autre possibilité. Il a

peu d'amis pour lui venir en aide. Jamais il ne s'est donné la peine d'acheter quelques loyaux partisans; il a toujours été au-dessus de telles pratiques.

— Bon! mais, Sire, puisque nous en sommes à la franchise, pourquoi ne dites-vous pas la vraie raison pour laquelle vous avez l'intention de le chasser?

— Je vous l'ai dite.

— Une autre opinion se fait jour parmi les jardins du palais. Suivant certaines rumeurs, Votre Majesté pourrait tout pardonner au chancelier, sauf d'avoir exercé son influence sur Mrs. Stewart en faveur de Richmond!

Les yeux noirs de Charles étincelèrent :

— Les rumeurs sont souvent fort impertinentes, James, et vous aussi. Si vous me croyez assez sot pour chasser à cause d'une femme un homme qui pourrait m'être utile, vous rendez vraiment peu justice à mes facultés! Avouez que j'ai été aussi bon pour vous que jamais un roi ne l'a été pour son frère, et vous vivez autant que moi comme un monarque! Mais, en cette matière, je suis bien décidé. Vous ne me ferez pas changer d'avis, aussi, je vous prie de ne m'en plus parler.

James s'inclina poliment et quitta la pièce. Les rois, avait-il toujours pensé, devaient être obéis. Mais les courtisans notèrent cependant — et commentèrent — une certaine tiédeur entre les deux frères.

Peu de jours après, le roi fit mander Clarendon à Whitehall. Charles et le duc d'York se rendirent dans les appartements officiels du chancelier et tous trois s'assirent pour causer. Cet entretien pesait à Charles, et il l'eût encore différé s'il ne l'eût jugé absolument nécessaire. Car l'inquiétude se répandait dans le pays, et surtout au Parlement; il espérait l'apaiser par la promesse que tout irait mieux quand ce bouc émissaire national serait mis de côté. Cependant il connaissait Clarendon depuis longtemps et, bien que celui-ci le traitât souvent comme un écolier indiscipliné, critiquant ses amis et ses maîtresses, Charles savait que c'était le meilleur ministre qu'il eût jamais eu et qu'il aurait probablement jamais. Une fois Clarendon parti, il ne serait plus entouré que par des hommes rusés, hostiles, égoïstes, auxquels il faudrait tenir tête avec présence d'esprit afin de gagner, ou sinon ne plus gouverner l'Angleterre.

Mais il n'y avait rien à faire. Charles le regarda droit dans les yeux :

— Monsieur, comme vous devez le savoir, le désir général est de voir des hommes nouveaux au gouvernement. Je suis désolé d'avoir à vous le dire, mais je ne peux aller contre cette tendance. Le Parlement désire que vous vous retiriez, et je crois qu'il serait sage de prendre les devants.

Clarendon resta longtemps silencieux, puis répondit :

— Votre Majesté ne parle pas sérieusement ?

— Si, Chancelier. Je le regrette, mais c'est ainsi. Croyez bien que je n'ai pas pris cette décision brusquement, ni seul !

Le roi voulait évidemment dire que des milliers d'Anglais partageaient cette opinion.

Mais Clarendon fit semblant de ne pas comprendre et de mal interpréter sa pensée :

— Votre Majesté fait peut-être allusion à Madame ?

Il n'avait jamais appelé autrement Barbara.

— Non, en vérité, non, Chancelier, répondit Charles doucement, sans vouloir se formaliser.

— Je crains que d'indignes familiers de Sa

Majesté n'aient sur elle plus d'influence qu'elle ne le croit.

— Tudieu! Monsieur, répliqua Charles avec une certaine impatience, les yeux traversés d'un éclair, j'espère n'être tout de même pas entièrement déficient au point de vue mental!

Une fois de plus, Clarendon fit le maître d'école :

— Personne, Sire, n'apprécie plus que moi vos dons naturels, et c'est pour cela que j'ai bien souvent déploré de voir Votre Majesté perdre son temps et celui de l'Angleterre en la compagnie de créatures comme Madame et son...

Charles se leva :

— Monsieur, vous m'avez assez souvent entretenu de ce sujet! Vous m'excuserez si je me refuse à vous écouter de nouveau. J'enverrai le secrétaire Morrice chez vous prendre le Grand Sceau! Au revoir, Monsieur!

Et il quitta la salle sans se retourner. Clarendon et York le regardèrent partir. Quand la porte fut fermée, leurs regards se croisèrent. Ils restèrent longtemps silencieux. Enfin Clarendon baissa la tête, traversa la pièce et sortit dans le jardin ensoleillé. Près de la porte, assises sur le gazon ou appuyées contre les murs, une vingtaine de personnes, hommes et femmes, attendaient; la nouvelle s'était répandue que le chancelier était avec le roi et l'on s'était rassemblé pour le voir sortir. Les sourcils froncés, il les regarda et, comme les têtes se détournaient et que les lèvres souriaient, il passa au milieu d'eux sans s'arrêter. Derrière lui, il entendit s'élever un murmure.

Il était presque arrivé au bout du jardin, quand une joyeuse voix féminine lui cria :

— Adieu, chancelier!

C'était Lady Castlemaine à son balcon, entourée

de cages d'oiseaux au brillant plumage. A sa droite se tenait Lord Arlington, à sa gauche Bab May.

— Adieu Chancelier, répéta-t-elle. Je crains que nous n'ayons plus l'occasion de nous rencontrer.

Les jeunes gens réunis dans le jardin éclatèrent de rire. Un instant les yeux de Clarendon rencontrèrent ceux de Lady Castlemaine, et cela pour la première fois. Puis il se redressa lentement ; il avait un visage fatigué, vieilli, marqué par les chagrins et les désillusions, et qui, en cet instant, exprimait à la fois le mépris et la pitié.

— Madame, dit-il d'une voix calme et basse, mais parfaitement distincte, si vous vivez, vous deviendrez vieille.

Puis il continua son chemin et disparut, tandis que Barbara le suivait des yeux, désagréablement impressionnée.

La crainte et l'inquiétude régnaient dans le palais. Les gens se méfiaient les uns des autres ; ceux qui passaient pour être amis se parlaient à peine et traversaient les couloirs comme s'il n'existait ni amis, ni ennemis. Des murmures passaient de bouche en bouche, des rumeurs circulaient, semblables aux brises vagabondes qui vous effleurent et disparaissent. Personne ne se sentait en sécurité. Le chancelier s'en était allé, mais ses ennemis ne se sentaient pas aussi satisfaits qu'ils l'avaient pensé. A qui le tour, maintenant ? Bien des gens prétendaient que ce serait Lady Castlemaine, Barbara l'entendit dire, mais elle ne s'en inquiéta pas. Si jamais ce jour venait, elle se sentait parfaitement capable de manœuvrer, comme elle l'avait fait dans le passé. Elle menait sa petite vie confortable à la Cour et n'entendait pas en être chassée.

Mais un beau matin qu'elle était couchée avec Mr. Jermyn, Wilson, sa camériste, se précipita dans la chambre, très émue.

— Votre Grâce, oh ! Votre Grâce ! Il arrive !

Barbara s'assit dans son lit en repoussant ses cheveux d'un geste irrité, tandis que Jermyn sortait la tête des couvertures, l'air interrogateur.

— De qui diable parlez-vous ? Je croyais que...

— Mais c'est le roi ! Il traverse le hall, et sera là dans un instant.

— Mon Dieu ! Retenez-le une minute ! Jermyn, pour l'amour du Ciel, ne restez pas là à regarder dans le vide comme un imbécile et levez-vous !

Henry Jermyn descendit péniblement du lit, prit ses culottes d'une main, sa perruque de l'autre et se sauva. Barbara s'étendit de nouveau, en tirant les draps jusqu'à son menton. Elle entendait les épagneuls courir dans la pièce voisine, et le rire étouffé du roi tandis qu'il parlait à Wilson. (La rumeur publique prétendait qu'il n'était pas insensible aux charmes de la jolie soubrette de Barbara.) Ouvrant un œil, elle aperçut, non sans horreur, que Jermyn avait oublié son soulier ; elle s'en empara vivement et le fourra dans son lit. Puis elle ferma les rideaux de l'alcôve et fit semblant d'être endormie.

Elle entendit la porte de la chambre s'ouvrir ; les deux chiens, immédiatement, se faufilèrent sous les rideaux et sautèrent sur le lit en lui léchant le visage. Barbara murmura une sorte d'imprécation et sortit un bras, pour les écarter, juste au moment où Charles tirait les rideaux en souriant, point du tout abusé par le regard endormi qu'elle levait sur lui. Il fit descendre les deux chiens.

— Bonjour, Madame.

— Oh ! Bonjour, Sire !

Elle s'était assise dans son lit, repoussant ses

cheveux d'une main et retenant pudiquement le drap de l'autre :

— Quelle heure est-il? Très tard?

— Près de midi.

Il se pencha, saisit le long ruban bleu du soulier de Mr. Jermyn, tira lentement, et l'éleva en l'air, le considérant d'un air railleur comme s'il ne savait pas très bien ce que c'était. Barbara l'observait avec inquiétude. Il fit tourner lentement la chaussure au bout de son lacet, l'examinant attentivement sous toutes ses faces.

— Alors! dit-il enfin. C'est donc là le dernier passe-temps des dames de qualité, remplacer le gentilhomme par son soulier? J'ai entendu dire que cela avait beaucoup d'avantages! Quelle est votre opinion à ce sujet, Madame?

— Mon opinion, c'est que quelqu'un m'a espionnée et vous a envoyé ici pour me surprendre! Eh bien! Je suis seule, ainsi que vous pouvez le voir. Cherchez derrière les paravents et les draperies, je vous en prie, pour en avoir le cœur net.

Charles sourit et lança le soulier aux épagneuls, puis il s'assit sur le lit et la regarda bien en face :

— Permettez-moi de vous donner un conseil, Barbara, comme un vieil ami. Je crois que vous en auriez plus pour votre argent avec Jacob Hall qu'avec Mr. Jermyn. (Jacob Hall était un bel acrobate musclé qui s'exhibait dans les foires et parfois à la Cour.)

— Oh! je ne doute pas que Jacob Hall ne soit un gentilhomme aussi accompli que Moll Davis est une lady parfaitement distinguée, rétorqua vivement Barbara. (Moll Davis, actrice au théâtre du duc d'York, était la dernière passion du roi.)

— Je n'en doute pas non plus, dit-il.

Pendant un instant leurs regards se croisèrent :

— Madame, dit enfin le roi, je crois le moment venu d'une explication entre nous.

Barbara ressentit un choc. Ce n'était donc pas un simple bavardage... Immédiatement elle fut tout respect et politesse, avec un rien de coquetterie.

— Mais certainement, Votre Majesté. A quel sujet ?

Ses grands yeux violets avaient une expression de parfaite innocence.

— Je crois qu'il est inutile de feindre plus longtemps. Quand un homme et une femme mariés ont cessé de s'aimer, ils n'ont plus qu'à chercher des distractions ailleurs. Fort heureusement, il n'en est pas de même pour nous.

Jamais il n'avait exprimé ses sentiments avec autant de brutalité. Parfois, sous l'empire de la colère, il lui avait parlé avec vivacité, mais elle savait bien que cela ne tirait pas plus à conséquence que ses propres mouvements d'impatience. Maintenant encore, elle se refusait à croire qu'il parlait sérieusement.

— Voulez-vous dire, Sire, que vous ne m'aimez plus ? demanda-t-elle doucement.

Il eut un léger sourire :

— Pourquoi une femme pose-t-elle toujours la question, même quand elle connaît la réponse ?

Barbara eut un léger serrement de cœur. Toute son attitude était celle d'un homme excédé.

— Quelles sont vos intentions ? fit-elle dans un murmure.

— C'est justement ce que je suis venu discuter avec vous. Puisque nous ne nous aimons plus...

— Oh ! mais, Sire, protesta-t-elle vivement, je vous aime ! C'est vous qui...

Il la regarda, franchement mécontent :

— Barbara, pour l'amour de Dieu, pas cela !

Croyez-vous que je me sois jamais imaginé que vous m'aimiez ? Eh bien ! non ! J'avais passé l'âge des illusions quand je vous ai rencontrée. Et si je vous ai aimée — ce que je crois —, ce temps n'est plus. Il me semble donc que le moment est venu de prendre de nouveaux arrangements.

— De nouveaux... Vous avez l'intention de me chasser ?

Il eut un petit rire déplaisant :

— Ce serait un peu comme de livrer le lapin aux chiens, n'est-ce pas ? Ils le mettraient en pièces en deux minutes !

Il la dévisagea de ses yeux noirs amusés et méprisants :

— Non, ma chère. Je me conduirai correctement à votre égard. Nous arriverons bien à nous entendre...

— Oh ! fit Barbara, visiblement soulagée.

La question se présentait sous un autre jour. Il voulait « agir correctement » et « arriver à un arrangement ». Elle vit immédiatement quel parti tirer de la situation :

— Je ne désire rien tant qu'être agréable à Votre Majesté. Mais j'espère que vous me donnerez un jour ou deux de réflexion. Il me faut songer à mes enfants. Quoi qu'il advienne, je veux qu'ils ne manquent de rien...

— Nous aurons soin d'eux, c'est entendu. Réfléchissez à vos conditions. Je viendrai jeudi, à cette même heure, en discuter avec vous.

Il se leva, s'inclina cérémonieusement, fit claquer ses doigts pour appeler les chiens et sortit, sans se retourner. Barbara resta assise au pied du lit, les yeux perdus dans le vague, perplexe, mal à l'aise, troublée.

Le jeudi suivant, elle l'accueillit à la porte de sa chambre, élégamment vêtue et soigneusement fardée. Alors qu'il s'attendait plus ou moins à la trouver en larmes, en proie à une crise de colère et de nerfs, elle se montra aimable et charmante, ayant repris ses anciennes manières, quelque peu oubliées depuis deux ou trois ans. Elle renvoya ses femmes et ils s'assirent face à face, se mesurant du regard. Barbara vit tout de suite que le roi n'avait pas changé d'intentions, comme elle l'avait espéré. Elle lui tendit une feuille de papier sur laquelle se trouvait, écrite soigneusement à l'encre noire, la liste de ses revendications. Tandis qu'il lisait, elle tambourinait des doigts sur le bras de son fauteuil. Charles parcourut rapidement les feuillets et sifflota. Puis, sans la regarder, il se mit à énumérer à haute voix :

— Vingt-cinq mille livres pour payer vos dettes. Dix mille de pension annuelle, un duché pour vous et des comtés pour les garçons...

Il lui jeta un coup d'œil rapide, d'un air à la fois ironique et mécontent :

— Tudieu, Barbara ! Vous me prenez pour le roi Midas ? Dites-vous bien que je ne suis que le pauvre Charles Stuart, dont le pays vient de subir la pire épidémie et le plus grand incendie de l'Histoire et qui, du fait de la guerre, est épuisé de dettes. Que diable ! vous savez bien que je n'ai pas les moyens de vous offrir tout cela !

Il repoussa le papier d'un geste de la main. Barbara haussa les épaules en souriant :

— Comment pourrais-je le savoir, Sire ? Vous m'avez donné plus que cela, dans le passé, et maintenant vous voulez vous débarrasser de moi, bien que je n'aie commis aucune faute. Mais, mon Dieu ! Votre Majesté, par pure correction, devrait me donner davantage. Il faut beaucoup d'argent pour lutter contre l'hostilité du monde. Vous le savez mieux que personne. Je ne pourrai m'en tirer à moins, une fois que vous m'aurez chassée. Comment! Mais la vie ne vaudrait pas la peine d'être vécue, alors!

— Je n'ai pas l'intention de vous réduire à une existence misérable. Mais vous savez vous-même qu'il m'est impossible de prendre des engagements pareils.

— D'autre part, la mère de cinq de vos enfants ne doit pas être réduite à la mendicité le jour où vous êtes lassé d'elle! De quoi auriez-vous l'air, Sire, si le monde savait que vous m'avez chassée avec une rente mesquine?

— Savez-vous qu'il existe en France des couvents très confortables où une dame de votre religion peut vivre fort agréablement pour moins de cinq livres par an?

Barbara le regarda un instant, puis elle éclata de rire :

— Vraiment! vous êtes drôle parfois! Voyons, Sire, m'imaginez-vous dans un couvent?

Il sourit malgré lui :

— Pas très bien, fit-il. Pourtant je ne peux pas vous verser une telle pension.

— Eh bien! alors, nous pourrions peut-être nous arranger autrement.

— Et comment?

— Pourquoi ne resterais-je pas ici? Peut-être ne m'aimez-vous plus, mais cela ne vous gênera certainement pas que je continue à vivre au palais. Je ne vous ennuierai plus, je suivrai mon chemin et vous le vôtre. Après tout, n'est-ce pas injuste de me rendre malheureuse parce que vous avez cessé de m'aimer?

Il ne se faisait pas d'illusions sur la sincérité de ses paroles, et cependant il commençait à croire que ce serait peut-être la solution la plus simple. Pas de séparation brusque, point de scènes pénibles, une scission lente et aisée. Et, un jour, elle partirait, de son plein gré. Oui, c'était là, sans doute, le mieux. En tout cas ce qui causerait le moins d'ennuis et de dépenses immédiates.

Il se leva :

— Très bien, Madame. Ne me tracassez plus et tout ira pour le mieux. Menez la vie qu'il vous plaira, mais aussi tranquillement que possible. Autre chose : si vous n'en parlez à personne, rien ne s'ébruitera, car moi, je n'en dirai rien.

— Oh ! merci, Sire ! Vous êtes bon !

Elle s'approcha de lui et lui fit des yeux caressants. Elle espérait encore qu'un baiser et une heure au lit pourraient tout changer, chasser l'animosité et la méfiance qui avaient succédé à la passion du début. Il la contempla fixement, sourit, eut un petit geste de la main, s'écarta et finalement sortit. Barbara le suivit des yeux, immobile, figée, comme si elle avait reçu une gifle.

LII

Ambre adorait faire partie de la Cour. La connaissance intime qu'elle en avait maintenant ne lui avait pas causé de désillusions. Pour elle la Cour représentait encore le vaste monde et tout ce qui s'y passait était du plus vif intérêt et revêtait une importance particulière. Buckingham lui-même n'était pas plus persuadé qu'elle de la quasi-divinité des courtisans. Et maintenant elle faisait partie de leur cercle. Sans la moindre difficulté elle se laissa entraîner par le torrent de la vie de Cour, et y évolua aveuglément.

Elle courait les dîners, le théâtre et les bals. Elle

était invitée partout et ses propres réceptions étaient très fréquentées, car il était dangereusement impolitique de manquer d'égards à une maîtresse du roi. Son salon était souvent plus peuplé que celui de la reine, et elle tenait de nombreuses tables de jeu : l'ambre, le trente-et-quarante, la mouche et divers jeux de dés. Les mendiants des rues commençaient à l'appeler par son nom, ce qui était une preuve certaine de notoriété. Des écrivains à tout faire et des auteurs de pièces hantaient son antichambre, voulant lui dédicacer une nouvelle comédie ou un sonnet. Le premier jeune écrivain qu'elle avait généreusement patronné — en lui faisant cadeau de cinquante livres sans se donner auparavant la peine de lire son poème — avait écrit une violente satire sur la Cour et ceux qui en faisaient partie, elle incluse.

Elle dépensait comme si elle avait hérité du Trésor Royal et, bien que Shadrac Newbold fît des placements pour elle et tînt ses comptes, elle ne prêtait aucune attention à l'argent qui entrait ou sortait. La fortune que lui avait laissée Samuel lui paraissait inépuisable.

Il y avait d'ailleurs mille manières de se procurer de l'argent à la Cour, quand le roi vous honorait de ses faveurs ! Un jour il lui permit de mettre en loterie de la vaisselle plate ornée de la Couronne. Il lui loua à bas prix six cents acres de terre, pour cinq ans, qu'elle sous-loua immédiatement beaucoup plus cher. Pendant un an il lui fit don des droits d'ancrage des bateaux amarrés dans l'estuaire. Elle reçut le produit de la vente des sous-bois de certains taillis de la nouvelle forêt. Elle se livra également à des transactions particulièrement lucratives. Charles lui fit des présents venant de certaines taxes irlandaises. Les ambassadeurs étrangers la couvraient de cadeaux, en proportion de l'influence qu'ils lui supposaient auprès du roi. Rien que sur ces seules ressources, elle eût déjà pu vivre sur un très grand pied.

Juste avant la Noël, elle entreprit de faire décorer et meubler à neuf ses appartements. Pendant quatre mois, ils furent remplis d'artisans qui peignaient, clouaient, frottaient. Ambre fit apporter le mobilier de Lime Park et passa des journées à inventorier les biens de Radclyffe qu'elle avait obtenus avec la connivence du roi. Elle conserva les rideaux, les tableaux et les meubles qu'elle aimait et vendit le reste à l'encan. Les raretés et objets précieux qui avaient été l'intérêt de la vie de Radclyffe, ses collections, le fruit de son travail, tout fut ainsi vendu à des gens qu'il avait méprisés, ou utilisé comme décor par une femme envers laquelle il n'avait eu que du dédain. Le triomphe d'Ambre — complet et terrible — était la victoire de la vie sur la mort impuissante. Elle en éprouva une infinie satisfaction.

Charles et sa Cour avaient rapporté de France un goût tout différent en matière d'ameublement. Le nouveau style était à la fois plus délicat et plus prodigue. Le noyer remplaçait les grosses pièces en chêne sculpté, de riches tapis de Perse ou de Turquie les nattes de jonc. Aucune extravagance n'était contraire au bon goût, les dames et les courtisans luttaient à qui parviendrait à produire l'effet le plus spectaculaire. Ambre n'entendait se laisser dépasser par personne.

Elle fit abattre des murs et en éleva d'autres, afin de modifier les espaces. Elle voyait tout en grand ! L'entrée même devint de dimensions colossales, munie de tout ce qui était nécessaire au confort de ceux qui attendaient. Mais seules la meublaient des tentures de soie verte, deux statues italiennes en marbre noir, et une multitude de chaises dorées.

Le salon, qui donnait sur le fleuve, avait soixante-quinze pieds de long et vingt-cinq de large. Les murs étaient tendus d'une soie rayée noir et or et, le soir, les rideaux masquaient les fenêtres. Tapis brodés de perles, meubles délicatement sculptés recouverts d'une épaisse couche d'or, coussins de velours émeraude, nombreux guéridons épars — Charles préférant un buffet à une table servie, bien souvent Ambre donnait là ses dîners. Au-dessus de la cheminée trônait un portrait d'elle, personnifiant sainte Catherine.

Toutes les dames de la Cour aimaient à se faire peindre sous les noms de saintes. Catherine ayant été reine, Ambre portait une robe magnifique et avait une couronne sur la tête. Elle tenait un livre et la palme des martyrs. Son expression était pensive et douce.

Une petite antichambre, toute tendue de blanc — le moricaud italien de Radclyffe y était placé sur une table dorée, devant la glace —, séparait le salon de la chambre à coucher dont l'aménagement avait coûté à Ambre plus que celui de tout le reste de l'appartement.

Toute la pièce, de haut en bas, était garnie de glaces, importées de Venise et passées en fraude au bureau des douanes, avec la complicité de Sa Majesté. Le plancher, dallé de marbre noir de Gênes, passait pour le plus beau d'Europe. Sur le plafond, un artiste du nom de Streater avait peint les amours de Jupiter, au milieu d'un essaim de femmes nues aux hanches arrondies et aux seins opulents, saisies dans mille postures en compagnie d'humains ou d'animaux.

Au milieu trônait un lit, immense, à quatre colonnes, avec un dais gigantesque, incrusté d'argent et garni de rideaux de velours écarlate. Tout le mobilier d'ailleurs était plaqué d'argent, et les sièges — de la plus petite chaise aux vastes fauteuils devant la cheminée — étaient capitonnés eux aussi de velours écarlate. Au-dessus de la cheminée, un autre portrait d'Ambre, plus intime et bien typique, peint par Peter Lely. Elle y était étendue sur un amas de coussins noirs, outrageusement nue, souriant du coin de l'œil à ceux qui s'arrêtaient à la regarder.

Cette pièce était empreinte d'une personnalité violente, presque sauvage. Aucun être humain ne pouvait y prendre une quelconque importance. Et cependant, elle suscitait l'envie de tout le palais, car jamais semblable extravagance n'avait encore été vue. Ambre, que cette chambre n'impressionnait nullement, l'aimait pour son arrogance, son intransigeante provocation, sa beauté crue et violente. Elle représentait à ses yeux tout ce qu'elle avait imaginé pouvoir demander à la vie, et tout ce qu'elle avait obtenu. C'était le symbole de son succès.

Mais maintenant qu'elle l'avait, cela ne suffisait pas à la rendre heureuse.

Car, bien que ses journées fussent constamment occupées par d'incessants bavardages, des essayages, des parties de jeu, des soirées au théâtre, des soupers, jamais elle ne parvenait à oublier Bruce Carlton. Son souvenir ne la quittait pas, quoi qu'elle fît.

Vers la mi-mars, Almsbury arriva à Londres, seul, pour régler des affaires et prendre quelque amusement. Ambre ne l'avait pas vu depuis le mois d'août et la première question qu'elle lui posa fut pour demander s'il avait eu des nouvelles de Bruce.

— Non, répondit le comte. Et vous ?

— Moi ? fit-elle avec humeur. Naturellement

pas. Il ne m'a jamais écrit une ligne. Mais il aurait pu, au moins, vous faire savoir comment il allait.

Almsbury haussa les épaules.

— Il est occupé, et tant que je ne sais rien de lui, c'est que tout va bien. Sinon, il me le ferait dire.

— En êtes-vous sûr ?

Elle eut un regard furtif.

Ils étaient dans sa chambre à coucher. Ambre était étendue sur un canapé, ses belles jambes croisées.

— Que voulez-vous dire ? fit Almsbury en fronçant les sourcils. Si vous espérez qu'il est arrivé malheur à Corinne, vous feriez tout aussi bien d'y renoncer. Souhaiter la mort d'une autre femme ne vous donnera jamais ce que vous désirez, vous le savez tout comme moi. Jamais Bruce n'a eu l'intention de vous épouser.

Parfois l'attitude du comte révélait une sorte d'impatience contenue et de cruauté vis-à-vis d'elle. Mais elle était si sûre de lui que cela ne l'inquiétait guère. Cependant elle se montrait vite offensée.

— Comment le savez-vous ? C'eût été possible, maintenant que je suis comtesse.

Son visage se durcissait à la pensée de Corinne et sa lèvre supérieure se contractait avec une expression obstinée.

— Ambre, ma chère, dit-il d'une voix adoucie, pleine d'affectueuse pitié, il est inutile de vous leurrer, n'est-ce pas ? Il ne l'a pas épousée parce qu'elle était riche et titrée. Plus que probablement il ne l'aurait pas épousée si elle n'avait été ni l'un, ni l'autre — nul homme de sa position ne l'eût fait. Mais s'il n'avait recherché *que* cela, il serait marié depuis longtemps. Non, mon cœur, soyez sincère avec vous-même. Il l'aime.

— Mais il m'aime aussi! s'écria-t-elle avec désespoir. Oh! il m'aime, Almsbury, vous savez bien qu'il m'aime!

Sa voix et ses yeux devinrent tout à coup implorants :

— Vous croyez qu'il m'aime, n'est-ce pas?

Almsbury sourit et lui prit la main :

— Ma pauvre petite chérie. Oui, je le crois, et je finis par croire aussi que vous l'auriez aimé *même* s'il vous avait épousée!

— Naturellement que je l'aurais aimé! s'écria-t-elle.

Puis, comme honteuse :

— Ne me taquinez plus, Almsbury!

Elle détourna les yeux, nerveuse, se sentant ridicule. Et, tout à coup, elle explosa :

— Oh! c'est que je l'aime, Almsbury. Vous ne pouvez pas vous imaginer à quel point je l'aime. Je ferais n'importe quoi, n'importe quoi au monde, pour l'avoir. Et je l'aimerais toujours, même si je le voyais tous les jours et toutes les nuits pendant mille ans. Oh! vous savez bien que c'est vrai, Almsbury : je n'ai jamais aimé d'autre homme, je n'ai jamais pu.

Voyant l'étrange expression du comte, elle eut peur de l'avoir blessé.

— Oh! naturellement que je vous aime, Almsbury, mais autrement, je...

— Ne vous en faites pas, Ambre. Ne cherchez pas à m'expliquer... j'en sais plus que vous à ce sujet. Vous aimez trois personnes : le roi, Bruce et moi. Et chacun de nous, j'en suis persuadé, vous aime. Mais aucun ne peut vous procurer grand bonheur, car vous demandez plus que nous ne voulons vous donner. Il n'est aucun d'entre nous dont vous puissiez vous emparer comme de ce pauvre diable de jeune capitaine — comment donc s'appelait-il ? — ou de ce vieillard en enfance qui vous a légué son argent. Et voulez-vous savoir pourquoi ? Je vais vous le dire : le roi vous aime, mais pas plus qu'il n'aime une douzaine d'autres femmes et n'en aimera d'autres. Nulle femme au monde ne peut le faire souffrir, parce qu'il ne dépend d'elles que pour le plaisir physique. Sa sœur est la seule personne qu'il aime vraiment, mais c'est une tout autre affaire. Bruce vous aime, mais il existe d'autres choses qu'il vous préfère. Et maintenant, il a une femme qu'il aime davantage. Et enfin, ma chère, je vous aime aussi. Mais je n'ai aucune illusion à votre sujet : je sais qui vous êtes, et cela m'est égal ; alors, vous ne pourrez pas non plus me faire souffrir beaucoup...

— Grand Dieu ! Almsbury ! Pourquoi voudrais-je vous faire souffrir, vous ou un autre ? Qui diable a bien pu vous mettre cette lubie en tête ?

— Aucune femme n'est jamais satisfaite quand elle ne sait pas qu'elle peut faire souffrir l'homme qui l'aime. Voyons, soyez franche, c'est vrai, n'est-ce pas ? Vous avez toujours cru pouvoir me rendre malheureux le jour où vous le voudriez...

Il soutint son regard.

Ambre sourit, du sourire d'une jolie femme qui se sait admirée.

— C'est possible, finit-elle par avouer. Mais êtes-vous bien sûr que je ne le pourrais pas ?

Il resta un instant immobile puis, tout à coup, se leva, un large sourire découvrant ses dents blanches :

— Non, mon cœur ! non !

Enfin, l'air de nouveau sérieux :

— Je vous dirai pourtant quelque chose : s'il existe au monde un homme que vous eussiez dû épouser et qui vous eût rendue heureuse, cet homme, c'est moi !

Ambre le considéra avec des yeux étonnés et se mit à rire, tout en se levant :

— Almsbury ! Que racontez-vous ? S'il est un homme que j'aurais dû épouser et qui m'aurait rendue heureuse, c'est Bruce, et vous le savez bien !

— Erreur, ma chère !

Comme elle ouvrait la bouche pour protester, il se dirigea vers la porte et elle le suivit.

— Je vous verrai au salon, ce soir, et nous jouerons les cent livres que vous m'avez gagnées hier !

Elle éclata de rire :

— Impossible, Almsbury. Je les ai dépensées ce matin. Pour m'acheter une nouvelle robe !

Comme il atteignait la porte, elle pouffa de nouveau :

— Non, mais vous nous imaginez mariés ?...

Quand Frances Stewart, maintenant duchesse de Richmond, rentra en ville, la Cour était en proie à une vive émotion. Une fois de plus, tout l'ancien mode d'existence était bouleversé et il s'agissait de reconstruire. Les politiciens, les maîtresses, les laquais et les valets de pied eux-mêmes s'inquiétaient, complotaient, intriguaient, cherchant à se tirer d'affaire quoi qu'il arrive. On espéra que Frances, une fois mariée, aurait plus de bon sens qu'avant, et réoccuperait bientôt la place qui aurait dû être la sienne. Aussi, quand elle s'installa à Somerset House et donna de grandes réceptions, tout le monde s'y rendit. Le roi, toutefois, à la surprise générale, n'y assista jamais et ne parut pas même s'apercevoir de son retour.

Mais ce n'étaient pas seulement les femmes qui fournissaient matière à bavardages. Le duc de Buckingham continuait à faire parler de lui. Au début de l'année, les amis du duc de Shrewsbury le persuadèrent qu'il devait se battre en duel avec Buckingham. Il le fit et fut tué. Le duc de Buckingham prit alors Lady Shrewsbury chez lui et, quand sa petite femme si patiente lui représenta que cet arrangement n'était pas tolérable, il la mit en voiture et la renvoya chez elle.

Charles en fut très amusé et déclara que Sa Grâce n'aurait pu mieux faire pour se déconsidérer plus vite à la Chambre des Communes. Mais Buckingham avait, momentanément, perdu tout intérêt pour la Chambre des Communes et ce qu'on y pensait de lui : il ne restait pas plus longtemps fidèle à une idée qu'à une femme.

D'autres événements, moins sensationnels mais de plus grande importance, survenaient. Bien à contretemps, Clarendon avait finalement été forcé de se retirer à la campagne et tous les ennemis de sa fille en profitaient pour lui faire subir des avanies. Mais Anne supportait leur mépris envieux avec hauteur et indifférence et elle s'arrangea pour maintenir sa cour personnelle avec infiniment d'adresse et d'esprit de décision. Elle se disait que tous ces imbéciles n'avaient aucune importance à ses yeux, car, un jour, un de ses enfants monterait sur le trône d'Angleterre, chaque année qui passait confirmant la stérilité de la reine.

Après le départ de Clarendon, son cabinet fut remplacé par « the Cabal » — la Cabale —, mot formé par les initiales des cinq noms qui la composaient : Sir Thomas Clifford — le seul honnête homme de la bande et, par conséquent, soupçonné de jouer double jeu —, Arlington — son ami, mais qui n'en était pas moins jaloux —, Buckingham, Ashley et Lauderdale. Tous partageaient la même haine pour Clarendon et craignaient son retour possible. Ils haïssaient presque autant York.

A part cela qui les unissait, ils étaient divisés entre eux. Chacun se méfiait de l'autre et le craignait, et le roi n'avait confiance en aucun, satisfait toutefois d'avoir un gouvernement qui fût un jouet entre ses mains. Car il était plus intelligent qu'eux tous, ensemble ou séparément.

Et c'est ainsi qu'ils se mirent à gouverner la nation.

L'Angleterre signa un traité d'alliance avec la Hollande, grâce auquel Charles parvint à compromettre les Hollandais, si bien qu'au moment où ils seraient prêts à combattre de nouveau, ils ne pourraient plus compter sur l'aide de la France. Charles, en effet, voulait avoir la France de son côté dans la prochaine guerre, et sa correspondance avec sa sœur visait ce but. Le pacte hollandais ainsi que les traités secrets signés à la fois avec la France et la Hollande assuraient à l'Angleterre la balance du pouvoir en Europe. Et, bien que tout cela fût accompli dans le plus grand esprit de chicane politique, cela constituait le type même des méthodes du roi. Car son charme et sa nature débonnaire étaient le paravent qui cachait sa véritable nature et tout ce qu'elle avait de cynique, d'égoïste et de cruel.

C'était le comte de Rochester qui prétendait que les trois principales occupations de l'époque se définissaient comme suit : la politique, les femmes et la boisson; les deux premières, en tout cas, jamais entièrement séparées.

Charles avait horreur de voir une femme se mêler des affaires de l'État, mais il ne parvint jamais à les en écarter. Et, selon son habitude, il accepta ce qu'il ne pouvait changer. Car, dès qu'une femme avait attiré son attention ou passait pour sa maîtresse, elle était assaillie de toutes parts — plus que la reine — par des demandes d'aide, des offres d'argent pour une intervention en vue d'une faveur, des propositions d'alliance avec l'une ou l'autre des factions de la Cour. Ambre avait été mêlée à une bonne douzaine de projets, avant même d'avoir passé quinze jours à Whitehall. Et, à mesure que s'écoulaient les mois, elle se trouvait de plus en plus prisonnière de cette toile d'araignée.

Buckingham, depuis le jour où elle avait été présentée à la Cour, s'était montré amical et dans son camp, contre Castlemaine. Ambre, cependant, se méfiait de lui et le méprisait, se gardant bien toutefois de le lui laisser voir : ami douteux, il pouvait sûrement devenir un ennemi menaçant et dangereux. Durant plusieurs mois, ainsi, ils se tinrent sur la réserve, nul ne cherchant à éprouver la bonne foi de l'autre.

Puis un matin, vers la fin mars, il lui rendit une visite inattendue.

— Eh bien ! Milord, dit Ambre, surprise, qu'est-ce qui vous amène de si bonne heure ?

Il était à peine neuf heures et Sa Grâce sortait rarement du lit avant midi.

— De bonne heure ? Ce n'est pas de bonne heure pour moi. C'est au contraire très tard. Je ne me suis pas encore couché ! Avez-vous un verre de vin d'Espagne ? J'ai la gorge terriblement sèche !

Ambre fit chercher un vin capiteux et quelques anchois et, tandis qu'ils attendaient qu'on les servît, le duc se laissa tomber dans un fauteuil, près de la cheminée, et se mit à causer.

— J'arrive de Moor Fields ! Dieu ! Vous n'avez jamais rien vu de pareil ! La jeunesse a envahi deux maisons ! Maman Creswell glapit comme une folle, et les filles vident leurs pots de chambre sur la tête des garçons ! Ils crient qu'ils vont venir mettre sens dessus dessous la plus grande maison close de la ville : Whitehall !

Ambre eut un rire et servit le vin d'Espagne :

— Et je suis bien sûre qu'ils trouveront un plus grand nombre de putains ici que dans tout Moor Fields !

Buckingham fouilla dans la poche de sa veste et en sortit une feuille de papier chiffonnée, mal imprimée, dont l'encre était encore fraîche, qu'il lui tendit.

— Avez-vous vu cela ?

Ambre parcourut rapidement le feuillet. Il portait comme titre : « Pétition des courtisanes pauvres à Lady Castlemaine » et, d'après son contenu satirique, était certainement l'œuvre d'un intime de la Cour. En résumé, c'était un appel à Barbara, la reine des courtisanes d'Angleterre, pour qu'elle vînt en aide aux membres malheureux de la profession qu'elle avait contribué à glorifier. Ambre comprit aussitôt que ce devait être un nouveau tour machiavélique du duc, destiné à exaspérer sa cousine, car elle savait qu'ils s'étaient de nouveau disputés. Elle fut à la fois ravie de voir Barbara humiliée et d'échapper elle-même à la critique.

Elle le lui rendit en souriant :

— L'a-t-elle déjà lu ?

— Cela ne tardera pas, en tout cas. Le libelle pullule dans Londres ; des vendeurs le distribuent au Change et à tous les coins de rues. J'ai vu un couvreur qui a failli tomber de son toit, tant il riait. Mais quel monstre oserait troubler Sa Grâce par de telles horreurs !

Ambre eut un air parfaitement innocent :

— Vraiment, oui ! Je me le demande, Votre Grâce... Pouvez-vous l'imaginer ?

Et elle sirota son vin tout en dégustant les anchois salés. Ils se regardèrent un moment en silence, puis tous deux sourirent :

— Oh ! déclara Sa Grâce, peu importe, puisque c'est fait ! Je pense que vous avez entendu dire que Sa Majesté la gratifie de Berkshire House ?

Ambre fronça ses bruns sourcils :

— Oui, évidemment. Elle s'arrange pour que personne ne l'ignore, je vous assure. Et, qui plus est, elle affirme qu'il va créer un duché pour elle !

— Votre Grâce en paraît irritée...

— Moi, irritée ? Oh ! non, Milord ! protesta Ambre. Pourquoi le serais-je, s'il vous plaît ?

— Sans raison, Madame, sans nulle raison !

Il paraissait enchanté, jouissant de la chaleur du feu, du bon vin et caressant quelque agréable pensée.

— J'aurais évidemment préféré qu'il me donnât Berkshire à moi. Quant à un duché, il n'est rien au monde que je désire davantage.

— Ne vous inquiétez pas ! Vous en obtiendrez un, quand il voudra se débarrasser de vous !

Elle le regarda un instant en silence :

— Vous voulez dire, Milord, que... ?

— Parfaitement, Madame. Elle a fini son temps. Elle n'est plus rien à Whitehall. Je ne donnerais pas un pet de son influence à la Cour, maintenant !

Ambre, néanmoins, restait sceptique. Huit années durant, Barbara avait fait la loi au palais, se mêlant de tout, poussant ses amis, tourmentant ses ennemis. Elle paraissait aussi permanente et inaltérable que les pierres des murailles.

— Bien ! dit Ambre finalement. J'espère que vous ne vous trompez pas. Mais la nuit dernière je l'ai rencontrée au salon, et elle déclarait que

Berkshire était la preuve tangible de l'amour de Sa Majesté pour elle.

Buckingham ricana :

— L'amour de Sa Majesté ! Il ne couche même plus avec elle ! Évidemment, elle s'imagine que nous avalons tous ses histoires. Car, si le monde entier croit que le roi l'aime encore, qu'est-ce que cela peut lui faire que ce ne soit plus vrai ? Mais je suis mieux informé que cela. Je sais une ou deux petites choses...

Ambre était convaincue que Sa Grâce possédait de nombreux moyens d'être bien informé. Peu d'événements, de petite ou de grande importance, échappaient, à Whitehall, à son réseau d'espions et d'informateurs.

— Quoi que sache Votre Grâce, dit Ambre, j'espère que c'est vrai... Mais j'ai peine à croire qu'il ne la reprendra pas : il l'a fait si souvent. Pourquoi lui donnerait-il cette demeure et lui promettrait-il un duché s'il avait rompu avec elle ? Le bruit court même qu'il a été obligé d'emprunter de l'argent pour acheter Berkshire.

— Je vais vous dire pourquoi, Madame. Parce que le roi a le cœur tendre. Après avoir obtenu tout ce qu'il désirait d'une femme, il ne peut pas se résigner à la laisser choir. Oh ! non ! Il lui faut toujours se conduire correctement, reconnaître ses marmots, qu'ils soient ou non de lui, et les couvrir d'or pour qu'ils n'aient rien à craindre du monde méchant. Eh bien ! Madame, je pensais que ces nouvelles vous feraient plaisir ? Vous n'avez jamais, à mon sens, été grandes amies, Barbara Palmer et vous ?

— Je la hais ! Mais après toutes ces années de puissance, je puis à peine le croire.

— Elle non plus. Mais elle s'y habituera avant peu. J'étais excédé par ses histoires et je me suis arrangé pour me débarrasser d'elle. Peut-être s'accrochera-t-elle à Whitehall pendant quelques années, mais elle ne comptera jamais plus. Car, une fois que le vieux Rowley est las de quelqu'un, homme ou femme, il ne s'en occupe plus. C'est notre meilleure arme contre le chancelier. Et alors, Madame, je me suis dit qu'il y avait là une place vacante, ouverte à toute femme intelligente qui...

Ambre le regarda bien en face. Être allié à Buckingham n'était pas une situation des plus enviables. Le duc faisait de la politique uniquement pour son amusement personnel. Il n'avait ni principes, ni buts sérieux, mais suivait la lubie du moment, sans le moindre égard pour l'honneur, l'amitié ou la moralité. Il n'était lié à rien, ni à personne. Néanmoins, il possédait un grand nom, une des plus grosses fortunes d'Angleterre et une énorme popularité parmi les riches négociants, la Chambre des Communes et le peuple de Londres. De plus, il avait une sorte de malice vindicative qui, sans être persistante, pouvait soudain devenir fort nuisible. Ambre s'en était rendu compte depuis fort longtemps.

— Et si quelqu'un prenait la place de Lady Castlemaine ? demanda-t-elle doucement.

— Cette place sera prise, je vous en donne ma parole. Le vieux Rowley a toujours été gouverné par des femmes, depuis l'époque de sa nourrice. Et, en ce moment, Madame, cette femme pourrait être vous. Je ne connais personne, en Angleterre, qui soit mieux placé. Tous ces messieurs qui font en ce moment la cour à la duchesse de Richmond s'engagent sur une fausse piste. Jamais elle ne plaira longtemps à Sa Majesté, cette oie ricanante, je vous parie ce que vous voudrez ! Je suis un vieux cheval de retour, Madame, je m'y connais en ce genre de choses... Aussi suis-je venu vous offrir mes services !

— Votre Grâce me fait trop d'honneur. C'est plus que je n'en mérite.

Le duc redevint péremptoire :

— Inutile de nous faire tant de salamalecs. Comme vous le savez, Madame, je peux, si je le veux, vous aider ; en échange, vous pouvez m'être de quelque utilité. Ma cousine a commis la faute de penser que tout son travail se faisait au lit, et que son maintien, par ailleurs, n'avait aucune importance. C'était une grave erreur, elle le comprend maintenant, si elle est assez intelligente pour le reconnaître. Mais c'est de l'histoire ancienne et peu nous importe. Je vous avoue franchement, Madame, que j'ai fait une étude approfondie du caractère de Sa Majesté et je me flatte de la mieux connaître que quiconque. Si vous acceptez d'être guidée par moi, je crois que nous parviendrons à façonner l'Angleterre suivant nos propres désirs.

Ambre n'avait aucun désir de façonner l'Angleterre. La politique nationale et internationale ne l'intéressait pas, du moins tant qu'elle n'affectait pas le cours de sa propre vie. Ses intrigues ne s'étendaient pas — intentionnellement — au-delà des gens qu'elle connaissait et des événements qu'elle pouvait suivre. Elle partageait l'avis de Charles, qui estimait que Sa Grâce avait un grelot dans la cervelle, mais, s'il plaisait au duc de se croire engagé dans de vastes entreprises, elle ne voyait pas la nécessité de le contredire.

— Rien ne pourrait m'être plus agréable, Votre Grâce, que de me considérer comme votre amie et de partager votre bonne fortune.

Elle leva son verre et tous deux trinquèrent.

LIII

Frances Stewart n'aimait pas la vie à la campagne. Elle avait toujours vécu en société, parmi les dîners et les bals, les rires et les potins. La campagne était paisible, monotone; comparée au palais, sa grande maison lui paraissait solitaire et déserte. Il n'y avait plus de beaux galants pour la divertir, la flatter, lui ramasser son éventail ou l'aider à descendre de cheval. Son mari passait la plus grande partie de son temps sur la propriété et rentrait souvent ivre. Le maître d'hôtel dirigeait la maison — Frances n'avait jamais été habituée au rôle de maîtresse de maison — et les heures vides se traînaient intolérablement. Elle n'appréciait pas le mariage, auquel d'ailleurs elle ne s'était pas attendue à trouver beaucoup de charmes. Elle s'était mariée parce que cela lui était apparu comme le seul moyen de rester une femme honnête et respectée, ce qui avait toujours été son plus cher désir. Sans aucun doute, le duc l'aimait et lui était reconnaissant de l'avoir épousé, mais elle le trouvait singulièrement ennuyeux et lourd, comparé aux gentilshommes si bien élevés de Whitehall, qui connaissaient mille manières de divertir et de faire rire une dame.

Et l'amour la choquait. Elle redoutait chaque nuit, feignait de petites maladies pour écarter son époux. L'idée seule d'être enceinte la révoltait. Constamment elle pensait à la ville et à la Cour, à la vie charmante qu'elle y avait menée. Plus que tout, elle songeait au roi, l'homme le plus beau et le plus charmant qu'elle ait connu. A son grand déplaisir, elle découvrit qu'elle en était éprise et s'étonna de n'en avoir pas plus tôt pris conscience. Sa vie eût été bien différente. Maintenant qu'elle possédait la respectabilité, celle-ci lui paraissait infiniment moins importante que sa mère ne le lui avait affirmé. Que pouvait désirer une femme, quand elle avait la protection du roi?

Finalement elle cajola et convainquit le duc de retourner à Londres. Au début, ses espoirs parurent se réaliser. L'on se précipitait à ses réceptions et à ses dîners, et elle était plus recherchée et courtisée qu'à sa première et triomphale apparition à Whitehall. Elle savait parfaitement que chacun attendait qu'elle devînt la maîtresse du roi, et elle était enfin disposée à accepter cette position, avec son lot d'avantages et d'inconvénients. Mais Charles, apparemment, ignorait même qu'elle était en ville.

Cela dura ainsi quatre mois. Frances en fut surprise, puis offensée et irritée. Et s'il ne consentait jamais à lui pardonner? Cette seule pensée la terrifiait, car elle connaissait assez la Cour pour savoir que les courtisans, une fois convaincus de l'indifférence royale, se disperseraient comme des corneilles abandonnant une ville frappée d'épidémie. Avec effroi elle envisageait la perspective de retourner à la campagne, et la suite des années se déroulait, morne et interminable, devant elle.

Soudain, moins d'un an après sa fuite, Frances tomba gravement malade. Les docteurs songèrent d'abord à une grossesse, ou aux fièvres, mais finirent par diagnostiquer avec certitude la petite vérole. Immédiatement le docteur Fraser fit prévenir le roi. Et toute l'irritation de Charles, la conviction cyclique qu'il avait été délibérément joué et ridiculisé par elle disparurent aussitôt, emportées dans un flot d'horreur et de pitié.

La petite vérole! Elle pouvait en perdre sa beauté! Telle fut sa première pensée, avant même de songer à la menace mortelle de la maladie, car il lui semblait qu'une beauté semblable était chose inviolable, quasi divine, dont la destruction était un vandalisme, un blasphème. Et Frances représentait plus pour lui qu'il ne voulait l'admettre, car elle avait une fraîcheur et une pureté qu'il ne retrouvait pas chez les femmes de son entourage.

Il eût été immédiatement la voir, mais les docteurs s'y opposèrent, de crainte qu'il ne transmît la contagion. Il lui envoya ses meilleurs docteurs, et les persécuta constamment pour avoir des nouvelles. Comment se sentait-elle ? Était-elle mieux aujourd'hui ? Gaie ? Serait-elle marquée ? Ils lui répondaient toujours de manière satisfaisante, mais il sentait qu'ils lui mentaient.

Ce ne fut pas avant la première semaine de mai — un mois après le début de la maladie — qu'ils l'autorisèrent à la voir. Et, quand son carrosse pénétra dans la cour de Somerset House, il y trouva nombre d'équipages variés. Évidemment, le bruit de sa venue s'était répandu, et tous avaient voulu assister au premier revoir. Charles retint un juron et son visage se durcit.

Ce fut Mrs. Stewart, la mère de Frances, qui l'accueillit. Il vit au premier coup d'œil qu'elle était nerveuse, agitée, près de pleurer. Ce qui le confirma dans la pensée que les docteurs lui avaient menti.

— Oh ! Votre Majesté ! Comme je suis heureuse que vous soyez venu ! Elle désire tant vous voir ! Croyez-moi, Sire, elle ne s'est jamais pardonné le vilain tour qu'elle vous a joué.

— Comment est-elle ?

— Oh ! beaucoup mieux. Certainement. Elle est levée et habillée, mais encore très faible, naturellement.

— Puis-je la voir ?

— Oh ! oui, Votre Majesté ! Si vous voulez bien me suivre.

— D'après ce que j'ai vu dans la cour, je ne suis pas le seul visiteur, aujourd'hui ?

Mrs. Stewart montait l'escalier à ses côtés :

— C'est le premier jour où elle est autorisée à recevoir, voyez-vous. Sa chambre est pleine, toute la ville est ici !

— Alors, je crois que j'attendrai dans l'entrée qu'ils soient partis.

Mrs. Stewart fit partir le monde, prétextant un surcroît de fatigue chez sa fille, et, quand le dernier visiteur fut sorti, elle revint chercher Charles.

Elle était étendue sur une chaise longue, face à la porte, et portait une charmante robe d'étoffe soyeuse qui tombait en plis harmonieux jusqu'au sol. Les rideaux avaient été tirés — il était à peine deux heures de l'après-midi — et, bien que plusieurs chandeliers fussent allumés, ils étaient placés à bonne distance d'elle. Charles se découvrit, s'inclina, traversa rapidement la pièce et s'approcha d'elle. Il s'inclina encore une fois, profondément, puis, à contrecœur, leva les yeux. Ce qu'il vit lui fit mal.

Elle avait changé. Oh ! même en cette pénombre, comme elle avait changé ! La maladie n'avait rien épargné. Le teint de lis, si pur et si doux, était parsemé d'affreuses taches rouges et de marques de boutons. Toute cette beauté si parfaite s'en était allée. Mais ce qui le frappa le plus douloureusement, ce fut l'infinie détresse qu'exprimait le regard.

Mrs. Stewart était toujours dans la pièce — Charles lui avait demandé de rester — et se tenait derrière sa fille, les mains crispées, l'air anxieux et troublé. Mais Charles et Frances avaient oublié sa présence.

— Mon cœur! dit-il doucement, se forçant à rompre le silence, Dieu merci, vous voici guérie!

Frances le regarda, luttant pour rester maîtresse d'elle-même, mais n'osant se fier à sa voix. Enfin elle réussit à produire un misérable petit sourire, mais les coins de sa bouche tremblaient :

— Oui, Votre Majesté, je suis guérie!

Sa voix si douce n'était qu'un murmure :

— Mais dois-je m'en féliciter?

Sa bouche prit une expression amère, elle baissa les yeux et détourna promptement la tête. Puis, soudain, se couvrant le visage des deux mains, elle se mit à pleurer, les épaules et le corps secoués par la violence des sanglots. C'était — il le comprit — non seulement la douleur de se montrer à lui telle qu'elle était, mais aussi l'accumulation de tout ce qu'elle avait enduré depuis quelques heures, les regards curieux et cruels de ces hommes et de ces femmes, si polis, si sympathiques, si faussement gais. Ils s'étaient vengés de l'admiration et de la flatterie qu'elle avait suscitées par le passé.

Vivement Charles s'agenouilla auprès d'elle, lui prit la main et, de sa voix profonde, tenta de la consoler :

— Je me suis tant inquiété à votre sujet, Frances! Oh! mon cœur, pardonnez-moi d'avoir agi comme un sot jaloux!

— Vous pardonner? Oh! Sire!

Elle tenait son visage dissimulé, mais ses yeux parlaient :

— C'est moi qui dois implorer votre pardon. Voilà pourquoi ce malheur m'est arrivé, je le sais, en punition de ce que je vous ai fait.

— Ne parlez pas ainsi, Frances. Je vous en prie! Je ne sais pas pourquoi j'ai agi comme un imbécile. Mais quand j'ai entendu dire que vous étiez malade, j'en ai été bouleversé. Si jamais il vous était arrivé malheur... Mais, Dieu merci, vous êtes remise.

Elle le considéra longuement, ayant l'air de se demander s'il se rendait compte du changement survenu en elle, avec l'espoir pathétique que... Mais à quoi bon ! Évidemment il le voyait ! Tout le monde l'avait vu, pourquoi pas lui ?

— Je suis guérie, oui, murmura-t-elle. Mais je préférerais ne pas l'être. Je voudrais être morte ! Regardez-moi !

Elle laissa tomber ses mains. Sa voix n'était qu'un cri solitaire, angoissé, empli de désespoir. Et Charles entendit sa mère étouffer un sanglot.

— Oh ! regardez-moi. Je suis laide !

Il lui serra la main :

— Mais non, Frances ! Cela ne restera pas, je vous le promets. Eh bien ! vous auriez dû me voir après ma petite vérole ! A faire peur au diable lui-même. Et maintenant, regardez... à peine si vous voyez une marque !

Il relevait la tête avec vivacité, tenant les deux petites mains pressées sur son cœur. Il avait l'ardent désir de l'aider, de lui redonner foi en l'avenir, bien que lui-même n'en eût guère. Et comme il parlait, les yeux de Frances brillèrent, et quelque chose qui ressemblait à un rayon d'espoir éclaira son visage.

— Voyons, d'ici peu, rien n'indiquera jamais ce que vous avez eu. Vous reviendrez au bal, plus belle que jamais. Plus belle même que le premier soir où je vous ai vue. Vous rappelez-vous, mon cœur, cette robe de dentelle noire et blanche que vous portiez, et ces diamants dans vos cheveux ?

Fascinée, Frances l'écoutait. Ses paroles avaient le son d'une mélodie presque intentionnellement oubliée.

— Oui ! murmura-t-elle. Oui, je m'en souviens, et vous m'avez demandé une danse...

— Je ne pouvais me lasser de vous regarder, jamais je n'ai vu de si parfaite beauté...

Elle lui sourit, passionnément reconnaissante de sa bonté. Mais le jeu était douloureux et elle savait aussi bien que lui qu'ils cherchaient à se leurrer. Par volonté elle retint ses larmes, tandis qu'assis à côté d'elle il causait, et chercha désespérément à s'abstraire d'elle-même. Mais ses pensées convergeaient vers sa propre tragédie, et Charles, lui non plus, ne pouvait songer à rien d'autre.

« Oh ! pourquoi cela lui est-il arrivé, à elle ? se disait-il avec colère. Pourquoi à Frances, qui était si gaie, si douce, si gentille, quand tant d'autres femmes eussent mérité ce sort cruel... ? »

Mais Charles était un homme entêté.

« Un jour, lui avait-il dit, j'espère vous trouver laide et consentante. » Il avait oublié ces paroles irréfléchies, mais il conservait le souvenir d'années d'implorations, de promesses, d'attente, l'aiguillon du désir, la nostalgie de la possession et de l'accomplissement. Et aujourd'hui, c'était elle qui suppliait !

Une fin d'après-midi, ils se promenaient tous deux dans le jardin qui, derrière Somerset House, descend au bord de la Tamise. Frances portait une charmante toilette de satin bleu pâle, garnie de flots de dentelles noires, froncées sur la jupe. Une mantille de dentelle noire couvrait ses cheveux et tamisait ses traits. Avec son sens aigu de la beauté, elle cherchait instinctivement à masquer les ravages causés par la maladie. Elle y employait beaucoup son éventail et, quand elle s'arrêta, ce fut à l'ombre d'un grand orme.

Silencieusement ils regardaient le fleuve. Soudain Charles sentit se crisper la petite main posée sur son bras. Se tournant, il la vit qui le fixait. Il resta immobile, à l'observer, et comprit qu'elle réclamait un baiser. Ses bras l'enserrèrent, et cette fois-ci, il n'y eut ni petit cri, ni rire, ni geste de refus. Au contraire, elle s'accrochait à lui, l'attirant vers elle, et il sentit sur ses lèvres l'ardent désir de lui plaire, et la crainte affreuse de ne plus lui paraître désirable.

Charles, la pitié dominant son inévitable réaction en présence du corps et des lèvres d'une femme, la relâcha doucement. Mais elle n'entendait pas le laisser aller et le retint par le bras :

— Oh ! comme vous aviez raison ! J'étais une sotte. Jamais vous n'auriez dû avoir autant de patience avec moi !

Il fut surpris de cette franchise :

— Mon cœur, j'espère n'être jamais assez goujat pour prendre une femme contre son gré.

— Mais je... commença-t-elle, puis elle s'interrompit, rougissante.

Brusquement elle se sauva. Et, comme elle rentrait en courant, il comprit qu'elle pleurait.

La nuit suivante, néanmoins, comme il montait seul en canot pour faire une promenade nocturne sur la rivière, il prit soudain sa résolution, fit faire demi-tour au bateau et se dirigea droit sur Somerset House.

La petite porte était fermée, mais en un instant il sauta par-dessus le mur et courut, à travers le jardin, vers la maison.

« J'ai attendu ce moment cinq ans et demi, songea-t-il. Fasse le ciel que ce n'ait pas été trop longtemps !... »

LIV

Charles et le duc de Buckingham se faisaient face à une table où ils examinaient le modèle réduit — mais parfait — d'un nouveau vaisseau de guerre. Tous deux étaient fort absorbés et discutaient avec vivacité. Charles avait toujours eu un faible pour la mer et la marine et en savait plus à ce sujet, techniquement parlant, qu'il n'est séant pour un roi. Ses navires avaient toujours été son orgueil, et il ressentait encore l'humiliation devant ces Hollandais naviguant dans ses propres eaux, pillant son pays, brûlant et coulant ses bateaux. Il entendait bien venger cet affront et, en attendant, édifiait une marine forte et puissante. Le but et l'espoir de sa vie étaient qu'un jour l'Angleterre fût la maîtresse incontestée des mers — car en cela, il le savait, résidaient la grandeur et l'avenir de son petit royaume. Charles se leva :

— Allons ! Je ne peux pas rester à admirer cette maquette plus longtemps. J'ai promis à Rupert de faire une partie de paume avec lui !

Il saisit sa perruque, plantée sur le dossier d'une chaise, et s'en coiffa. Puis, jetant un coup d'œil à la glace, il enfonça son chapeau sur sa tête. Buckingham le suivait, son propre couvre-chef sous le bras :

— Par cette chaleur ! J'admire l'activité de Votre Majesté !

Les deux hommes sortirent, Charles ferma la porte et mit la clef dans sa poche. Traversant plusieurs pièces, ils montèrent un petit escalier, et se trouvèrent dans la Grande Galerie. Ils croisèrent Frances Stewart qui passait, accompagnée de sa camériste et d'un nègre portant sa traîne. Elle leur fit un signe et s'approcha d'eux.

Buckingham s'inclina, Charles sourit et effleura amicalement sa joue du bout des lèvres. Mais Frances avait une expression anxieuse et pathétique au fond des yeux. Elle ne pouvait oublier le fait terrible que sa beauté n'était plus. Toute son attitude s'en trouvait changée, comme pour compenser ce qu'elle avait perdu. Elle était vive, nerveuse et pensive.

— Oh ! Votre Majesté ! Comme je suis heureuse de vous rencontrer ! Il y a plus d'une semaine que je ne vous ai vu...

— J'en suis désolé, mais j'ai eu beaucoup à faire, des conseils, des audiences d'ambassadeurs...

Que de fois l'avait-elle entendu proférer les mêmes excuses à d'autres femmes ! Elle le taquinait alors, le traitant de menteur, car en ce temps-là elle riait joyeusement de tout.

— J'aimerais vous avoir à dîner. Ce soir, peut-être ? J'ai de nombreux invités... ajouta-t-elle vivement.

— Merci beaucoup, Frances, mais je suis pris ce soir, et depuis si longtemps que je n'ose me dédire.

Voyant son air déçu il ajouta :

— Demain, par exemple, je suis libre. Je pourrai venir, si vous voulez ?

— Oh ! vraiment, Sire ?

Instantanément son visage s'éclaira :

— Je commanderai vos plats favoris et demanderai à Moll Davis de venir danser !

Elle se tourna vers Buckingham :

— Je serais heureuse de vous avoir aussi, Votre Grâce, ainsi que Lady Shrewsbury, naturellement.

— Merci Madame. Si j'en vois la possibilité, je viendrai.

Frances fit une révérence, les deux hommes

s'inclinèrent et poursuivirent leur chemin. Charles resta silencieux, puis :

— Pauvre Frances ! J'ai le cœur serré quand je la vois.

— Elle est assez abîmée, reconnut le duc. Tout au moins en a-t-elle perdu cet infernal petit rire. Je ne l'ai pas entendue glousser depuis plus de deux mois !

Puis, négligemment, il ajouta :

— Oh ! à propos... Lauderdale m'a raconté l'escapade de Sa Majesté la reine, la nuit dernière.

Charles se mit à rire.

— Je crois que personne ne l'ignore plus. Je ne croyais pas qu'elle eût autant de courage !

Catherine, revêtue d'un déguisement, avait quitté le palais, accompagnée de Mrs. Boynton, pour aller assister à un mariage, dans la Cité, auquel, naturellement, elle n'était pas invitée. Masquée et coiffée d'une perruque, elle s'était bravement mêlée aux invités, mais elle avait été séparée par la foule de sa dame d'honneur, si bien qu'elle avait dû rentrer seule au palais, dans un fiacre de louage. Les gens de la Cour étaient coutumiers de ce genre d'expéditions, mais Catherine ne s'y était jamais risquée, et le palais bourdonnait, à la fois choqué et amusé d'apprendre que sa petite souris de reine s'était lancée dans le vaste monde, en dehors des murs protecteurs de son château.

— On dit qu'elle tremblait de tous ses membres en entrant, poursuivit Charles. Mais très vite elle a trouvé la plaisanterie drôle. Les porteurs qui l'ont transportée étaient de rudes hommes, dit-elle, et le cocher de fiacre si gris qu'elle craignait qu'il ne la fît verser !

Il paraissait très amusé :

— Et tous les gens qui grognent que je mène le

pays à la perdition ! Elle ferait un excellent agent de renseignements, ne croyez-vous pas ? J'ai envie de l'envoyer souvent au-dehors...

Buckingham prit un air de réprobation :

— C'était tout à fait inconvenant. Et, bien pis, cela pourrait devenir dangereux.

Ils traversaient le jardin privé, allant vers le jeu de paume, croisant des groupes d'hommes et de femmes qui se promenaient et bavardaient ; le roi saluait d'un sourire ou d'un geste. Parfois il s'arrêtait pour échanger un mot. Buckingham n'appréciait pas ces interruptions.

— Oh ! je ne crois pas qu'elle ait été réellement en danger, reprit Charles. De toute manière, elle est revenue saine et sauve !

— Mais une autre fois, Sire, elle pourrait bien ne pas rentrer.

Charles éclata de rire :

— Vraiment, George, pensez-vous que l'on puisse me considérer comme assez riche pour vouloir me voler ma femme ?

— Je ne pensais pas à une rançon. N'avez-vous jamais songé, Sire, que Sa Majesté pourrait être enlevée et conduite dans une île déserte d'où personne n'entendrait jamais plus parler d'elle ?

— J'avoue que cette idée ne m'a jamais tracassé !

Charles fit des signaux amicaux à un groupe de jolies femmes assises sur la pelouse.

— Il existe de telles îles, continua Buckingham, situées quelque part vers les Indes orientales. Je ne vois pas pourquoi l'une d'elles ne saurait être aménagée avec tout le confort désirable. Une femme pourrait y couler des jours heureux durant le reste de sa vie.

Charles fixa le duc d'un œil perçant :

— Est-ce que je vous comprends mal, Villiers,

ou me suggérez-vous l'idée de me débarrasser de ma femme en la faisant enlever?

— L'idée n'est nullement impraticable, Votre Majesté. A vrai dire, je l'ai creusée — au point même de découvrir une île appropriée sur la carte —, et ceci bien avant que Sa Majesté ne se livrât au passe-temps des déguisements.

— Vous êtes une canaille, George Villiers. J'avoue que je désire éperdument un héritier, mais jamais à un tel prix. Laissez-moi encore ajouter : si jamais Sa Majesté la reine était molestée — si même elle disparaissait —, je saurais qui accuser. Et vous ne conserveriez pas une heure votre tête sur vos épaules! Bonsoir!

Il lança un regard irrité à Buckingham et disparut dans le pavillon qui bordait les Courts. Le duc pivota sur les talons et s'en fut dans la direction opposée, tout en grommelant.

Ce n'était ni la première, ni la dernière fois que des suggestions étaient faites à Charles sur la manière de se débarrasser de sa femme, afin de pouvoir se remarier et avoir un héritier. La majorité des courtisans conspiraient à ce sujet. Les seuls personnages influents qui ne désiraient pas voir Catherine remplacée étaient le duc d'York, Anne Hyde, leurs quelques rares partisans, et la maîtresse du roi.

En froid avec le roi, Buckingham évita Whitehall pendant quelques jours et passa son temps avec les riches habitants de la Cité qu'il connaissait. Mais il se lassa vite et — puisque c'était une véritable seconde nature chez lui — conçut un nouveau complot.

Depuis quelques années le duc avait loué différents appartements, un peu partout dans la ville, et allait de l'un à l'autre, suivant sa fantaisie. Pour faciliter ses intrigues politiques et en assurer le secret, il avait ainsi toute une série de déguisements et une bonne douzaine d'appartements.

Vêtu d'une robe de chambre turque, coiffé d'un turban et chaussé de babouches, il se trouvait dans l'un d'eux, étendu et profondément endormi dans un vaste fauteuil près de la cheminée où un feu de charbon achevait de se consumer. La pièce manquait d'air et était obscure, car le soir tombait et le duc dormait depuis midi.

Quelqu'un frappa, qui dut attendre le quatrième coup pour que Buckingham se réveillât en sursaut, le visage rouge et gonflé de sommeil, se secouât et se levât. Mais le verrou ne fut pas poussé avant que le duc sût qui était là.

Un prêtre gras et courtaud, les joues rouges, vêtu d'une robe et de sandales, se tenait dans l'entrée, un capuchon dissimulant sa tête tonsurée, un livre de prières à la main.

— Bonsoir, Père Scroope.

— Bonsoir, Monsieur!

Le religieux était hors d'haleine, car il était venu en courant :

— J'ai fait aussi vite que j'ai pu, mais je terminais, avec Sa Majesté, les dévotions du soir quand le message m'a été remis.

Ses regards erraient dans la pièce à peine éclairée :

— Où est le malade? Il n'y pas de temps à perdre...

Buckingham ferma tranquillement la porte derrière lui, mit la clef dans sa poche :

— Il n'y a pas de malade, Père Scroope.

Le prêtre se retourna et le dévisagea avec surprise :

— Pas de malade ? Mais on m'a dit... le messager m'a dit qu'un mourant...

Il s'assit sur une chaise à haut dossier, pendant que le duc remplissait deux verres de vin des Canaries, tendait l'un à son hôte et s'installait en face de lui.

— Je désirais vous voir le plus vite possible, c'est pourquoi je vous ai fait appeler pour un malade. Ne me reconnaissez-vous pas, mon Père ?

Le père Scroope, qui avait vidé son verre et le tenait entre ses petites mains grassouillettes, examina plus attentivement Buckingham et une lueur de compréhension éclaira son visage :

— Comment ! Votre Grâce ?

— En personne !

— Veuillez m'excuser, Monsieur ! Mais ce vêtement d'intérieur vous transforme à tel point que je ne vous avais pas reconnu, et dans cette obscurité, bien sûr... ajouta-t-il, cherchant à se faire pardonner.

Buckingham sourit, reprit la bouteille et remplit leurs deux verres :

— Vous disiez que vous veniez de chez Sa Majesté la reine ?

— Oui, Votre Grâce. Sa Majesté a pris de nouvelles habitudes, mais elle ne se retire jamais sans avoir dit ses prières le soir. Que Dieu en soit loué, ajouta-t-il, roulant pieusement des yeux blancs.

— Vous êtes également le confesseur de Sa Majesté, si je ne me trompe ?

— Parfois, oui, Votre Grâce !

Buckingham eut un rire bref.

— Je me demande ce qu'elle peut bien avoir à confesser ! Quels sont ses péchés : convoiter une nouvelle robe ou jouer le dimanche ? Ou, peut-être encore, souhaiter que l'enfant de Sa Majesté soit dans son ventre, et pas dans celui d'une autre femme !

— Ah ! Milord... Pauvre dame ! Ce serait un péché véniel. Et je crains que nous ne le commettions tous avec elle !

Le père Scroope vida une fois de plus son verre, que le duc remplit immédiatement.

— Faire des souhaits n'avance à rien. Le fait est là, elle est stérile, et le sera toujours.

— Elle a été enceinte, j'en suis persuadé. Mais quelque chose l'empêche de mener à terme.

— Et l'en empêchera toujours. Jamais Sa Majesté n'aura un héritier légitime de Catherine de Bragance. Et si le trône passe à York, le pays est perdu !

Le père Scroope ouvrit de grands yeux à l'énoncé de cette sentence, car les sympathies du duc d'York pour l'Église catholique étaient bien connues, tandis que Buckingham lui portait une haine non moins célèbre. Mais le duc reprit vivement :

— Pas à cause de la religion, mon Père. Le cas est autrement sérieux. Son Altesse n'est pas capable de gouverner le pays. Si Elle montait sur le trône, ce serait la guerre civile en moins de six mois !

Le visage du duc avait revêtu une expression d'intense gravité. Il se tenait penché, une main appuyée sur son genou, tenant son verre de vin et pointant de l'autre un index impérieux sur la face ronde et effarée du père Scroope.

— C'est votre devoir, mon Père, si vous aimez l'Angleterre et les Stuarts, de m'aider de tout votre pouvoir dans ce que je vais vous demander, et je ferais aussi bien de vous dire franchement que le roi m'approuve mais préfère, pour des raisons bien compréhensibles, rester en dehors de l'affaire.

— Vous faites erreur, Votre Grâce! Je ne peux rien entreprendre contre Sa Majesté la reine, peu importe de qui vient la suggestion.

Le père Scroope était épouvanté. Ses grosses joues tremblaient. Il fit mine de se lever, mais Buckingham, d'une main douce mais persuasive, le maintint sur son siège.

— Pas si vite, mon Père, je vous en prie. Écoutez-moi d'abord. Et souvenez-vous de ceci : avant tout, vous devez obéissance au roi!

Buckingham prononça ces mots de l'air inspiré des grands patriotes les plus désintéressés, et le père Scroope, extrêmement impressionné, se rassit.

— Nous n'avons nullement l'intention de nuire à Sa Majesté, en aucun sens, soyez absolument rassuré à ce sujet. Mais, pour le salut de l'Angleterre, le roi mon maître et moi avons élaboré un plan qui lui permettrait d'épouser une autre femme, et d'avoir ainsi, d'ici un an, un héritier. Il suffirait que Sa Majesté la reine acceptât de reprendre la vie qu'elle a tant regrettée, celle du couvent!

— Je ne comprends pas très bien les intentions de Votre Grâce...

— Très bien! Les voici : vous êtes son confesseur. Vous lui parlez dans l'intimité. Si vous parveniez à la convaincre de se retirer volontairement du monde, de rentrer au Portugal et d'entrer dans un couvent, Sa Majesté serait libre de se remarier. Et si vous réussissez, poursuivit rapidement Buckingham comme le père Scroope ouvrait la bouche pour répondre, Sa Majesté vous fera don d'une fortune suffisante pour vivre à votre guise durant le reste de votre vie. D'ailleurs, pour commencer...

Buckingham se leva, prit une bourse de cuir sur la cheminée et la tendit au religieux :

— Vous trouverez mille livres là-dedans, et ce n'est qu'un avant-goût.

Le père Scroope la prit, la soupesa, mais s'abstint poliment de l'ouvrir.

— Eh bien ! mon Père, quelle est votre réponse ?

Le prêtre hésita, songeur, troublé, incapable de prendre une décision :

— Sa Majesté le désire ? répéta-t-il sans conviction.

— Certes. Vous ne croyez tout de même pas, mon Père, que j'oserais m'avancer ainsi sans avoir reçu des instructions du roi !

— Non, certainement, Votre Grâce !

Le père Scroope se leva et déposa son verre sur une petite table :

— Bon ! eh bien ! je verrai quelle influence je peux exercer, Votre Grâce.

Puis il lança un regard rapide vers le duc :

— Mais supposez que j'échoue ? Ces femmes si douces et aimables sont parfois entêtées.

Buckingham sourit :

— Vous n'échouerez pas, Père Scroope. Car, dans ce cas, vous ne recevriez plus d'argent, et il vous faudrait rendre celui que vous venez de recevoir. Inutile de dire que si jamais cette conversation s'ébruitait, les conséquences en seraient fâcheuses pour vous.

La lueur qui brillait dans les yeux du duc en disait plus long que ses paroles.

— Oh ! je suis discret, Votre Grâce ! protesta le religieux. Vous pouvez avoir confiance en moi.

— C'est bon ! Alors, vous pouvez disposer. Et si vous avez des renseignements à me faire parvenir, chargez-en le premier gamin des rues. Écrivez-moi que mon nouvel habit en drap d'argent est prêt. Et signez... Voyons, laissez-moi réfléchir...

Le duc s'interrompit, lissant sa moustache. Finalement il sourit :

— Signez Israël Souteneur !

— Israël ! Souteneur ! Votre Grâce a l'esprit mal tourné !

— Allons, vieux roué ! dit le duc en l'accompagnant à la porte, ne cherchez pas à me la faire. J'en ai assez entendu sur vous et vos petites femmes !

Mais le père Scroope n'apprécia pas la plaisanterie. Il parut à la fois irrité et troublé :

— Je proteste, Votre Grâce ! Ce ne sont que des mensonges. D'abominables mensonges ! Si jamais des histoires pareilles prenaient corps, je serais perdu. Sa Majesté la reine ne voudrait plus me voir !

— Bon, bon, très bien ! fit d'un ton traînant le duc excédé. Gardez votre virginité, si vous y tenez. Mais ne ratez pas cette affaire. J'attends de vos nouvelles d'ici une semaine.

— Un peu plus longtemps, Votre Grâce.

— Dix jours, alors !

Il ferma la porte derrière le père Scroope et tira le verrou.

Ambre écoutait le père Scroope.

Pour la somme de quinze cents livres, il lui avait vendu le complot de Buckingham contre la reine. Car, que le roi y fût ou non impliqué, il n'avait nullement besoin de perdre sa bonne et confortable petite place à la Cour ; si la reine se retirait dans un cloître, il resterait seul, sans protection, dans une Angleterre hostile aux catholiques. Charles, à la vérité, avait maintes fois essayé d'obtenir une tolérance générale pour toutes les religions, mais le Parlement désapprouvait cette politique, et le Parlement se faisait obéir en refusant les crédits.

— Grand Dieu ! murmura-t-elle, horrifiée. Ce monstre nous perdra tous ! Avez-vous parlé à la reine ?

Le père Scroope pinça ses grosses lèvres, se croisa les mains sur le ventre et secoua lentement la tête :

— Pas un mot, Madame. Pas un traître mot ! Et j'ai été seul avec Sa Majesté dans le confessionnal aujourd'hui.

— Vous ferez mieux de vous taire. Vous savez ce qui vous arriverait si jamais Sa Majesté quittait le pays ? Oh ! la peste soit de cet homme ! Je voudrais que quelqu'un pût lui tordre le cou !

— En parlerez-vous à Sa Majesté la reine ?

— Si je lui en parlerai ? Bien entendu ! Il est possible qu'il ait déjà payé quelqu'un d'autre pour la circonvenir.

— Je ne le pense pas, Madame. Mais il le fera certainement, quand il verra que je n'aboutis à rien.

A ce moment Nan entra et fit un signe à Ambre, qui se leva aussitôt :

— Venez, dit-elle au prêtre, le chemin est libre, vous pouvez vous en aller.

Mais le père Scroope avait à peine mis le pied dehors que l'on entendit le bruit d'une chute et — si près que cela paraissait dans la pièce — le fracas d'une lutte et des voix d'hommes jurant. Agile comme un chat, le père Scroope réintégra la pièce et Ambre se cramponna au bras de Nan :

— Qu'est-ce que c'est ?

— John a dû attraper quelqu'un, souffla Nan.

Et, un peu plus haut, de manière à être entendue au-dehors :

— John ?

Il répondit, du même ton prudent et étouffé :

— Je suis là... Pris un gaillard qui se cachait tout près. Il est seul !

— Allez ! chuchota Ambre au père Scroope, qui disparut aussitôt. Amène-le, dit-elle à Grand John.

Aussitôt John entra, tenant au collier un petit homme maigre, l'air furieux, qui cherchait à lui donner des coups de poing et de pied, bien que chaque fois Grand John lui administrât une bourrade qui provisoirement le calmait. Tous deux étaient crottés. John l'envoya rouler dans un coin où il se releva et se rajusta, sans avoir l'air de s'inquiéter des autres occupants.

— Que faisiez-vous près de chez moi ? interrogea Ambre.

L'homme ne parut pas avoir entendu.

Elle répéta sa question et n'obtint qu'un regard sombre, tandis qu'il défroissait ses manches.

— Insolent vaurien ! Je crois avoir le moyen de vous faire parler !

Elle fit un signe à Grand John, qui ouvrit un tiroir et en sortit un fouet à manche court et aux lanières de cuir plombées.

— Et maintenant, me répondrez-vous ? s'écria Ambre.

Comme l'homme gardait le silence, Grand John le cingla du fouet aux épaules, mais une lanière heurta la joue, faisant jaillir le sang. Tandis qu'Ambre et Nan assistaient froidement à la scène, il le flagella sans pitié, bien que l'autre se débattît et tentât de se protéger le visage. Finalement il gémit :

— Arrêtez ! Pour l'amour de Dieu, arrêtez. Je vais vous dire...

Grand John laissa retomber le fouet et recula.

— Vous êtes un imbécile ! fit Ambre. A quoi cela vous a-t-il servi ? Et maintenant, dites-moi, que faisiez-vous ici, et qui vous y avait envoyé ?

— Je n'ose pas le dire. Je vous en prie, Votre Grâce !

La voix était plaintive, implorante.

— Ne me forcez pas à vous le dire, Votre Grâce. Sinon, mon maître me fera bastonner.

— Sinon, ce sera moi ! répliqua Ambre avec un coup d'œil significatif à Grand John qui, les deux poings sur les hanches, surveillait la scène d'un œil vif.

L'homme jeta un coup d'œil autour de lui, poussa un soupir et passa sa langue sur ses lèvres :

— J'étais envoyé par Sa Grâce le duc de Buckingham.

C'était bien ce qu'elle pensait. Elle savait que Buckingham la surveillait de près, mais c'était la première fois qu'elle avait pris sur le fait un de ses espions, bien qu'elle eût renvoyé quatre femmes de service soupçonnées d'être à sa solde.

— Et pourquoi ?

L'homme parlait volontiers maintenant, d'un ton monotone et boudeur, les yeux fixés au sol :

— Je devais surveiller le père Scroope partout où il allait et en rendre compte à Sa Grâce.

— Et où prétendrez-vous l'avoir vu ce soir ?

Les yeux d'Ambre, mi-clos, brillants, durs et impitoyables, ne quittaient pas le visage de l'homme.

— Eh bien ! heu... il n'aura pas quitté ses appartements, Votre Grâce !

— C'est bien. Mais souvenez-vous. La prochaine fois, mon domestique ne sera pas aussi doux. Et ne revenez plus rôder par ici, ou il vous en cuira. Emmène-le, John.

LV

Ambre avait toujours été en rapports respectueux et cordiaux avec la reine, d'abord parce que cela lui paraissait politique, ensuite parce qu'elle la plaignait. Mais sa pitié était indifférente et son affection cynique, comme celle qu'elle portait à Jenny Mortimer et à Lady Almsbury, dont elle n'avait rien à craindre. Cependant elle savait que Catherine, à l'occasion, pouvait se révéler une bonne et sûre amie. Elle vivait si ignorée de tous les égoïstes qui pullulaient à Whitehall, qu'elle en était arrivée à éprouver une sorte de reconnaissance envers ceux qui recherchaient ses faveurs. Et Ambre crut avoir trouvé une occasion de s'attirer les bonnes grâces de Sa Majesté, qui pourrait lui être utile une fois ou l'autre.

Sa conversation avec la reine produisit l'effet désiré. Catherine, pénétrée d'horreur et d'effroi à la pensée que ses ennemis complotaient de nouveau sa perte, fut aisément convaincue que le roi Charles ignorait tout et serait furieux si jamais il apprenait semblable infamie. Et bien qu'Ambre évitât de faire immédiatement allusion à son désir d'obtenir un duché, elle en parla quelques jours après et Catherine, immédiatement, offrit — avec une certaine timidité, car elle savait combien son influence était restreinte — de l'aider. Ambre se félicita de s'être ainsi fait une amie — pas très puissante, certes, mais qui pourrait être utilisée et, en tout cas, n'était pas à dédaigner.

A la Cour, un adage disait qu'un ami inutile équivalait à un ennemi insignifiant. Ambre ne s'inquiétait guère de l'un ni de l'autre. Elle avait bien vite appris qu'au palais les bonnes occasions ne s'offraient jamais à ceux qui restaient assis et attendaient; la patience et l'innocence y étaient deux qualités inutiles. Il était indispensable d'être toujours actif, informé des événements grands et petits qui se préparaient au grand jour ou se tramaient dans l'ombre, de prendre avantage de tout et de chacun. Elle s'était très rapidement adaptée à ce genre de vie, car rien en elle ne s'y opposait. Elle s'était entourée d'un réseau d'espionnage largement ramifié et comprenant un étrange assortiment de gens : trois valets de pied de Buckingham; un homme qu'il employait à des besognes confidentielles, mais qui était heureux de gagner quelques centaines de livres supplémentaires en trahissant son maître; le tailleur du duc; la couturière de la duchesse et le coiffeur de Lady Shrewsbury. Mrs. Bennet la tenait au courant des activités extraconjugales de quelques gentilshommes, y compris Sa Grâce. Par ailleurs, elle recevait d'autres renseignements sur les gens de la Cour par une collection hétéroclite de pages, chasseurs, filles, bateliers et sentinelles. Nombre d'entre eux lui étaient même inconnus et la plupart ne savaient pas qui était leur maître. Car c'était Nan — portant perruque noire ou blonde sur ses cheveux dorés, masque et grand manteau à capuchon — qui, après la tombée de la nuit, s'occupait des affaires de sa maîtresse. Grand John l'escortait, déguisé tantôt en porteur, tantôt en valet de pied accompagnant une dame de qualité, parfois même en simple citadin. Nan récoltait les nouvelles, payait les sommes dues, marchandant fort, fière et heureuse quand elle réussissait à économiser à

Ambre quelques livres, car elle n'avait pas oublié les mauvais jours.

Ambre savait avec qui et où le roi passait la nuit, quand il n'était pas chez elle. Elle était informée chaque fois que Lady Castlemaine changeait d'amant ou commandait une robe neuve. Si la reine présentait des symptômes de grossesse, elle en était aussitôt au courant, pouvait dire ce qui s'était passé dans la salle du Conseil, quelles étaient les filles d'honneur qui venaient de se faire avorter, le nom du gentilhomme ou de la grande dame qui suivait un traitement contre la vérole. Cela lui coûtait fort cher, mais elle n'ignorait rien de ce qui se passait à Whitehall ; la plupart du temps, évidemment, elle n'en récoltait que la satisfaction d'être au courant des secrets des autres — ce qu'elle souhaitait, n'osant rester dans l'ignorance des potins du palais. Parfois, cependant, il lui arrivait de se servir de ce qu'elle savait. Ce fut le cas pour le secret du père Scroope.

Le lendemain matin, de très bonne heure, Buckingham s'introduisit par l'escalier de service chez Ambre, les habits en désordre et la perruque ébouriffée. Il faillit glisser sur le pavé de marbre en s'inclinant devant elle, et son haleine dégageait un violent parfum de brandy. Ambre, douillettement accotée sur ses oreillers, dégustait un chocolat. A la vue du duc, elle se redressa, l'esprit en éveil, sur ses gardes.

— Eh bien ! Votre Grâce ! Vous paraissez avoir passé joyeuse nuit !

Il sourit d'un air désarmant :

— Je le pense, mais du diable si je m'en souviens !

Puis, s'asseyant au pied du lit et la regardant bien en face :

— Allons, Madame, vous ne devinerez jamais ce que j'ai appris sur votre compte !

Leurs regards se croisèrent, fixes et durs, l'espace d'une seconde ; puis il sourit, et elle parut s'intéresser à M. le Chien, qui dormait en boule sur le lit :

— Mon Dieu ! Votre Grâce, je ne peux vraiment m'imaginer... Quel est ce nouveau racontar ? Que j'ai une verrue sur l'estomac, ou que je préfère le dragon à saint George ?

— Non, non, tout cela c'est de l'histoire ancienne. Comment se fait-il que vous ne soyez pas au courant de ce dernier potin ? Ta, ta, ta, Madame... On dit...

Et ici il fit une pause qu'elle jugea de mauvais augure...

— On dit que Colbert vient de vous faire présent d'une rivière de diamants évaluée à deux mille livres....

Ambre poussa un soupir de soulagement, car elle avait redouté une allusion au père Scroope. Elle acheva son chocolat et posa sa tasse sur un guéridon :

— Vraiment, eh bien ! si c'est cela, on a raison. En partie du moins : mon joaillier prétend qu'elle vaut six cents livres. Toutefois, elle est assez jolie, à mon sens...

— Peut-être préférez-vous les bijoux espagnols ?

Ambre eut un rire :

— Votre Grâce sait vraiment tout ! Comme j'aimerais avoir un tel réseau d'intelligences à mon service ! Les nouvelles m'arrivent aussi froides que du porridge, en dépit du prix que je les paye. Mais, pour vous dire la vérité, l'ambassadeur d'Espagne m'a donné un bracelet d'émeraudes, et il est plus beau que le collier français !

— Ainsi donc, Votre Grâce aura partie liée avec les Espagnols ?

— Pas forcément, Votre Grâce. Je m'entendrai peut-être avec les Hollandais, ou avec le diable lui-même, à un bon prix. Après tout, n'est-ce pas ainsi que l'on fait des affaires à la Cour ?

— Vous avez joliment fait votre chemin, Madame, depuis le temps où vous montiez sur les planches, revêtue de la défroque de quelque dame d'honneur. Le Pape même, dit-on, recherche vos faveurs.

— Le Pape ! s'écria Ambre, horrifiée. Grand Dieu ! Monsieur, je proteste. Je n'ai rien à voir avec le Pape, permettez-moi de vous le dire.

Ambre ne s'occupait guère de religion — sauf quand elle était inquiète, alarmée, ou à la recherche de quelque désir —, mais elle partageait la haine populaire contre le catholicisme, sans au reste savoir pourquoi.

— Rien à voir avec le Pape ? Mais j'ai appris de source très sûre que Votre Grâce reçoit parfois le père Scroope... Oh ! veuillez m'excuser, Votre Grâce, s'écria-t-il d'un air moqueur. Ai-je dit quelque chose qui puisse vous troubler ?

— Non, pas du tout. Mais où diable avez-vous pris cela ? Moi, recevoir le père Scroope ! Et pourquoi donc, je vous prie ? Je n'aime pas les petits hommes gras, non merci !

Elle rejeta ses cheveux en arrière et se disposa à se lever, s'enveloppant dans sa robe de chambre.

— Un instant, Madame !

Buckingham la saisit par le bras et elle lui lança un regard méfiant.

— Je crois que vous savez fort bien ce que je veux dire ?

— Et que voulez-vous dire, Monsieur ?

Ambre sentait l'irritation la gagner. Une certaine insolence dans les manières de Sa Grâce le duc éveillait toujours sa colère.

— Je dis, Madame, que vous êtes en train de vous mêler de mes affaires. Pour parler net, Madame, je sais que vous avez découvert mes arrangements avec le père Scroope et pris vos mesures pour contrecarrer mes plans.

Son beau visage arrogant s'était durci et il la regardait d'un air menaçant :

— Je croyais que nous avions partie liée, vous et moi ?

D'une brusque secousse elle se dégagea et sauta hors du lit :

— Je serai votre partenaire, et je jouerai le jeu avec vous, Votre Grâce, mais du diable si je joue contre mes propres intérêts ! Et je n'ai guère avantage à ce que Sa Majesté quitte la Cour...

Au même instant, les épagneuls du roi entrèrent en se bousculant et, avant qu'Ambre et le duc aient eu le temps de se reprendre, le roi lui-même avait pénétré dans la chambre, suivi de nombreux courtisans. Buckingham, instantanément, adoucit son expression et alla baiser la main du roi ; ils ne s'étaient pas revus depuis que Charles l'avait traité de canaille. Le duc s'attarda encore, affable et causeur, cherchant à faire croire qu'il était en conversation amicale avec Ambre ; mais celle-ci fut grandement soulagée quand il sortit. La nouvelle de leur querelle se répandit rapidement. Quand elle rencontra Barbara, un peu avant midi, dans les appartements du roi, celle-ci en avait déjà entendu parler et s'arrangea pour lui faire savoir que son cousin jurait partout qu'il ruinerait Lady Danforth, dût-il y consacrer le restant de ses jours. Ambre se mit à rire et déclara qu'en dépit de Buckingham elle tiendrait bon. Elle savait qu'elle le pouvait, car le roi l'aimait. Après tout, elle n'était à

Whitehall que depuis un an, et la perte de l'affection de Charles lui apparaissait une éventualité lointaine, perdue dans la nuit des temps.

En tout cas, le premier résultat de cette brouille lui fut favorable. Le baron d'Arlington vint, pour la première fois, lui rendre visite en particulier.

Le baron avait toujours été poli envers Ambre, de sa froide et distante courtoisie castillane, mais il ne s'était jamais préoccupé d'elle. Car, si Charles trouvait que les dames avaient mieux à faire que de s'occuper de politique, son secrétaire d'État tenait toutes les femmes pour des fléaux dont un homme devait se garder s'il voulait travailler en paix. Arlington était un politicien, qui ne se laissait jamais guider par ses émotions dans les affaires importantes. Servir son roi était l'entreprise la plus importante de sa vie, même s'il se servait lui-même par la même occasion. Évidemment, il s'était dit qu'en raison de sa rupture avec Buckingham, Ambre pourrait lui être de quelque utilité.

Un soir, elle rentra très tard et très gaie, car elle, Charles et une douzaine de courtisans, hommes et femmes, avaient revêtu des masques et étaient allés visiter la *Taverne des Mendiants*, un établissement douteux de High Holborn, où se réunissaient chaque semaine les mendiants londoniens. Arlington et Charles étaient très bons amis, mais le raide et solennel baron se mêlait rarement aux expéditions de ce genre. Aussi Ambre fut-elle stupéfaite d'apprendre par Nan que le baron était en bas et l'attendait depuis près d'une heure.

— Seigneur ! Fais-le monter, en vitesse !

Elle ôta son masque et ses gants et lança son manteau sur Curry qui, aveuglé, se dirigea à tâtons vers la porte. Ambre riait, tout en le suivant des yeux. Elle se retourna quand Nan introduisit Lord Arlington. Sur le seuil il s'inclina et Ambre lui fit la révérence.

— Madame, mes humbles hommages.

— Votre servante, Monsieur. Entrez, je vous prie, je suis désolée de vous avoir fait attendre.

— Point du tout, Madame. J'en ai profité pour écrire quelques lettres.

Il était enveloppé de la tête aux pieds dans un grand manteau noir et tenait un masque à la main. Il souriait avec tout le charme qu'il tenait en réserve pour les grandes occasions. Aucune sincérité n'émanait de cet homme, mais une bonne dose de force, de fourberie, de ruse et, ce qui était fort rare dans la Cour nonchalante et facile de Charles, une grande puissance de travail méthodique.

— Vous êtes seule, Madame ?

— Entièrement, Milord. Puis-je vous offrir un rafraîchissement ?

— Merci beaucoup, Madame. Votre Grâce est trop bonne de me recevoir à cette heure tardive.

— Oh ! je vous en prie, Milord ! protesta Ambre. C'est moi qui suis reconnaissante à Votre Honneur de bien vouloir me faire visite.

Un domestique entra, chargé d'un plateau. Ambre versa du brandy au baron et prit elle-même un vin de Bordeaux. Ils trinquèrent et restèrent silencieux. Le baron en vint enfin au motif de sa visite :

— Toutes ces précautions, Madame, sont prises en raison de la jalousie de Sa Grâce le duc de Buckingham. Veuillez surtout ne pas mal interpréter mes paroles, car nous sommes de très bons amis, le duc et moi.

Ils étaient évidemment des ennemis acharnés, mais Arlington était bien trop prudent pour en convenir, bien que Buckingham le racontât à qui voulait l'entendre.

— Il semble, poursuivit Arlington, que le duc entende vous garder pour lui seul. A dire vrai, Madame, il m'est revenu aujourd'hui, et de très bonne source, que Sa Grâce avait déclaré à Colbert qu'il était inutile de vous faire d'autres cadeaux, puisque vous étiez ralliée à la cause des Espagnols.

— Le monstre! s'écria Ambre avec indignation, car elle était persuadée de n'avoir plus besoin de Buckingham et de son amitié douteuse. Il est aussi bavard qu'une vieille entremetteuse. De la manière dont il traite ses amis, rien d'étonnant à ce qu'ils se lassent!

— Oh! Madame, je vous en prie, ne soyez pas aussi dure pour Sa Grâce. Jamais je ne voudrais vous faire suspecter la qualité de son amitié. Mais il paraît vouloir vous accaparer et j'espérais que nous pourrions, vous et moi, devenir de bons amis!

— Je ne vois pas ce qui pourrait nous en empêcher, Milord. Une femme peut certainement avoir deux amis, même à Whitehall.

Le baron sourit :

— Vous êtes femme d'esprit, Madame, et je n'admire rien autant.

Elle lui versa un second verre de brandy et il resta un instant pensif, les yeux fixés sur le liquide d'or pâle. Puis enfin :

— Je crois qu'il faut féliciter Votre Grâce.

— Et de quoi, je vous prie?

— Le bruit court que votre plus jeune fils obtiendrait bientôt un duché?

Ambre se redressa soudain, les yeux brillants :

— Le roi vous l'a dit? fit-elle vivement.

— Non, Madame, pas le roi. Mais c'est un bruit qui court avec insistance.

Elle se laissa retomber et, avec une moue :

— Potins, potins, que tout cela. Ce n'est pas ce qui lui donnera un duché.

— C'est donc bien ce que vous désirez ?

— Plus que tout au monde ! Je ferais tout pour en obtenir un.

— Si c'est exact, Madame, et si vous consentez à faire quelque chose pour moi, je pourrais peut-être vous aider. Sans vanité, je peux dire, je crois, que je jouis de quelque influence à Whitehall.

C'était vrai. Son influence était grande. Et, mieux encore, il jouissait de la réputation de toujours aider ceux qui le servaient.

— Si vous m'aidez à obtenir un duché, je vous promets de faire ce qu'il vous plaira.

Alors il s'expliqua.

On savait généralement au palais que Buckingham rencontrait souvent un groupe de vieux partisans du Commonwealth, qui avaient pour objectif de renverser le gouvernement de Charles II et de s'emparer du pouvoir. Arlington désirait connaître le lieu et l'heure de leurs réunions, ce qui s'y passait et où ils en étaient. Sans nul doute, il eût pu recueillir ces informations lui-même, mais c'était une affaire fort coûteuse, et en persuadant Ambre de s'en charger, il économisait une jolie somme, ne donnant en retour qu'une phrase ou deux en sa faveur au roi. Ambre s'en rendait parfaitement compte, mais l'argent ne comptait pas pour elle et l'appui d'Arlington valait son pesant d'or.

Ambre avait justement acquis quatre arpents de terre à Saint-James Square, le quartier le plus élégant de la ville ; et depuis quelques mois — aidée du capitaine Wynne, qui avait conçu les plus beaux intérieurs d'Angleterre — elle avait établi les plans d'une maison et d'un jardin. Elle savait exactement ce qu'elle voulait : ce qu'il y avait de plus beau, de plus nouveau, de plus cher et de plus grand ! Il fallait que sa maison fût moderne, riche, spectaculaire.

« Tant qu'ils ne peuvent pas m'envoyer à Newgate, qu'est-ce que cela me fait ? » songeait-elle.

Après sa conversation avec Arlington, elle fut convaincue que le duché était pour ainsi dire acquis, aussi ordonna-t-elle au capitaine Wynne de mettre la construction en route. Il faudrait au moins deux ans pour tout achever, et soixante mille livres y seraient englouties, bien plus que pour le fameux hôtel de Clarendon. Cette nouvelle et formidable extravagance agita toutes les langues à la Cour, avec respect, indignation ou envie, car chacun admettait qu'il fallait être au moins duchesse pour vivre en une semblable demeure. Aussi se dit-on que le roi lui avait promis un duché. Charles, sans nul doute très amusé, ne confirma ni n'infirma le fait et Ambre, avec optimisme, prit son silence pour un consentement.

Mais les semaines passèrent et elle restait toujours comtesse. Car il était bien certain que le roi — si épris qu'il fût d'elle — n'avait rien à gagner à lui octroyer un duché, et la générosité royale n'était en général pas désintéressée. De plus, il était assailli par tellement de requêtes, qu'il était habitué à les refuser automatiquement. Bien qu'elle se sentît parfois découragée, Ambre était décidée à conquérir son duché, se persuadant elle-même que, d'une manière ou d'une autre, elle arrivait toujours à ses fins. Elle se servait de tout le monde, même des personnages les plus insignifiants, et, tout en cherchant toujours à rendre service, veillait à être payée de retour. Barbara Palmer était furieuse de voir sa rivale faire ainsi son chemin et déclarait à qui voulait l'entendre que si Charles osait faire semblable honneur à cette fille de rien, il s'en repentirait. Finalement, elle entama une discussion publique avec lui à ce sujet, le menaçant d'écraser ses propres enfants à ses pieds et de mettre le feu au palais !

Une quinzaine de jours plus tard à peine, Charles, dans un esprit de malicieuse vengeance, signa un brevet nommant Gérald duc de Ravenspur, le titre devant être transmis au plus jeune fils de sa femme, Charles. Et la vue du visage de Barbara, la première fois qu'elle dut se lever de son fauteuil et prendre une chaise à l'entrée de la nouvelle duchesse, fut une de ces joies dont Ambre espéra garder le souvenir jusqu'à sa dernière heure.

Immédiatement sa position à Whitehall se trouva considérablement accrue.

Elle menait la mode. Quand elle eut un minuscule pistolet fait exprès pour être glissé dans son manchon, toutes les dames de la Cour firent de même. Nombre d'appartements furent entièrement refaits, les murs en glaces et les meubles argentés. Un jour qu'elle recourba le bord de son grand chapeau de feutre, les dames d'honneur dès le lendemain apparurent à une chasse au faucon avec une coiffure semblable. Un soir de bal, elle fit son entrée les cheveux dénoués et poudrés d'or, mode qui fit fureur durant une semaine. Tout le monde copiait la forme de ses mouches (petits amours porteurs d'arcs, initiales entrelacées CR — Charles Rex). Ambre était à la recherche d'inédit, car cela chatouillait sa vanité d'être ainsi imitée. Tout ce qu'elle faisait était commenté. Mais elle se prétendait néanmoins excédée de ces imitations, irritée de ne jamais pouvoir conserver une mode pour elle.

Par une chaude nuit d'octobre, suivie de la plus joyeuse bande du palais, elle se déshabilla et plongea de la rive où ils dînaient et dansaient, afin de nager dans la Tamise. Rien, depuis le début de la Restauration, n'avait soulevé autant d'indignation, car jamais auparavant les hommes et les femmes ne s'étaient baignés ensemble. Ses relations avec le roi, disait-on, étaient perverses. Ses innombrables soupirants, ses soins de beauté et ses extravagances étaient partout discutés. Il n'était rien dont on ne l'accusât, rien qui ne parût pour elle impossible.

Ambre, indifférente à ces bavardages malsains, dépensait de grosses sommes pour faire courir de nouveaux bruits et les entretenir. Sa vie, relativement chaste, devint un modèle de licence. Quand Charles, un jour, lui rapporta une histoire grossière entendue sur elle, Ambre se prit à rire et déclara que mieux valait être connue ainsi qu'ignorée de tous.

Le peuple l'aimait bien. Quand elle parcourait les rues en calèche, conduisant elle-même, escortée de six ou huit valets de pied qui lui frayaient un passage, tout le monde l'applaudissait. On se souvenait de ses apparitions sur la scène, et ses fréquentes démonstrations publiques, aussi bien que sa générosité légendaire, la rendaient populaire. Elle aimait à retenir l'attention et à se sentir ainsi aimée de gens qu'elle ne connaissait pas.

Elle voyait Gérald très rarement, jamais dans l'intimité. Mrs. Polly Stark lui avait récemment donné un enfant, auquel Ambre envoya aimablement six cuillères d'argent. Lucilla s'était également trouvée enceinte après trois mois de mariage et le joyeux Sir Frédéric l'avait renvoyée à la campagne. Il en riait souvent avec Ambre, car Lucilla, tout en ayant fort bien accueilli sa grossesse, inondait son époux de lettres le suppliant de revenir auprès d'elle. Mais Sir Frédéric avait bien trop à faire à Londres et se bornait à se répandre en promesses.

Ambre ne s'ennuyait jamais et se considérait comme la femme la plus heureuse de la terre. Acheter une nouvelle robe, donner un dîner, assister à la dernière pièce étaient événements d'égale importance. Jamais elle ne manquait un bal ni une intrigue ; elle jouait son rôle dans tout complot et toute escapade. Rien ne lui échappait et personne ne s'aventurait à l'ignorer. Elle vivait comme quelqu'un qui, enfermé dans un tambour, entend du bruit de tous côtés.

Il lui semblait n'avoir plus qu'un désir.

Et ce souhait, finalement, fut exaucé : au début de décembre, Almsbury lui écrivit que Lord Carlton s'annonçait en Angleterre pour l'automne.

SIXIÈME PARTIE

LVI

Le printemps, cette année-là, fut sec et poussiéreux. Trop peu de pluie. Néanmoins, dès fin mai, les prairies aux alentours de Londres étaient garnies d'un épais tapis de trèfle pourpre, bourdonnant d'abeilles, et de grands coquelicots piquetaient de rouge les champs de blé. Une fois de plus, les rues retentissaient d'appels : « Cerises, belles cerises rouges et mûres ! Églantine et romarin ! Qui veut acheter ma lavande ! »

Le Nouvel Exchange chatoyait de robes d'été, gaze, sarcenet, tissus moirés, de toutes les couleurs : jaune soufre, prune, turquoise, rose vif. Les jolis mois chauds, rafraîchis par la brise, étaient venus.

Rien, au cours de l'année, n'avait causé plus d'agitation et d'indignation que la rumeur disant que York s'était finalement converti au catholicisme. Personne ne pouvait le prouver ; le duc se refusait à l'admettre et Charles — qui devait bien le savoir — haussait les épaules et refusait de se compromettre. Les ennemis du duc n'en comploterent que plus furieusement, tandis qu'au même moment on observait que York et Arlington devenaient soudain très bons amis. Ce qui donnait crédit au bruit d'une alliance franco-anglaise, car

Arlington, pendant longtemps partial envers la Hollande, était toutefois soupçonné d'être lui-même catholique — ou à tout le moins d'avoir de violentes sympathies.

Ces rumeurs se répandirent et Charles cacha difficilement son mécontentement, se permettant quelques remarques malsonnantes sur l'indiscrétion du peuple anglais. Pourquoi ne se contentait-il pas d'être gouverné par ceux dont c'était le métier? Tudieu! être roi finissait par ne pas tirer plus à conséquence qu'être étalier ou couvreur. Peut-être eût-il mieux fait d'apprendre un métier?

Mais, certainement, le doute n'était plus permis : si le roi ne se remariait pas, York — pour peu qu'il vécût assez longtemps — succéderait à Charles. Catherine avait eu sa quatrième fausse couche vers la fin mai. Un renard apprivoisé, lui léchant le visage tandis qu'elle dormait, l'avait effrayée et elle avait perdu son enfant quelques heures après. Buckingham avait bien soudoyé des chirurgiens pour affirmer que Sa Majesté n'avait jamais attendu d'enfant, mais Charles avait ignoré leurs témoignages. Le roi et la reine, tous deux, étaient désolés et Catherine ne pouvait plus s'illusionner davantage. Elle savait, sans aucune espèce de doute, qu'elle était la plus inutile des créatures : une reine stérile. Mais Charles continuait à résister obstinément à toutes les suggestions faites pour le séparer de sa femme. Loyauté ou nonchalance, on ne savait!

Il y avait à la Cour plusieurs jeunes femmes auxquelles ces discussions au sujet d'une nouvelle reine n'étaient pas sans causer quelques appréhensions. Barbara Palmer, quant à elle, pouvait écouter avec un sourire amusé et un certain malin plaisir. Car, n'étant plus la maîtresse de Sa

Majesté, sa position n'était plus hasardeuse. Peu à peu, ses relations avec Charles s'étaient adoucies : on eût dit deux époux devenus mutuellement indifférents, qui s'organisent une existence confortable, sans querelles ni jalousie, ni haine ni plaisir. En leurs enfants ils trouvaient un intérêt commun, et il existait à présent entre eux une sorte de camaraderie qu'ils n'avaient pas connue au temps de leurs amours. Elle n'était plus jalouse de ses maîtresses et, soulagé d'échapper enfin à ses sautes d'humeur, il s'amusait à observer à distance ses caprices et ses faiblesses.

Ambre trouvait le temps long et écrivait lettre sur lettre à Almsbury pour savoir s'il avait entendu parler de Lord Carlton. Le comte répondait chaque fois dans le même sens. Il ne savait rien de plus. On l'attendait vers août ou septembre : comment être plus précis avec les aléas des traversées ?

Mais Ambre ne pouvait penser à rien d'autre. Une fois de plus l'ancien désir douloureux et passionné remontait en elle. Cependant, elle était bien décidée, cette fois-ci, à se conduire avec dignité et bienséance. Elle serait légèrement distante, afin de lui laisser faire les premiers pas. Chacun savait que c'était la meilleure manière de retenir un homme. « J'ai toujours été son humble servante, se reprochait-elle, mais cette fois ce sera différent ; après tout, je suis une très grande dame maintenant, une duchesse, et il n'est que baron. De toute manière, c'est lui qui commencera. »

Sa femme l'accompagnerait, mais cela ne l'inquiétait guère. Car, certainement, Lord Carlton n'était pas homme à afficher une tendresse excessive pour sa femme. Cela était le fait des petits-bourgeois sans éducation, mais un gentleman faisait moins de cas de sa femme que de son épée ou de sa perruque bouclée.

Lord et Lady Almsbury revinrent à Londres en juillet pour remettre leur maison en ordre, engager de nouveaux domestiques et préparer la venue de leurs invités impatiemment attendus. Le comte vint rendre visite à Ambre qui, bien décidée à faire preuve d'indifférence, bavarda de tous les autres sujets possibles : son titre, la grande maison qu'elle faisait construire, les gens qu'elle inviterait à dîner le dimanche suivant. Almsbury l'écoutait en approuvant de la tête, sans mot dire de Bruce. La conversation d'Ambre se ralentit. Elle prit un air perplexe et, finalement — comprenant qu'il la taquinait —, sentit l'irritation la gagner.

— Eh bien ! dit-elle enfin, quelles nouvelles ?

— Des nouvelles ? Voyons, laissez-moi réfléchir. Ma jument noire, vous savez, celle que vous montiez, a eu un poulain la semaine dernière et...

— La peste soit de vous, Almsbury ! Pourquoi me faire mourir à petit feu ? Dites-moi, que savez-vous ? Quand arrive-t-il ? L'accompagne-t-*elle* toujours ?

— Je n'en sais pas plus que ce que je vous ai écrit : en août ou septembre. Oui, *elle* vient aussi. Pourquoi ? Vous la redoutez ?

Ambre lui lança un regard venimeux :

— La redouter ! répéta-t-elle avec mépris. Vous êtes vraiment curieux, Almsbury ! Pourquoi donc la redouterais-je, je vous prie ?

Elle s'interrompit, ajouta avec arrogance :

— D'ailleurs, je me la représente fort bien, cette Corinne !

— Vraiment ?

— Oui ! Une créature insignifiante et banale, qui porte ses robes pendant cinq ans et ne se croit bonne qu'à tenir la maison de son mari et à torcher ses marmots!

Ce portrait était une image assez fidèle de la femme d'Almsbury.

— Ah! elle fera de l'effet, ici à Londres!

— Vous avez peut-être raison, concéda-t-il.

— Peut-être! s'écria-t-elle avec indignation. Comment serait-elle, autrement, élevée dans la solitude au milieu d'une bande d'Indiens païens!

A cet instant une voix rauque et singulière se fit entendre :

— Au voleur! Le diable vous emporte! Au voleur!

Involontairement, Ambre et le comte se levèrent.

— C'est mon perroquet! s'écria-t-elle. Quelqu'un est venu!

Et elle se précipita vers le salon, suivie d'Almsbury et de M. le Chien qui aboyait frénétiquement. Ils firent irruption dans la pièce pour trouver le roi qui, entré sans se faire annoncer, avait pris une orange dans une coupe de fruits. Il riait de bon cœur en regardant le perroquet cramponné à son perchoir. Ce n'était pas la première fois que l'oiseau, bien dressé contre les intrus, se trompait ainsi.

Almsbury les quitta et rentra peu après à Barberry Hill, pour la chasse, tandis qu'Emily restait en ville, afin d'être prête à accueillir leurs hôtes, au cas où ceux-ci arriveraient inopinément. Ambre n'eut ainsi plus l'occasion de discuter de Corinne avec lui.

Ambre allait trois ou quatre fois par semaine se rendre compte des progrès de Ravenspur House.

Conçu dans le style nouveau, sans ces cours

multiples qui s'étendaient à l'intérieur du mur d'enceinte, c'était un grand bâtiment carré, parfaitement symétrique, haut de quatre étages, sans compter les mansardes, dont toutes les fenêtres étaient à petits carreaux.

Ni le capitaine Wynne, ni la propriétaire n'avaient négligé la moindre possibilité de rendre la maison aussi moderne et somptueuse qu'il se pouvait. Les lambris peints, n'étant plus de mode, furent remplacés dans plusieurs pièces par de larges motifs décoratifs, des figures allégoriques empruntées à la mythologie grecque ou romaine. Les parquets étaient en marqueterie. Il était très rare de voir de grands lustres de cristal aux pendeloques ressemblant à d'énormes boucles d'oreilles en diamants, mais Ravenspur House en comptait plusieurs. Les autres, y compris les appliques, étaient en argent. Ambre eut une pièce entièrement lambrissée d'odorant acajou pâle de Java, où la lettre C entrelacée de couronnes et d'amours revenait partout en motifs décoratifs. Pour Ambre, ce C sous-entendait aussi bien Carlton que Charles!

Tout ce qu'elle avait pu omettre dans sa chambre à coucher de Whitehall, elle entendait l'avoir ici. Le lit, gigantesque — le plus grand de toute l'Angleterre —, devait être tendu de brocart d'or, garni de cordelières et de franges d'or. Chacun des quatre piliers était surmonté d'un panache de plumes d'autruche noires et vert émeraude entouré d'aigrettes. Le plafond n'était qu'un miroir et les murs étaient tapissés de brocart d'or alternant avec de grandes glaces. Tous les meubles étaient dorés, les coussins, les fauteuils et les chaises longues capitonnés de velours ou de satin vert émeraude. Des tapis de Perse, du drap d'or parsemé de perles étaient éparpillés sur le parquet. L'ameublement des autres pièces était tout aussi somptueux.

Par un chaud après-midi de la fin août, Ambre se trouvait à Ravenspur House, bavardant avec le capitaine Wynne, car elle désirait s'y installer bientôt et pressait le travail.

Comme elle parlait, son attention fut attirée par Suzanne, qui courait en riant, échappant à la surveillance de sa nurse. Elle avait cinq ans, l'âge de porter des robes de grande personne, et Ambre l'habillait très joliment, depuis ses innombrables robes de taffetas ou de soie, jusqu'à ses minuscules souliers et ses gants en miniature. Le futur duc de Ravenspur, Charles Stanhope, promettait, en dépit de ses deux ans, d'être plus tard aussi grand que son père et, tout comme le roi, possédait un amusant et précoce sens du sérieux.

Finalement Ambre, exaspérée, frappa du pied en criant :

— Suzanne ! Tenez-vous donc convenablement, petite sotte, ou je m'en mêlerai !

A ce moment, elle entendit un gros rire et, se retournant, vit Almsbury qui descendait de voiture et se dirigeait vers elle.

— Attendez seulement qu'elle soit grande ! vociféra-t-il. Attendez ! Elle vous en fera voir de belles d'ici une dizaine d'années !

— Ah ! Almsbury !

La bouche d'Ambre esquissa la même moue que celle de sa fille :

— Qui pense à ce qui se passera dans dix ans !

Plus les années passaient, plus elle redoutait d'en parler.

— J'espère bien que ce temps ne viendra jamais !

— Et cependant il arrivera ! affirma-t-il avec

complaisance. Tout arrive, pour peu que l'on ait la patience d'attendre, voyez-vous.

— Vraiment! fit Ambre avec amertume. J'ai cependant attendu longtemps, et ce que je désirais n'est toujours pas arrivé!

Elle allait reprendre sa conversation avec le capitaine Wynne quand une lueur dans les yeux de son ami retint son attention. Il lui souriait, visiblement enchanté de lui-même.

— Almsbury, dit-elle lentement, la gorge soudain sèche et serrée, Almsbury, pourquoi êtes-vous venu ici?

Il s'approcha tout contre elle, et ses yeux plongèrent dans les siens :

— Je suis venu, mon cœur, vous annoncer qu'ils sont ici. Ils sont arrivés hier soir.

Elle en fut étourdie, comme si elle avait reçu un coup, et resta un instant immobile, comme paralysée.

— Où est-il?

Ses lèvres formaient les mots, mais elle n'en percevait pas le son.

— A la maison. Chez moi. Sa femme est avec lui, vous savez.

Vivement, Ambre se reprit. Toute émotion et toute rêverie passées, elle se sentait alerte et provocante :

— Comment est-elle?

— Très belle! répondit Almsbury doucement, comme s'il craignait de l'offenser.

— Ce n'est pas possible!

Ambre contemplait d'un œil fixe les morceaux de bois et les briques entassés autour d'elle. Ses sourcils noirs s'étaient froncés et son visage reflétait une expression d'angoisse presque tragique.

— Ce n'est pas possible, répéta-t-elle.

Puis elle le regarda, comme honteuse d'elle-même. Jamais elle n'avait craint aucune femme au monde. Quelle que fût la beauté de Corinne, elle n'avait aucune raison de la redouter.

— Quand...

Mais, se souvenant que le capitaine Wynne était tout près, elle changea sa phrase :

— J'ai un dîner ce soir. Pourquoi ne pas venir, avec Lord Carlton — et sa femme, si elle le désire ?

— Je ne crois pas qu'ils sortent d'ici quelques jours... le voyage a été plus long que d'habitude... et Sa Grâce est fatiguée.

— C'est vraiment bien dommage ! fit Ambre aigrement. Et lui aussi est trop las pour sortir de chez lui ?

— Je ne crois pas qu'il tienne à sortir sans elle.

— Mon Dieu ! s'écria Ambre, jamais je n'aurais cru que Lord Carlton fût homme à se laisser mettre en quenouille !

Almsbury préféra ne pas répondre.

— Ils vont chez le baron d'Arlington, jeudi soir. Vous y serez, n'est-ce pas ?

— Naturellement. Mais jeudi...

De nouveau elle se souvint de la présence du capitaine Wynne :

— Ira-t-il au port aujourd'hui ?

— Oui. Mais il a beaucoup à faire. Je vous conseille d'attendre à jeudi...

Ambre lui lança un coup d'œil terrible, destiné à lui imposer silence. Railleusement il sursauta, comme effrayé, s'inclina cérémonieusement et retourna vers sa voiture. Ambre le suivit des yeux, fit le geste de s'élancer derrière lui pour s'excuser, mais ne bougea point. Sa voiture n'avait pas disparu au coin de la rue qu'Ambre perdit tout intérêt pour l'achèvement de sa demeure.

— Il faut que je m'en aille, capitaine Wynne,

dit-elle précipitamment. Nous parlerons de tout cela plus tard.

Elle courut à sa propre voiture, suivie des nurses et des deux enfants :

— Descendez au quai, du côté de Water Lane. Vite !

Mais il n'y était pas. Le valet de pied partit aux informations : ils virent tous ses vaisseaux à l'ancre et apprirent qu'il avait passé la matinée au port, mais était parti au moment du déjeuner et ne reviendrait probablement pas. Elle attendit près d'une heure, mais les enfants en avaient assez, et, finalement, elle rentra.

Sitôt de retour au palais, elle lui écrivit, le suppliant de venir la voir, mais elle ne reçut pas de réponse avant le lendemain matin et ce ne fut qu'un simple billet griffonné :

« Impossible d'aller vous voir. Si vous êtes chez Arlington jeudi, puis-je réclamer la faveur d'une danse ? Carlton. »

Ambre le déchira en petits morceaux et se jeta sur son lit pour y pleurer tout à son aise. Mais, en dépit d'elle-même, quelques réflexions s'imposèrent à elle : si Lady Carlton était réellement une beauté, il fallait qu'Ambre s'arrangeât pour paraître, en ce jeudi, plus éblouissante que jamais. La Cour, à présent, était accoutumée à elle. Si Lady Carlton était seulement présentable, elle serait l'objet de l'attention générale, susciterait des commentaires, en bien ou en mal. « A moins que... à moins que je ne porte quelque chose qui fasse sensation, d'une manière ou d'une autre ! »

Après avoir passé plusieurs heures dans une frénésie d'inquiétude et d'indécision, elle envoya chercher Mme Rouvière. L'unique solution était une nouvelle robe, mais une robe bien différente de tout ce qu'elle avait porté, une robe que nulle femme n'oserait arborer.

— Il me faut une toilette qu'on ne puisse pas ne pas remarquer, lui dit Ambre. Quand je devrais entrer toute nue, vêtue seulement de mes cheveux !

Mme Rouvière se mit à rire :

— Ce serait peut-être bien pour une entrée, mais au bout d'un certain temps, ils en auraient assez et reviendraient aux dames plus habillées. Il vous faut quelque chose d'indiscret, habillant assez cependant pour donner envie d'en voir davantage. Du noir, évidemment — de la gaze noire peut-être —, avec quelque chose de brillant...

Elle continua ainsi, esquissant la robe avec les mains, tandis qu'Ambre l'écoutait avec une attention passionnée, l'œil brillant.

Lady Carlton... Pauvre créature ! Quelle chance pourrait-il lui rester ?

Les deux jours qui suivirent, Ambre ne quitta pas ses appartements. Du matin au soir, ils furent occupés par Mme Rouvière et ses ouvrières, toutes riant et parlant français pendant que les ciseaux cliquetaient, que les aiguilles couraient dans l'étoffe. Ambre fit stoïquement le mannequin durant des heures, car la robe fut littéralement faite sur elle. Personne n'eut le droit d'entrer et ce mystère fit naître mille rumeurs dont Ambre se réjouit...

La duchesse devait représenter Vénus sortant de l'eau, vêtue d'une simple coquille de nacre. Elle ferait son entrée, par le grand escalier, en conduisant un chariot doré attelé de quatre chevaux. Sa robe serait faite de perles véritables qui tomberaient peu à peu, jusqu'à ce qu'elle n'eût plus rien sur elle... Bref, on ne reculait devant aucune supposition, car nul ne mettait en doute son audace...

Le jeudi, ces bruits couraient toujours.

Les cheveux d'Ambre, lavés et séchés, furent polis à l'argent, avant que le coiffeur ne s'en emparât. Ses bras et ses jambes furent soigneusement épilés, passés à la pierre ponce. Elle s'enduisit une bonne douzaine de fois le visage avec des crèmes de beauté françaises et se brossa les dents jusqu'à en avoir le bras endolori. Elle prit un bain de lait et se parfuma au jasmin. Puis elle consacra plus d'une heure à se farder.

A six heures du soir, la robe était terminée et Mme Rouvière l'exposa triomphalement.

Ambre laissa tomber son peignoir et, vêtue seulement de bas de soie noirs, retenus par des jarretières incrustées de diamants, chaussée de souliers à hauts talons, elle « entra » dans la fameuse toilette. Le corsage de grosse dentelle retenue par des perles de jais était aussi décolleté qu'il pouvait l'être. La jupe — au vrai une sorte de gaine prolongée par une traîne onduleuse —, elle aussi piquée de jais, moulait si bien les hanches qu'elle évoquait une manière de cuirasse couleur de nuit, où s'allumaient des reflets d'eau. D'énormes manches en gaze noire, et une sorte de basque, drapée sur les côtés et habillant la traîne comme une brume sombre et vaporeuse, complétaient l'ensemble.

Tandis que son entourage admirait, bouche bée, Ambre se contempla dans les grands miroirs de sa chambre avec une sorte de triomphe. « Il en mourra, quand il me verra ! » se dit-elle en un paroxysme de confiance. Corinne ne lui faisait plus peur.

Mme Rouvière vint fixer la coiffure, qui consistait en un petit casque orné d'une grosse touffe de plumes d'autruche noires. Quelqu'un lui tendit ses gants, de longs gants noirs allant au-delà du coude. Elle tenait un éventail noir et l'on posa sur ses épaules un manteau de velours noir, bordé de renard noir. Tout ce noir opposé à sa riche complexion de blonde, l'expression de son regard, la courbe de sa bouche, tout concourait à lui donner l'aspect d'un ange diabolique, à la fois pur, beau, corrompu et sinistre.

Ambre se retourna et échangea avec Mme Rouvière le regard de conspiratrices satisfaites. Madame posa un doigt sur ses lèvres et fit mine de l'embrasser. Elle s'approcha d'Ambre et lui souffla à l'oreille :

— L'autre, ils ne la verront même pas !

Ambre lui envoya une affectueuse bourrade, accompagnée d'un sourire. Puis elle se pencha pour embrasser Suzanne qui approchait sa mère avec respect, comme effrayée de la toucher. Puis, le cœur battant, la gorge serrée, Ambre mit son masque et enfila un étroit petit corridor qui la conduisit à l'endroit où attendait sa voiture. Jamais, depuis le soir où elle avait été présentée à la Cour, elle ne s'était sentie aussi excitée, inquiète, emplie d'appréhension.

LVII

Arlington House — Goring House avant que Bennet l'achetât en 1663 — se trouvait tout à côté des anciens Mulberry Gardens, à l'ouest du palais. Le baron et la baronne y donnaient les réceptions les plus brillantes, les plus soignées, les plus attendues de Londres. Rien ne pouvait leur être comparé. Les invitations lancées étaient la plus sûre évaluation de tout prestige. Les gens insignifiants n'y étaient jamais conviés.

Son Honneur était connue pour être l'hôte le plus généreux et le plus attentif de la société. Il servait une nourriture exquise, préparée par une douzaine de cuisiniers français, et des vins d'une cave abondante et choisie. La musique jouait dans toutes les pièces, les tables de jeu regorgeaient de piles de pièces d'or. Les bougies se comptaient par milliers. Les salons fourmillaient de comtes, ducs, chevaliers, comtesses, duchesses et autres grandes dames, et, pour l'œil profane, tout paraissait somptueux et plein de décorum. De jolies femmes, en robes de satin, faisaient la révérence et échangeaient des sourires derrière leurs éventails; des gentilshommes vêtus de brocart s'inclinaient profondément, balayant le sol de leur chapeau. Les voix étaient discrètes et les conversations d'apparence polie.

En fait, les mauvaises langues étaient à l'œuvre, détruisant les réputations. Les hommes, surveillant une jolie femme, se vantaient d'avoir couché avec elle, discutaient ses défauts physiques et comparaient leurs expériences. Un peu partout dans la maison, des chambres à coucher obscures abritaient les couples à la recherche d'un refuge temporaire. Dans quelque coin sombre, une fille d'honneur retroussait ses jupes afin de permettre à ses galants de comparer ses jambes à d'autres, poussant de petits cris et de petits rires quand une main trop audacieuse l'effleurait. Un des jeunes gandins avait introduit en fraude une fille de chez Mrs. Bennet, et celle-ci s'exhibait devant quelques spectateurs derrière une porte close.

Jamais Arlington ne se mêlait des agissements

de ses invités, laissant chacun s'amuser à sa guise.

A sept heures, la soirée étant un peu avancée et la plupart des invités encore à jeun, tout le monde s'était rassemblé dans le grand salon, afin de voir entrer les nouveaux arrivants. On attendait deux personnes qui ne s'étaient pas montrées encore : la duchesse de Ravenspur et Lady Carlton. Celle-ci — que personne encore n'avait vue — passait pour une grande beauté, bien que les goûts en cette matière fussent tranchés et divers. Nombre de femmes, en tout cas, étaient prêtes à déclarer dès son apparition qu'elle était infiniment moins jolie qu'on ne le prétendait. Et la duchesse de Ravenspur, de crainte d'être évincée, se livrerait sûrement à quelque entrée spectaculaire.

— Je me soucie de Lady Carlton comme d'une guigne, murmura un maigre jeune beau, tout en manipulant un éventail de dame, mais je serai à ses pieds si elle dame le pion à la duchesse. Cette sacrée femme est devenue intolérable depuis que Sa Majesté lui a fait don d'un duché. Autrefois, quand elle n'était qu'une misérable petite actrice, je lui laçais son corset, et maintenant, chaque fois que nous nous rencontrons, elle fait mine de ne pas me connaître !

— Elle est de basse extraction, Jack. Qu'attendre d'autre d'une pareille femme ?

Une voix de stentor les interrompit :

— Sa Grâce la duchesse de Ravenspur.

Tous les yeux se tournèrent vers la porte, mais il n'y avait encore que le maître de cérémonie. On attendit. Enfin, la tête haute, l'air orgueilleux et provocant, la duchesse apparut, s'avançant lentement dans la salle. Un murmure de surprise et d'indignation la précéda. Les têtes se tendirent, les yeux s'écarquillèrent et le roi Charles lui-même, pivotant sur les talons, regarda.

Ambre avançait, imperturbable, bien que tremblant en son for intérieur. Elle entendit l'exclamation de femmes plus âgées, les vit pincer les lèvres et la foudroyer de regards réprobateurs. Elle perçut de longs sifflements parmi la foule masculine, vit les cous s'allonger, les visages se hausser. Les jeunes femmes la dévisageaient avec colère, indignées qu'elle eût osé prendre un tel avantage.

Brusquement elle se détendit, convaincue du succès. Elle espérait que Bruce et Corinne étaient quelque part dans la salle et assistaient à son triomphe.

Soudain elle découvrit Almsbury auprès d'elle et se tourna, un léger sourire au coin des lèvres. Mais ce qu'elle lut dans ses yeux la médusa. Qu'y avait-il ? Était-ce de la désapprobation ? De la pitié ? Les deux peut-être ? Mais c'était ridicule, voyons. Elle était étourdissante et le savait.

— Seigneur Jésus ! Ambre ! murmura-t-il, l'examinant de haut en bas.

— Vous ne l'aimez pas ?

Ses yeux se durcirent comme elle le fixait et sa voix prit, même à ses propres oreilles, un léger ton de bravade.

— Si, évidemment. Vous êtes éblouissante...

— Mais n'avez-vous pas un peu froid ? interrompit une voix féminine.

Se retournant vivement, Ambre vit Mrs. Boynton qui la dévisageait avec une insolence féline. Une autre voix, masculine celle-ci, vint de l'autre côté :

— Tudieu ! Madame ! Mais c'est le plus magnifique spectacle qu'il m'ait été donné de contempler depuis que je suis sevré !

C'était le roi, nonchalant, souriant, visiblement amusé.

Ambre se sentit soudain blessée. « Qu'ai-je fait ! songea-t-elle avec horreur. Ô mon Dieu ! pourquoi suis-je ici à moitié nue ? » Ses yeux firent le tour de la salle et ne rencontrèrent que sourires railleurs. Elle se sentait comme la personne qui, en rêve, sort nue et comprend tout à coup son erreur. Et comme le rêveur, elle souhaitait passionnément se retrouver chez elle, loin de tous les yeux ; mais hélas ! Cette fois-ci elle était prise à son propre piège. Elle ne pouvait s'éveiller de ce cauchemar.

« Oh ! que puis-je faire ? songea-t-elle avec désespoir. Comment sortir d'ici ? » Dans son angoisse, elle avait oublié Lord Carlton et sa femme.

Et soudain, d'une manière si inattendue qu'elle en sursauta, elle entendit annoncer d'une voix haute et claire :

— Milord Carlton ! Milady Carlton !

Sans même s'en rendre compte, elle saisit la main d'Almsbury et se tourna vers la porte. Quand elle les vit entrer, toute couleur disparut de ses joues ; elle ne s'aperçut même pas du bref regard que lui lança Almsbury, mais sentit la pression chaude et rassurante de sa main.

Bruce était sensiblement le même que deux ans auparavant. Il avait trente-huit ans et un peu plus de poids peut-être que la dernière fois, mais il était toujours beau, hâlé, vigoureux, un homme qui ne changeait guère avec les années. Ambre ne lui accorda qu'un coup d'œil et concentra son attention sur la femme qui marchait à ses côtés, la main posée sur son bras.

Elle était plutôt grande, mince et gracieuse, avec des yeux bleus très clairs et un teint de lait.

Ses traits étaient délicats et son expression sereine. La contempler éveillait une sorte d'émotion artificielle, le même sentiment que pouvait provoquer une exquise porcelaine peinte. Elle portait une robe de drap d'argent recouverte de dentelle noire et sur la tête une mantille de même dentelle. A son cou brillait le collier de saphirs et de diamants qui avait appartenu à la mère de Bruce et qu'Ambre avait toujours espéré posséder.

Le roi, sans cérémonie, s'avança, accompagné de Lord et Lady Arlington, pour les saluer, et pendant qu'ils échangeaient des compliments, la salle redevint bruyante et bourdonnante.

— Seigneur! Mais c'est une magnifique créature!

— Je sais que cette robe vient de Paris, ma chère. Elle ne peut pas sortir d'ici...

— Ont-ils réellement des femmes semblables à la Jamaïque?

— De la race et de l'allure; je n'admire rien tant chez une femme.

Ambre avait les mains moites et ses membres lui faisaient mal. « Il faut que je m'en aille avant que nous nous rencontrions », songeait-elle éperdument. Mais, comme elle faisait un geste pour s'esquiver, l'étreinte d'Almsbury se fit plus impérieuse, et il lui administra une légère bourrade. Surprise, elle leva les yeux sur lui et retrouva son calme.

Charles, au mépris de toute étiquette, avait demandé à Lady Carlton de lui accorder une danse, et la musique avait attaqué une pavane. D'autres couples suivirent. Ambre entendit à peine Almsbury qui l'invitait. Il répéta sa demande, plus haut.

— Je n'ai pas envie de danser, murmura-t-elle,

désemparée. Je n'ai pas l'intention de rester ici! Je... j'ai des vapeurs. Je rentre!

Et cette fois elle rassembla ses jupes et fit un pas. Mais le comte la saisit par le poignet et lui administra une si violente secousse que sa coiffure en fut ébranlée :

— Cessez de vous conduire comme une imbécile, ou je vous gifle! Souriez-moi, vite, tout le monde vous regarde.

A travers ses paupières mi-closes, Ambre fit le tour de la salle. Elle avait envie de hurler, de leur lancer n'importe quoi à la figure, à tous ces visages satisfaits et moqueurs. Au lieu de cela, elle leva les yeux sur Almsbury et sourit aussi gaiement que possible, cherchant à empêcher les coins de sa bouche de trembler. Posant la main sur le bras qu'il lui offrait, elle entra dans la danse.

— Il faut que je sorte d'ici, lui chuchota-t-elle sous le couvert de la musique. Je ne peux pas rester!

Il ne changea pas d'expression :

— Vous ne partirez pas, quand je devrais vous attacher. Puisque vous avez eu le courage d'endosser cette défroque, par Dieu! vous aurez celui de rester!

Ambre, furieuse, tout en dansant, commença de tirer des plans pour s'esquiver sitôt qu'il la lâcherait. « Le diable l'emporte, songea-t-elle. Il agit comme ma grand-mère! Qu'est-ce que cela peut lui faire si je reste ou si je... »

Et soudain, d'une manière inattendue, elle aperçut Carlton à quelques pas. Corinne souriait à Almsbury, mais poussa un petit cri d'étonnement en voyant sa danseuse. Les yeux d'Ambre étincelèrent et Corinne détourna promptement le regard, visiblement embarrassée.

« Oh ! cette femme ! songea Ambre. Je la hais, je la hais, je la hais ! Regardez comme elle minaude, sourit et fait des petits pas ! Non mais ! Quelle poseuse ! Je voudrais être nue, tout à fait nue. Elle en aurait une maladie. Oh ! je lui ferai payer ! Elle regrettera d'avoir jamais jeté les yeux sur moi ! Attendez seulement... »

Mais, soudain, toute énergie l'abandonna ; elle se sentit lasse, perdue, désemparée.

« Je vais mourir, se dit-elle misérablement. Jamais je ne survivrai à cela. Ma vie ne vaut plus rien, maintenant. Ô Dieu ! si je pouvais mourir là, tout de suite, je ne peux pas faire un pas de plus... »

Le bras d'Almsbury seul l'empêchait de s'effondrer. La musique cessa, les danseurs s'arrêtèrent et se rassemblèrent en groupes. Ambre, toujours accompagnée d'Almsbury, fit mine de ne voir personne.

« Je m'en vais, se dit-elle. Et ce maudit entêté ne m'en empêchera pas. » Mais, comme elle se dirigeait vers la porte, il la retint.

— Venez à présent, que je vous présente à Lady Carlton.

Ambre recula :

— Qu'ai-je besoin de la connaître ?

— Ambre, pour l'amour du Ciel !

Sa voix, à peine distincte, était cependant pressante :

— Regardez autour de vous ! Ne comprenez-vous pas ce qu'ils pensent, tous ?

Ambre jeta un coup d'œil dans la salle et rencontra des paires d'yeux fixés sur elle qui se détournèrent aussitôt, tandis que les bouches esquissaient des sourires amusés et méprisants. On observait et on attendait.

Prenant une profonde inspiration, elle posa sa

main sur le bras d'Almsbury et tous deux se dirigèrent vers le groupe que formaient Lord et Lady Carlton, le roi, Buckingham, Lady Shrewsbury, Lady Falmouth, Buckhurst, Sedley et Rochester. Comme ils approchaient, les conversations se turent, une sorte d'attente régna. Almsbury fit les présentations. Lady Carlton et la duchesse de Ravenspur échangèrent un sourire poli et une vague révérence. Lady Carlton était amicale, gracieuse et visiblement ignorante du fait que son époux connaissait cette luxurieuse créature à demi nue.

Mais Ambre n'avait d'yeux que pour Bruce. Une seconde, l'expression de Lord Carlton l'eût peut-être trahi ; mais personne ne le regardait et il reprit son calme, s'inclina comme devant une simple relation. Ambre, quand leurs regards se croisèrent, sentit le sol se dérober sous ses pieds. La conversation reprit, et quelques secondes passèrent avant qu'elle fût en état de la suivre. Charles et Bruce discutaient au sujet de l'Amérique, des plantations de tabac, de l'irritation causée chez les colons par les lois sur la navigation. Corinne parlait peu, mais chaque fois Charles l'écoutait avec intérêt, sans dissimuler son admiration. Sa voix était douce et pure, et les rapides regards qu'elle lançait à Bruce révélaient un phénomène inconnu à Londres : une femme profondément éprise de son époux. Ambre eut envie de griffer, de lacérer avec ses ongles ce charmant visage tranquille.

Quand la musique reprit, elle fit une révérence extrêmement froide, distante et délicatement insolente à Corinne, salua vaguement Bruce et les quitta. Après quoi, elle voulut affirmer avec provocation qu'elle s'amusait beaucoup et n'était pas le moins du monde gênée par sa semi-nudité. Elle dîna, servie par une dizaine de soupirants, but beaucoup de champagne, ne manqua pas une danse. Mais la soirée se traînait avec une interminable lenteur. Une heure plus tard, les danseurs se dispersèrent dans les salles du fond, où des tables de jeu avaient été dressées. Ambre, désespérément lasse, les membres endoloris, s'excusa et se réfugia dans le cabinet de toilette prévu pour les dames.

Sauf quelques femmes de chambre, la pièce était vide et elle s'affaissa un instant, se laissant aller, les épaules courbées, la tête entre les mains. Mais bien vite elle entendit des pas derrière elle, et la voix de Boynton cria gaiement :

— Eh bien! Votre Grâce? Une atteinte de vapeurs?

Ambre lui lança un regard de mépris et se pencha pour tirer ses bas et rattacher ses jarretières. Boynton se laissa tomber sur un divan avec un soupir de soulagement et, considérant Ambre de côté :

— Eh bien! que dites-vous de Lady Carlton?

Ambre haussa les épaules :

— Elle n'est pas mal, il me semble.

Boynton éclata de rire :

— Pas mal! Et tous les hommes qui prétendent qu'elle est la plus jolie femme de la soirée, si ce n'est la plus déshabillée!

— Oh! silence! marmonna Ambre en lui tournant le dos pour s'examiner dans une glace.

Avait-elle réellement l'air aussi fatiguée, ou était-ce simplement parce que son visage était un peu trop luisant? Elle demanda à l'une des femmes de chambre qu'on lui apportât quelque poudre.

Alors Lady Carlton apparut sur le seuil.

— Puis-je entrer? demanda-t-elle.

— Mais bien entendu, Votre Grâce! s'écria Boynton, lançant un regard de triomphe malicieux à Ambre. Nous disions justement que, depuis que la duchesse de Richmond a eu la petite vérole, vous êtes la plus grande beauté apparue à la Cour.

Corinne rit doucement.

— Merci! Vous êtes trop bonne!

Ses yeux observaient Ambre, avec hésitation, comme si elle eût désiré lui parler, sans savoir comment s'y prendre. Elle désirait s'excuser en quelque sorte de sa maladresse du début de la soirée. Londres, se disait-elle, n'était pas l'Amérique, et ici, sans nul doute, il était permis à une dame de haut rang de se montrer à moitié nue dans une soirée.

— Votre Grâce, commença-t-elle enfin, ne m'en voudra pas, si je lui dis à quel point j'admire sa robe?

Sans la regarder, Ambre continua de se poudrer.

— Non, si vous le pensez réellement, répondit-elle brusquement.

Corinne fut surprise et blessée de cette rudesse et se demanda que répondre. Mais Boynton rompit instantanément les chiens :

— Mais c'est votre toilette, Lady Carlton, qui est un véritable succès! Comment vous procurez-vous d'aussi jolies parures en Amérique? Ce drap d'argent, et cette dentelle, c'est vraiment exquis...

— Je vous remercie, Madame. Ma couturière est une Française qui fait venir ses matériaux de Paris. Mais en vérité, ajouta-t-elle avec un petit rire, nous ne sommes pas de tels sauvages en Amérique. Chacun ici paraît surpris que je ne porte pas un costume de cuir et des souliers d'Indien.

Ambre reprit son éventail et ses gants, se tourna et, regardant Corinne bien en face :

— Quant à cela, Madame, vous pouvez penser que c'est nous les sauvages !

Sur quoi elle sortit de la pièce, non sans avoir entendu Boynton qui disait en riant :

— Je vous en prie, Milady, excusez-la. Elle a reçu un coup très dur cette nuit !

Tous — Ambre le savait — pensaient qu'elle était jalouse des attentions que Charles avait réservées à Lady Carlton.

— Oh ! murmura la voix sympathique de Corinne. Je suis désolée...

Ambre trouva Bruce à la table de jeu — car il ne restait jamais longtemps dans une salle de bal du moment qu'il y avait des cartes et des dés —, si absorbé qu'il ne s'aperçut pas de sa présence pendant un bon moment. Volontairement, elle avait pris son expression la plus séduisante, la lèvre inférieure légèrement boudeuse, les sourcils levés, les yeux mi-clos.

A peine l'eut-il remarquée qu'elle le sentit et sourit à demi. Mais il ne répondit pas à son appel ; ses yeux verts la fixèrent gravement un instant, puis s'éclairèrent d'une lueur et la toisèrent de haut en bas avec une sorte d'insolence nonchalante. Revenant à son visage, il leva imperceptiblement un sourcil. Elle se sentit aussitôt reléguée au dernier rang des prostituées, s'offrant à n'importe quel homme et en étant — ô horreur — repoussée.

De rage et d'humiliation, elle se détourna rapidement et s'en alla. Elle se heurta à Lord Buckhurst, et quand celui-ci suggéra qu'ils pourraient découvrir une petite pièce isolée, elle le suivit, plutôt pour s'enfuir que pour toute autre raison. Elle resta plus de deux heures avec lui, éprouvant une sorte de plaisir morbide à la pensée que Bruce savait probablement ce qu'elle faisait.

Ils revinrent au salon à onze heures passées pour trouver les joueurs toujours occupés et un groupe rassemblé autour du roi et de Son Altesse. James jouait de la guitare et Charles chantait, de sa magnifique voix de basse, un chant guerrier des cavaliers. La première personne qu'elle vit fut Almsbury, qui vint à elle l'air soucieux. Mais il ne dit rien et échangea un salut avec Buckhurst. Après quoi celui-ci se retira.

— Pour l'amour du Ciel, Ambre, je vous ai cherchée partout ! Je vous croyais partie...

Ambre fut sur le point de fondre en larmes :

— Almsbury ! Oh ! je vous en prie, Almsbury, ramenez-moi chez moi ! Ne suis-je pas restée assez longtemps ?

Ils sortirent et montèrent en voiture. Là, Ambre se mit à sangloter avec une violence quasi hystérique. Elle fut un moment sans pouvoir parler, puis elle gémit misérablement :

— Oh ! Almsbury ! Il ne m'a même pas souri ! Il m'a simplement regardée, comme... comme... Ô mon Dieu ! je voudrais être morte !

Almsbury la serra tendrement contre lui, et posa ses lèvres sur sa joue :

— Que pouvait-il faire, mon cœur ? Sa femme était là !

— Et qu'est-ce que cela peut faire ? Pourquoi est-il justement le seul homme de Londres à se préoccuper de ce que pense sa femme ? Oh ! il me déteste, je sais qu'il me déteste. Et moi aussi, je le hais !

Elle se moucha :

— Oh ! comme je voudrais pouvoir le haïr !

Elle vit Lord et Lady Carlton le lendemain, montant à cheval dans le Ring. Ambre savait combien il avait horreur de cette promenade en rond, saluant et souriant constamment aux mêmes gens, mais, évidemment, il était venu pour Corinne. Le lendemain, ils se trouvaient dans des loges voisines au théâtre du duc, et le jour suivant dans la chapelle de Whitehall. C'était la première fois qu'Ambre le voyait à l'église. Et chaque fois, Lord et Lady Carlton la saluaient et lui souriaient, mais Sa Seigneurie ne semblait pas la connaître.

Ambre oscillait entre la fureur et le désespoir. « Comment peut-il m'avoir oubliée ? Il fait comme s'il ne m'avait jamais vue. Non, ce n'est pas vrai ! Pas un homme, s'il ne m'avait jamais vue, ne me regarderait comme il le fait. Si sa femme avait un brin d'intelligence, elle se douterait qu'il ne me connaît que trop... Mais elle ne voit rien, c'est une pie ! »

En dépit de son indifférence apparente, elle ne pouvait croire qu'il eût oublié ce qu'ils avaient été l'un pour l'autre depuis neuf ans, pour le meilleur et pour le pire. Marygreen, les jours heureux de Londres, la matinée affreuse où Rex Morgan avait été tué, la peste... Il ne pouvait avoir oublié les plaisirs partagés, les deux enfants qu'elle lui avait donnés, les rires, les disputes, l'agonie et l'extase de l'amour. Non, jamais personne ne pourrait être pour lui ce qu'elle avait été... « Oh ! il ne peut pas l'avoir oublié ! se disait-elle à elle-même, seule et désespérée. Il ne peut pas ! Il viendra me voir dès qu'il pourra. Je le sais. Il viendra ce soir. » Mais il ne venait pas !

Cinq jours après la soirée d'Arlington, il se présenta chez elle, tard dans l'après-midi, accompagné d'Almsbury. Elle était en train de s'habiller pour un dîner. Justement, elle pensait à lui, à la fois anxieuse et irritée, souhaitant passionnément qu'il vînt; cependant elle fut très surprise de le voir entrer avec Almsbury.

— Comment, Votre Honneur?

Les deux hommes s'inclinèrent :

— Madame!

Reprenant ses esprits, Ambre renvoya ses femmes. Mais elle ne se précipita pas vers lui, ainsi qu'elle avait pensé le faire. Non, elle resta debout sans savoir que dire, ni que faire. Elle attendit.

— Pourrais-je voir Suzanne?

— Oui, mais oui, bien sûr!

Se dirigeant vers la porte, elle donna un ordre. Puis, se retournant :

— Suzanne a grandi. Elle... elle est bien plus grande que quand vous l'avez quittée...

Elle savait à peine ce qu'elle disait. « Oh! mon cœur, songeait-elle passionnément, est-ce là tout ce que vous demandez après deux ans? Vous êtes là et vous me regardez comme si vous me connaissiez à peine! »

Mais la porte s'ouvrit et Suzanne entra, vêtue d'une robe de taffetas vert, avec sa petite jupe retroussée sur un jupon rose et ses cheveux dorés retenus d'un côté par un nœud rose. Elle interrogea sa mère du regard et, légèrement effarée, semblait se demander ce qu'on lui voulait.

— Vous souvenez-vous de votre papa? demanda Ambre.

Suzanne leur lança un regard méfiant :

— Mais j'ai un papa, protesta-t-elle poliment.

Un jour qu'elle se plaignait de n'avoir pas de papa, Charles lui avait dit qu'il serait le sien. Depuis, elle considérait le roi comme son père, car elle le voyait très souvent, et il s'occupait beaucoup d'elle, à cause de sa beauté et parce qu'il aimait beaucoup les enfants.

Bruce s'amusa de la réplique et la prit dans ses bras.

— Vous ne vous débarrasserez pas de moi avec des histoires pareilles, Mademoiselle, lui dit-il. Vous avez peut-être un nouveau père, mais c'est moi le premier, et c'est celui qui compte. Venez, embrassez-moi, et si vous êtes gentille, peut-être vous trouverai-je un petit cadeau.

— Un cadeau ?

Les yeux de Suzanne s'élargirent et elle lança un regard à sa mère, qui approuva en souriant. Sans autre hésitation, elle passa ses bras autour du cou de Bruce, et lui donna un baiser sonore.

Almsbury ricana :

— C'est bien la fille de sa mère. De plus en plus !

Ambre lui fit une grimace, mais elle était trop heureuse pour se formaliser. Bruce porta Suzanne jusqu'à la porte, l'ouvrit, prit un paquet et, posant sa fille à terre, s'accroupit à ses côtés.

— Là, dit-il. Ouvrez, et nous allons voir ce qu'il y a dedans.

Ambre et Almsbury s'approchèrent tandis que Suzanne, très importante, soulevait le couvercle de la boîte. Elle y trouva une poupée d'un pied et demi de haut, aux boucles blondes, coiffée à la dernière mode et portant une élégante toilette française, ainsi qu'une garde-robe comprenant plusieurs tenues, avec jupons et chemisettes, souliers, gants, masques et éventails, bref, tout ce qu'il fallait à une dame de qualité. Suzanne embrassa Bruce mille et mille fois. Puis, soulevant précieusement son trésor :

— Oh! maman, s'écria-t-elle, je voudrais la tenir dans mon portrait. Est-ce que je pourrai ?

Suzanne posait pour M. Lely.

— Bien sûr, mon amour.

Ambre regardait Bruce, qui les contemplait toutes deux avec une expression pensive en dépit de son sourire :

— Comme c'est bon à vous d'avoir pensé à elle, dit-elle doucement.

Une demi-heure plus tard, Ambre jeta un coup d'œil sur la pendule :

— Il est temps d'aller dîner, ma chérie. Sinon, vous serez en retard.

— Mais je n'ai pas envie d'y aller. Je n'ai pas faim. Je reste avec mon nouveau papa !

Elle courut à lui et se blottit dans ses bras :

— Je reviendrai bientôt vous voir, mon trésor, je vous le promets. Mais allez, maintenant.

Il l'embrassa, puis, à contrecœur, elle fit une révérence à Ambre et Almsbury. Avec des manières, elle marcha jusqu'à la porte et, juste avant de sortir, se retourna et ajouta :

— Je pense qu'il est temps d'aller vous coucher avec mon nouveau papa !

La nurse lui mit précipitamment la main sur la bouche et l'entraîna, tandis que les deux hommes éclataient de rire. Ambre fit une petite grimace comique et haussa les épaules. Sans aucun doute, Suzanne avait été bien souvent renvoyée avec l'excuse qu'il était temps de laisser papa et maman se coucher. Bruce se leva.

Ambre eut un regard interrogateur, implorant. Vivement, Almsbury tira sa montre :

— Oh ! que le diable m'emporte ! Je suis en retard, excusez-moi, voulez-vous ?

Il se disposait à partir, quand Bruce le suivit rapidement :

— Je vous accompagne, John !

— Bruce !

Ambre, avec un petit cri d'angoisse, courut à lui :

— Vous ne pouvez pas vous en aller maintenant ! Restez un peu, bavardons...

Comme il la regardait, indécis, Almsbury s'esquiva en douceur. Bruce lança un coup d'œil par-dessus son épaule, hésita un instant, puis lança son chapeau sur une chaise.

LVIII

Ambre était allongée sur une chaise longue garnie de coussins, les yeux fermés, l'air paisible et heureux. Ses cheveux tombaient en une masse brun doré sur ses épaules. Bruce était assis par terre, auprès d'elle, les coudes appuyés sur les genoux, la tête dans les mains. Il avait enlevé sa perruque, sa veste et son épée ; sa chemise blanche, inondée de sueur, collait à sa peau.

Ils restèrent longtemps silencieux. Finalement Ambre, sans ouvrir les yeux, tendit une main chaude et tendre. Il leva la tête. Son visage en sueur avait des couleurs. Lentement il sourit, baissa de nouveau la tête et posa ses lèvres sur la petite main aux veines bleues apparentes.

— Mon cœur...

Sa voix traînait sur les mots d'un ton caressant. Puis, doucement, elle souleva les paupières :

— Enfin vous êtes revenu. Oh ! Bruce, comme vous m'avez manqué ! Et moi, m'avez-vous regrettée, un tout petit peu ?

— Évidemment, répondit-il machinalement, comme s'il trouvait la question superflue.

— Combien de temps resterez-vous ici ? Allez-vous vous y installer ?

Elle eût été presque heureuse que Corinne désirât vivre en Angleterre.

— Nous resterons deux mois environ, je pense. Ensuite nous irons en France acheter quelques meubles et voir ma sœur. Après quoi nous rentrerons en Virginie.

« Nous »! Ambre n'aimait pas ce mot. Cela lui faisait toucher du doigt qu'une femme — une femme qui n'était pas elle — se trouvait dorénavant mêlée à la vie de Bruce. Et elle se sentait blessée dans son amour-propre d'apprendre qu'il emmenait Corinne voir sa sœur. Car elle avait un jour interrogé Almsbury pour savoir quel genre de femme était Mary Carlton. Il lui avait assuré qu'elle était très belle, fière et hautaine, et que certainement elle et Ambre ne s'entendraient pas.

— Aimez-vous le mariage? fit-elle d'un ton provocant. N'est-ce pas quelque peu morne, après la joyeuse vie que vous avez menée?

Il sourit, mais elle sentait que chaque mot qu'elle prononçait l'éloignait un peu plus d'elle. Elle s'en effraya, mais ne savait que faire.

— Non, je ne trouve pas cela morne du tout. En Virginie, nous avons meilleure opinion que vous du mariage.

Elle se redressa, rajustant son corsage, et leva les yeux au ciel :

— Miséricorde! Que vous êtes devenu correct! Je vous jure, Lord Carlton, que vous n'êtes plus le même!

Il sourit :

— Non, c'est vrai.

Elle le regarda attentivement puis, soudain, s'agenouilla auprès de lui et le prit dans ses bras :

— Oh, mon cœur! mon cœur! Je vous aime tant! Je ne peux m'habituer à vous savoir marié à une autre femme! Je la hais! Je la méprise! Je...

— Ambre ! Ne parlez pas ainsi !

Il cherchait à prendre la chose en plaisantant.

— Après tout, vous avez été mariée quatre fois et je n'ai jamais haï aucun de vos époux...

— Pourquoi l'auriez-vous fait ? Je ne les aimais pas !

— Le roi non plus, je pense ?

Elle fut un instant déconcertée. Puis elle le regarda bien en face :

— Pas comme vous. D'ailleurs, c'est le roi ! Mais vous savez aussi bien que moi, Bruce, que si vous me l'aviez permis, j'aurais abandonné la Cour et tout laissé pour vous suivre !

— Comment ! fit-il d'un ton moqueur. Vous auriez quitté tout cela ?

Comme il parlait, elle comprit tout à coup qu'il n'attachait aucune importance à sa position, ni au luxe dans lequel elle vivait. Ce fut bien la plus violente désillusion qu'elle eût jamais éprouvée. Car elle avait espéré pouvoir se glorifier, l'impressionner avec son titre, son pouvoir, son argent, ses appartements somptueux. Au lieu de cela, il lui faisait sentir que tout ce qu'elle avait obtenu de la vie, toutes ces choses qu'elle avait été prête à payer de n'importe quel prix n'avaient aucune importance. Pis même, qu'elles ne valaient rien !

— Oui ! dit-elle doucement. Bien sûr j'aurais tout laissé.

Elle éprouvait un inexplicable sentiment d'humilité, presque de honte.

— Allons, ma chère ! Jamais je n'aurais songé à vous demander semblable sacrifice. Vous avez travaillé dur pour obtenir ce que vous avez, et vous méritez de le conserver. Bien mieux, vous êtes exactement dans le cadre qui vous convient. Whitehall et vous allez ensemble comme l'ivrogne et la bouteille !

— Qu'entendez-vous par là ?

Il haussa les épaules, jeta un coup d'œil sur la pendule et se leva :

— Il est tard. Il faut que je m'en aille.

Ambre courut après lui.

— Il n'y a pas deux heures que vous êtes ici !

— Je croyais que vous étiez invitée à dîner ?

— Je n'irai pas ! J'enverrai un mot disant que j'ai la migraine. Oh ! restez avec moi, amour, et nous dînerons ensemble. Nous aurons...

— Désolé, Ambre. Ce serait avec plaisir, mais je ne peux pas ! Je suis déjà en retard.

Ses yeux dorés prirent un regard accusateur :

— En retard pour quoi ?

— Ma femme m'attend.

— Votre femme !

Son visage prit une vilaine expression :

— Quand je pense que vous n'osez pas vous absenter plus d'une demi-heure de crainte qu'elle ne vous tire les oreilles ! C'est vraiment singulier, Lord Carlton, de vous voir ainsi tombé en quenouille.

Il enfilait sa veste et ne la regardait pas, mais sa voix, quand il répondit, avait un ton sarcastique :

— Je crains que vivre en Amérique ne m'ait rendu bien vieux jeu !

Il boucla son épée, se coiffa de sa perruque et prit son chapeau. Puis, s'inclinant froidement :

— Bonsoir, Madame !

Mais elle ne s'en tint pas là :

— Oh ! Bruce ! Je ne voulais pas vous fâcher. Non, je le jure ! Je vous en prie, ne soyez pas mécontent. Quand vous reverrai-je ? Et je voudrais tant voir Bruce. Se souvient-il de moi ?

— Bien sûr, Ambre. Il m'a justement demandé aujourd'hui quand il vous verrait.

Les yeux d'Ambre prirent une lueur malicieuse :

— Et Corinne?

— Corinne ignore que sa mère est vivante.

La lueur s'éteignit :

— Joli arrangement! dit-elle aigrement.

— Vous l'avez accepté. Et, s'il vous plaît, Ambre, si jamais elle vous voit ensemble, ne le lui dites pas. J'ai bien expliqué à Bruce qu'il ne devait jamais parler de vous.

— Seigneur! Je n'ai jamais rien entendu d'aussi ridicule! Je connais bien des femmes qui n'ont pas besoin d'être ménagées et dorlotées de la sorte. Comment, je fais une pension à la maîtresse de mon mari!

Il lui sourit, d'une expression à la fois triste et cynique :

— Mais Corinne, ma chère, n'a pas eu le privilège d'une éducation semblable à la vôtre. En fait, jusqu'à son mariage, elle vivait très retirée.

— Oh! vous, les hommes! Les plus grands coureurs épousent de petites oies blanches...

— Quand dois-je vous amener Bruce?

— Mais quand vous voudrez. Demain?

— A deux heures?

— Oui. Mais, Bruce...

S'inclinant encore une fois, il sortit tandis qu'Ambre le suivait des yeux, partagée entre la colère et les larmes, ne sachant si elle voulait casser quelque chose ou pleurer. Aussi fit-elle les deux à la fois.

Ils vinrent ensemble le lendemain à deux heures. Le petit garçon, huit ans et demi à présent, avait beaucoup grandi depuis qu'elle ne l'avait revu. Il ressemblait plus que jamais à son père, pas du tout à elle. C'était un très bel enfant, éminemment garçon, avec beaucoup de charme et des manières exquises. Son visage exprimait la joie et l'impatience de la revoir, mais, comme un véritable gentilhomme, il s'arrêta sur le seuil de la porte, se découvrit et s'inclina cérémonieusement. Ambre courut à lui, l'embrassant passionnément, la gorge serrée par l'émotion. Quittant ses manières formalistes, il lui rendit ses baisers, tout en détournant la tête de manière que son père ne vît pas les larmes qui lui montaient aux yeux.

— Oh ! mon trésor ! s'écria Ambre. Que vous êtes beau, et comme vous avez grandi !

Il renifla discrètement et, s'essuyant les yeux du revers de la main :

— Comme vous m'avez manqué, maman, l'Angleterre est si loin quand on est en Amérique !

Il lui souriait à présent, sa petite main brune posée sur son épaule :

— Vous êtes très belle, Madame !

Elle aussi avait envie de pleurer, mais elle parvint à sourire :

— Merci, mon amour. J'espère que vous me trouverez toujours jolie.

— Pourquoi ne revenez-vous pas en Amérique avec nous ? Nous habitons à présent une grande maison, en Virginie. Il y aurait de la place pour tout le monde. Oh ! venez, maman ! Je suis sûr que vous vous y plairiez mieux qu'à Londres, c'est si joli là-bas, je vous assure.

Ambre lança un regard rapide sur Bruce, puis embrassa le petit garçon :

— Je suis bien contente que vous désiriez m'avoir auprès de vous, mon petit cœur, mais je ne peux pas. Voyez, c'est ici que je vis.

Il se tourna vers son père de l'air d'un homme qui traite une affaire avec un autre :

— Alors, pourquoi n'habitons-nous pas ici, Monsieur ?

Bruce se baissa, de manière que son visage fût au niveau de celui de son fils, et passa un bras autour des épaules de l'enfant :

— Cela est impossible, Bruce, parce que je ne peux abandonner la plantation. C'est en Amérique que je vis. Mais si vous préférez rester ici...

L'enfant prit un air très désappointé :

— Oh ! mais je ne veux pas vous quitter, Monsieur. Et j'aime l'Amérique.

Il se tourna vers Ambre.

— Viendrez-vous nous voir, un jour ?

— Peut-être, dit Ambre doucement, sans oser regarder Bruce.

Puis elle se releva :

— Voulez-vous voir votre sœur Suzanne ?

Tous trois montèrent à la nursery où Suzanne prenait justement une leçon de danse avec un professeur français qui semblait exaspéré. Au moment où ils entrèrent, elle tapait du pied et hurlait de rage. Tout d'abord elle ne reconnut pas son frère — elle n'avait que deux ans et demi quand il était parti —, mais bientôt les deux enfants bavardaient avec animation. Ambre renvoya les domestiques et ils restèrent tous les quatre.

Bruce, en dépit de sa gravité précoce, ne put résister au désir de faire ses embarras devant sa petite sœur. Car il habitait un très grand pays, tout neuf, avait deux fois traversé l'Océan, montait son propre cheval sur la plantation, à côté de son père, apprenait à faire de la voile, et avait tué une tortue sauvage peu avant son départ. Mais Suzanne ne voulait pas être en reste.

— Peuh! dit-elle avec mépris. Qu'est-ce que cela peut me faire! Moi j'ai deux papas!

Bruce fut réduit au silence, mais un instant seulement :

— Peu m'importe, Mademoiselle! Moi j'ai deux mamans!

— Vous mentez, farceur! s'écria Suzanne.

Et la querelle risquait de s'envenimer quand Ambre et Bruce y coupèrent court en proposant un jeu.

Après quoi, Ambre vit assez souvent Lord Carlton, qui venait même sans amener le petit garçon. Généralement, il passait une heure ou deux et ne faisait pas grand effort pour rester sur ses positions; aussi Ambre finit-elle par trouver que le mariage ne l'avait pas tellement changé.

Finalement elle s'enhardit au point un jour de lui demander :

— Et si Corinne nous découvre?

— J'espère que cela n'arrivera pas.

— Les potins sont pires que la peste, à Whitehall!

— Alors j'espère qu'elle ne les croira pas.

— Ne pas les croire! Seigneur! vous la pensez donc bien naïve?

— Elle n'est pas habituée à la morale londonienne. Elle prendra cela pour de la méchanceté.

— Mais si elle vous interroge?

— Je ne lui cacherai rien.

Il fronça les sourcils :

— Écoutez bien, petite friponne, si jamais je vous surprends à jouer un de vos tours, je...

— Quoi?

Ses yeux brillaient, sa bouche souriait. Elle roula sur le lit, en l'attirant dans ses bras. Leurs lèvres s'unirent et Corinne cessa d'exister pour eux.

A mesure que le temps passait, la confiance d'Ambre augmentait. Car, s'il aimait Corinne, il l'aimait aussi. Ils avaient vécu tant d'heures mémorables ensemble, il y avait tant de souvenirs entre eux. Elle commença de trouver que sa femme n'était qu'un inconvénient, un handicap social, et la beauté même de Corinne lui parut moins redoutable.

Ainsi qu'elle l'avait prévu, leurs réunions ne restèrent pas longtemps secrètes. Buckingham, naturellement, et Arlington devaient être au courant depuis le début et, bien que Charles n'y fît jamais allusion, il le savait aussi, sans aucun doute. Mais tous ces messieurs avaient en tête d'autres affaires, autrement importantes. Ce qui n'était pas le cas des dames de la Cour.

Lord et Lady Carlton étaient à peine depuis un mois à Londres, que la comtesse de Southesk et Jane Middleton vinrent un matin faire une visite à Ambre et rencontrèrent Bruce qui s'en allait. Il les salua toutes deux mais, bien que Mrs. Middleton l'assassinât de ses regards les plus langoureux et que Southesk tentât de le faire parler, il s'excusa rapidement et prit congé.

— Oh ! vraiment, Milord, gloussa Southesk, sauvez-vous ! J'affirme que la réputation d'un homme ne peut être intacte quand on le voit sortir de la chambre de Sa Grâce avant midi !

— Votre serviteur, Madame, dit Bruce, s'inclinant de nouveau.

Middleton le suivit des yeux, ses lèvres roses se plissèrent en une moue :

— Seigneur, qu'il est beau ! J'affirme que je n'admire personne autant !

— Je vous l'avais bien dit ! s'écria joyeusement Southesk. Il est son amant. Venez, entrons !

Elles restèrent quelques minutes, bavardant avec Ambre. Mais, ayant trouvé ce qu'elles cherchaient, Southesk et Middleton étaient pressées d'aller répandre la nouvelle dans Whitehall et Covent Garden. Bruce, néanmoins, n'y fit jamais allusion devant Ambre, et Corinne resta aussi amicale et gracieuse que toujours.

Elle n'avait apparemment pas le moindre soupçon touchant la duchesse de Ravenspur et son mari.

Finalement, quelque deux mois après leur arrivée, Ambre rendit visite à Lady Carlton, après avoir soigneusement choisi un jour où Bruce était absent, chassant avec le roi. Corinne l'accueillit sur le seuil de son petit salon d'Almsbury House, sincèrement heureuse à la vue de la visite annoncée. Les deux femmes échangèrent une révérence, mais ne s'embrassèrent pas, Corinne n'ayant pas encore adopté les habitudes londoniennes et Ambre ne pouvant s'y résoudre, elle qui cependant recevait et donnait des baisers à des femmes qu'elle n'aimait guère plus.

— Votre Grâce est vraiment trop bonne de venir me voir.

Ambre retirait ses gants et, en dépit d'elle-même, l'irritation et la jalousie montaient en elle à mesure qu'elle considérait Corinne :

— Oh ! pas du tout ! protesta-t-elle légèrement. J'aurais dû venir depuis longtemps. Mais, Seigneur ! on a toujours tant à faire ici ! Aller ici, là, faire ceci, cela. C'est affreux !

Elle se laissa tomber dans un fauteuil :

— Cela doit joliment vous changer de l'Amérique.

Le ton seul impliquait que l'Amérique devait être un bien triste endroit, bon tout au plus à élever des bébés et à faire de la broderie.

Tout en parlant, ses yeux détaillaient Corinne, notant chaque particularité de sa coiffure ou de sa toilette, la manière dont elle marchait, se tenait, s'asseyait. Lady Carlton portait une robe de satin gris perle, avec un bouquet de roses musquées au corsage. Elle avait un mince rang de saphirs autour du cou et ne portait aucun autre bijou, excepté son anneau de mariage or et saphirs.

— C'est autre, admit Corinne. Mais, si singulier que cela paraisse, j'ai moins à faire ici qu'en Amérique.

— Oh ! mais nous avons mille occupations, il s'agit seulement de les connaître. Aimez-vous Londres ? Cela doit vous sembler une bien grande ville ?

Quoi qu'elle dît, Ambre ne pouvait parler sans une intention sarcastique, suggérant une légère touche de supériorité qu'elle était bien loin d'éprouver, au fond.

— Oh ! j'adore Londres. Je regrette seulement de ne pas l'avoir revue avant le grand incendie. Nous l'avions quittée quand j'avais à peine cinq ans, vous savez, et je ne m'en souvenais pas du tout. J'avais toujours eu envie de revenir, car, en Amérique même, nous considérons toujours l'Angleterre comme la patrie.

Elle était si équilibrée, si paisiblement et radieusement heureuse qu'Ambre mourait d'envie de prononcer une parole qui détruisît ce monde serein dans lequel elle vivait. Mais elle n'osa pas et se borna à murmurer :

— N'est-ce pas horriblement monotone de vivre sur une plantation ? Je suppose que vous ne voyez jamais âme qui vive, excepté les nègres et des Indiens ?

— Je pense que cela peut sembler ennuyeux à quelqu'un de trop habitué à la ville, mais pas à moi. C'est un si beau pays ! Les plantations sont généralement au bord de rivières, si bien que nous pouvons facilement aller en barque où nous voulons. Nous donnons des fêtes qui durent des jours, et même des semaines. Les hommes sont occupés, bien sûr, mais il leur reste assez de temps pour chasser, pêcher, jouer et danser. Oh ! mais, excusez-moi, Votre Grâce, je vous ennuie avec toutes ces sottises.

— Pas le moins du monde. J'ai toujours été curieuse de l'Amérique. Peut-être vous rendrai-je visite, un jour.

Elle ne comprenait pas ce qui l'avait poussée à dire cela mais Corinne releva vivement la phrase :

— Oh ! si jamais vous le pouviez, Votre Grâce ! Mon mari et moi serions trop heureux de vous recevoir ! Vous ne vous imaginez pas quelle sensation vous causeriez. Une duchesse et une beauté en Amérique ! Vous seriez fêtée partout en Virginie ; mais nous vous garderions la plus grande partie du temps.

Son sourire était si franc, si sincère, qu'Ambre enrageait intérieurement. « Mon Dieu ! qu'elle a dû vivre retirée ! » songea-t-elle avec ironie.

Et, tout haut :

— Quand partez-vous pour la France ?

Elle avait plusieurs fois posé la question à Bruce, sans obtenir de réponse bien nette et, comme les deux mois étaient passés, craignait que le départ ne fût proche.

— Oh ! dans quelque temps, je pense.

Corinne hésita un instant. Puis, vivement, avec

une sorte d'orgueil et l'air de faire une confidence prématurée, elle ajouta :

— C'est que, voyez-vous, je me suis aperçue que j'étais enceinte et mon mari pense que ce serait imprudent de partir avant la naissance du bébé.

Ambre ne dit rien, car le choc lui parut rude.

— Oh ! s'entendit-elle murmurer à la fin, que c'est heureux !

Avec irritation elle se gourmanda intérieurement. Que lui importait la grossesse de cette femme ? Au contraire, elle n'avait qu'à s'en réjouir. Car il allait rester bien plus longtemps qu'il ne l'avait projeté, très longtemps, car Corinne n'accusait aucun signe extérieur de grossesse. Se levant alors, Ambre déclara qu'elle était obligée de rentrer, et Corinne tira la sonnette pour faire venir un domestique.

— Merci beaucoup de votre visite, Votre Grâce, dit-elle en la raccompagnant à la porte. J'espère que nous deviendrons amies.

Elles s'arrêtèrent sur le seuil et Ambre la regarda :

— Je le souhaite aussi, Madame.

Puis, brusquement :

— J'ai rencontré votre fils hier, au palais !

Corinne prit l'air étonné, puis, aussitôt :

— Oh ! vous parlez de Bruce ? Ce n'est pas mon fils, Votre Grâce ! Mon mari l'a eu de sa première femme, mais réellement je l'aime autant que s'il était à moi !

Ambre ne répondit pas, mais un flot de jalousie lui monta au cœur. « Que dites-vous ! songea-t-elle avec fureur. Vous l'aimez comme s'il était à vous ! Quel droit avez-vous de seulement le connaître ! Il est à moi... »

Corinne bavardait toujours :

— Naturellement, je n'ai jamais connu la première Lady Carlton, j'ignore même qui elle était, mais je me dis que ce devait être une femme remarquable pour avoir eu un tel fils !

Ambre eut un petit rire forcé, mais sans gaieté :

— Vous êtes bien généreuse, Madame. J'aurais cru que vous la détestiez, cette première femme de votre époux !

Corinne sourit doucement :

— La détester ? Pourquoi ? Après tout, il m'appartient maintenant...

Elle parlait évidemment du père et non du fils.

— Et elle m'a laissé son enfant.

Ambre se détourna rapidement pour cacher son visage :

— Il me faut partir, Madame, adieu.

Elle était au milieu de la galerie quand elle entendit la voix de Corinne :

— Votre Grâce, vous avez laissé tomber votre éventail !

Elle fit semblant de ne pas entendre, incapable de se retrouver en face de cette femme. Mais Corinne arrivait en courant, ses hauts talons dorés résonnant sur les dalles :

— Votre Grâce ! répéta-t-elle, vous avez laissé tomber votre éventail.

Ambre se retourna pour le prendre. Corinne, à deux pas d'elle, lui souriait, d'un air à la fois amical et pensif :

— Oh ! ne vous moquez pas de moi, Votre Grâce, mais j'avais cru sentir que vous ne m'aimiez pas...

— Mais voyons, pas du tout...

— Non, pas du tout, j'en suis sûre maintenant. Et je n'aurai plus cette pensée. Au revoir, Votre Grâce, et revenez me voir, je vous prie !

LIX

En une chaude nuit du début de novembre, il y avait fête nocturne sur la Tamise. C'était un des divertissements favoris du roi et tout un groupe s'était rassemblé dans ses appartements pour voir le spectacle du haut du balcon. Les barques et les berges étaient décorées de guirlandes fleuries et de bannières, éclairées d'une multitude de lanternes et de torches enflammées. De l'autre côté de la rive partaient des fusées qui retombaient en sifflant dans l'eau. Des bateaux montait la musique, les violons du roi jouaient. Parmi les flonflons, le bruit des fusées, les rires et les bavardages, Lady Southesk s'adressa à Ambre :

— Quelle est la nouvelle conquête de Castlemaine, savez-vous ?

Ambre, que la question intéressait fort peu, car elle surveillait Bruce et Corinne, haussa les épaules :

— Comment le saurais-je ? Qui est-ce ?... Claude du Vall ?

Claude du Vall était un bandit très connu qui se vantait d'avoir couché avec plus d'une grande dame.

— Non ! Devinez ! Un très bon ami à vous.

Connaissant Southesk, Ambre lui lança un coup d'œil perçant :

— Qui ?

Southesk eut un regard du côté de Lord Carlton et leva les sourcils d'un geste significatif, tout en observant le visage d'Ambre. Celle-ci avait pâli.

— Ce n'est pas vrai !

Southesk haussa les épaules et s'éventa languissamment.

— Croyez-moi ou ne me croyez pas, c'est

exact. Il y était la nuit dernière, je le sais de la meilleure source. Seigneur ! Votre Grâce ! s'écria-t-elle avec une inquiétude railleuse, faites attention, vous allez abîmer vos dentelles !

— Sale petite garce ! marmonna Ambre, furieuse, vous attirez le scandale comme une fosse d'aisances les mouches !

Southesk eut un regard d'innocence outragée, secoua ses boucles et s'en fut. Peu après, elle chuchotait dans l'oreille de quelqu'un avec un sourire mystérieux, en indiquant fort discrètement Ambre. Celle-ci, avec autant d'indifférence qu'elle put en affecter, se dirigea vers Almsbury qui la salua gaiement. Elle fit son possible pour lui répondre, mais son expression la trahit.

— Qu'est-ce que c'est ? souffla-t-il.

— Bruce ! Il faut que je le voie. Tout de suite.

— Tout à l'heure, mon cœur...

— Savez-vous ce qu'il a fait ? Il a couché avec Barbara Palmer ! Oh ! je pourrais le tuer !

— Pchttt ! fit prudemment le comte, car ils étaient surveillés par une bonne douzaine de paires d'yeux alertes. Et après ? Cela lui était déjà arrivé avant.

— Mais Southesk le raconte à tout le monde. Et ils se moquent tous de moi. Oh ! la peste soit de lui !

— Avez-vous songé qu'ils peuvent aussi bien se moquer de sa femme ?

— Que m'importe ? Je l'espère bien ! De toute façon, elle ne le sait pas, quand moi je sais...

La première fois qu'elle revit Bruce, elle tenta de lui faire promettre de ne jamais plus revoir Barbara. Elle n'obtint pas d'engagement absolu, mais se rendit bien compte qu'il n'y retournait pas. Car elle n'en entendit plus parler et Barbara, certes, n'eût pas manqué de s'en vanter. En revanche, sa propre intrigue avec Lord Carlton attira l'attention générale et, si incroyable que cela parût, Corinne fut évidemment la seule à ne pas le savoir. « Mais Corinne, se disait Ambre, est si sotte qu'elle ne comprendrait pas que Bruce est mon amant si elle nous trouvait ensemble au lit ! »

Elle se trompait.

La première fois que Corinne avait vu Ambre, à la soirée Arlington, elle avait été choquée par sa toilette et désolée ensuite d'avoir été assez maladroite pour montrer son étonnement. C'était à cet incident qu'elle attribuait la froide hostilité de la duchesse envers elle, et elle avait été sincèrement heureuse de recevoir sa visite, se disant que tout était oublié. Mais, avant cela même, Corinne avait senti qu'elle fleuretait avec son mari. Depuis quatre ans qu'elle était mariée, Corinne avait vu bien des femmes — des jeunes filles noires de la plantation aux grandes dames titrées de Port-Royal — faire des avances à Bruce. Sûre de son amour, elle ne s'en était jamais inquiétée, n'avait jamais été jalouse. Cela l'avait amusée, et même flattée. Néanmoins, elle comprit bientôt que la duchesse de Ravenspur était troublante. Extraordinairement séduisante avec ses yeux provocants, ses cheveux couleur de miel, son visage voluptueux, elle exerçait sur les hommes la même attraction ardente que Bruce sur les femmes. Elle était de celles que nulle épouse ne désire voir auprès de son mari.

Pour la première fois depuis son mariage, Corinne avait peur.

Bientôt les autres femmes commencèrent à se livrer à des allusions voilées, au cours des dîners, ou quand elles venaient lui rendre visite. Un regard, un signe soulignaient la manière dont Sa Grâce la duchesse se penchait au-dessus de Lord Carlton à la table de jeu, son visage effleurant le sien. Lady Southesk et Mrs. Middleton invitèrent Corinne à venir avec elles rendre visite à la duchesse, et elle rencontra Bruce qui en sortait. Mais Corinne refusait de croire ce que, visiblement, chacun essayait de lui montrer. Elle se disait que tous ces oisifs n'avaient d'autre plaisir que de troubler la vie des gens heureux. Et elle désirait passionnément conserver sa confiance en Bruce. La fantaisie d'une femme qui s'était toquée de son mari n'allait pas ébranler leur union. Cependant, malgré elle se faisaient jour une irritation et une jalousie grandissantes envers la duchesse de Ravenspur. Quand elle la voyait regarder Bruce, lui adresser la parole, ou simplement lui tapoter l'épaule avec son éventail, Corinne avait de grandes appréhensions.

Finalement elle se l'avoua : elle détestait cette femme. Et en était honteuse. Cependant, elle ne savait que faire pour couper court au progrès de ce qui — elle le craignait — allait rapidement devenir une intrigue, au sens londonien du mot. Bruce n'était pas homme à se laisser commander, ramener à la maison, ou interdire la fréquentation d'une trop jolie femme. Certes, rien dans son attitude ne donnait réellement lieu à des soupçons. Le jour où elle l'avait vu sortir des appartements de la duchesse, il avait été parfaitement naturel, pas le moins du monde embarrassé de la voir. Il était aussi attentif et tendre que de coutume et elle s'imaginait savoir comment il passait ses journées. « Je dois me tromper, se disait-elle. Jamais je n'ai vécu dans un palais ni dans une grande ville, et je m'imagine probablement un tas de choses qui ne sont pas. S'il s'agissait d'une autre femme, je crois que je penserais différemment. »

Pour se faire pardonner ses soupçons, Corinne était plus gaie et plus charmante que jamais. Elle craignait tant que Bruce s'aperçût d'un changement dans sa manière d'être et en devinât la cause ! Que penserait-il alors, découvrant qu'elle pouvait être mesquine et jalouse ? Et, si elle se trompait, ce serait Bruce alors qui perdrait confiance en elle ! Leur mariage lui paraissait quelque chose de si parfait, de si complet, qu'elle était terrifiée à la pensée de le gâcher par sa propre faute.

Un soir, à sa grande surprise, il s'adressa à elle sur un ton de conversation amusée :

— Sa Majesté ne vous a-t-Elle pas demandé un rendez-vous ?

Ils revenaient du palais et se déshabillaient.

Corinne fut interloquée :

— Comment, qu'est-ce qui vous fait dire cela ?

— Eh bien ! Il vous admire ! C'est visible.

— Il est plein de bontés pour moi, mais vous êtes son ami. Vous n'attendez tout de même pas d'un homme qu'il trompe son ami ?

Bruce sourit :

— Mon cœur, un homme est trompé d'abord par son ami. La raison en est bien simple, c'est l'ami le mieux placé.

Corinne le fixa :

— Bruce ! dit-elle doucement.

Au son de sa voix il se retourna et la considéra...

— Comme vous parlez drôlement quelquefois. Vous savez, cela paraît si cruel, si rude !

Il lança sa chemise au loin et, venant à elle, la prit dans ses bras. Il souriait avec tendresse :

— J'en suis navré, mon cœur. Mais vous ignorez tant de moi, j'ai vécu avant de vous voir tant d'années que je ne peux partager avec vous. Avant même que vous soyez née, j'avais vu mourir mon père, s'effondrer mon pays et je m'étais battu dans l'armée. Quand je naviguais sur les corsaires de Rupert, vous n'aviez pas six mois. Oh ! je sais, tout cela nous importe peu maintenant. Tout de même ! Vous avez été élevée dans un monde différent du mien. Nous ne sommes pas ce que nous paraissons extérieurement.

— Mais vous ne leur ressemblez pas, Bruce, protesta-t-elle. Vous n'êtes pas comme ces gens de la Cour.

— Oh ! je n'ai pas pris leurs manies superficielles. Je ne me fais pas les sourcils, je ne peigne pas ma perruque en public et je ne joue pas avec l'éventail des dames. Mais... à dire vrai, l'époque est malade, et nous tous qui y vivons avons attrapé sa maladie.

— Mais moi aussi j'y vis !

— Non !

Il la laissa aller.

— Vous ne faites pas partie de ce monde sordide ! Dieu merci !

— « Dieu merci », pourquoi ? N'aimez-vous pas ces gens ? Je croyais que c'étaient vos amis ? Et je souhaitais leur ressembler davantage. Aux femmes, je veux dire.

Elle pensait à la duchesse de Ravenspur.

— Corinne, mon cœur, quelle idée folle ! Surtout n'y pensez plus. Oh ! Corinne, vous ne pouvez savoir combien je suis heureux de vous avoir rencontrée à Port-Royal...

Toutes ses craintes et sa jalousie disparurent d'un coup. Un grand, un intense soulagement l'envahit, balayant la haine et le poison de la méfiance qui l'intoxiquaient.

— En êtes-vous vraiment heureux? Je m'en souviens si bien!

— Moi aussi! Vous alliez à l'église. Vous portiez une robe de dentelle noire, un voile noir sur les cheveux retenu par des roses. Je vous ai prise pour une Espagnole.

— Et mon père déclarait que vous étiez un pirate!

Elle rit gaiement, heureuse de se reporter à ces jours de bonheur où il n'existait point de jeune personne aux longs yeux obliques et au titre de duchesse pour lui disputer son époux.

— Il a même failli vous provoquer!

— Rien d'extraordinaire. Je devais avoir une mine patibulaire. Il y avait une demi-heure à peine que nous avions accosté. Souvenez-vous, je vous ai suivie à l'église...

— Et vous ne m'avez pas quittée des yeux durant tout le service. Oh! que mon père était furieux! Mais je m'en souciais fort peu, je vous aimais déjà!

— Sale et avec une barbe de cinq jours?

— Sale et avec une barbe de cinq jours et tout le reste! Mais quand vous êtes venu nous voir, le soir, oh! Bruce, vous n'imaginez pas de qui vous aviez l'air. Un prince de conte de fées!

Elle avait les yeux brillants. Soudain, il ferma les siens comme pour échapper à la vue de quelque chose qui le troublait, mais en même temps il la serra contre lui et l'embrassa. « Oh! quelle sotte je suis! songea Corinne. Bien sûr qu'il m'aime, et qu'il est fidèle! Sinon, je le verrais quand il me regarde, et je le sentirais quand il me touche. »

Cependant, lorsqu'elle revit la duchesse de

Ravenspur, elle lui en voulut plus que jamais. Car cette femme la considérait, elle le savait, avec une sorte de mépris, d'ironie, comme si elle avait barre sur elle. Sa Grâce, pourtant, paraissait plus aimable qu'au début, et s'adressait toujours amicalement à Corinne.

Corinne sentit qu'elle ne pourrait supporter davantage cette incertitude. Et, comme pour exorciser le démon en l'affrontant, elle décida de parler de la duchesse à Bruce, aussi simplement que possible, bien que le seul nom de cette femme la fît intérieurement tressaillir. Ils revenaient ensemble du palais quand elle fit un effort pour entamer la conversation. Elle savait depuis longtemps ce qu'elle voulait dire et se l'était répété si souvent que les mots lui parurent creux et pompeux.

— Comme la duchesse de Ravenspur était jolie ce soir ! Je la trouve plus éblouissante que Milady Castlemaine. Et vous ?

Son cœur battait fort et elle entendait à peine le son de sa voix. Il lui sembla qu'il hésitait avant de répondre et ces quelques secondes furent une véritable torture. « Jamais je n'aurais dû parler, se disait-elle misérablement. Rien que ce nom éveille des souvenirs en lui, des souvenirs que je ne veux pas connaître. Oh ! si seulement je m'étais tenue tranquille... »

Et soudain, elle l'entendit qui disait, avec aussi peu d'émotion dans la voix que s'il se fût agi du temps :

— Oui, je le pense aussi !

Un soulagement l'envahit et ce fut presque gaiement qu'elle continua :

— Elle fleurette furieusement avec vous. Je devrais en être jalouse !

Bruce sourit légèrement, mais ne répondit pas.

Corinne était maintenant décidée à aller jusqu'au bout :

— Est-ce vrai qu'elle était autrefois une actrice ? Ou est-ce un potin ? Les autres femmes ne semblent pas l'aimer. Elles médisent fort d'elle. Évidemment par jalousie, ajouta-t-elle vivement.

— Avez-vous jamais vu les femmes s'aimer entre elles ? Rarement, je crois. Mais c'est vrai qu'elle a été actrice, il y a quelques années.

— Alors, elle n'est pas née ?

— Non. Ses parents étaient des fermiers.

— Mais comment a-t-elle obtenu sa fortune et son titre ?

— Par les seuls moyens dont dispose une femme pour acquérir ce qu'elle ne possède pas par droit de naissance. Elle s'est arrangée à épouser un riche marchand qui lui a laissé un tiers de sa fortune à sa mort. Avec cela elle s'est acheté un titre, un autre vieillard. Il est mort aussi !

— Mais elle est mariée, pour l'instant, n'est-ce pas ? Où donc est son mari ? Je ne l'ai jamais vu...

— Il vient parfois à la Cour. Je ne crois pas qu'ils se connaissent beaucoup.

— Ne pas se connaître ? Entre mari et femme !

Sincèrement stupéfaite, Corinne en oubliait sa nervosité :

— Pourquoi l'a-t-elle épousé, alors ?

— Pour donner un nom au bâtard du roi, je pense.

— Oh ! Ciel ! J'ai l'impression d'être dans un autre monde ! Tout est sens dessus dessous !

— Oui, tout est sens dessus dessous, si vous ne faites pas comme les autres. Vous serez contente de rentrer en Amérique, n'est-ce pas ?

— Oh ! oui !

Puis, regrettant son enthousiasme trop spontané, elle ajouta :

— C'est seulement parce que je regrette la maison, et tout ce qu'elle représente pour nous.

Elle leva la tête vers lui et ils étaient si près l'un de l'autre que leurs lèvres se joignirent.

Quelques jours plus tard, Corinne, accompagnée de sa femme de chambre, alla faire quelques emplettes au Nouvel Exchange. Elle s'arrêta devant l'étalage d'une jolie petite femme, Mrs. Sheldon, qui avait été la maîtresse occasionnelle de plusieurs grands personnages, mais était pour l'instant sans emploi.

— Bonjour, Lady Carlton ! s'écria-t-elle aimablement. Je ne savais pas que vous étiez avec Sa Seigneurie ce matin...

— Oh ! mon mari est ici ?

Elle se retourna pour jeter un regard circulaire et, comme si elle avait su exactement où le trouver, elle lança un coup d'œil dans la galerie d'en face et le vit qui lui tournait le dos, causant évidemrnent à quelqu'un qu'il masquait de sa silhouette. Sa première impulsion fut d'aller le surprendre, mais au même instant il se déplaça pour céder le passage à quelqu'un. Et elle vit qu'il causait avec la duchesse de Ravenspur.

Horrifiée, elle s'arrêta net. L'avait-il rencontrée fortuitement ? Bien sûr ! De tout son cœur elle cherchait à se le persuader. Mais après tous ses soupçons, ses doutes, les allusions des semaines précédentes, leur vue, tous deux côte à côte, revêtait un tout autre sens. Corinne revint sur ses pas, cherchant à dissimuler son trouble. La petite Mrs. Sheldon avait l'air aussi affolée que si elle venait de divulguer un secret d'État.

— Il est avec un ami, murmura Corinne, sans trop savoir ce qu'elle disait. Je vais faire mes emplettes et le retrouverai dans la voiture.

— Puis-je vous montrer mes rubans brodés? Ceux dont je vous ai parlé l'autre semaine, Madame. Ils arrivent de France...

Corinne sentait ses oreilles tinter, elle voyait trouble.

— Oui, je prendrai trois mètres de celui-ci, et dix de celui-là...

Lord Carlton et la duchesse se dirigeaient de son côté en flânant, absorbés par leur conversation. Rapidement la femme de chambre de Corinne se plaça devant sa maîtresse, afin de la dissimuler. Et la petite Mrs. Sheldon bavardait sans arrêt, dans l'espoir d'attirer son attention.

Mais l'ouïe de Corinne était fine et elle entendit la voix chaude de la duchesse qui disait en passant :

— ... Bruce, songez un peu, nous aurons...

Corinne se sentit tout à fait mal à l'aise. « Pourvu que je ne m'évanouisse pas ! » songea-t-elle avec angoisse. Puis elle reprit entièrement possession d'elle :

— Et je prendrai aussi douze mètres de ce ruban d'argent, Mrs. Sheldon. Ce sera tout pour aujourd'hui.

Avant même que sa femme de chambre eût achevé de payer, Corinne avait pris la direction opposée, ne demandant qu'à regagner l'abri de sa voiture.

Cette nuit, à sa propre surprise, Corinne s'entendit demander à Bruce d'une voix impersonnelle, mais empreinte d'un intérêt poli :

— Qu'avez-vous fait cet après-midi ? Vous avez joué à la paume avec Sa Majesté ?

Ils étaient dans leur chambre à coucher. Bruce

écrivait à son intendant, tandis que Corinne brossait les cheveux de leur petite fille de trois ans.

— Oui, répondit-il, la plume en l'air. Ensuite je suis allé à la Chambre des Lords pour une heure ou deux.

Il reprit sa lettre et elle continua de coiffer Mélinda. Elle ne pouvait pas croire qu'il lui eût ainsi menti ! Mélinda, miniature de sa mère — l'œil bleu et le cheveu noir —, posa sur Corinne le regard de ses grands yeux sérieux, tandis qu'elle penchait la tête à chaque coup de brosse. Finalement Corinne se pencha pour l'embrasser et une larme tomba sur les cheveux de l'enfant. Vivement Corinne l'essuya, de crainte que Mélinda ne s'en aperçût.

Elle sentait sa vie finie. Il lui suffisait à présent de voir la duchesse regarder Bruce pour savoir qu'il était son amant. Comment avait-elle été assez naïve pour ne pas l'avoir compris depuis longtemps ? Car cela ne faisait aucun doute pour elle maintenant, leur intrigue avait débuté dès leur arrivée en Angleterre, bien avant même, peut-être... Il avait pu la rencontrer quand il était venu seul, en soixante-sept, car elle savait que la duchesse était à la Cour à cette époque et on avait pris soin de l'informer qu'elle logeait alors chez Almsbury.

Pendant quelques jours, Corinne, ne sachant que faire, demeura passive. A quoi bon accuser son mari ? Quelle importance qu'il nie ou avoue, puisque le fait était là ? Il avait trente-huit ans et avait toujours fait ce qu'il lui plaisait, ce n'était pas maintenant qu'il changerait ; d'ailleurs, là n'était pas son souhait, car elle l'aimait ainsi. Elle se sentait seule et étrangement désemparée dans ce singulier pays, aux coutumes et aux manières si particulières. Les femmes, ici — elle s'en rendait bien compte —, s'étaient toutes, plus ou moins, trouvées dans la même situation, et l'avaient dénouée avec un sourire et un mot spirituel, pour aller ensuite se divertir ailleurs. Jamais elle n'avait compris à tel point — ce que Bruce lui disait souvent — combien peu elle faisait partie de ce monde. Tout en elle se révoltait.

Quand il la prenait dans ses bras et l'embrassait, elle ne pouvait chasser de son esprit l'image de cette femme. Tout en se méprisant, elle se demandait quand il avait embrassé la duchesse pour la dernière fois et s'il lui avait murmuré les mêmes tendresses passionnées qu'à elle. « Pourquoi ne me l'avoue-t-il pas ? se demandait-elle avec désespoir. Pourquoi me tromper et me mentir ? Ce n'est pas bien ! » Mais c'était à la duchesse qu'elle s'en prenait, et non à Bruce.

Et puis, un beau jour, Lady Castlemaine vint la voir.

Le roi Charles avait récemment fait à la duchesse de Ravenspur un cadeau en argent de vingt mille livres et Barbara en avait été si furieuse qu'elle avait décidé de créer des ennuis à sa rivale. Elle était convaincue qu'une femme de la beauté de Corinne — fût-elle son épouse — ne pouvait manquer d'avoir une influence considérable sur un homme, et elle espérait ainsi troubler l'intrigue de Sa Grâce avec Lord Carlton. Rochester avait justement écrit un de ses grossiers pamphlets rimés, cette fois sur Sa Grâce, la duchesse de Ravenspur, et son amant.

Pendant les premières minutes de sa visite, Barbara entretint une conversation légère et agréable : les nouvelles modes françaises, la pièce de la veille au théâtre du duc d'York, le futur grand bal qui aurait lieu dans la salle des banquets la semaine prochaine. De là elle passa aux intrigues amoureuses et aux potins. Corinne, comprenant où elle voulait en venir, sentit son cœur battre plus fort.

— Ô Seigneur! continua Barbara légèrement, il se passe des choses, ici... Un étranger n'y comprendra jamais rien. Les apparences sont trompeuses, croyez-moi.

Elle s'interrompit, observa attentivement Corinne, puis ajouta :

— Ma chère, vous êtes très jeune et très innocente, n'est-ce pas ?

— Oh ! fit Corinne, surprise, c'est possible !

— Je crains que vous ne soyez réellement pas du tout au courant des usages du monde, et moi qui, hélas ! les connais trop bien, je suis venue à vous en amie...

Corinne, lassée par des semaines d'incertitude et de souci, de pénibles impressions et de désillusions, se sentit soudain soulagée. Enfin, la situation se clarifiait. Elle n'avait plus besoin de feindre plus longtemps.

— Je crois, Madame, dit-elle tranquillement, que je comprends certaines choses infiniment mieux que vous ne l'imaginez.

Barbara lui lança un coup d'œil surpris; mais toutefois, sortant de son manchon une feuille de papier pliée en quatre, elle la tendit à Corinne :

— Voici ce qui circule à la Cour, je ne voudrais pas que vous soyez la dernière à le lire.

Lentement Corinne tendit la main et s'empara du feuillet. Le papier épais craqua comme elle le dépliait. Avec répugnance, elle détourna les yeux du visage froid et attentif de Barbara et les abaissa sur le poème de huit lignes écrites d'une main anguleuse et crispée. Ces quelques semaines de douleur et de méfiance avaient en quelque sorte matelassé son esprit, si bien que le brutal et grossier petit écrit ne lui causa pas plus de choc que ne l'avaient fait certains mots entendus au hasard.

Puis, aussi gracieusement que si Barbara lui avait apporté un cadeau, une boîte de bonbons ou une paire de gants, elle dit :

— Merci, Madame. J'apprécie infiniment votre sollicitude à mon égard.

Barbara parut étonnée et désappointée de cette réaction d'une douceur inattendue; néanmoins elle se leva et Corinne l'accompagna jusqu'à la porte. Arrivée dans l'entrée, elle s'arrêta. Pendant un instant les deux femmes se dévisagèrent en silence, puis Barbara dit :

— Je me souviens, quand j'avais votre âge — vingt ans, n'est-ce pas ? — je croyais que le monde était à mes pieds et que je pouvais obtenir tout ce que je voulais.

Elle sourit d'un singulier sourire à la fois pensif et cynique.

— Eh bien ! j'ai réussi !

Puis, brusquement, elle conclut :

— Suivez mon conseil, et emmenez votre mari loin d'ici avant qu'il ne soit trop tard.

Après quoi, se détournant, elle traversa rapidement le couloir et disparut.

Corinne la suivit des yeux, les sourcils légèrement froncés : « Pauvre femme, songea-t-elle, comme elle est malheureuse ! » Et, très doucement, elle referma la porte.

Bruce ne rentra qu'à une heure du matin. Elle lui avait fait dire, à Whitehall, qu'elle ne se sentait pas assez bien pour venir l'y retrouver, mais le priait de ne pas changer ses projets. Elle espérait passionnément qu'il viendrait quand même, mais non. Incapable de s'endormir, elle était installée au lit, feignant de lire la dernière pièce de théâtre de John Dryden. Il n'entra pas directement dans la chambre à coucher, mais comme toujours passa par la nursery pour voir les enfants. Corinne, l'oreille tendue, écoutait le bruit de ses pas sur le plancher et la porte qui se refermait doucement sur lui. Et soudain, elle comprit que le petit Bruce était le fils de la duchesse. Elle fut stupéfaite de ne pas l'avoir deviné plus tôt. C'était pour cela qu'il ne lui avait jamais rien dit de la soi-disant première Lady Carlton. Et voilà pourquoi le petit garçon était si impatient de rentrer en Angleterre. Rien d'étonnant, évidemment, à ce qu'ils eussent ainsi l'air de se connaître si bien ; elle avait toujours senti entre eux une sorte d'intimité qui ne pouvait provenir d'une simple intrigue amoureuse.

Elle était encore sous le choc quand il entra dans la pièce, l'air étonné de la trouver éveillée. Il lui sourit et s'approcha pour l'embrasser. Comme il se penchait au-dessus d'elle, Corinne prit le pamphlet de Rochester et le lui tendit. Il s'arrêta et ses yeux se plissèrent. Puis, prenant le feuillet et se redressant sans embrasser sa femme, il y jeta un regard si rapide qu'il était bien évident qu'il l'avait déjà lu. Il le froissa et le jeta dans la pièce.

Ils restèrent un très long moment les yeux fixés l'un sur l'autre. Finalement il dit :

— Je suis désolé que vous l'ayez appris ainsi, Corinne. J'aurais dû vous le dire depuis longtemps.

Il n'était ni léger, ni amusé, ainsi qu'elle le croyait, mais sérieux et troublé. Cependant, il ne manifestait ni honte, ni embarras, ni même un regret quelconque, sauf pour le chagrin qu'il lui causait. Pendant un instant, elle l'observa, son livre ouvert sur les genoux, le visage éclairé par la lumière de la bougie.

— C'est la mère de Bruce, n'est-ce pas ? dit-elle.

— Oui ! Je n'aurais jamais dû consentir à ce ridicule mensonge, mais je désirais tant que vous aimiez ce petit et je craignais que, si vous appreniez la vérité, cela ne vous soit plus difficile. Et maintenant, quels sont vos sentiments à son égard ?

Corinne eut un faible sourire :

— Je l'aime tout juste autant. Je vous aime tous les deux juste autant.

Sa voix était douce, caressante, féminine, comme un éventail peint, ou l'odeur des lilas.

Il s'assit sur le lit, bien en face d'elle :

— Depuis quand savez-vous ?

— Je l'ignore. Depuis toujours, me semble-t-il maintenant. Au début, je cherchais à me convaincre que ce n'était qu'un amusement et qu'il était ridicule d'en être jalouse. Mais les autres femmes ont fait des allusions. Je vous ai observés, tous les deux. Je vous ai vus une fois au Nouvel Exchange. Oh ! à quoi bon en parler ? Je le sais depuis des semaines.

Il resta un instant silencieux, les sourcils froncés, les yeux baissés :

— J'espère que vous voudrez bien me croire, Corinne : je ne vous ai pas amenée à Londres dans cette intention. Je vous jure que je n'y songeais pas...

— Vous ne pensiez pas la retrouver ?

— Je savais qu'elle y serait. Mais je ne l'avais pas vue depuis deux ans ; j'avais oublié... Eh bien ! oui ! j'avais oublié un tas de choses.

— Alors, vous l'avez vue la dernière fois que vous étiez ici, après notre mariage ?

— Oui. Elle habitait chez Almsbury.

— Depuis combien de temps la connaissez-vous ?

— Dix ans, presque.

— Dix ans ! Oh ! mais je suis pratiquement une étrangère pour vous !

Il sourit, lui lança un regard rapide, puis se détourna.

— L'aimez-vous, Bruce ? demanda-t-elle enfin. Beaucoup ?

Elle attendait.

— Si je l'aime ?

Il parut perplexe.

— Si vous entendez par là que j'ai envie de l'épouser, non, pas du tout. Mais, dans un autre sens, eh bien ! oui ! je suppose que oui. C'est quelque chose que je ne peux pas expliquer, quelque chose qui est entre nous depuis le premier jour où je l'ai vue. Elle est... Oui, pour être parfaitement franc avec vous, elle est une femme que tout homme aimerait avoir pour maîtresse, mais jamais comme épouse !

— Mais qu'éprouvez-vous maintenant, maintenant que vous l'avez revue et ne pouvez y renoncer ? Peut-être regrettez-vous de m'avoir épousée ?

Bruce leva vivement les yeux et, soudain, elle sentit ses bras autour d'elle, tandis que ses lèvres se posaient sur son front :

— Ô mon Dieu ! Corinne ! Est-ce là ce que vous pensez ? Bien sûr que non, je ne le regrette pas ! Vous êtes la seule femme au monde que j'aie jamais désiré épouser, croyez-moi, mon cœur. Jamais je n'ai voulu vous faire de peine. Je vous aime, Corinne. Je vous aime plus que tout au monde.

Corinne se blottit contre lui et, une fois de plus, se sentit heureuse et en sécurité. Toutes les craintes et les incertitudes des dernières semaines étaient évanouies! « Il m'aime et ne veut pas me quitter. Je ne le perds pas. » Rien d'autre ne comptait. Sa vie était si totalement vouée à son mari qu'elle eût accepté de lui ce qu'il aurait été disposé à lui donner. Finalement, elle était sa femme. Titre que jamais la duchesse de Ravenspur ne pourrait obtenir, puisqu'elle ne pouvait même pas avouer le fils qu'elle lui avait donné.

Enfin, Corinne dit doucement, la tête toujours appuyée contre l'épaule de son mari :

— Vous aviez raison, Bruce, quand vous disiez que j'appartenais à un monde tout différent de celui-ci. Je n'en fais pas partie; il n'est pas une dame de la Cour, je pense, qui oserait avouer que cela la touche de savoir son époux épris de quelqu'un d'autre. Mais moi, je l'avoue, et je n'en suis pas honteuse.

Elle rejeta la tête en arrière et le regarda bien en face :

— Oh! oui, cela me touche!

Bruce l'observait tendrement de ses yeux verts. Il eut un petit sourire d'excuse, et posa ses lèvres sur les cheveux de jais :

— A quoi bon vous dire que je regrette profondément de vous avoir fait de la peine? C'est vrai. Mais si vous lisez encore un pamphlet ou écoutez d'autres potins, croyez-moi, Corinne, ce seront des mensonges!

LX

Il était dans Hyde Park un joli petit cottage, situé auprès d'un lac en miniature, et dans lequel la société élégante aimait à aller prendre un rafraîchissement en été ou, s'il faisait froid, avaler un verre de vin chaud. Noël approchait et, bien qu'il fît trop mauvais pour monter à cheval, nombre de carrosses dorés attendaient au-dehors, dans le crépuscule gris et pourpre de Londres. Dans la grande salle lambrissée, un grand feu de charbon brûlait. Ambre, portant un manteau à capuchon de velours écarlate bordé d'hermine, tenant d'une main un verre et de l'autre son manchon d'hermine, bavardait près de la cheminée avec le colonel Hamilton, le comte d'Arran et George Etherege.

Elle causait avec vivacité, mais ses yeux ne quittaient guère la porte, qui ne s'ouvrait jamais sans qu'elle sût qui entrait ou sortait. La langoureuse et blonde Mrs. Middleton fit son apparition, suivie de Lord Almsbury. Ambre n'eut pas un instant d'hésitation. S'excusant auprès des trois messieurs, elle se dirigea droit vers les nouveaux entrants, fit un vague signe de tête à Middleton :

— Almsbury, il faut que je vous parle ! Je vous ai cherché partout !

Le comte s'inclina devant Mrs. Middleton :

— Voulez-vous m'excuser un instant, Madame ?

Jane prit un air vexé :

— Oh ! mais, Monsieur, c'est à vous plutôt de m'excuser ! Je vois le colonel Hamilton qui me fait signe, et je me souviens à présent qu'il m'avait demandé de venir le retrouver ici, je l'avais oublié !

Le congédiant d'un geste négligent de sa main gantée, elle reprit son chemin, sans même jeter un coup d'œil à Ambre, qui paraissait totalement ignorer sa présence.

— Venez ! Je ne tiens pas à ce qu'une douzaine d'oreilles nous entendent.

Ils se réfugièrent dans un petit coin tranquille, près de la fenêtre :

— Dites-moi ce qui s'est passé ! s'écria-t-elle sans préambule. Voilà quinze jours que je ne l'ai pas vu une fois seule. Je lui écris, il ne répond pas ! Je lui parle, au salon, il me traite comme une étrangère ! Je lui demande de venir me voir, il ne vient pas ! Dites-moi ce qui est arrivé, Almsbury ! J'en deviens folle !

Almsbury poussa un soupir :

— Milady Castlemaine a montré à sa femme la satire de Rochester...

— Je le sais ! s'écria Ambre avec dédain. Mais pourquoi me traite-t-il ainsi ?

— Pour cela !

Elle le regarda, incrédule.

— Je ne vous crois pas !

Ils gardèrent le silence un instant, puis Ambre ajouta :

— Mais ce n'est pas la seule raison, voyons. Parce que sa femme est au courant ! Allons, il y a autre chose.

— Non !

— Vous avez la prétention de me faire croire, John Randolph, qu'il me traite ainsi uniquement parce que sa femme le lui a demandé ?

— Elle ne le lui a pas demandé ! Il l'a décidé de lui-même. Il vaut mieux que je vous dise la vérité, Ambre, il ne veut plus vous voir seule.

— Il vous l'a dit ?

Sa voix n'était plus qu'un murmure.

— Oui ! Et il est bien résolu.

Ambre fut désemparée. Elle posa son verre sur la large planchette de l'embrasure et resta les yeux perdus dans le vide. Puis soudain :

— Vous savez où il est ?

— Non.

Elle ferma à demi les yeux :

— Vous mentez ! Vous le savez ! Et vous allez me le dire ! Almsbury, je vous en prie, dites-le-moi ! Vous savez combien je l'aime ! Si seulement je pouvais le voir et lui parler, je lui ferais comprendre combien tout cela est ridicule. Je vous en prie, Almsbury, je vous en prie. Il va bientôt s'en aller et je ne le reverrai peut-être plus jamais. Il faut que je le voie pendant qu'il est encore ici !

Il hésita puis, finalement, avec un brusque coup de tête :

— Venez !

Il s'arrêta devant Jane Middleton, mais elle secoua ses boucles et lui tourna le dos. Almsbury haussa les épaules.

La journée était froide, la boue dure et glissante, légèrement verglacée. Ils s'installèrent tous deux dans l'énorme carrosse doré d'Ambre, traîné par huit chevaux bruns, dont la queue et la crinière étaient tressées de rubans vert et or. Le cocher et huit valets de pied portaient sa livrée de velours émeraude ; un autre, tout de blanc vêtu, une orange au bout d'un bâton blanc qu'il offrait en rafraîchissement, courait au-devant pour annoncer sa venue. Le carrosse lui-même était capitonné de velours émeraude, orné de franges d'or.

Almsbury donna ses ordres au cocher et s'assit près d'Ambre :

— Il est chez son libraire, dans Ave Maria Lane, en train d'acheter quelques livres.

Il contempla l'équipage et sifflota légèrement :

— Jésus ! Ambre ! Quand avez-vous acheté cette voiture ?

— L'année dernière. Vous l'avez déjà vue.

Elle répondait brièvement, absorbée dans ses

pensées, cherchant à préparer ce qu'elle dirait à Bruce, comment elle le persuaderait qu'il se trompait. Il se passa quelques minutes avant qu'Almsbury reprît la parole.

— Vous n'avez jamais regretté ? demanda-t-il.

— Regretté quoi ?

— D'avoir quitté la campagne pour Londres ?

— Pourquoi ? Regardez ce que je suis devenue !

— Songez comment vous l'avez obtenu... « Nul n'arrive aux hautes places sinon par des escaliers à courants d'air. » Connaissiez-vous cet adage ?

— Non.

— Vous avez pris un escalier fort éventé, n'est-ce pas ?

— Et après ? Oui, j'ai dû souvent faire ce qui me déplaisait, mais tout cela est passé et je suis exactement où je voulais être. Je suis quelqu'un, Almsbury ! A Marygreen, je serais devenue la femme de quelque rustre fermier, j'aurais élevé ses enfants et fait sa cuisine... Une femme de fermier comme tant d'autres, et personne ne saurait même que j'existe. Tandis que — regardez-moi — je suis riche, duchesse, et, un jour, mon fils sera duc... Regretter ! conclut-elle d'un ton railleur et péremptoire, grand Dieu ! Almsbury !

Il sourit :

— Ambre, mon trésor, je vous adore. Mais vous êtes une jeune aventurière calculatrice et sans principes !

— Eh ! rétorqua Ambre, c'est que je suis partie de rien !

— Vous possédiez la beauté et la séduction.

— Il ne manque pas de femmes qui ont ces qualités et ne sont pas pour autant duchesses...

— Non, mon cœur, c'est vrai. La différence, c'est que vous étiez disposée à en faire usage pour obtenir ce que vous désiriez, sans trop vous inquiéter de ce qui vous arriverait en route.

— Seigneur ! s'écria-t-elle impatiemment, vous êtes bien désagréable aujourd'hui !

Elle se pencha au-dehors et cria au cocher :

— Plus vite !

Quand ils arrivèrent, Almsbury la mena jusqu'à une courette ceinte de bâtiments neufs en briques et lui désigna une enseigne :

— Il doit être aux Trois Bibles et aux Trois Bouteilles d'Encre.

Trop agitée pour le remercier, elle rassembla ses jupes et s'enfonça dans la cour.

Il faisait presque nuit et la boutique était à peine éclairée. On y respirait une odeur mêlée de poussière, d'encre, de cuir et de suif brûlant. Ambre jeta un regard et se disposait à pénétrer dans l'arrière-fond quand un vieil homme souriant vint s'informer de ce qu'elle désirait. Très bas, afin que Bruce ne risquât pas de l'entendre, elle demanda :

— Milord Carlton est-il ici ?

— Oui, Madame.

Elle posa un doigt sur ses lèvres :

— Il m'attend !

Fouillant dans son manchon, elle en sortit une guinée qu'elle mit dans la main de l'homme :

— Nous ne voulons pas être dérangés.

Le libraire s'inclina, eut un coup d'œil furtif pour la pièce et sourit :

— Certainement, Madame, certainement !

Il était flatté que sa maison servît de lieu de rendez-vous à Sa Seigneurie et à cette jolie personne.

Allant à la porte du fond, elle l'ouvrit, entra et la referma doucement. Bruce, en manteau et chapeau, examinait un manuscrit et tournait le dos à l'entrée. Ambre s'adossa au battant car son cœur battait violemment et elle se sentait à bout. Qu'allait-il dire ou faire en la voyant ?

Sans se retourner, Bruce questionna :

— Ce manuscrit de Carew, comment l'avez-vous découvert ?

Ne recevant pas de réponse, il tourna la tête et la vit.

Timidement, Ambre sourit et fit une petite révérence :

— Bonjour, Milord !

— Eh bien !

Bruce déposa le manuscrit sur une table :

— Je ne vous prenais pas pour un rat de bibliothèque.

Et, fermant à demi les yeux :

— Comment diable êtes-vous arrivée jusqu'ici ?

Elle courut à lui :

— Il fallait que je vous voie, Bruce. Je vous en prie, ne soyez pas fâché. Dites-moi : pourquoi m'évitez-vous ?

Il fronça légèrement les sourcils, mais ne se déroba pas.

— Je ne savais comment en sortir sans dispute.

— Sans dispute ! Je vous ai entendu dire cela cent fois ! Vous dont la vie s'est passée en batailles !

Il sourit :

— Pas contre les femmes.

— Oh ! je ne suis pas venue pour me disputer, Bruce, je vous le promets. Mais vous devez me dire ce qui est arrivé. Un jour vous venez me voir et nous sommes heureux, le lendemain vous me parlez à peine. Pourquoi ?

Elle tendait les mains d'un geste implorant.

— Vous le savez, Ambre. Ne feignez pas de l'ignorer.

— Almsbury me l'a dit, mais je n'ai pas voulu le croire. Et je ne le crois pas encore ! Vous, entre tous les hommes, vous laisser ainsi mener par votre femme !

Il s'assit sur la table, posa un pied sur une chaise :

— Corinne n'est pas de ces femmes qui « mènent » un homme, comme vous dites. J'ai pris cette décision moi-même, pour une raison que je ne crois pas pouvoir vous expliquer.

— Et pourquoi pas ? demanda-t-elle, offensée. Je comprends aussi bien qu'une autre, je vous assure. Oh ! mais il faut me le dire, Bruce. Il faut que je le sache. J'en ai le droit !

Il respira profondément :

— Bon ! eh bien ! je pense que vous avez entendu dire que Castlemaine a montré le pamphlet à Corinne — mais elle affirme avoir su depuis longtemps que nous étions amants. Elle a souffert, ces dernières semaines, plus que nous ne pouvons nous l'imaginer. L'adultère ne nous paraît peut-être pas un bien grand péché, mais il n'en est pas ainsi pour elle. Voyez-vous, elle est innocente et elle m'aime, je ne veux pas lui faire plus de mal que je ne lui en ai déjà fait.

— Et moi ? s'écria Ambre. Je vous aime autant qu'elle ! Grand Dieu ! il me semble que je sais aussi ce que c'est que souffrir ! A moins que cela ne vous soit égal de me faire du mal à moi ?

— Bien sûr que non, Ambre. Mais il y a une différence.

— Laquelle ?

— Corinne est ma femme et nous passerons le reste de notre vie ensemble. Dans quelques mois, je quitterai l'Angleterre et je n'y reviendrai plus : j'en ai fini des voyages. Votre vie est ici et la mienne en Amérique; quand je m'en irai, cette fois-ci, nous ne nous reverrons plus!

— Ne plus jamais nous revoir?

Les yeux bruns, pailletés d'ambre, le fixaient anxieusement et les lèvres entrouvertes laissèrent échapper le mot :

— Jamais...

Almsbury le lui avait dit une heure auparavant, mais cela paraissait tout différent, venant de lui. Elle prenait conscience de la brutalité du fait.

— Jamais, Bruce! Oh! amour, vous ne pouvez faire cela. J'ai autant qu'elle besoin de vous, je vous aime autant! Si votre vie à venir lui appartient, vous pouvez bien m'en offrir aujourd'hui une parcelle... Elle ne le saura pas, et alors n'aura pas de peine. Vous ne pouvez pas habiter à Londres ces six prochains mois et ne jamais me voir. J'en mourrai! Bruce, vous ne pouvez pas! Vous ne pouvez pas!

Elle se jeta sur lui, le martelant doucement de ses poings et pleurant à petits sanglots tranquilles, désespérés, lamentables. Longtemps il resta les bras ballants, sans la toucher, puis finalement il l'attira à lui, entre ses jambes, et sa bouche s'écrasa avidement contre la sienne :

— Oh! petite garce, marmotta-t-il. Un jour je vous oublierai, un jour je...

Il loua un appartement dans une maison meublée à Magpie Yard, à un mille environ du palais, dans la partie de la vieille ville épargnée par le feu : ils y avaient deux grandes pièces, joliment meublées dans le style pompeux et lourd du siècle passé. Ils s'y rencontraient deux ou trois fois par semaine, l'après-midi généralement, le soir quelquefois. Ambre avait promis que Corinne n'en saurait jamais rien, et elle prenait les plus grandes précautions pour garder le secret absolu. Quand ils devaient se retrouver l'après-midi, elle quittait Whitehall dans sa voiture. Elle se rendait à une taverne, y changeait ses toilettes, renvoyait Nan, vêtue de sa robe et portant un masque, par la grande porte, tandis qu'elle-même, déguisée, sortait par une autre issue. Le soir, elle prenait une barque ou un fiacre et se faisait alors accompagner de Grand John. Elle se donnait trois fois plus de peine qu'il n'était nécessaire, car cela l'amusait.

Un jour, elle arrivait coiffée d'une perruque noire, la robe allant au mollet, les manches retroussées, enroulée dans un châle noir pour se protéger du froid et portant sur la hanche un éventaire garni de romarin et de lavande séchés. Une autre fois elle se transformait en une austère bourgeoise, vêtue d'une sévère robe noire, avec une collerette blanche et un petit bonnet sur les cheveux; mais elle n'aimait pas ce costume et l'enfouit dans un tiroir. Elle se costumait en garçon, pourpoint de velours collant et perruque filasse, déambulait dans les rues l'épée au côté, le chapeau enfoncé sur les yeux, un court mantelet de velours jeté sur l'épaule.

Ces déguisements les amusaient tous les deux et il riait à l'entendre mimer les personnages qu'elle incarnait. Elle jouait si bien ses rôles qu'elle ne fut jamais reconnue. Un jour, une bande de galants chercha à l'entraîner dans une taverne. Une autre fois, elle échappa de peu au roi lui-même qui se promenait au bord de l'eau avec Buckingham et Arlington. Les trois hommes se retournèrent pour regarder la dame masquée qui s'embarquait en relevant ses jupes et l'un d'entre eux siffla. Ce devait être Charles ou le duc, car jamais Arlington n'eût sifflé une dame.

Bruce amenait quelquefois son fils, Ambre et Suzanne. Ils eurent ainsi de joyeux dîners tous quatre ensemble, au son de la musique d'un baladin venu égayer leur repas. Les enfants trouvaient cela passionnant. Bruce fit promettre au petit garçon de ne pas parler de ces réunions à Corinne; et Suzanne ne risquait pas de les trahir par quelque innocente remarque : elle ne voyait personne que cela pût intéresser, sauf le roi, et Charles n'était pas homme à se mêler des histoires sentimentales de sa maîtresse.

Au début de mars, Ambre alla s'installer dans sa nouvelle demeure, Ravenspur House, bien qu'elle ne fût pas entièrement terminée. La brique était de couleur trop vive, car la fumée de Londres ne l'avait pas encore ternie. L'herbe des pelouses était maigre, les tilleuls, les marronniers, les sycomores bien jeunes encore; les haies d'ifs et de roses trop petites pour être taillées. Néanmoins c'était une grande et belle maison dont Ambre se sentait très fière.

Elle y entraîna Bruce un jour et lui montra la salle de bains — une des seules de Londres —, avec son pavé et ses murs de marbre noir, ses rideaux de satin vert, ses chaises et ses fauteuils dorés et la baignoire en contrebas, si vaste qu'on y pouvait presque nager. Orgueilleusement elle fit remarquer que tous les accessoires de la maison étaient en argent, depuis les pots de chambre jusqu'aux mouchettes. Elle lui expliqua que les glaces — des centaines, toutes encadrées d'argent — avaient été introduites en contrebande depuis Venise, et elle lui montra sa fabuleuse collection de plats d'or et d'argent, exposés — ainsi que le voulait la coutume — sur plusieurs grands buffets, dans la salle à manger.

— Qu'en dites-vous ?

Sa voix claironnait et ses yeux brillaient de triomphe.

— Vous n'avez rien de pareil, en Amérique ?

— Non ! admit-il. Nous n'avons pas cela !

— Et vous ne l'aurez jamais !

Il haussa les épaules, mais ne discuta pas. Puis, à sa grande surprise, il dit :

— Vous êtes très riche, n'est-ce pas ?

— Immensément ! Je peux tout m'offrir !

Elle n'ajouta pas qu'elle s'offrait tout, à crédit.

— Êtes-vous au courant de vos placements ? Newbold m'a dit qu'il avait de la peine à obtenir que vous lui confiiez de l'argent. Ne croyez-vous pas qu'il serait prudent de mettre une certaine somme — deux ou trois mille livres au moins — de côté, sans y toucher ?

Elle s'étonna et le moqua :

— Pourquoi ? Je n'ai nul besoin de m'inquiéter de ces questions. J'ai plus d'argent que je n'en veux, je vous assure !

— Mais, ma chère, vous ne serez pas toujours jeune.

Elle le considéra avec horreur et colère. Car si l'idée des années qui passaient la remplissait de terreur, et si son vingt-sixième anniversaire n'était plus éloigné, elle n'avait jamais pensé qu'il pût se rendre compte qu'elle vieillissait. A son idée, elle ne devait jamais avoir plus de seize ans pour Bruce Carlton. Aussi resta-t-elle silencieuse et pensive durant tout le trajet et, de retour au palais, se rua-t-elle sur son miroir. Elle s'y étudia, examinant impitoyablement son teint, ses cheveux et ses dents, et se convainquit finalement que la décrépitude ne la guettait point encore.

Son teint était aussi doux et pur, ses cheveux aussi abondants et brillants, son visage aussi beau qu'au temps de Marygreen. Néanmoins, un changement subtil s'était opéré, dont elle était vaguement consciente.

Bien que son visage eût été épargné par la vie, il portait néanmoins les marques d'une existence riche, pleine et violente. Son regard avait la même ardeur et la même passion, peut-être même accrues. Quelles qu'eussent été les années écoulées, elles n'avaient ni altéré sa confiance, ni modéré son enthousiasme. Il y avait en elle quelque chose d'indestructible.

Elle abandonna son miroir et courut changer de toilette avant le dîner. Mais la pensée qu'un jour elle serait vieille, que sa beauté — parfaite aujourd'hui — finirait par être détruite ne quittait pas son esprit. Elle avait beau la repousser, l'idée s'insinuait en elle, ennemie insidieuse et implacable de son bonheur.

La première soirée qu'Ambre donna à Ravenspur House lui coûta près de cinq mille livres. Elle invita quelques centaines de personnes. Toutes vinrent, et même d'autres qui n'avaient pas été conviées et s'introduisirent en dépit des gardes.

Les plats étaient délicieux, servis par une nuée de valets de pied en livrée, tous jeunes et beaux. Il y eut du champagne et du bourgogne, dans de grandes cuves d'argent et, malgré la présence de Sa Majesté, nombre de gentilshommes burent un peu trop. La maison retentissait de musique, de cris et de rires. Tandis que certains invités dansaient, d'autres se rassemblaient autour des tables de jeu, ou se groupaient, excités, autour d'une paire de dés roulants.

Le roi Charles et la reine Catherine étaient présents, ainsi que les courtisans les plus en vue.

Jacob Hall et Moll Davis s'exhibèrent et — tout à fait en privé — quelques danseuses nues de chez Mrs. Bennet. Mais le clou de la soirée fut l'entrée d'une jeune personne qui, depuis quelques mois, attirait l'attention de la ville et divertissait la Cour en imitant Lady Castlemaine. Elle apparut assez tard, portant une exacte réplique de la toilette de Barbara. Ambre avait soudoyé une des femmes de chambre de la comtesse et embauché Mme Rouvière pour reproduire fidèlement la robe. Furieuse et humiliée, Barbara en appela au roi, afin que l'outrage ne restât pas sans punition — ou, à tout le moins, pour que l'on renvoyât cette créature. Mais Charles trouva la plaisanterie piquante et refusa d'intervenir. Barbara Palmer, Lord et Lady Carlton ainsi que quelques autres quittèrent assez tôt la soirée.

A trois heures du matin le petit déjeuner fut servi, aussi abondant que le souper, et à six heures, les derniers retardataires se lancèrent dans une homérique bataille d'oreillers. Deux jeunes beaux, fort excités, tirèrent leur épée et menacèrent de se pourfendre dans le salon — Charles était parti —, mais Ambre intervint et leurs amis les escortèrent jusqu'à Marylebone Fields, afin de régler l'affaire. Finalement, épuisée mais heureuse, Ambre monta se coucher dans sa grande chambre vert, or et noir.

Chacun parut trouver que depuis des mois l'on n'avait pas assisté à une soirée aussi réussie.

LXI

Au début Ambre fut parfaitement satisfaite de rencontrer Bruce en secret. Après avoir été si près de le perdre, elle lui était reconnaissante des moindres heures furtives, et était bien décidée à jouir de tous les moments qu'ils passaient ensemble. Car elle réalisait à présent que jamais il ne reviendrait et elle voyait le temps qui s'écoulait, les jours, puis les semaines et les mois, et sa vie qui s'en allait avec eux.

En elle, lentement, l'irritation s'insinua. Elle avait évidemment cru qu'il ne la reverrait plus si Corinne les découvrait. Mais puisqu'il avait déjà manqué une fois à la promesse faite à sa femme, pourquoi ne recommencerait-il pas ? Et jamais, depuis dix ans, il n'avait paru si sincèrement épris d'elle. Pas un instant elle ne songea que seule son attitude lui valait ce renouveau de tendresse ; car jamais elle ne s'était montrée si gaie, ne se plaignant ni ne réclamant. Ainsi, peu à peu, elle finit par se persuader qu'il ne renoncerait jamais à elle, quoi qu'il advînt. En conséquence, elle se sentit moins satisfaite de son sort.

« Que suis-je pour lui ? se demandait-elle aigrement. Quelque chose entre une maîtresse et une femme, une sorte de mouton à trois pattes. Je veux être pendue s'il continue à me traiter de la sorte. Je lui ferai comprendre que je ne suis plus une simple nièce de fermier. Je suis la duchesse de Ravenspur, et non une petite grue visitée en cachette et jamais reconnue en société. »

Quand elle tenta d'exprimer son indignation, la réponse fut catégorique :

— Cet arrangement vient de vous, Ambre, pas de moi. S'il ne vous convient plus, dites-le, et nous cesserons immédiatement de nous voir.

L'expression de ses yeux la réduisit au silence. Pour quelque temps.

Mais elle espérait toujours obtenir ce qu'elle désirait et devint de plus en plus rebelle et provocante. Vers la mi-mai sa patience était à bout.

Comme elle allait le retrouver, cahotée dans un fiacre, sa colère ne connut plus de bornes. Corinne attendait son bébé pour le mois prochain, ils n'avaient donc plus que six à sept semaines devant eux.

Elle était habillée comme une jeune paysanne de Knightsbridge, d'Islington ou de Chelsea venue vendre ses fruits et légumes et, sentimentalement, avait choisi un costume très voisin de celui qu'elle portait jadis à la foire d'Heathstone : une jupe de laine verte, retroussée sur un jupon rayé rouge et blanc, un corselet noir, lacé très serré, et une blouse blanche à manches longues. Elle avait les jambes nues, de jolis souliers noirs et un grand chapeau de paille posé très en arrière sur la tête. Les cheveux défaits, l'absence de maquillage la faisaient ressembler extraordinairement à la jeune fille d'il y avait dix ans.

Elle le vit immédiatement, à quelques pas d'elle, achetant un panier des premières cerises, tandis qu'un petit mendiant en guenilles se pendait à ses basques pour lui demander l'aumône. Bruce ne se déguisait pas, et portait ses vêtements habituels, discrets et bien coupés. A sa vue, le visage d'Ambre perdit son expression de mauvaise humeur, elle se pencha par la portière en criant :

— Hé ! par ici !

Une demi-douzaine d'hommes se retournèrent en souriant, se demandant si elle les appelait. Elle leur fit une grimace impertinente. Bruce paya la vieille marchande, jeta une pièce de monnaie au gamin et grimpa dans la voiture. Il lui tendit le panier de cerises et s'assit brusquement comme le fiacre s'ébranlait sans douceur. Puis il l'examina de la tête aux pieds avec une admiration non dissimulée :

— Vous êtes une jeune paysanne aussi jolie que le premier jour où je vous ai rencontrée !

— C'est vrai ?

Ambre rosissait sous son regard, tout en mangeant des cerises ; elle lui en tendit une poignée :

— Il y a dix ans, Bruce, dix ans, depuis ce jour ? Marygreen. Je ne peux pas le croire. Et vous ?

— Ces années auraient plutôt compté double pour vous.

— Pourquoi ?

Elle se tourna vivement vers lui :

— Ai-je donc l'air tellement plus âgée ?

— Certes non, mon cœur. Quel âge avez-vous donc ? Vingt-six ans ?

— Oui. Est-ce que je les parais ?

Son inquiétude était pathétique.

Il se mit à rire :

— Vingt-six ans ? Seigneur, quel grand âge ! Et moi, savez-vous combien j'ai ? Trente-neuf ans ! Comment puis-je marcher sans canne, n'est-ce pas ?

Ambre fit la moue, tout en croquant ses cerises :

— C'est différent pour les hommes.

— Seulement parce que les femmes le déclarent ainsi.

Mais elle préféra passer à un sujet plus agréable :

— J'espère que nous allons trouver de quoi manger. Je n'ai pas déjeuné aujourd'hui. Mme Rouvière m'essayait ma robe neuve pour l'anniversaire de Sa Majesté !

C'était l'habitude, à la Cour, de se mettre en grande toilette à cette occasion.

— Oh ! attendez de l'avoir vue !

Et sa mimique indiquait que le spectacle serait étourdissant.

Il sourit :

— Ne me dites rien, je sais. Elle sera transparente de la tête aux pieds !

— Taisez-vous, monstre ! Pas du tout. Elle est très discrète, autant qu'une toilette de Corinne, je vous l'affirme.

Mais, comme toujours, elle sentit qu'elle commettait une erreur en faisant allusion à sa femme. Son visage se ferma, son sourire s'effaça et tous deux gardèrent le silence.

Cahotée, mal à l'aise sur la banquette dure, Ambre se demanda à quoi il pensait, et tous ses griefs lui remontèrent à l'esprit. Mais ce profil pur, cette peau lisse et hâlée la troublaient et elle éprouva l'intense désir de le toucher, de lui dire combien elle l'aimait, profondément, sans espoir, éternellement... La voiture pénétra dans la cour de l'hôtel, et il sauta rapidement à terre pour l'aider ensuite à descendre.

Bruce avait commandé tout un repas. Une nappe blanche damassée recouvrait une petite table devant la cheminée, chargée de vaisselle plate, de serviettes, d'un chandelier et de très jolis plats italiens d'argent ciselé. Il y avait des fraises, nageant dans une crème épaisse, une belle carpe grillée, pêchée le matin même, une assiette de buns tout chauds saupoudrés de cumin, et une tarte à la confiture, gâteau délicieux composé de pommes cuites recouvertes de gelée. Pour couronner le tout, un bon café bien noir et fumant.

— Oh ! s'écria Ambre, ravie, oubliant qu'ils étaient au bord d'une dispute, tout ce que j'aime !

Elle se retourna joyeusement et l'embrassa :

— Vous vous souvenez toujours de mes goûts, mon cœur !

Et c'était vrai. Jour après jour, il lui avait ainsi apporté des présents imprévus, parfois de grande valeur, ou de simples babioles. Il suffisait qu'un objet fût beau, ou amusant, attirât son attention en lui faisant supposer qu'elle en serait heureuse ou en rirait : il l'achetait, qu'il s'agît d'une ravissante étoffe vert et or, d'un bijou ou d'un malin petit singe.

Elle lança son chapeau sur une chaise, délaça son corselet afin d'être plus à l'aise, et ils se mirent à table, bavardant, appréciant la bonne chère, heureux.

Ils étaient arrivés peu après deux heures, ayant l'impression d'avoir un long après-midi devant eux. Mais peu à peu le soleil avait fait le tour de la pièce pour disparaître, laissant la chambre obscure et fraîche, sans que la nuit fût toutefois assez tombée pour que l'on allumât les bougies. Ils venaient de déguster des noisettes et des coquilles traînaient sur le lit... Ambre se leva et alla jusqu'à la fenêtre. Elle était nu-pieds, ne portant que sa blouse et sa jupe. Bruce, en culottes et manches de chemise, appuyé sur un coude, la regardait tout en cassant une noisette. Elle se pencha, jeta un coup d'œil sur la rivière sillonnée de barques chargées et scintillante d'un éclat cuivré sous les rayons du soleil couchant.

— Oh ! Bruce, la nuit va être magnifique. Ce serait merveilleux de remonter la Tamise en barque jusqu'à une petite auberge, pour revenir à cheval demain matin.

— Sûrement, accorda-t-il.

— Alors, faisons-le !

— Nous ne pouvons pas, vous le savez bien !

— Pourquoi pas ?

Elle le provoquait des yeux et de la voix. Il se borna à la regarder, comme si la question était superflue. Tous deux gardèrent le silence.

— Vous n'osez pas? dit-elle avec découragement.

Et soudain l'irritation, la douleur et la colère de son orgueil blessé, de son affection bafouée depuis des mois refluèrent en elle. Elle vint s'asseoir sur le lit défait, bien décidée à dire ce qu'elle pensait.

— Oh! Bruce, pourquoi pas? Vous pourriez trouver une excuse! Elle croira ce que vous lui direz. Je vous en prie! Vous allez bientôt partir.

— Je ne peux pas, Ambre, et vous le savez fichtre bien. D'ailleurs, il est temps de partir.

Et il se leva.

— Naturellement! s'écria-t-elle, furieuse. Dès que j'aborde un sujet qui ne vous convient pas, il est temps de partir!

Sa bouche tremblait légèrement et elle parlait sur un ton d'ironie amère.

— Eh bien! Cette fois-ci, vous m'écouterez. Oh! la la! Pauvre Corinne! Et moi, alors?

Sa voix était rude et irritée, elle s'administrait de grands coups dans la poitrine.

— Je compte pour rien, moi?

Bruce eut un air excédé et fit quelques pas :

— Je regrette, Ambre, mais c'était votre idée, souvenez-vous!

Elle se leva d'un bond et lui fit face :

— Oh! vous et votre maudite discrétion! Voyons! Il n'y a pas un homme à Londres qui dorlote sa femme comme vous le faites. C'est ridicule!

Il prit sa veste, l'enfila, la boutonna :

— Vous feriez mieux de vous habiller.

Il parlait d'un ton bref, la mâchoire contractée, et l'expression de son visage acheva de la mettre en fureur.

— Écoutez-moi, Bruce Carlton! Vous vous

imaginez peut-être m'accorder une grande faveur en couchant avec moi. Autrefois, cela était vrai. Mais je ne suis plus une petite paysanne, entendez-vous ? Je suis la duchesse de Ravenspur et je n'entends plus être trimballée en fiacre ni reçue dans des maisons meublées. Je le dis, et je le pense. Comprenez-vous ?

Il prit sa cravate et se tourna vers la glace.

— Assez bien, oui. Sortons-nous ensemble ?

— Non ! Pourquoi ?

Elle se tenait les jambes écartées, les poings sur les hanches, l'air provocant.

Sa cravate nouée, il mit sa perruque, ramassa son chapeau et se dirigea vers la porte, tandis qu'Ambre le suivait des yeux avec une inquiétude grandissante. Qu'allait-il faire ? Brusquement elle s'élança et le rejoignit au moment où il avait la main sur le loquet. Se retournant, il la dévisagea en silence.

— Au revoir, ma chère.

Les yeux d'Ambre l'interrogèrent plaintivement :

— Quand vous reverrai-je ?

Elle posa la question d'une voix douce et inquiète.

— A Whitehall, je pense.

— Je parle d'ici.

— Plus jamais. Vous n'aimez pas ces rencontres secrètes, et je ne veux pas en envisager d'autres. Ainsi, la question est résolue.

Debout, elle le regardait avec une horreur pleine d'incrédulité et, soudain, sa colère fit explosion :

— Le diable vous emporte ! hurla-t-elle. Je peux vivre seule ! Allez-vous-en, et que je ne vous revoie plus ! Sortez ! Sortez !

Elle s'emporta, cria, leva les poings contre lui. Vivement il ouvrit la porte et sortit. Ambre se jeta contre le battant en poussant des sanglots désespérés. Elle l'entendit descendre l'escalier et puis elle ne perçut plus rien. Seul le son lointain d'un violon quelque part dans la maison. Elle se précipita à la fenêtre. Il faisait presque nuit, mais quelqu'un passait justement dans la cour, une lumière à la main, et elle put l'apercevoir qui traversait rapidement le square.

— Bruce !

Elle était sérieusement effrayée, à présent.

Mais leur appartement était au troisième étage et il ne l'entendit peut-être pas. Il disparut dans la rue.

LXII

Elle ne le vit pas pendant six jours. Au début, elle espéra qu'il lui reviendrait, mais non ! Elle lui écrivit pour lui dire qu'elle était prête à accepter des excuses. Il répondit qu'il n'avait aucun désir de s'excuser et préférait laisser les choses dans l'état. Cela l'effraya, mais elle se refusait néanmoins à croire que toutes ces années orageuses, ce sentiment indéniable et fort qui les avait liés l'un à l'autre prissent ainsi fin, bêtement, inutilement abattus à l'issue d'une querelle qui eût si facilement pu être évitée.

Elle le cherchait partout où elle allait.

Une semaine environ après leur dispute, elle se rendit à une vente aux enchères à la Maison des Indes, dans Portugal Street, à Clement's Lane, qui donnait sur le Strand et possédait plusieurs petites boutiques patronnées par de grands seigneurs. Ce jour-là, les rues avoisinantes étaient encombrées par les grands carrosses dorés de la noblesse, et la foule de ses domestiques.

La salle, qui n'était pas très grande, était remplie de grandes dames, de leurs petits nègres et de leurs femmes de chambre, ainsi que d'un certain nombre de galants qui les entouraient. La vente était commencée depuis plus d'une heure quand la duchesse de Ravenspur apparut. Son entrée fut spectaculaire, faite avec ce sens de la parade et de l'ostentation qui la classait toujours plus actrice que grande dame. Comme toujours, elle était magnifiquement vêtue. Sa robe était en drap d'or, recouverte d'un manteau de velours vert émeraude bordé de zibeline, et son manchon, de même fourrure, était parsemé d'émeraudes. Le petit nègre qui portait sa traîne était habillé d'une livrée de velours émeraude, et coiffé d'un turban doré.

Ambre fut satisfaite de l'attention éveillée, si malveillante fût-elle, car seules l'envie et la jalousie procurent à une femme le plaisir d'attirer les regards de ses rivales. Presque autant que l'admiration d'un homme, elle appréciait l'envie d'une femme. Quelqu'un lui avança vivement une chaise aux côtés de Mrs. Middleton, dont le visage s'obscurcit et prit l'expression inquiète d'une jolie femme placée auprès d'une beauté infiniment supérieure. D'un coup d'œil, Ambre évalua le costume de Middleton, infiniment trop cher pour les modestes revenus de son époux, les perles qui lui avaient été données par un amant, les boucles d'oreilles offertes par un autre, la robe dans laquelle elle se montrait plus souvent qu'il n'eût été convenable et qui aurait dû passer à sa femme de chambre depuis quelques semaines déjà.

— Ma chère! s'écria-t-elle, que vous êtes élégante! Cette robe! Où l'avez-vous fait faire?

— C'est trop aimable à vous, Madame, quand, évidemment, vous me surpassez à tel point.

— Nullement! protesta Ambre. Vous êtes trop modeste, alors que tous ces messieurs de la Cour aspirent à devenir vos serviteurs.

Tout en parlant, ses yeux suivaient les regards de Middleton et, tout à coup, elle aperçut Corinne assise à quelques pas de là, à demi tournée, si bien que seules la courbe de sa joue et l'ombre noire de ses longs cils étaient visibles. Son manteau vague dissimulait sa taille déformée et, comme elle inclinait légèrement la tête pour répondre à quelqu'un, son profil apparut, pur et serein. Ambre se sentit envahie d'une haine furieuse et meurtrière.

— Ils disent, chuchota Middleton, que Lord Carlton est fou d'elle. Rien d'étonnant, une telle beauté!

Ambre réfléchissait à la réponse spirituelle qu'il serait séant de faire, quand elle entendit la fin de la phrase de l'adjudicateur :

— ... S'il n'est pas d'autre amateur, cette pièce ira à Milady Carlton, pour la somme de six livres...

Ses yeux faisaient le tour de la salle.

— Y a-t-il un autre acquéreur? Non? Alors...

— Sept livres!

La voix d'Ambre résonna dans la pièce, haute et claire, provocante; elle en fut elle-même étonnée. Car, certes, elle n'avait aucun emploi pour cette étoffe, très belle, mais imprimée de couleurs qu'elle ne portait jamais, et n'eût pas accepté de porter. Mais Corinne avait choisi ce tissu, le désirait, et ne l'aurait pas.

Corinne ne tourna pas la tête, resta silencieuse,

comme surprise ou embarrassée. L'officier dressait l'oreille, sentant que ces deux dames étaient des rivales. Ambre, qui s'attendait que Corinne se retirât humblement pour lui abandonner l'étoffe, fut stupéfaite quand, d'une voix douce mais décidée, celle-ci lança :

— Huit livres.

« Le diable l'emporte, songea Ambre. Je l'aurai, dussé-je y dépenser jusqu'à mon dernier shilling ! »

La flamme brûlait tout auprès de l'aiguille. Dans quelques minutes celle-ci tomberait et la dernière enchère l'emporterait. Ambre attendit que l'adjudicateur annonçât que l'étoffe était à Lady Carlton, et alors l'interrompit :

— Vingt livres !

Le silence s'était fait et tout le monde fut sur le qui-vive, car l'intrigue de la duchesse de Ravenspur et de Lord Carlton était bien connue. Ils comprenaient tous son ardent désir d'obtenir l'étoffe, et souhaitaient sa défaite. Leur sympathie pour Corinne n'était pas grande, mais ils en voulaient à Ambre. Elle en avait trop obtenu, de tous, avait trop bien réussi, et ses protégés, ses prétendus amis désiraient secrètement la voir battue. Nulle défaite ne leur paraissait trop insignifiante.

Corinne hésita, se demandant s'il n'était pas absurde de lutter avec une femme qui n'avait ni la finesse, ni l'attention nécessaires pour comprendre qu'elles s'affichaient toutes deux de la pire manière. Ambre, loin d'avoir de telles pensées, serrait les poings dans son manchon, les yeux brillants. « Je serai plus forte qu'elle, il le faut », se dit-elle. Rien dans la vie ne lui avait jamais paru plus important.

Tandis que Corinne hésitait, la flamme s'approcha de l'aiguille, faisant fondre la cire. Ambre était en proie à la plus vive excitation. « Là! l'aiguille va tomber. Je vais gagner! J'ai gagné! »

— Cinquante livres! fit une voix d'homme au moment précis où l'aiguille tombait sur la table.

L'officier tendit l'étoffe :

— Adjugé pour cinquante livres à Milord Carlton.

Un instant, Ambre demeura immobile, tandis que tous les regards se dirigeaient vers Lord Carlton, qui se frayait un chemin à travers la foule. Ambre, en dépit de sa nuque, raide comme une charnière rouillée, tourna lentement la tête et le regarda bien en face. Les yeux verts rencontrèrent les siens, il sourit légèrement, lui fit un signe de tête et continua. Elle vit bien d'autres sourires autour d'elle, des visages moqueurs, railleurs, qui se rapprochaient et finissaient par danser une ronde infernale dans sa tête. « Ô mon Dieu! songea-t-elle misérablement, pourquoi m'a-t-il fait cela? Pourquoi? »

Lord Carlton, à présent, était auprès de Corinne qui se levait. La femme de chambre avait été chercher l'étoffe et la tenait triomphalement dans ses bras. Les chaises se reculèrent, les gens se poussèrent comme les Carlton se dirigeaient vers la sortie. La pièce était aussi agitée qu'une ruche et les éventails polis n'arrivaient pas à masquer tous les sourires.

— Seigneur! dit une baronne. Qu'allons-nous devenir si les hommes se mettent à préférer leurs femmes à leurs maîtresses!

Ambre restait assise, comme retenue de force, sans rien voir, avec le sentiment qu'il lui fallait se venger immédiatement pour ne pas faire explosion. Lord et Lady Carlton étaient partis, l'adjudicateur préparait à nouveau sa bougie, mais nul n'y prêtait garde.

— Qu'en dites-vous ? s'écria Middleton, ouvrant son éventail et montrant toutes ses dents en un sourire feint. Les hommes ne sont-ils pas déconcertants ?

D'un geste brusque, Ambre écrasa de son talon le pied de sa voisine. Middleton poussa un cri de douleur et se baissa pour masser le membre endolori. Elle eut un œil menaçant pour Ambre, que celle-ci ignora. Elle buvait son thé à petites gorgées, sans même jeter un regard autour d'elle, sachant bien que tous les yeux étaient braqués sur elle.

Plus tard, une fois rentrée, elle se sentit mal et se mit au lit en souhaitant mourir. Elle envisagea le suicide, ou plus exactement une tentative de suicide spectaculaire, afin d'émouvoir Bruce et de le ramener à elle. Mais elle redoutait de ne pas réussir. Quelque chose dans l'expression de son regard, au moment où il était passé devant elle, l'avait convaincue que c'en était bien fini. Elle le savait, mais se refusait à l'accepter.

« J'arriverai, j'arriverai à le reprendre, se disait-elle. Je sais que je le peux. Il le faut ! Si seulement je pouvais lui parler, lui montrer combien tout cela est ridicule... »

Mais il ne répondit pas à ses lettres. Les messagers envoyés revinrent les mains vides. Elle chercha à le rencontrer. Vêtue d'habits d'homme, elle rôda autour d'Almsbury House, attendit plus d'une heure sous la pluie devant la porte par laquelle il devait sortir, mais ne le vit pas. Elle avait posté des espions partout, afin d'être informée du moment où il entrerait au palais. Mais il ne se montra plus à Whitehall.

Finalement elle lui envoya une provocation en duel, seul moyen infaillible de le revoir :

« Depuis quelques mois, Monsieur, j'ai l'ennui d'être cocufié par vous. Ce qui est une atteinte à l'honneur de ma famille aussi bien qu'au mien. Je vous demande donc de vous trouver sur le terrain, avec l'arme qu'il vous plaira, demain matin 25 mai, à cinq heures, à Tothill Fields, devant les grands chênes qui bordent la rivière. Je vous serais obligé, Monsieur, de conserver notre rencontre secrète, et d'y venir seul. Votre humble serviteur, Monsieur.

« Gérald, duc de Ravenspur. »

Ambre trouva que ce billet avait un cachet d'authenticité et envoya Nan chez l'écrivain public, afin qu'il contrefît l'écriture de Gérald. Bruce, évidemment, ne la connaissait pas, mais elle tenait à ne rien négliger. Si ce subterfuge échouait... Mais cela ne se pouvait. Il viendrait, jamais un gentilhomme ne se dérobait à un cartel. Nan protesta :

— Si votre mari avait voulu se battre, il n'aurait pas attendu jusqu'à maintenant.

Mais Ambre ne voulut rien entendre :

— Pourquoi pas ? Vois le temps qu'a mis le comte de Shrewsbury à provoquer Buckingham.

Le lendemain à l'aube, tandis que le palais était encore endormi, elle sortit à cheval, en habit de chasse de velours vert sauge brodé d'or et grand chapeau cavalier orné de plumes d'autruche. Seul Grand John l'accompagna. Bien qu'elle n'eût pas fermé l'œil de la nuit, Ambre ne sentait pas la fatigue. L'émotion la soulevait. Ils traversèrent King Street, le sale petit village de Westminster, et se dirigèrent à travers champs vers les grands chênes. Là, Ambre descendit de cheval et Grand

John se retira avec les montures. Il avait l'ordre de se tenir hors de vue et de ne pas se retourner avant qu'elle lui en donnât le signal.

Le jour commençait à poindre et elle demeura seule, entourée des bruits familiers de la campagne. Tout autour d'elle le brouillard se dissipait. Elle rit nerveusement et soudain sursauta. Vivement elle se cacha derrière un arbre, car elle le vit, qui chevauchait à travers prés.

Elle n'osait pas regarder, de peur de se faire voir, mais elle entendait le bruit des sabots et son cœur battait à la fois d'appréhension et de joie. Il était là, mais qu'allait-il faire ? Jamais elle n'avait eu moins confiance en son pouvoir de le séduire. Elle percevait le halètement du cheval, entendit Bruce qui le calmait. Il mit pied à terre. Ambre hésita, n'ayant pas le courage de se montrer. Bruce, impatienté, cria :

— Hep là ! Êtes-vous ici ?

Ambre, la gorge trop serrée pour répondre, sortit de derrière son arbre et se tint devant lui. Elle baissait la tête, comme un enfant qui craint d'être battu, mais ses yeux se relevèrent furtivement. Il n'eut pas l'air trop surpris, et lui adressa un petit sourire en coin.

— Ainsi, c'est vous ? dit-il lentement. Je n'avais jamais pris votre époux pour un ardent duelliste. Bon !

Il tenait son manteau à la main. Le jetant sur son épaule, il lui tourna le dos et se dirigea vers son cheval.

— Bruce !

Elle courut.

— Vous n'allez pas partir ? Non, pas maintenant. J'ai à vous parler.

Elle le saisit par le bras et il s'arrêta, la toisant :

— De quoi ? Tout a déjà été dit entre nous. Bien des fois.

Il ne souriait pas, mais son visage exprimait la gravité, l'impatience et cette irritation qu'elle avait appris à connaître et à redouter.

— Non ! Il me fallait vous dire combien je regrette. Je ne sais quelle folie m'a habitée ce jour-là. Bruce, vous ne pouvez agir ainsi ! J'en mourrai, je vous le jure ! Je vous en prie, mon cœur, je vous en prie, je ferai n'importe quoi ! n'importe quoi au monde si seulement je peux vous voir !

Sa voix était profonde, intense et désespérée. Elle sentait qu'il lui fallait le convaincre, ou mourir.

Mais il paraissait sceptique, comme toujours, devant ses promesses ou ses menaces extravagantes :

— Je veux être pendu si je sais ce que vous voulez. Mais ce dont je suis bien sûr, c'est que nous avons fini de nous voir. Je n'ai pas l'intention de causer le moindre désagrément à ma femme si près de ses couches.

— Mais elle ne le saura jamais ! protesta Ambre, terrifiée de la dureté intransigeante qu'elle lisait sur son visage.

— Il y a une semaine encore, elle a reçu une lettre lui disant que nous nous rencontrions toujours.

Ambre fut surprise, car elle ne l'avait pas envoyée elle-même et n'en avait pas eu vent. Cependant, un sourire satisfait lui vint aux lèvres.

— Qu'a-t-elle dit ?

Une lueur de mépris passa dans ses yeux :

— Elle n'en a rien cru.

— Rien cru ! Qu'elle est stupide !

Elle porta la main à sa bouche et se mordit la

langue. Baissant les yeux, elle se sentit découragée :

— Oh ! murmura-t-elle, pardonnez-moi !

Elle leva les yeux et le surprit qui l'observait avec une curieuse expression de tendresse et de colère. Ils restèrent ainsi face à face. Puis elle poussa un petit cri et se jeta à son cou, se serrant contre lui. Pendant un instant il demeura parfaitement tranquille ; enfin il la saisit par les épaules, les doigts crispés dans sa chair. Avec un sentiment de triomphe presque sauvage, elle vit l'expression de son visage s'altérer.

Fermant les yeux, elle renversa la tête. La violence de son désir la rendait folle. Tout avait disparu, si ce n'était le besoin intense de s'unir à lui. De sa bouche humide et entrouverte, elle forma son nom :

— Bruce...

Il la secoua rudement :

— Ambre !

Sa tête oscilla et ses yeux s'ouvrirent, des yeux égarés. Lentement, il se pencha et la baisa sur la bouche, tout en la maintenant de manière qu'elle ne pût bouger. Puis, soudain, il la lâcha et, avant qu'elle eût pu se reprendre, il sauta à cheval et repartit au galop. Ambre demeura seule, sous les grands arbres, trop étourdie pour bouger ou crier, le regardant s'éloigner, impuissante. Les premiers rayons d'un pâle soleil venaient, à travers les feuilles, caresser sa tête nue.

LXIII

Minette revenait en Angleterre. C'était la première fois qu'elle retrouvait ses frères depuis les joyeuses journées qui avaient suivi la Restauration, quand — heureuse enfant de seize ans — elle était venue les voir avec sa mère. Ils étaient alors à l'aube d'une nouvelle existence qui promettait de les dédommager de leurs longues années de tristesse et d'exil. Dix ans s'étaient écoulés, et des neuf enfants il ne restait plus que trois : Charles, James et Henriette-Anne. La reine mère était morte huit mois auparavant.

Cette visite était projetée depuis plus de deux ans et chaque fois repoussée, généralement à cause de la malice jalouse de son époux. Finalement Charles invoqua un prétexte d'une telle importance que Monsieur et ses objections furent mis de côté. L'Angleterre et la France étaient sur le point de conclure une alliance secrète, et Charles demanda que sa sœur fût autorisée à lui faire une visite, avant de signer n'importe quoi. Louis déclara donc à son plus jeune frère que les intérêts de l'État passaient avant tout. Mais il permit à Monsieur d'exiger que sa femme n'allât pas au-delà de Douvres.

Douvres était une petite ville sale et brumeuse, à l'unique rue pavée d'un mille de long, bordée de cottages en ruine et d'auberges. Le vieux château avait bien, jadis, opposé une barrière aux envahisseurs, mais depuis l'invention du canon il ne servait plus que de prison. La Cour anglaise arriva dans le village — les hommes d'abord, car Charles espérait que Monsieur autoriserait un séjour à Londres —, en carrosses dorés ou sur des chevaux richement caparaçonnés. Le lendemain, à l'aube, la flotte française était signalée dans le détroit.

Charles, après avoir passé une partie de la nuit debout, agité et impatient, embarqua avec York, Rupert et Monmouth, afin d'aller au-devant de sa sœur. Il se tenait debout, encourageant les rameurs. James le rejoignit et lui mit la main sur l'épaule. Charles passa un bras autour de la taille du duc, souriant, ses yeux noirs brillants de joie et d'excitation. Les bateaux se rapprochaient à tel point qu'il devenait possible de distinguer des formes s'agitant sur le pont.

— Songez un peu, Jamie! s'écria Charles. Après dix ans!

Et soudain il devint possible de distinguer Madame, sur le pont avant, sa robe de satin blanc claquant au vent, qui faisait des signaux à ses frères. Ceux-ci répondirent par un cri :

— Minette!

— James! C'est Minette!

La barque s'aligna contre le flanc du vaisseau. Charles fit un bond et grimpa le long de l'échelle de corde, aussi rapidement et aisément que s'il avait passé sa vie sur mer. Minette courut à sa rencontre et se jeta dans ses bras comme il mettait le pied sur le pont. Il la serra tendrement contre lui, et ses lèvres se posèrent sur ses cheveux. Instinctivement il parlait français, car c'était sa langue, et ses paroles étaient tendres et caressantes :

— Minette, murmura-t-il, ma chère petite Minette.

Rejetant la tête en arrière, elle le regarda en riant, tout en écrasant quelques larmes :

— Oh! mon cher ami! Je suis si heureuse que j'en pleure! Je craignais de ne jamais vous revoir!

Charles la considéra avec une adoration muette, mêlée d'une sombre anxiété car, du premier coup d'œil, il avait constaté le grand, le tragique changement qui s'était produit en elle depuis dix ans. D'une enfant encore, légère, vive, innocente, exquise, elle était devenue une femme, équilibrée, accomplie, mondaine, avec un charme pénétrant. Mais elle était trop mince, et derrière son rire joyeux se cachait une gravité qui le troublait, car il en connaissait la cause. Inutile de chercher à l'abuser : elle était malheureuse et malade.

Les autres les avaient rejoints et Charles la laissa aller tandis qu'elle embrassait James, Rupert et Monmouth. Minette, le visage radieux, les considéra alternativement :

— Nous voici enfin réunis.

Les deux frères en deuil de leur mère étaient vêtus de pourpre, et Minette aussi portait le deuil royal : une simple robe de satin blanc et un voile de tulle noir sur les cheveux. Aucun n'osait exprimer ce que tous pensaient : « Nous ne sommes plus que trois maintenant, combien de temps serons-nous encore réunis ? »

Derrière la famille royale, sur le pont, se tenaient une suite d'hommes et de femmes splendidement vêtus, car l'escorte de Minette, toute modeste qu'elle fût — deux cent cinquante personnes environ —, avait été triée sur le volet : les femmes pour leur beauté, les hommes pour leur nom et leur galanterie. Parmi les dames, les yeux intensément fixés sur le roi d'Angleterre, se trouvait une très jolie fille, Louise de Nérouailles, dont la famille, ancienne et honorable, était pauvre. Ce voyage pour elle était un grand événement, la première occasion qui lui était offerte de se faire une place dans le monde auquel elle appartenait. Elle contemplait le roi d'un air pensif, admirant son visage hâlé, sa taille bien découplée et sa jolie silhouette. Elle poussa un petit cri quand Minette et ses deux frères se retournèrent et le roi la dévisagea d'un bref coup d'œil.

Déployant son éventail, elle chuchota à sa voisine :

— Ninon, croyez-vous que toutes les histoires qu'on raconte sur lui soient vraies ?

Ninon, un peu jalouse peut-être, lança un regard d'ironie amusée sur Louise :

— Que vous êtes naïve !

A cet instant, Charles la regarda de nouveau et sourit légèrement.

Bien qu'il ne fût jamais trop occupé pour remarquer une jolie femme, Charles ne s'intéressait vraiment qu'à sa sœur.

— Combien de temps restez-vous ?

Telle fut sa première question. Minette lui adressa un sourire d'excuse :

— Trois jours seulement ! dit-elle doucement.

Charles leva les sourcils et ses yeux noirs se fermèrent à demi :

— Monsieur en a ainsi décidé ?

— Oui !

Elle paraissait honteuse de son mari.

— Mais il...

— N'en dites pas davantage, je ne tiens pas à ce que vous vous excusiez pour lui. Je pense néanmoins, ajouta-t-il, qu'il réfléchira.

Monsieur, effectivement, réfléchit.

Un message arriva, disant que Madame pouvait rester une dizaine de jours, à la condition qu'elle ne quittât pas Douvres. Minette et Charles exultaient. Dix jours ? Une éternité. Charles était pris d'une colère froide à la pensée que ce freluquet de Français pût oser indiquer à sa sœur où celle-ci devait prendre du repos, mais Louis lui fit envoyer un mot disant qu'il fallait tenir compte des désirs de Monsieur, car il avait entendu parler du traité et pourrait commettre des indiscrétions si on l'irritait par trop.

La reine Catherine et ses dames vinrent donc de Londres, et Charles fit en sorte de transformer rapidement le vilain petit port de mer en un lieu digne de l'amusement de la personne qu'il aimait le plus sur terre. En quelques jours, le traité fut signé ; depuis deux ans qu'il était en préparation, ne restaient plus guère que les signatures à échanger. Arlington et trois autres signèrent pour l'Angleterre et de Croissy pour la France. Pour Charles, c'était l'aboutissement triomphal de dix ans de négociations. L'argent français le libérerait, en partie, du Parlement ; les soldats et les bateaux français l'aideraient à vaincre son plus dangereux ennemi, la Hollande. En retour, il ne donnait rien, sauf une promesse, la promesse qu'un jour, quand cela lui conviendrait, il se déclarerait catholique.

— Si tout ce que j'ai jamais fait disparaît à ma mort, dit-il à Arlington quand tout fut signé, en tout cas je laisserai cela à l'Angleterre. Ce traité est le gage qu'un jour elle deviendra la plus grande nation du monde. Laissez donc mon cousin de France avoir le continent, s'il le désire. Le monde est grand, et quand nous aurons détruit les Hollandais l'Angleterre sera reine des mers.

Arlington eut un léger soupir :

— J'espère qu'elle vous en sera reconnaissante, Sire.

Charles lui administra une tape amicale :

— Reconnaissante, Harry ? Quand donc une nation ou une femme vous sont-elles reconnaissantes de ce que vous faites pour elles ? Allons, je pense que ma sœur est au lit. Je lui fais toujours une dernière petite visite le soir. Vous avez travaillé dur ces jours-ci, Harry. Allez donc passer une bonne nuit.

Il sortit. Il trouva Minette assise dans l'énorme lit à baldaquin. Ses dernières femmes se retirèrent, tandis que son petit épagneul noir et feu dormait sur ses genoux. Charles prit une chaise, s'assit tout contre le lit et, pendant un instant, ils gardèrent le silence.

— Vous êtes bien mince, Minette, dit enfin Charles.

Elle parut étonnée.

— Vraiment ?

Elle s'examina et, comme elle faisait un mouvement, le petit épagneul grogna.

— Mais je n'ai jamais été bien grosse, vous savez. Vous m'avez toujours appelée « Minette ».

— Vous sentez-vous bien ?

— Comment ? Oui, bien sûr !

Elle parlait précipitamment, comme une personne qui hait le mensonge.

— Peut-être une migraine de temps à autre. Je suis un peu lasse de toute cette agitation. Mais cela sera vite passé.

Le visage de Charles se durcit :

— Êtes-vous heureuse ?

Elle avait l'air d'un animal pris au piège :

— Mon Dieu ! Quelle question ! Que diriez-vous si quelqu'un vous demandait : « Êtes-vous heureux ? » Je suis aussi heureuse que la plupart des gens, je suppose. Personne n'est jamais entièrement heureux, n'est-ce pas ? Que vous obteniez seulement la moitié de ce que vous demandiez à la vie...

Elle fit un petit geste de la main.

— N'est-ce pas tout ce que l'on peut désirer ?

— Avez-vous obtenu la moitié de ce que vous désiriez ?

Ses yeux se fixèrent sur l'énorme baldaquin sculpté, tandis que ses doigts lissaient les poils parfumés de Mimi :

— Oui, je le crois. Je vous ai, et j'ai la France. Tous deux, je vous adore.

Elle eut un petit sourire pensif :

— Et je crois que vous m'aimez aussi tous deux ?

— Je vous aime, Minette. Je vous aime plus que tout. Je n'ai jamais cru que la plupart des hommes soient dignes d'amitié ou les femmes d'amour. Mais vous, c'est différent. Vous êtes tout ce qui m'importe au monde...

Les yeux de sa sœur eurent une lueur malicieuse :

— Tout ce qui vous importe ? Allons, vous ne pensez pas ce que vous dites...

Il répondit presque rudement :

— Je ne plaisante pas. Vous êtes tout ce que j'ai et qui m'est cher... Ces autres femmes...

Il haussa les épaules :

— Vous savez à quoi elles servent !

Minette hocha doucement la tête :

— Parfois, mon frère, je plains vos maîtresses.

— C'est bien inutile. Elles m'aiment aussi peu que je les aime. Elles obtiennent ce qu'elles désirent, et — la plupart — bien plus que ce qu'elles méritent. Dites-moi, Minette, comment Philippe vous a-t-il traitée depuis le bannissement du chevalier ? Tous les Anglais qui reviennent de France rapportent des agissements de sa part qui m'effraient. Je déplore le jour où vous avez épousé ce méchant petit singe !

C'est avec une sorte de pitié maternelle que Minette répondit :

— Pauvre Philippe ! Il ne faut pas le juger trop sévèrement. Il aimait réellement le chevalier. Quand Louis l'a renvoyé, j'ai craint que Philippe n'en perdît la raison, et il me croyait responsable de ce bannissement. A dire vrai, j'aurais été heureuse de le voir revenir, ma vie en eût été infiniment plus tranquille. Et Philippe est si jaloux de moi... Il souffre mort et passion quand n'importe qui me complimente sur une robe. Il était fou à l'annonce de ce voyage, vous ne le croirez peut-être pas, mais il a dormi toutes les nuits avec moi, espérant que je serais enceinte et que l'expédition serait remise une fois de plus.

Elle eut un petit rire sans gaieté.

— C'est drôle, poursuivit-elle d'un ton songeur, avant notre mariage, il croyait m'aimer. Maintenant il prétend que cela lui soulève le cœur d'aller au lit avec une femme. Oh ! je suis désolée... dit-elle en le voyant pâlir. Je ne voulais pas vous raconter tout cela. C'est sans importance, vraiment. Il y a tant d'autres choses exquises dans la vie...

Charles poussa un profond soupir :

— Je le regrette, mais je pourrais le tuer de mes propres mains, je vous le jure. Il ne vous traitera plus ainsi, Minette. Louis s'arrangera pour que son frère s'amende, ou je déchirerai ce maudit traité en morceaux.

La petite pièce était tendue de draperies pourpre et or, brodées aux armes des Stuarts. D'énormes candélabres étaient allumés, car, bien que l'on fût au mitan de la journée, la salle était obscure, n'étant éclairée que par deux meurtrières placées très haut. Les voix étaient contenues et respectueuses, les éventails s'agitaient, mus par des mains langoureuses, et les violons jouaient une musique douce et tendre.

Seuls Charles et Minette occupaient des fauteuils, la plupart des autres étaient debout, ou assis sur de grands coussins éparpillés. Monmouth en avait pris un, juste aux pieds de sa tante, la contemplant avec une visible adoration. Ils étaient tous sous le charme de Minette, subissant sa douce séduction, son ardent désir d'être aimée, qualité qu'elle avait en commun avec son frère aîné et qui lui permettait d'être adorée de tous, sans qu'ils sussent pourquoi.

— Je voudrais vous offrir un souvenir, dit-elle à Charles.

— Mon cœur!

Il souriait d'un air étrange.

— Comme si je pouvais vous oublier!

— Laissez-moi vous faire un petit cadeau, un bijou, une babiole, que vous porterez et qui vous fera penser à moi.

Elle dit quelques mots à Louise de Nérouailles, qui se trouvait derrière elle.

— Ma chère, voulez-vous m'apporter mon coffret à bijoux, dans le tiroir du milieu de mon armoire?

Louise n'était jamais bien loin quand le roi se trouvait dans la pièce. Elle fit une délicate petite révérence. Tous ses mouvements étaient gracieux et jolis; elle avait une sorte de raffinement, d'élégance racée que Charles admirait beaucoup chez les femmes, mais trouvait rarement chez les dames de sa Cour. Elle était parisienne, parisienne jusqu'au dernier fil de sa robe. Tout en ayant fleureté avec lui, jamais elle n'avait été effrontée, hardie, manquant de tact; c'était une femme qui demandait à être conquise avant d'être possédée.

Comme elle revenait et tendait le coffret à Minette, Charles dit:

— Voici le bijou que je désire. Lui permettez-vous de rester en Angleterre, Minette?

Louise rougit, de la manière la plus seyante, et baissa les yeux. Plusieurs grandes dames se raidirent visiblement. La duchesse de Ravenspur et la comtesse de Castlemaine échangèrent des regards indignés, car toutes les maîtresses anglaises s'étaient unies contre Louise, sitôt son arrivée. Les hommes eurent des sourires amusés et subtils. Mais Minette secoua la tête :

— J'en suis responsable devant ses parents, Sire. Ils me l'ont confiée pour que je la leur reconduise.

Et, pour rompre le silence embarrassant :

— Tenez ... ce que vous voudrez ... choisissez ce qui vous fera penser le plus souvent à moi.

Charles sourit avec suavité, pas le moins du monde offensé ni embarrassé. Il fouilla dans les joyaux. Il paraissait avoir oublié l'incident. Mais il n'en était rien. « Un jour, se promit-il, j'aurai cette femme », et sa mémoire en ces choses était aussi remarquable que courte pour bien d'autres.

Minette partit le lendemain.

Charles, York, Monmouth et Rupert montèrent à bord du vaisseau français et traversèrent une partie du Channel. Depuis le jour de son arrivée, il avait redouté cette séparation; il ne pouvait se résoudre à la laisser aller, car il avait une crainte mortelle de ne plus la revoir. Elle avait l'air si fatiguée, désillusionnée, malade!

Trois fois ils se dirent adieu :

— Ô mon Dieu! Minette, murmura-t-il enfin, je ne peux pas vous laisser partir!

Minette avait bien essayé de ne pas pleurer, mais à présent de grosses larmes roulaient le long de ses joues :

— Souvenez-vous de ce que vous m'avez promis, Sire. Et souvenez-vous que je vous aime, et que je vous ai toujours aimé plus que tout au monde. Si je ne vous revois plus...

— Ne parlez pas ainsi!

Sans réfléchir, il la secoua vivement :

— Bien sûr que vous me reverrez. Vous reviendrez l'année prochaine. Promettez-le-moi, Minette, promettez-le.

Minette rejeta la tête en arrière, sourit, le visage soudain clair et paisible. Ainsi qu'une enfant obéissante, elle répéta :

— Je reviendrai l'année prochaine, je vous le promets.

LXIV

Ambre avait été aussi contrariée que Charles que Monsieur obligeât Minette à rester à Douvres, car elle n'avait aucun désir de quitter Londres. Jusqu'au dernier moment elle hésita, mais quand la reine s'ébranla, elle la suivit. La semaine que dura la visite de Minette, elle fut malheureuse et inquiète. Elle souhaitait désespérément rentrer à Londres pour essayer de revoir Bruce, par quelque moyen que ce fût.

De retour au palais — car elle y conservait et occupait souvent ses appartements —, elle envoya un domestique pour s'informer des faits et gestes de Lord Carlton. L'impatience et la nervosité la rendaient irritable : elle critiquait tout, jusqu'à la robe que Mme Rouvière venait de lui livrer, se plaignait d'avoir été réduite en bouillie par cet infernal cocher qui allait être renvoyé, et jurait n'avoir jamais vu de catin semblable à cette poule française de Nérouailles !

— Que fait ce petit vaurien ? Voilà plus de deux heures qu'il est parti, je le ferai bâtonner.

Et, percevant derrière elle la petite voix tranquille qui l'appelait « Madame ? », elle se précipita :

— Eh bien, est-ce ainsi que vous faites mon service ?

— Je suis désolé, Votre Grâce, mais l'on m'a dit à Almsbury House que Sa Seigneurie était au port. Quand je suis arrivé là-bas, il n'y était plus. On croit qu'il est allé déjeuner avec un marchand de la Cité et personne ne sait quand il rentrera.

Les bateaux de Bruce avaient fait deux voyages aller et retour vers l'Amérique depuis le mois d'août dernier, et il était en train de les équiper pour une troisième traversée. Ils feraient alors escale dans un port français d'où Corinne et lui embarqueraient.

Ambre était déçue, désespérée.

— Mais Lady Carlton est chez elle, ajouta le petit domestique, désireux de lui être agréable.

— Et après ? s'écria Ambre. Il ne m'en chaut point. Va-t'en, et ne me dérange plus !

Il salua respectueusement et sortit, mais Ambre lui avait déjà tourné le dos, absorbée dans ses propres soucis. Elle était décidée à le revoir et ne s'arrêtait pas au fait qu'il ne désirait manifestement aucune rencontre. Soudain, les mots lui revinrent : « Lady Carlton est chez elle ».

Elle se précipita :

— Nan ! Fais préparer la voiture ! Je vais rendre visite à Milady Carlton ! Et ne reste pas là, bouche bée. Fais ce que je te dis, et dépêche-toi !

— Mais, Madame, protesta Nan, je viens de renvoyer le cocher.

— Eh bien, qu'on le rattrape ! Il est encore à mon service pour aujourd'hui !

Elle rassembla son manchon et ses gants, son masque et son éventail, et sortit sur les talons mêmes de Nan. Suzanne arriva en courant de la nursery, ayant tout juste appris le retour de sa mère, et Ambre dut se baisser pour lui donner un baiser rapide en lui disant qu'elle sortait. Suzanne insista pour l'accompagner et devant le refus d'Ambre se mit à trépigner :

— Je veux venir !

— Vous ne viendrez pas, méchante petite fille ! Taisez-vous où je vous donne un soufflet !

Suzanne s'arrêta net et lui lança un regard si plein d'étonnement et de reproche qu'Ambre fut saisie de remords. Elle la prit dans ses bras, l'embrassa tendrement et lui promit qu'elle viendrait dans sa chambre, ce soir, dire ses prières. Suzanne, les yeux encore humides, sourit quand sa mère lui dit adieu.

Mais, quand elle fut assise dans l'entrée, attendant Corinne, Ambre commença de souhaiter n'être pas venue. Car si Bruce rentrait et la trouvait ici, il serait furieux, et cela n'arrangerait pas les affaires. Elle se sentait glacée à la pensée d'affronter cette femme. La porte s'ouvrit et Corinne entra, arborant une légère expression d'étonnement à la vue d'Ambre. Mais elle salua et la remercia poliment d'être venue la voir, tout en lui demandant de passer au salon.

Ambre se leva avec hésitation, sur le point de donner n'importe quelle excuse et de se sauver, mais quand Corinne se dirigea vers le salon, elle la suivit. Corinne portait une robe de soie très vague, d'un fondu de rose et bleu très chaud et doux. Ses épais cheveux noirs tombaient librement sur ses épaules, et elle y avait piqué deux ou trois tubéreuses; une autre touffe de ses fleurs préférées était accrochée à son corsage.

« Oh ! que je la hais ! songea Ambre avec une brusque sauvagerie. Je la hais ! Je la méprise ! Je voudrais la voir morte ! »

Visiblement, Corinne, en dépit de sa douceur et de sa parfaite éducation, n'aimait pas davantage sa visiteuse. Elle avait menti en disant à Bruce qu'elle ne croyait pas qu'il eût continué à la voir, et la seule présence de cette femme aux yeux d'ambre et aux cheveux de miel la remplissait d'effroi. Elle en finissait par croire que, tant que toutes deux vivraient, aucune ne serait réellement en paix. Leurs regards s'affrontèrent, elles se dévisagèrent : deux ennemies mortelles, deux femmes aimant le même homme.

Ambre, comprenant qu'il lui fallait parler, déclara avec autant de naturel que possible :

— Almsbury m'a dit que vous vous embarquiez bientôt ?

— Aussitôt que possible, Madame.

— Vous serez très heureuse de quitter Londres, je suppose ?

Elle n'était pas venue faire des phrases, des sourires hypocrites et des allusions voilées. Ses yeux pailletés étaient durs, impitoyables, comme ceux d'un chat qui guette sa proie.

Corinne, nullement déconcertée, ni intimidée, lui rendit son regard :

— Très heureuse, Madame. Mais pas pour les raisons que vous supposez.

— Je ne saisis pas ce que vous voulez dire.

— Je le regrette. Je pensais que vous comprendriez.

Ambre sortit ses griffes. « Oh ! la garce, songea-t-elle. Je sais comment te faire souffrir ! »

— Vous me paraissez bien fière, Madame, pour une femme dont le mari est infidèle !

Corinne eut un air d'incrédulité, garda le silence un instant, puis répondit calmement :

— Pourquoi êtes-vous venue ici, Madame ?

Ambre se pencha en avant, serrant ses gants entre ses mains, les yeux mi-clos, la voix dure et mordante :

— Je suis venue vous dire quelque chose. Je suis venue vous dire que, quoi que vous puissiez en penser, il m'aime encore. Et il m'aimera toujours !

La froide réponse de Corinne la stupéfia :

— Croyez-le si cela vous fait plaisir, Madame !

Ambre se leva d'un bond et franchit rapidement les quelques pas qui les séparaient :

— Ne soyez donc pas sotte ! Vous ne voulez pas me croire, parce que vous avez peur. Jamais il n'a cessé de me voir !

Elle se montait dangereusement :

— Nous nous sommes rencontrés deux ou trois fois par semaine, dans une maison meublée de Magpie Yard. Chaque fois que vous le croyiez à la chasse ou au théâtre, il était avec moi ! Et les nuits où vous le croyiez à Whitehall, il les passait avec moi !

Elle vit pâlir Corinne. « Là ! songea férocement Ambre. Elle entend, maintenant... » C'était pour cela qu'elle était venue : pour la harceler, la blesser au point le plus sensible, l'humilier par la preuve de l'infidélité de Bruce. Elle eût aimé la voir trembler et vaciller. Elle voulait contempler une femme aussi misérable et vaincue qu'elle.

— Eh bien ? qu'en dites-vous ?

Corinne la considéra avec aversion :

— Je ne crois pas qu'il vous reste l'ombre d'un sentiment honorable !

Ambre eut un vilain ricanement. Elle ne savait pas combien elle était laide à voir. L'eût-elle su qu'elle s'en serait d'ailleurs fort peu souciée.

— L'honneur ? Qu'est-ce que l'honneur ! Un épouvantail à moineaux, voilà tout ! Si vous saviez comme vous nous avez paru ridicule tous ces derniers mois, nous nous sommes tous moqués, et lui riait avec nous !

Corinne se leva :

— Madame, dit-elle froidement, je n'ai jamais connu personne plus mal élevée que vous. Je crois volontiers que vous sortez du ruisseau ; vous parlez et agissez comme s'il en était ainsi. Je reste seulement stupéfaite que vous ayez pu donner le jour à un enfant comme Bruce !

Ambre se trouva prise au dépourvu. Lord Carlton ne lui avait jamais dit que sa femme savait qu'elle était la mère du petit garçon. Elle savait donc ! et n'en avait jamais soufflé mot à personne, n'avait pas refusé de le garder, et paraissait l'aimer aussi sincèrement que s'il avait été à elle. Seigneur ! cette femme était encore plus sotte qu'elle ne l'avait cru.

— Ainsi vous saviez qu'il était à moi ? Eh bien ! vous me connaissez maintenant. Êtes-vous contente de penser qu'un jour mon fils sera Lord Carlton ? Que tout ce que votre mari possède appartiendra à mon fils et pas au vôtre ? Que dites-vous de cela ? Êtes-vous si diablement vertueuse et noble que cela vous laisse indifférente ?

— Vous savez très bien que cela est impossible, tant que sa légitimité ne sera pas prouvée.

Elles se tenaient tout près l'une de l'autre, les yeux dans les yeux. Ambre se sentait prise du désir immodéré de l'attraper par les cheveux et de griffer ce visage, de détruire cette beauté, cette existence même. Un sentiment dont elle ne se rendait même pas compte la retenait.

— Voulez-vous, je vous prie, sortir de chez moi, Madame ? dit Corinne, les lèvres blêmes.

Ambre eut alors un rire bruyant et nerveux :

— Écoutez-la ! cria-t-elle. Oui, je m'en vais, jamais je n'irai assez loin de vous !

D'un geste rapide elle rassembla ses affaires et se retourna une fois de plus pour affronter

Corinne. Elle ne se dominait plus, tremblait de tous ses membres, et presque inconsciemment finit par dire ce qu'elle pensait depuis longtemps :

— Vous allez accoucher un de ces jours, n'est-ce pas? Pensez à moi, alors. A moins que vous ne l'imaginiez comme un chien fidèle auprès de votre lit jusqu'à ce que...

Elle vit Corinne fermer les yeux. Et, au même instant, une voix d'homme, rude et irritée, résonna :

— Ambre!

Bruce marchait sur elle, gigantesque en sa fureur. Elle voulut s'enfuir, mais il la saisit par l'épaule et, de l'autre main, lui administra un soufflet retentissant. Elle en fut aveuglée, puis aperçut son visage flamboyant au-dessus du sien et comprit qu'il était hors de lui-même au point de la tuer.

Sa réaction fut rapide, due en partie à sa crainte, à son violent instinct de conservation, et aussi parce que tout contrôle l'avait abandonnée depuis longtemps. Comme un animal sauvage, elle se débattit, criant, griffant, mordant, lançant les injures grossières de son répertoire. Son désir de vengeance était si fort qu'elle l'aurait tué, submergée qu'elle était par toutes les souffrances endurées à cause de lui, et par sa haine jalouse envers Corinne. Elle était devenue une créature mauvaise, dangereuse, démoniaque.

Après sa première colère, Bruce s'était instantanément repris. Il cherchait simplement à la ramener à la raison, mais la rage décuplait les forces d'Ambre et il avait peine à la maintenir.

— Ambre! criait-il, essayant de se faire entendre. Ambre, pour l'amour de Dieu, calmez-vous!

Son visage était écorché et saignait. Sa perruque et son chapeau étaient tombés, Ambre avait sa robe déchirée et ses cheveux défaits. Corinne les contemplait, muette d'horreur, malade de peur et d'humiliation. Soudain, Bruce saisit Ambre par les cheveux et lui tira si violemment la tête en arrière que sa nuque en craqua. Elle poussa un cri de douleur et, au même instant, de son poing fermé lui administra un coup en plein visage. Les yeux de Bruce s'allumèrent. Lui prenant le cou de ses deux mains, il commença de serrer. Le sang afflua à son visage ; elle tenta avec frénésie de se dégager, mais déjà ses yeux se révulsaient, elle ne pouvait crier.

Corinne se précipita :

— Bruce ! Bruce ! Vous allez la tuer !

Il parut ne rien entendre, mais Corinne s'accrocha à lui, le martelant de ses poings, si bien qu'il finit par la lâcher.

Ambre s'affaissa comme une masse. Avec une expression de dégoût infini — envers elle comme envers lui —, il se détourna, levant ses mains, les doigts toujours recourbés, les considérant comme s'ils ne lui appartenaient pas. Corinne l'observait avec tendresse, avec pitié aussi, une pitié toute maternelle.

— Bruce, dit-elle enfin d'une voix très douce. Bruce, je crois qu'il faudrait envoyer chercher la sage-femme. Les douleurs reviennent fréquemment...

Il la dévisagea d'un air absent, puis, lentement, la conscience lui revint :

— Vous souffrez ! Oh ! Corinne !

Sa voix avait un ton de remords inexprimable. Alors il la prit dans ses bras et la porta dans l'autre pièce, sur le lit. Le sang qui maculait sa chemise et sa veste avait taché la robe de Corinne et sa joue. D'une main hésitante, il l'essuya, puis sortit en courant.

Ambre restait étendue au sol, privée de sentiments. A mesure qu'elle reprenait ses esprits, elle avait l'impression d'être étendue dans un grand lit chaud et confortable, et tentait de remonter les couvertures sur elle. Elle mit un certain temps à revenir à la réalité. Elle tenta de s'asseoir. Le sang lui battait aux tempes, sa gorge lui faisait mal, elle se sentait étourdie. Très lentement elle se mit debout et se tenait ainsi, la tête baissée, comme suspendue à un crochet, quand Bruce revint. Elle leva les yeux et il s'arrêta auprès d'elle :

— Allez-vous-en, dit-il à voix basse, parlant entre ses dents. Sortez d'ici !

LXV

Les jours qui suivirent, Ambre quitta à peine sa chambre de Ravenspur House. Les visiteurs furent éconduits et elle ne se montra pas au palais. Le bruit courut qu'elle avait été empoisonnée par Lady Carlton et se mourait. D'autres prétendirent qu'elle se relevait d'un avortement. Ambre se souciait fort peu de ces potins, mais quand Charles envoya prendre de ses nouvelles, elle lui dit qu'elle souffrait d'un violent accès de fièvre.

La plupart du temps elle restait au lit, sans fard, non coiffée. De grands cernes lui mangeaient les yeux, son teint était terreux : elle n'avait pas assez mangé et avait trop bu depuis quelque temps. Sa langue était chargée, elle avait un mauvais goût en bouche et se disait qu'elle ferait aussi bien de mourir.

Elle avait connu dans le passé d'amers moments de solitude, de détresse, de tristesse, mais rien n'était comparable à ce qu'elle endurait. Tout ce qu'elle avait espéré, tout ce à quoi elle tenait s'était effondré dans le salon d'Almsbury House. En quelques minutes elle avait tout détruit, d'une manière si absolue qu'il ne restait rien, semblait-il, sur quoi reconstruire. Son énergie même, cette intense vitalité qui jamais ne lui avait fait défaut, paraissait avoir disparu.

Quand Buckingham chercha à l'intéresser à son nouveau complot, il la trouva — à son grand déplaisir — indifférente, apathique. Pour obtenir une réponse, il dut lui offrir le double de ce qu'il avait pensé. Mais, avec son enthousiasme habituel, il était prêt à dilapider ce qui lui restait de fortune pour le plus sombre et le plus fantastique de tous ses projets. Il avait l'intention d'empoisonner le baron d'Arlington.

Ambre l'entendit exposer son plan, sans pouvoir se défendre d'une admiration grandissante, bien que pleine de répugnance. Et à la fin, l'air moqueur :

— Seigneur ! Votre Grâce est un ingénieux meurtrier. Comment comptez-vous ensuite vous débarrasser de moi ?

Buckingham sourit aimablement :

— Me débarrasser de vous, Madame ? Je proteste. Pourquoi donc ? Vous m'êtes bien trop utile.

— Évidemment, admit-elle. Je suis toutefois persuadée que vous préféreriez voir ma tête et non la vôtre se balancer au bout d'une pique sur le Pont de Londres !

— Bah ! Sa Majesté ne vous ferait pas passer en

jugement, si même vous attentiez à la vie de son propre frère. Il a le cœur bien trop tendre envers toutes les femmes avec lesquelles il a couché. Mais ne vous inquiétez pas, Madame. Je ne suis pas assez maladroit pour nous mettre tous deux en danger.

Ambre ne prit pas la peine de discuter avec lui, mais elle savait fort bien pourquoi il ne pouvait se passer d'elle. Il avait besoin d'un bouc émissaire au cas où quelque chose tournerait mal. De plus, elle était la seule femme à la Cour capable de faire croire au roi — ou de lui conseiller de feindre de croire — que le baron était mort de causes naturelles. En cas d'échec, évidemment, elle aurait à en supporter les conséquences.

Mais Ambre n'entendait pas échouer. Car, tandis qu'il lui exposait son plan, elle en formait un autre. Le projet du duc était une provocation qui ne pouvait la laisser indifférente et la fit sortir de sa torpeur. Elle se dit qu'elle pourrait parfaitement jouer le duc, dominer le baron, et gagner une jolie somme à peu de risques.

Buckingham lui donna deux mille cinq cents livres — l'autre moitié devant être payée après la mort du baron — et Ambre envoya aussitôt chercher Shadrac Newbold. Elle ne tenait pas à se faire voler par Sa Grâce. Puis elle se rendit au rendez-vous qu'elle avait fixé à Arlington.

Il était près de minuit quand elle quitta le palais, dans un panier à linge porté par deux hommes, bien cachée sous ses chemises et jupons censés aller chez la blanchisseuse. Peu après, Nan sortit vêtue d'une robe d'Ambre et de ses bijoux. Elle portait une perruque de la couleur des cheveux de sa maîtresse et son visage était masqué. Un homme qui flânait devant la porte depuis la tombée de la nuit nota le panier à linge, comme indécis, mais quand Nan apparut et grimpa dans le grand carrosse d'Ambre, il siffla sa propre voiture et la suivit.

Nan fit une grande promenade à travers la ville, riant de voir l'espion du duc s'efforcer de rester à une distance convenable. Il attendit deux ou trois heures devant une maison meublée, et après son départ alla interroger la propriétaire. Apprenant que des appartements avaient été loués par Mr. Harris, un jeune acteur, il rentra faire son rapport au duc. Lequel, un cure-dents en or dans la bouche, parut amusé que la duchesse frayât avec des gens de condition si piètre, après avoir pris tant de peine pour s'élever au-dessus d'eux.

Ambre, pendant ce temps, était transportée dans une petite cour obscure d'une ruelle de Westminster. Les porteurs eurent quelque difficulté à hisser leur fardeau jusqu'au lieu indiqué et Ambre dut retenir sa respiration en sentant ballotter le panier à chaque marche. Enfin ils la déposèrent et s'en allèrent. La porte refermée, elle souleva le couvercle et émergea avec un profond soupir. Elle était en train de sortir quand Arlington entra, venant d'une pièce voisine. Son manteau noir traînait à terre, il avait enfoncé son chapeau sur ses yeux et tenait un masque à la main.

— Le temps presse, Milord, dit Ambre, faisant tomber un jupon qui pendait encore sur ses épaules. J'ai quelques renseignements de grande valeur, je vous les communiquerai pour cinq mille livres.

Arlington demeura impassible :

— C'est très aimable à vous, Madame. Mais c'est une somme considérable. Je ne crois pas pouvoir...

Ambre l'interrompit avec impatience :

— Je ne suis pas une commerçante, Milord, et

je ne me laisse pas marchander. Il me faut un paiement comptant, en espèces. Mais nous pouvons conclure un marché. Je vous dirai une partie de ce que je sais, et si vous me payez demain, je ferai en sorte que le complot échoue. Sinon !...

Elle haussa légèrement les épaules, indiquant que de sérieux désagréments pourraient en découler.

— C'est assez raisonnable, pour une femme.

— Quelqu'un a comploté votre mort, Milord, je sais quand et comment. Si vous me payez, je peux faire tout échouer.

Arlington resta imperturbable. Il avait plus d'ennemis qu'il ne le croyait — et cependant, il en connaissait pas mal — mais cela lui parut limpide.

— Je crois que je pourrai m'en tirer tout seul, Madame, et économiser cinq mille livres.

— Comment ?

— En formulant une accusation.

— Vous ne l'oserez pas, et vous le savez !

Elle avait raison, car s'il faisait seulement allusion à ses soupçons devant le roi, Buckingham bondirait et réclamerait une explication ouverte. Et le duc était encore trop puissant et possédait trop d'intérêts en dehors de la Cour, dans des milieux dont le roi avait besoin, pour se maintenir. Si Arlington l'accusait de vouloir le faire disparaître, le duc pouvait le ruiner politiquement aussi rapidement qu'il était capable de l'empoisonner. Après tout, peut-être était-ce ce qu'il cherchait, et c'est pour cette raison qu'il avait introduit Ambre dans le complot :

— Mais tout cela n'est peut-être qu'une histoire à vous, pour avoir de l'argent. Je ne pense pas que l'on se risquerait à empoisonner le secrétaire d'État de Sa Majesté.

Le chantage n'impressionna pas Ambre. Elle sourit :

— Mais si quelqu'un a ce courage, Milord, la semaine ou le mois prochain, vous serez aussi mort qu'un hareng saur!

— Supposez que je vous donne l'argent. Comment pourrais-je savoir si vous ne laisserez pas aller le complot, en admettant qu'il y en ait un?

— Pour cela, Monsieur, il faut me faire confiance!

Le baron était de fort mauvaise humeur. Il se voyait pris et ne savait comment sauver à la fois sa vie et son argent. Car il n'osait pas courir le risque. Buckingham pouvait être capable de tout. Ou, si ce n'était pas Buckingham, un ennemi moindre. Mais au diable cette femme! Pourquoi toucherait-elle cinq mille livres de lui? Les maîtresses du roi n'avaient aucun sens des fortunes, tandis qu'il lui en coûterait des mois de travail pour obtenir cette somme. Jamais il n'avait éprouvé autant d'aversion pour la gent féminine, et surtout pour la duchesse de Ravenspur.

— Je ferai en sorte que l'argent vous soit versé demain matin. Bonsoir Madame. Et merci.

— En aucune façon, Milord. Votre vie est trop précieuse pour l'Angleterre. C'est moi qui vous remercie.

Le complot de Buckingham était très simple. Le lendemain il amena chez Ambre un fort joli garçon d'une quinzaine d'années, faisant partie de la maison du baron, John Newmarch. Ambre était chargée de le convaincre que, pour le bien du pays et l'amour du roi, il lui fallait empoisonner son maître. Arlington une fois mort, Buckingham avait l'intention de donner cent livres au jeune homme, le déclarer mort de la petite vérole et l'envoyer à l'étranger. Le duc ne lui avait rien dit, si ce n'est que la duchesse de Ravenspur l'avait distingué et désirait faire sa connaissance. L'esprit prématurément faussé par l'atmosphère de la Cour, John se rendit à l'invitation, persuadé qu'il savait ce que désirait la grande dame. Il se trompait.

Ambre usa de son charme et John accepta le plan. Mais, ayant reçu cinq mille livres d'Arlington, elle lui donna simplement une potion soporifique à verser dans le vin du baron. Buckingham l'arrêta le lendemain matin, comme elle se rendait chez la reine; il paraissait anxieux et irrité.

— Qu'avez-vous fait? demanda-t-il. Il est avec le roi en ce moment.

Ambre s'arrêta et le regarda bien en face :

— Vraiment?

Elle feignit la surprise.

— Eh bien! c'est curieux, n'est-ce pas?

— Oui, n'est-ce pas? répéta-t-il d'un ton sarcastique. John dit qu'il a à peine trempé ses lèvres dans son verre et, cependant, il boit généralement tous les soirs. Je le sais, car j'ai fait surveiller ses habitudes. Répondez-moi, chienne! Qu'avez-vous fait?

Ils étaient face à face, ne cherchant plus à se tromper. Leurs deux visages exprimaient une franche haine. Ambre lui répondit en martelant les mots :

— Si jamais vous osez encore me parler sur ce ton, George Villiers, je vous donne ma parole que le roi entendra certaines choses qui ne vous seront pas agréables!

Sans attendre sa réponse, elle se détourna et reprit son chemin. Il hésita un instant, puis, pivotant sur ses talons, s'en fut dans la direction opposée. Nan, qui l'observait, rassembla ses jupes et courut derrière Ambre :

— Seigneur ! Madame ! Vous auriez dû voir sa figure ! C'est un vrai démon !

— Un démon qui n'a qu'à retourner auprès du diable ! Je n'ai pas peur de ce nigaud. J'ai une bonne tête, moi aussi...

Au même instant, comme elle se disposait à gagner les appartements de Sa Majesté, elle aperçut Almsbury qui venait dans sa direction. Il était accompagné de trois autres gentilshommes. Elle ne l'avait plus vu depuis la scène d'Almsbury House, et s'arrêta pour l'attendre, espérant des nouvelles de Bruce. Corinne avait accouché d'un fils le jour même, et elle savait qu'ils se disposaient à partir pour la France, sitôt qu'elle serait en état de naviguer. A sa grande surprise, elle vit le comte s'arrêter à sa vue, tourner et disparaître dans un couloir latéral.

— Comment ! s'écria-t-elle, aussi blessée que s'il l'avait publiquement frappée.

Sans hésitation, elle le suivit, traversant le hall bondé et repoussant ceux qui se trouvaient sur son passage. Elle le saisit par le bras :

— Almsbury !

Il se tourna à contrecœur, la regarda sans rien dire.

— Qu'y a-t-il ? demanda-t-elle. Pourquoi me fuyez-vous ?

Il ne répondit pas et se borna à hausser les épaules.

— Dites-moi, Almsbury, quand partent-ils ?

— Bientôt. Demain peut-être, ou après-demain.

— A-t-il jamais...

Elle hésita, presque timide en posant cette question, car elle ne pouvait se tromper sur la dureté et la désapprobation qu'elle lisait dans ses yeux. Mais néanmoins, elle acheva :

— Vous a-t-il parlé de moi ?

La réprobation apparut sur son visage :

— Non !

— Oh ! Almsbury ! s'écria-t-elle d'une voix suppliante, sans se soucier de la curiosité qu'ils éveillaient tous deux, ne me haïssez pas ! Je vous jure que j'ai assez souffert. Vous êtes mon seul ami ! Je ne sais pas ce qui m'a pris ce jour-là, j'étais hors de moi ! Mais... Oh ! Almsbury ! Je l'aime ! Et il s'en va et je ne le reverrai plus jamais. Il faut que je lui parle encore une fois. Ne voulez-vous pas m'aider ? Je ne dirai pas un mot, je le regarderai seulement. Et j'ignore où le trouver, il ne vient plus à la Cour. Oh ! Almsbury, il faut que je le voie !

Le comte se détourna :

— Pas avec mon aide, en tout cas !

Le baron d'Arlington était en conférence avec ses médecins, subissant la pose de sangsues. Mais quand Sa Grâce le duc de Buckingham se fit annoncer, inopinément, les animaux furent promptement ramassés, tout gorgés de sang, et remis dans le flacon à large goulot dans lequel on les gardait. Le duc fut introduit et trouva Sa Seigneurie au lit, bien adossé contre ses oreillers, des papiers épars autour de lui, un secrétaire de chaque côté lui lisant des lettres. Buckingham, plus aimable qu'il ne l'avait été depuis des années, s'inclina et sourit avec le charme qu'il savait déployer à l'occasion.

— Milord !

— Votre Grâce !

Sur l'invitation du baron, il prit une chaise tout près du lit et, une fois assis, lui parla bas, d'un air sérieux et confidentiel.

— J'ai une question de la plus haute importance à discuter avec Votre Seigneurie.

Arlington renvoya ses gens, tout en sachant qu'un ou deux d'entre eux demeuraient à portée de voix.

— Je n'ai aucune envie de feindre avec Votre Seigneurie, poursuivit Buckingham dès qu'ils furent seuls. Vous savez, naturellement, que la duchesse de Ravenspur a été quelque temps à mon service !

Arlington fit un imperceptible signe de tête.

— Et je sais également qu'elle était au vôtre, nous extorquant de l'argent à tous deux, pour travailler ensuite contre nous. Il n'y a pas de mal à cela, je l'admets, puisque c'est l'habitude de la Cour. Mais j'ai appris que Sa Grâce a entrepris de tuer Votre Seigneurie !

Le froid et austère visage d'Arlington exprima une faible trace de surprise. Mais elle était causée par l'audace de cet homme que rien ne rebutait et qui savait toujours tourner les événements à son propre avantage.

— A-t-elle l'intention de me tuer ?

— Oui, Monsieur, parfaitement. Je ne peux pas vous révéler comment je l'ai découvert, mais je peux vous dire ceci : le complot vient de France, où plusieurs personnes très haut placées craignent que Votre Seigneurie ne fasse obstacle au projet d'alliance commerciale entre nos deux pays. Quelqu'un lui a offert une somme d'argent d'importance pour vous mettre hors de combat. Je viens, au nom de notre vieille amitié, vous avertir et vous mettre en garde contre cette femme.

Pendant ce monologue, Arlington avait tenu ses yeux bleu pâle fixés sur le duc. Sa Grâce avait visiblement abandonné son premier projet, et avait inventé cette histoire de complot français destiné à l'empêcher de s'opposer à une alliance commerciale, quand il venait de signer un traité autrement complet et important. Cet homme était réellement un étrange phénomène, intéressant à observer.

— Cette femme est un poison ! poursuivit Buckingham. Je crois qu'elle s'attaquerait au roi lui-même, pour un bon prix. Mais il est si faible qu'il ne renverra jamais une femme qu'il a aimée si vous et moi, Monsieur, ne nous associons pas pour nous débarrasser d'elle.

Arlington joignit lentement et soigneusement les mains :

— Et comment Votre Grâce se propose-t-elle de se débarrasser de cette menace pour mon existence ?

Il parlait d'un ton légèrement et poliment sarcastique, avec une ombre de sourire au coin de la bouche.

Buckingham prit un air de grande franchise :

— Votre Seigneurie me connaît trop bien pour songer que j'agis dans son seul intérêt. J'en ai complètement assez moi-même, elle m'a coûté un argent fou et je n'ai rien obtenu d'elle. Mais nous ne pouvons ni l'empoisonner, ni la faire enlever et transporter à l'étranger. Le roi ne nous le pardonnerait jamais.

— Votre Grâce est chevaleresque ! fit observer le baron avec une admiration moqueuse.

— Le diable emporte la chevalerie ! Je désire qu'elle quitte l'Angleterre, et peu m'importe de quelle manière, pourvu que cela ne m'attire pas d'ennuis.

Au fond, il voulait se débarrasser d'Ambre avant qu'elle n'ait eu le temps de raconter à qui que ce soit que c'était lui qui avait comploté la mort du baron. A son avis, les îles Britanniques ne seraient plus agréables à vivre tant que la duchesse et lui les habiteraient ensemble, et il n'avait pas l'intention de s'exiler.

Arlington abandonna sa réserve et sa supériorité. Il savait que le duc mentait, mais sa proposition lui plaisait. Car l'influence d'Ambre sur le roi était tout juste bonne à créer des ennuis. Si elle partait, ce serait toujours une femme de moins à surveiller. Et il était bien certain que Buckingham avait eu trop peur pour attenter de nouveau à sa vie.

— Je crois que je connais un moyen de lui faire quitter l'Angleterre immédiatement et avec joie, dit-il.

— Comment cela, pour l'amour de Dieu ?

— Que Votre Grâce se fie à moi. Si j'échoue, vous ferez ce que vous voudrez d'elle, avec ma bénédiction...

Ambre était assise dans sa voiture, déchirant nerveusement un éventail de dentelle qu'elle avait pris au hasard en sortant. L'heure était si matinale que le brouillard pendait encore aux branches des arbres du Strand et que le toit des maisons était invisible. Elle se sentait lasse et regrettait d'être venue, car l'idée de le rencontrer l'épouvantait.

Elle avait acheté un page d'Almsbury quelques jours auparavant, et il était venu l'avertir, il y avait à peine trois quarts d'heure, que Sa Seigneurie allait descendre au port. Ambre, profondément endormie à son arrivée, avait enfilé à la hâte quelques vêtements, vaguement peigné ses cheveux et s'était aussitôt mise en route. En attendant, elle tentait de se poudrer, mais ses yeux anxieux étaient davantage tournés vers la portière que vers le miroir. Il lui semblait être là depuis des heures; il devait être parti! Elle finissait par l'espérer, car, si intense et désespéré que fût son désir de le voir, sa terreur était plus grande encore.

Soudain elle se redressa, en éveil, laissant tomber le miroir et la boîte à poudre sur ses genoux. La grande porte d'Almsbury House venait de s'ouvrir. Bruce et le comte apparurent, s'entretinrent avec une personne qu'Ambre ne pouvait voir et descendirent les marches. Ni l'un ni l'autre ne firent attention au fiacre posté devant la porte, à demi noyé dans le brouillard. Ils enfourchèrent leurs chevaux, se dirigeant vers elle sans se presser. Raidie, tremblante d'émotion, Ambre attendait, malheureuse, persuadée qu'elle n'aurait pas le courage de lui adresser la parole. Mais, comme il passait devant sa voiture, elle se pencha par la portière ouverte et appela :

— Lord Carlton?

Les deux hommes tournèrent vivement la tête. La surprise se peignit sur le visage de Bruce, qui tira sur les rênes de sa monture. A demi tourné sur sa selle, il laissa tomber un regard sur elle :

— Madame?

Sa voix était celle d'un étranger; ses yeux paraissaient ne l'avoir jamais vue. Ambre eut envie de crier : « Aimez-moi encore un seul instant, mon cœur! Laissez-moi au moins un bon souvenir. » D'une voix douce elle s'enquit :

— Sa Grâce est-elle remise?

— Oui, je vous remercie.

Elle chercha passionnément son regard. Elle devait y déceler une trace, même infime, de ces années au cours desquelles ils s'étaient connus et aimés. Mais ses yeux verts et froids la toisaient sans émotion, nulle réminiscence ne semblait les habiter.

— Vous embarquez-vous bientôt ?

— Aujourd'hui, si le vent est favorable.

Ambre savait qu'elle se rendait ridicule. Faisant le plus insupportable effort de sa vie, elle murmura :

— Je vous souhaite bon voyage, Milord !

Et, tout en baissant les yeux, elle porta son poing fermé à sa bouche.

— Merci, Madame. Adieu !

Il remit son chapeau sur sa tête et les deux hommes donnèrent un léger coup de rênes à leurs montures. Ambre demeura un long temps glacée, rigide ; puis, avec un sanglot contenu :

— Allez ! cria-t-elle au cocher.

Lentement le fiacre s'ébranla. Elle lutta contre elle-même et finalement n'y put tenir. Se mettant à genoux, elle frotta de la main la petite vitre de derrière. Ils étaient très loin déjà, l'épais brouillard flottant en traînées les obscurcissait, si bien qu'elle ne put distinguer lequel était Bruce.

A midi le petit page revint et lui dit que Lord et Lady Carlton venaient de s'embarquer sur l'un des vaisseaux royaux qui transportaient les personnes de qualité au-delà du Channel.

L'après-midi suivant, on lui apporta une lettre de Lord Buckhurst qui avait pris le même bateau. Ambre l'ouvrit sans grand intérêt : « Votre Grâce, lut-elle, je pense que cette nouvelle peut vous intéresser. Lady Carlton est tombée brusquement malade pendant la traversée et est morte avant que nous ayons atteint Calais. Sa Seigneurie, dit-on, rentre immédiatement en Amérique. Je suis, Madame, votre très humble serviteur, Buckhurst. »

Il n'était pas facile de trouver passage sur un navire, car la plupart des vaisseaux marchands partaient trois fois par an en grands convois. Mais elle découvrit le capitaine d'un vieux navire, *le Fortune*, auquel elle offrit une si grosse somme qu'il accepta de charger hâtivement et de mettre la voile à la prochaine marée.

— Je vais répandre le bruit que je pars à la campagne, dit-elle à Nan. Je ne peux pas emporter grand-chose, mais je ferai venir ce qu'il me faudra quand nous serons installés. Oh ! Nan, c'est...

— Taisez-vous, Madame ! conseilla Nan. Cela porte malheur de se réjouir de la mort de quelqu'un !

Ambre se calma instantanément. Elle avait elle-même peur, peur d'être aussi heureuse, peur d'être trop contente de voir se réaliser la seule chose qu'elle souhaitât encore. Aussi refusa-t-elle d'y penser davantage. D'ailleurs, elle était bien trop occupée. Elle se dit que Dieu l'avait voulu et les avait toujours prédestinés l'un à l'autre. Elle l'avait bien dit à Bruce après l'épidémie de peste : ils étaient faits l'un pour l'autre, depuis le commencement. Mais il avait mis du temps à le comprendre. Peut-être n'avait-il même pas encore compris, mais il s'en rendrait compte en la revoyant.

Ambre passa la nuit à Whitehall, voulant ne rien changer à ses habitudes, tandis que Nan était à Ravenspur House, faisant les paquets et préparant le départ des enfants et de leurs nurses. Ils seraient dix : Ambre, Nan, Grand John, Curry, Suzanne, Charles et leurs quatre nurses. Avec M. le Chien, bien entendu. Elle ne chercha même pas à dormir quand elle rentra vers minuit du théâtre, mais changea de vêtements et passa son temps à inspecter nerveusement ses appartements pour décider de ce qu'elle ferait venir. Mais elle était incapable de réfléchir.

Un peu avant cinq heures, son valet de pied vint lui dire que *le Fortune* serait prêt à lever l'ancre dans une heure. Ambre saisit son manteau, le jeta sur ses épaules, laissa tomber ses gants, les ramassa, se dirigea vers la porte, revint en courant prendre son éventail et, à mi-chemin dans le couloir, se souvint qu'elle avait oublié son masque. Automatiquement elle revint sur ses pas, puis murmura : « Oh ! qu'il aille au diable ! » et reprit son chemin. Sa voiture était postée depuis le début de la nuit à la porte du palais. Nan et les autres la rejoindraient au port.

Pénétrant dans la Grande Galerie, au sortir du couloir, elle alla donner dans un groupe d'hommes qui sortaient des appartements de Lord Arlington. Il faisait encore sombre et le valet de pied qui les accompagnait portait une torche. Étonnée, Ambre s'arrêta net, puis repartit. Elle passa sans même les regarder quand une voix familière l'interpella :

— Bonjour, Votre Grâce !

C'était le baron. Prise de terreur, elle crut une minute que le roi avait eu vent de ses projets et s'y opposait. Au même instant, Buckingham se détacha du groupe et vint à eux. Oh ! c'était un complot, elle en était sûre. Mais rien ne l'empêcherait de s'en aller, rien au monde ! Ignorant le duc, elle leva la tête d'un air provocant et regarda Arlington.

— Milord ?

Sa voix était froide, dure.

— Votre Grâce est bien matinale !

Un mensonge facile lui vint aux lèvres :

— Lady Almsbury est malade, elle m'a envoyé

chercher. Et n'est-il pas bien tôt pour vous aussi, Milord ? ajouta-t-elle aigrement.

— C'est vrai, Madame. J'accomplis une mission de la plus grande importance. Je viens justement d'apprendre que la sœur du roi est morte hier matin.

Un instant, Ambre en oublia ses propres affaires :

— Minette ? répéta-t-elle. Minette est morte ?

— Oui, Madame.

Il inclina la tête.

— Oh ! je suis navrée !

Elle éprouva pendant un instant une pitié profonde pour Charles. Le baron releva la tête, une singulière lueur d'amusement au fond des yeux. Elle jeta un coup d'œil rapide sur Buckingham ; il souriait. Ces deux hommes paraissaient se moquer d'elle. Pourquoi ? Que savaient-ils ? Que s'était-il passé ? Certainement quelque chose qui la concernait, quelque chose de désagréable, pour qu'ils eussent l'air aussi contents.

Et soudain, avec un soulagement imprévu, elle comprit que cela n'avait plus aucune importance. Dans une heure elle aurait quitté l'Angleterre, quitté Whitehall, ses complots et ses intrigues... pour toujours. Jamais plus elle ne reviendrait, jamais. Hier encore elle n'aurait pas cru possible d'être aussi heureuse à l'idée de quitter l'Angleterre. « J'en ai tellement assez de vous tous ! » songea-t-elle.

Mais Arlington parlait de nouveau.

— Je ne veux pas vous retenir, Madame. Vos occupations aussi sont importantes. Ne vous mettez pas en retard.

Ambre fit une révérence, le baron s'inclina et ils se séparèrent.

Buckingham lui lança un coup d'œil par-dessus

son épaule. Arlington ne se retourna même pas, mais les deux hommes échangèrent un sourire.

— Bon débarras ! marmonna le duc. Dieu ! je voudrais voir sa tête quand elle débarquera en Virginie pour trouver Lady Carlton en parfaite santé. Mes félicitations, Monsieur. Votre plan a réussi, mieux que je n'osais l'espérer. Nous voici enfin délivrés de cette encombrante créature !

— Sa Grâce s'en va, dit Arlington, mais le calme ne reviendra pas pour cela à Whitehall !

Il parlait d'un ton significatif et Buckingham fut sur ses gardes. Mais le visage d'Arlington était impassible :

— Venez, Votre Grâce, nous avons à nous occuper d'affaires réellement importantes ce matin.

Ambre avait rassemblé ses jupes et hâté le pas. Au-dehors, le jour pointait et le soleil apparaissait derrière le toit des hauts bâtiments de brique. Sa voiture l'attendait. En la voyant arriver, le valet de pied ouvrit la portière et s'immobilisa, rigide. Elle sourit et lui donna une tape amicale au passage. Imperturbable, il referma la portière, fit un signe au cocher, et l'équipage s'ébranla. Souriant toujours, elle se pencha et fit un signe d'adieu aux fenêtres closes.

4294

Composition Euronumérique
Achevé d'imprimer en Europe (France)
par Brodard et Taupin à La Flèche (Sarthe)
le 20 septembre 1996. 6283Q
Dépôt légal septembre 1996. ISBN 2-290-04294-3
Éditions J'ai lu
84, rue de Grenelle, 75007 Paris
Diffusion France et étranger : Flammarion